episodios nacionales
cuarta serie

episodios nacionales
cuarta serie

LOS DUENDES DE LA CAMARILLA
LA REVOLUCIÓN DE JULIO

Benito Pérez Galdós

Edita
Espasa Calpe, para Grupo Unidad Editorial

Dirección Editorial
Pilar Cortés (Espasa Calpe);
Juan Carlos Laviana (Grupo Unidad Editorial)

Coordinador
Manuel Durán Blázquez

Editor
Juan Miguel Sánchez Vigil

Redacción textos complementarios y Documentación gráfica
Paloma Aguilar, Ángeles García del Olmo, Patricia Hernández, Mariana López, María Olivera, Fernando de la Orden, Olimpia Torres (Espasa Calpe); Rubén González, Manuel Mata, Andrea Hauer (Grupo Unidad Editorial); Begoña Carrera Ríos, Fran Zabaleta (Grand Guignol Ediciones)

Director de Infografía
Juantxo Cruz

Créditos de Ilustraciones
Aisa, Album, Archivo Espasa, Biblioteca Nacional, The Bridgeman Art Library, Index, Museo Municipal de Madrid, Oronoz, Prisma

Ilustración de sobrecubierta
Episodio de la Revolución de 1854 en la Puerta del Sol.
Óleo de Eugenio Lucas Velázquez. Museo Municipal. Madrid. © AISA, Archivo Iconográfico

Diseño de cubierta e interiores
ZAC, diseño gráfico

Maquetación
Ángel Sanz Martín y María José López

Preimpresión
Safekat, S. L.

Impresión
Graficas Estella, S. L.

Depósito Legal: Na. 1.871-2008
ISBN Obra Completa: 978-84-670-2842-3
Volumen 17 978-84-670-2859-1

Impreso en España-Printed in Spain

ÍNDICE

PRÓLOGO

LA INSURRECCIÓN COMO SISTEMA DE CAMBIO POLÍTICO

por José Ramón Urquijo Goitia

Las dos obras incluidas en el presente volumen fueron redactadas por Galdós, la primera entre febrero y marzo de 1903 y la segunda a lo largo de los siete meses que van de septiembre de este último año hasta marzo de 1904, uno de los volúmenes en que empleó más tiempo en su redacción. Para ese momento los *Episodios* habían cosechado un notable éxito, razón por la que cada nueva aportación a la serie era reseñada ampliamente en la prensa.

La aparición de *Los duendes de la camarilla* fue recibida muy desfavorablemente por los medios religiosos, y tildada de folletín destinado a levantar «pasiones antirreligiosas y sensuales». Dicha calificación estaba estrechamente ligada al tratamiento de la figura de sor Patrocinio y las uniones no consagradas por el vínculo sacramental.

Muy diferente fue la respuesta de las revistas especializadas, que alabaron su maestría, en la que resaltaban su sobriedad expositiva, y haciendo un juego de palabras alababan su capacidad para «aliar la verdad histórica, es decir, la verdad más semejante a la mentira, con la verdad humana». Incluso afirman que la obra refleja mejor los hechos que la historia de Modesto Lafuente. *Los duendes*, en resumen, es el retrato de una España sometida, temblorosa, oscura y en la que fuerzas ocultas manejan los hilos de la política.

Respecto a *La revolución de julio*, se señala que se entremezclan «discreta y hábilmente» lo histórico y lo novelesco. Sin duda alguna el relato histórico se centra en dos momentos fundamentales de la obra: el intento de regicidio llevado a cabo por el sacerdote Martín Merino y los episodios revolucionarios de 1854; mientras que el elemento novelesco descansa principalmente sobre los amores de Ley y Mita.

El crítico de *El Imparcial* se mostraba sumamente elogioso con el escritor (maestro de la novela española) y su obra (verdadero museo de la vida española del siglo XIX). Y señalaba además que de las personas mencionadas en el texto muchas eran celebridades de la vida española, ya desaparecidas, pero que aún se sentaba en los bancos del Senado Antonio Aguilar Correa, marqués de la Vega de Armijo, quien había participado activamente en la trama civil de la Revolución de 1854.

Fueron precedidas de una amplia campaña de promoción que incluía la publicación de avances en revistas o la entrega de textos antes de ser editados para que fuesen promocionándola.

Entre la Historia y la Literatura. Ambas obras son un ejemplo de esa simbiosis de lo literario y lo histórico que articulan los *Episodios*. En la redacción de lo histórico hay páginas que son un resumen fiel de lo sucedido y otras en que moviéndose sobre una serie de elementos ciertos recrean unos hechos y un ambiente, que aun no siendo real, resulta muy adecuado para ilustrarnos sobre el funcionamiento de determinados procesos sociales.

ISABEL II, por Dionisio Fierros. Óleo sobre lienzo.

En marzo de 1904 Galdós finalizó su episodio sobre la Revolución de 1854, para el que sin duda fue de gran ayuda sus conversaciones con la ex reina Isabel II, mantenidas en 1902, quien le contó, en una charla jovial y distendida, numerosas informaciones sobre los años de su reinado y los personajes que habían tenido un importante peso político en el mismo. Y menciona expresamente el atentado de que fue objeto en 1852: «Le oí referir su impresión, el 2 de febrero del 52, al ver aproximarse a ella la terrible figura del clérigo Merino, impresión más de sorpresa que de espanto, y de su inconsciencia de la trágica escena por el desvanecimiento que sufrió, efecto más que de la herida, del griterío que estalló en torno suyo y del terror de los cortesanos». Otro de los temas tratados fue el de sor Patrocinio, sobre la cual se mostró «más generosa que sincera».

Otra de sus fuentes orales fue su amigo José María de Pereda, testigo de los hechos, por encontrarse estudiando en Madrid en esos años, y que escribió una novela, *Pedro Sánchez*, en la que se mencionaban los sucesos de 1854. Al examinar su biblioteca se pueden observar varios libros muy relacionados con los acontecimientos relatados en estos episodios y que debieron servir de base para la redacción de los mismos. Se trata de las obras de Cristino Martos *(La revolución de julio de 1854)*, Fernando Fernández de Córdova *(Mis memorias íntimas)*, y Ángel Fernández de los Ríos *(Estudio histórico de las luchas políticas en la España del siglo XIX)*. De Martos obtiene todas las informaciones referentes al periódico clandestino *El Murciélago*, que le sirven tanto para citas literales como para la redacción de ciertos párrafos. Los dibujos y los textos de *La Ilustración* están presentes en los pasajes sobre la Revolución de 1854.

> *LA REVOLUCIÓN DE JULIO* DA COMIENZO EL 2 DE FEBRERO DE 1852, EN EL MOMENTO DEL ATENTADO Y TIENE SU FINAL EL 20 DE JULIO

Galdós copia en su obra frases literales del proceso del cura Merino, que pudo tomar de la edición parcial de esta fuente realizada en 1870 o de la posterior obra de Fernández de los Ríos. Asimismo respeta la cronología y los nombres de diversos participantes en los hechos como el del Obispo de Málaga, encargado de desposeerle de sus facultades sacerdotales, o el de Puig Esteve, el sacerdote enviado a dialogar con él la víspera de la ejecución. Aunque aligera el relato no mencionando la presencia del arzobispo de Toledo en la cárcel del Saladero, para inducir al reo a arrepentirse.

En *La revolución de julio* recupera la redacción en forma de diario, como también lo había realizado en *Las tormentas del 48*. En la primera de las obras no existe un relato pegado a los hechos, como ocurre en la segunda, en que el principio y el fin son acontecimientos descritos de forma pormenorizada y respetando con bastante fidelidad las informaciones que habían sido publicadas hasta ese momento.

Los duendes... está articulado sobre las intrigas en torno a la figura de sor Patrocinio, una de las personas más influyentes de la camarilla de Isabel II, y teniendo como hilo conductor las biografías de dos personajes femeninos (Lucila y Domiciana) de trayectorias vitales contrapuestas. Es también una crítica al clericalismo que domina la escena política («España vive siempre entre dos amos: el Ejército y la Clerecía: cuando el uno la deja, el otro la toma»). Aunque la cronología del relato se inicia en noviembre de 1850, se hacen incursiones a épocas anteriores para asentar los personajes de Domiciana y sor Patrocinio, y su final se sitúa en febrero de 1852, justo antes del atentado contra Isabel II.

La revolución de julio da comienzo el 2 de febrero de 1852, en el momento del atentado, y tiene su final el 20 de julio, con la visita realizada por el general Evaristo Fernández San Miguel, para lograr la aceptación del cese de las hostilidades decretado por la Junta de Salvación, Armamento y Defensa de Madrid. Se dejan fuera todos los acontecimientos posteriores fundamentales para entender los hechos. La llegada de Espartero, su abrazo con O'Donnell, las nuevas barricadas de agosto de 1854..., acontecimientos todos ellos fundamentales en la definición del proceso revolucionario de julio.

En *La revolución de julio* no plantea un problema estético, sino moral. Se trata de la victoria del bien, de la libertad, del idealismo saliendo del oscuro túnel de los últimos años de la Década Moderada.

El hilo conductor de la serie es la biografía del marqués de Beramendi, que en *Los duendes*... está ausente, mientras que en el episodio siguiente tiene una presencia activa en el desarrollo de los sucesos revolucionarios.

Los personajes. Las informaciones sobre la Reina están dominadas por esa benignidad que preside la obra galdosiana, que habla de «las bellas cualidades de la Soberana». El retrato que hace de ella vuelve a insistir en las deficiencias de su formación, en las malas influencias y en su generosidad. Isabel II es el contrapunto de su madre («más admirada que amada»), que ha sabido superar el pesado lastre de sus padres para granjearse el aprecio de sus súbditos.

Y sin duda como consecuencia de ello la «camarilla» es un elemento que rodea y aísla a la soberana («Esas amistades torcerán más el arbolito, que bastante torcido está ya», «Tú y tu bando no miráis a que nuestra Reina sea buena, sino a que seáis vosotras las únicas que le suministren sus diversiones», «Sólo una persona sería justa si la dejaran, y es la Reina; pero no la dejan: la tienen metida en un fanal pintado de mentiras para que no vea la justicia ni la verdad»).

De esta forma nos va preparando para dos hechos fundamentales, que enmarcan *La revolución de julio*. El atentado contra Isabel II en realidad es contra su entorno, y la revolución se hace al grito de «¡Viva Isabel II! ¡Mueran los polacos!». En la descripción del atentado se multiplican las referencias señalando el amor a la Reina, que va decreciendo según va siendo envuelta por los manejos contra los generales que han dado su sangre por defenderla frente a la causa carlista.

En las barricadas de 1854 el peligro ronda a la soberana, pero no le alcanza, porque el pueblo comprende que es víctima de un entorno contra el que se ceba el fuego purificador (su madre María Cristina, José de Salamanca, Jacinto Félix Doménech, Javier de Quinto, etc.). Y tras el impacto de la sublevación, Isabel II ha comprendido rápidamente la situación y en su bondadoso corazón solo caben el perdón y la renovación del diálogo con su pueblo.

La biografía de Merino tiene una evolución típicamente galdosiana. Ingresado en la orden franciscana, interrumpió su vida conventual para integrarse en una guerrilla antifrancesa. En 1819 optó por huir a Francia para evitar las incomodidades que le causaba su ideología liberal, pero un año más tarde regresó y se secularizó. Tomó parte en los sucesos del 7 de julio de 1822, y tras el triunfo absolutista cruzó nuevamente la frontera, permaneciendo en el país vecino hasta después de la Primera Guerra Carlista. Instalado en Madrid, tuvo una gran ac-

SOR PATROCINIO, LA MONJA DE LAS LLAGAS.
Grabado de época. Colección particular.

TROPAS LEALES AL GOBIERNO *en la Puerta de Alcalá de Madrid.* Grabado de *La Ilustración*. Biblioteca Nacional. Madrid.

tividad como prestamista, para lo que contaba con sus ahorros en Francia y un premio de lotería, a la que era muy aficionado. Era profundamente misántropo, en la causa se señala que desde hace siete años no trata con nadie, y excelente conocedor de los clásicos latinos.

Entre los papeles incautados en su vivienda se encontró un manuscrito inédito, que fue publicado por su abogado defensor dos años más tarde. Se trataba de un alegato contra los gobiernos moderados que habían dirigido España desde 1843, a los que calificaba de violentos y viciosos, y disculpa a los progresistas, especialmente a su paisano Zurbano, que fue fusilado por sublevarse contra el Gobierno.

Para justificar su magnicidio afirmó ante el juez que planeó asesinar a Narváez, pero al no haberlo encontrado optó por la Reina, y que con ello pretendía: «Lavar el oprobio de la Humanidad, vengando, en cuanto está de mi parte, la necia ignorancia de los que creen que es fidelidad aguantar la infidelidad y el perjurio de los reyes».

Galdós lo introduce en *Las tormentas del 48*, configurándolo como un personaje hosco, y lo califica de estrafalario. También desde ese momento va estableciendo su ideología política al citarlo como frecuentador de la casa de José Olózaga. En los episodios posteriores apenas se le menciona, para ocupar un lugar importante en *Los duendes...*, en el que se mezclan aspectos religiosos, naturales dada su condición, y sobre todo sus actividades como prestamista. Es un hombre que produce casi rechazo, pero que sorprendentemente es admirado por Domiciana, un personaje cercano al carlismo («A Domiciana le agradaba el tal sacerdote por la sequedad cortante con que expresaba sus pareceres, ya en cosas de religión, ya cuando por incidencia hablaba de política. Le tenía por hombre entero, de arraigadas convicciones, de notoria austeridad en sus costumbres»).

Otro de los personajes fundamentales de la trama es Domiciana, que en opinión de uno de sus críticos es «de los más cuidados y perfectos que de la pluma de Galdós hayan salido». Personaje perverso y desequilibrado, es el retrato ficticio, pero con apariencias de realidad, del entorno de la Reina, hasta el punto de que acaba alojándose en Palacio. Monja exclaustrada y cuya vida en el convento no había sido precisamente un ejemplo de vocación religiosa, encarna la doblez y la falsedad de los elementos de la Camarilla. En el primero de los libros es una figura de constante presencia en la acción, mientras que en *La revolución* es solo una referencia de hechos insinuados pero no descritos de su actuación precedente.

EN LA MAYORÍA DE LAS OCASIONES EL PUEBLO ESTÁ CONCEBIDO COMO UN ELEMENTO ACTIVO EN EL PANORAMA POLÍTICO

Un personaje de gran peso en el reinado de Isabel II fue la religiosa franciscana concepcionista María de los Dolores Rafael Patrocinio, conocida habitualmente como sor Patrocinio. Introducida en el episodio *Narváez*, está configurada como una persona que en la sombra va adquiriendo una influencia notable en la política. En *Los duendes* se le vincula expresamente con notabilidades del carlismo (el capuchino Fermín de Alcaraz, el franciscano Cirilo Alameda, etc.) y refleja la polémica existente en su época sobre la veracidad de sus estigmas y en consecuencia de su santidad. En la definición de su retrato hay que mencionar también a Domiciana, quien es definida como «embajadora o cónsula de la Madre».

Existe además una institución, la Policía, que tiene bastante peso en el relato, y que está representada a través de un personaje real, Francisco García Chico, y otro de ficción, Telesforo del Portillo (a) *Sebo*. Chico es la ejemplificación del policía encargado de perseguir a opositores políticos, temido y odiado, tras un pasado oscuro en el bandolerismo y el contrabando. Galdós lo sitúa en la Policía a lo largo de más de cuarenta años, pero solo aparece mencionado en *Un faccioso más y algunos frailes menos*, como mera referencia cronológica, a pesar de que su incorporación a la institución coincide prácticamente con la restauración de Fernando VII. Chico es poseedor de una notable fortuna forjada de forma poco clara, «el jefe de los rateros y guindillas», y muestra el cinismo de quien se considera juguete del poder político.

Fue fusilado en la plaza de la Cebada el 23 de julio de 1854, a manos de un piquete de combatientes de las barricadas dirigidos por el torero José Muñoz (a) *Pucheta*.

Por el contrario, Sebo es una persona a la que la necesidad le ha obligado a ingresar en la policía para poder comer, y de la que abomina. Ello le lleva a abandonar su puesto para incorporarse a las filas de los sublevados.

Existen además personajes colectivos que tienen especial importancia en *La revolución de julio*. Me refiero al tratamiento que se da al pueblo como sujeto histórico, que a pesar de sus posibles equivocaciones «posee la percepción clara de la conducta de sus mandarines». El pueblo va marcando aspectos fundamentales de la evolución de los acontecimientos políticos, pero es enjuiciado de formas muy diferentes. Para un clérigo conservador, Codoñera, el pueblo es un ente inculto que sirve sobre todo para poner motes.

Pero en la mayoría de las ocasiones el pueblo está concebido como un elemento activo en el panorama político. Por una parte nos lo presenta como fervoroso partidario de la Reina («nos retrata al pueblo español como un enamorado de su Reina») y además como elemento del cambio, eliminando a la camarilla en las barricadas de julio, que son una continuación de las que tuvieron lugar en 1848 («Hubo en Madrid hace dos años o tres... no me acuerdo de la fecha... una trifulca muy grande en la Plaza Mayor, tropa y pueblo contra tropa»). Papel este último que Beramendi va anunciando, o quizá mejor proponiendo, en numerosas ocasiones a lo largo del texto («Esto debe hacerlo el pueblo, la masa total; pero aquí nos hemos acostumbrado a que el pueblo delegue esa función en los militares, y ya no es fácil cambiar de sistema»). Las escenas finales se desarrollan no a través de un personaje sino del pueblo de Madrid, convertido en héroe colectivo de la expulsión de los *polacos* y de la recuperación de las relaciones con el Trono.

Junto a las personas podemos situar también a elementos fundamentales como la revolución. Desde la primera página está presente la realidad de un descontento social y político, y en consecuencia la necesidad de que se realice un cambio, al cual solo se puede acceder mediante la lucha («Tolomín, no hay barricadas. Las habrá; consuélate con la esperanza. Las habrá... y tan altas que lleguen a los pisos terceros, si quieres»). Y precisamente *La revolución de julio* finaliza con escenas de lucha en las calles madrileñas. La revolución en muchos casos es generosidad, altruismo y patriotismo, que les lleva a exponer sus vidas, a ejercer esa justicia incendiaria.

Los hechos históricos. La Década Moderada (1844-1854), dominada por la figura de Ramón María Narváez, fue un periodo de gran inestabilidad el resto del tiempo, fruto de las luchas internas del moderantismo y de la intromisión regia, que estuvo tras una parte importante de las crisis ministeriales.

El 4 de agosto de 1850 fueron disueltas las Cortes, tras varios meses de suspensión, y como al frente de la cartera de Gobernación se encontraba Luis José Sartorius, cuya fama en materia de manipulación de procesos electorales estaba muy extendida, el resultado fue una mayoría aplastante de los partidarios del Gobierno.

Pero pronto surgieron divisiones en el seno de la mayoría y especialmente tras la propuesta de reducción de gastos realizada por el ministro de Hacienda, Juan Bravo Murillo. Finalmente el 29 de noviembre Bravo Murillo dimitió como consecuencia de las discusiones en el interior del Gabinete por dicha cuestión. Unas semanas más tarde era el propio Narváez quien abandonaba la Presidencia del Consejo de Ministros y a continuación pasó a residir fuera de España. Había gobernado con interrupciones durante más de seis años, y se encontraba cansado, entre otras cosas, de luchar contra las inquinas de la camarilla.

BRAVO MURILLO INTENTÓ ADEMÁS UNA REFORMA DEL SISTEMA POLÍTICO, EN SENTIDO FUERTEMENTE AUTORITARIO

Con ello se inicia la etapa final de la Década Moderada, periodo de gobiernos breves, sacudidos constantemente por las distintas facciones del moderantismo. El hecho de que Bravo Murillo gobernara casi dos años completos no puede ocultar que durante esos años cada una de las carteras tuvo cuatro titulares. Desde diciembre de 1852 a julio de 1854 se sucedieron tres gobiernos (Roncali, Lersundi y Sartorius).

Para suceder a Narváez se nombró a Bravo Murillo, decisión que implicaba un cambio en la política moderada, pues los nuevos ministros planteaban la necesidad de realizar reformas, que modernizaran el país, pero olvidándose de las cuestiones políticas. Inicialmente fueron acogidos de forma muy favorable, porque eran personas ajenas a las luchas internas del moderantismo y no vinculadas al grupo militar. Pero este mismo hecho fue una de las causas de su caída, ya que las principales personalidades moderadas no estaban dispuestas a permitir que la actividad política escapara de su control, especialmente entre los militares, que

BALDOMERO ESPARTERO. Museo del Ejército. Madrid.

no soportaban ver en el Ministerio a un personaje de menos mérito.

Teniendo en cuenta que Bravo Murillo había desempeñado con anterioridad la cartera de Hacienda, no resulta extraño que una de sus primeras preocupaciones fuera el arreglo de la Deuda mediante una reducción de su importe y de sus intereses, y el arreglo de la Administración pública. Desde los sectores cercanos a Narváez empezó a consolidarse un oposición parlamentaria, y para atajarla Bravo Murillo optó por el cierre de las Cámaras (7.04.1851).

Esta es una constante de todos los gobiernos hasta la revolución: suspensiones y disoluciones de las cámaras, y actuación del gobierno de espaldas al Parlamento.

En este periodo se firmó el Concordato con el Vaticano, fruto de las negociaciones entabladas hacía varios años. Este tratado significaba la legalización de las disposiciones, sobre todo en materia de desamortización, realizadas por los Gobiernos anteriores. Su firma tuvo además repercusiones interiores al eliminar uno de los elementos de fricción de la sociedad española. También se reguló el acceso de los funcionarios, que su dimisión no permitió la puesta en funcionamiento. Hay que señalar también las iniciativas encaminadas a fomentar el desarrollo económico: apoyo a las construcciones ferroviarias, mejora de ciertos puertos marítimos y fomento de una política hidráulica (canal de Castilla, canal de Isabel II...).

EL 3 DE NOVIEMBRE DE 1853 FALLECIÓ JUAN ÁLVAREZ MENDIZÁBAL, LÍDER EMBLEMÁTICO DEL PROGRESISMO

Bravo Murillo intentó además una reforma del sistema político, en sentido fuertemente autoritario, influido por los vientos reaccionarios que en Francia habían llevado al golpe de Estado de Napoleón. La oposición encontrada en el Parlamento movió a Bravo Murillo a disolver las Cortes para plantear su programa tras las elecciones. Pero la medida no pudo evitar la presión de los moderados y progresistas, que lograron de la Reina el cese del presidente del Consejo de Ministros antes de la celebración de los comicios (14.12.1852).

Tras la caída de Bravo Murillo se sucedieron gobiernos débiles de escasa duración, cuyo mantenimiento en el poder solo era factible mediante la represión. El primero fue encabezado por Federico Roncali, conde de Alcoy, y estaba compuesto por figuras políticas de escasa relevancia. El enfrentamiento con el Parlamento a causa de la propuesta de reforma del Senado, en la línea de la ideada por su antecesor, acabó con este Ministerio a los pocos meses (14.04.1853).

Para sucederle se nombró a Francisco Lersundi, en cuyo equipo estaba Pedro Egaña. Los cinco meses de vida de este Gobierno estuvieron marcados por las acusaciones de corrupción: una contrata de compra de carbón obligó al ministro de Marina a abandonar su cartera. Pero el problema fundamental seguía siendo el de las concesiones ferroviarias, que deseaban examinar los parlamentarios, y la desconfianza en la rectitud de intenciones de los ministros, evidenciada en la crisis de la Caja de Ahorros producida por la publicación de un Decreto regulando tales instituciones.

La descomposición del partido moderado y los enfrentamientos entre sus miembros hacían necesaria la presencia de un hombre que lograse neutralizar aquellas actividades. Con tal fin se escogió a Luis José Sartorius, conde de San Luis (19.09.1853), quien había desempeñado el ministerio de Gobernación con Narváez de 1847 a 1851. Pero precisamente su actuación en este puesto, reprimiendo a la prensa y «conduciendo» elecciones, no le hacía especialmente aceptable en numerosos sectores sociales.

Sartorius intentó calmar los ánimos nombrando para puestos importantes a personas que no estaban de acuerdo con sus planteamientos y convocó inmediatamente las Cortes, para dar una apariencia de normalidad constitucional. El 3 de noviembre de 1853 falleció Juan Álvarez Mendizábal, líder emblemático del progresismo, y su entierro se convirtió en un acto político que permitió cohesionar las distintas corrientes de dicho partido y darle confianza de cara a luchar por el poder.

El Gobierno quiso evitar que el Senado, que le era hostil, abordase el tema de las contratas ferroviarias, pero le resultó imposible. A consecuencia de este debate se produjo un duro enfrentamiento que acabó con el cierre de las Cámaras a los pocos días de iniciadas las sesiones. Esta decisión vino acompañada de destituciones de funcionarios, destierros de políticos y militares, persecución de periodistas... Fracasada la actuación condescendiente, Sartorius inició la represión, y a la oposición, cerrados los cauces de diálogo, solo le quedaba la sublevación. Moderados, progresistas, demócratas y republicanos actuaban de forma independiente con tal objetivo, y se empezaron a barajar hipótesis como el iberismo (unión de España y Portugal bajo la monarquía portuguesa) o simplemente el cambio dinástico.

El 20 de febrero Juan José Hore se sublevó en Zaragoza, pero alertó al Gobierno sobre el peligro que se avecinaba. A ello había que añadir una complicada situación social, sobre la que la ruina de oficios tradicionales, el paro y el cólera incidían de forma notable.

La Revolución de 1854 tuvo dos fases. La primera se inicia el 28 de junio cuando los generales O'Donnell, Dulce, Ros de Olano y Messina se sublevaron contra el Gobierno. Dos días más tarde se produjo un enfrentamiento en los campos de Vicálvaro, en el que las tropas gubernamentales no lograron derrotar a los rebeldes. Tras estos momentos iniciales, los moderados modificaron su propuesta de un mero cambio de gobierno que no afectara a las leyes, para ofrecer programas de reformas satisfactorios a los progresistas, ofrecimiento que quedó plasmado en el Manifiesto de Manzanares (7.07.1854).

A partir de este momento se precipitaron los acontecimientos, y al sublevarse diversas ciudades españolas (Barcelona, Valencia y Valladolid), la Reina se vio forzada a un cambio de Ministerio (17.07.1854), que no llegó a constituirse, pues los acontecimientos exigían medidas más radicales. Los progresistas y demócratas, que habían estado preparando la sublevación, aprovecharon la salida de los toros para iniciar los enfrentamientos. En los primeros momentos, en los cuales se produjeron los incendios de edificios, no hubo ninguna institución que coordinara la sublevación.

Al día siguiente, los grupos armados de la zona sur de la capital se organizaron en la Junta Auxiliar de Salvación y Defensa del Cuartel del Sud. En 48 horas se sucedieron cuatro presidentes del Consejo de Ministros: Luis José Sartorius, Fernando Fernández de Córdova, Ángel Saavedra y Baldomero Espartero. Pero hasta este último, el Ministerio se hallaba aislado en Palacio sin poder ejercer su misión y sin conseguir apoyos que lo hiciesen viable. Resultaba demasiado tarde para una solución transaccional que no incluyese promesas capaces de satisfacer a los progresistas y a los demócratas.

Durante el día 18 continuaron las hostilidades y se incrementó notablemente el nivel de armamento y organización de los sublevados. Cuando la lucha estaba ya claramente decantada a favor de estos, la burguesía madrileña logró consensuar la formación de una única Junta, bajo la presidencia de Evaristo San Miguel, quien finalmente había modificado su posición de hacía dos días negándose a participar en la revuelta. Ese mismo día, 19 de julio, la Reina escribió a Baldomero Espartero para que aceptase la responsabilidad de formar gobierno, encomendó a San Miguel la Capitanía General de Madrid y el desempeño interino de todas las responsabilidades ministeriales.

Al día siguiente, montado a caballo recorrió las calles madrileñas para imponer el alto el fuego y evitar la radicalización de los combatientes. De esta forma salvó el trono de Isabel II, quien para mostrar su agradecimiento solicitó que Federico Madrazo realizase un retrato de su salvador, hoy en el Museo del Prado, y un año más tarde le concedió el título de duque de San Miguel. El 26 de julio Isabel II entonaba el *mea culpa* mediante un manifiesto que empezaba con las siguientes palabras: «Una serie de deplorables equivocaciones...».

La revolución de 1854 fue la primera y la última oportunidad para Isabel II. En 1868 el destino de *La de los tristes destinos* fue el exilio.

José Ramón Urquijo Goitia
Instituto de Historia (CSIC)

ATENTADO DEL CURA MERINO CONTRA ISABEL II.
Grabado de 1852. Colección particular.

EPISODIO 33

LOS DUENDES DE LA CAMARILLA

LA PUERTA DEL SOL, TESTIGO DE LA REVOLUCIÓN.
Óleo de Eugenio Lucas Velázquez.
Detalle. Museo Municipal. Madrid.

I

Medio siglo era por filo... poco menos. Corría noviembre de 1850. Lugar de referencia: Madrid, en una de sus más pobres y feas calles, la llamada de Rodas, que sube y baja entre Embajadores y el Rastro.

La mañana había sido glacial, destemplada y brumosa la tarde; entró la noche con tinieblas y lluvia, un gotear lento, menudo, sin tregua, como el llanto de las aflicciones que no tienen ni esperanza remota de consuelo. A las diez, la embocadura de la calle de Rodas por la de Embajadores era temerosa, siniestro el espacio que la oscuridad permitía ver entre las dos filas de casas negras, gibosas, mal encaradas. El farol de la esquina dormía en descuidada lobreguez; el inmediato pestañeaba con resplandor agónico; solo brillaba, despierto y acechante, como bandido plantado en la encrucijada, el que al promedio de la calle alumbra el paso a una mísera vía descendente: la Peña de Francia. Ánimas del purgatorio andarían de fijo por allí; las vivientes y visibles eran: un ciego que entró en la calle apaleando el suelo; el sereno, cuya presencia en la bajada al Rastro se advirtió por la temblorosa linterna que hacía eses de una en otra puerta, hasta eclipsarse en el despacho de vinos; una mendiga seguida de un perro, al cual se agregó otro can, y siguieron los tres calle abajo... En el momento de mayor soledad, una mujer dobló con decidido paso la esquina de Embajadores, y puso cara y pecho a la siniestra calle, sin vacilación ni recelo, metiéndose por la obscuridad, afrontando animosa las molestias y peligros del suelo, que no eran pocos, pues donde no había charco, había resbaladizas piedras, y aquí y allá objetos abandonados, como cestos rotos o montones de virutas, dispersos bultos que figuraban en la obscuridad perros dormidos o gatos en acecho.

Que la mujer era joven se revelaba en la viveza de su marcha, y en la gracia exquisita de aquel paso de baile con que sus pies ligeros sabían evitar las mojaduras y asentar en los puntos más sólidos. Tan pronto se arrimaba a las casas de la derecha como a las de la izquierda, con pericia de práctico navegante. Las gotas de lluvia bailaban en los charcos, produciendo un punteado luminoso: era la única claridad que permitía discernir los contornos de aquel archipiélago, y precisar sus sirtes engañosas o el seguro de sus islotes. La moza, que tal era sin duda, pues no hay disfraz que disimule la juventud, iba totalmente vestida de negro, falda y pañuelo de manta del color de la noche, lo mismo que el pañuelo de la cabeza. Solo llevaba color chillón en los pies, calzados con zapatos o borceguíes rojos, de un tono vivo de púrpura, como la sotana de los monagos. Esto era en verdad singularísimo, y cuando se levantaba la faldamenta, no tanto para evitar el lodo, como para tener mayor desembarazo en sus ondulaciones coreográficas, el paso de la consabida mujer hacía pensar en artes y travesuras de brujería... En la pendiente de la calle estaba ya, donde los baches y pedruscos entorpecían más el perverso camino, cuando

LUCILA ERA UNA MUJER JOVEN Y DESPIERTA. Vestía de negro con brillantes zapatos rojos y en su caminar llamaba la atención de los transeúntes. Después de cruzar varios patios entró en un aposento abuhardillado donde la esperaba Tolomín. (*Tipos de Madrid*. Grabado de Ortego en *El Museo Universal*. Biblioteca Nacional. Madrid).

vio sombrajos de personas que subían del Rastro. El recelo y la curiosidad la detuvieron; se metió detrás de un esquinazo para observar. Su actitud habría podido trasladarse al lenguaje común sin más literatura que esta sencilla interrogación: «¿Serán...?». Parecía que se tranquilizaba oyendo y reconociendo sus voces; y cuando les vio escurrirse por la Peña de Francia, descender aprisa dando tumbos, por lo que más parecía torrente que calle, y sumirse por un agujero, como alimañas que habitan en los cimientos de los edificios, la moza recobró completamente su tranquilidad. Los chapines rojos, que eran lo único de ella que en aquel silencioso navegar hablaba, dijeron claramente, brincando de guijarro en guijarro: «No hay cuidado; son...». A poco de esto, empujaba una puerta, en la acera derecha, y se metía en un antro...

El cual no era otra cosa que un vasto depósito de puertas, ventanas, balcones, rejas y persianas, despojo de casas derribadas, todo ello, por obra de la oscuridad de aquella noche tristísima, convertido en aglomeración de formas durmientes. Dormían las filas de puertas ordenadas por tamaños, como inmensos tomos de interminables enciclopedias; dormían los que fueron balcones y ya parecían jaulas; dormían las rejas, que ya eran como descomunales parrillas para el asado de bueyes enteros. Peor estaban aquellos pisos que los de la calle, porque junto a la entrada se había formado una laguna de riberas lejanas, desconocidas. Pero la viajera de los rojos escarpines, que ya dominaba la orografía de aquellos lugares, se escabulló lindamente con viradas o quiebros oportunos, hasta que arribó al puerto... Vio luz, entró bajo techo, y una mujer o señora, que esto no podía definirse aún, le tocó la ropa y con lástima cariñosa le dijo: «Vienes caladita. Vete a la cocina y sécate, y come alguna cosa, mujer». La de los zapatos colorados respondió con una fórmula de gratitud, añadiendo que no podía entretenerse... Fácilmente se comprendía que una mayor querencia que el secarse y comer solicitaba con imperio su voluntad. «Vete, vete pronto arriba —le dijo la que sin duda era dueña de la casa—. Estás deshecha por llegar pronto, y hartarte de mimo... ¡Ay, hija! La juventud es un gusanillo que pide ilusión y tienes que dársela: si no, te come toda la vida. Más vale suspirar de joven por enamorada que de vieja por desconsolada. Aprovecha el tiempo, que vuela, hija, llevándose las ocasiones, y el muy perro se las guarda para que no puedan volver...». Más dijo, más quiso decir, revelándose en tan corto instante como habladora sin tasa; pero la otra, que ya conocía y padecer solía el torbellino de sus vanos discursos, no la dejó aquella noche asegurar la hebra, y extremando sus prisas impacientes dijo: «Seña Casta, con permiso... déjeme subir, que vengo retrasada y estará con cuidado».

Sin dar espacio a más razones metiose por un pasillo anguloso, saludó a una criada, acarició a dos niños que de los aposentos alumbrados y calentitos salían a verla, y por una puerta próxima a la cocina humeante pasó a otro patio más pequeño que el primero, y como aquel, húmedo, tenebroso, atestado de material de derribos, predominando los fragmentos de altares, de púlpitos y demás carpintería eclesiástica. Por la estrecha calle que las pilas de aquellos nobles vestigios dejaban al tránsito, se escabulló con ligereza hasta dar con una escalera por la cual subió, como si dijéramos, de memoria, palpando y reconociendo con manos y pies. De ladrillo y nada corto era el primer tramo. Torciendo a la derecha encontró la moza el segundo, de madera, interminable serie de peldaños temblorosos y gemebundos, sin ningún descanso, sin vuelta, todo seguido, seguido, en fatigante línea recta trazada en los senos de la pesadilla. La última parte de aquella lucha opresora con las alturas iba por descubiertos espacios. Mirando hacia abajo se veía el patio grande, parte de la calle de Rodas, y a la izquierda patios de casas domingueras, en cuyas celdas se veían claridades, y a lo largo de los corredores o en las entornadas puertas sombras movibles. Rumor de humanidad subía también, y un cuchicheo de la vida afanosa requiriendo el descanso nocturno...

Vencido el último escalón encontrose la mujer en un secadero de pieles, que antes de ser visto se denunciaba por el olor nauseabundo. Pasó la viajera, conteniendo el aliento, por los bordes del tenderete, y llegó a una como azotea, secadero abandonado y en ruinas, conservando los pies derechos que habían sostenido su techumbre. Allí se detuvo un instante para tomar resuello y meter aire limpio en sus pulmones. Vio el patio de otra casa de corredor, correspondiente a la calle de la Pasión, y por costumbre de mirar al cielo en tales alturas echó atrás la cabeza con movimiento de astrónomo. Pero el cielo, que otras noches desplegaba su soberana hermosura sobre este montón de miseria y porquería en que vivimos, aquella noche parecía espejo en que se retrataba lo de abajo, un fangal sucio, tenebroso. Arreciaba la lluvia en aquel instante, y el agua, escurriéndose aquí, goteando allá, buscando presurosa todos los caminos y conductos que la condujeran a la tierra, hacía los ruidos más extraños. En los apanzados techos mohosos corría un bullicio de arroyuelo campesino, y en las canales rotas entregábase a ejercicios de fontanería burlesca. Los absorbederos en buen uso la paladeaban antes de tragarla.

ENCONTROSE LA MUJER EN UN SECADERO DE PIELES, QUE ANTES DE SER VISTO SE DENUNCIABA POR EL OLOR NAUSEABUNDO

En todo esto fijó brevemente su atención la de los rojos chapines, buscando en la observación de tales ruidos un alivio al miedo que otros le causaban, como el galopar frenético de ratones en retirada, y el bufido de gatos feroces que les buscaban las vueltas en las entradas y salidas del colgadero de pellejos... Aún tenía que franquear la moza un paso difícil para llegar al término de su viaje. Pisando tablas rotas, metiose por estrecho espacio entre una medianería y un grupo de chimeneas; llegó al alcance de un ventanón de vidrios emplomados, en parte rotos y sustituidos con papeles, y al reconocerlo por la claridad que los sucios cristales transparentaban, golpeó con los nudillos como anunciando su llegada... De allí pasó a un segundo hueco, que lo mismo podía ser ventana que puerta, con un batiente de cuarterones y otro de cristalera alambrada: empujó... Entró como paloma que vuelve al nido.

Era un recinto abohardillado, como de seis varas de largo por tres de anchura; por un extremo, de elevación bastante para que personas de buena estatura pudieran estar en pie, por el otro suficiente no más para un perro de mediana talla... La entrada de la mujer fue ruidosa: en ella, como un júbilo triunfal; en el que la esperaba, como término de ansiedad expectante. El farolillo que alumbraba la mísera estancia daba la claridad precisa para determinar vagamente los objetos, y no tomar por personas las prendas de ropa colgadas de una cuerda. La moza se adelantó hacia un camastro, que más bien debiera llamarse rimero de pieles, mantas y enjalmas; de aquel diván humilde surgió el busto de un hombre, que abiertos en cruz los brazos, exclamó:

—¡Cuánto has tardado, mi alma! ¡En qué ansiedad me has tenido, corazón! No me consolaba más que la idea de morirme esta noche.

—¿Morirte tú, mi Tolomín, sin que tu Cigüela te dé licencia?... No faltaba más... —dijo ella sin abrazarle más que con la intención—. Chiquillo, no me abraces tú... Toca, y verás que estoy hecha una esponja. Déjame que me sacuda...

Diciéndolo, de un tirón desenlazó el pañuelo de la cabeza, quitose el de manta, y ambas piezas colgó en la cuerda de que pendían otras. Luego, risueña, con gracioso brinco, llegose al camastro, y alzando una pierna mostró el chapín rojo puntiagudo:

—Mia, mia qué pinreles traigo, Tolomín.

—¡Ay, qué bonitos! ¿De dónde has sacado eso? —dijo el hombre tirando del borceguí, que chorreaba.

—Ya te contaré —replicó la moza alargando el otro pie para que lo descalzara—. Pero antes de hablar eso, tengo que contarte otras cosas... muchas cosas, Tolomín.

Desnudos quedaron los pies de Cigüela, y mojaditos como si hubiera venido descalza. El hombre acostado le tiró de la falda, la obligó a sentarse junto a él, y le secó un pie diciéndole cariñoso:

—¡Pobre Güela, los trabajos que ella pasa por su Tolomín!... Dame ahora el otro: están heladitos.

—Ya se calentarán... ¡Con sentarme sobre ellos...! Pero antes tengo que arreglarte un poco tu sala, tu gabinete, tu camarín y toítas estas dependencias «manífícas», como decimos las manolas, y «maggg... níficas», como decimos las señoritas del pan pringado... Verás, Tolomín, qué pronto despacho.

TOLOMÍN ERA CAPITÁN DEL EJÉRCITO, comprometido con la causa liberal. Ansiaba una revolución que acabara con el conservadurismo de Narváez y se imaginaba barricadas en las calles luchando contra la opresión del gobierno. *(Comandante, capitán y soldado. Regimiento Lusitania de Cazadores.* Archivo Histórico Militar. Madrid).

—Mientras me ordenas el mechinal, cuéntame lo que pasa en Madrid, que ello habrá sido gordo...

—No pasa nada, hijo...

—¿Cómo que no? Yo he oído tiros.

—Estás soñando.

—Tiros de fusilería, y alguno, alguno de cañón —afirmó el hombre con sincero convencimiento—. Oyéndolos, me dije: «Ya se armó». Y como tardabas, pensé que por estar cortadas las calles no podías pasar hacia acá, y también me asaltó la idea de que te cogiera una bala perdida...

—¡Pobre Tolomín!... Dormido has oído los tiros; que quien despierto sueña con revoluciones y trifulcas, más ha de soñar cuando cierra el ojo.

DESCALZA, DILIGENTE, IBA DE UN PUNTO A OTRO CON SUMA PRESTEZA; Y SOSTENIENDO LA CONVERSACIÓN CON EL ABURRIDO TOLOMÍN

—No, no: bien despierto estaba cuando oí los disparos de fusilería... y ello sonaba por esta parte: primero lejos, como en la Puerta del Sol; después más cerca, como en Puerta Cerrada.

—¡Ay, qué engañoso y qué visionero!... Te aseguro que esos tiros no han sonado más que en tu pobre magín enfermo, y que Madrid está más tranquilo que un convento de monjas... no, no es buena comparación... más tranquilo que un cementerio...

—¿De veras no hay barricadas?... ¡Cigüela!

—Tolomín, no hay barricadas. Las habrá; consuélate con la esperanza. Las habrá... y tan altas que lleguen a los pisos terceros, si quieres... Pero lo que es hoy... ¡Bueno ha estado el día, y bonita la noche para esas bromas! Con las calles mojadas y la pólvora revenida, ¿quieres tú jarana?... Las revoluciones quieren sol, como los toros, y el patriotismo no ha de ser pasado por agua...

—Por decírmelo tú lo creo, que cuanto tú dices es para mí artículo de fe; pero yo estoy bien seguro de lo que oí... segurísimo... ¡Pim, pam...! ¡Fuego...! ¡pim, pam...! duro y a la cabeza... ¡pim, pam!

—Ea, no te encalabrines... Te volverá la calentura.

—¡Libertad o muerte! ¡Fuego!

—Juicio, mi capitán... No estamos tan lejos del mundo, que...

—¡Viva Isabel II!

—¡Chitón!

—¡Viva España, viva la Libertad! Todo esto va contigo, boba: la reina eres tú; tú eres España, tú la Libertad...

II

Cigüela reía. Lo primero que hizo, al acometer sus menesteres domésticos, fue sacar del bolsón, pendiente de su cintura bajo la falda, dos paquetes con envoltura de papel fino cruzada de cinta roja, y ponerlos sobre una caja que servía de mesa. Descalza, diligente, iba de un punto a otro con suma presteza; y sosteniendo la conversación con el aburrido Tolomín, al deber de mirar por su existencia y su salud atendía. En el lado donde era más alto el techo, tenía un anafre, y en sitio cercano provisión de carbón, teas y una caja de fósforos. Encendió lumbre y puso a calentar agua.

—¿Qué me has traído esta noche? —preguntó Tolomín, que no quitaba ojo de los paquetes cerrados con desusada elegancia y finura.

—¡Cosa rica!... Ya lo sabrás... Antes tengo que contarte...

—¡Vaya! Pues no gastas poca solemnidad para tus cuentos... ¡Antes con antes!... ¿Pero dónde está el principio de tus historias?

—No se debe contar lo segundo sin contar lo primero —dijo Lucila risueña y un tanto maliciosa.

—Pues échame lo primero de una vez... ¿Dónde estuviste esta noche? ¿Por qué has tardado? ¿Es esto el principio o dónde demonios está el principio de lo que tienes que contarme?

—¡El principio!... Cualquiera sabe dónde está el principio de las cosas.

PENOSA ERA LA CURA Y EL PONER LOS NUEVOS APÓSITOS, DESPUÉS DE BIEN DESPEGADOS LOS DEL DÍA ANTERIOR

—No te diviertes poco con mi curiosidad. Vamos, ¿a que te acierto de dónde son esos paquetes? Son de la repostería de palacio.

—¡Huy... qué desatino!... ¡Vaya un zahorí que tengo en casa!

—¿Conque no son de palacio? Pues de las monjas no son, porque esas señoras no envuelven sus regalitos con papeles a estilo de París, sino con papel viejo del que venden las covachuelas, y que parece pergamino, y a lo mejor te trae un pleito de principios del siglo pasado... Pues a ver si acierto... Dame los paquetes, a ver si por el olor...

—Luego, Tomín —dijo Lucila cogiendo una jofaina del depósito de loza que en un rincón tenía, piezas diferentes en mediano uso, alguna desportillada, todas muy limpias—. Ahora, caballero, a lavar las heridas.

—¡Ay, ay, qué fastidio! —exclamó Tomín incorporándose—. Pero tienes razón. Si me duele, que me duela. Lávame, cúrame: tus manos de madre me sanarán.

—Y para que mi pobre niño no se devane los sesos con adivinanzas —añadió Lucihuela avanzando con la jofaina, una esponja y trapos—, le diré dónde estuve esta noche... ¿No me encargaste esta mañana que me viera con mi padre?

—¡Ah, sí!

—¿Y no sabes, tontaina, que a mi padre lo han empleado en el teatro nuevo de la plaza de Oriente?

—¡Ay... qué tonto yo! ¡no caer...! Verde y con asa... Esta noche es la inauguración...

—Y hoy los días de nuestra soberana.

—¿No te dije que había oído cañonazos? Pues la verdad, siento mucho que los tiros fueran por Santa Isabel y no por un bonito pronunciamiento. Créelo: más falta nos hace la Libertad que todos los santos del almanaque, y más cuenta nos tiene una revolución bien traída que el mejor coliseo para ópera y baile.

Penosa era la cura y el poner los nuevos apósitos, después de bien despegados los del día anterior; pero los dedos de Lucila, que en aquel caso clínico se habían adestrado, instruidos por el amor más que por la ciencia, llegaron a adquirir singular delicadeza. El bueno de Tolomín, valiente hasta la temeridad y sufrido cual ninguno en los lances de su militar oficio, era en las dolencias de una flojedad infantil y quejumbrosa. Por cualquier dolor ponía el grito en el cielo, y la sujeción a planes médicos le desesperaba. Conociendo su flaqueza, reservaba Lucila para el momento de la cura todas las referencias humorísticas que tuviera que hacerle, y al contarlas forzaba la inflexión cómica para entretenerle o provocarle a risa. Dígase, para ir construyendo todo el aparato informativo de este personaje, que las heridas eran dos: una de cuidado en la región femoral derecha, de arma blanca; la otra de bala en el antebrazo izquierdo, herida nada grave, aunque lo parecía por la proximidad de unas erosiones molestísimas en el hombro, que interesando los músculos del cuello impusieron al paciente, en los primeros días, cierta rigidez de busto escultórico.

—Ea, ¿ya empezamos con chillidos? —decía Cigüela—. La culpa tengo yo por darte tanto mimo. ¡Si no te duele!... Ya ves con qué suavidad voy levantando el trapo, después de mojarlo bien con agua templada... Otro tironcito... Ya falta poco... Pues te contaré: loco de contento está mi padre con su destino en el teatro que ahora se llama «Real»... Me ha dicho que de balde desempeñaría la plaza solo por rozarse tarde y noche con el cuerpo de baile, y por ser demandadero de las «cantarinas», como él dice.

—No me hagas reír... ¡Ay, ay, que me arrancas la carne!... ¡Ay!... No sé cómo me río. Sigue.

—Yo no sé lo que es mi padre allí. ¿Es portero, celador? ¿Corre con la tramoya, con el gas, con la vestimenta? Vete a saber. Me ha contado que nunca creyó que hubiera en el mundo cosa tan bonita como las comedias cantadas. De todas las mentiras del mundo, dice, ésta de la comedia con música y en italiano es lo que más se parece a la gloria... Y de ello saca que mientras más grande es la mentira y más separada de la verdad, mejor nos da idea del cielo.

—Que no me hagas reír, Lucila... ¡Ay, ay!

—En los ensayos se queda como embobado, y cuando oye la orquesta con tantos violines, todos tocando al mismo son, le entran ganas de llorar, de ponerse de rodillas, y de arrepentirse de todas las picardías que ha hecho...

—¡Ay, ay, qué gracioso!

—Dice que oyendo el habla dulce de las italianas, le entran ganas de ilustrarse para entender bien lo que dicen, y ser como ellas pulido y de mucha cortesía... Y que cuando las tales y otras cuales españolas le mandan con recados para costureras, o para los maestros de música, le entran ganas...

—¡Ay, qué risa!... Por todo le entran ganas...

—Ganas de servirlas con diligencia, y de adivinarles los mandamientos para cumplirlos, siempre que sean honrados.

—Estarán contentísimos de él...

CESARON LOS FUGACES DOLORES, Y EL HOMBRE, CONSOLADO, EXPRESABA EN SU MIRAR CONTENTO Y GRATITUD

—Y él más contento que nadie, porque, según cuenta, en aquel puesto está, noche y día, mano a mano con todo el señorío... La ópera es el puro señorío, y el aquel más fino de las aristocracias nobles, como quien dice, porque todo allí es de familias reales, y por eso el teatro se llama Real, siendo reyes los tenores y reinas las cantarinas, o verbigracia tiples...

En esto, terminados felizmente el lavado y cura, Tomín suspiró. Cesaron los fugaces dolores, y el hombre, consolado, expresaba en su mirar contento y gratitud. Lucila procedió a lavarse y jabonarse manos y brazos, después de devolver a su sitio todos los adminículos de la cura, sin interrumpir su graciosa charla, de que tanto gusto recibía el desdichado enfermo.

—Pues esta noche, cuando fui a ver a mi padre, me le encontré muy sofocado, por tener que acudir con un solo cuerpo a tantos puntos y menesteres. Entré por la plazuela de Isabel II, y tuve la suerte de encontrarle en la escalera que sube al escenario. Reñía con unos tagarotes que subían trastos, y que a mi parecer estaban peneques. Subí con él y entramos en un cuartito donde había no sé cuántos hombres vestidos de frailes, fumando... Yo había corrido por Madrid desde media tarde, lloviendo a mares, las calles como lagunas, y mis zapatos, que ya venían rotos, daban por delante y por detrás las boqueadas. Los pies me dolían, me pesaban, y donde quiera que yo los ponía dejaban un charco. Uno de aquellos frailuchos, que tenía en la mano derecha el cigarro y en la izquierda la barba postiza, me miró los pies y dijo a mi padre: «¿Cómo consiente el gran Ansúrez que ande esta preciosa niña por Madrid como los patos?». Yo alargué ambos pies para que mi padre se compadeciera. «Ya te entiendo —me dijo—. Vienes a que te dé para calzado... Qué más quisiera este padre que tener a toda la plebe de sus hijos bien apañadica. Pero el dinero no abunda, lo que no quiere decir que me falten medios para remediarte. Por poco nos apuramos, hija del alma. Ven conmigo, y pisa ligero para no mojar tanto...». Llevome por unas escaleras que no tienen fin y que marean de tantas vueltas como hay que dar por ellas, y arriba de todo, atravesamos una sala donde vi sinfín de hombres vestidos de colorines... Adelante siempre: en los pasillos encontramos mujeres pintadas, feas las más, guapas muy pocas; algunas arrastrando cola; todas con alhajas de vidrio y diademas de cartón dorado. Eran las coristas. Con llave que sacó de su bolsillo abrió mi padre la puerta de un cuartón, lleno de ropas de máscara. Parecía una tienda de alquilador de dis-

EL DESPEGUE DE LA ÓPERA

El 19 de noviembre de 1850, coincidiendo con la celebración del cumpleaños de la reina Isabel II, se inauguró el Teatro Real de Madrid, con el fin de promocionar la ópera. Este género musical estaba influenciado por los trabajos de Rossini. Entre los autores más destacados figuraba Ramón Carnicer (1759-1785), con óperas italianas como núcleo principal de su producción. Otros autores prestigiosos fueron Francisco Gómez, Ignacio Ovejero, Joaquín Espín, Vicente Cuyás, Antonio Rovira, Eduardo Domínguez, Carlos Grassi, Juna Sariols, Nicolás Manent o Francisco Porcell. Las obras se representaron en el Teatro Real, cuya construcción empezó en 1818 en los Caños del Peral, frente al Palacio Real. Se iniciaron siguiendo los planos del arquitecto Antonio López Aguado y hubo varias interrupciones a causa de la penuria financiera de la Real Casa, que costeaba la empresa. Al fallecer López Aguado fue sustituido por Custodio Moreno, obligado a respetar el diseño de su antecesor. En mayo el ministro de Gobernación, José Luis Sartorius, cursó órdenes para que en el plazo de cinco meses el maestro de obras Francisco Cabezuelo lo terminara. En la inauguración se representó *La Favorita*, de Donizetti, actuando la célebre cantante italiana Marieta Alboni, Paolo Barroilhet y Carlos Gardoni.

EN LA ÓPERA. Óleo de Fierro. Museo del Prado. Madrid.

fraces. En el suelo vi un montón de zapatos y borceguíes de todos colores. Mi padre me dijo: «De esta zapatería de comedias cantadas o por cantar, escoge lo que más te guste. Nos trajo ayer todo este material un marchante que tuvo el suministro de equipos para teatros donde salen séquitos y acompañamiento de reyes, o donde figuran diablos, ninfas y personas mágicas. Pretende que el intendente de acá lo compre, y mientras se determina, me ordenaron que aquí lo metiera y guardara... Paréceme que esos chapines encarnados que acaban en punta son de la medida de tus pies. Cógelos y no repares, hija de mi corazón». Pues vistos y examinados los chapines, me parecieron bien. Me quité la miseria de mis zapatos, y con las medias empapadas lo tiré todo en aquel montón, poniéndome los borceguíes, que me servirán mientras no tenga cosa mejor. Díjome el padre que este calzado es para unas brujas de no sé qué tragedia con solfa, en la cual sale un caballero al que las viejas malditas, amigas del demonio, le anuncian que será rey, y él se lo cree, resultando que, por la comezón del reinar, mata a su soberano, y luego... no me acuerdo de más. Cuando me ponía mis escarpines, me contó mi padre que él había encontrado entre aquellos trapos un coleto magnífico, como para un príncipe cazador que matara las perdices cantando, y que con la tal prenda y unos pedazos de otra se había hecho un buen chaleco de abrigo.

PARÉCEME QUE ESOS CHAPINES ENCARNADOS QUE ACABAN EN PUNTA SON DE LA MEDIDA DE TUS PIES

Muy entretenida con este relato, el pobre Tolomín no quería que tuviese término; pero Cigüela hizo un paréntesis. Llegándose a él con otra jofaina, agua nueva y esponja distinta, le dijo con gracia:

—Ahora, pobretín mío, me dejarás que te lave un poco la carátula... Luego comeremos. ¡Verás qué cosas ricas!

El capitán hizo un mohín de protesta, plañidero. Pero ante la insistencia de la moza, cariñosamente manifestada, cedió y se dejó lavar. Con tiernas frases iba Lucila marcando la operación:

—Primero los ojitos, para que no estén pintañosos... ¡Si vieras qué bonitos te los he dejado!... Pues ahora voy con la nariz, con las mejillas... ¿Y este bigotito que está lleno de pegotes?... Si supiera yo afeitarte la barba, te dejaría más guapín que un sol... Voy ahora con las orejas: un poquitín de paciencia... Pronto acabo. Más agua, más. Eres como un santo viejo, que tu sacristana ha encontrado en un desván. Lo cojo, lo lavo... Pues entre el polvo y las moscas lo habían puesto bueno. ¿Ves? Ahora, ya eres santo nuevo, acabadito de poner en el retablo... Si tuviéramos espejo, verías qué lindo estás... ¡Y qué bien se ha portado mi nene dejándose lavar tan calladito...! Se merece un beso... digo, dos... digo, tres.

—Ciento, mi alma —replicó Tomín besándola con intensa emoción.

—Ahora te paso un peine, y quedarás tan precioso como cuando te conocí...

—Comamos, alma —dijo el herido—. Tengo hambre.

—Ahora mismo. Medio minuto se tarda en poner la mesa y servir el primer plato —dijo Lucila, que retirando el servicio de lavar trajo al instante el de comer, y comenzó a deshacer los paquetes—. Pues sigo contándote. Mi padre, cuando bajábamos, luciendo yo mis zapatos de bruja, me habló así: «Hija del alma, si yo te hubiera criado desde chiquita para cantatriz, poniéndote a la solfa con buenos maestros cantores y salmistas, otro gallo a todos nos cantara... Lo que hicieras con el juego de garganta lo realzarías con el juego de ojos y toda la sal de tu rostro, que en este beaterío entra por mucho el buen palmito y el salero del cuerpo... Pero la voz es lo principal... y lo que más se paga. ¿Sabes lo que gana la señora Alboni? Pues

19 de noviembre de 1850

El nuevo Teatro Real abre sus puertas

Isabel II inaugura el edificio, cuya construcción se había prolongado durante 32 años

Obras interminables

El Teatro Real comenzó a construirse en 1818, bajo el reinado de Fernando VII. El 7 de mayo de 1850, Isabel II exige la inmediata finalización de las obras y en apenas seis meses el edificio queda inaugurado

El majestuoso edificio abrirá sus puertas el 19 de noviembre de 1850, coincidiendo con la onomástica de la Reina. Al acto asistieron algunas de las personalidades culturales y políticas más influyentes de la época

▲ La obra que se eligió para la jornada inaugural fue 'La Favorita', de **Gaetano Donizetti**, cuya representación corrió a cargo de Mariena Albotti. La acogida del público resultó espectacular

El Teatro Real en cifras

Duración de las obras	32 años
Iluminación	Lámparas de gas
Empleados	447
Orquesta	90 músicos
Coro	60 voces (35 hombres y 25 mujeres)
Plazas	2.800 (500 en el patio de butacas, 1.100 en palcos y 1.200 en el 'paraíso')

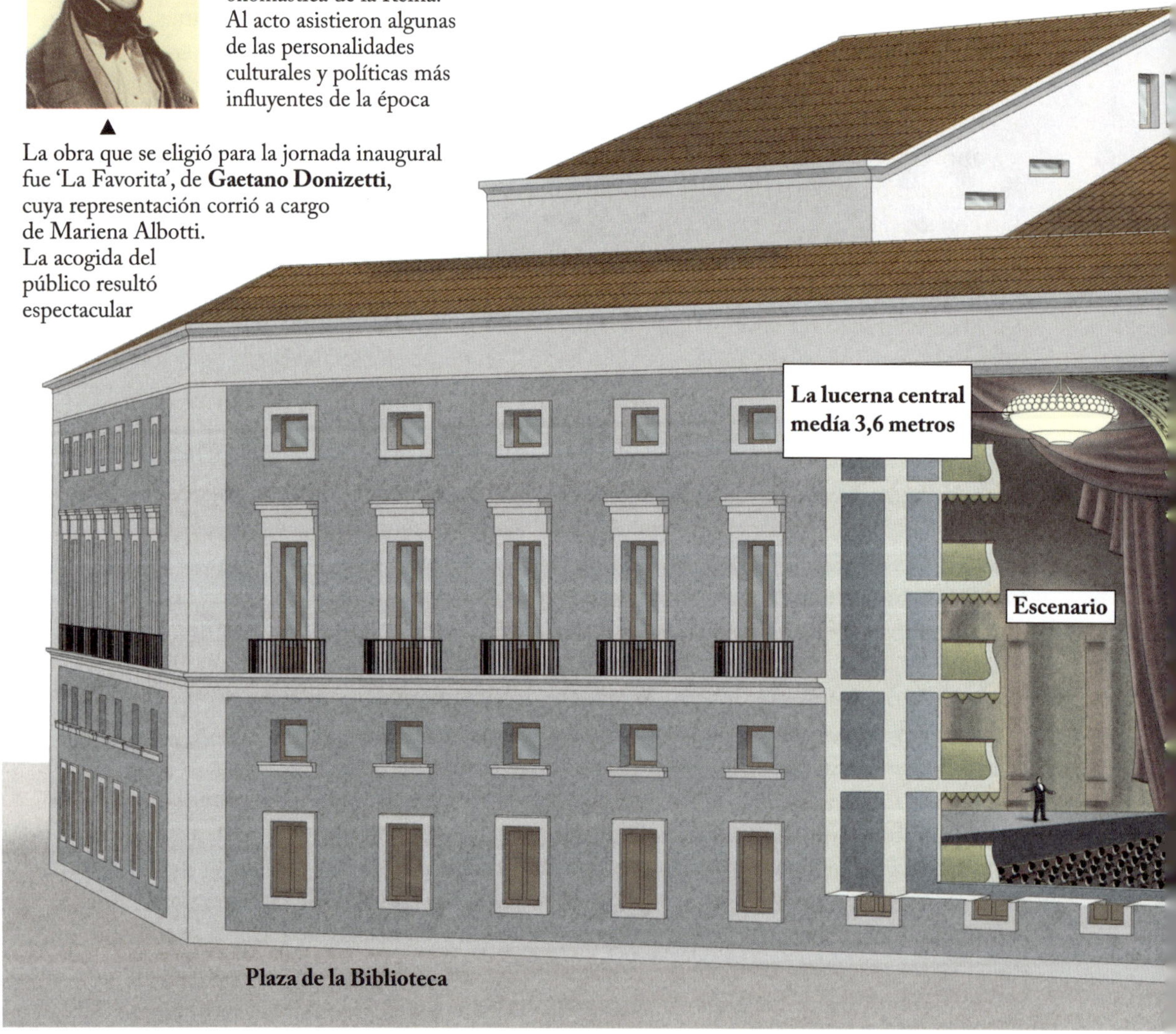

FUENTE: "El Teatro Real en la época de Isabel II", Mª Antonia Martínez Ibáñez; "Historia del Teatro Real", Joaquín Turina

1817	1818	1820-1823	1831	1837
El Teatro de los Caños del Peral, cuyo origen databa de 1746, es derribado por su deplorable estado y porque restaba visibilidad a las obras que se estaban efectuando en la Plaza de Oriente	Se encarga a Antonio López Aguado el diseño de un nuevo teatro	El edificio, cuyas obras no habían terminado, se convierte en sede de las Cortes	Tras múltiples paralizaciones, fallece López Aguado y Custodio Moreno pasa a dirigir las obras	El edificio será la sede del Congreso de los Diputados hasta 1850, año en que concluyen definitivamente las prolongadas obras

Precios (PF= Primeras filas; OF= Otras filas)

Butacas	20 reales
Palcos sin entrada	80 reales
Palcos proscenios	100 reales
Palcos con entrada	PF: 10 reales / OF: 8 reales
'Paraíso'	PF: 8 reales / OF: 4 reales

Abonos de temporada

Los abonos que se pusieron a la venta para la primera temporada incluían 150 funciones (aunque sólo 122 llegaron a representarse). Un palco valía 12.000 reales, pudiendo dividirse en 24 lotes de 500 reales (cada lote daba derecho a dos personas a asistir a 25 funciones)

Decoración exterior

La fachada cuenta con varias esculturas: Apolo; Minerva coronando al Genio; las Musas de la Paz; medallones con las efigies de Lope de Vega y Calderón de la Barca; y seis bustos de Mozart, Rossini, Garcilaso de la Vega, Iriarte, Meléndez Valdés y Moratín

Con una inversión de **42.000.000 de reales,** costó casi tres veces más que el Congreso de los Diputados

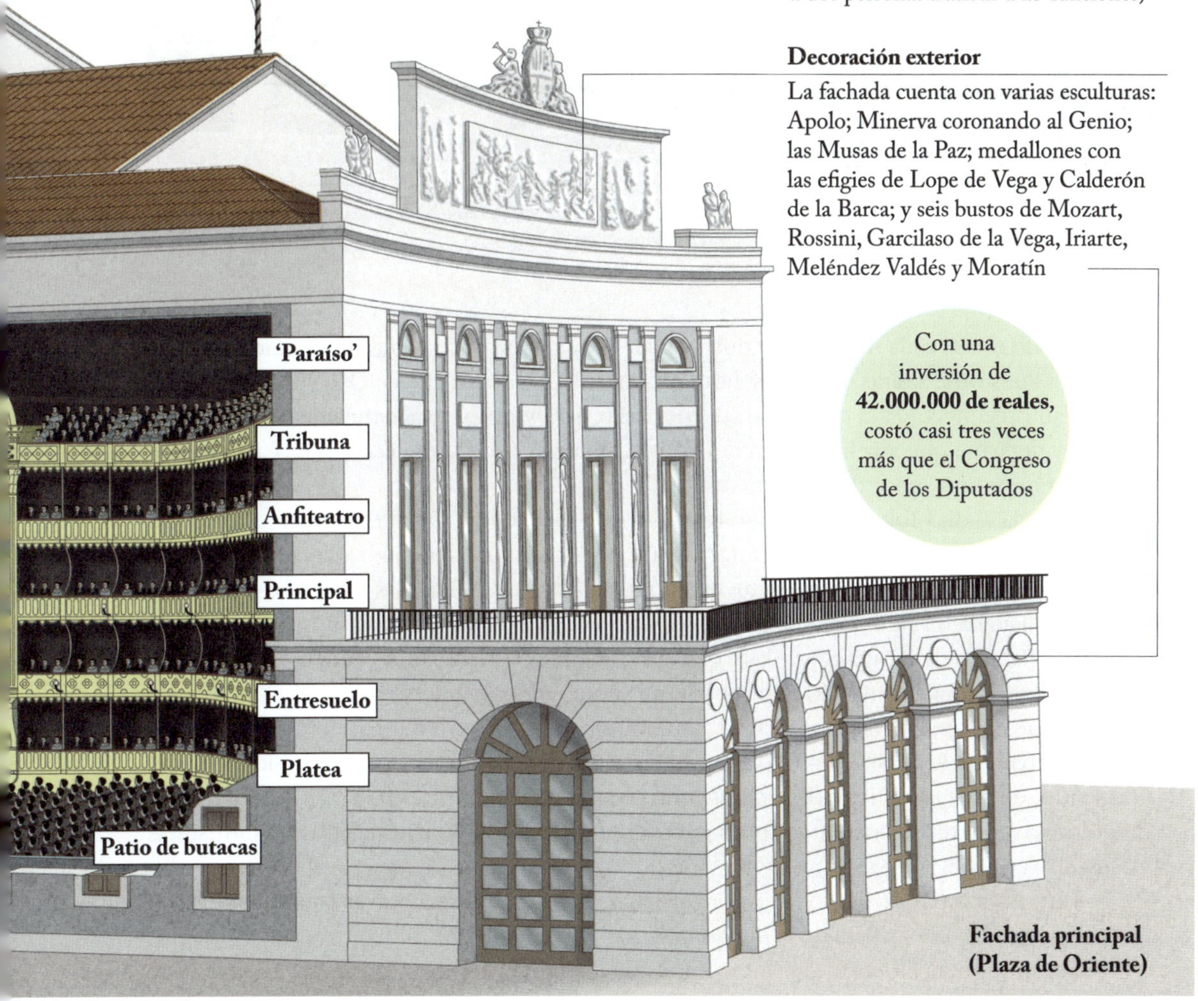

Documentación: Pelayo Álvarez

CUTANDPASTE GRAPHICS

LA COMIDA EN LOS CAMERINOS DEL TEATRO. La cantante Alboni tenía por costumbre montar en el camerino una mesa con viandas que encargaba en el restaurante Lhardy y que luego repartía con la servidumbre. (*Suripantas entre bastidores*. Grabado de época. Museo Municipal. Madrid).

mil y pico de duros cada mes... Echa duros, hija. ¡Mira que si yo te viera a ti ganando esos dinerales...! Pues otra: sabrás que a la señora Alboni le he caído en gracia. Dos veces me ha llamado a su presencia. ¿Para qué creerás? Pues solo para verme, para echarme unas miradas tiernas, y decirme que soy la imagen del fiero castillano... que si me compongo, fácilmente me tomarán por un señor duque vetusto».

—Cigüela —dijo Tolomín soltando la risa—, eso lo inventas tú para divertirme.

—Tontín, no invento nada. A contarme iba los «rendibús» que hizo a la cantante; pero había empezado el acto segundo, y tuvimos que callarnos, arrimaditos a unos bastidores. A mis orejas llegaba un bum bum; la música no la distinguía yo del ruido; los aplausos y la orquesta me parecían la misma cosa. «Este que ahora canta por lo más fino —me dijo mi padre— es el rey, quien parece ha tenido que ver con mi señora Alboni, quiere decirse, con la persona figurada que el papel reza y canta...». Vi a la Alboni, cuando entró para adentro: es una gordinflona, una caja de música dentro de otra caja de carne... Refirió mi padre que siempre está comiendo; en su cuarto tiene dos mesas, una con las cosas de tocador, y otra con el recado de golosinas, platos de sustento, como jamón con huevo hilado y bartolillos de tantísimas clases.

—Pero no me has dicho cómo y por qué han venido a nuestra pobre mesa el solomillo lardeado y la lengua escarlata de la *prima donna*.

—Pues muy sencillo: esta señora, como toda cantante, tiene ida la cabeza. El seso se le escapa con los gorgoritos. Como es pura música, no se acuerda de nada. Al instante de mandar una cosa la olvida. Primero fue por los comistrajes un criado italiano; después la doncella... luego mi padre... los tres para un solo encargo... y cuando la señora entró en su cuarto creyó que entraba en la tienda de en casa Lhardy... Enfadándose consigo misma por su poca memoria, empezó a echar trinos y gorjeos para arriba y para abajo, que es una receta que tiene para enflaquecer, y luego, todo el sobrante de comida lo repartió entre los de la servidumbre, tocándole la partija mayor a mi padre, que me la dio a mí... Pues una vez que cogí este regalo, que con los chapines era bastante para dar por bien empleada mi noche, no quería yo más que echar a correr. Mi padre no me soltaba. «No, no te vas sin que yo te enseñe el golpe de vista... No verás cosa semejante hasta que ganes el cielo». Esperamos al entreacto, y mientras corrían por el escenario dando patadas los que quitan y ponen los lienzos, mi padre me llevó al telón que sube y baja, y que en aquel momento parecía una pared. Díjome que pusiera el ojo en una mirilla con cruzado de alambres, y por allí vi todo el señorío público, que es cosa para quedarse una encandilada y trastornada por tres días. ¡Qué lujo, Tomín!; ¡qué tienda de piedras preciosas, de rasos y terciopelos, de pechos mal tapados, de encajes, de caras bonitas y caras feas, de cruces, bandas y entorchados! Era como una feria, y yo decía: «Parece que todas y todos compran o venden algo...». Enfrente vi a la Reina vestida de color de aromo con adorno de plata, guapísima: diadema, collar de perlas, sinfín de diamantes; la Reina Madre hecha un brazo de mar y despidiendo luces a cada movimiento. Mucha gente de palacio, muchas ministras, generalas y mariscalas de campo, y ellos... coqueteando más que ellas... Visto "el golpe de vista", como decía mi padre, ya no me quedaba nada que ver. Me fui a la calle, rompí con trabajo las filas de coches, y chapoteando me vine acá.

ENFRENTE VI A LA REINA VESTIDA DE COLOR DE AROMO CON ADORNO DE PLATA, GUAPÍSIMA

—Al mirar por el agujero del telón, ¿no viste alguna cara conocida?

—Vi muchas, Tomín... Madrid, que parece grande, es chico, y el que una vez ha visto su gente, la ve luego copiada en todas partes... Tienes sueño...

—Sí: me duermo... —dijo el herido abatiendo con dulce pereza los párpados—. Cigüela... si ves que duermo demasiado, me despiertas, ¿eh?..., no me vaya a quedar muerto...

III

Con una recomendación semejante se dormía todas las noches el desdichado Tomín. Si en los primeros días de su doloroso cautiverio le atormentó el insomnio, una vez descansado y convaleciente, la naturaleza en vías de reparación abandonábase a un sopor parecido a la embriaguez, solo turbado a ratos por la idea de que dejándose caer sin interrupción por la resbaladiza pendiente del sueño, iría sin pensarlo a parar en la muerte... Viéndole aquella noche al borde de la caída, Lucila o Cigüela le empujó en vez de contenerle; le pasó la mano por los ojos, le besó la frente, le acunó con suaves arrullos de nodriza, no sin decirle que durmiera descuidado: ella le despertaría cuando fuera tiempo. Al sentirle dormido, se acomodó a su vera, en lo más bajo del camastro, sentándose a la turca y reclinando su cabeza blandamente sobre el hombro sano del capitán. Antes apagó la luz de la linterna, que a su lado tenía.

En esta postura y disposición, que apenas alteraba por no turbar el sueño del herido, se pasaba Lucila la noche, descansando algunos ratos, los más despierta, ante la presencia de sus vigilantes pensamientos que no querían dormir, ni apagarse en su caldeada mente. La oscuridad del mechinal no era completa, ni aun en noches turbias como aquella del 19 de noviembre, pues se veía el rectángulo luminoso del ventanón cuadriculado por los vidrios. En noches claras, Lucila veía y gozaba la luz difusa del cielo y alguna estrella resplandeciente. Ruidos no faltaban. La noche de referencia, los dedos de la lluvia toqueteaban sin cesar por un lado y otro de aquella frágil construcción; pero ni esto, ni el mayar de gatos trovadores, ni los golpes que daba un palo roto y colgante en el secadero, molestaban a Lucila. Sus inquietudes surgían de su propia imaginación, a veces cuando sus sentidos se apagaban en el sueño... Despertaba como de un salto, creyendo que las desvencijadas escaleras por donde a su tugurio se trepaba, crujían bajo el peso de dos, tres o más personas. Las voces se aproximaban... Eran primero un susurro, después un coro como los de las comedias cantadas.

Más de una vez se levantó, aterrada, y con menos ruido que el que pudiera hacer un gato se iba derecha a la puerta, y aplicaba el oído... Tardaba un rato la infeliz mujer en convencerse de que los rumores inquietantes eran querellas en algún patio vecino, o vocerío de borrachos en la tasca de la calle de Rodas... Cuando todo callaba, el pensamiento se iba del seguro, poniéndose a decir unas cosas, y a razonarlas con lógica tan bien urdida, que no había más remedio que creerlo. ¡Dios sacramentado, lo que decía! Pues nada, que el señor Melchor, alias el Ramos, y su esposa señá Casta, poseedores de aquellos endiablados tenderetes, se cansaban de ser caritativos encubridores del tapujo y lo denunciaban a la fiera policía, o permitían que algún taimado servidor lo revelara... Hasta que la luz de la mañana no despejaba su cabeza, limpia de nieblas su tormentosa mente, no recobraba Lucila la confianza en sus honrados y leales protectores.

Por estos o los otros pensamientos iba siempre a parar al examen de la tristísima situación a que había llegado, sin ver por ninguna parte remedio ni salida; todo por el amor a un hombre, razón esencial del infortunio mujeril. En proporción de su desgracia estaba el origen de ella: amor tempestuoso, irregular, semejante a un soberano desorden de los elementos; si amó a Tolomín con ternura cuando le vio y conoció fugitivo y condenado a muerte, locamente le amó después, teniéndole a su lado en lastimosa invalidez y acechado por cazadores de hombres. El Tolomín herido, enfermo, en extrema pobreza, y oculto en un albergue mísero, merecía un amor que resumiera todos los amores humanos: era, pues, para Lucila, el prójimo, el amante, el hermano, el niño desvalido, a quien la cariñosa vigilancia materna defiende de la muerte en todos los instantes. El inmenso padecer de aquella situación no había entibiado el ardiente amor de Lucila: por el contrario, la abnegación, fundiéndose con él, llegaba a constituir un sentimiento formidable, y del fondo de tanto infortunio brotaban espirituales goces. Por todos los bienes de la tierra, ofrecidos y dados en montón, no cambiara Lucila su vida de sacrificio y de protección en aquellos días, y antes muriera cien veces que abandonar al desgraciado capitán, aun sabiendo que le dejaba en manos salvadoras. Y era mayor el mérito de su paciencia enamorada cuando se daba a pensar soluciones y no encontraba ninguna. Especiales accidentes de su vida, que aún no conoce bien el historiador, dieron a la hija de Ansúrez, dos años antes, ocasiones de valimiento en dos lugares donde residía todo el poder humano; pero ni en uno ni en otro sitio podía ya so-

MÁS DE UNA VEZ SE LEVANTÓ, ATERRADA, Y CON MENOS RUIDO QUE EL QUE PUDIERA HACER UN GATO SE IBA DERECHA A LA PUERTA, Y APLICABA EL OÍDO

LAS HUMILDES CASAS DEL CENTRO. En los barrios populares abundaban las casas de vecindad, diminutas y recogidas, repartidas en corralas donde el vocerío de borrachos o las disputas de matrimonios se escuchaban a diario. (*El Rastro*. Grabado de Perea en *El Museo Universal*. Biblioteca Nacional. Madrid).

licitar socorro. En el convento de Franciscanas de la Concepción no querían ni verla siquiera, como no fuese allá con propósito de reingresar en la vida religiosa y de abominar de sus culpas pasadas y presentes; en palacio, las amistades que creó y mantuvo con su leal servicio habían perdido ya toda su eficacia.

No podían faltar a Lucila, cuando conciliaba el sueño en las tristes noches del palomar, pesadillas angustiosas. Consistían siempre en la súbita presencia de la policía. Soñando que estaba despierta, veía la moza entrar en la estancia hombres con linternas, y uno de ellos se adelantaba con mal gesto y decía: «No moverse, no hacer resistencia, no negar lo que no puede negarse, que ya nos conocemos, señor capitán don Bartolomé Gracián». Por acostumbrada que estuviera la mujer a tan terrorífico ensueño, siempre despertaba de él sin aliento, el corazón disparado... ¡Bartolomé Gracián! Habría querido Lucila anular este nombre, suprimirlo, arrojarlo a los senos de la nada, donde, a su parecer, están las cosas que no han existido nunca. De este modo, eliminado aquel nombre de todas las partes del universo, quedaría en salvo la persona que lo llevaba. Jamás lo pronunciaba con el rigor de sus letras, y el familiar mote de «Tolomé» que en días felices usaba, lo fue cambiando sucesivamente en «Tolomín», luego en «Tomín», con tendencias a extremar la síncopa pronunciando tan solo «Min». El apellido, aquel «Gracián» tan sonoro y expresivo, lo declaraba caducado y sin valor acústico, como perteneciente a los dominios del silencio.

Amaneció el 20 de noviembre con intermitencias de llovizna y despejo del cielo. Antes de que el herido despertara, Lucila se levantó diligente, y puso mano en la limpieza y arreglo de la vivienda mísera: a bien poco se reducía su trabajo; pero se daba el gusto de variar el sitio de algunas cosas y de sacudir el polvo de las prendas de vestir. Viendo a su amigo desperezarse, le dijo:

—Min, voy a hacerte tu chocolatito.

Las primeras palabras de Tolomé fueron estas:

—Dime, Cigüela, ¿ha caído Narváez?

—Hijo, no sé... no he oído nada.

—Entonces lo he soñado yo. Sí, sí, sueño ha sido; pero tan claro como la misma realidad. Las reinas hija y madre despedían a Narváez, como en aquellos días del Relámpago; pero ahora con peor sombra para don Ramón, porque no volvían a llamarle, y formaban un ministerio eclesiástico... No te rías: a esto hemos de llegar, si no lo remedia quien puede remediarlo, que es el santo ejército. España vive siempre entre dos amos: el ejército y la clerecía: cuando el uno la deja, el otro la toma. ¿Duermen las espadas?, pues se despabila el fanatismo. Tan despierto anda, que me parece que estamos en puerta... ¿no lo crees así?

—Yo no entiendo de eso, hijo mío —replicó Lucila engolfada en su trajín.

—Y el propio don Ramón, o Figueras, o Lersundi, serán los primeros que saquen los batallones a la calle. Dime que sí, Lucila: dame esa esperanza.

Afirmó Cigüela todo lo que él quiso, y le regaló el oído con la confirmación de las ideas que manifestaba.

—No hay España sin libertad, y no hay libertad sin ejército —prosiguió Tomín, enardeciéndose más a cada frase—. Al ejército debe España sus progresos, y el tener cierto aire de familia con los pueblos de Europa... No hablen mal de las revoluciones los que son personas y llevan camisa por haberse pronunciado. La sedición, ¿qué es? El instinto de la raza española, que por no caer en la barbarie, da un grito, pega un brinco, y en su entusiasmo viene a caer un poquito más acá de la ordenanza. Dime que piensas como yo.

—Sí, hijo, todo está muy bien pensado —y llegándose a él calzada con los borceguíes rojos y puntiagudos de las brujas de Macbeth, añadió—: Min, tú serás general.

Aquel día, iniciada ya la reparación de su organismo, Bartolomé estuvo muy animado, y algunos ratos locuaz. Se desayunó con apetito, y cuando llegó la hora de la cura y abluciones de la mañana, sometiose sin remusgar a los requerimientos de su cariñosa enfermera. Quiso ésta que hiciese nuevo ensayo de andar un poquito, probando el renaciente vigor de la pierna herida, y él aceptó gozoso la idea. Poco tardó Lucila en vestirle, a medias, echándole una manta por los hombros, pues no había de salir del cuarto, y puesto en pie con algún dolorcillo en los remos inferiores, comenzó el paseo.

AL EJÉRCITO DEBE ESPAÑA SUS PROGRESOS, Y EL TENER CIERTO AIRE DE FAMILIA CON LOS PUEBLOS DE EUROPA

—Daremos diez o doce vueltas en la plaza de Oriente —le decía Cigüela llevándole bien agarradito a lo largo del tabuco—, y luego pasearemos a lo ancho, o sea desde el Teatro Real a la puerta del Príncipe. No dirás que no estás fuerte, Min. De anteayer a hoy, ¡qué mejoría tan grande!

—Di: ¡qué progreso! Esto es progresar, Lucila... En los primeros pasos me ha dolido un poco la pierna. Ya no siento nada. En todo progreso pasa lo mismo. Duelen los primeros pasos... Oye una cosa: no te olvides hoy de traerme *El Clamor*... Me traerás también *La Nación* y *La Víbora*.

Brochazo 51. Madrid 24 de Setiembre de 1848. 12 cuartos.

DON CIRCUNSTANCIAS,

PERIÓDICO SATÍRICO-POLÍTICO-LIBERAL.

LOS ANTIGUOS PARTIDOS MONARQUICOS EN FRANCIA.

En nuestro último número hablamos del general Cavaignac, lisongeándonos con la idea de verle pronto de un modo definitivo al frente de la República. Nosotros deciamos: Cavaignac es ahora el héroe de la Francia republicana; el pais ha contraido con él una deuda de gratitud, que pagará dándole su voto para la presidencia. Cavaignac será, pues, el presidente de la República.

Entonces, sin embargo, no podiamos tener muchos motivos aparentes para lisongearnos de ese acontecimiento. En el sentir de los órganos reaccionarios de la Francia, el general Cavaignac estaba entregado por entero á las influencias de los que antes fueron

LA LECTURA DE LA PRENSA AYUDABA a Bartolomé a soportar las horas de encierro. Lucila le proporcionaba los periódicos necesarios para que estuviera informado: *El Clamor, La Nación, La Víbora, El Mosaico, El Duende Homeopático* y los satíricos que criticaban las acciones del gobierno. (*Don Circunstancias*, periódico satírico, político y liberal. Hemeroteca Municipal. Madrid).

—*La Víbora* me parece que no sale ya.

—Habrá disgustado a la camarilla... Pues me traerás otro papel cualquiera: *El Mosaico, El Duende Homeopático*. La cuestión es leer...

A la vuelta de su paseo, que le probó muy bien, recobró su actitud perezosa en el camastro bien mullido. Cigüela se puso a coser, preparándose para salir en busca de recursos con que prolongar un día más la existencia de ambos, problema inmenso, cuyas angustiosas dificultades ella sola conocía. Taciturna estaba la moza, el capitán, despejado y comunicativo. Su locuacidad le llevó pronto al optimismo y al mental derroche de proyectos, contando con un risueño porvenir. Véase la muestra:

—Tú me has dicho que seré general; me lo has dicho por consolarme. Tu profecía puede ser un halago, y puede ser una gran verdad... Porque... fíjate bien, Cigüela... lo que no ha pasado todavía, pasará mañana, o la semana que viene. Narváez cae lanzado de un puntapié: triunfan las monjitas y sus valientes capellanes. ¡Viva la Inquisición!... Pero no cuentan con la vuelta; que estas partidas siempre la tienen; y el perro que han echado de casa es de mala boca, mordelón rabioso cuando lo azuzan. Corren los días, dos semanas no más, y el de Loja, con tres o cuatro generales, saca las tropas de sus cuarteles y tira con ellas por la calle de en medio. La revolución viene a poner las cosas en su lugar. El ejército gobierna, y la clerecía escupe... Vuelve todo a ser como Dios manda, o como manda la libertad... Primer efecto: indulto general a los que por la libertad y la Constitución del 12 o del 37 faltaron a la ordenanza... Pues aquí me tienes pasando de condenado a recompensado. En estos casos, la costumbre es celebrar el triunfo concediendo a toda la oficialidad un ascenso, o dos ascensos... casos hubo de tres. Me verías pronto restituido a lo que fui, saltando de capitán a teniente coronel... De ahí para arriba... figúrate. Cualquier servicio en persecución de los rebeldes, que rebeldes habrá con este o el otro nombre, me dará los tres galones. Luego... tú fíjate en lo que tardó Riego en subir de comandante a General...

Hizo Lucila un gracioso mohín, como indicando que no sabía la Historia suficiente para dar su opinión de aquellos asuntos, y él continuó impávido:

—Pasa tu vista por todos los generales que tenemos, y veme señalando los que en tal o cual punto de su carrera no fueron condenados a muerte, o no merecían serlo por sediciosos, por faltar a esa preciosa disciplina. Imagina tú el cumplimiento estricto de la ordenanza en lo que va de siglo, y dime lo que con ese cumplimiento estricto sería la Historia de España. Tendrías que decirme una cosa que ya sé, y es que con la ordenanza virginal no habría Historia de España, o sería tan solo una página muy aburrida y muy negra de la historia eclesiástica.

Recomendole Cigüela que no se ocupara de política ni pensara en revoluciones. Si éstas venían, muy santo y muy bueno; pero si no querían venir, ¿a qué repudrirse la sangre por traerlas fuera de tiempo?... No podía extenderse a más largo palique sobre estas materias, porque ya era hora de lanzarse a la calle en busca de medios de vida. Mucho sentía dejarle solo; creía que no llevaba consigo más que la mitad del alma, alentada por los afanes, dejándose allí la otra mitad con los pensamientos de vigilancia y temor. ¿Pasaría algo en su ausencia? Al volver, ¿le encontraría como le dejaba?... Una y otra vez le recomendó que no se moviera de su lecho, que no cayese en la mala tentación de levantarse y salir al ventanal, que no hiciese ruido y permaneciera quietecito, leyendo las entregas descabaladas, que ella había traído, de *La Italia roja, Historia de las revoluciones,* por el vizconde de Arlincourt, obra que, aun leída en sueltos retazos, debía de ser de mucho entretenimiento... Mutuas ternezas: «Adiós, adiós»... «Que vengas prontito»... «Volaré».

RECOMENDOLE CIGÜELA QUE NO SE OCUPARA DE POLÍTICA NI PENSARA EN REVOLUCIONES

IV

Una sola persona (sin contar el viejo Ansúrez y los dueños de la casa, calle de Rodas) poseía, por confianza de Lucila, el delicado secreto de aquel escondite en altos desvanes: era una monja exclaustrada con quien la linda moza tenía amistad, contraída superficialmente en el monasterio de Jesús, reanudada con honda cordialidad fuera de la vida religiosa. En esta se llamó sor María de los Remedios; su nombre de pila era Domiciana, y había vuelto al mundo de una manera un tanto irregular, por enferma de locura, que se estimaba incurable. El delirio que padeció consistía en la idea fija de ahorcarse, en otras manías inocentes, pero incompatibles con la vida de contemplación, en el furor de gritar y de ofender cruelmente a personas eclesiásticas muy respetables, todo lo cual determinó el designio de devolverla sin violencia ni escándalo a su padre y hermanos para que la cuidasen, y corrigieran sus desvaríos por el método doméstico, con paciencia, cariño y honestas distracciones.

Volvió, pues, Domiciana a su casa y al amparo de su familia, que era de origen extremeño, establecida en Madrid, calle de Toledo, desde tiempo inmemorial, con el negocio de cerería; y no bien tomó tierra en el hogar paterno, acomodose lindamente al vivir secular, echando, como si dijéramos, un nuevo carácter. Ansiaba morar con los suyos, ver gente, ocuparse en menesteres gratos, lucidos, y de eficacia inmediata para la vida. Pasado algún tiempo, no se mordía la lengua para decir que su temprana inclinación religiosa no había sido más que una

LAS NOVELAS POR ENTREGAS

En el siglo XIX se produjo una eclosión de publicaciones periódicas. Muchas eran de carácter político y se orientaban a la defensa de una u otra ideología y otras locales o sectoriales, enfocadas a la información económica o social. Debido a que la mayor parte de los beneficios económicos procedían de la venta, estas publicaciones procuraron atraer a un público fiel y a la postre compradores habituales. Esto propició la introducción de un nuevo género literario que se difundió a través de la prensa: los folletines y las novelas por entregas. Los primeros eran obras literarias completas que se publicaban por capítulos; las novelas por entregas, en cambio, eran creaciones específicas que se escribían sobre la marcha y que se prolongaban mientras tuvieran éxito. Fueron un fenómeno literario revolucionario ligado a la extensión de la alfabetización de las clases humildes, constituyéndose como lectura de consumo masivo a costes muy moderados. El fenómeno comenzó en Francia con la inclusión en el periódico *Le Press*, en 1842, de obras por capítulos al tiempo que reducían el precio de suscripción y comenzaban a insertar anuncios publicitarios. La idea tuvo tal éxito que pronto la imitaron otros diarios franceses como *Le Siècle*, *Journal des Debats* o *Constitutionnel*. El primer triunfo editorial del folletín fue *Los misterios de París*, de Eugenio Sue, publicada entre 1842 y 1843. Muchos otros le siguieron, pues la fórmula se popularizó rápidamente entre los escritores: Honoré de Balzac, Émile Zola, François René Chateaubriand o Alexandre Dumas, que publicó de este modo *Los tres mosqueteros* y *El Conde de Montecristo*. En Inglaterra destacaron Charles Dickens y Arthur Conan Doyle, con su detective Sherlock Holmes. En España las tiradas de cada capítulo llegaron a alcanzar los trece mil ejemplares, una cifra asombrosa en un siglo en que la mayor parte de la población no tenía acceso a la cultura. Galdós fue uno de los autores que mayor éxito alcanzó mediante la publicación de folletines en la prensa. Pero también hubo muchas obras que se publicaron de forma anónima, que se escribían en colaboración entre varios autores o que comenzaban unos y continuaban otros.

PORTADA DE *LOS MISTERIOS DEL SALADERO*, de Ceferino Tresserra. Grabado de Urrabieta. Biblioteca Nacional. Madrid.

testarudez infantil, nacida del odio a su madrastra, y fomentada por un sacerdote de cortas luces, amigo de la casa. Cayó la venda de sus ojos algo tarde, cuando ya su irreflexiva determinación no tenía remedio, y del despecho, más aún de las ganas recónditas de libertad, le sobrevino aquel destemple nervioso con ráfagas cerebrales, que se manifestaba en la necesidad irresistible de correr por los claustros, en imitar con destemplada voz los pregones callejeros, y a veces en liarse al pescuezo una cuerda con lazo corredizo. Esto ponía la consternación y el espanto en sus tímidas compañeras, pues aunque nunca tiraba del lazo lo bastante para estrangularse, hacíalo hasta ponerse roja como un pimiento y echar fuera un buen pedazo de lengua.

Lograda al fin la libertad en la forma que se ha dicho, en todo tuvo suerte Domiciana, pues como por ensalmo se le curaron aquellas neuróticas desazones, y entró en su casa en circunstancias felicísimas. La madrastra que motivó su reclusión religiosa se había muerto, y casado en cuartas nupcias el honrado cerero don Gabino Paredes, había enviudado por cuarta vez. No había, pues, mujer en la casa, y Domiciana podía campar con todo el imperio que apetecía, así en la familia como en el establecimiento. Antes de seguir, conviene dar noticia del patriarcalismo matrimonial de aquel don Gabino, varón inapreciable para rehacer una comarca despoblada por la emigración. De su primer matrimonio, que solo duró tres años, tuvo dos hijas, que el 50 vivían: la una era monja en Guadalajara, la otra casó con un cerero de la misma

DOMICIANA VIVIÓ UN PARÉNTESIS EN EL CONVENTO. Hija de un viejo cerero, colgó los hábitos para regresar junto a su padre y dedicarse al negocio de las plantas y las ceras. Su carácter era autoritario y enseguida se hizo con las riendas del comercio y taller familiar, creciendo y aumentando las ventas rápidamente. (*Siervas de María*, por J. de Ribelles. Grabado de *La Ilustración.* Biblioteca Nacional. Madrid).

ciudad. De la segunda mujer nacieron siete hijos, de los cuales vivían solo Domiciana y dos hermanos que se habían ido a América. El tercer matrimonio dio de sí ocho vástagos, en seis partos, y el cuarto cinco. De estas trece criaturas solo vivían en 1850 tres varones, dos de los cuales habían seguido la carrera eclesiástica y desempeñaba cada cual un curato en pueblo de La Mancha: el Benjamín, llamado Ezequiel, trabajaba en la cerería al lado de su padre, y era un bendito, todo mansedumbre y docilidad. Había llevado al censo el buen don Gabino cuatro mujeres y veintidós hijos legítimos... El censo de los naturales lo formaban las malas lenguas del barrio.

Si afortunada fue Domiciana al encontrarse, en su regreso al mundo, sin madrastra y con la menor cantidad posible de hermanos, no fue menos dichoso el cerero al recobrar a una hija que pronto reveló su extraordinaria utilidad. Pasados los primeros días, Domiciana se reconoció continuadora de su historia personal anterior a la vida del convento. Había sido ésta como un paréntesis, como un sueño, del cual despertaba con cierto quebranto del alma, pero sintiéndose poseedora de cualidades que no eran menos positivas por haber dormido tanto tiempo. No tardó en revelar su carácter mandón y autoritario: lo estrenó desbaratando un nuevo plan casamentero de su padre, que aún se sentía, con senil ilusión, llamado a enriquecer el censo. Andando días desplegó en el gobierno de aquella industria dotes de administradora, y puso puntales a la ruina. Con tantas nupcias, partos y viudeces, con tantísimos bautizos y crianza de criaturas, y principalmente con el desbarajuste de don Gabino en los últimos años, la cerería no se hallaba en estado muy floreciente. La concurrencia de establecimientos similares, la falta de tacto y agudeza para retener a la feligresía tradicional, y el desmayo creciente de la fe religiosa, obra del tiempo y de la política, habían traído desorden, atrasos, dispersión de parroquianos, deudas. A todo esto quiso Domiciana poner remedio con firme voluntad, practicando el axioma de «principio quieren las cosas».

En esta empresa de reparación, la ex monja no habría encontrado el éxito si no empleara como instrumento de autoridad un genio áspero, y fórmulas verbales de maestro de escuela. Su padre, que al principio protestaba y gruñía, se fue sometiendo con un espíritu de transacción parecido al miedo; Ezequiel y el dependiente Tomás obedecían silenciosos, y al fin, entrando grandes y chicos

AMNISTÍA PARA LOS CARLISTAS

La segunda guerra carlista o Guerra dels Matiners estalló en septiembre del año 1846 como consecuencia de la profunda crisis económica que afectaba a Cataluña y por la negativa del Gobierno a aceptar el enlace entre el conde de Montemolín y la reina Isabel II, un matrimonio imposible en el que habían puesto sus esperanzas los partidarios de don Carlos de Borbón. La intervención inmediata del ejército isabelino y la desorganización de las tropas carlistas sofocaron inmediatamente la subversión. Por otra parte, el recuerdo de la primera contienda a mediados de los años treinta estaba demasiado cercano como para tropezar dos veces en la misma piedra. A principios de 1849 el levantamiento estaba parcialmente sofocado, y en mayo las últimas partidas carlistas se exiliaron a Francia, donde permanecieron a la espera de la amnistía. Pero tan solo un mes después, el 8 de junio, la Reina rubricó un real decreto por el que se concedía una amnistía completa, general y sin excepción. Se pretendía con ello controlar los movimientos carlistas, cerrar las heridas de la guerra y reintegrar a los combatientes. Sin embargo, no impidió que algunas partidas continuaran luchando hasta 1860. Sí consiguió que unos mil cuatrocientos carlistas regresaran a España.

por el aro, todos comprendían lo saludable de aquel método de gobierno. Subía de punto el mérito de Domiciana haciendo estas cosas con apariencias de no hacer nada. Diez o doce meses habían transcurrido desde su evasión, y vivía confinada en el entresuelo, sin bajar a la tienda y taller. Los parroquianos y los amigos de casa, clérigos en su mayor parte, que solían armar su tertulia las más de las tardes a la vera del mostrador o en la trastienda, rara vez la veían, y ella no se cuidaba de que formaran idea ventajosa de su regeneración mental; antes bien le convenía que la opinión dijera y repitiera por todo el barrio: «Sigue tocada la pobre... aunque tranquila y sin molestar a nadie». Obra lenta del tiempo fue la corrección de este juicio; al año y medio ya era público y notorio que Domiciana gozaba de excelente salud.

Observándola en la intimidad, fácilmente se descubría en la hija del cerero la mujer de iniciativa, de personalidad propia en su organismo intelectual y ético. Lejos de poner toda su atención en la industria cerera, se lanzaba con ardor a nueva granjería, partiendo de aficiones y conocimientos experimentales adquiridos en el claustro. Procedía en esto por imperiosa moción de su voluntad, y además por cálculo egoísta. Más de una vez había pensado que a la muerte de don Gabino (la cual, por ley de Naturaleza no podía estar lejana), la parte de cerería que a cada uno de los hijos tocase no habría de sacarles de pobres. Y como ella anhelaba libertad y no quería vivir a expensas de sus hermanos, procuraba labrarse con afanes de hormiga un peculio propio, que le asegurase vejez holgada, independiente. Ved aquí por qué, sin desatender el negocio de su padre, cultivaba en reservado laboratorio sus artes y preparaciones propias. Trasladó la sala al despacho de don Gabino, éste a un rincón de la tienda, tras una mampara de cristales, y en la sala instaló lo que podríamos llamar herboristería o droguería, con unos trozos de anaquel que compró en el Rastro, dos hornillas, mesa alta para el filtro y pesos, y otra pequeña, por el estilo de las de los zapateros, destinada a las manipulaciones que exigían largas horas de atención y paciencia. Enorme cantidad de hierbas tintóreas, cosméticas u oficinales difundían variados aromas en la estancia, ya colgadas del techo en ramos, ya guardadas en cajoncillos. No digamos que Domiciana cultivaba la Botánica y la Química, sino que era una profesora empírica de arte herbolario y de alquimia doméstica.

DECRETO DE AMNISTIA.

UNA AMNISTÍA AL ALCANCE DE TODOS. El 8 de junio de 1849 Isabel II refrendó la propuesta de Narváez para amnistiar a los políticos liberales y a los militares carlistas que habían secundado la sublevación en la Guerra dels Matiners. Quedaban excluidos los condenados por delitos comunes. (Decreto de amnistía, publicado en *La Ilustración*. Biblioteca Nacional. Madrid).

Pocas personas veían a la monja en su retiro de alquimista, y la única que en él a todas horas tenía entrada era Cigüela. Amistad y confianza recíproca las unían, a pesar de la diferencia de edades. Se conocieron en Jesús durante tres penosos días, que fueron los últimos de Domiciana y los primeros de Lucila en el convento, y cuando salió esta, buscó amparo junto a la exclaustrada, que a su servicio la tuvo dos meses largos. En la triste situación a que había venido la hija de Ansúrez, la que fue su ama y era siempre su amiga le daba consuelos y socorro; pero no lo hacía sin echar por delante expresiones agrias, creyendo que la guapa moza necesitaba corrección moral tanto como auxilios de boca, y que los buenos consejos y las lecciones dolientes para uso de la conducta no serían menos eficaces que el chocolate o el pan. Entró Lucila en el laboratorio, y fatigada se sentó después de un breve y cordial saludo.

—¿Ya estás aquí otra vez? —le dijo Domiciana, que aunque se alegrara de verla, no dejaba de emplear esta fórmula displicente—. Pues hija, ya podías comprender que no puedo socorrerte tan a menudo... Lo que entra por cera no da más que para el gasto de casa. Muy deslucidas han sido las ánimas este año, y nadie diría que estamos en noviembre... Pues el adviento también se nos presenta muy mediano. ¿Qué tenemos ahora? La novena de San Nicolás de Bari, que da poco de sí. La de la Purísima será otra cosa. Ten paciencia, espérate y...

EN LA TRISTE SITUACIÓN A QUE HABÍA VENIDO LA HIJA DE ANSÚREZ, LA QUE FUE SU AMA Y ERA SIEMPRE SU AMIGA LE DABA CONSUELOS Y SOCORRO

Incapaz de formular un exordio apropiado a la pretensión que llevaba, Lucila no hacía más que suspirar hondo, metiéndose en la boca las puntas del pañuelo. Y Domiciana, que jugar solía con la ansiedad de las personas que más amaba, enseñándoles el bien que pedían y guardándolo después, dio estos puntazos, con dedo muy duro, en el dolorido corazón de su amiga:

—No se te puede favorecer todos los días. Vaya, vaya: tenemos aquí una historia que no se acaba nunca... ¿Pero cuándo se muere ese hombre, o cuándo lo prenden y se lo llevan a Filipinas, para que descanses tú y descansemos todos?

Estas expresiones, dichas con fría crueldad, desbordaron la pena de Lucila, que se deshizo en llanto, arrimando su cabeza a la estantería cercana. Y la otra, cambiando el juego mortificante por el juego compasivo, le dijo, sin abandonar su tarea:

—Para, para, hija, que con tanta llorera le metes a una el corazón en un puño. Ya sabes que no te dejaré marchar con las manos vacías. Domiciana tiene siempre para ti las dos, las tres onzas de chocolate, media hogaza y un par de reales de añadidura. No lloréis más, ojuelos; sosiégate, corazón...

V

Aunque usted se enfade, aunque usted me pegue —contestó Lucila sacando las palabras del seno de su intensa amargura—, le digo... Domiciana, le digo que no he venido por la limosna que suele darme, para un día, o para tres... Ya sé que eso, su buen corazón no me lo niega... Domiciana, no vengo a eso... Pégueme, Domiciana, pero... yo le digo que estoy atribuladísima... Un miedo horrible, un presentimiento... Imposible guardar mucho tiempo más el escondite de Tolomín... Siento los pasos de la maldita policía... los siento aquí, en mi corazón... ¡pum, pum!... ya vienen... y si cogen al pobre Tolomín, yo, Domiciana... yo... Nada; pasará una de estas tres cosas: o me muero, o me mato... o mato a alguien. Créalo usted: soy una leona; pero una leona... Figúrese una madre a la que le quitan su hijo, un niño chiquitín... Pues Tolomé perseguido, condenado a muerte, herido y enfermo, es para mí como una criatura... Hasta me parece que le he dado la vida... Y se la doy, sí: yo me hago cuenta de que se muere todos los días, y que lo resucito con mis cuidados, con mis ternuras, y con este afán grandísimo de que viva y se salve... Domiciana, se lo digo a usted aunque me pegue. Se me ha ocurrido sacar a Tolomé de Madrid, ponerle en salvo, huyendo con él a Portugal o a Francia. Vea usted lo que he pensado... es una gran idea... Sí, dígame que sí, Domiciana, y dígame también que me ayudará a salvarle, a salir de este infierno. Vivir como vivimos es peor que la muerte... Usted me ayudará, usted me dará lo que necesito para hacer por ese hombre desgraciado lo que haría una madre y una hija, una hermana y una esposa, porque todo eso junto soy y quiero ser yo para él.

—Válgate Dios por lo enamorada —dijo la ex monja mirándola con seriedad, en la cual no era difícil sorprender algo de admiración—. Bueno: pues dime ahora cuál es tu plan. ¿Conoces las dificultades de una fuga semejante? Tendréis que salir disfrazados. Y el dinero para esa viajata, que habrá de ser en coche, ¿dónde está? ¿Has creído que yo podré dártelo?

USTED ME AYUDARÁ, USTED ME DARÁ LO QUE NECESITO PARA HACER POR ESE HOMBRE DESGRACIADO LO QUE HARÍA UNA MADRE Y UNA HIJA

—Sí que podrá... Los gastos no subirán mucho, Domiciana. Le diré mi plan para que se vaya enterando. Lo primero ha de ser comprar un burro... ¿Se ríe? Todo lo tengo muy estudiadito... Un burro necesito, porque nos disfrazaremos de gitanos. La ropa no la tengo; pero sé dónde está y lo que ha de costarme, que es bien poco.

—Realmente, tú no harás mal tipo de gitana; pero él... ¿Es muy guapo?

—Mil veces he dicho a usted que es guapísimo, Domiciana, y nunca se entera.

—¿Pelinegro?

—Sí... Pero los ojos son azules. Tiene tal hechizo en el mirar —dijo Cigüela con ingenua sinceridad descriptiva— que no puedo explicar a usted lo que una siente cuando Tomín habla de cosas que llegan al corazón...

—Ya, ya —murmuró Domiciana perdida la mirada en el espacio, en persecución de una imagen ideal, fugitiva—. Ojos azules, color trigueño... como nuestro Señor Jesucristo... Bueno: pues te digo que no haréis Tomín y tú pareja de gitanos, y no resultando el disfraz, corréis peligro de que os sorprendan en el camino y os maten... Conozco la manera de dar a la tez el color agitanado... Para esto se emplea el sándalo rojo, mezclado con vinagre fuerte dos veces destilado, y añadiendo alumbre de roca, molido... Para lo que no hay secreto de alquimia es para trocar en negros los ojos azules... y como saques a tu hombre con ojos azules y vestido de gitano, cátate descubierta y él preso y pasado por las armas.

Desconcertada, Lucila miró a su amiga, como pidiéndole que al rebatir y desechar una solución propusiese otra.

—Más seguro será, tontuela, que le disfraces de amolador —prosiguió la exclaustrada—. ¿No me has dicho que habla francés?

—Sí: lo hablaba de niño, y aún le queda el acento. Su madre era francesa; se apellidaba Chenier. Él dice que por el nombre materno tiene la revolución en la sangre.

—Pues el habla francesa se apareja muy bien con los ojos azules, siempre que el pelo sea rubio. Aquí tengo yo la lejía para teñir de rubio los cabellos —dijo Domiciana mostrándole un frasco que contenía sustancia opaca—. Sé hacerla, y surto a dos señoras morenas que quieren ser rubias. Tomo dos libras de ceniza de sarmientos, media onza de raíz de brionia y otro tanto de azafrán de Indias; le añado una dracma de raíz de lirio, otra de flor de gordolobo, otra de estaquey amarillo; lo cuezo, lo decanto, y ya está. Lavando el pelo de Tomín seis o siete veces, se lo pondrás rubio como el oro; le afeitas para no tener que pintar la barba y bigote, y con esto y un poco de francés chapurrado, ya le tienes de perfecto amolador. Por poco precio, puedes proporcionarte la piedra de asperón y todo el aparato. Toma tu hombre unas lecciones de ese oficio, y salís por esos pueblos, él amolando y tú tocando el chiflo para pregonar la industria...

—Tomín no puede afilar por causa de la herida en la pierna —dijo Cigüela reflexiva, argumentando en contra, pero sin rechazar en absoluto la tesis amolatoria—. Gracias que se tenga en el burro, y que podamos caminar en jornadas cortas. Yo he de ir a pie, arreando... Además, los afiladores son mal mirados en los pueblos, y si diera la gente en creer que llevamos algunos cuartos, nos haría alguna mala partida... Si él estuviera bueno, y pudiera, de pueblo en pueblo, amolar de verdad, cobrando poco, escaparíamos bien... Desde luego es mejor idea que la de agitanarnos. Pero de seguro habrá un tapadizo más seguro. Búsquelo, invéntelo, usted que discurre tan bien y tiene la cabeza fresca. La mía es un horno, y no saco de ella más que disparates.

Cambió el rostro de Domiciana, recobrando la orgullosa expresión de confianza en sí misma y de sabelotodo.

—Pues solución verdadera y segura no hay más que una, Lucila —le dijo levantándose—, y vas a saberla... Pero como la cosa es larga y tenemos que hablar mucho, bueno será que te quedes aquí toda la tarde... Ya no tienes que «correr» tras la pitanza, porque asegurada la tienes por mí. En pago de ella y del consejo que voy a darte para tu salvación y la de ese caballero, me ayudarás en mis tareas. Quítate el pañuelo de manta; ponte este delantal, siéntate delante de mí, coge el almirez, y entretente en moler estas dos onzas de almendras amargas, que ya están peladas, y una dosis de alcanfor, que voy a darte bien medida... Has de moler hasta que estén unidas las dos materias y formando una pasta... Yo prepararé un frasco de Leche de rosa, que me han encargado para hoy mismo... Trabajemos aquí las dos, y hablemos. Cuenta te tiene oírme, y más cuenta reflexionar en lo que me oigas.

EJERCER DE AFILADOR fue lo que propuso Domiciana a Tomín. Este oficio le permitiría recorrer los pueblos sin ser descubierto o perseguido; pero Lucila no accedió porque los afiladores eran mal vistos en los pueblos y eran asaltados con frecuencia para robarles el dinero. *(Afilador*. Grabado de Guisásolla. Museo de Bellas Artes. Pontevedra).

LUCILA EN BUSCA DE CONSEJOS para proteger a su amante. El militar liberal tenía miedo de que le detuvieran y buscaba la forma de evitar la cárcel. (*La enferma del corazón*. Grabado de *La Ilustración*. Biblioteca Nacional. Madrid).

Hizo Lucila cuanto Domiciana le ordenaba, y calló esperando la solución y consejo, no sin temor y ansiedad grandes, pues siempre que su amiga hablaba en aquella forma, era para proponer actos difíciles, si por un lado saludables, por otro dolorosos. Un rato estuvo la ex monja trasteando junto a una credencia de la cual sacó botellas y tazas con diferentes líquidos. Después, sin hablar palabra, por tratarse de una mixtura que reclamaba toda su atención, midió diferentes porciones, ya con cucharillas, ya con cazos; coló el aceite de oliva, le añadió gotas de aceite de tártago, y cuando su labor parecía vencida en su parte más delicada, dijo a su amiga:

—Ésta es la Leche de rosa, que hago con todo escrúpulo y sin omitir gasto, para una señora marquesa que la emplea como lo mejor que se conoce para la conservación de la tez. Con eso que tú mueles hago el jabón de tocador que llamamos «de lady Derby», cosa rica, y por tanto un poquito cara. Te daré lección, si quieres; podrás hacer la Pasta de almendras para blanquear las manos, y el Agua de carne de ternero para calmar los picores de la piel... Con todo esto bien preparado y bien servido a los que saben y pueden pagarlo, se gana dinero, y se combate la ociosidad, que es la madre de todos los vicios...

Hizo los últimos trasiegos, se lavó las manos, y parándose con los brazos en jarras junto a Lucila, la contempló risueña, y aprobó con monosílabos expresivos su trabajo. La infeliz moza majaba en el almirez con fe y aplicación, acompañando el movimiento de la mano con hociquitos muy monos, sin apartar del fondo del mortero su atención sostenida.

—¡Qué bien va eso, Lucila! Cuando lo acabes, te pondré a majar, en distinto mortero, jibiones, ladrillo rojo y palo de Rodas con otros ingredientes, para tamizarlo y hacer Polvo de coral...

Era Domiciana de mediana estatura, bien dotada de carnes, airosa de cuerpo, desapacible de rostro, descolorida, ojerosa, negros los ojos, la ceja fuerte y casi corrida. Si de media nariz para arriba podría su cara pretender la nota de hermosura, del mismo punto hacia abajo ganaría fácilmente el premio de fealdad por la nariz un tanto aplastada y la conformación morruda de la boca, de labio gordo tirando a belfo. No era fácil designar su edad por lo que de ella se veía: declaraba treinta y ocho años. De la vida claustral le habían quedado los ademanes y compostura señoril, en visita o ante personas extrañas, y el habla fina, correcta, en muchas ocasiones atildada. Quedábale también la costumbre de expresar su pensamiento graduando la sinceridad por dracmas y hasta por escrúpulos, según le convenía. Entre lo adquirido al reaparecer en el mundo, se notaba la asimilación de algunas voces nuevas de reciente uso social y callejero, y el cuidado de la dentadura, buena por sí y mejorada con la Lejía jabonosa y los Polvos de coral. Era un excelente muestrario de su industria. Continuaba vistiendo modestamente de negro. En visita, nunca se desmintió la monja encogida que por graves motivos de salud había tenido que volver a la casa paterna, y su conversación copiaba el prontuario de todas las muletillas de respeto para cosas y personas, así humanas como de tejas arriba. Su voz no era gangosa, sino bien timbrada y de variadas inflexiones. Lo más bello de su cuerpo eran brazos y manos.

Pues como se ha dicho, Lucila machacaba en silencio, aguardando la ansiada solución, que la maestra no quería soltar sin preámbulos. Sentose Domiciana junto a la mesa que parecía de zapatero, frente al sitio que ocupaba Lucila, y se puso a dividir en pequeñas dosis, medidas con una conchita, ciertas cantidades de polvo de rosa, de iris en polvo, de goma molida, y a guardarlas en papelillos doblados a lo boticario. Luego formó dosis más grandes de nitro, de estoraque, de clavillo y canela, midiendo con cáscaras de nuez, y cuando estaba en lo más empeñado de su trajín rompió el silencio con estas palabras, que resultaron solemnes:

SENTOSE DOMICIANA JUNTO A LA MESA QUE PARECÍA DE ZAPATERO, FRENTE AL SITIO QUE OCUPABA LUCILA

—Si quieres salir pronto y bien de esa terrible situación, y salvar a tu hombre y salvarte tú, en tu mano está. El camino es corto, Lucila. No hace falta más que un poco de resolución y... Fuera miedo, fuera escrúpulos. Te vas al convento, pides ver a la Madre; la Madre te recibirá gozosa; te armas de valor, le cuentas tus penas; la Madre te oye como ella sabe oír; tú lloras un poquito, naturalmente: la Madre te consuela, te anima; le dices toda la verdad, todita, Lucila: quién es ese hombre, lo que ha hecho, la crueldad con que es perseguido... y para que no se te quede nada por decir, le cuentas cómo le conociste; haces la pintura de... de... lo guapo que es, del amor que le tienes, y... Hija, como hagas esto, según yo te lo digo, ten a tu Tomín por salvado...

Lucila estupefacta, suspensa, miraba a su amiga como si dudara de lo que oía. Los morros de Domiciana, al soltar la palabra, le hacían el efecto de una trompeta de son estridente, desgarrador.

VI

Pero usted se burla, Domiciana! —le dijo al fin Lucila cuando el estupor dio paso a la expresión clara del pensamiento—. ¿En serio me aconseja que le cuente esto a la Madre y le pida su protección?

—Seriamente te lo digo... y tan cierto tendrás su divina protección como éste es día. Yo la conozco bien. Por grande que sea la culpa de Tomín, si le pides a la Madre el indulto, lo tendrás... Tus planes de escapatoria son desatinados. Si no vas por el camino que te marco, tú y tu capitán estáis perdidos... Fuera de este camino, no veas más que la muerte... ¡y qué muerte, pobrecilla!

—¡Ay, Domiciana, de una amiga como usted, que me quiere de veras, no esperaba yo ese consejo! —exclamó Cigüela triste, dolorida.

—¿Dudas que la Madre pueda sacarte de ese purgatorio? El poder de la Madre es tal, que con escribir su voluntad en un papelito y mandarlo a donde guisan, hace y deshace los acontecimientos, así en lo grande como en lo chico. Y diciendo ella «esto quiero» no valen para impedirlo todos los Narváez del mundo con sus bufidos de mal genio, ni la caterva de monigotes viles que llaman ministros, los cuales no son más que refrendadores de lo que manda... quien manda. Ya tú me entiendes. Como la Madre diga: «Sobreséase la causa del señor Tomín, y désele encima jamón en dulce», ya puede estar tranquilo tu amigo... Los que hoy le persiguen, le ayudarán a ponerse las botas para que se vaya a su casa, y luego, cuando le vean paseándose libre por la calle, le harán mil carantoñas.

—Creo en el poder de la Madre —dijo Lucila—, creo también que sirve, pero no de balde. Si concede un favor a tal o cual persona, es a cambio de otro favor, o de que la adoren como a los santos. Nadie me lo cuenta, Domiciana; lo he probado por mí misma. Cuando empezó este martirio mío, no sabiendo a quien volverme, fui al convento a pedir protección. La Madre no quiso recibirme. Sor Catalina, que siempre fue conmigo muy cariñosa, me dijo que si quería protección para mí, o para persona que me interesara, debía pedirla de rodillas con todas las señales del arrepentimiento, renegando de mi libertad, dejándome encerrar y corregir con remuchísimo aquel de severidad... Buena cosa querían: cogerme, arrancarme el corazón que tengo, y ponerme otro de papel para que con él sintiera lo que ellas sienten: nada... la muerte... ¡Y por casa un sepulcro, y por ocupación el aburrimiento!... Esto no me conviene, esto no es para mí.

COMO LA MADRE DIGA: «SOBRESÉASE LA CAUSA DEL SEÑOR TOMÍN, Y DÉSELE ENCIMA JAMÓN EN DULCE», YA PUEDE ESTAR TRANQUILO TU AMIGO...

—Pero, Lucila —dijo la otra apoderándose de un argumento que creía de grande eficacia—, ¿tú crees que en este mundo se logran nuestros deseos sin algo de sacrificio? ¿Querías tú que la Madre te salvara al hombre por tu linda cara, dejándote en libertad para seguir ofendiendo a Dios?... Ponte en lo razonable, y no esperes que te saquen de este pantano sin que digas: «A cambio de la vida y de la libertad de ese hombre, ahí va la libertad mía, ahí va mi amor; doy también mi vida: a Dios me ofrezco toda entera para que Dios, por mediación de sus ministros... o ministras, devuelva la paz a un desgraciado«. Esto es lo meritorio, esto es lo cristiano.

—Eso... —dijo Lucila desdeñosa, disimulando su enojo con una violenta presión de la mano de mortero sobre la pasta—, eso se lo cuenta usted a quien quiera. Lo cristiano es favorecer al prójimo sin pedirle nada.

—Veo que no tienes pizca de trastienda, Lucila; por eso eres tan desgraciada, y lo serás siempre. Si llevas al convento tus cuitas y las cuitas del caballero de los ojos azules, ¿qué ha de pedirte la Madre a trueque de la salvación del sujeto? Pues nada entre dos platos. Te darán cama y comida; te mandarán que confieses, no una vez, sino muchas. Ningún trabajo te cuesta confesar, ni el confesar a menudo con las penitencias consiguientes es para matar a nadie. Te sometes, te santificas, sufres un poquito, trabajas, rezas. De tu aburrimiento y soledad te consuelas pensando que el caballero está en salvo, que la policía no se mete con él, que le dan el ascenso, y vive bueno y sano, engordando y poniéndose cada día más guapetón.

—Domiciana —dijo Lucila traspasando a su amiga con la mirada—, o es usted una hipócrita y me recomienda la hipocresía, o es la mujer sin corazón, la mujer muerta, que así llamo a las que se han dejado secar y amojamar en los conventos, convirtiéndose en animales disecados como los que están en la Historia Natural. Cuando la conocí a usted en Jesús, la tuve yo por mujer viva; pero ahora me habla como las muertas. No sabe lo que es amor, no tiene idea de él; tiene el corazón hecho cecina, y con la uña me ha desgarrado el mío, que vive y sangra... Domiciana, no sea usted cruel, no me martirice...

—Tontuela, yo seré todo lo marchita que tú quieras; pero sé discurrir y veo las cosas con claridad —replicó Domiciana ansiosa de mortificarla—. Para que te salven al caballero ese, tienes que renunciar a él, ser mujer muerta. ¿Pues qué quieres, niña? ¿Que la religión te saque de este mal paso y encima te dé cabello de ángel y tocino del cielo? No puede ser. Si quieres que él viva, es preciso que tú te amojames... Ya sé yo lo que temes... Aunque desconozco el amor, ¡maldito amor!, he calado lo que piensas. Tú dices: «¡Pues estaría bueno que mientras yo me estoy aquí, reza que te reza y secándome y acecinándome, mi Tomín, salvado por mí, ande por esos mundos divirtiéndose con otra!». ¿Acierto?

—Eso he pensado, sí. No quiero, no, venderme a las monjas por la salvación de Tomín.

—Pues mira tú: hay un medio de conciliarlo todo. Te vas a Jesús... haces tu trato con la Madre; te encierras, te dejas disciplinar y penitenciar todo lo que quieran... siempre con la reserva mental de volver a escaparte cuando estés bien segura de que Tomín está en salvo...

—¡Hipócrita, más que hipócrita!... ¿Y cuánto duraría esa comedia?

—Poco tiempo... quince días, un mes... ¿No tienes confianza en tu Tomín? ¿Dudas que te guarde fidelidad en plazo tan corto?... Si lo dudas, ponle bajo mi custodia en este tiempo. Yo, como mujer muerta y corazón convertido en bacalao, no debo infundirte celos. Yo seré para él como una madre, como una hermana mayor, y le trataré a la baqueta, no le dejaré respirar, leyéndole a todas horas la cartilla: «Eh, caballerito, ándese con tiento, que si antes estuvo condenado a muerte, ahora está condenado a fidelidad y gratitud, bajo mi vigilancia. Para salvarle a usted se puso en esclavitud, digamos en rehenes, con Dios, una mujer de tierno corazón. Si usted cumple como caballero, guardándole consecuencia, ella cumplirá como señora, escabulléndose lindamente de su prisión, y así volverán una y otro a juntarse». Esto le diré, y con mis exhortaciones y el cuidado que he de poner en vigilarle y seguirle los pasos, te le tendré bien sujeto... ¿Qué?... ¿Te ríes? ¿No te parece sutil esta combinación?

CUANDO LA CONOCÍ A USTED EN JESÚS, LA TUVE YO POR MUJER VIVA; PERO AHORA ME HABLA COMO LAS MUERTAS

—Demasiado sutil... —contestó Lucila con graciosa desconfianza.

—¿No me tienes por buena guardiana?

—No me fío...

La monja ladina alargaba los morros afectando toda la seriedad del mundo. Mirábala Lucila entre burlona y asustada. En sus labios oscilaba ese mohín del niño, que no sabe si reír porque le entretienen o llorar porque le asustan. Y repitió la frase: «No me fío...». Tras una pausa en la cual Domiciana frunció su tenebroso entrecejo y dio a los morros toda la longitud posible, Cigüela, casi casi compungida, volvió a decir: «No me fío, Domiciana».

—Pues si soy mujer muerta y corazón disecado, ¿qué temes?

—Por si acaso, Domiciana, por si acaso no fuera usted como yo creo...

—¿Esta combinación no te peta? Peor para ti... porque no hay otra, Lucila.

—Si para que la Madre me favorezca necesito engañarla, y birlar a la comunidad, me quedo donde estoy. ¡Pobre Tomín!... Moriremos juntos.

RAFAEL DE ARÍSTEGUI. Grabado de época. Museo Romántico. Madrid.

DE MILITAR A MINISTRO

Militar y segundo conde de Mirasol, Rafael de Arístegui Vélez nació en enero de 1794. Defendió Bilbao de los carlistas en 1835 y en 1843 fue nombrado teniente general. Entre 1844 y 1847 desempeñó los cargos de gobernador y capitán general de Puerto Rico, periodo en el que llevó a cabo una reforma administrativa de los ayuntamientos, fomentó las obras públicas y creó la Comisión Central de Estadística. Senador vitalicio desde 1845 y capitán general de Castilla la Nueva tras su regreso de América, entre 1848 y 1850, año en que pasó a Andalucía también como capitán general, ocupó varios ministerios: Guerra, en enero de 1851; Fomento, entre diciembre de 1852 y febrero de 1853, y Marina, entre diciembre de 1852 y abril de 1853. Falleció en Madrid en noviembre de 1863.

—Sí, sí: a eso vais.

—Ya me dio un vuelco el corazón cuando usted nombró a la Madre. Desde el día en que allí estuve y me despidió sor Catalina con las despachaderas que usted sabe, no he vuelto a parar mientes en aquella casa. Por la Madre siento respeto; pero nada más que respeto... Cierto que no es una mujer como las naturales... Algo hay en ella que es... de ella nada más; pero nunca he podido quererla...

—Yo sí —dijo Domiciana con firme acento; y la vaguedad de su mirada, perdida y parada como la de los ciegos, indicaba que su mente perseguía las imágenes distantes.

—¿De veras la quiere? Será porque ha sido buena para usted. ¿Y cree usted en las llagas?

—¿Cómo he de creer en las llagas, si sé cómo se hacen? Alguna vez ha recurrido a mí para que se las reprodujera cuando se le estaban cicatrizando. Tengo el secreto: la misma monja que reveló a Patrocinio este artificio me lo enseñó a mí, una vieja que murió cuando aún estábamos en el Caballero de Gracia: sor Aquilina de la Transfiguración, aragonesa ella. Pues sí: sé hacer llagas. Ello es bien fácil. Tengo la clemátide vitalba, que el vulgo llama «yerba pordiosera». ¿Quieres probarlo? Verás qué pronto...

—No, gracias. No me llama Dios por ese camino.

—Ni a mí. Por eso jamás me pasó por la cabeza llagarme a mí misma... Las razones que ha tenido Patrocinio para ponerse los estigmas son de un orden superior, y no debemos meternos a decir si hace bien o hace mal... Lo que en ti o en mí, que somos tan poco y no valemos para nada, sería bárbaro, pecaminoso, y hasta sacrílego, en otras personas, llamadas a empresas altas por méritos de su caletre y de su voluntad, puede ser bueno, necesario y hasta indispensable. ¿Qué dices? ¿Que no entiendes esto, bobilla? Yo, Domiciana, pienso siempre por derecho: creo que lo que es malo en mí, malo ha de ser en las reinas y emperatrices.

—No estamos conformes. Eres una simplona y no conoces el mundo. Corto tiempo has estado en el convento, y eso en días en que allí había poco que aprender. Veinte años, los mejores de mi vida, pasé yo en la Comunidad, y en tiempos tales, que entonces fue la casa como un pequeño mundo, dentro del cual el mundo grande de nuestra España estaba como reproducido y encerrado. ¿Me entiendes? Pues yo, por lo que allí he visto, puedo dar fe de las grandes dotes y facultades que el Señor concedió a Patrocinio. No hay mujer como ella. Yo la admiro, por muchas razones; por otras la temo...

—Y por otras la quiere... ha dicho usted que la quiere.

—Y no me vuelvo atrás. Para que te hagas cargo de las razones de este querer mío, así como del admirar y del temer, será preciso que yo te cuente muchas cosas... ¿No te parece que ya hemos trabajado bastante?

—Yo, la verdad, no estoy cansada. Deme otra cosa que majar.

—Antes descansemos y merendemos. Hagamos un alto en nuestros afanes para cobrar fuerzas... No podrás negarme que estás desfallecida... Se te abre la boca y se te caen los párpados. Recógeme todo eso... No: yo lo recogeré mientras tú bajas a la calle, y te traes dos pares de bartolillos de la pastelería de Cosme. Toma los cuartos. Mejor será que traigas media docena: los remojaremos con un rosolí exquisito que me mandaron los de la botillería de la Lechuga, para reparo del estómago en las mañanas y en las tardes frías...

Salió la moza diligente, y en el rato que estuvo fuera, recogió la ex monja los ingredientes que en la mesa de trabajo había, ordenándolo todo en otro sitio. Después sacó de un estante la botella de rosolí, y dos copas. Al salir Lucila por los bartolillos, había reparado Domiciana en los rojos zapatos puntiagudos que calzaba su amiga, y cuando la vio entrar fijó más en ellos su atención, diciendo:

—Has de contarme de dónde sacaste esos chapines tan majos, y luego trataremos de que me los des a cambio de otro calzado, porque te aseguro que me gustan muchísimo, y quiero ponérmelos y usarlos dentro de casa.

Contestó Lucila que dispusiese de aquella prenda y de cuanto ella poseía, y acto continuo se sentaron y cada cual la emprendió con un bartolillo, Domiciana como golosa y Lucila como hambrienta.

VII

Sirviendo a su amiga el dulce rosolí, e invitándola a no ser demasiado melindrosa en el beber, la exclaustrada dio principio con desordenado plan y gracioso estilo a sus cuentos monjiles:

—Yo entré en el convento cuando aquel mal hombre y peor rey Fernando casó con Cristina... no: cuando ya estaban casados, y Cristina encinta de Isabel. Me movió a ser monja un tema de chiquilla tonta y cabezuda, y el odio a mi madrastra, Faustina Baranda, de esa familia de peleteros establecida en la calle Mayor, y cinco años estuve en aquella vida boba sin percatarme del gran desatino que había hecho. Fue mi madrina en la profesión doña Victorina Sarmiento de Silva, dama de la infanta Carlota... Pues como te digo, caí de mi burro a poco de tomar el hábito y cuando ya mi locura no tenía remedio. De novicia, vi los primeros milagros de Patrocinio, que en el siglo se llamó Dolores Quiroga y Cacopardo, y las entradas del demonio en nuestra santa casa... Terribles dudas tuve al principio; pero como ya entonces era yo muy reparona y todo lo observaba, llegando hasta no creer en ningún fantasma que no viese con mis ojos y tocara con mis manos, pronto me convencí de que el diablo intruso y visitante era un fraile de Sigüenza, que entraba por las habitaciones del vicario y a los tejados se subía, y a los

Antes descansemos y merendemos. Hagamos un alto en nuestros afanes para cobrar fuerzas

LA MONJA MILAGRERA. En las manos de sor Patrocinio se formaban llagas que curaban sin necesidad de tratamiento. Los creyentes no dudaban que eran estigmas; los liberales pensaban que se trataba de una estrategia para estar más cerca del poder. (*Sor Patrocinio*. Grabado de la época. Biblioteca Nacional. Madrid).

claustros y celdas bajaba. Otra novicia y yo, las dos valientes y decididas, le acechamos una noche, y corriendo tras él y agarrándole por donde pudimos, yo me quedé con un pedazo de rabo en la mano, el cual era como una cuerda forrada en bayeta roja, y mi amiga le arrancó un cuerno, que resultó ser al modo de un gordo chorizo de sarga verde, relleno de pelote... Como se confunden en mi cabeza los recuerdos y no puedo fijar bien el orden de los sucedidos, te diré que antes o después de aquellas visitas infernales recibía nuestra comunidad en el locutorio las de don Carlos María Isidro y su mujer doña Francisca, y con ellas las de innumerables señorones del bando absolutista, que era el de nuestra devoción. En clausura entraban cuando querían un capuchino llamado el padre Alcaraz, el padre La Hoz, que a muchas de nosotras confesaba, fray Cirilo de Alameda y otros del mismo fuste. El padre Arriaza, que luego nos pusieron de Vicario, no creía en la santidad de Patrocinio, y tuvo con ella y con la priora no pocos altercados. Nosotras, acechando fuera de la puerta de la celda prioral, oíamos el runrún de las voces, y luego veíamos salir a la priora sofocada, a Patrocinio fresca y sonriente, desafiando al mundo entero con aquella serenidad que nos llenaba de admiración.

»Que todas allí éramos carlinas furiosas, no tengo por qué decírtelo. Adorábamos a don Carlos, y aunque en Patrocinio veíamos actos de la mayor extravagancia, creíamos en ella, por aquel don magnético que tenía y tiene para imponer sus ideas, sus propósitos y hasta sus milagros. Podían ser falsas las llagas, pero las reverenciábamos; podía ser impostora la llagada, pero embargaba los ánimos con la blancura de su rostro y con su voz meliflua, con aquel modito suave de decir las cosas y de hacerlas, con aquel amor verdadero o falso que a todas mostraba, y al cual correspondían nuestros corazones, tan necesitados de un querer entrañable en vida de tanto hastío y soledad... La queríamos, Lucila, porque cuando una es monja, no se satisface con el amor de los santos o santas de palo, y quiere santos vivos, sean como fueren. Patrocinio, mujer extraordinaria, tuvo el arte y el valor de hacerse santa viva: de este modo conquistó el afecto de sus hermanas, y de muchas personas de fuera que la visitaban con admiración, con fervor, con todo el sentimiento místico que el alma guarda y acaricia para emplearlo en lo primero que salga... ¡Pues no te quiero decir lo que nos maravilló el caso de desaparecerse Patrocinio sin que en la casa quedara rastro de ella, y aparecerse luego a horcajadas en el tejado, con el rostro tan bien encendido en un divino resplandor que parecía una celestial visión!... Bajada de aquel lugar eminente, y después de ponerse a orar nos contaba que, arrebatada por el demonio en una nube densa, fue conducida al camino de Aranjuez, y del camino al palacio del real sitio, donde había visto con sus propios ojos a la reina María Cristina en tal descompostura de ademanes, que con ella bastaba para tenerla por malísima mujer... que luego la transportaba el mismo diablete a la sierra de Guadarrama y al real sitio de San Ildefonso, y allí veía y comprobaba que Isabel no podía ser Reina de España; por fin, después de otras milagrosas visiones y avisos, en demostración de que don Carlos ceñiría la corona, el demonio nos traía de nuevo a nuestra compañera montadita en la nube, y nos la ponía en el tejado, no sin algún quebranto de huesos de la monja volandera... ¡Habías de ver su cara y sus modos cuando nos contaba tales prodigios! Yo, sin creerlos, me dejaba vencer de no sé qué respeto al arte superior y nunca visto de tal mujer, y hacía coro a las alabanzas, a los regocijos, a las esperanzas de mis compañeras, que veían en todo ello días gloriosos para la orden.

»Patrocinio, cuando no estaba en oración, se pasaba las horas en su celda escribiendo cartas. Llevaba larga correspondencia con personas desconocidas de fuera, que la tenían al tanto de todas las intrigas y diabluras masónicas... Pero un día vino el demonio, por cierto todo vestido como un oso, y arrebatándole los papeles, salió, dejando tal peste de azufre que no podíamos respirar. ¿Era este diablo el mismo que se la llevó en una nube a los reales sitios? Yo entonces nada sabía. Después entendí que el segundo Lucifer era el padre Alcaraz, que había reñido con el demonio de marras; supe también que el viaje no había sido por los aires, sino por tierra, y no a los sitios reales, sino al convento de Cuéllar, donde desterrado estaba el frailón de Sigüenza, confesor que fue de Patrocinio. Bien podíamos decir: riñen los diablos y se descubren los hurtos.

»Pues ahora daré un brinco en el relato: tengo que decir lo primero que me salta a la memoria. Si no es por la traición de Maroto, no habría quien le quitara la corona a don Carlos... Patrocinio, mujer de gran pesquis, en cuanto tuvo noticia del convenio de Vergara, empezó a entenderse con los diablos cristinos, y con los angélicos o isabelistas... Mucho antes de estos días... y ahora doy otro brinco para atrás... empecé yo a sentir en mí el hastío y la repugnancia de la vida monástica; y de tal modo se me iba sentando en el alma el desconsuelo, que no tenía un rato de paz; perdí la salud, y me entraron las murrias más horrorosas que puedes figurarte. Y es que como había visto tantos diablos que entraban y salían, y a más de los diablos, diabluras tantas dentro y fuera de la casa, me sentí también un poco diabla, y harta de convento, no vi mejor remedio que las diabluras para salirme de él...

PATROCINIO, CUANDO NO ESTABA EN ORACIÓN, SE PASABA LAS HORAS EN SU CELDA ESCRIBIENDO CARTAS

»Déjame que pegue ahora otro brinco, no sé si hacia delante o hacia atrás, porque el encadenado de las cosas en el tiempo se me borra de la cabeza... Por aquellos días empecé a sufrir los achaquillos de no dormir, de querer pegar a dos monjas que solían hacerme burla, y el irresistible deseo de clavarle un alfiler gordo en la nalga a la Hermana que tenía más próxima. Cuando me entraba el mal, o daba satisfacción al antojo, o me entraban unos vapores que me

LA TRAICIÓN DE MAROTO dejó sin corona a Carlos María Isidro de Borbón. Pero no solo fueron los militares los que traicionaron al pretendiente, porque gran parte de la Iglesia que había tomado partido por el carlista cambió de parecer cuando supo que no había posibilidad de victoria. (*Carlos María Isidro de Borbón*. Biblioteca Nacional. Madrid).

ponían a morir... Y cátate aquí a Patrocinio procesada. Después de tanto absolutismo, vinieron al poder progresistas masónicos, y la emprendieron con nuestra santa. Del disgusto que a todas nos causaron aquellas trapisondas (y el proceso fue por los papeles que le robó el maldito diablo), yo me puse peor; me entró una tristeza tal, que en ella me hubiera consumido si no quisiera Dios enviarme una distracción, un consuelo, con que me fui recobrando, y al fin se me fortaleció el seso y me volvieron las ganas de vivir. Desde los primeros años de la vida claustral solía entretenerme cogiendo hierbas en la huerta, aprendiendo a distinguirlas y a conocer sus cualidades y virtudes. Ésta, en cocimiento, es buena para las muelas; aquella, en infusión, inspira pensamientos alegres; tal otra, purga a los pájaros; cuál otra, blanquea y afina las manos.

»Y ahora otro saltito. Cuando el tribunal masónico dispuso que, para observar a Patrocinio y ver si eran verdaderas o fingidas sus llagas, la trasladasen del convento a una vivienda particular; cuando fue llevada nuestra santa a la casa de don Wenceslao Gaviña, en la calle de la Almudena, y de allí a las Recogidas, se ordenó también desocupar el convento del Caballero de Gracia. Al de la Latina nos mandaron, donde por ser la huerta muy chica y pobre de vegetación, no encontré el solaz que me daba la vida, y tan mala me puse, que medio muerta me despacharon para Torrelaguna. ¡Oh!, allí fueron mis delicias, porque a más de encontrar abundancia de toda la maravilla vegetal que derramó Dios por el mundo, también me deparó su divina majestad a sor Facunda de los Desamparados, valenciana, que es la primera sabedora del mundo en achaque de hierbas y sus virtudes, y sobre la ciencia y experiencia, poseía una divina claridad para dar razón de todo. Allí mis goces de hortelana, de herbolaria y de farmacéutica fueron tan vivos, que hasta las obligaciones religiosas se me olvidaban, y más de una vez me reprendió y castigó la priora... Pero yo lo llevaba con paciencia; no se me ocurría clavar alfileres gordos en las caderas de nadie, y me sentía fuerte, rebosando salud...

»Y con tu permiso, pego aquí otro salto, en el espacio más que en el tiempo. Viéndome repuesta me llevaron a Madrid. ¡Adiós mi sor Facunda del alma, adiós alegría de mi huerta y

HERMAN MELVILLE Y *MOBY DICK*, LA FASCINACIÓN POR EL MAR

El novelista estadounidense Herman Melville está considerado como uno de los grandes escritores de la literatura universal. Nació en agosto de 1819 en una familia acomodada, pero la muerte de su padre cuando él contaba trece años de edad les dejó en una situación bastante precaria. Melville, que siempre había sentido fascinación por el mar, se vio obligado a ganarse la vida por sí mismo y decidió embarcarse. De esta manera conoció los mares del Sur y ejerció numerosos oficios que le permitieron acumular las experiencias que después reflejaría en sus obras. Fue mozo de cabina, profesor, marinero en el ballenero *Acushnet* y agricultor, entre otros oficios. Vivió un tiempo en las islas Marquesas entre caníbales, viajó a Hawai y Tahití y regresó en 1844 a Estados Unidos para dedicarse a escribir. Sus primeras novelas fueron *Typee, un edén caníbal*, publicada en 1846; *Omoo* (1847), *Mardi* (1849) y *Redburn* (1850), todas ellas ambientadas en los mares del Sur y con buena respuesta por parte de los lectores. Sin embargo, el éxito no satisfizo al estadounidense, pues consideraba que se sustentaba en la admiración por su vida aventurera y no por sus cualidades literarias.

En 1850 se estableció en una granja en Massachusetts y entabló amistad con el célebre escritor Nathaniel Hawthorne, al que dedicó *Moby Dick o la ballena blanca*, que vio la luz en 1851. La novela relata la implacable persecución por parte del capitán Ahab de la gran ballena blanca que tiempo atrás le había mutilado la pierna derecha a la altura de la rodilla. Es una lúcida alegoría del mal, de la fuerza desatinada de la venganza y también el retrato de una obsesión. Sin embargo, *Moby Dick* no despertó el interés del público. Le siguió *Pierre o las ambigüedades* (1852) y fue un completo fracaso. Melville continuó escribiendo, pero los desengaños se sucedieron: *Israel Potter* (1855) y *Cuentos de Piazza* (1856) tampoco alcanzaron la estimación del público. Se vio obligado a trabajar como inspector de aduanas hasta que en 1891 publicó *Billy Budd, marinero*, que volvió a ser un éxito. Su muerte, el 28 de septiembre de ese mismo año, pasó prácticamente desapercibida.

CAZA DE BALLENAS, por James Stewart. Grabado de época.

UNA DESMEDIDA AFICIÓN a las plantas y a los mejunjes caseros. La botánica era la pasión de Domiciana, y con las hojas y frutas preparaba infusiones y zumos de propiedades curativas. (*Miconia*. Dibujo de Celestino Mutis. Real Jardín Botánico. Madrid).

de mis queridísimos hierbatos! ¡Oh, qué tristeza me causó Madrid! En el tiempo de mi feliz residencia en Torrelaguna, habían ocurrido muchas cosas: cambio de personal y aun de casa, porque ya la comunidad no estaba en La Latina, sino en Jesús... Por cambiar, hasta la política era otra, pues los carlinos figuraban poco, y eran amos de España los isabelinos con su reina imperante. Sor Pilar Barcones, ancianita, seguía de priora; pero la que nos gobernaba realmente era Patrocinio, maestra y madre de todas nosotras. Con satisfacción y orgullo veíamos el sinfín de personajes que iban a platicar con ella. El señor infante don Francisco presentó a su hijo, ya rey o marido de la reina; éste llevó a su esposa, y tras estos egregios visitantes iban duques, condes y marqueses con sus mujeres y otras que no lo eran... Jubileo más lucido no se vio nunca. Patrocinio, a mi regreso de Torrelaguna, me pareció una figura enteramente celestial. ¡Qué blancura de tez, qué caída de ojos, qué majestad en las posturas, y qué modito de hablar echando las palabras como si fueran ecos de otras que sobre ella en invisibles aposentos se pronunciaran! Comprendí entonces su poder, y que Reina y Rey se postraran ante ella... Tan mística era su hermosura, tan soberanos sus modos de andar, de sonreír, de llamar a una de nosotras para que se acercase, y tan dulce el timbre de su voz, que causaba en los que la veían y oían por primera vez efecto semejante al de la presencia de un ser sobrenatural. Te contaré un caso para que te maravilles. Cuando la llevaron a las magdalenas, una monja de fe muy viva, que había oído contar sus milagros y creía en ellos como yo creo en la luz del sol, en cuanto la vio quedose como pasmada; se le doblaron las rodillas; el rostro de Patrocinio fue para ella como un conjunto de la claridad de todos los rayos y centellas del cielo... La pobre monja dijo: "¡Ay, Jesús!", y se quedó ciega».

—Pues ésa era la ocasión —dijo Lucila prontamente— de probar la Madre su santidad, porque debió llegarse a la pobre monja, y ponerle la santa mano en los ojos y decir con arrebato: «Ojos engañados, en nombre de Dios os mando que veáis».

—Algo de eso hizo Patros, pero no consta que la otra recobrara la vista, y solo al cabo de unos días empezó a ver algo por el ojo derecho, quedándose con el izquierdo a oscuras... En fin, yo te cuento el prodigio como me lo contaron, y lo que haya de verdad ya lo dirán las escrituras... Pues sigo: si me fue muy grato ver que la Madre me tomaba cariño, por otra parte me causó un dolor muy acerbo cierto día, diciéndome que moderara mi afición a la botánica y a la composición de menjurges caseros... así lo llamaba, con desprecio de cosa tan útil como aquel arte mío mal aprendido. Ya ves: yo que no me había puesto tasa en la admiración de ella, ya la temía tanto como la admiraba... Disimulé un poco mis aficiones, que cada día se apoderaban más de mi pobre alma sepultada en aquella región del fastidio. Hablando yo conmigo misma o con Dios en la soledad de mi celda, me comparaba con Patrocinio; llegaba a creerme que tenía delante de mí su rostro blanquísimo, sus ojos que ven los pensamientos, sus manos de cera con los estigmas de las llagas, sombrajo entre rosado y verdoso... Y viéndola de presencia, como hechura de mi imaginación, le decía: «Tú haces milagros, y yo combinaciones naturales, que son los milagros de la tierra; tú trabajas con las cosas que están por encima de las nubes, con lo invisible y espiritual; yo trabajo con plantas humildes que tú pisas creyéndolas cosa despreciable. De estas plantas extraigo zumos, de otras aprovecho las flores, las raíces, las cortezas, y preparo bebidas medicinales, ingredientes que sirvan para realzar la hermosura, o para mil usos y aplicaciones útiles de la vida que, por ser tantas, no se pueden contar. Tú haces tus arrumacos y tu arte de los cielos para dominar a las criaturas y someterlas a tu mando, para ayudar o estorbar a reyes y ministros en el mangoneo de la dominación, o en guiar a ese ganado hombruno que, como el ovejuno y el vacuno, se deja llevar por el miedo o por el engaño. Yo no aspiro a gobernar a nadie, sino a ser útil a unos cuantos, y a emplear mis días en un trabajo modesto que a mí me sostenga y me dé mejor y más cómoda vida. Tú manipulas con lo divino, yo con la Naturaleza, y en mis milagros no entran para nada el dogma, ni la Pragmática Sanción, ni la legitimidad; no entran más que las hierbas de Dios, el agüita de Dios, y el fueguito de Dios...».

»Esto le decía yo en mis pláticas solitarias, y aun creo (no puedo asegurarlo) que se lo dije de palabra viva, frente a frente, en alguna de las agarradas que tuvimos cuando me llamaba a su celda para reprenderme.

VIII

Por segunda o tercera vez escanció rosolí en las dos copas, y pasando por el gaznate un buche de agua para aclarar la voz, prosiguió de este modo:

—De entonces, y digo entonces por no poder marcarte la fecha, datan mis mayores trastornos. Las paredes y el techo de Jesús se me caían encima. Las locuras de otros días se repitieron con mayor gravedad; yo no me contentaba con dar gritos, sino que se me salían de la boca, sin pensarlo, palabras feísimas, las más feas que hay, y que yo no había dicho nunca. Pasados días me divertía mucho asustando a las monjas; mejor será decir que me vengaba. Algunas no me podían ver. El susto de más efecto era figurar que me ahorcaba, y apretándome el cordel y sacando la lengua, yo les metía un miedo horroroso... A tanto llegué con aquel desatino, que ya no me dejaban sola en mi celda, y dormía siempre con dos guardianas. Andando los meses me sosegué, no influyendo poco en ello la divina Madre, que muy cariñosa me amonestó y consoló, permitiéndome coger plantas y hacer con ellas apartadijos como los

Andando los meses me sosegué, no influyendo poco en ello la divina Madre, que muy cariñosa me amonestó

LAS CAMARILLAS DE LA CORTE, UN AMBIENTE MÍSTICO Y RELIGIOSO

La camarilla de la reina Isabel II y Francisco de Asís se tornó más espiritual y religiosa tras la unión matrimonial. Los tradicionales nobles y políticos como el marqués de Miraflores o José de Salamanca desaparecieron de su esfera de influencia y dieron paso a personajes eclesiásticos como sor Patrocinio, el padre Fulgencio López y Antonio María Claret. Su poder no solo alcanzó a las cuestiones palaciegas, sino que fue fundamental en el ámbito político, lo que acarreó a los monarcas importantes enemistades con los partidos liberales.

Con el matrimonio entre Isabel II y su primo el infante Francisco de Asís, los círculos cortesanos que habían estado constituidos principalmente por nobles y personas pertenecientes a la alta esfera social y política del momento, como por ejemplo el marqués de Miraflores, los duques de Bailén, el conde de Alcoy o José de Salamanca, experimentaron un cambio notable. El ambiente palaciego se tornó mucho más místico y religioso, donde la presencia de los sectores más conservadores y clericales dieron lugar al nacimiento de una camarilla, que influyó considerablemente en las decisiones de la realeza.

Confesores y consejeros se aprovecharon del sentimiento de culpabilidad y los accesos religiosos de Isabel II y lograron intervenir en gran parte de la política extraconstitucional de la época, lo que contribuyó enormemente al desprestigio de la imagen social de la Reina por parte del pueblo y, sobre todo, de la opinión liberal. Esta camarilla estuvo encabezada por María de los Dolores Rafaela Quiroga, más conocida como sor Patrocinio o *La monja de las llagas*, el padre Fulgencio López y el padre Antonio María Claret, quien, a pesar de la oposición de sor Patrocinio, con la que no mantenía buenas relaciones, en 1857 se convirtió en el confesor personal de la Reina. Estos personajes impulsaron, junto con otros, el clericalismo más radical, que hacía sentir incómodos tanto a los políticos liberales como a los moderados más cercanos a la Corte.

El padre Fulgencio López perteneció a los escolapios, orden religiosa y clerical fundada por José de Calasanz en el siglo XVII, que estuvo dedicada al apostolado de la educación de niños y jóvenes. Fulgencio López había participado en la educación de Francisco de Asís, de ahí que se convirtiera en uno de los hombres de confianza del rey consorte y tuviera una gran influencia dentro de la camarilla real, lo que le permitió, entre otras acciones, interceder con el fin de conseguir el título de ciudad para Albacete en 1862. Sor Patrocinio fue religiosa concepcionista en 1835 del convento de Madrid, conocido como del Caballero de Gracia, pero en 1836 fue desterrada a Talavera de la Reina por haber fingido poseer los estigmas de la Pasión de Cristo; años más tarde regresó a Madrid y se instaló en el convento de Jesús. Tal fue su influencia en el entorno de Isabel II, que los escritores más izquierdistas del momento aseguraban que siendo consejera de la Reina fue capaz de provocar la caída del Gobierno de Narváez durante un día, constituyéndose el ministerio relámpago del conde Cleonard. A pesar de los ataques de Narváez y O'Donnell, supo mantener intacto su prestigio e influencia en la Corte hasta la revolución de 1868, con la que todos los conventos de su orden fueron clausurados y se vio obligada a abandonar el país.

El hecho de que tanto la Reina como el rey consorte se rodearan de personajes pertenecientes a la Iglesia propició el reconocimiento de Isabel II por parte de la Santa Sede, lo que trajo como consecuencia la mejora en las relaciones existentes entre ambos, mejora que se materializó con la firma de un Concordato en 1851. Sin embargo, la controversia entre el Gobierno y la Santa Sede resultó larga y compleja, especialmente en el momento de sancionar la Ley de Desamortización de 1855, que tras ser votada por las Cortes, la Reina, presionada como tantas otras veces por su marido

Francisco de Asis, sor Patrocinio y otros personajes de la camarilla, se negó a sancionar. Esto supuso un enfrentamiento directo entre la Reina y Espartero, que en ese momento se encontraba al frente del Gobierno y quien amenazó con su propia dimisión en el cargo, así como la del resto de ministros, si la Reina no accedía a sancionar dicha ley. Para evitar llegar a esta situación, finalmente Isabel II consintió y, tras este acontecimiento, el ministerio acordó el destierro de sor Patrocinio así como el alejamiento de determinados servidores del rey con el fin de impedir que se continuara manipulando a los monarcas desde las esferas eclesiásticas.

Este círculo cortesano, con todas sus intrigas, escándalos financieros y problemas derivados de la corrupción, perjudicaron enormemente la imagen de la Reina y dieron como resultado el descontento de los progresistas excluidos del poder, así como el aumento del malestar de los militares, que alentaron las críticas de la clase política y favorecieron la actuación revolucionaria que finalizó con el pronunciamiento de los generales O'Donnell y Dulce en la conocida Vicalvarada de 1854.

SOR PATROCINIO Y EL PADRE CIRILO DE ALAMEDA, arzobispo de Toledo, con Isabel II y Francisco de Asís. Biblioteca Nacional. Madrid.

de los herbolarios... Pero un día, ¡ay!... Voy a contarte lo más atroz que hice, y el más estrafalario, el más ridículo y cruel de mis disparates. No sé qué día fue, ni la fiesta solemne que celebrábamos, porque en esto de fechas y festividades siempre he sido muy corta de memoria. Lo que sí recuerdo como si lo estuviera viendo es que aquel día tuvimos procesión por el claustro, a la que asistió el Rey bajo palio, con cirio, acompañado del infante don Francisco, su señor padre y del padre Fulgencio, su confesor... Después de esto hubo refresco; se sentaron todos en el jardinillo que hay en el centro del claustro. Recordando el calor que hacía, calculo que ello era al apuntar del verano, quizás en la fiesta de la Pentecostés o de la Santísima Trinidad... Yo me acuerdo de que llevé sillas para que se sentaran los convidados. Frente al Rey estaba Patrocinio; a su derecha el infante don Francisco, y a su izquierda un fraile que no sé si era el padre Carrascosa, confesor de la Madre, o fray Toribio Martínez Cuadrado. Es muy raro esto de que se me confundan en la memoria dos frailazos de época muy distante el uno del otro. La confusión será porque se parecían; ambos eran grandullones, fornidos, de anchos hombros y pecho, caderas muy señaladas; unos hombrachos como castillos, con gordura de mujeres apopléticas. Yo llevaba bandejas con refrescos, y me las traía con los vasos vacíos... En una de estas idas y venidas me entró de repente la mala idea, una idea rencorosa y asesina, que con ninguna reflexión pude dominar. Ello eran unas ganas muy vivas, muy ardientes, de ofender al buen fraile, que a mí no me había hecho daño alguno, ¡pobre señor!, pero que en aquel momento me inspiró un odio mortal y una repugnancia inaudita, por el bulto que hacían sus carnazas amazacotadas. Ciega de aquel furor que me acometió como una instigación del demonio, dejé en el suelo la bandeja vacía, metí la mano bajo el escapulario, saqué un alfiler muy gordo y largo, de cabeza negra, que llevar conmigo solía, y cogiéndolo con disimulo, y llegándome bonitamente al fraile, se lo clavé en la nalga con presteza y saña, metiéndoselo hasta la cabeza... Hija, el grito que soltó su paternidad, y el respingo que dio, saltando del banco y echándose mano a la parte dolorida fueron tales, que al primer momento todas las monjas soltaron la risa... Bufaba el fraile; yo salí huyendo avergonzada, y aquello fue un escándalo, una tragedia... Luego me contaron que el Rey se había reído, y consolaba al padre diciéndole que el alfilerazo no había sido más que una broma, y que sin duda mi intención no fue irme tan a fondo...

EN UNA DE ESTAS IDAS Y VENIDAS ME ENTRÓ DE REPENTE LA MALA IDEA, UNA IDEA RENCOROSA Y ASESINA

»Ya comprenderás que esta barrabasada mía, hecha tan sin pensar, agravó mi situación... En el convento se hablaba de mandarme al nuncio de Toledo, donde hay un departamento para monjas que están mal de la jícara. Las que me querían mal me lo dijeron, y al saberlo yo, tuve el arrebato de ahorcarme de verdad, que solo me duró un ratito... En esto me llamó Patrocinio a su celda y hablamos lo que voy a contarte: "Yo me someto a todo lo que su caridad determine —le dije—, menos a que me lleven a una casa de orates, pues aunque parezca loca no lo soy. El clavarle el alfiler al padre confesor fue una travesura... Él nos había dicho que el dolor es muy bueno y que debe regocijarnos. Tuve la mala idea de causarle dolor para que se regocijara... Pero no volveré a jugar con alfileres; yo se lo prometo a su caridad". Y ella a mí: "Hermana, está usted enfermita del caletre, y es menester curarla. Su mal proviene, según entiendo, de una fuerte inclinación a las cosas temporales, que perdura después de tantos años de vida religiosa. ¿Qué quiere decir eso de rebuscar y exprimir las plantas para comerciar con su jugo? Pues es codicia, es preferir lo humano a lo divino, y lo menudo a lo grande...". Yo repliqué: "Así es. Su caridad está en lo cierto. Me llama lo menudo y andar a cuatro pies por la tierra. ¡Dichosas las almas que se apacientan en los campos del cielo comiendo estrellas! Yo no tengo esa perfección. Al lado de su caridad soy como una burra que pasta en los prados y no ve más que lo que come... Tengo la pasión de las cosas necesarias, o si se quiere, menudas, y de entretener mis manos en labores vulgares que den de comer a alguien, a mí la primera. Me gusta trabajar, hacer cosas; me gusta vender, me gusta cobrar... Si eso es pecado, soy gran pecadora; pero no demente". Y ella: "No diré que sea pecado en el siglo; aquí podría serlo. Hermana mía, yo no le deseo ningún mal; quiero para usted todos los bienes, y puesto que se ha llamado burra, le diré que este pesebre no le cuadra...". A la semana siguiente volvió a llamarme y me notificó que yo no podía seguir en el convento, y que por no dar la campanada de mandarme al nuncio había escrito a mi madrina, doña Victorina Sarmiento, para que supiera lo que ocurría, y a mi padre para que fuese por mí y se encargara de mi curación. Estas palabras de la divina Madre me causaron tanto gozo, que solo con oírlas se me quitaron como por milagro todos mis males de corazón y de nervios. Ve aquí por qué quiero a la Madre. Llorando de gratitud le di las gracias, y al despedirme me dijo con gracia: "Celebraré mucho que el trajín de hacer cosas y de venderlas la cure de esos arrechuchos, hermana querida. Ayude usted en la cerería al buen don Gabino, que ya debe de estar gastadito y achacoso; trabaje con él, cobre salud, y no nos olvide. Haga vida de recogimiento para que su salida no cause escándalo, y viva en concepto y opinión de enferma que busca su reparación en la casa paterna... Antes de abandonarnos, déjenos, con sus recetas, todo lo que tenga hecho de la pasta para blanquear y afinar el cutis de las manos".

»Los días que transcurrieron desde esta conversación hasta que mi padre, la Madre, doña Victorina y el vicario se pusieron de acuerdo para mi salida, los pasé en gran ansiedad. Me atormentaba la idea de que el fraile, cuyas carnes orondas traspasé con el alfiler, influyera para que, en vez de mandarme a mi casa, me encerraran en el nuncio. O me perdonó mi víctima, o no quiso ocuparse de mí... En aquellos días entraste tú y te pusieron a mi servicio. Simpatizamos; me inspirabas lástima; pensé que te catequizaban para sepultarte allí toda la vida. Mi padre llegó al fin, y solté los hábitos para venirme a casa. De la fuerza del alegrón yo estaba como idiota cuando salí, y en los primeros días que aquí pasé, el ruido de la calle me ensordecía, y mi padre, mi hermano y Tomás eran como fantasmas que alrededor de mí se paseaban... Poco a poco fui entrando en la nueva vida y regocijándome más con ella. La tarde en que te me presentaste, diciéndome que te habías escapado y que en mi compañía querías estar hasta saber el paradero de tu padre, me alegré de veras: tu libertad me afirmaba en el contento de la mía... Me referiste lo del Relámpago, y nos reímos del gran mico que se llevaron las monjas y el padre Fulgencio... He concluido. Nada más tengo que contarte».

A LA SEMANA SIGUIENTE VOLVIÓ A LLAMARME Y ME NOTIFICÓ QUE YO NO PODÍA SEGUIR EN EL CONVENTO

Emancipada la atención de Lucila del interés del cuento, volvió a caer en el asunto que embargaba su espíritu: el amor de Tomín, su salud, su libertad. Observábala Domiciana alargando los morros. Por fin, la moza, sacando un suspiro de lo más profundo, se levantó y dijo:

—Es tarde ya. Tengo que irme.

—Pero no te hagas la desentendida. Quedaste en darme los zapatos. Ya supondrás que no los quiero de balde. Te doy por ellos unos míos casi nuevos, y unas medias que no he estrenado todavía. Mis pies y los tuyos son tan hermanos que parecen los mismos... —al decir esto se descalzaba—. Mira: no eres tú sola la que puedes ufanarte de un bonito pie. Ven a mi cuarto y haremos el cambio.

EL CAPITÁN TOMÍN ERA FUMADOR EMPEDERNIDO. Lucila recogía las colillas y picaba el tabaco para formar cigarrillos con los que calmaba su vicio. (*Fumadores en una partida de cartas*. Grabado de R. Taylor. Colección particular).

Llevola al gabinete próximo, y allí trocaron su calzado. Lucila iba ganando; pero la otra parecía más satisfecha, y reía mirando en sus pies las rojas chinelas puntiagudas. Luego recogió Cigüela de manos de su bienhechora lo que ésta le había ofrecido: chocolate, pan, alguna golosina, y de añadidura media peseta columnaria.

—Ya ves —dijo la exclaustrada contrayendo los morros—: te doy dos reales y medio.

—No sé cómo agradecerle favores tantos, Domiciana. Si no se enfadara, si no dijera usted que me ha hecho la boca un fraile, me atrevería... ¿De veras no se enfada? Pues quisiera llevarle un poquito de ese licor... ¡Le sentará tan bien!

—¿Un poquito has dicho? Pues te llevas la otra botella que tengo. Ya me dará más Alonso. ¡Pobre Tomín, qué bien le probará! No le des más que un poquito a cada comida: esto ayuda a la reparación de fuerzas... Dime otra cosa: ¿fuma el capitán?

—Sí que fuma cuando tiene qué. Yo recojo todas las colillas que encuentro; se las pico muy bien picaditas...

—Toma, toma otro real... Le compras un paquete de picadura, o un macito de a veinticinco... Para el fumador, no hay privación más penosa que la de este vicio. Hemos de estar en todo... Vaya, no te detengas. Adiós.

Salió Lucila muy consolada y muy agradecida, pero también un tanto recelosa. En su alma tomaba fuerza el deseo de ser sola en cuidar y proteger al infeliz capitán. No quería compartir con nadie su abnegación, porque partiéndola o admitiendo la abnegación extraña, creería ceder o enajenar parte de sus derechos al amor de Tomín. Temía que la gratitud del hombre tuviera que dividirse, y ella no admitía tal división, mayormente si la partija de aquel sentimiento recaía en una mujer, quienquiera que esta fuese. Cierto que la generosidad de Domiciana era desinteresada; nunca había visto al capitán; pero podía llegar a conocerle, extremar sus beneficios, y reclamar siquiera algunos rayos de la mirada de los ojos azules... Cuando llegó a la cabecera del Rastro, disipáronse como bocanada de humo estas vagas cavilaciones, dejando todo el espacio de su alma a la previsión y ansiosas dudas de lo que a su regreso encontraría. ¿Habría pasado algo?... Acordose entonces de los periódicos que le había encargado Tomín, y volvió atrás, muy disgustada de su mala memoria y de la tardanza que el largo rodeo en busca de los papeles le ocasionaría... Vaciló, detúvose en la calle de San Dámaso, pensando si sería más conveniente entrar tarde con los periódicos o temprano sin ellos, y al fin decidiose por lo segundo, amparándose de esta especiosa razón: «El tabaco y el rosolí bien valen los papeles... Otro día será».

Como siempre, subió temblando por la luenga escalera que bajo sus pies gemía. Famélicos gatos la saludaron con mayidos melancólicos. La noche era plácida, estrellada, y del suelo subían el vapor y el ruido de la vida urbana, mezclados con el desagradable olor de las fábricas de velas de sebo. En las primeras noches que la pobre Lucila vivió en tan desamparadas alturas, el vaho del sebo derretido se le metía en la cabeza, y de tal modo a su mente se adhería cuanto contemplaban sus ojos, que llegó a creer que olían mal las estrellas. Pero a todo se fue acostumbrando, y la delicadeza de su olfato se embotaba de día en día... Sin aliento llegó a su desván. No había ocurrido nada: Tomín la esperaba risueño y tranquilo. Se abrazaron.

Entre los abrazos, dio Cigüela explicación de no haber llevado los periódicos, y mostrando el botín de aquel día, más pingüe de lo que Tomín pudiera imaginar, le permitió catar el rosolí, como medicamento tónico. Antes de la cura y cena, la enfermera le dio un paseíto por la estancia, durante el cual el preso estuvo ágil de remos, despabilado de cabeza, decidor de palabra. Y antes de recogerle a su descanso, le arrimó al ventanal para que contemplara el cielo. Lucila le enseñaba las estrellas más brillantes, las más hermosas... que olían a rosolí.

IX

Pasaron días, entre los cuales se deslizaron los de Navidad, confundiendo su barullo con el trajín de los ordinarios; acabose el año 50, y entró su sucesor con fríos crueles, que obligaron al vecindario de Madrid a recogerse al amor de las camillas para sacar los estrechos. ¡Y qué graciosísimos disparates resultaron de aquel juego en algunas casas! Al sacar las papeletas, todo el concurso reventaba de risa. ¡Martínez de la Rosa con la Petra Cámara; el nuncio con la dentista doña Polonia Sanz, y la Reina Madre con don Wenceslao Ayguals de Izco! Entre Navidad y Reyes, hizo Lucila no pocas visitas a Domiciana, encontrando a ésta tan magnánima y dadivosa, que parecía constituirse en Providencia nata del pobre Tomín y de su atribulada compañera. Una tarde le dio, envueltos en un papel de seda, dos cigarros puros, que ella misma había comprado. A tan hermoso obsequio siguieron, ya el cuarto de gallina, ya la perdiz escabechada, bien las lucidas porciones de garbanzos, patatas y otros comestibles. Huevos hubo un día, otro jamón, y nunca faltaban chocolate y pan. Los cuartos y las medias pesetas o pesetas, a veces columnarias, menudeaban que era un gusto, y cuando apretaron las heladas, se des-

COMO SIEMPRE, SUBIÓ TEMBLANDO POR LA LUENGA ESCALERA QUE BAJO SUS PIES GEMÍA colgó con una buena manta, nuevecita. Lo de menos era la limosna material, que más que ésta valían el buen modo y las recomendaciones cariñosas. «¡Ay, hija, evitemos a todo trance que pase frío!... Ten cuidado, por la noche, de que no se ponga a dar manotazos, destapándose... Arrópale bien... Dale la comida con método, sin dejarle que se atraque de lo que más le guste; y el vino con medida... Para cuando pueda salir de casa, le estoy preparando un chaleco de mucho abrigo... Mira: estos cigarros que te doy son para que fume hoy uno y otro mañana. No permitas que se fume los dos en un día».

Y Cigüela, con estas crecientes efusiones caritativas, agradeciendo mucho y recelando más. ¿Pero qué remedio tenía sino tomar lo que le daban, librándose así de la fatigosa y triste correría en busca de socorro? Atenta siempre a los actos y dichos de Domiciana, observó en aquellos días alguna variación en sus hábitos: la que no salía de casa más que para ir a misa a San Justo muy temprano, ausente estaba largas horas en pleno día. Dos veces dijeron a Cigüela en la cerería que la señora había salido, y tuvo que esperarla. Al entrar fatigada, decía la monja que la necesidad de colocar sus drogas la sacaba de su quietud y recogimiento. En todo ello resplandecía la verosimilitud; pero la guapa moza, llevada por su desamparo y la tenacidad de sus desdichas a un horrendo escepticismo, en los hechos más inocentes veía sombrajos o barruntos de nuevas tribulaciones.

Ya iban los Reyes de vuelta para su tierra de Oriente, y llevaban tres días o cuatro de camino, cuando Lucila, al entrar en la cerería, se sorprendió de ver en ella más gente de la que allí solía pasar el rato charlando. Las primeras palabras que oyó hiciéronle comprender que había caído Narváez. Ya era jefe del Gobierno don Juan Bravo Murillo. Se alegró de la noticia, pues a Narváez, visto del lado de su particular desventura, le juzgaba como el peor de los gobernantes. «Luciíta —le dijo don Gabino con la melosa inflexión de voz que para ella reservaba—, pasa al taller, que hoy es día de cera, y allá está mi hija regentando». Corrió la moza a la trastienda, y de allí, por estrecho patinillo en que había un pozo cubierto, ganó la puerta de un aposento ahumado. Salió Domiciana a recibirla con mandilón de arpillera y el cazo en la mano, y a gritos le dijo:

—Ven, mujer... Ya te esperaba. Hoy estamos de enhorabuena.

No era la primera vez que su amiga la recibía en las funciones del arte de cerero, aplicando a ellas el elemento más varonil de su compleja voluntad. Aquel día la vio Lucila más radiante de absolutismo, más fachendosa y con los morros más prominentes.

CAYÓ NARVÁEZ. La responsabilidad de dirigir la política del país pasó a manos de Bravo Murillo, también conservador pero con ideas renovadoras. Para el pueblo eran los mismos perros con distintos collares. *(Ramón María Narváez.* Grabado de época. Museo Municipal. Madrid).

—¿Enhorabuena ha dicho usted?

—¿Pero no sabes que ha caído ese perro? Tendido le tienes ya en medio de la calle, y no volverá a levantarse, pues... quien yo me sé le pondrá el pie sobre la jeta para que no remusgue. Alégrate, mujer; ya nos ha quitado Dios de en medio al causante de la desgracia de tu pobrecito Tolomín.

No podía la cerera extenderse en mayores comentarios, porque la cera, derritiéndose en la olla puesta al fuego, decía con su hervor que ya estaba en el punto de licuación, y que anhelaba correr sobre los pábilos. A una señal de Domiciana, Ezequiel y Tomás cogieron la olla por sus dos asas y la llevaron al centro de la estancia, junto al arillo, rueda colgada horizontalmente. De la circunferencia de este artefacto pendían los pabilos de algodón e hilaza cortados cuidadosamente por don Gabino. A plomo bajo el arillo fue puesta la paila, que debía recibir el gotear de la cera. Ezequiel ocupó su sitio, arrimando a su pecho el bañador. Iniciado el girar lento del arillo, a medida que iban llegando frente al operario los pabilos colgantes, aquel derramaba en la cabeza de éstos la cera líquida que con un cazo sacaba de la olla. Los pabilos, pasando uno tras otro y repasando en circular procesión de tiovivo, iban recibiendo la lluvia o baño vertical de cera, que pronto blanqueaba y vestía de carne los esqueletos de algodón. Domiciana no apartaba de su hermano los ojos, vigilando la obra y recomendando que los chorretazos del líquido fueran administrados con esmero, para que todos los hilos se revistiesen por igual, y engrosaran sus cuerpos sin jorobas ni buches... El arillo se aceleraba conducido por Tomás demasiado a prisa, y Ezequiel, que era en sus movimientos muy parsimonioso, dejaba pasar algunos pábilos sin echarles el riego. Pero Domiciana, templando, midiendo y coordinando las dos fuerzas, logró al fin la perfecta armonía, y el trabajo siguió su curso, remedando la eficaz lentitud de las funciones de la Naturaleza.

LA PRENSA COMO CUARTO PODER. Frente al río de bulos que surgía en los mentideros tradicionales, la prensa jugó un papel excepcional a lo largo del siglo XIX. Las ideas se propagaron gracias al periodismo independiente y a las leyes a favor de la libertad de prensa e imprenta. *(Leyendo el diario.* Grabado de *La Ilustración*. Biblioteca Nacional. Madrid).

Lucila seguía con su mirada el paso de los pábilos, como si algo le dijera o expresara la ceremoniosa marcha, y el irse vistiendo unos tras otros, siendo cada cual punto en que concluía y principiaba la operación, imagen de las cosas eternas y del giro del tiempo. Como había entrado de la calle muerta de frío, el calor del taller la confortaba, y hastiado su olfato del tufo de sebo que respiraba en las calles del sur, el noble olor eclesiástico de la cera le resultó sensación grata, como la de besar el anillo de un señor obispo a la salida de función solemne. El abrigo del taller y la conversación de Domiciana atrajeron a más de un tertulio de los que tiritaban en la tienda: un señor de mediana edad, vestido con buena ropa de largo uso, con todas las trazas de cesante de cierta categoría, entró de los primeros, y arrimando sus manos al rescoldo de la hornilla donde estuvo la olla, manifestó con gruñidos el regocijo del animal que satisface un apremiante apetito.

—Caliéntese aquí, don Mariano —le dijo la cerera—, y quiera Dios que el sol que ahora sale le caliente más todavía.

—En ello pienso, señora... ¿Sabe usted que en el nuevo ministerio tenemos a Bertrán de Lis, amigo mío desde que éramos muchachos? Pienso que ahora se ha de reparar la injusticia que hicieron conmigo los hombres del 44.

Sentose junto a Lucila, que le saludó con inclinación de cabeza: le conocía de verle en la tienda. Era don Mariano Centurión, palaciego cesante, que bebía los vientos por recobrar su plaza.

—Y no se diga de mí —prosiguió— que soy de los hombres del 40, pues también Bertrán de Lis es del 40, y si me apuran tendré que ponerle entre los del 34, el año de la matazón de frailes... El cambiar de los tiempos me ha traído a mí a un cambio completo de dogmas. Nar-

MADRID-ARANJUEZ, POR FIN EL FERROCARRIL LLEGA A LA CAPITAL

La línea Madrid-Aranjuez tuvo su origen en la concesión solicitada por Pedro de Lara y Meliá en 1843 con el fin de iniciar las obras de un ferrocarril que uniera Madrid con Alicante, pasando por la provincia de Albacete. En marzo de 1844 Lara decidió recortar la distancia inicial del proyecto a 51,9 km para finalizar su recorrido en Aranjuez, con el objetivo de dotar al Real Sitio de un nuevo medio de comunicación frecuentado por la Corte y la aristocracia durante largas temporadas y, en menor medida, para mejorar la comercialización de la producción hortícola con que Aranjuez abastecía a Madrid. La concesión provisional fue aprobada en abril del año 1844 a favor de la Sociedad Camino de Hierro de María Cristina. Las obras comenzaron en mayo de 1846, pero sufrieron muchas interrupciones y fueron retomadas después a iniciativa del empresario y político liberal José de Salamanca y Mayol. A diferencia de la línea Barcelona-Mataró, gran parte del material para la construcción de este ferrocarril hubo de traerse por carretera desde el extranjero, ya que al estar la vía situada lejos del mar, todas las locomotoras, máquinas fijas de los talleres, madera para los puentes, etc., tuvieron que ser transportadas en carros. En octubre de 1850 comenzaron las primeras circulaciones de pruebas Madrid-Pinto y en enero de 1851 la Corte solicitó la prolongación de la vía desde la estación de Aranjuez hasta la escalera de Palacio, pero esta petición no pudo ser atendida y solo se prolongó hasta la Puerta de Damas. El 6 de febrero de 1851 se realizó el primer viaje oficial sin viajeros a modo de inspección y, una vez el ministerio consideró que el ferrocarril era apto para abrirse al servicio público, se inauguró oficialmente el 9 de febrero con asistencia de Isabel II.

El ferrocarril contaba con un ancho de vía de 1,67 metros, lo que supuso una de las decisiones más controvertidas, ya que el Parlamento inglés había fijado, tras muchos estudios, que el ancho oficial de las vías debía ser de 1,44 metros. Los ingenieros españoles Santa Cruz y váez me quitó mi destino sin más fundamento que mi amistad con Olózaga, y hace poco me negó la reposición porque soy amigo de Donoso Cortés. ¿En qué quedamos? ¿A qué santo debe uno encomendarse?

En esto entró un clérigo, que se refregó las manos junto a las brasas diciendo:

—Créame el amigo Centurión: son los mismos perritos del 37, con los collares que se pusieron para hacer la del 43... Pero a mí no me la dan. No me trago yo el bolo de que don Juan Bravo Murillo viene a desembarazarnos de la Constitución y a devolvernos la sencillez clásica del absolutismo... Para esto necesitaría traer otra gente. A estos hombres no les entra en la cabeza el gobierno de Cristo. Mírelos usted bien, y verá que por debajo de los faldones de las casacas bordadas se les ve el rabo masónico... ji, ji... No me fío, señor don Mariano; no veo la moralidad, no veo la fe...

—¡Ah!, perdone el amigo Codoñera —dijo Centurión con ironía grave—. Lo que darán de sí estos caballeros en política no lo sé... pero en moralidad han de hacer primores. Como que no vienen a otra cosa. ¡Moralidad y economías! Y no me negará usted que todos traen divisa blanca, como procedentes de la ganadería de la honradez.

—Eso sí: y el pueblo, que otra cosa no sabrá, pero a poner motes graciosos y oportunos no hay quien le gane, llama al nuevo ministerio «El honrado concejo de la Mesta».

INAUGURACIÓN DEL FERROCARRIL DE MADRID A ARANJUEZ. Grabado en *El Museo Universal*, 1858.

Subercasse, encargados de la construcción del ferrocarril, consideraron que era mejor lograr una mayor potencia de tracción para vencer el relieve accidentado de la Península, lo que trajo consigo un aislamiento ferroviario con respecto a los países colindantes, especialmente con Francia. Las estaciones ferroviarias se convirtieron en una barrera para el comercio y fueron necesarias numerosas operaciones de carga y descarga, con la consiguiente inversión de tiempo y dinero.

Los pábilos ya no se veían bajo la vestidura de cera; las velas engordaban a cada revolución del arillo, presentándose a recibir el riego, y siguiendo su paso de baile ceremonioso por todo el circuito. Sin desentenderse de la vigilancia del trabajo, Domiciana llamó junto a sí a Lucila para decirle:

—Hoy no podremos charlar: ya ves. Si no estoy encima de esta gente, me harán cualquier chapucería. A mi padre dejé el encargo de darte ocho reales: compra lo que necesites para hoy; no olvides de llevarle a Tomín papeles públicos para que se entere bien de que entran a mandar los honrados. En confianza te diré que creo en el indulto como si ya lo viéramos en la *Gaceta*... Oye otra cosa: mientras viene el indulto, convendrá que tengáis un alojamiento más seguro y decoroso, con más comodidades, donde Tomín pueda reponerse y cobrar fuerzas... De eso me encargo yo... Puedes marcharte ya si quieres. Si mañana vienes temprano y no me encuentras aquí, estaré en San Justo.

ECHÓ LUCILA LA ÚLTIMA MIRADA A LAS VELAS, QUE SEGUÍAN BAÑÁNDOSE EN CERA Y ENGROSANDO A CADA CHORRO, Y SE FUE HACIA LA TIENDA

Echó Lucila la última mirada a las velas, que seguían bañándose en cera y engrosando a cada chorro, y se fue hacia la tienda. Allí le salió al encuentro don Gabino, y empujándola hacia la rinconada donde tenía el pupitre y el cajón del dinero, le puso en la mano las dos pesetas designadas por su hija, y otra, columnaria, que de tapadillo el buen señor por su cuenta le daba. Le cerró y apretó la mano en que ella las había recibido, y alegrado su rostro con una confianza un tanto picaresca, le dijo:

—Luciíta, eres tan guapa, que no está bien andes suelta por el mundo, donde te solicitarán pisaverdes sin juicio y mozuelos de poca pringue. Oye mi consejo: debes tomar estado. Piensa bien lo que haces. Te conviene un marido maduro, un marido sentado... Los hay, yo te lo aseguro; los hay muy respetables, algo añosos; pero que saben cumplir, y bien probado lo tienen... ¿Conque lo pensarás, Luciíta? ¿Me prometes pensarlo?

—Sí, don Gabino, lo pensaré —replicó Lucila con verdaderas ansias de perder de vista al patriarca fecundo—. Déjeme que lo piense... y muchas gracias.

Otros dos estantiguas, que de mostrador adentro, arrimados a un brasero mustio, rezongaban críticas del «honrado» ministerio, la despidieron con amables adioses y sonrisas de bocas desdentadas. Salió Cigüela con el corazón oprimido, no sabiendo si bendecir a Dios por la creciente abundancia de los socorros y dádivas, o maldecir su propia suerte, que la incapacitaba para la debida gratitud... Era media tarde, y vagó largo rato por Madrid haciendo sus compras, y buscando periódicos para que Tomín leyese y juzgase por sí mismo las cosas políticas. Movida de la curiosidad, y andando ya para su casa, parábase a leer algo en los papeles que había comprado, por si alguno hablaba ya de indulto a los militares condenados en consejo de guerra. Pero nada de esto encontró, sino una palabrería ininteligible sobre la deuda pública y sus arreglos, y noticias sobre la próxima inauguración del ferrocarril de Madrid al real sitio de Aranjuez. Nada le importaba a Lucila la llamada deuda pública, que no era otra cosa que las trampas del Gobierno, y en cuanto al camino de hierro, admitió su utilidad pensando que siempre es bueno llegar pronto a donde se quiere ir.

Con esta idea avivó el paso, sin desviarse del recto camino. Al subir a su camaranchón aéreo, encontró a Tomín levantado, impaciente... Ya podía pasear solo; ya se desvanecían y alejaban, con los dolores de su cuerpo, las sombras de su espíritu... El día era la vida, la noche la esperanza.

X

Fue a San Justo Lucila en busca de Domiciana, como ésta le había mandado; pero no la encontró. En la cerería tampoco estaba. Prescindió de ella por aquel día, y al siguiente le dio don Gabino el socorro por encargo de su hija, que andaba en ocupaciones callejeras. Otro día volvió, en ocasión de estar ausente el cerero. Ezequiel entregó a la moza, de parte de su hermana, un paquete de comestibles y dos moneditas de a real y cuartillo, agregando frases de afecto dulce, y una vanidosa ostentación de las velas que estaba rizando detrás del mostrador. «Mira, Lucila, ¿qué te parece esta obra?». Digno era en verdad aquel rizado de los sacros altares a que lo destinaba la piedad, y por la gracia y pulcritud del trabajo, competía con lo mejor que labraran manos de angelicales monjas. Verdad que las de aquel mancebo manos de monja parecían, en consonancia con su rostro lampiño y terso, con su expresión de honestidad y la inocente languidez de su mirada. La tez era del color de la cera más blanca, el cabello negro, los ojos garzos y tristes.

—Mira, Lucila, mira ésta que rizo y adorno para ti —dijo atenuando su orgullo con la media voz de la modestia, al mostrar una vela chica que sacó de un hueco del mostrador—. Ayer la empecé, y no quiero hacerla de prisa, para que me salga a mi gusto...

—¡Oh, qué precioso, qué maravilla! —exclamó Lucila cogiendo la vela, girándola suavemente para verla en redondo.

Admiró la moza el fino adorno que ya transformaba más de la mitad de la vela. Los pellizcos hechos con tenacilla eran tan delicados, que parecían escamas, erizadas con una simetría que solo se ve en las obras de la Naturaleza. Más abajo, el rizado al aire, que se hace levantando tenues virutas de la pasta con una gubia, y dándoles curva graciosa, imitaba los estambres de flores gigantescas, o las delgadas trompas con que las mariposas liban la miel de los dulces cálices. Lucila no había visto mayor fineza ni arte más soberano para embellecer la cera. Con toda su alma estimaba y agradecía la pobre mujer aquel obsequio, y sentía que no recayera en persona de posición y medios para ostentarlo dignamente. Algo de esto insinuó a Ezequiel, procurando alejar de su palabra todo lo que pareciese intención de desaire, y el hábil mancebo le dijo sonriendo:

PRESCINDIÓ DE ELLA POR AQUEL DÍA, Y AL SIGUIENTE LE DIO DON GABINO EL SOCORRO POR ENCARGO DE SU HIJA

—Pero qué, Lucila, ¿en tu casa no tienes altar? ¿No tienes ninguna imagen? ¿Dices que no? ¿Quieres que te regale una virgencita que fue de mi mamá?...

Respondió Lucila que lo sentía mucho; pero que no tenía ni altar, ni casa, ni muebles dignos de aquella joya, que merecía ser guardada y manifiesta dentro de un fanal.

—Pues también te daré un fanal —dijo Ezequiel poniendo cuidadosamente la vela en una gruesa tabla agujerada, donde se ajustaba el cabo como en un candelero—. ¡Ay, qué primorosa quedará esta obra cuando la concluya! Lo que ves no es nada. Después que acabe de hacer el rizado al aire y el de tenacilla, pondré las flores. Ya tengo hechos los moldes de patata para campánulas, jazmines y narcisos, que luego pintaré de colores variados. Los aritos de talco serán de lo más fino. Y dime ahora, pues a tiempo estamos: ¿cuál es la combinación de color y metal que más te gusta? ¿Te parece que ponga azul y plata?

—Pon lo que creas más lucido, Ezequiel. ¿Quién lo entiende como tú?... Pero si te empeñas en consultarme, pon el rojo, que es el color más de mi gusto. Doble combinación de encarnado con plata y azul con oro será muy linda.

9 de febrero de 1851

La Reina inaugura el 'Tren de la fresa'

Conectaba el Real Sitio de Aranjuez con el nuevo Embarcadero de Atocha

Un transporte necesario

La construcción de la línea ferroviaria que unía Madrid y Aranjuez resultó fundamental, ya que la ciudad ribereña era un lugar muy frecuentado por la aristocracia madrileña. Además, la capital solía abastecerse de la producción hortícola del Real Sitio

Durante sus primeros años, la línea realizaba tres viajes diarios en los que transportaba unos 690 pasajeros

La comitiva inaugural

1 Locomotora

2 Depósito de agua y carbón

3 Coche real; dividido en dos partes y con un salón en medio

4 Coche salón; con los ministros y el presidente del Congreso

5 Coches ordinarios: con invitados y jefes de Palacio

1844
Pedro de Lara y Meliá solicita una concesión para unir por ferrocarril las villas de Madrid y Aranjuez

1845
La concesión va a parar al marqués de Salamanca, previo pago de 6.000.000 de reales. Se redacta el proyecto definitivo

1847
El marqués de Salamanca entra en quiebra y se ve obligado a huir del país. Las obras quedan paralizadas durante más de dos años

1849
El Gobierno se hace cargo de las obras y contrata a unos 7.000 obreros para su finalización

1851
Isabel II inaugura de forma conjunta la línea y el nuevo Embarcadero de Atocha. El precio del trayecto era de entre 4 y 20 reales

FUENTE: "Transportes por ferrocarril", Francisco Jiménez Ontiveros **Doc.:** Pelayo Álvarez **GONZALO J. DÍEZ**

—Preciosa, como ideada por ti.

No pudo prolongarse más el interesante coloquio, porque entró don Mariano Centurión, por cierto de muy mal talante, y al poco rato don Gabino. Éste pareció sentir mucho la presencia de testigos, que le impedía disertar con Lucila acerca de sus proyectos referentes al aumento de población.

Los misteriosos quehaceres de Domiciana fuera de casa, que tan singularmente rompían el método de sus monjiles costumbres, tuvieron en aquellos días algunas horas de tregua y descanso para recibir a su protegida y platicar extensamente con ella. En su oficina de hierbas y drogas la encontró Lucila una tarde, calzada con los chapines rojos, vestida con bata nueva, de cúbica, a la moda, que en ella era radical mudanza de los antiguos hábitos. En modales y habla notó asimismo Lucila un marcado intento de transformación.

—Siéntate, mujer, que estarás cansada —le dijo acercando una silla a la mesa baja—. Yo llevo unos días de ajetreo que me han ocasionado agujetas... Pero ya me voy acostumbrando.

Si aquel concepto sorprendió a Lucila, mayor extrañeza y confusión le produjo estotro, expresado al poco rato:

—No te asombres tanto de verme un poquito tocada de reforma en lo de fuera. Es que cuando una llega tarde a la vida, forzada se ve a marchar de prisa, haciendo en semanas lo que es obra de años largos... Aturdida y sin saber por dónde andaba me has tenido días enteros... A la inteligencia que se ha embotado con el desuso, no le salen los filos cortantes sino después de pasarla y repasarla por la piedra... y no te digo más por hoy...

Llegada al punto divisorio entre la confianza y la discreción, calló Domiciana. Pidiole Cigüela mayor claridad; pero la cerera se limitó a decirle:

—Algún día, quizás muy pronto, no tendré secretos para ti. Espera y no seas preguntona.

Tratando de lo que más a Lucila interesaba, dijo Domiciana:

—Ten ya por asegurado tu diario sustento y el del caballero. Yo sola proveeré; yo corro con todo. ¿Me preguntas si habrá indulto?... Como indulto general, nada sé. No me consta que haya tratado de esto el señor conde de Mirasol. Pero el indulto personal de Tolomín, ya es otra cosa. No te digo que esté ya concedido, ni tramitado, ni que se haya pensado en él... Como que ni siquiera sé el nombre y apellido del que llamamos Tomín. De hoy no pasa que me lo digas, para apuntarlo en un papel... Vendrá el indulto. ¿Cuándo? No puedo decírtelo. Pero vendrá, no lo dudes. Bien pudiera ser que en favor de Tomín se interesara el director de Infantería don Leopoldo O'Donnell. Pero interésese o no, el rayo de gracia partirá de muy alta voluntad, a la cual nadie puede resistirse... Y mientras esto llega, se tratará de librarle a él y a ti de la ansiedad en que vivís; se vendarán los ojos de la policía para que no vea lo que no debe ver. ¿Me has entendido?

BIEN PUDIERA SER QUE EN FAVOR DE TOMÍN SE INTERESARA EL DIRECTOR DE INFANTERÍA DON LEOPOLDO O'DONNELL

Poniendo sobre todas las cosas el amor de Tomín y la salvación y salud de éste, no podía menos Lucila de celebrar tan lisonjeras esperanzas, aunque en ello viera un desmerecimiento grave de su personalidad en la protección del capitán perseguido. Alguien que no era ella cuidaba de darle sustento y comodidades; alguien que no era ella mejoraba su alojamiento; alguien que no era ella le aseguraba al fin la libertad y la vida misma. Dejaba de ser Lucila la providencia única, insustituible, y otra tutelar bienhechora resurgía de improviso, compartiendo con ella el trono de la abnegación, o quizás arrojándola de él. Atormentada de esta idea, sintió caer sobre su corazón una gota fría cuando precisada se vio a dictar el nombre y apellido de Tolomé para que Domiciana lo escribiese. Luego sacó ésta del armario en que guardaba sus selectos productos industriales un diminuto frasco, y mostrándolo al trasluz, dijo:

—Conviene que vaya pensando el señor de Gracián en arreglarse y acicalarse un poco, que un buen caballero no debe olvidar sus hábitos de toda la vida. Aquí tienes aceite aromatizado para el cabello. De su bondad no dudarás cuando sepas que ha sido compuesto para persona de sangre real. Llévatelo, y úsalo para él y para ti. Lo primero es que le desenredes y le desengrases el pelo, que de seguro lo tendrá hecho una plasta. Te daré la receta para desengrasar con yema de huevo. Después de bien desengrasado, se lo cortas, que tendrá melenas de poeta muy impropias de un rostro militar... Mañana llevarás peines y un cepillo. Me dirás cómo anda el hombre de calzado, y si está, como supongo, en necesidad, tráeme la medida del pie. Hoy puedes llevarte el chaleco de abrigo, y mañana una corbata, y para ti algunas cosillas que te estoy preparando.

Dio las gracias Lucila, y reiterando su deseo de que la protectora le encomendara algún trabajo, no solo por corresponder a sus beneficios, sino también por no estar ociosa, Domiciana le dijo sonriendo:

—Trabajo te daré hasta que te canses. Pero no es cosa de mortero ni de filtro. Ven a mi gabinete y verás.

Quería la cerera que Lucila la enseñara a peinarse, pues perdida en la vida claustral la costumbre de componer con donaire su cabeza, encontrábase a la sazón muy desmañada para este artificio en que son maestras casi todas las mujeres. Y como no había transcurrido tiempo bastante desde su libertad para el total crecimiento del cabello, tenía la señora que aplicar añadidos y combinaciones que aumentaban la torpeza de sus manos. Al instante procedió a complacerla la diligente amiga, que a más de poseer en grado superior el arte de acicalarse, había tomado lecciones de peinado. El cabello de Domiciana era negro, fino y abundante, con dos ramalillos de canas en la parte anterior, que bien puestos no carecerían de gracia. Lucila, silenciosa, pasaba el carmenador pausadamente desde la raíz hasta los cabos, y en este ir y venir del peine, surgieron en su pensamiento repentinas aclaraciones de aquel enigma de la transfiguración de la exclaus-

DOMICIANA CAMBIÓ LOS HÁBITOS POR VESTIDOS A LA MODA.
Después de hacerse cargo de la oficina de hierbas y drogas, cambió de costumbres y se produjo en su persona una transformación radical, sobre todo en su aspecto exterior. *(Figurines de mediados del siglo XIX.* Colección particular).

trada. No pudo atajar la vehemencia con que sus ideas pasaron de la mente a los labios, y se dejó decir:

—La persona que a usted la trae tan dislocada y callejera, la que le da tanto conocimiento del mundo y con el conocimiento influencia, es doña Victorina Sarmiento de Silva, dama de la Reina, que fue madrina de usted cuando profesó, y si de monja la quería, ahora también.

—¡Qué tino has tenido! —dijo Domiciana risueña, mirándola en el espejo de pivotes que delante tenía—. Acertaste: no hay para qué negarlo.

—Las personas que manejan los palillos detrás de doña Victorina, no puedo adivinarlas...

—Ni tienes por qué calentarte los sesos en esos cálculos, que yo a su tiempo te lo diré, bobilla. Ten discreción y juicio.

Calló Lucila, y con paciencia peine y tragacanto, utilizando el cabello natural de su protectora y aplicando hábilmente los añadidos, rellenos y ahuecadores, armó el peinado conforme a la moda en señoras graves, sencillo, majestuoso; perfiló bien las rayas delantera y transversal, a punta de peine; construyó el rodete, abultándolo con escondidos artificios; extendió los bandós bien planchados y ondeados hasta rebasar las orejas, dejando fuera tan solo la ternilla agujerada para el pendiente; recogió los cabos en el rodete, y todo lo remató con la peineta graciosamente ladeada. Con ayuda de un espejo de mano miró Domiciana su cabeza por detrás y en redondo, y satisfecha de la obra, no fueron elogios los que hizo:

Poco te queda ya que sufrir, pobrecilla. Vamos en camino de asegurar la vida y la libertad al pobre Tomín

—Estoy desconocida. Parezco otra, ¿verdad? ¡Lo que puede el arte!

Al despedir a Lucila, recompensó su servicio con estas dulces promesas, que valían más que el oro y la plata:

—Poco te queda ya que sufrir, pobrecilla. Vamos en camino de asegurar la vida y la libertad al pobre Tomín. Yo estoy tranquila: tranquilízate tú, y no temas nada de la policía. Lo que hay que hacer es cuidarle mucho para que acabe de reponerse... Que vaya cobrando fuerzas, animación y alegría... No dejes de venir pasado mañana para que estés aquí cuando me prueben los dos vestidos que me encargué el lunes: el uno de merino oscuro, un color así como de ratón con pintitas; el otro de seda negra. Hija, no he tenido más remedio que hacerlo; pero es para calle, o para cuando tenga que asistir a un acto religioso, procesión, viático, consagración de obispo... No vayas a creer que andaré yo en ceremonias palaciegas... Todo lo que ahora deseche será para ti. Verás también mi mantilla nueva. Cuenta con una o dos de las que ahora uso... Ropa interior, medias, refajos, peinadores, también he tenido que comprar... Todo es preciso... Tontuela, no me mires con esos ojazos, que no te olvido nunca, y menos cuando voy de tiendas... Ya participarás... De todo un poquito para la pobre Luci...

XI

Aunque al volver a la vida del siglo hacía Domiciana visitas frecuentes a doña Victorina Sarmiento de Silva, con la encomienda de ofrecerle aguas aromáticas, polvos dentífricos y leche de rosa, la comunicativa amistad que entre ellas se estableció, obra lenta del tiempo, no llegó a consolidarse hasta muy avanzado el año 50. Achaques añejos turbaban la existencia de doña Victorina, y tenían su salud en constante amenaza. Desengañada de médicos y boticas, había tomado afición al tratamiento doméstico puramente vegetal, y como Domiciana le facilitara combinaciones ingeniosas para el alivio de sus complejos males, puso en ella confianza, y de la confianza y del frecuente trato nació una cordialidad que cada día iba en aumento. Escogidas y preparadas por sus propias manos, Domiciana le administraba la brionia para los nervios, la cinoglosis para la tos, el sauce para los efectos diuréticos, la genciana para combatir la fiebre, y como últimamente se le manifestaran a la señora unos sarpullidos molestísimos, acudió contra ellos la herbolaria, preparando, con esmero exquisito, el Agua de carne de ternero para calmar el ardor de la piel.

Si estos servicios no produjeron por sí la intimidad, fueron sin duda sus conductores más eficaces, porque en el curso de ellos tuvo la dama ocasión de apreciar la grande agudeza de Domiciana y los varios talentos de que Dios habíala dotado largamente. Gustaba de su compañía, y no había para ella conversación más grata que la de la cerera. La historia de su reclusión monástica que Domiciana refirió a Lucila, según consta en esta relación, fue contada mucho antes a doña Victorina con lujo de sinceridad y pormenores muy instructivos. Oyéndola y saboreándola, la señora formulaba este juicio sintético: «Tu locura, en la cual no hubo poco de fingimiento, fue tan solo lo que llamaremos "contravocación", o irresistible necesidad de volver al siglo, de apagar el fuego místico, por encender el no menos sagrado fuego de los afanes de la vida libre y del trabajo».

Era doña Victorina de madura edad, ya pasada de los sesenta, y desempeñaba el puesto de camarista en palacio desde la caída de Espartero. Tenía parentesco con la priora de la Concepción Francisca, sor María del Pilar Barcones, y era grande amiga de la seráfica Patrocinio. Con ésta habló de Domiciana, encareciendo su don de simpatía, su gran saber de cosas prácticas; y la de las llagas declaró con sinceridad que nunca la tuvo por loca de hecho, y que le había facilitado la salida creyendo que mejor podría servir a Dios dentro que fuera. De estas conversaciones entre las dos ilustres señoras provino que Domiciana fuese a visitar a sus antiguas compañeras, y que después, por encargo de algunas, les suministrara líquidos o polvos de su industriosa producción; y como en tales días, que eran los del verano del 50, sufrieran algunas madres rabiosas picazones de cuerpo y manos, por efecto sin duda del calor (aunque autores de crédito sostienen que ello

LA CAMARILLA DE PALACIO conspiraba con sor Patrocinio. Era doña Victorina una dama madura, de unos sesenta años, formada en los ambientes religiosos, mantenía estrecha relación con la monja de las llagas. (*Señora de negro*, por José María Romero. Museo Romántico. Madrid).

entró de golpe, como contagiosa epidemia fulminante), no paraba Domiciana de preparar para ellas sus tan acreditadas Aguas de carne de ternero, y además, con otros fines, les llevaba la Purificación de hiel de buey para quitar manchas de las ropas de tisú.

Ya tenemos a Domiciana en comunicación diaria con las que fueron sus hermanas; entraba en clausura siempre que quería, y a solas platicaba con Patrocinio en su celda, refiriendo con tanta prolijidad como gracia todo lo que en el mundo veía, y las conversaciones que pasaban por sus despiertísimas orejas. Fue creciendo y estrechándose esta comunicación, no sin que doña Victorina, condenada por sus achaques a cierta inmovilidad, la utilizase para transmitir al convento, antes que los acuerdos políticos de la casa grande, los simples rumores y las más insignificantes palpitaciones del vivir palatino. No necesitaba la prestigiosa Madre que le contaran lo que pensaban los reyes, pues esto ellos mismos se lo decían; pero gustaba de reunir y archivar una viva documentación humana, de accidentes, menudencias o gacetillas, que eran de grande auxilio para juzgar con acierto y enderezar bien las determinaciones... La exactitud, la sinceridad concienzuda con que Domiciana transmitía de un extremo a otro las opiniones o noticias que se le confiaban, sin quitar ni poner ni una mota gramatical o de estilo, eran el encanto de doña Victorina, que la diputó como el mejor telégrafo del mundo, muy superior al sistema de torres de señales que en España se establecía, y aun al llamado «eléctrico», que ya funcionaba entre muchas capitales europeas.

YA TENEMOS A DOMICIANA EN COMUNICACIÓN DIARIA CON LAS QUE FUERON SUS HERMANAS

Sospechas muy cercanas al conocimiento tenía de aquel trajín telegráfico de su amada hija el buen don Gabino, y de ello se alegraba, esperando algún medro para la familia y para los amigos. Y don Mariano Centurión, desde que su olfato perruno le reveló el porqué de tantas idas y venidas, no dejaba en paz a la exclaustrada y en acecho vivía para cazarla en la casa o en la calle. De la impaciente ansiedad del desgraciado cesante dará idea este diálogo que con Domiciana sostuvo en la tienda, un día de febrero, que por más señas era el de San Blas. El despacho había sido de consideración en la pasada festividad de las Candelas, y don Gabino estaba poniendo las cuentas de lo que tenía que cobrar en las carboneras y San Justo, en San Pedro y el Sacramento; Domiciana y Lucila, que acababan de llegar, hacían pábilos; Ezequiel y Tomás preparaban en el taller una tarea de velas... Apoyado más que sentado en un saco de cera en grumo, Centurión simbolizaba con su postura la inestabilidad de su existencia, y con su palabra el desasosiego en que vivía.

—Tenga paciencia —le dijo Domiciana—, y agárrese bien a los faldones del señor Donoso, que es quien ha de sacarle adelante. Yo, tonta de mí, ¿qué puedo?

—A los faldones me agarro —replicó Centurión—; pero como no soy solo, como tantas manos acuden allí, pesamos mucho, y el hombre tiene que sacudirse... También digo y sostengo que no es mi amigo Donoso el más prepotente, porque no fue quien nos trajo las gallinas, vulgo ministerio, aunque lo parezca por el discurso famoso que disparó contra Narváez en diciembre. Sin discurso habría caído don Ramón, de quien estaban hartos en palacio, y más hartas las madrecitas de Jesús... No se haga usted la asombradiza, Domiciana. Mejor que yo sabe usted que a este Gobierno lo traen para que ponga la religión sobre la libertad, y el orden sobre el parlamentarismo. ¿Cumplirá?

—Este Gobierno «honrado» —afirmó don Gabino—, bien claro lo han dicho sus órganos, viene a moralizar la Administración y a santificar al pueblo, apartándolo de los vicios. Ya se

EL MINISTERIO DE FOMENTO, UN INTENTO DE RENOVACIÓN DE ESPAÑA

El desarrollo del país y la necesidad de mejorar sus infraestructuras promovieron la creación del Ministerio de Comercio, Instrucción y Obras Públicas el 28 de enero de 1847, en sustitución de la Dirección General de Obras Públicas, y que mudaría su nombre por el de Fomento en 1851. Su principal función era desarrollar y coordinar obras de mejora y creación de vías de comunicación, acondicionamiento de aguas y suministro público, y la ampliación del número de líneas férreas para todo el país. En 1856 se publicó la primera *Memoria sobre el Estado de las Obras Públicas en España.*

Hasta la década moderada, las obras públicas en España fueron competencia de la Dirección General de Obras Públicas, que dependían del Ministerio de la Gobernación. Pero la necesidad de dar un impulso que dotara al país de unas infraestructuras adecuadas favoreció la creación de un Ministerio específico que centralizase las actuaciones estatales en este campo. Partiendo de esta necesidad, el 28 de enero de 1847 se creó el ministerio de Comercio, Instrucción y Obras Públicas, en el que se integró a la mencionada Dirección General. Cuatro años después, el real decreto de 20 de octubre de 1851, firmado por la reina Isabel II siendo presidente del Consejo de Ministros Juan Bravo Murillo, sustituyó el nombre del ministerio por el de Fomento. A partir de entonces se puso en marcha una fuerte política de obras públicas que impulsó la creación y mejora de las vías de comunicación, como canales y caminos, considerados imprescindibles para el crecimiento del comercio, la industria y el desarrollo económico general.

En 1856 el director general de Obras Públicas, Cipriano Segundo Montesino, redactó y publicó la primera *Memoria sobre el Estado de las Obras Públicas en España*. La obra reconocía que la agricultura, la industria y las comunicaciones eran «las bases fundamentales de la grandeza de nuestros pueblos. Sin estos medios, las zonas rurales, que son las de mayor producción, quedarán sin vida por falta de movimiento, y esta movilidad se logra por medio de los caminos». En el capítulo dedicado a la descripción de los caminos ordinarios y las carreteras, Segundo Montesino comparaba el estado de las vías españolas con las de Francia, Bélgica e Inglaterra y analizaba las causas que en su opinión impedían su desarrollo. También propuso la adopción de una serie de medidas para reformar el sistema de contabilidad e inspección de las obras públicas. En ese sentido, planteaba la necesidad de crear un cuerpo de ingenieros de caminos y canales. La obra de Montesinos recoge con precisión la percepción de la época: «El Gobierno está doblemente comprometido a adoptar un sistema completo de obras públicas de caminos y canales con toda la posible extensión, ya porque son los principales instrumentos, por decirlo así, de la creación y fomento de la riqueza pública, ya porque en el estado presente de la nación, acaso su más imperiosa necesidad es proporcionar un trabajo productivo a tanta gente baldía que se encuentra en todas partes pidiendo trabajo; y si no se atiende a su clamor pueden comprometer la tranquilidad pública. Causa compasión el ver hombres robustos y honrados en el caso de desesperación por falta de trabajo, entregarse a excesos criminales contra los estímulos de su corazón, obligados de la absoluta necesidad; y nada prueba más los vicios de nuestro antiguo régimen y la inepcia de sus gobernantes como el que habiendo tan poca población, respeto de la extensión de la Península que ofrece un campo tan vasto para todo género de trabajo, todavía dos tercios de ella no tengan ocupación en la mayor parte del año, y graviten sobre los demás que trabajan».

Las competencias del Ministerio de Fomento abarcaban las materias relacionadas con agricultura, industria, comercio, instrucción, obras públicas y «todos cuantos datos pudieran, por su naturaleza, llamar la atención o contribuir a la instrucción de las personas ilustradas y celosas por el adelanto intelectual y material del país». Uno de sus campos de actuación era el aprovechamiento de las aguas, tanto en lo relacionado con el abastecimiento de las poblaciones como la navegación fluvial, el control de riegos, la provisión a industrias, la construcción y mantenimiento de los puertos de mar y el control económico de los 12 distritos marítimos españoles. Otro campo de especial trascendencia fue el ferrocarril. Mariano Miguel de Reinoso, ministro de Fomento en 1851, presentó en octubre de ese año un ambicioso plan de ferrocarriles que pretendía corregir el de 1844. El 3 de junio de 1855, siendo ministro de Fomento el científico Luxan, se aprobó la primera Ley General de Ferrocarriles, que estableció las líneas básicas del trazado ferroviario español.

La creación del Ministerio de Fomento sirvió para dar un impulso decisivo a las infraestructuras básicas del país y propició una etapa de desarrollo económico y articuló el territorio mediante la creación de redes de comunicaciones radiales, muy en la línea del centralismo liberal.

PUENTE DEL FERROCARRIL SOBRE EL JARAMA. Grabado de época. Biblioteca Nacional. Madrid. Y *Acueducto de Valdealeas en el Canal de Isabel II.* Fotografía de Charles Clifford, 1855.

EL CONSERVADURISMO, CONTRA LA PRENSA LIBRE. El gobierno de Bravo Murillo dio algunos pasos para mejorar la situación social, pero mantuvo el control sobre los periódicos, que continuaron aguzando el ingenio para criticar al poder constituido. (*Trabas contra la libertad de imprenta*. Grabado del siglo XIX. Biblioteca Nacional. Madrid).

anuncian dos grandes medidas: el arreglo de la deuda, y la supresión del entierro de la sardina, que es un gran escándalo popular en día como el miércoles de ceniza, destinado a meditar que somos polvo... Aunque no lo ha dicho, porque esto es cosa delicada, también viene este Gobierno a quitar el militarismo, que es una de las mayores calamidades del reino, y a poner economías, limpiando de vagos las oficinas, y rebajando sueldos a tanto gorrón... y por último, a librarnos de la plaga de la langosta, pues en el ministerio se ha presentado un proyecto muy útil, que el Gobierno hace suyo, y consiste en acabar con el maldito insecto cebando pavos...

Rompió a reír Centurión, y le quitó a su amigo la palabra diciendo:

—Antes digerirán los pavos toda la langosta de Andalucía y La Mancha, que nosotros las bolas que nos hacen tragar los papeles públicos. Los «honrados» no han venido para quitar el militarismo, ni para el arreglo de la deuda, ni para la moralidad, ni para las economías. Todas esas son pantallas del disimulado pensamiento de la «honradez», que es comerse la Constitución, cerrar las Cortes, o dejarlas siquiera con la puerta entornada, y abolir la imprenta libre... A esto han venido, y creer otra cosa es ver visiones. ¿Cumplirá el Gobierno?, vuelvo a preguntar. Me temo que no, como sea reacio en llevar a su lado a los hombres que abundamos en esa idea... Si don Juan, y Bertrán de Lis, y González Romero nos postergan, no faltará quien mire por nosotros. Manos blancas les condujeron a ellos a las poltronas. A esas mismas manos nos agarraremos, y ¡ay de ellas si después de levantar a los grandes no dan apoyo a los chicos!

—Este don Mariano —observó la ex monja encubriendo su sinceridad con graciosa máscara— es de los que creen la paparrucha de que las pobres madres dan y quitan empleos. Dígame: ¿se ceba usted con esas mentiras, como los pavos con la plaga de la langosta?

—Si me cebo o no me cebo con mentiras va usted a verlo, Domiciana —replicó Centurión avanzando hacia ella, y asustando a todos con su gesto iracundo y el temblor de su boca famélica—. A fines del año pasado la madre Patrocinio dijo: «Quiero que sea gentilhombre de palacio don Ángel Juan Álvarez», y al instante se mandó extender el nombramiento. En enero,

Isidrito Losa, protegido de la misma madre, quiso una plaza de gentilhombre, con ocho mil reales. Abrió la Madre la boca y al instante se la midieron. Desconsolado quedó el hermano de Isidro, Faustino Losa; pero la Madre le adjudicó una capellanía de honor con veinte mil reales. El sobrino de la priora, Vicente Sanz, fraile Francisco, hipaba por un destinito de descanso. «Espérate un poco, hijo». Abre otra vez su boca la seráfica, y hágote también capellán de honor con veinte mil.

—Pero ésos son empleos de palacio, no del Gobierno.

—Pues de empleos de palacio se habla. Y también digo a usted que lo mismo decreta su caridad en destinos palaciegos que en destinos de la Administración, y lo probaré cuando se quiera... Ahora tienen las monjas toda su atención en mejorar de vivienda, y para arreglarles el palacio viejo de Osuna en la calle de Leganitos se está gastando la Casa Real obra de dos millones de reales... Pero como no es ésta bastante protección, la Reina dota con veinte mil reales a toda novicia que allí tome el hábito, con lo que tenemos un jubileo de señoritas que pasan del mundo al convento para descanso de sus padres. Ocho van ya del verano acá, que le han costado al Real Patrimonio... pues ocho mil duretes. Luego decimos que aquí no hay dinero para nada, y que España es un país de tiña y piojos... La tiña la tenemos los infelices que no sabemos o no queremos arrimarnos a los cuerpos bien incensados, y contra piojos no hay remedio como el agua bendita... Deme usted una vela, don Gabino; regáleme usted una vela de desecho, Domiciana, que no quiero ser menos que mi amigo Bertrán de Lis, el cual armó un gran escándalo el año 45, cuando Pidal quiso abolir la libertad de la imprenta, y después, viéndose olvidado y desatendido, fue y ¿qué hizo?... pues ponerse escapularios y pedir ingreso en el Alumbrado y Vela. A eso voy yo, como una fiera, y no me contentaré con asistir a procesiones, sino que a todas horas saldré por la calle con mi cirio, rezando el rosario, para que me oigan, para que se enteren, para ser alguien en la comparsa social; para que no me llamen «don Nadie», y poder comer, poder vivir... Díganme dónde están la última monja y el último capuchino para ir a besarles el borde las estameñas pardas y la suela de la sandalia sucia. Locura es querer alimentarse con las soflamas de mi amigo Donoso, forraje místico que no produce más que flato y acedías. Si a él le pagan sus discursos con embajadas y títulos de marqués, a los que le aplaudimos y vamos por ahí dando resoplidos de admiración para hinchar los vientos de su fama, nada nos dan, como no sea desaires y malas palabras. Mucha religión, mucha teología política, mucha alianza de altar y trono; ¿pero las magras dónde están? Yo las quiero, yo las necesito: las reclama mi estómago y el estómago de toda mi familia que es tan católica como otra cualquiera. Denme la vela, don Gabino y Domiciana... Aquí está un hombre que se declara huérfano, y sale en busca de una madre que le consuele... Dígame, Domiciana, cómo llegaré a la Madre, y qué debo llevar, a más del escapulario y vela, y qué arrumacos he de hacer para la adoración de sus llagas, que yo pondría también en mis manos, y en toda parte de mi cuerpo donde pudieran darme el olorcito de santidad que deseo.

DÍGAME, DOMICIANA, CÓMO LLEGARÉ A LA MADRE, Y QUÉ DEBO LLEVAR, A MÁS DEL ESCAPULARIO Y VELA

Sofocado y como delirante, sin saber ya lo que decía, terminó su arenga el desesperado don Mariano, y girando sobre sus talones fue a desplomarse sobre el saco. La familia del cerero le oyó al principio con regocijo, después con lástima, al fin con pena... Todos suspiraban.

XII

Ganando fuerzas y cobrando ánimos en su lenta reparación, gracias a los cuidados y al cariño de Lucila, que así le proveía de alimentos como de esperanzas, el capitán parecía otro en los últimos días de febrero. El renacimiento moral iba delante del físico; a medida que entraban en la zahúrda las comodidades y el buen vivir, se iba marchando la tristeza, y con las seguridades que llevaba la moza de que ya no debían temer acecho de polizontes, recobraba Gracián toda la gallardía de su persona. Una serena y tibia noche, después de cenar, sentáronse los dos en el ventanón, y abrieron los cristales para contemplar el cielo y los términos lejanos que a la claridad de la luna desde aquellas alturas se distinguían. Ya Lucila, sin desmentir su modestia, se vestía y arreglaba esmeradamente con lo que le daba la cerera, y Tomín, por no ser menos, gustaba de componerse, para que ella viéndole se alegrara: se reían y recíprocamente se alababan.

—Ya estás como antes de la trifulca, Tominillo; y si no fuera por la barba crecida, parecería que no habían pasado días por ti. La cabeza es la misma: tu pelito cortado, como lo tenías antes, y bien perfumadito, y tan suavecito. No dirás que no soy buena peluquera.

—¡Tú sí que estás guapa! —contestaba él cogiendo a su vez el incensario—. No sé si decir que estás ahora mejor que cuando te conocí. Tus ojos son no solo el alma tuya, sino el alma de todo el universo.

—No, no, Tomín: los ojos tuyos son los que más cosas traen en su mirar... Miras, y se queda una pensando, asustada de lo grande que es el mundo... el mundo del querer, Tomín...

—Grande es. Tus ojos lo miden, y aún les sobra medida. Yo veo en ellos todas las cosas creadas... y las que están por crear.

—El querer es gloria y martirio: por eso es un mundo que no tiene fin.

—El martirio tuyo por mí, Lucila, es mi gloria. Y mi padecer, ¿qué ha sido más que la gloria tuya? Tú me has resucitado... No me digas que no eres santa, porque eso será lo único que no te creeré.

A MEDIDA QUE ENTRABAN EN LA ZAHÚRDA LAS COMODIDADES Y EL BUEN VIVIR, SE IBA MARCHANDO LA TRISTEZA

De este tiroteo de ternezas, en elevada región de sus almas exaltadas, descendían a las ideas prácticas, y trataban del problema que ya pedía inmediata solución: cambiar de vivienda, estableciéndose en sitio más holgado y decoroso. Después de divagar un rato sobre esto, iban a parar al asunto que más embargaba la curiosidad y los pensamientos de Tomín. Había cuidado Lucila de referirle todo lo que Domiciana hacía por él, o por los dos, que en un solo sentimiento confundía el interés por entrambos; contole también las relaciones de la ex monja con una dama de la Reina. Ni a Domiciana ni a doña Victorina las conocía Gracián. La cerera no le había visto nunca; ignoró su nombre hasta que Lucila se lo dijo para que lo apuntara, el día mismo en que la enseñó a peinarse a la moda. ¿No podría creerse que detrás de Domiciana y de la Sarmiento existía, bien tapujadita entre sombras discretas, alguna persona que era la verdaderamente interesada en la libertad y la vida de Bartolomé? Y aquí encajaba la pregunta ansiosa de Lucila:

—Dime, Tominillo, dímelo como si hablaras con Dios; repasa bien tus recuerdos; di si en ellos encuentras alguna mujer, dama de palacio, o dama de una casa cualquiera, que en otro tiempo fue tu amiga, y ahora te protege, nos protege por mano de Domiciana.

Revolviendo los más hondos asientos de su memoria, Tomín dijo:

—Por más que cavilo, no encuentro lo que buscas, ni puedo afirmar nada... Aparece, sí, en mis recuerdos alguna mujer... ¿Dices que tiene que ser dama?

—Sí; y de influencia, de mucho poder.

—Pues entonces no... No hay nada de eso.

—Busca bien, Tomín... Y a falta de dama influyente, ¿no podrías encontrar alguna monja?

—¿Monja?... Eso ya es mas grave. No te diré que no me salga alguna monja. Pero ello es en tiempos remotos y muy lejos de Madrid, nada menos que en Mequinenza.

—La distancia no importa.

—Además... ahora recuerdo que la monja que entonces conocí, vamos, que la sacamos del convento entre un amigo y yo, se ha muerto.

—Tú me has contado que de los veintitrés a los veintiocho años fuiste muy calavera, un galanteador tremendo... ¿Entre tantas fechorías de amor, Tomín mío, no habrá el caso de haber querido a una mujer, de haberla dejado, como se deja una prenda de ropa que ya no sirve? ¿No pudo suceder que esa mujer, viéndose despreciada, volviera todos sus amores a Dios, y escondiera su tristeza en un convento, y allí tomara el hábito?

—Por Dios, Lucila, haces preguntas y presentas casos que le confunden a uno... No, no: eso es cuento, una novela de Carolinita Coronado o de Gertrudis Gómez... Y si me apuras, no podré negar en conciencia que exista ese caso... ¡Cualquiera sabe si...! Me vuelves loco... Deja, deja que corran los acontecimientos y se cumpla el destino... ¿Esa dama de palacio, o esa monja que me protege, han de ser personas de gran poder?

MIENTRAS LUCILA SE ABISMABA EN TENEBROSAS INQUIETUDES, EL CAPITÁN VEÍA RISUEÑOS ESPACIOS, AZULES COMO SUS OJOS

—Así parece, Tomín... No pensaba hablarte de esto; pero ya que ha salido conversación, sabrás que hoy me ha dicho Domiciana: «Téngase el buen Gracián por indultado... La policía no se meterá con él». Y después dijo, dice: «Pero conviene que no salga a la calle todavía. Ya se le advertirá cuando pueda salir».

—Pues ¡viva la Libertad! ¡Respiremos, vivamos! —exclamó el capitán levantándose como de un salto, y midiendo con mirada de hombre libre la opresora pequeñez del cuartucho.

Mientras Lucila se abismaba en tenebrosas inquietudes, el capitán veía risueños espacios, azules como sus ojos. Hasta muy tarde estuvo desvelado, sin hablar más que de política, haciendo un formidable pisto en su cabeza con las ideas propias y las que de su lectura de periódicos había sacado en aquellos días.

—¿No crees tú, Lucila, que este «Honrado concejo de la Mesta», como dicen los guasones, viene a trasquilar al militarismo, para que le crezca la lana a los cogullas? Esto es bien claro: se quiere arrumbar a la tropa para que suba y medre el clericuicio... Combatir el militarismo significa quitarle la espada a la nación para que no pueda defenderse. ¡El militarismo! Así llaman a nuestro imperio, a la fuerza legítima que hemos adquirido construyendo la España civilizada sobre las ruinas de la retrógrada. Desde aquí veo yo la gran conspiración militar que se está fraguando en Madrid y en provincias para volver las cosas a su estado natural: las armas arriba, los bonetes abajo. Y cuanto más pienso en esto, más me inclino a relacionarlo con el misterio de las personas desconocidas que miran por mí. Tu idea de que me protegen monjas o damas de palacio es un desvarío de mujer, que no penetra en el fondo de las cosas. Alma mía, aquí no hay mujerío ni monjío; el socorro y las esperanzas de libertad nos vienen de mis compañeros de armas agazapados en las logias. En la casa de Tepa estuvo y está

LUCILA Y TOMÍN VIVÍAN EN LA BUHARDILLA desde la que contemplaban el cielo limpio de Madrid. Soñaban con salir a la calle y disfrutar del ambiente. *(La cruz de mayo*, por José Domínguez Bécquer. Colección particular).

LA VENTA DE PERIÓDICOS: VOCEROS O SUSCRIPCIÓN

Entre 1844 y 1854 los principales medios de prensa en España continuaron al servicio de los intereses políticos, aunque comenzó a difundirse una prensa meramente informativa no adscrita a tendencias políticas, que se percató de que el negocio se encontraba en el público lector y no en la subordinación a un partido. Ejemplo de este tipo de prensa fueron *La Carta Autógrafa*, creada en 1848, y *El Telégrafo*, de 1850. No obstante, la mayor parte de los periódicos permanecieron fieles a uno u otro partido. Los más numerosos fueron los moderados: *El Heraldo*, *La Patria*, *El Español* o *La Época*, diarios que solo se vendían por suscripción y que incorporaron como método de captación de lectores los folletines. De tendencia progresista destacaron: *El Clamor*, *El Espectador*, *El Siglo* o *El Tribuno*, que aceptaban suscripciones, pero tenían su principal medio de difusión en los voceros, vendedores que recorrían las calles anunciando las informaciones que podían consultarse en las publicaciones y que anunciaban la aparición de los capítulos de cada folletín o novela por entregas. Este método también fue utilizado por la prensa del partido demócrata, escisión de los progresistas a partir de 1849, que tuvieron en *La Europa* su órgano oficial.

OFICINAS E IMPRENTA DE *LA ILUSTRACIÓN*. Grabado de época. Biblioteca Nacional. Madrid.

siempre, aunque otra cosa piense y diga la policía, el centro de la eterna revindicación; aquel fuego nunca se apaga; de allí ha salido la voz que me dice: «Gracián, no desmayes; tus martirios tocan a su fin. Por ti velamos los leales; no está lejos la hora del triunfo...». Y no me contradigas, Cigüela del alma, trayéndome otra vez a colación tu resobada leyenda de la monja y la dama. ¿Sabes tú, pobrecilla, las ramificaciones que por una y otra parte de la sociedad tiene nuestra comunidad masónica? ¿Quién te ha dicho que no enlazamos nuestros hilos con hilos muy finos de conventos y palacios? ¿De dónde sacas que el señorío y el monjío no se dejan también camelar por los caballeros Hijos de la Viuda? ¡Tonta, más que tonta! ¿Y cuándo ha sido un disparate, como crees tú, que la misma policía nos pertenezca? ¿Qué han de hacer esos pobres esbirros, sabiendo que ya rondan la casa de Tepa todos los generales residentes en Madrid, O'Donnell, Lersundi, el mismo Figueras, y que don Ramón Narváez dirige los trabajos desde París, donde Luis Napoleón le trata a cuerpo de rey?... ¿Dices que esto es ilusión, locura? ¿Crees que aún tengo la cabeza débil?

—¡Pobrecito mío! —exclamó Lucila—, ¡tanto tiempo encerrado en este nido de murciélagos! Cuando salgas y veas gente, y respires el aire que todos respiran, pensarás de otro modo.

Calló el capitán, no sin que le pusieran en cuidado las últimas palabras de su amiga. Sentada frente a él, Lucila también callaba, viendo pasar por su mente, con marcha circular de tiovivo, una repetida procesión de monjas y damas. Del propio modo, andando y repitiéndose, iban las velas colgadas del arillo en el taller del cerero. Sobre las almas del capitán y Lucila se posó una nube de tristeza; pero ninguno decía nada. Tomín rompió el silencio, preguntándole:

—¿En qué piensas?

—Bien podrías adivinarlo, Min —replicó Lucila—. Pienso que a los dos no nos protegen, sino a ti solo; a mí, si acaso mientras pueda sacarte adelante; a mí no más que por el tiempo en que necesites enfermera... Me debes la vida... no lo digo por alabarme... pero ¿verdad que me la debes? Una vez asegurada tu vida, llegará el día en que conozcas a quien hoy mira por ti. ¿Será monja, será dama? Sea lo que fuere, cuando estés salvo, toda tu gratitud será para esa persona, todo tu amor para ella... ¡Min, ay mi Min! y ya no te acordarás de la pobre Cigüela... Sí, mi Min, no digas que no.

ME ACUERDO DE LO QUE FUI, Y NO QUIERO SER AQUEL HOMBRE, NO QUIERO SER EL HOMBRE QUE NO TE CONOCÍA

—Lucila, me matas... no sabes el daño que me haces —dijo Gracián apartándole las manos, que se había llevado al rostro, anegado en llanto—. ¡Olvidarte yo... ser yo ingrato contigo! ¡Nunca!... Tú y yo unidos siempre, siempre, unidos en la felicidad como lo hemos estado en la desgracia.

—No, no... Ahora lo crees así, ahora me dices lo que sientes; pero después...

—No hay después que valga. Si eso pudiera ser, téngame Dios toda la vida en esta miseria... Que me cojan, que me fusilen. Muera yo mil veces antes que separarme de ti, corazón. ¿Qué soy yo sin ti?

—Lo que fuiste antes de conocerme.

—Me acuerdo de lo que fui, y no quiero ser aquel hombre, no quiero ser el hombre que no te conocía, que ignoraba la existencia de Lucila. Por Dios, no tengas esa idea, que es para mí peor que una idea de muerte. Todas las protectoras del mundo, si es que las hay, no valen lo que mi ángel. Lucila, no ofendas a tu Min, no mates a tu Min...

Las ternuras que le prodigó, sincero, rendido, con alma, sosegaron a la enamorada moza, que se secaba las lágrimas diciendo:

—Bueno, mi Min, te creo; sí, te creo... No te hablo más de eso... ni lo pienso tampoco, mi Min, no lo pienso... Duérmete, descansa...

XIII

Con las buenas prendas de ropa, nuevas las unas, las otras apenas usadas, que le iba dando Domiciana, llegó a ponerse Lucila tan bien apañadita que daba gloria verla. Si sus extraordinarias gracias naturales adquirían realce con la pulcritud y el decente atavío, la ropa puesta sobre tal belleza resultaba mucho más linda y elegante de lo que era realmente. Por la calle veíase seguida y acosada de mozalbetes, y por todos requerida de amores.

LUCILA CONVERTIDA EN MANOLA. La joven tímida y humilde con vocación religiosa se transformó en una mujer enamorada a la que acosaban los mozalbetes. En el cambio tomó los aires de una arisca manola. (*Manola*. Grabado de Pannemaker. Colección particular).

Tenía que cuadrarse a menudo, tomando los aires de arisca manola, para sacudirse de los señores de levosa (así solían llamar a las levitas) y de los militares de chistera (mote aplicado a los tricornios).

Por su parte Domiciana no se descuidaba, y cada día se iba poniendo más guapetona. Peinábase lindamente; sus trajes eran elegantes dentro de la sencillez y modestia; presumiendo de pie pequeño y bonito, calzaba con fineza, y era por fin extremada en el aseo de su persona. Lucila se maravilló de ver los variados objetos que en su alcoba y gabinete tenía para la diaria faena de sus lavatorios.

La confianza entre las dos mujeres crecía y se afianzaba de día en día, llegando hasta la fraternidad. Domiciana propuso a Lucila que se tutearan, y así quedó practicado y establecido, hablándose como compañeras o amigas de la misma edad. En tanto, la exclaustrada consagraba ya menos tiempo a la preparación de ingredientes de tocador o de medicina casera, sin llegar al abandono de su industria. La cerería teníala confiada a Ezequiel y Tomás: iba y venía, contenta y orgullosa, como el que ve sus facultades aplicadas a un fin práctico con resultado eficaz. Pero no le faltaban quiebras y desazones, y una de éstas era el continuo asedio del pobre cesante, amigo y azote de la casa, que habíala tomado por buzón en que diariamente depositaba el eterno memorial de sus cuitas. Don Mariano era su sombra: le cogía las vueltas en la calle, la estrechaba en la tienda y trastienda, seguíala con frescura descortés al sagrado de sus habitaciones particulares, se colaba en el gabinete, y hasta la sorprendió una vez en papillotes, preparándose para su limpieza corporal.

—Por Dios, don Mariano, respete...

—Señora, los cesantes no respetamos nada. Somos una plaga española; somos una enfermedad de la nación, una especie de sarna, señora mía, y lo menos que podemos pedir es que se nos oiga, o que se nos rasque. Ningún español se puede librar de nuestro picor. Óigame usted y perdone.

Un día de marzo, hallándose Lucila y Domiciana en la sala-droguería ribeteando, con prisas, una capa que habían comprado en corte para Tomín, se les presentó de improviso Centurión con aquellos modos serviles y aquel gracejo un tanto cínico que gastaba, y no hubo manera de quitársele de encima.

—Soy yo, la sarna —dijo al entrar, enseñando en una rasgada sonrisa toda su dentadura—. Vengo a picar, señoras. Rásquense ustedes; óiganme.

Vamos don Marianito —le dijo Domiciana—, que no estaba usted poco devoto esta mañana en San Justo... ya, ya.

—Hay que dar ejemplo, quiero decir, tomarlo. «Sigue las pisadas de los que van por el recto camino», cantó el salmista.

—Y usted no se descuida... a un tiempo pica y reza.

—Siento que no me viera usted en la iglesita del nuevo convento de las señoras franciscas, calle de Leganitos. Allí me pasé ayer toda la tarde, y hoy en la Encarnación, donde es abadesa una prima segunda de mi esposa, y sobrina del señor Tarancón, obispo de Córdoba, que ahora está en Madrid... Ya me inscribí en dos cofradías. Pico todo lo que puedo... El maldito Gobierno es el que no se rasca. Y eso que en todas las sacristías me hago lenguas de la piedad de estos señores bravomurillistas, que para entenderse con Roma y hacernos un concordato, han nombrado embajador al imponderable don José del Castillo y Ayenza. La impiedad habría mandado a un regalista; la ortodoxia manda al más rabioso de los ultramontanos. Los que tenemos memoria recordamos que en 1846, cuando se discutió en el Congreso la persona de Castillo y Ayenza, el señor González Romero le llamó «incapaz» y dijo de él horrores. Pues este González Romero que era entonces cismontano, como lo éramos todos los de la cuerda liberal, y hoy se ve encumbrado a la poltrona de Gracia y Justicia, ha elegido al mismo incapaz sujeto para que vaya a Roma por todo, es decir, por un concordato. Yo me felicito: todos hemos venido a ser ultras.

LA IMPIEDAD HABRÍA MANDADO A UN REGALISTA; LA ORTODOXIA MANDA AL MÁS RABIOSO DE LOS ULTRAMONTANOS

—¡Mala lengua! —le dijo Domiciana más compasiva que iracunda—. Con la hiel que usted derrama habría para poner una gran botica de venenos.

—¡Oh! Señora, no derramo yo hieles ni venenos, sino cerato simple y bálsamo tranquilo —replicó Centurión—. Desde que me metí a ultra, me tiene usted consagrado a desmentir todos los rumores que corren contra el Gobierno, y contra palacio y el monjío. Voy algunos ratos a los corrillos de la Puerta del Sol, donde están las peores lenguas de la cristiandad, y allí pongo de vuelta y media a los maldicientes. Sabe usted que cada semana tenemos un notición nuevo, pedazo de carne podrida que se arroja a los pobres cuervos para que vayan viviendo. La comidilla putrefacta de hoy es esta: su majestad el Rey, que no puede vivir sin visitar cuatro veces al día a las señoras franciscas de la calle de Leganitos, se incomoda de que el público le vea pasar en coche tan a menudo, y de que la guardia de Artillería del cuartel de San Gil señale su paso con toque de corneta... ¿Y qué ha discurrido para guardar el incógnito? Pues vestirse de clérigo. Así ha podido hacer de noche sus visitas, atravesando a pie las calles...

ANTONIO GARCÍA GUTIÉRREZ. Grabado de época. Biblioteca Nacional. Madrid.

DEL DRAMA AL PERIODISMO

Antonio García Gutiérrez, poeta y dramaturgo romántico, nació en Chiclana, Cádiz, el 5 de octubre de 1813. Desde joven antepuso las letras en sus estudios y gran parte de sus obras fueron representadas en los teatros de mayor prestigio, entre ellos el del Príncipe. Cultivó diferentes géneros, compuso zarzuelas y se dedicó, durante los años que pasó en Cuba, al periodismo. Su drama más popular fue *El Trovador*, cuyo estreno en 1836 fue posible gracias a la gestión de José de Espronceda. Años más tarde fue adaptado a la ópera por Guiseppe Verdi. Entre sus creaciones dramáticas destacaron: *El rey monje, Simón Bocanegra, Venganza catalana* o *Juan Lorenzo*. En 1865 ingresó en la Real Academia Española, fue después cónsul de España en Bayona y director del Museo Arqueológico. Murió el 26 de agosto de 1884 en Madrid.

—Eso es mentira —afirmó indignada la cerera—, y el que tal crea y diga merece que le emplumen... por tonto, más que por malo.

—Ya sé que es falsedad. ¡A quién se lo cuenta! Yo estuve en acecho dos noches, y no vi nada. Pero hay quien por haberlo soñado, asegura que lo ha visto. En las tertulias de la Puerta del Sol tenemos mentirosos de buena fe que le dan a uno espanto... Yo me seco la lengua rebatiendo sus disparates. Hoy, por poco le pego a uno que me sostenía con toda formalidad que el Rey se entretiene en jugar a la gallina ciega con las novicias...

—¡Vaya un disparate! Hace usted bien en destripar esos cuentos ridículos. Pique usted, hermano Centurión, pique por ese lado y se le hará justicia.

—Hermana Domiciana, yo pico; pero la justicia no llega. Ya dije a usted en qué paso mis tardes: a prima noche me tiene usted en los ejercicios de italianos o bóveda de San Ginés, alternando, y de allí me voy a mi casa. Nadie me verá en teatros, cafés, ni alrededor de las mesas de billar. En mi casa trabajo a moco de candil. Consagro los ratos de la noche a la poesía, con quien algún trato tuve en mi mocedad. No me faltaba lo que llamamos estro... Dirá usted que quién me mete a poeta, y yo contesto que si somos plaga, seámoslo en todos los terrenos. ¿Ha observado usted que los poetas del día no se tienen por tales si no enjaretan una o más composiciones religiosas? Los viejos, los de mediana edad, y aun los jovencitos que rompen el cascarón retórico, nos regalan cada día, bien la *Oda al Santísimo Sacramento,* bien la *Canción a los Reyes Magos,* este *Octavas reales a San José bendito,* el otro *Quintillas a la creación del mundo,* cuando no un *Romance a los misterios gozosos de Nuestra Señora*... ¡Pues no han sido poco celebradas las composiciones de mi amigo Baralt *A la Encarnación,* y de Cañete a la *Transfiguración del Señor!* Pero a todos supera el numen del insigne poeta don Joaquín José Cervino, que en su *Oda a las bodas de Caná,* refiere el milagro con estos rotundos versos:

Ya linfa en hidria pura contenida,
mira en licor de Engadi convertida.

»Pues los chicuelos que empiezan ahora, como Pepe Selgas y Antonio Arnao, también enjaretan su metrificación correspondiente sobre un tema religioso. Hasta los padres graves de la pasada era romántica, los Hartzenbusch, los

García Gutiérrez, los próceres como Saavedra y Roca de Togores, y el grandullón don Juan Nicasio, se descuelgan con su *Silva al sacrificio de Isaac,* o con un lindo *Panegírico de la Pentecostés* en alejandrinos. ¿Qué es esto más que una señal de los tiempos? No vivirían los poetas si no se arrimaran a los pesebres del Estado, y como el Estado es hoy manos y pies invisibles del cuerpo de la Iglesia, que tiene su visible cabeza en Roma, todos los jóvenes y viejos que andan por el mundo con una lira a cuestas, o la tocan para Dios y los Santos o no comen... Vea usted por dónde yo he resucitado mis antiguas debilidades poéticas; desempolvo mi lira y poniéndole cuerdas nuevas, me lanzo a tocarla con plectro y todo, y endilgo mi *Canto épico al centurión Cornelio*... En la invocación a la *Musa cristiana* para que me sople, doy a entender que de aquel romano Centurión procede mi familia, y que por ello estoy obligado a cantarle con tanta gratitud como entusiasmo y fe. En *La patria* podrá usted leer mi *Canto épico*. He preferido este periódico porque es el que viene pegando fuerte a Narváez, Sartorius y a toda la fracción caída, que ha tenido en tal desamparo a la religión y sus ministros. ¿Ha leído usted lo que dice del donativo que hizo la Reina a Narváez?

—No leo periódicos, don Mariano, ni me importa lo que digan.

LA IGLESIA, SATIRIZADA EN LOS NAIPES. Los movimientos revolucionarios de 1848 afectaron especialmente a los religiosos. Su postura fue ambigua, primero partidarios del carlismo y luego en el entorno de la reina Isabel II. *(Baraja mística con personajes del clero.* Biblioteca Nacional. Madrid).

EL DUELO. Grabado de *La Ilustración*, 1849.

DUELO ENTRE PERIODISTAS

El 12 de febrero de 1855 tuvo lugar un duelo a muerte entre Pedro Antonio de Alarcón y Heriberto García de Quevedo. Su origen estuvo en los artículos que Alarcón escribía en su periódico *El Látigo* sobre la reina Isabel II: «Nos hemos convencido de que la Reina de los españoles es una deidad mitológica que no existe ni gobierna. Necesita 180 votos de otros pretendientes de provincias para seguir viviendo en la casa que da frente a la Armería Nacional». Quevedo, desde las columnas de *El León Español,* rebatió a Alarcón y se retaron. El duelo fue a pistola y a muerte; disparó primero Alarcón, que erró el tiro, y Quevedo disparó al aire deliberadamente. El mismo día del desafío Alarcón dejó el periódico y abandonó radicalmente sus ideas revolucionarias.

—Pues el regalito fue de ocho millones, para que pudiera vivir con decorosa independencia el hombre que... Hoy hablaban de esto en la Puerta del Sol, y allí hubo quien, echando fuego por los ojos y ácido prúsico por la boca, hizo la cuenta del número de cocidos que con esos ocho millones se podrían poner en un año, para los tantos y cuantos españoles que se pasan la vida ladrando de hambre...

Cansadas del insufrible lamentar de aquel mendigo de levita, Lucila y Domiciana le miraban esperando un punto, o punto y coma, en que pudieran meter cuña para despedirle.

—Hermano Centurión —dijo al fin la cerera—, acabe ya y déjenos, que tenemos que hablar las dos de nuestras cosas, y con su salmodia nos ha levantado jaqueca.

—Como benemérita plaga española que soy, hermana Domiciana, no tiene usted más remedio que sufrirme... No puedo retirarme mientras no ponga en conocimiento de usted algo que debe saber, y para que lo sepa he venido hoy aquí.

—¡Pues hubiera empezado por eso, Santa Bárbara!

—¡San Caralampio! Yo empiezo por el fin y acabo por el principio, a causa de tener mi pobre cerebro del revés, como es uso entre cesantes... Vamos al caso: usted sabe que la madre Patrocinio bebía los vientos por destituir al señor patriarca de las Indias, don Antonio Posadas Rubín de Celis... Nunca le perdonó a este señor que se burlara de las llagas, y las calificara, como las calificó, de «farsa indigna de una nación católica»... El odio de su caridad levantó gran polvareda contra el prelado, por si era o no era de la cáscara amarga. Se decía que en 1823, gobernando la diócesis de Cartagena, renunció a la mitra y se fue a la emigración por no bajar la cabeza ante el absolutismo... Esto le imputaban, y de tal modo atronaron los oídos del Rey y de la Reina, que al fin... usted lo sabe... le largaron el cese al patriarca, y en su lugar fue nombrado don Nicolás Luis de Lezo, confesor de la Reina Madre, el cual se endilgó la sotana morada, antes que de Roma vinieran las bulas... Usted sabe que lo que vino de Roma fue un soberano rapapolvo desaprobando todo lo hecho, y confirmando en su puesto al señor Posada y Rubín de Celis... Usted sabe que...

—Ya me está usted estomagando con si sé o no sé —dijo Domiciana—. Lo que yo sepa o ignore no es cuenta de nadie.

—Todo el mundo sabe que el señor Lezo, a pesar del rapapolvo, siguió con su capisayo morado, tan guapín, olvidando que ni es obispo ni nada. Nuestra graciosa Reina, que de niña era muy salada, puedo dar fe de ello, y de mujer es la sal misma, le puso a don Nicolás Luis un mote graciosísimo... usted lo sabe: «el obispo de Farsalia»...

—Bueno, ¿y qué?

—La señora Madre aguantó el cachete, por venir de Roma, y esperó; el señor patriarca, ya muy viejecito, no podía ser eterno... Al fin se lo ha llevado Dios: ya está vacante el puesto. Y ahora, hermana Domiciana, yo le pregunto a usted por si quiere decírmelo: ¿sabe quién será el nuevo patriarca?

—No lo sé, ni aunque lo supiera se lo diría.

—Porque la reina Cristina hace hincapié por su candidato, el de Farsalia; el infante don Francisco se interesa por el padre Cirilo... y el Gobierno... Ésta es la noticia que le traigo a usted, noticia que aparejada lleva una preguntita. El Gobierno propone al señor don Joaquín Tarancón, obispo de Córdoba, que, como he dicho antes, es tío de la señora abadesa de la Encarnación. Me consta que una gran parte de lo que podríamos llamar «elemento eclesiástico» vería con gusto al señor Tarancón en el patriarcado de Indias, y yo... no le digo a usted nada: casi, casi es mi pariente... Pues ahora viene la pregunta: ¿sabe usted quién es el candidato de la Madre? Porque yo me pongo a discurrir y digo: O hay lógica o no hay lógica. Si un Gobierno que tiene por dogma la perfecta obediencia a las soberanas voluntades que nos rigen, se lanza a proponer a Tarancón, ¿no quiere esto decir que Tarancón es grato a la Madre, y por ende a la Hija, o en otros términos, que Tarancón es el candidato del altar y el trono, como decimos los ultras?... Conque, hermana Domiciana, dígame si esto que pienso es la verdad, o si me falla la dialéctica; dígamelo, y hará un gran favor a un padre de familia con mujer y siete criaturas. ¿Es don Joaquín Tarancón candidato de la Madre?... Porque si lo es, *Patriarcam habemus*.

Nerviosa y un tanto descompuesta le contestó Domiciana que no tenía nada que contestarle ni que decirle, como no fuera que tomara la puerta y se largase con sus historias a la del Sol, o a cualquier mentidero. Lastimado en lo vivo don Mariano, levantose afec-

LA IGLESIA EN EL ESCENARIO DE PODER. El Concordato reconocía la religión católica como única, por lo que sus poderes se vieron consolidados. El Estado se encargaba así de regular sus atribuciones. (*Sacerdote*. Grabado del siglo XIX. Biblioteca Nacional. Madrid).

tando dignidad y dio algunos pasos hacia la salida. Mas no quiso irse sin venganza de aquel desprecio: calose el sombrero, requirió las solapas del levitón, y en actitud un tanto estatuaria, con temblor de la mandíbula y ronquera de la voz, se dejó decir:

—Por no ser amable y franca, usted pierde más que yo, porque no le doy una noticia tremenda... noticia de un suceso reservado, que lo será por algún tiempo todavía... suceso... noticia de un valor que usted no puede figurarse... y que ignora todo Madrid, menos unos cuantos... y yo. En castigo, no se lo digo, no. Fastídiese, rabie.

—¿También de monjas y patriarcas?

—No... Es cosa militar... —dijo Centurión escurriéndose a lo largo del pasillo—. Cosa militar... gravísima... y no lo sabe... Fastidiarse...

Domiciana corrió tras él murmurando:

—Hermano, aguarde, oiga...

Pero, él, impávido, desapareció en la oscuridad de la angosta escalera repitiendo:

—No digo nada, nada... Fastídiese, rásquese... Cosa militar...

XIV

Pero este don Mariano...! ¿No te parece que está loco?... Y esa noticia de militares, ¿qué será?... ¿Pues sabes que me ha dejado perpleja y con ganas furiosas de saber...? Es un perro... Cuando le da por callar, molesta más que cuando nos aturde con sus ladridos... No me sorprende que sepa cosas muy reservadas... Estos cesantes rabiosos se meten en todos los rincones para olfatear lo que se guisa, y lo mismo entran en las sacristías que en las logias... Cosa de militares dijo. ¿Será alguna intentona?... ¿Tendremos en puerta un pronunciamiento...?

Esto decía Domiciana, en frases desgranadas que revelaban su inquietud. Con paso inseguro fue de la puerta del pasillo a la ventana; miró a la calle, y al ver que en efecto salía Centurión, volvió junto a su amiga rezongando:

ANTES DE LA ENTRADA DE CENTURIÓN HABÍA LUCILA DADO CUENTA A SU AMIGA DE LAS BUENAS CONDICIONES DE LA VIVIENDA

—Disparado sale... Va echando demonios... Esa cosa militar. ¿Qué será? ¿Tú qué crees, Lucila?

—¿Yo qué he de creer?... Ya te sacará de dudas don Mariano cuando vuelva.

Se puso en pie presentando la capa colgada de sus manos para que Domiciana viese el efecto del embozo. Resultaba muy bien, una prenda seria y poco llamativa, como para persona que durante algún tiempo no debía salir al público sin cierta reserva. Ya no faltaba más que acabar de coser la trencilla: la infatigable costurera se sentó de nuevo para proseguir la obra por una banda, mientras Domiciana trabajaba por otra.

—Sí que volverá, creo yo —dijo la cerera—, y si no vuelve le mandaré venir con cualquier pretexto. Hablemos de nuestras cosas.

Antes de la entrada de Centurión había Lucila dado cuenta a su amiga de las buenas condiciones de la vivienda en que se había instalado con Tomín. Se creían transportados de un infierno aéreo a un cielo terrestre. Con frase menos sintética y más vulgar expresó Lucila su pensamiento... Satisfecho estaba Tomín; sus ojos, hechos a la miseria desoladora, veían los vulgares muebles revestidos de una dorada magnificencia. Ya recobraba el apetito y el buen color; pero la inmovilidad a que todavía se le condenaba le tenía en gran desasosiego. ¿Cuándo podría salir?

Un rato tardó Domiciana en contestar a esta pregunta. Sin apartar los ojos del mete y saca de la diligente aguja, alargando los morros, dijo:

—¿Qué prisa tiene? Ya saldrá. Conviene esperar un poco, hasta ver en qué para eso del patriarca...

La aguja de Lucila se paró, señalando el zenit. Turbación, estupor y silencio grave en el ambiente que mediaba entre las dos mujeres. ¿Qué tenía que ver la libertad de Gracián con el nombramiento del patriarca de las Indias?

CONOZCO AL HOMBRE EN DIFERENTES CONDICIONES DE VIDA: EN LA CONDICIÓN DE AVARO, DE HIPÓCRITA, DE CORTESANO, DE ASTUTO, DE RELIGIOSO

—Todas las cosas de este mundo —dijo Domiciana sin mirar a la otra— vienen y van más enzarzadas de lo que parece. ¡Con este lío del patriarca hay cada disgusto...! A donde quiera que una va, encuentra caras malhumoradas... y se oyen cosas que... Parece que están todos locos...

Conoció Lucila que no gustaba su amiga de aquella conversación, y puso punto en boca. Nombrando de nuevo a Tomín, Domiciana fue a parar a la promesa de solicitar para él el alta en el escalafón, y si las cartas venían bien dadas, un ascenso y pase al servicio activo.

—En este caso —añadió—, ¿crees que Gracián se casará contigo?...

—¡Ay, no lo sé! —fue la única respuesta de Lucila.

La cerera prosiguió así:

—Nada tendría de particular que, volviendo las cosas a su nivel, Tomín se casara con una persona de su clase... Tú entonces, poniéndote en lo razonable, podrías casarte con un hombre de tu clase, y serías feliz... No te faltarían protección y ayuda en tu matrimonio.

Dijo a esto Cigüela que tenía por absurdas las ideas de su amiga, y repitió su antigua cantinela de que Domiciana no entendía palotada de amor, y que continuaba tan muerta y amojamada como cuando salió del convento.

—Estás en lo cierto —replicó la exclaustrada—, y siempre que hablo de amores, o de amoríos, salen de mi boca desatinos muy garrafales; tan ignorante soy. Conozco al hombre en diferentes condiciones de vida: en la condición de avaro, de hipócrita, de cortesano, de astuto, de religioso; en la condición de enamorado no le he conocido nunca, ni sé lo que es. ¿Quieres más explicaciones? Pues allá van. Se ha dicho, y tú lo habrás oído tal vez, que yo me metí en el convento por desesperada de amor... la historia de siempre... un novio ingrato, una niña tonta que se vuelve mística... Pues no creas nada de eso, si de mí lo has oído. En mi caso no hubo despecho amoroso. Yo me arrojé al convento huyendo de mi madrastra, como me habría tirado a un pozo; llegué a la vida religiosa enteramente ayuna de amores, sin haber tenido novio, pues los que algo me dijeron no me interesaron nada, ni nunca les hice caso. Entró, pues, en el claustro mi corazón nuevecito, intacto de pasiones, y sin saber lo que era eso. Allí dentro, ya puedes suponer que no amé más que las hierbas. Naturalmente, como tú has dicho, con aquel vivir me marchité... El amar vago, que lo mismo puede fijarse en Dios que en personas de la Naturaleza, se fue secando; la voluntad se me iba tras de las cosas, no tras del hombre... Cuando salí, ya no era tiempo de pensar en melindres, ni me lo permitían los votos que hice y de que no estaré nunca desligada... Otra cosa te diré para que lo comprendas mejor. Yo, que soy bastante despierta, sé desenvolverme muy bien en una reunión de hombres, si tengo que departir con ellos de cualquier asunto; pero delante de un hombre solo, me entra tal cortedad, que no acierto ni a decir «Jesús». Me ha sucedido alguna vez encontrarme sola frente a un hombre, el cual con la mayor inocencia y sin asomo de malicia venía para tratar conmigo de un negocio de cerería, o de hierbas, o de qué sé yo... ¿Pues sabes lo que me ha pasado? Que al verme sola con él me ha entrado no sé qué desazón... algo de repugnancia primero, de espanto después... y al fin no he tenido más remedio que echar a correr, dejándole con la palabra en la boca... Luego he tenido que mandarle recado, diciéndole que me dispensara, que me había puesto mala... Así soy yo. Y de veras te digo que muertecita está una mejor. ¿No crees que es una bendición ser así, y estar asegurada contra lo que, en mis circunstancias, no había de ser bueno?

Contestó afirmativamente Lucila, añadiendo que no se diera por asegurada tan pronto, pues no era vieja y conservaba lozanía, frescura... Recaída la conversación en Tomín y en las probabilidades de que reanudara pronto su brillante carrera, conquistando los puestos más altos, Domiciana preguntó a su amiga si era valiente el capitán, de temple duro para la guerra.

ENTRÓ EN EL EJÉRCITO EL AÑO 45, SI NO ESTOY EQUIVOCADA, Y AL POCO TIEMPO ESTUVO EN LA GUERRA DE CATALUÑA CONTRA TRISTANY Y CABRERA

—¿Que si es valiente? —dijo Lucila dando a su palabra tonos de entusiasmo—. Por mucho que yo te diga sobre eso no podrás tener idea de la bravura de Tomín y de su fiereza ante cualquier peligro. Cuando se emborracha de valor, no repara en si es uno o son veinte los enemigos que tiene delante.

—¡Vaya, vaya! Ahora que me acuerdo: me has dicho que es extremeño, de la tierra de Hernán Cortés y Pizarro. Todos los hijos de Extremadura son arrojados y valientes, menos mi padre que no es héroe más que para casarse.

—En Medellín, como ese Cortés, nació mi Bartolomé Gracián. Su padre, caballero noble, tiene allí bastante hacienda, ganados... Su madre, que todavía no es vieja, conserva una hermosura superior. De ella sacó Tomín los ojos azules; de su padre la tez trigueña. El hermano mayor no se separa de los padres, y es el que hoy lleva las labores. Dos hermanitas tiernas siguen a Tomín. A éste, desde muy niño, le llamaba la milicia; no jugaba más que a soldados, y él era el que a los otros chicos mandaba, llevándolos a correrías del diablo, asaltos de peñas, porfías de unos bandos con otros... Entró en el ejército el año 45, si no estoy equivocada, y al poco tiempo estuvo en la guerra de Cataluña contra Tristany y Cabrera. Las acciones en que peleó, las heridas que pusieron su cuerpo como una criba, y las hazañas... porque hazañas fueron... que hizo él solo, escritas están en alguna parte, no sé donde... y pueden dar fe de ellas el general Concha, el general Pavía, y un sinfín de brigadieres, coroneles y capitanes. Ya desde la guerra de Cataluña venía Tolomé, según él mismo me contó, dado a la política, con la cabeza encendida en esas cosas del patriotismo y de la libertad, y no se mordía la lengua para despotricar contra los absolutos, carlinos, moderados, y demás gente que no quiere Constitución, sino cadenas; en Madrid se hizo amigo de otros que aborrecían las cadenas, y todos juntos iban a unas reuniones escondidas en no sé qué calle, y hacían allí sus santiguaciones, que paraban siempre en armar algún enredo para salir con los soldados gritando: «Libertad, viva esto, abajo lo otro». Hubo en Madrid hace dos años o tres... no me acuerdo de la fecha... una trifulca muy grande en la Plaza Mayor, tropa y pueblo contra tropa. Tolomín estaba en un regimiento que también debió salir sublevado, y no salió porque se echaron encima generales y jefes, y ello quedó así... Pero a mi hombre le traían ya entre ojos; su fama de liberal y algún mal querer de envidiosos o soplones le perdieron. Formada sumaria, le mandaron con

EL GOBIERNO DE LOS PURITANOS

Los puritanos constituyeron una facción política de carácter centrista que surgió en la década de 1840 en el seno del partido moderado con la intención de convertirse en el puente entre los progresistas y los moderados. Estaba formado por un grupo de intelectuales y políticos como Joaquín Pacheco, Pastor Díaz, Seijas Lozano, Nocedal y Ríos Rosas y defendían la Constitución de 1837 como oposición a la Carta Magna de 1845. Pretendieron crear un partido político civil, con un programa que defendiese sin ambages el gobierno constitucional, y aunque propugnaban los principios básicos del partido moderado, compartían algunas doctrinas progresistas, ya que entendían que los intereses de la nación precisaban de acuerdos entre las tendencias políticas y la alternancia en el poder.
La cabeza visible de los puritanos fue Joaquín Pacheco. En las elecciones de 1847 se puso al frente de la candidatura por Madrid y, con apenas cuarenta años, consiguió alcanzar la presidencia del Gobierno. El primer gabinete puritano duró entre marzo y agosto de 1847, periodo en el que se creó la Dirección de Contabilidad del Estado, se regularon las sociedades anónimas, se centralizó el Tesoro Público y se redactó un ambicioso plan de estudios. Fue un periodo de intensa actividad a pesar de que Pacheco gobernó por decreto, sin el apoyo de las Cámaras, lo que le impidió disponer de una mayoría clara y se vio obligado a dar entrada a personajes de otras tendencias políticas que frenaron su acción de gobierno y provocaron que descendiera su popularidad. Su gabinete fue seguido por otro interino muy breve y que terminó en fracaso, presidido por José de Salamanca. La decepción de los contemporáneos fue tan intensa que hundió a la facción puritana: «Pocos políticos han conquistado el poder en nuestra patria desde 1634, con mejores antecedentes parlamentarios, con más fijeza de opiniones, con más consecuencia en sus principios que el señor Pacheco; pero pocos observaron en el Gobierno una conducta más contradictoria, una vacilación más grande en sus ideas, mayor vaguedad en sus doctrinas que el presidente del ministerio puritano de 1847». Este partido, no obstante, sentó los precedentes de la Unión Liberal de O'Donnell, creada en 1858.

LOS PARTIDOS SE ACERCAN HASTA TOCARSE. Grabado de *La Ilustración*. Biblioteca Nacional. Madrid.

TOMÍN SE REFUGIÓ EN MADRID EN CASA DE UN TRATANTE DE LEÑAS. Se llamaba Joaquín Perdiguero y le escondió en un patio interior del almacén que regentaba. (*La calle de Alcalá*. Grabado de 1850).

dos tenientes a las Peñas de San Pedro, que es allá en La Mancha, pueblo con fortaleza, y fortaleza sin pueblo, como dice Tolomé. Mal lo pasaban allí los pobres oficiales deportados; pero Tomín, que es poco sufrido, y uno de los tenientes llamado Castillejo, de la piel del diablo, tramaron una conjura, en la que fueron entrando algunos más, para revolverse contra la guarnición y hacerse dueños de la plaza. Me ha contado él que todo lo hicieron con más arrojo que picardía, y que fue como si dijeran: «Morir matando antes que morirnos de tristeza». La noche que intentaron desarmar a la guarnición fue noche de tronada y rayos en los aires, en la tierra de furor y rabia de los hombres. Muertos y heridos muchos... sangre corriendo... compasión ninguna. Pudo más la guarnición, y Tomín y Castillejo, viendo perdida la batalla, escaparon favorecidos del diluvio que empezó a caer cuando unos y otros, como demonios, se estaban matando... Huyeron armados; con algún dinero que llevaban se procuraron disfraz, caballerías, y por atajos, como Dios quiso, se vinieron a Madrid. Aquí se ocultaron, y escondidos supieron que estaban condenados a muerte por consejo de guerra... Pues Señor: vino a parar Tomín a casa de un tratante en leñas, José Perdiguero, amigo de su familia, calle Segovia, y para más disimulo de su escondite, le pusieron su vivienda en el mismo almacén de las leñas, que da a un patio grande, y en aquel patio vivía yo con mi padre y mi hermano chico...

—Y allí os conocisteis... Vamos, ya llegó ese momento de la historia, que yo esperaba. Sigue, que ahora entra lo más bonito.

—Bien feo era aquel patio, y más el almacén; pero a mí me pareció lo más bonito del mundo... te lo digo como lo siento: hablo con el alma, Domiciana. Bonito fue todo, cuando vi a Tomín tendido sobre un montón de leña, y más cuando él me preguntó cómo me llamo...

El amo, que tenía que salir al campo, me mandó que hiciera cena para aquel hombre... «para este caballero», fue como me dijo. Hice la cena, y el caballero se negó a comerla si no cenaba yo con él. Yo dije que bueno. Me sentí, puedes creérmelo, arrebatada de una compasión que me encendía toda el alma, y apenas empezamos a cenar, aquel señor me dijo: «Soy muy desgraciado». Obsequioso y fino estuvo conmigo, sin decirme cosa ninguna que pudiera ofenderme... Yo le miraba, y cuando él me miraba a mí, tenía yo que bajar los ojos...

—De veras va siendo muy interesante la historia. Sigue, y no suprimas nada.

—Dos días pasaron así. Mi padre y mi hermanillo salían de sol a sol. El caballero y yo hablábamos, él a la otra parte del rimero de leña, yo a la parte de acá. Charla que charla, las tardes se me hacían horas, las horas minutos... Yo estaba como en la gloria.

—¡Y que no te diría cosas poco tiernas y...!

—Me decía... qué sé yo... vamos, lo contaré todo. Me decía que soy muy guapa... Esto lo había oído mil veces; pero nunca hice caso. Me decía que soy bella, bellísima... y más, más me decía.

—No lo calles, mujer.

—Que soy hechicera... y otra cosa más bonita...

—Dímela.

—Que tengo un alma más bella que mis ojos... Por mis ojos me veía él el alma... Yo también le veía la suya... Por fin me dijo que le quisiera, que le haría un gran bien queriéndole... que estaba dejado de la mano de Dios... Contome toda su historia: yo temblaba oyéndole. Luego me dijo que era para él grave caso de conciencia pedirme mi amor, y que antes de responder yo a su petición de amor, debía saber una cosa terrible: estaba condenado a muerte. ¿Sería yo capaz de amar a un condenado a muerte?

—Al pronto, y poniendo por delante un poco de puntillo, responderías que no.

—¡Ay, Domiciana! Si me hubiera dicho «soy rico, feliz, poderoso», le hubiera contestado con puntillo diciendo que no, que veríamos y qué sé yo... Pero diciéndome «soy condenado a muerte», le contesté que sí, con el alma, y me fui hacia él... ¡Ay, Domiciana, qué paso!... Llorando me abrazó Tomín, y yo le dije: «Que nos fusilen juntos».

CONTÓ LAS QUERELLAS QUE CON SU PADRE TUVO POR EL AMOR DE TOLOMÍN CÓMO UNIÓ SU SUERTE A LA DEL CAPITÁN, LOCAMENTE ENAMORADA

XV

Dejando correr, en una pausa breve, lágrimas dulces, lágrimas amargas, continuó Lucila su triste historia, que en algunos puntos más le causaba gozo que pena; siguió por terreno a veces llano, a veces escabroso, sin esquivar los pasos al borde del precipicio, incitada por la cerera, que le pedía sinceridad, franqueza gallarda. Contó las querellas que con su padre tuvo por el amor de Tolomín; cómo estas desavenencias la separaron al fin de Ansúrez y del hermano pequeño (el cual en aquellos días entró de aprendiz en el taller de unos boteros de la calle de Segovia, amigos de su padre); cómo unió su suerte a la del capitán, locamente enamorada y obedeciendo a una fuerza imperiosa, irresistible; cómo fueron obsequiados por el Ramos, manolo viejo de ideas revolucionarias, retirado de la patriotería

LUCILA SE ENFRENTÓ A SU PADRE POR EL AMOR A TOLOMÍN. La condición de liberal del capitán les hizo vivir momentos de angustia, pues fueron perseguidos y obligados a esconderse en una botillería de la calle Abades donde conocieron al teniente Castillejo, con el que defendió la causa. (*Botillería de Madrid*. Grabado de Ortega).

activa y enriquecido en su comercio de maderas viejas; cómo hallándose un día refrescando con el Ramos en cierta botillería de la calle de los Abades, se les apareció el teniente Castillejo emparejado con la viuda de un capitán, y cómo, en fin, los cuatro se fueron a vivir a un piso quinto, en la calle del Azotado, con anchura de local y estrechez grande de recursos. A poco de instalarse les sorprendió de madrugada la policía, cuando estaban en el primer sueño, pues nunca se acostaban hasta después de media noche. A tiros y sablazos les atacaron tres hombres. Defendiéronse Tomín y el teniente con gran coraje; mataron a uno; los otros dos tuvieron que huir en busca de refuerzo. Antes que volvieran, Castillejo y la capitana se bajaron al segundo piso. Tomín fue más previsor: a pesar de hallarse herido de arma blanca en una pierna, de arma de fuego en un brazo, escapó por la bohardilla al tejado vecino, pudiendo descolgarse de un modo casi milagroso al patio de una posada de la Cava Baja. Lucila en tanto cogió calle más pronto que la vista, corrió a la posada y ayudó a su Tomín a escabullirse por la calle de Segovia abajo; tomaron resuello en un corralón de la Cuesta de Caños Viejos, y allí le vendó como pudo las heridas para contener la sangre. La situación era en extremo apurada. Gracián no podía valerse. Con rápida iniciativa ante el peligro, corrió Lucila en busca de el Ramos, única persona de quien podía esperar socorro, y el patriotero jubilado no desmintió en aquel caso su magnánimo corazón, ni su abolengo de sectario constitucional que había vestido el glorioso uniforme de la milicia urbana. Al amanecer, en un carro de cueros fue transportado el capitán a la calle de Rodas. Sin que nadie le viese, fue subido al nido de murciélagos, lugar al parecer distante del acecho policiaco, y allí quedó entre los gatos y el cielo, asistido de su fiel amiga, que con su cuidado y ternura le sostuvo el alma para que no cayese en la desesperación, atajó la muerte, aseguró la vida, y restituyó a la sociedad el hombre que esta había cruelmente repudiado.

—Del valor de Gracián —dijo Domiciana, oída con tanto respeto como admiración la dramática historia— nadie podrá dudar. Pero si él es bravo, más brava eres tú. Te has portado como mujer heroica, y aunque has pecado, creo yo que Dios te perdonará.

Lo más que hablaron aquella tarde careció de interés. Partió Lucila con la capa sin terminar, proponiéndose rematarla por la noche en su casa. Fue Domiciana con Ezequiel a San Justo, a la novena de San José, y allí vio a Centurión, que no se acercó, como de costumbre, a cotorrear con ella; tampoco la cerera hizo por él, ni quiso mostrar ganas de conversación. Ezequiel pasó a la sacristía, donde tenía más de un amigo, y solía ayudar al culto, bien endilgándose la sotana como turiferario, bien subiéndose al coro para cantar un poco con voz angélica, desafinadita. Habló un rato la cerera con un clérigo que en San Justo decía misa y confesaba, don Martín Merino, hombre impasible, de una frialdad estatuaria. A Domiciana le agradaba el tal sacerdote por la sequedad cortante con que expresaba sus pareceres, ya en cosas de religión, ya cuando por incidencia hablaba de política. Le tenía por hombre entero, de arraigadas convicciones, de notoria austeridad en sus costumbres. «¿Viene usted a la novena, don Martín?», le preguntó. Y él: «No, señora: yo salgo; he venido a ajustar una cuenta. Aquí no toco pito esta noche; me voy a mi casa, donde tengo mucho que hacer». Y tomó la puerta. Chocó a Domiciana la escueta familiaridad de la frase «no toco pito»; y como el hombre solía ser tan áspero en cuanto decía, resultaba de un gracejo fúnebre en sus labios secos la expresiva locución... Terminada la novena, volvió la cerera con Ezequiel a su casa; cenaron, y de sobremesa, solos, porque don Gabino con el último bocado solía coger el sueño y se quedaba cuajadito en un sillón, hablaron del cumplimiento de ciertas comisiones encargadas aquella tarde al bendito mancebo. «Llevé el lío de ropa y los cuatro libros, y todo lo entregué al señor, en su mano —dijo Ezequiel—. Lucila no estaba en casa».

Partió Lucila con la capa sin terminar, proponiéndose rematarla por la noche en su casa

—¿Y el señor qué tal te recibió? ¿Es amable, de buena presencia?

—Tan buena, que se me pareció a Nuestro Señor Jesucristo.

—Eso no puede ser. A Nuestro Señor no puede parecerse ningún mortal, por hermoso que sea.

—Dices bien, y ahora caigo en que más que a Dios se parece al Buen Ladrón. ¿Has visto el Buen Ladrón del calvario de San Millán... clavado en la Cruz, y guapo él?

—¿El caballero de Lucila tiene barba?

—Sí: una barba corta y bonita... como la del San Martín que parte su capa con el pobre.

—¿Y reparaste en el color de los ojos?

—No reparé el color; pero sí que tiene un mirar que no se parece a ningún mirar de persona.

—¿Qué dices, Ezequiel?

—Digo que ningún mirar de hombre es como el de ese señor.

—¿Serán sus ojos como de oro... como de plata?

—Como de plata y oro en derredor de una esmeralda.

—Luego, son verdes.

—No te puedo decir que sean verdes; pero algo tienen, sí, de piedras preciosas.

—¿Serán... así por el estilo de la piedra que llevaba en su anillo el señor obispo que ofició en San Justo el día de la Candelaria?

—No, mujer... No hay ojos de persona que sean de ese color que dices...

—Pues entonces, Ezequiel, serán azules... ¿Has visto tú esa piedra que llaman zafiro?

—No... En el talco es donde yo aprendo los colores. El talco azul, si lo pones en cera que no sea muy blanca, se te vuelve verde.

—Y dime otra cosa: cuando le diste a ese señor los libros, ¿qué hizo? ¿se alegró?

—Leyó el forro y no dijo nada. Se levantó y fue a ponerlos en la cómoda.

—¿Notaste si al andar cojeaba? ¿Es airoso, es gallardo?

—Me parece que sí. El juego de piernas, andando, es de militar, ¿sabes?... Cogió de la cómoda cigarros, como cojo yo mi cachucha... sin reparar... y vino a mí ofreciéndome uno. Yo le dije que no fumo. Él fumó echando el humo muy para arriba, muy para arriba... Luego me preguntó si seguía yo la carrera eclesiástica... y yo respondí que eso quiere mi padre... pero que mi hermana, tú, quieres que estudie para abogado... Pues él dijo que es preciso ser militar o abogado... y que todo lo demás es vagancia pura... Habías de oírle, Domiciana: que todo está muy malo, y que tenemos aquí mucha tiranía, mucho oscurantismo y muchísima inquisición... De repente, dejó caer la mano con que accionaba, dándose tan fuerte palmetazo en la rodilla, que yo... salté en mi taburete. Me asusté del golpe y de los ojos que el caballero puso.

—¿Es hombre de mal genio?

—De genio muy fuerte... ¡Pobre del enemigo que coja por delante, en una guerra, o en una revolución!

—¿Crees tú que pega?

—¡Vaya! Creo que pega a todo el mundo menos a Lucila.

—¿Y quién te asegura que no pega también a Lucila?

—No, eso no... ¡La quiere tanto! —dijo Ezequiel echando a torrentes de sus ojos la infantil ingenuidad.

—Por eso, porque la quiere... Los hombres pegan y las mujeres lloran... Eso es el amor, según dicen...

—Así será en los matrimonios disolutos.

—Y en todos, Ezequiel... y el llorar y el pegar no quitan para que traigan al mundo la familia...

ÉL FUMÓ ECHANDO EL HUMO MUY PARA ARRIBA, MUY PARA ARRIBA... LUEGO ME PREGUNTÓ SI SEGUÍA YO LA CARRERA ECLESIÁSTICA...

Aquí paró la conversación. Ezequiel tiraba de sus párpados, que el sueño quería cerrarle. Domiciana le mandó que se acostara, pues había que madrugar. Al siguiente día comenzaban las grandes tareas cereras para Semana Santa... Cerrada la tienda y apagadas las luces, la casa no tardó en quedar en silencio, turbado solo por el áspero roncar de don Gabino. Domiciana, recogida en su aposento, empezó a desnudarse. En aquella hora inicial del descanso nocturno, en que el silencio y la calma derraman tanta claridad sobre las cosas próximamente transcurridas y sobre las futuras que no están lejanas, la cerera reunía sus ideas dispersas, sintetizaba, expurgaba, desechando lo inútil, y como un hábil general distribuía sus mentales fuerzas para las batallas del siguiente día. Resumiendo sus impresiones de los hechos recientes y adivinando las que muy pronto habría de recibir, echó a rodar estos pensamientos sobre el fino lienzo de sus almohadas: «No habrá mañana poco tumulto en la casa grande cuando llegue yo y suelte la bomba... la bomba escrita y la bomba parlada por mi boca, diciendo: "No hay más patriarca de las Indias que el señor don Tomás Iglesias y Barcones...". ¡Y luego me hablan a mí de la cuestión de Oriente! ¿Qué tienen que ver la cuestión del

LA RELACIÓN ENTRE DOMICIANA Y EL CURA MERINO. La mujer conoció al sacerdote en la iglesia de San Justo. Era Martín Merino un cura de carácter difícil y de frialdad estatuaria, con sequedad cortante en sus opiniones. *(Buenas gentes,* por Ricardo Baroja. Biblioteca Nacional. Madrid).

Oriente ni la del Occidente con la cuestión patriarcal?... A Bravo Murillo se le ha metido en la cabeza que Tarancón es grato a la Madre, porque así se lo dijeron el marqués de Miraflores y el mismo señor González Romero... Pero éstos son de los que no se enteran de nada, y cuando desean una cosa se forjan la ilusión de que los demás también la quieren... ¡Valiente ganado el de los caballeros políticos!... Andad, andad, hijos, por donde os llevan vuestros pastores, y no salgáis del caminito que se os marca... Duro ha de ser para la Reina decirle a don Juan: "Mira, Juan, ese nombramiento que traes a favor de Tarancón, te lo guardas y haces de él lo que quieras... No has de ser más que mi madre, y a mi madre tengo que decirle también que se guarde su candidato, el pomposo señor Lezo, a quien yo, por mí y ante mí, nombré 'obispo de Farsalia'... Ni has de querer compararte con mi tío don Francisco de Paula, que me traía puesto en salmuera para patriarca al padre Cirilo, y también tiene que guardárselo para mejor ocasión. Patriarca de las Indias será don Tomás Iglesias y Barcones, y no se hable más del asunto". Esto le dirán, y don Juan se irá a comer calladito sus chorizos, y a discurrir, para cuando se desocupe del arreglo de la deuda, la reforma de la Constitución, dejándola en los puros huesos...».

Y ya cogiendo el sueño, apagadas las ideas, dispersas las imágenes, las recogió de la blanca almohada para dormir con ellas: «Y acabada una, se arma otra... la cuestión de la comisaría general de cruzada... Esa sí que será gorda... Los ministros, que siempre están en babia, quieren meter en la comisaría a ese Nicasio Gallego, que según dicen es poeta... Ya podéis limpiaros, que estáis de huevo... Y parece que los poetas ya le dan la enhorabuena al don Nicasio... como si lo tuviera en la mano. ¡Pobres majagranzas!... Con estas peripecias no puede una pensar en sus cosas... Mañana tarea de cera. La Semana Santa, con la nueva feligresía, será muy lucida, muy lucida, y... ¡dinero, dinero!... Lindas botas con caña de tafilete verde te voy a comprar... Tomín... ¡Ay!, que no me ponga a soñar ahora... Rezo un poquito: "Dios te salve..."».

XVI

La nueva morada de Lucila y Tomín era un segundo piso, calle de San Bernabé, lugar ventilado y alegre, con vistas al Manzanares y lejanos horizontes que comprendían la Casa de Campo, pradera de San Isidro y término de los Carabancheles. Para escoger aquella vivienda no se fijó Lucila principalmente en su amena situación ni en los aires salutíferos que la bañaban: aunque todo esto era muy de su agrado, no se determinó a mudarse mientras el tratante en leñas, José Rodríguez, primer amparador de Gracián, y el Ramos de la calle de Rodas, no le dieran, con su palabra honrada, garantía de la seguridad que allí tendría el perseguido capitán. Bajo tal fianza, accedieron ambos a compartir la casa modesta de un acomodado matrimonio. Era él propietario de tierras en la Villa del Prado, su patria, pero a la descansada vida de labrador prefería la inquieta de tratante en uvas por agosto y septiembre, y en ganado los demás meses del año. Antolín de Pablo salía cada quincena para Villaviciosa, Sevilla la Nueva, Villa del Prado y Cadalso de los Vidrios, y volvía con carneros y terneras para el matadero de Madrid. Su mujer, Eulogia Ciudad, había sido criada de una marquesa, que al morir le dejó un legadito: era persona de agrado y habla fina. Privada de sucesión, Eulogia se consolaba en la cría y cuidado de animales. Sus gatos llamaban la atención por la brillantez del pelo así como por la mansedumbre; sus perros sabían llevar y traer un cesto con recado. La casa se comunicaba por la planta baja con un corralón donde Eulogia tenía gallinas ponedoras, dos cabras, un cordero, un gamo, dos galápagos, un erizo, una jabalina de corta edad, domesticada, dos maricas también en vías de civilización, y un borriquillo. Representaban el reino vegetal dos almendros, un saúco y un albaricoquero, que un año sí y otro no cargaba enormemente de fruto.

BAJO TAL FIANZA, ACCEDIERON AMBOS A COMPARTIR LA CASA MODESTA DE UN ACOMODADO MATRIMONIO

Simpáticos fueron a Lucila y Tomín sus patronos, y para el capitán fue una expansión gratísima el permiso que se le dio para bajar al corral, siempre que quisiese engañar allí las horas aburridas de su prisión. Cuando a sus quehaceres salía Cigüela, el prisionero cogía un libro, bajaba con ella, y la despedía en el portal diciéndole: «Yo me voy al paraíso terrenal, y allí me encontrarás cuando vuelvas». Comúnmente le encontraba gozoso, distraído, con un perro a cada lado, que se habían constituido en amigos y guardianes, y allí se pasaba las horas muertas, sin leer nada, tratando de entenderse en primitivo lenguaje con las maricas.

Por la noche, en la habitación que ocupaban, la cual era muy espaciosa y alegre, Lucila le daba cuenta de lo que sabía referente al indulto, y él no ocultaba su tristeza por la prolongación de un estado que no era de cautiverio ni de libertad. Aquel auxilio que de persona para él desconocida recibía le llenaba de inquietud. «Yo no quiero agradecer mi libertad más que a ti, Cigüela —le decía—, y los recursos que no vienen de ti me enfadan y me lastiman. Si yo escribiera a mis padres, bien pronto me vendría de Medellín todo lo necesario para vivir. ¿Sabes por qué no les escribo? Por que si escribiera, mi padre vendría sin demora por mí, y su primera providencia sería llevarme consigo y separarme de mi Lucila, de mi ángel tutelar... Eso no será. Contigo siempre... O nos salvamos juntos, o juntos pereceremos... Pero también te digo que ya me cansa esta vida boba. El paraíso terrenal ya da poco de sí, y ahora me entretengo en dar vida real a las fábulas de Esopo. Ya he conseguido que se entiendan el galápago y el burro, y que las maricas dejen de soliviantar a las cabras para impedir a la jabalina que vaya a pastar con ellas... El gallo es de una pedantería irresistible, y uno de los perros, el llamado "Moro", se entiende con el carnero y el erizo para quitarle al gallo la gallina que más ama, que es una pintadita, con aires de manola...».

Opinaba Cigüela que una vez logrado el indulto debía tratar Tomín de volver a la gracia de su familia; no veía tan difícil que los de Medellín transigiesen con la que había sido compañera y sostén del capitán en aquel terrible infortunio. Confiaba ella en conquistar a los padres con su buena conducta, y terminaba diciendo: «Si tú me quieres, como dices, y tienes mi compañía por tan necesaria en la felicidad como en la desgracia, no necesitamos ir en busca de tus padres: ellos vendrán a nosotros».

Esto decía la moza, y a veces lo pensaba; mas ni su pensamiento ni sus propias palabras optimistas la desviaban de su negra suspicacia. Una tarde de fines de marzo, o principios de abril (que la fecha no está bien determinada en las Historias), hallándose con Domiciana en San Justo, hubo de apremiarla con energía para que obtuviese resolución clara y pronta del dichoso indulto. Dio respuesta la protectora, como siempre, reiterando las seguridades de gracia, y encareciendo la prudencia mientras aquella no fuese un hecho. Abstuviérase, pues, el capitán de presentarse en público, lo que no era en verdad gran sacrificio, toda vez que tenía buena casa, y disfrutaba del desahogo de un corral poblado de animalitos. A esto replicó Lucila que no podía ya sujetar a Tomín, cuyas ansias de libertad le movían a temerarias imprudencias. Por una puerta que rara vez se abría, comunicaba el corralón con los despeñaderos que desde aquellos lugares descienden hasta la Ronda de Segovia. Contraviniendo las exhortaciones de Eulogia y Lucila, el capitán desatrancaba alguna tarde la puerta, y se daba el verde de un paseíto por los andurriales de la Cuesta de la Mona o por Gilimón.

JOAQUÍN PACHECO. Ateneo de Madrid.

JOAQUÍN PACHECO

Político, jurista y escritor perteneciente a la corriente romántica de la generación española de 1834, Joaquín Francisco Pacheco nació en Écija en 1808. Fue un destacado representante de la corriente liberal moderada conocida como «los puritanos», que defendían la vigencia de la Constitución de 1837; ministro de Estado y presidente del Gobierno en varios gabinetes durante el reinado de Isabel II. Colaboró en los periódicos *El Artista*, *La Abeja* y *El Español* y publicó poemas como *Meditación* y *A la amnistía*. Autor dramático, su obra principal es *Alfredo* (1835), un romance que transcurre en la Sevilla medieval y que narra los amores de un joven con su madrastra. También es autor de *Historia de la Regencia de María Cristina* (1841). Murió en Madrid en 1865.

UN ERUDITO

Científico y estudioso ilustrado, Agustín Yáñez y Girona nació en Barcelona en 1789. Cursó estudios de filosofía, matemáticas, cosmografía, ciencias naturales, física experimental, botánica, química y farmacia. A los veintiséis años fue admitido en la Real Academia de Ciencias Naturales y Artes de Barcelona, que más tarde presidió. Fue catedrático de Historia Natural y Mineralogía, botánico, investigador en química aplicada, geología y mineralogía y autor de títulos tan conocidos como *Lecciones de Historia Natural*, primera obra didáctica elemental en España con esa temática. De tendencia política liberal, en 1823 fue desposeído de su cátedra en el Colegio de Farmacia y no la recuperó hasta 1830. Llegó a ser alcalde constitucional de Barcelona, ciudad en la que murió en 1857.

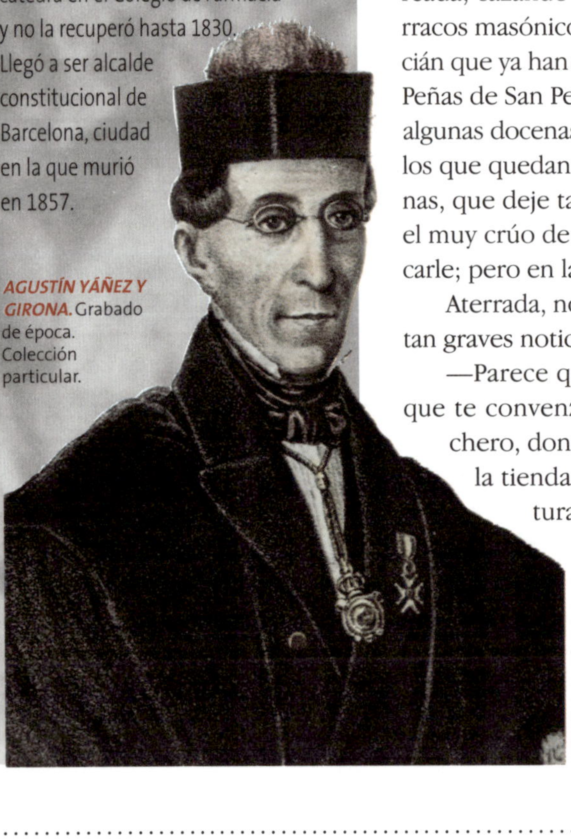

AGUSTÍN YÁÑEZ Y GIRONA. Grabado de época. Colección particular.

—Ayer mismo —dijo Lucila para terminar su referencia— me dio un horroroso susto. Creo que si Tomín fuese niño no me habría cansado de pegarle. Pues llego a casa, entro en el corral, y me dice Eulogia que el señor capitán se había ido por la puerta de abajo... Salí como un cohete... ¡Qué angustia! No puedes figurártelo... Por fin, ¿dónde creerás que le encontré? En un secadero de ropa que hay por aquella parte, no sé cómo se llama, orilla de la calle de la Ventosa. Me dijo que se aburre, que siente una querencia loca de ver gente y de hablar con todo el mundo... Le cogí por un brazo y me le llevé a casa. Yo lloraba... Prometió no volver a escaparse; pero yo no me fío... Es el valor, Domiciana, el maldito arrojo, el desprecio del peligro. Lo tiene en la masa de la sangre, y no puede con él.

—Pues para sujetarle y poner trabas a ese valor, que no viene a cuento, hay un recurso, Lucila, y es meterle mucho miedo.

—¡Miedo... a él!

—No se trata de ponerle un espantajo como a los gorriones, sino de amenazarle con peligros muy verdaderos. Dile que en estos días anda la policía muy atareada, cazando con bala o con liga, como puede, pajarracos masónicos y militares sin seso. Sepa el buen Gracián que ya han caído algunos, como él escapados de las Peñas de San Pedro. Ya están en el depósito de Leganés algunas docenas de estos desgraciados, y cuando caigan los que quedan se formará una linda cuerda para Filipinas, que deje tamañitas a las que mandó en su tiempo el muy crúo de Narváez... A su casa no han de ir a buscarle; pero en la calle ¿quién responde...?

Aterrada, no pudo Lucila ni aun pedir aclaración de tan graves noticias.

—Parece que lo dudas... —añadió la otra—. Para que te convenzas... lo he sabido por el propio cosechero, don Francisco Chico... ¿No me viste ayer en la tienda hablando con un señor de lucida estatura, patillas de chuleta, viejo él, pero muy tieso, ojos vivos, nariz chafada?... Pues aquél es el jefe de nuestro ejército policiaco y el más listo pachón que ha echado Dios al mundo. Mi padre y él son amigos... A mí me considera... Rara vez llega por la tienda. Ayer vino; subió a casa y vio aquel bargueño antiquísimo

EN LOS PUEBLOS DE LOS ALREDEDORES DE MADRID compraba ganado Antolín de Pablo para el matadero. Su mujer, de nombre Eulogia, criaba y cuidaba animales, que servían y muy bien para ayudar a sostener la economía familiar. *(Escena rural*. Grabado de *El Museo Universal*. Biblioteca Nacional. Madrid).

que tenemos... porque Chico es un águila para dos cosas: la cacería de criminales y el compravende de cuadros y muebles de mérito.

Lucila suspiró. En rigor, alegrarse debía de aquellas amistades de los cereros con el temido y famoso Chico, y ellas daban fuerza y lógica a las seguridades de que Tomín no sería cogido en su casa. ¿Pero cómo explicarse que Domiciana no le hubiera en anteriores ocasiones hablado de aquel conocimiento? Las dudas y el recelo, como bandada de siniestras aves, revolotearon en torno suyo, y una sombra nueva se añadió a las que ya entenebrecían su alma.

Salió de la iglesia con intento de ir a su casa; pero acordándose al paso por Puerta Cerrada de que no había visto a su hermano pequeño, Rodriguín, en tantísimos días, tiró por la calle de Segovia en dirección del taller de botería donde el muchacho aprendía el oficio. Mala hierba había pisado aquel día la guapa moza, porque, no bien entró en el taller, le salió al encuentro una nueva desdicha en la figura de su señor padre, Jerónimo Ansúrez, el cual le saludó con el tremendo jicarazo, verbigracia noticia, de que le habían dejado cesante.

—Hija de mis entrañas —dijo el afligido y gallardo castellano, desentendiéndose de los consuelos que los maestros boteros le daban—, ya ves la mala partida de ese indecente Gobierno de los «honrados», por mal nombre... Aquí tienes a tu padre, despedido de aquella gloria, donde estaba tan a gusto, que ya no habrá para él lugar que no le parezca infierno; aquí le tienes otra vez en mitad de la calle, con el día y la noche por hacienda y el vagabundear por oficio. Díganme todos si no es esto una marranada, dispensando, y si no nos sobra razón a los españoles para tronar, como tronamos, contra este Gobierno, y el otro y todos, y contra la pastelera alianza del trono y el altar, contra tanta cancamurria de libertad y Constitución, y contra la birria asquerosa de moralidad y economía, que es pura materia, perdonando... ¿Qué hice yo para que me despidieran?, ¿a quién falté, con trescientos y el portero?, ¿quién dio queja de mí, si todas las cantatrices y bailadoras, así de plana mayor como de filas, me querían como a las niñas de sus ojos?... Pues ello ha sido por colocar al marido de la pasiega que le está criando el nene al sobrino de un ministrejo, y busca buscando plaza, han visto la mía, y ¡zas!... Nación maldita, ¿por qué no te arrasaron los moros, por qué no te taló el francés y te descuajó el inglés, y entre todos no te raparon el suelo hasta que no quedara en él simiente de persona viva?

Esta y otras imprecaciones, desahogo de su furia, fueron oídas con lástima por todos los presentes, con espanto por Lucila, que rondada se sentía de negros presagios. La desdicha

EL HOSPITAL DE LA PRINCESA

En 1852, tras el atentado del cura Merino, Isabel II se dirigió a la basílica de Atocha junto a su marido Francisco de Asís, la princesa recién nacida, Isabel Francisca, y los palatinos. Cabalgaban junto al coche de la Reina el ministro de la Guerra y el capitán general de Madrid. El entusiasmo popular era muy grande, lanzando flores y gritando vivas. La Reina rezó ante la Virgen de Atocha en signo de gratitud por haberle salvado la vida, y de regreso a palacio escribió una carta a Bravo Murillo, presidente del Consejo de Ministros, en la que decía: «Deseo que el gobierno tome la iniciativa para abrir una suscripción voluntaria cuyo producto se destine a edificar uno o más hospitales en conmemoración del nacimiento de mi amada hija». La petición fue atendida, y se creó el hospital de la Princesa, que sustituyó al Gran Hospital General. Las obras se realizaron en el paseo de los Areneros, cerca de la puerta de Fuencarral. La inauguración oficial se llevó a cabo cuatro años y medio después, en 1857.

HOSPITAL DE LA PRINCESA EN MADRID. Grabado de mediados del siglo XIX.

del pobre Ansúrez retumbaba en el corazón de su hija como los pasos de un terrible viajero afanado por llegar pronto. Era su infortunio, el dolor de ella, más intenso que el de su padre, dolor inminente, cercano ya...

XVII

Con pena de abandonar su casa y el cuidado de Tomín, consagró Lucila la mañana siguiente a los deberes filiales. El buen Ansúrez necesitaba consuelos, tiernas palabras que le infundieran ánimo y confianza, ideas y razonamientos juiciosos para pescar otro empleo. Hija y padre disertaron, esparciendo ansiosas miradas por todas las políticas aguas que conocían. ¿A qué pescadores podrían arrimarse? Con el señor Taja, que había dado a Jerónimo su primer destino, en la portería del Fiel Constraste y Almotacén, no había que contar ya. El señor Zaragoza, que le había empleado en el Teatro Real, no era ya jefe político ni estaba a la sazón en Madrid, y para llegar al nuevo Gobernador, don Melchor Ordóñez, no veían ningún camino. ¿A quién volverse, a quién marear y aburrir hasta obtener la credencial, concedida por la fuerza del tedio más que por la piedad? Indicadas y discutidas diferentes personas, el astuto Ansúrez, sabedor de las amistades de Lucila con Domiciana y de las excelentes agarraderas de ésta en palacio, o sabe Dios dónde, la diputó por la mejor santa en quien debía poner toda su fe. Conforme Lucila con esta opinión, quedaron en que al siguiente día se verían hija y padre con la cerera para empezar la ruda campaña. En estas y otras conversaciones se le fue a Lucila toda la mañana y parte de la tarde, porque cuando impaciente quería despedirse, su padre la cogía de los brazos y la retenía, gozoso de verla y escucharla. Rodriguín también tiraba de ella, y los maestros boteros no se cansaban de admirar su hermosura. En la botería se aposentaba Ansúrez, y allí aguardaba la visita diaria de su hija. Prometió ésta no faltar ningún día, y abrazando a su padre le dejó entre sus amigos, rodeado de aquellos imponentes pellejos hinchados de viento, que tanta semejanza tenían con los hombres públicos de aquel tiempo... y de otros.

Con pena de abandonar su casa y el cuidado de Tomín, consagró Lucila la mañana siguiente a los deberes filiales

Desalada tomó Lucila el camino de su casa. Por evitar un largo rodeo y ganar tiempo, puso a prueba sus pulmones apechugando con la Cuesta de los Ciegos, que subió de un tirón hasta Yeseros y la Redondilla, y de allí en cuatro brincos se plantó en la calle de San Bernabé. Llegó a su casa pensando que Tomín estaría inquietísimo, poniendo en fábulas tristes a todos sus animales... Como exhalación pasó de la puerta al corral, donde le salió al encuentro Eulogia con cara de susto, que a Lucila le pareció una máscara, pues nunca había visto tan alteradas las facciones de su casera. Antes de que se le preguntara por el capitán soltó la buena mujer esta bomba: «No está... no ha vuelto desde las diez de la mañana». El primer impulso de Lucila fue rebelarse animosa contra el destino; y sacando de su alma las primeras fuerzas con que a la lucha se disponía, respondió: «Ya vendrá... le encontraremos... ¡Qué loco es, Dios mío! No vale que una le diga... no vale que se le recomiende... Andará por ahí hecho un tonto, viendo tender ropa...». Reiterando la noticia en forma desconsoladora, Eulogia dijo que ya habían pasado más de seis horas desde que se perdió de vista; que sobre las doce, alarmada de

JERÓNIMO ANSÚREZ, DESPEDIDO DEL TEATRO REAL. Su situación social y política hizo tomar medidas restrictivas al Gobierno, y muchos obreros fueron injustamente despedidos de sus puestos de trabajo. *(Entre bastidores del teatro Real de Madrid.* Grabado del siglo XIX. Museo Municipal. Madrid).

la tardanza, había mandado a Colás (un chico de la vecina) en su busca, y que Colás volvió a la una diciendo que, recorridos todos los lavaderos, todos los secaderos, las vueltas, recodos y precipicios de la Mona y Descargas, registrada después la Ronda de Segovia de punta a punta, sin omitir taberna, figón, juego de bolos ni herradero, no había encontrado rastro del señor capitán. Oído esto por Lucila, quedose la buena mujer paralizada del pensamiento y la voluntad, sin que su mente pudiera hacer otra cosa que medir la longitud de los espacios recorridos inútilmente por Colás. Pronto se rehízo, y apartando con una mano a uno de los perros, con otra a la jabalina, que le estorbaban el paso, más con la actitud que con la palabra dijo que ella le buscaría... Todo era posible menos la desaparición, la pérdida del capitán, como podría perderse una de las maricas, o el gamo de pies ligeros.

Salió, pues, en loca marcha, corriendo de un lado a otro, y esparciendo su mirada por aquellos polvorientos espacios... Si en un instante creía ver a Tomín, el instante siguiente traía el frío desengaño. Decidiose a preguntar a diferentes personas que encontraba. Algunas mujeres, sentadas al sol en la cuesta de la Mona, dijeron que le habían visto subir, a mano derecha... otras que bajar, a mano izquierda. En la Ronda de Segovia, repitió Lucila su angustiosa pregunta precedida de señas inequívocas: «Un caballero joven, de buena presencia, con zamarreta de paño azul obscuro, botas de caña verde, gorra sin visera...». Una mujer que llevaba cesta de ropa declaró por fin haber visto al caballero: viéronle pasar ella y su marido; éste, que le conocía de anteriores encuentros, habíale saludado... Dos horas después, al caer de mediodía, su Fabián, que era medidor en un almacén de granos, le había visto con dos sujetos, uno de los cuales le pareció guindiya... No pudo esclarecer su informe la buena mujer, que solo repetía cláusulas sueltas de su marido, y apreciaciones en que ella no se fijó porque maldito lo que le interesaban. Cuando su Fabián volviese de Carabanchel Alto, adonde había ido por cebada, podría dar mayores explicaciones y noticias...

Rendida y sin aliento volvió a la casa Cigüela, y de tal modo a su espíritu se adhería la esperanza, que al subir pensaba encontrar a Tolomé. «Habrá dado la vuelta grande —se dijo—, subiendo la Cuesta de los Ciegos y entrando por la calle del Rosario, o de San Bernabé». Nuevo desengaño al ver la cara triste de Eulogia: hasta los perros decían con su grave quietud que el capitán no había dado vuelta grande ni chica... Ya no pensó Lucila más que en correr en busca de la cerera para comunicarle su mortal ansiedad. Sin darse cuenta de la distancia ni del tiempo empleado en recorrerla, fue a la cerería, donde se le dijo que Domiciana no había regresado aún, ni regresaría hasta después de prima noche. No quiso esperarla: angustiada voló otra vez hacia Gilimón, desoyendo la voz de Ezequiel, que con lastimero acento pueril se brindó a ser su acompañante. En el corral, mientras la casera recogía diligente a los animales menores, a otros daba el pienso y a todos prodigaba su maternal solicitud, viose Lucila lanzada a senos profundísimos de tristeza, la cual acreció al extender la noche su lenta obscuridad. Pasado algún tiempo, Eulogia y ella subieron. Cuando entró la moza en el cuarto que habitaba, toda su entereza cayó de golpe al ver la ropa de Tomín, su cama, la mesa en que tenía libros, tabaco, un latiguillo, una caja de mixtos, papel y obleas, una herradura que había recogido en la Ronda, como signo de buena suerte, pues no le faltaban sus puntos de supersticioso... Ante estos objetos, se desató el dolor de Lucila, sin que la buena Eulogia con ninguna expresión de consuelo pudiese calmarla, y cogiendo la ropa entre sus brazos como habría cogido el cuerpo mismo del perdido Tolomé, echose de bruces sobre la cama, y en las dulces prendas vertió todo el torrente de sus lágrimas con silencioso duelo.

Inútiles fueron las instancias de las vecinas para que Cigüela cenara: no cenaría mientras Tolomín no volviese. Eulogia le daba esperanzas que no tenía, y ella las tomaba sin hallar en su pensamiento lugar donde meterlas... Las diez serían cuando llegaron casi juntos Ezequiel y el medidor de granos Fabián, cuya mujer había dado a Lucila informes vagos del caballero desaparecido. Era un hombre de madura edad, grave, bondadoso, y su traza y modos inspiraban confianza. Eulogia le conocía, y Antolín de Pablo le apreciaba. Tan importante fue su declaración desde las primeras palabras, que en ella puso Eulogia todo su oído y Lucila toda su alma. Había visto tres veces al capitán, la primera solo, en la bajada de la Mona, la segunda al pie del jardín del Infantado con dos hombres, que no eran amigos, porque le hablaban con malos modos... Después le vio con los mismos, o más bien llevado por ellos, en la vereda que hay entre la huerta de Barrafón y la de las monjas del Sacramento. «Para mí que le llevaban por atajos, o como se dice, por sitios de poca gente, hacia las Cambroneras, para de allí pasar el puente de Toledo y conducirle al depósito de Leganés...». La angustia no permitió a Lucila formular pregunta relacionada con el temido nombre de Leganés. «¿Y crees tú, Fabián —murmuró Eulogia con escalofrío— que el capitán está... allá?».

INÚTILES FUERON LAS INSTANCIAS DE LAS VECINAS PARA QUE CIGÜELA CENARA: NO CENARÍA MIENTRAS TOLOMÍN NO VOLVIESE

—Como si lo estuviera viendo —replicó el informante—. ¿A dónde sino allí podían llevarle aquellos Caifases? No pierdan el tiempo buscándole por acá, y acudan pronto... que pasado mañana sale cuerda. En Carabanchel me lo han dicho los guardias que harán la "conduta"».

Silencio de muerte siguió a estas palabras.

—Pasado mañana sale cuerda —repitió Fabián con el acento que suele darse a las recomendaciones leales de previsión. Dudas crueles movieron el alma de Lucila, alterando en ella las fases del pesimismo.

—¿Y si no está en Leganés?... ¿Si le han llevado a otro punto?...

En esto le tocó a Ezequiel expresar su mensaje, el cual era que hallándose doña Victorina Sarmiento en peligro de muerte, Domiciana no podía separarse de su lado en toda la noche. A las ocho y media se recibió en la cerería el recado de palacio diciendo que no la esperaran... Diferentes pensamientos, que no habría podido manifestar aunque quisiera, armaron gran alboroto en el cerebro de Lucila, que con las manos en la cabeza expresaba su enloquecedora confusión. Eulogia y Ezequiel la instaron para que comiese alguna cosa, no dejándose vencer de la debilidad en tan angustiosas circunstancias, y al fin la desolada moza probó algo de un guisote que la casera le trajo, y casi a la fuerza pasó para dentro medio vaso de vino. Despidiose Fabián llamado por sus quehaceres. Silenciosa y espantada hallábase Lucila como el que discute consigo mismo dos diferentes especies de muerte, entre las cuales forzosamente y sin dilación tiene que elegir una... Su dolorosa perplejidad vino a parar, al fin, a una determinación súbita y rectilínea. Se levantó, fue a coger su pañuelo de manta que pendía de una percha, y echándoselo por los hombros, dijo: «Me voy a Leganés... Algún medio habrá de saber la verdad... Acompáñame tú, Ezequiel. Si necesitas licencia de tu padre, vete por ella y vuelve pronto».

EL CAPITÁN TOLOMÍN DESAPARECIÓ Y TEMIERON POR SU SUERTE. Los detenidos eran trasladados a Carabanchel por el puente de Toledo, y de allí al depósito de presos de Leganés, para ser interrogados. (*Puente de Toledo*. Grabado del siglo XIX. Colección particular).

Respondió el bondadoso chico que la licencia la tenía ya, pues su padre le había encomendado, al salir de casa, que si Luciíta se veía precisada a dar pasos a cualquier hora de la noche, o toda la noche entera, la asistiese y custodiase como lo haría el propio don Gabino, si en tan honrosa obligación se viera. No le pareció bien a Eulogia que en noche oscura y con tan menguada compañía emprendiese una mujer caminata larga y peligrosa; pero no pudo desviar a Lucila de aquel propósito, semejante a la veloz derechura de la flecha lanzada. Salieron por el corral.

XVIII

Ya embocaban a la cabecera del puente de Toledo cuando un desgarrón de las nubes, que cubrían casi totalmente el cielo, dejó ver un cuarto de luna, con desmayada luz entre cendales, corriendo hacia los bordes grises que habrían de ocultarla de nuevo...

El cerero acudió a levantarla, cariñoso, diciéndole que un poco más arriba encontrarían mejor y más cómodo asiento

—Lucila, mira, mira la luna —dijo Ezequiel creyendo que podría distraer de su pena a la pobre joven, comunicándole su admiración candorosa. Pero ni lunas ni soles podían iluminar la noche obscura que en su alma llevaba la hija de Ansúrez, y siguió en silencio. Marcha sostenida y regular llevaban: con el aire que al paso de los dos imprimió Cigüela en la bajada de Gilimón, se aproximaron a la entrada de Carabanchel Bajo. Pero aquí el potente impulso de ella empezó a flaquear; se detuvo un momento mirando las primeras casas, y preguntó a su acompañante si estaban ya en Leganés.

—¡Ay! no... Esto es Carabanchel Bajo... Si quieres, descansaremos un poquito.

—No... Entre casas y donde haya gente, no nos detengamos —dijo Lucila—. Sigamos, y a la salida nos sentaremos.

Atravesaron el pueblo, esquivando el encuentro con los escasos grupos de personas que al paso veían, y al salir de nuevo al campo, Lucila hubo de aquietar un poco su marcha.

—Nos cansamos sin necesidad —observó Ezequiel—, pues ¿qué adelantas con llegar a Leganés a media noche? Andemos despacio, y si a mi brazo quieres agarrarte hazlo con confianza, que yo no me canso. Por este camino venimos Tomás y yo de paseo algún domingo, y todo este campo me lo sé de memoria.

Con lento andar llegaron a Carabanchel Alto; acelerando un poco pasaron el pueblo, y al rebasar de las últimas casas, Lucila, sin aliento, echando en un suspiro toda esta frase: «No puedo más, Zequiel... aquí me siento», cayó al pie de un árbol. El cerero acudió a levantarla, cariñoso, diciéndole que un poco más arriba encontrarían mejor y más cómodo asiento, y puesta ella en pie, bien asida la mano del mancebo, siguieron despacio, él sosteniéndola, ella dejándose llevar, hasta que les brindaron descanso unos troncos de negrillo apilados en el suelo y protegidos de una maciza pared en ruinas.

Estoy muerta de cansancio —dijo la moza después de recobrado el aliento.

—Pues tómate el tiempo que quieras para recobrar fuerzas, porque aún hay algunas horitas de aquí al amanecer... Y si te entra sueño y quieres dormir, no tengas miedo a nada; yo velo y estoy al cuidado.

LUCILA FUE A LEGANÉS EN BUSCA DEL CAPITÁN. Hicieron el camino a pie hasta que se hizo de noche y se detuvieron a descansar. Al amanecer buscaron el cuartel donde le suponían preso. *(Vista de Leganés desde la fuente de Malpartida.* Grabado del siglo XIX. Museo Municipal. Madrid).

—Mira, Zequiel, mira aquella lucecita que allá lejos se ve... por esta parte... por donde te señala mi dedo... ¿Será aquello Leganés?

—Por esa parte cae el pueblo; pero el cuartel está más arriba. Entre el cuartel y el pueblo hay unas casas muy grandes del duque de Medinaceli donde van a poner hospital de locos.

—Casa de locos... —dijo Lucila—. Pues que sea grandecita, pues bien de gente hay que la ocupe...

Dicho esto, permanecieron silenciosos, Ezequiel a la izquierda de su amiga, mirando a las lejanías obscuras donde se divisaban, no ya una sola luz, sino tres o cuatro formando como una constelación. Requirió Lucila los bordes de su pañuelo de manta para abrigarse, y como expresara su desconsuelo de ver al muchacho sin capa ni ningún abrigo, dijo él:

—Yo nunca tengo frío ni calor. No te ocupes de mí y abrígate bien, que tú eres más delicada.

Así lo hizo Lucila, y a la media hora de estar allí, el abrigo, el descanso, la soledad, rindieron su fatigada naturaleza, llevándola sin sentirlo a una sedación intensísima... Su pena se recogió en el fondo del alma, ahuyentada momentáneamente por la reparación física; la inercia impuso un paréntesis de la vida para seguir viviendo... Dio dos o tres cabezadas.

—Lucila —le dijo el cerero, inmóvil—, si quieres descansar tu cabeza sobre mi hombro, aquí lo tienes... A mí no me incomodas... descarga tu cabeza y duerme un poquitín...

La moza no respondió... Por instintivo abandono, vencida de un sopor más fuerte que su propósito de estar desvelada, dejó caer la cabeza sobre el hombro del mancebo y quedose dormida. Desde que sintió el dulce peso, Ezequiel fue un poste, más bien almohadón en figura de persona: respiraba con pausa y ritmo, para que ni el menor movimiento turbase el reposo breve de su infeliz amiga. La inocencia del muchacho despierto no era menos bella que la de la mujer dormida.

El sueño de Lucila, que en realidad fue como una embriaguez de cansancio, duró apenas un cuarto de hora. Despertó sobresaltada, creyéndolo de larga duración.

—¡Si apenas has dormido el espacio de tres credos! —le dijo Ezequiel—. Duerme más y descansa, que yo velo: yo velo por los dos... y estoy al cuidado... Como si quieres echarte bien envueltita en tu pañuelo, y apoyando la cabeza en mis rodillas...

—No, no, Zequiel... Yo no tengo sueño. Fue un momento no más, como si de la fuerza de mis pesares perdiera el sentido. Se moriría una si alguna vez, por un ratito, no se borrara de nuestro pensamiento el mal que sufrimos, y no se escondiera el dolor... Zequiel, duerme tú ahora si quieres, que yo velaré.

—No: rezo y velo yo, que debo estar al cuidado.

Hablando a ratitos, o entregándose cada uno por su cuenta a la contemplación del cielo y de la noche, escapados hacia el infinito exterior para recaer luego en el interno infinito que cada cual en sí mismo llevaba, pasaron horas no contadas ni medidas, porque ni ellos tenían reloj, ni campanadas lejanas venían a marcarles los pasos del tiempo. Tampoco sabían leer la hora en los astros, y éstos... malditas ganas tenían aquella noche de ser leídos.

Engañada por su deseo de acelerar el tiempo, creyó ver Lucila un viso de aurora en el horizonte, y dispuso continuar la marcha.

—Ya viene el día, Zequiel... Sigamos. No nos será difícil averiguar si está Tomín en el depósito. Y si está, tenemos que volver corriendo a Madrid para dar los pasos y ver de sacarle...

—Con alma y vida mirará Domiciana por él —dijo el cerero gozoso, ingenuo—. ¡Pues no le quiere poco en gracia de Dios!... Y eso que nunca le ha tratado... Verdad que le conoce como si le hubiera visto mil veces, y sabe cómo tiene los ojos, y lo arrogante que es... Tanto le has hablado tú de Tomín, que sin verle le ha visto. Domiciana es muy buena: a ti te quiere muchísimo, y todo su empeño es proporcionarte un buen matrimonio. Al capitán le quiere porque le quieres tú. Yo le dije un día que fuese conmigo a ver a Tomín, y ella me dijo, dice: «No voy, porque Lucila es muy celosa y podría metérsele en la cabeza cualquier disparate». Yo le contesté que tú no pensabas nada malo de ella, pues harto sabes que es monja, y que no tiene licencia del Padre Eterno para enamorarse de un hombre...

NO DEJARÍA DE APRECIAR MI SEÑORÍO Y BUENA EDUCACIÓN, NO DEJARÍA DE VER QUE SI NO SOY HERMOSA, TAMPOCO ESPANTO POR FEA

Lucila, que aún permanecía sentada, pensó que llevaba de compañero a un ángel del cielo.

—Si quieres —dijo el muchacho—, sigamos nuestro camino. Despacito, podremos llegar, creo yo, cuando esté amaneciendo... Pues Domiciana me dijo eso: «No quiero que Lucila padezca celos por mí... Podría suceder que el capitán, al verme, fuera conmigo rendido y galante, como corresponde a un caballero. No dejaría de apreciar mi señorío y buena educación, no dejaría de ver que si no soy hermosa, tampoco espanto por fea... Los hombres de gusto aprecian mucho, en nosotras, los modales y el hablar finos... Por esto quiero estar apartada de Bartolomé... para que esa pobrecilla Luci no se arrebate». Esto me dijo, y en ello verás lo mucho que te estima.

—Sí que lo veo, y lo agradezco de veras —indicó Lucila poniéndose en marcha—. Tu hermana, desde que anda en tratos con gente de palacio, se compone y acicala. Con su buen ver, y con la gracia de su conversación, haría conquistas si quisiera.

—Pero no le hables a ella de conquistas de hombres —dijo Ezequiel ajustando su paso al de Lucila—, que eso no le cuadra, ni mi hermana es mujer que falte a sus votos por nada de este mundo. En ella no verás el coquetismo de otras que se emperifollan al cuento de gustar a los caballeros. Lo que hace mi hermana es adecentarse, porque tiene que andar entre personas de la aristocracia fina... Ella para sí tiene el gusto del aseo, que ya es como una tema; tanto, que algunos días no se pueden contar las cubas que el aguador sube a casa para sus lavoteos...

Algo más habló el ángel en el caminar lento por la carretera polvorosa, y momentos hubo en que molestó grandemente a Lucila el batir de las blancas alas de su compañero: en un tris estuvo que de un manotazo le arrancase las plumas... Callaba la moza para que él moderase sus expansivas manifestaciones, y andando, andando, vieron casas, mulos, personas. Como Ezequiel anunció, llegaban al término de su viaje a punto de amanecer. Guió el mancebo hacia un edificio grande y aislado que a derecha mano se parecía, y cerca de él vieron grupos de mujeres que volvían hacia el pueblo. Hallándose a corta distancia del grande edificio, con trazas de convento, oyeron toque de cornetas y tambores. A Lucila le saltó el corazón. Hablaba el ejército, que para ella era como si Tomín hablase; y estando en esto, parados los dos en espera de algo que determinara sus resoluciones, creyó Cigüela oír su nombre. Volviose, y entre los bultos de personas que pasaban vio que se destacaba una mujer, toda envuelta en cosa negra como una fantasma. Por segunda vez sonó la voz, agregando otras palabras al nombre:

—Lucila, Lucila, ¿no me conoce? Soy Rosenda.

Ya... Era la capitana, amiga del teniente Castillejo, compinche de Bartolomé Gracián en políticas trapisondas. Al reconocerla y contestar al saludo, advirtió Lucila que tenía el rostro bañado en lágrimas, y que revelaba en sus facciones y en su fúnebre actitud una gran tribulación.

—Vengo, ya usted supondrá —murmuró Lucila, que al punto se contagió del lagrimeo—, vengo porque... Pasado mañana... digo, mañana, sale la cuerda.

—Hija, no —replicó la capitana ahogándose—: la cuerda salió ya.

—¿Cuándo?

—Hoy... hará un cuarto de hora. ¡Mala centella para el Gobierno! —exclamó Rosenda, que era en su lenguaje un poquito amanolada—. En los hombres no hay ya vergüenza... Las mujeres tendremos que hacer alguna muy sonada... pasear por las calles en un palo mondongos de ministros... ¿De veras no cree usted que haya salido la cuerda? Por allí va... ¿Ve usted aquella nube de polvo, como las que se levantan cuando pasa un ganado? Pues allí van...

Algo más habló el ángel en el caminar lento por la carretera polvorosa, y momentos hubo en que molestó grandemente a Lucila

Miró Lucila hacia el punto lejano que Rosenda le señalaba, y vio en efecto, la columna de polvo, como una cabellera desgreñada en sus extremos. Iluminada por el resplandor de la aurora, que a cada instante era más vivo, la nube blanquecina andaba lentamente. No se veían los hombres conducidos al destierro: se veía solo una cresta de polvo que en su camino les acompañaba. Lanzó Cigüela un rugido, y antes de que en otra forma expresara su inmenso dolor, Rosenda le dijo:

—¿Por qué ha venido usted, si Bartolomé no va en la cuerda?

—¡Que no va! ¿Está usted bien segura?...

—Les he visto a todos uno por uno, anoche y esta madrugada, en el mismísimo depósito... Infierno lo llamo. Las cosas que he tenido que hacer para que el comandante me dejara

MADRID SE ABASTECÍA DEL AGUA DE LAS FUENTES. Los aguadores llenaban las cubas en las fuentes y pozos y repartían el agua por toda la ciudad. (*Reparto de agua en Madrid*. Grabado del siglo XIX. Colección particular).

entrar no puedo decirlas ahora... Pues verá usted: militares van seis... Mi pobre Castillejo, Zamorano, Socías... ¿se acuerda usted de Socías? Angulo, el de provinciales de Cuenca, y dos que trajeron ayer de Guadalajara. Los demás son gente de pluma: van en la cuerda porque llamaron ladrones a los ministros, o porque repartieron papelitos en los cuarteles. Van también dos extranjeros que parecen gringos, y un franchute. ¡Ay, qué infame tropelía! ¡Llevar a hombres cristianos en traílla, como a perros con rabia para echarlos al agua! ¡Lástima que todas las mujeres de corazón no nos volviéramos perras rabiosas!... ¡No eran mordidas, Señor, no eran mordidas las que habíamos de pegar!... ¡Ay, mi Castillejo! ¡Pobrecito de mi alma!

Decía esto mirando la cabellera de polvo, que alejándose se achicaba ya, y removida del vientecillo de la mañana desparramaba en el aire sus guedejas.

XIX

Con lo que dice esta señora —indicó Ezequiel a su amiga, satisfecho—, ya puedes estar tranquila. Demos gracias a Dios. Tomín no va en la cuerda.

Sintiendo su alma casi libre del horrendo peso que había traído consigo desde Madrid, Cigüela no podía llegar a un estado de completa tranquilidad y menos de alegría. Porque aun descartado el hecho tristísimo de la deportación de Gracián, el problema seguía ofreciendo a la pobre mujer aspectos pavorosos. ¿Dónde estaba el hombre? El cúmulo de probabilidades, todas muy negras, que esta interrogación ponía frente a Lucila, incitándola a escoger la más lógica, era motivo suficiente para que la paz no reinara en su alma. De que Tolomín no había ido en la cuerda se convenció escuchando de nuevo el informe de la capitana, autorizado por un teniente de servicio en el depósito, hombre compasivo y amable que las acompañó cuando se retiraban al pueblo... Vio, pues, Lucila claramente que su afán continuaba en Madrid, y allí habría de padecerlo hasta que Dios la curara o la matara.

Cuando se desvaneció en el horizonte la nube de polvo, señal de que los presos iban ya cerca de Getafe, las dos mujeres, desconsoladas por la desaparición de sus hombres, echaron suspiros, la una en dirección de la cuerda, la otra hacia los mismos madriles, y al punto se percataron de que nada tenían que hacer en aquel sitio.

—Vámonos al pueblo —dijo la capitana, bostezando de sueño y hambre—; yo estoy con lo poco que comí ayer al mediodía.

Demostraciones de desfallecimiento hizo también Lucila, secundada por Ezequiel; y el teniente, que en aquel caso estaba obligado a ser galante, las invitó a matar el gusanillo en una venta próxima. Aceptaron las mujeres, y poco después sus pobres cuerpos se reparaban del grande ajetreo de la noche, ya que del vivo dolor no podían sus almas repararse. Durante el desayuno, que el teniente proveyó con liberalidad, se desató la capitana en denuestos contra el ladronazo de Bravo Murillo, que quería ser más crúo que Narváez... Esto no podía permitirse a un facha, a un don Levosa, personaje de poco acá; y los de tropa debían volverse todos contra él, negando el derecho del paisanaje a mandar a los españoles. Cigüela, interrogada después por su amiga, tuvo que relatar el cómo y cuándo de la extraña desaparición de Gracián. El Teniente le conocía desde la campaña de Cataluña, en que sirvieron juntos, y a un tiempo encomiaba su bravura en la guerra y su temeridad en las intentonas políticas.

DEMOSTRACIONES DE DESFALLECIMIENTO HIZO TAMBIÉN LUCILA, SECUNDADA POR EZEQUIEL

Repuestas de su quebranto físico, las mujeres hablaron de volverse a Madrid. Rosenda propuso que, si no se encontraba calesa, se buscara un carro en que podrían ir tumbadas, como sacos de patatas o seretas de carbón. Mientras iba Ezequiel a esta diligencia, la curiosa capitana pidió a Lucila noticias de aquel joven tan modosito y guapín que la acompañaba, y satisfecha su curiosidad, dijo:

—¿Conque cerero? Ya pensé yo para entre mí que ese descosío tenía que ser de iglesia. Bien pensado está eso de arrimarse a lo eclesiástico, que en estos tiempos no hay otro camino... ¡Ay, bien se lo dije a mi Castillejo! Él no me hacía caso... Ocasiones tuvo de ampararse de la clerecía. Yo le abrí camino, por un señor cura, mi amigo, que está en el Vicariato General Castrense; pero Castillejo no quería... Por poco reñimos... Y ya ve las resultas de ser tan arrimado a la libertad de religión, de los cultos ateístas, o como se llame... ¡A Filipinas! ¿Y hasta cuándo, Señor?... ¿Sabe usted lo que digo? Que maldita sea esta nación.

Encontrado el carro, y despedidas del oficial las tristes mujeres, emprendieron su regreso a Madrid. «Acuéstense en estas sacas —les dijo Ezequiel—, y duerman tranquilas; que yo velo y estaré al cuidado». Tumbáronse a su comodidad; pero solo en esto se cumplieron las indicaciones del mancebo, pues él fue quien, rendido de la mala noche, se durmió como un cesto, y ellas, velando, hablaban de sus cosas. Referidos por Cigüela ciertos antecedentes de la desaparición de Tomín, dijo con agudeza la capitana:

—Éste es un caso, amiga mía, en que yo tengo que preguntar: «¿Quién es ella?». Me da en la nariz olor de mujerío... Gracián es un real mozo... Sé por Castillejo que a muchas enloqueció solo con mirarlas. En Madrid, hija, pasan cosas que si se cuentan nadie las cree... Va usted a oír un sucedido que pasó en Lorca, mi tierra. Érase un oficial muy simpático que estaba preso por mor de un desafío. Entre dos mujeres, que al parecer no le conocían, la una muy rica, le

1 de julio de 1853 - 30 de marzo de 1856

Crimea, la primera 'guerra de prestigio'

El conflicto ruso-otomano acaba con la vida de más de 800.000 soldados

El Imperio Otomano declara la guerra a la Rusia de Nicolás I, que intentaba acceder al Mediterráneo mediante la anexión de Constantinopla. **Francia** y **Gran Bretaña** deciden intervenir por razones de prestigio

7/1853 - 3/1854	3/1854 - 6/1855	6/1855 - 3/1856
El zar ruso Nicolás I ocupa los principados turcos de Moldavia y Valaquia. Varios meses después, Gran Bretaña y Francia deciden intervenir para lograr una victoria rápida y brillante	Rusia intenta alargar la guerra en espera de que la mediación austríaca ponga fin al conflicto; pero Napoleón III logra firmar una alianza con los austríacos para mantenerlos al margen de la contienda. La primera negociación de paz termina sin éxito y los aliados sitian Sebastopol	El reino de Piamonte se une a los aliados, que consiguen tomar Sebastopol. Napoleón III ya tenía la victoria que ansiaba, por lo que retoma las negociaciones. La Paz de París pone fin a la guerra. Rusia pierde peso estratégico en la zona

FUENTE: "Origins of the Crimean War", David M. Goldfrank **Doc.:** Malva Rico **XAVI ISERN**

sacaron de la cárcel, sobornando a los guardias, y se le llevaron a un campo lejos, lejos... La rica, que era viuda y fea, apareció al año en Murcia con un niñito de pecho; poco después llegó el oficial con el canuto de la absoluta, y se casaron... Ate usted este cabito y aprenda... No dude usted que si hay robos de mujeres por hombres, y testigo soy yo, pues mi marido siendo alférez me robó a mí lindamente de la casa de mis padres, como quien coge del árbol una pera o melocotón; si hay, digo, casos mil de muchachas robadas por varones, casos se han visto, aunque son menos, de caballeros arrebatados por señoras... Indague usted, Lucila, y haga por descubrir la verdad... ¡Ay, si eso a mí me pasara, y supiera yo dónde está la ladrona!... ¡No eran bofetadas, no eran azotes en semejante parte, no eran estrujones hasta quedarme con el moño en la mano, y no era zapateado sobre sus costillas hasta dejarla como una pasa!

—¡Robado por una mujer!... ¡Imposible! —exclamó Lucila, que aunque bregaba en su magín con un pensamiento semejante, no lo tuvo por absurdo hasta que lo oyó expresado por extraña boca. Le sonaron las historias y comentarios de Rosenda a cosa trágica, compuesta para causar lástima y terror a las gentes, como lances de teatro inventados por los poetas... Y le pareció aún más extraño que tales cosas le pasaran a ella, criatura insignificante y pacífica, pues las tragedias eran siempre entre reyes o personas de elevada alcurnia... Recordó entonces lo que su padre le refería de los dramas cantados, y de las bellezas grandilocuentes de la ópera... Su inmensa desdicha, con las nuevas formas que tomaba, se le iba volviendo cosa de canto, o por lo menos de verso, que viene a ser la música parlada.

Nada más, digno de ser contado, ocurrió en el viaje, que tuvo su fin después de mediodía. Dejolas el vehículo junto a la Puerta de Toledo, y a pie hicieron su entrada en la corte, despidiéndose la capitana en la esquina de la calle de la Ventosa, para seguir hasta la Cava de San Miguel, donde moraba una tía suya... Al entrar la buena moza en su casa, grande ansiedad, negra con tornasoles de esperanza, embargaba su espíritu. ¡Estaría bueno que hubiera parecido Tomín, que le encontrara sano y salvo, creyendo que ella era la extraviada y no él!... Pero esta ilusión tardía, triste como flor de cementerio, se desvaneció al entrar en el corral y ver la cara de Eulogia, que no dijo nada lisonjero. Rápidas preguntas cambiaron una y otra. «¿Ha ocurrido algo; ha venido alguien?»... «Nadie ha venido: no sé nada. ¿Dices que no ha ido en la cuerda?»... «No va en la cuerda. ¿Ha venido alguien?»... «Nadie, mujer...».

LE SONARON LAS HISTORIAS Y COMENTARIOS DE ROSENDA A COSA TRÁGICA, COMPUESTA PARA CAUSAR LÁSTIMA Y TERROR A LAS GENTES

Toda la tarde estuvo Cigüela muy abatida y lacrimosa... Por la noche se salió de la casa sin que Eulogia la viese, y dejándose llevar de una atracción irresistible bajó a la Ronda: su memoria, eficaz auxilio de su locura, le reprodujo la relación que la noche anterior hizo Fabián de los lugares donde había visto a Tolomín, conducido por dos hombres, y se lanzó por solares y callejuelas entre tapias, recorriendo o pensando recorrer los mismos sitios por donde aquel fue, perdiéndose al fin de toda vista humana. Era una conmemoración, un viacrucis por estaciones que ignoraba si conducían a la casa de Pilatos, al Gólgota, o a otro nefando lugar, peor que todos los calvarios... Llegó a verse entre tapias, que eran guardianas de árboles raquíticos y de unos caseretones destartalados, siniestros: en alguno de éstos vio luces... Pasó junto a un lavadero; vio un altozano que más bien parecía montón de escorias, las cuales bajo los pies sonaban como huesos, y al subirse a él distinguió más caseretones de formas absurdas, más árboles escuetos, y vapores lejanos, como humos de caleras o resuello de hornos. En lo más alto de aquel montículo, sintió imperioso anhelo de llamar al perdido capitán, con la crédula ilusión de que éste le respondería, y soltando toda la voz, se puso a gritar ¡Tolomín!... Entre grito y grito dejaba un espacio... Aguzaba el oído, creyendo que de la inmensidad distante vendría un «¿qué?»... Pero no venía nada... Los pulmones fatigados y la garganta enronquecida, ya no podían más. Bajó Lucila del montículo, y arrimada a una tapia, la voz, no ya vigorosa y tonante, sino plañidera, con angustioso timbre, dijo: «¡Min!...». Recorrió como unas treinta varas clamando «Min», en son parecido al balar del cabritillo... cada vez más tenue hasta que se extinguió en un «Min» casi imperceptible, como si a sí misma se lo dijera... Cuando volvió a su casa, cerca de media noche, Eulogia creyó que su pobre huéspeda se había dejado en el paseo la razón.

LA DESAPARICIÓN DEL CAPITÁN se convirtió en un drama para Lucila. Se le vinieron a la cabeza las historias que su padre le contaba, dramas de familia que se publicaban en los folletines de los periódicos. (*Dramas de familia*. Grabado del siglo XIX. Biblioteca Nacional. Madrid).

Si no volvía loca, enferma sí que estaba: en la cama hubieron de meterla contra su voluntad, acudiendo a calmar con mantas y botellas de agua caliente el intenso frío precursor de horrible calentura. Por no ser fácil encontrar médico en la vecindad a tal hora, llamose a un veterinario, habitante en la misma casa, el cual, viendo muy arrebatado el rostro de Lucila y que de su cabeza echaba fuego, ordenó una sangría. No creyó prudente Eulogia administrársela. A la mañana siguiente fue un físico de tropa, muy entendido, y aprobado lo que había hecho la casera, diagnosticó el caso como grave, de lenta resolución... En efecto: bien malita y casi a dos dedos de la muerte estuvo Cigüela, delirando furiosamente por las noches, y de día como alelada, diciendo mil desatinos y sin conocer a nadie: en los ratos de alivio, su entendimiento no daba de sí más que estas preguntas: «¿Quién ha venido?... ¿Qué se sabe?... ¿Domiciana...?». Eulogia le contestaba: «Sí, sí: ha venido la señora cerera... La primera vez no quiso pasar: no venía más que a enterarse. La segunda vez le dije que estabas sin conocimiento... llegó a esa puerta y miró... No quiso entrar... parecía medrosa, muy medrosa... Te miraba desde la puerta, y dijo... "Cuidarla mucho. Si muere, avísenme...". También ha venido tu padre... muy triste de verte enferma, alegre porque ya le han colocado... Está muy agradecido a doña Domiciana... No bien abrió la boca, la señora se puso la mantilla y salió a la calle en busca del remedio. Al día siguiente ¡pumba! el destino. Esto es servir con prontitud y equidad».

—Domiciana tiene influencia; digo, se la prestan. Es una culebra que lleva de aquí para allá los recados de las águilas... Otra cosa: ¿en qué oficina está mi padre ahora?

—No le han metido en ninguna cosa del Gobierno, oficina ni viceversa teatro, sino en una casa particular, y por ello está tu padre más contento. Ha entrado a servir a ese que regenta toda la policía, el don Francisco Chico, que prende criminales y espanta masones...

—Entonces, mi padre estará al cuidado de las horcas.

—No, que el destino que tiene no es más que limpiar el polvo a los cuadros, cornucopias, urnas y tapices que el don Francisco tiene en una gran casa de la plaza de los Mostenses... Y por quitar el polvo y cuidar de aquellos almacenes, le dan a tu padre ocho reales y casa. Dice que no hay en Madrid destino de más descanso. Si satisfecho estaba el hombre en el Teatro Real, gozando de tanta música y baile, ahora salta de gozo porque come y vive con poco trabajo, entre tantas cosas lindas y nobles... ¿Qué te parece, mujer, de la colocación de tu padre?

Lucila no respondió más que con un áspero rechinar de dientes.

XX

Hallándose mejorada, recibió Lucila las visitas de su hermano y de su padre, el cual reiteró su contento por el buen acomodo que tenía en la casa del jefe de los guindillas; pero no habló nada de Domiciana. Esta preterición de la protectora le pareció a Cigüela un delicado tributo de Ansúrez al dolor de su amada hija. Sin duda el fiero castellano comprendía o sabía que las que fueron amigas hallábanse ya a un lado y otro de un espantoso abismo. No quería él meterse a medir la sombría cavidad, y callaba. Con interés real o fingido escuchó después Lucila las descripciones que hizo su padre de los primores cuya limpieza le estaba encomendada, y tomando pie de esto se procuró personales informes del señor Chico: si en su casa tenía el mal genio que desplegaba en la persecución de gente mala; si recibía con buenas palabras o con bufidos a las personas que iban a verle. Las opiniones de Ansúrez sobre estos particulares eran vagas. Desconocía completamente a su amo en las funciones policiacas. Solo de pensar que ante él se veía como delincuente, como sospechoso, siquiera como testigo, le entraban temblores y se le descomponía todo el cuerpo. Terminó recomendando a su querida hija que no pensara en tal sujeto, al cuento de averiguar por él cosas que valía más dejar en el estado que tenían, cuidándose menos de descubrirlas que de olvidarlas. Esto fue, en substancia, lo que el innato filósofo celtíbero dijo a su amada Lucila.

La capitana Rosenda, que también a la guapa moza visitaba muy a menudo, no le habló nunca con tan filosófico tino

La capitana Rosenda, que también a la guapa moza visitaba muy a menudo, no le habló nunca con tan filosófico tino como el viejo castellano. Divagaba locamente en su charlar, a las veces gracioso. Deportado Castillejo, se había ido a vivir con una tía suya, en la Cava de San Miguel, señora de circunstancias, que tenían dos loros, una cotorra y cuatro jilgueros... En la misma casa, piso principal bajando del cielo, vivía el desesperado cesante don Mariano Centurión, cuya familia se comunicaba con la de la tía de Rosenda por ser ésta y la Centuriona del mismo pueblo. Los niños bajaban; la señora pajarera subía, y don Mariano, cuando no tenía con quién desfogar, le contaba sus desventuras a la capitana.

Por él supo que la cerera se empingorotaba cada día más. En coche salía por Madrid, y en coche llegaban personajas a platicar con ella. Vestía muy elegante, los morros le habían crecido, y con ellos y con su entrecejo, cuando iba por la calle, parecía decir: «Quítense, quítense, que paso yo». Rosenda la había visto salir una mañana de la vicaría. Llevaba una falda con volantes, y tan ahuecada, que no cabía por la calle de la Pasa. Una manola que tuvo que meterse en un portal para darle paso, le dijo con desgarro insolente: «Madama, cuando paran los faldones guárdenos usté la cría...». Y otra vez: «Está tan echada a perder la cerera, que el mejor día la vemos de ministra. ¿Pero no sabe usted lo que dicen? Pues que ha pedido a Roma dispensa de votos para casarse... Con influencias todo se consigue en la curia romana, y ella cuenta con el embajador Castillo y Ayensa, con el nuncio de acá, con las madres, los padres y el Rey marido. Y se saldrá con la suya, que esta gente tiene la Santísima Trinidad en el bolsillo... ¿Qué... usted no lo cree?». Y el mismo día: «Si le dicen a usted, Lucila, que el desaparecerse Bartolomé es cosa de sus padres, y que estos, por medio de la policía, le cogieron para llevársele a Medellín y esconderle allá, no haga caso. El padre de Bartolomé, don Manuel Gracián, no se ha movido de Medellín, y tiene a su hijo por cosa perdida. Lo sé por un sobrino de don Manuel, tratante en ganado de cerda, con perdón. A Madrid llegó la semana pasada; le conocí cuando estuvimos de guarnición en Don Benito...». Y al día siguiente: «No esté usted tan alicaída, ni tome estas cosas con demasiada calentura... Ya parecerá el buen mozo cuando menos se piense. Calma, y ojo a la cerera, pues por los pasos de la gallina se ha de llegar a la nidada... Como ésta es luz del sol, el capitán está en la misma situación que estaba: solo que ahora el encierro es más riguroso, y no faltarán guardianes y centinelas...».

LOS PASEOS DE DOMICIANA EN COCHE DE CABALLOS. Por las calles de Madrid se paseaba en carroza dejándose ver, vestida elegantemente y muy pintada. (*Carruajes*. Grabado de Ortego. Biblioteca Nacional. Madrid).

—Rosenda, por los clavos y las espinas de Nuestro Señor Jesucristo —dijo Lucila ronca de ira—, no me diga usted eso; no me encienda la sangre más de lo que la tengo... Mire que del corazón a la cabeza me suben llamas, y que le pido a Dios que me mate de enfermedad, no de ira. Rosenda, lo que usted dice no tiene sentido...

Esto dijo y esto pensaba, aunque en el caos de su mente y en el delirio a que la conducía la tremenda desgarradura de su corazón, pensaba también otras cosas, de peregrina originalidad, algunas muy semejantes a lo que había expresado la capitana. Todo su afán era examinar una tras otra las probables versiones del suceso, y escoger la más lógica después de bien pasadas por el tamiz dialéctico. Dígase en mengua del entender suyo, que a veces designaba por más lógica la más absurda.

Y tres días después, volvía con nuevos datos la tremenda cronista:

—¿No le dice a usted nada el que la cerera no parece por aquí, y cumple mandando al avefría de su hermano con un recado y unas pesetillas envueltas en un papel? ¡Tan amigas antes, y ahora no viene a verla! Es el miedo... es la conciencia. Tan valentona para todo, y ahora se asusta de un cordero... Pues conmigo no le valía el esconderse... Bendito sea Dios, que soy de caballería, y si el que me la hace huye de mí, ya sé yo ir a buscarlo y ajustarle la cuenta. Mujeres como su amiga son poco para mí, y de ésas necesito yo cuatro lo menos para enjuagarme la boca. No es mal trote el que yo le daría por encima de todos sus huesos... Le quitaría yo todo el pelo artificial, y si las muelas son naturales, pronto tendría que llevarlas postizas... ¡Ay!, me figuro al pobrecito Bartolomé en la esclavitud de esa tarasca... Ya estará el hombre asqueado de aquellos morros como los de una vaca, y hará cualquier brutalidad por libertarse... Cogidito le tiene, y bien sujeto, con la amenaza constante de la espada que llaman de «Demonocles», que es la sentencia del consejo de guerra, colgada sobre su cabeza. Porque el indulto será con su cuenta y razón, y ella lo da o lo quita según cumpla o no cumpla el bendito Bartolo... Mucho se adelantaría si supiéramos dónde ha metido la gavilana el gallito que se llevó entre sus uñas puercas.

SI NO TIENE USTED ROPA DECENTE, MÁS CLARO, SI NO QUIERE PONERSE LA QUE LE DIO LA CERERA, YO LE FACILITARÉ CUANTO NECESITE

—Pronto lo sabré yo —dijo Lucila con el aplomo que le daban sus inquebrantables resoluciones—. Ya estoy buena; Dios me ha hecho la gran merced de dejarme con vida después de este horrible padecer... y con la vida me va dando salud y fuerza, señal de que no quiere que yo me deje pisotear... Estos días saldré a la calle, iré a buscar trabajo, pues de algún modo he de vivir...

—¿Trabajo ha dicho, para una mujer pobre y sola? Diga que va en busca de miseria... ¡Afanes, vida de perros!, ¿para qué?, ¿para un mal comer y para que se rían de una? Siga usted el consejo de una desengañada, que ha visto lo que dan de sí trabajitos y honradeces de poca lacha. Lo que tiene usted que hacer es vestirse decentita y bien apañadita, y darse aire por ahí, para que su mérito sea como quien dice, público. En los tiempos que corren no le aconsejaré que se vaya por los paseos y sitios mundanos, sino que frecuente dos o tres iglesias y haga en ella sus devociones, a la mira de los señores buenos, de asiento y juicio, que no por pertenecer a cofradías y ser buenos rezadores se olvidan del culto de santa Debilidad... pues el hombre siempre es hombre, aunque peque de beato... Si no tiene usted ropa decente, más claro, si no quiere ponerse la que le dio la cerera, yo le facilitaré cuanto necesite, y aunque soy de más carnes y corpulencia, usted, que es buena costurera, arreglará mis vestidos a su talle... Aquí me tiene usted a mí, que escarmentada de andar con loquinarios, barricadistas y patrioteros, que cuando no están presos los andan buscando, me voy por las mañanas muy bien arregladita, como viuda consolable, a San Justo o la Almudena, y por las tardes a las cuarenta horas de San Sebastián o San Ginés, parroquias de feligresía muy buena, superior. De seguro que allí me ven y estiman caballeros viudos respetables, de cincuenta y pico, o de los sesenta largos, que desean hablar con mujer ya sentada... No le digo a usted más... Piénselo, y escoja sus caminitos. Como la quiero a usted, por cincuenta coros de arcángeles le pido, amiga mía, que no se meta en trabajillos de aguja, quemándose las pestañas por dos reales y medio al día, porque en ese trajín se morirá de hambre, y se perderá con un albañil o un zapatero, que es la peor perdición que puede salirle.

No expresó Lucila su conformidad con estas exhortaciones; pero tampoco las rechazó. Aceptado y agradecido el ofrecimiento de ropa, el mismo día le llevó la capitana no pocas prendas, en cuyo arreglo se puso a trabajar para poder usarlas cuanto antes... Por fin se echó a la calle, y recorrió las que a su parecer frecuentaba Domiciana en su diario trotar de palacio a la cerería o al convento. No la encontró nunca. Acechando en la calle de Toledo, vio que

EL SOCIALISMO UTÓPICO

El hacinamiento urbano y la precariedad laboral derivados de la revolución industrial fomentaron el deseo de buscar alternativas para mejorar la situación de los obreros. Ese fue el origen del socialismo utópico, defensor del establecimiento de una sociedad basada en la comunidad de bienes, el trabajo obligatorio para todos y la sustitución de la propiedad privada por la propiedad estatal o el federalismo de asociaciones de productores. Alcanzó gran difusión entre 1815 y 1848, fecha de publicación del *Manifiesto Comunista* de Marx y Engels, que dio paso al llamado «socialismo científico». Los socialistas utópicos propugnaban el diseño de una sociedad de paz e igualdad sin revoluciones ni enfrentamientos. Los principales utópicos fueron Robert Owen, empresario escocés que redujo la jornada laboral y elevó el salario de sus obreros; el conde de Saint-Simon, que defendía una sociedad dirigida por la élite intelectual; Charles Fourier, que defendió la creación de los falansterios, grandes centros colectivos de producción, consumo y vivienda basados en la igualdad entre hombres y mujeres; y Louis Blanc, partidario de la intervención del Estado para reducir las desigualdades y que auspició, como ministro de Trabajo, la creación de los Talleres Nacionales en Francia.

DISEÑO DE UNA COMUNIDAD SEGÚN ROBERT OWEN. Ilustración de Stedman Whitwell, 1824.

LUCILA, COMO UNA VIUDA CONSOLABLE, OÍA MISA EN SAN JUSTO O LA ALMUDENA. Por las tardes volvía a la iglesia y no dejaba de pensar en el capitán. *(La iglesia de San José en la calle de Alcalá de Madrid.* Grabado del siglo XIX. Museo Municipal. Madrid).

la exclaustrada llegaba por la noche a casa en coche de dos caballos. El mismo coche iba en su busca al siguiente día y a variadas horas... Divagando topó Lucila una tarde con Centurión, que puso en su conocimiento pormenores de indudable interés. La señora Sarmiento de Silva estuvo en efecto malísima; algunas noches Domiciana dormía en palacio; y tanto se había remontado en su orgullo la misteriosa hija de don Gabino, que era preciso echarle memoriales para poder hablar con ella dos palabras. Últimamente, apiadada o aburrida, le había prometido colocarle en la comisaría de cruzada, ya que en palacio no podía ser hasta mejor ocasión... Al despedirse del cesante, tomó Lucila el camino del Rastro, ávida de comprar algunas cosillas que le hacían mucha falta.

Una mañana fresca, luminosa y risueña, en que un sol artista iluminaba los alegres colorines de la calle de Toledo, y sobre la variedad infinita de gamas chillonas derramaba el oro y la plata, acechó Cigüela la cerería, desde la acera de enfrente, ocultándose entre la muchedumbre que sin cesar pasaba. Por una naranjera cuyo espionaje había comprado en días anteriores, supo que Domiciana estaba en casa. Llegó tempranito en carruaje de dos caballos. Sin duda pasó la última noche en la vela y guarda de doña Victorina. Sabido esto, continuó la moza su vigilancia hasta que vio salir a don Gabino y perderse calle arriba. Segura de que Ezequiel quedaba al cuidado de la tienda; contando con que Tomás estaría en el taller, entró decidida...

—Dichosos los ojos —le dijo Ezequiel, encantado de verla—. Lucila, ¡qué soledad sin ti!

Fue la moza, en derechura, hacia la puerta que con la escalera comunicaba. El chico la contuvo expresando temor.

—Aguarda. Ha dicho Domiciana que no suba nadie.

Viéndole en actitud de interceptarle el paso, la mano puesta en la llave, Cigüela le desarmó con una frase cariñosa que al mismo recelo habría inspirado confianza.

—Tontín, conmigo no va eso. Mi amiga es Domiciana, hoy como siempre. Vengo a pedirle un favor... ¿No sabes que estoy desamparada?

Vacilaba el mancebo. Para ganarle por entero, Lucila empleó una sonrisa pérfida; le pasó la mano por la cara, diciendo estas palabras de pura miel:

—Déjame, rico.

Cedió Zequiel, y en aquel momento alguien que había entrado en la tienda daba golpes en el mostrador.

—Vete a despachar, rico... —murmuró Lucila, y bonitamente quitó la llave, la puso por dentro, cerró con cuidado para no hacer ruido... Guardó la llave... con paso de gato se deslizó escalones arriba, diciendo: «No sale; no me ha sentido cerrar la puerta. Está dormida».

XXI

La cerera, que nunca se acostaba de día aunque hubiera hecho noche toledana, habíase despojado de sus ropas mayores, quedándose en las menores, que reforzó con un *desabillé* holgadísimo en forma de brial, de lana azul guarnecido de seda negra. Quitado el corsé para que los pechos descansaran en libertad, estirándose a su gusto, y sustituido el calzado duro por las blandas chilenas rojas, se acomodó en un sillón de su alcoba. Al poco rato, medio pensando en lo pasado, medio imaginando lo futuro, empezó a descabezar un sueñecillo... En él estaba cuando hirió sus oídos el ligero son rasgado de la cerradura de abajo... se estremeció; abrió los ojos, los volvió a entornar, diciéndose: «Es Ezequiel que cierra... Le mandé que cerrara».

Al oído de la señora adormilada no llegó ruido de pisadas gatunas en la escalera y pasillo. Más que por efectos de sonido, por efectos de luz se le sacudió aquel sopor. La menguada claridad solar, como de entresuelo, que alumbraba el gabinete, a la alcoba llegaba tan reducida, que si la interceptaba en la puerta un cuerpo de persona, era casi nula. La oscuridad que proyectó el bulto de Lucila fue para la cerera un brusco despertador que le dijo: «Despabílate, que hay moros en la costa».

La oscuridad que proyectó el bulto de Lucila fue para la cerera un brusco despertador

Dudó por un instante la exclaustrada si era realidad o sueño lo que veía. Conoció a Cigüela, como a un espectro ya familiar; mas como era espectro nada le dijo; no hacía más que mirarlo, aterrada, esperando que se desvaneciera... que al fin los espectros, después de asustar un poco, acaban por desvanecerse.

—¿Duermes, Domiciana? —dijo Lucila avanzando, y la voz de la guapa moza sonó con tan extraña alteración de su timbre ordinario, que la cerera la desconoció. La voz de ésta sonaba también muy a hueco, al decir tras una breve pausa:

—Lucila, ¿eres tú?

—Yo soy. ¿Ya no me conoces? —murmuró Lucila con la misma voz de secreteo lúgubre—. ¿Creías que me había muerto?

Ya no hubo duda para Domiciana. Lo que veía no era espectro, sino persona. La realidad de ésta poníala en el duro caso de afrontar la situación para ver de sortearla. No había escape. Era Lucila, en su propio ser, y a juzgar por el tono y por la forma insidiosa de su entrada en la alcoba, seguramente venía de malas. Domiciana tuvo miedo... El miedo mismo le sugirió el empleo de frases de concordia, fingiendo naturalidad:

—Mujer, qué cara te vendes... Siéntate... Pensaba ir a verte... Yo muy ocupada, hija.

—Para que no te molestaras he venido yo —dijo aproximándose Lucila—. Necesitaba preguntarte una cosa... una cosa que se te ha olvidado decirme, ya supondrás... Acortemos conversación. Vengo a que me digas dónde está Tomín.

Había previsto Domiciana la tremenda reclamación de su amiga. Quiso hacer frente al conflicto por medio de fórmulas evasivas, de expresiones conciliadoras, de paliativos mezclados con promesas... El gran talento de la cerera se equivocó por aquella vez.

—Ven aquí... hablaremos... ¡Pobrecilla...! Te contaré —le dijo levantándose, en actitud de llevarla al gabinete.

LUCILA SOSPECHÓ DE DOMICIANA y la interrogó sobre Tomín. En un ataque de celos pensó que le había traicionado y tomando un cuchillo la amenazó con matarla. (*La enferma del corazón*, por Urrabieta. Grabado de *La Ilustración*. Biblioteca Nacional. Madrid).

—No, de aquí no sales... aquí hablaremos todo lo que sea preciso —contestó Lucila deteniéndola con mano vigorosa.

En aquel momento, viendo más cerca el inmenso peligro, la cerera evocó su sangre fría para sortearlo, ya que no pudiese acometerlo de frente.

—¿Por qué no hemos de salir a la sala? Allí estaremos mejor... Bueno, pues si quieres... aquí... Verás... Me alegro de que hayas venido, porque así...

Lucila, mirándola frente a frente, y poniéndole la mano en el pecho, le soltó con voz iracunda toda la hiel de su alma:

—Mala mujer, dime al momento dónde está Tomín... Quiero saberlo... Vengo a saberlo... No me voy sin saberlo... Y como te niegues a decírmelo, Domiciana... te mato.

Creyó Domiciana que el «te mato» era un decir, pues arma no veía...

—Mujer, no escandalices —le dijo—. No hay para qué tomar las cosas de esa manera. Yo te explicaré... Pero sosiégate... no escandalices.

Con solo un ligero impulso de la mano que Lucila le había puesto en el pecho, Domiciana dio un paso atrás y cayó en el sillón.

—Si no escandalizo... y aunque escandalizara, aunque tú chillaras, no te valdría. He cerrado con llave la puerta, y no vendrán a defenderte... Porque yo te mato, Domiciana; he venido a matarte... siempre y cuando no me contestes a lo que te pregunto: ¿Dónde está Tomín? Porque tu amiga, la que conociste cordera, es ahora leona. Días hace que toda la sangre se me ha subido a la cabeza... Yo era buena; tú me has hecho mala como los demonios... Al infierno voy; pero tú por delante...

—¡Lucila, por Dios...!

—¡Traidora! Tú me has enseñado la maldad, y como traidora entro también en tu casa... Por mala que yo sea, no seré nunca tan mala como has sido tú conmigo, tú, que me has engañado con limosnas y con palabras de cariño para entontecerme y robarme lo que es mío... lo que nunca será tuyo... vieja ladrona.

—¡Lucila, Lucila...! —exclamó la cerera cruzando las manos, abrumada.

—Me has robado lo que no podías tener más que por el ladronicio... porque soy joven, soy hermosa, y vale más un cabello mío que toda la fisonomía de tu rostro sin gracia, y más sal echo yo de una mirada que tú de todo tu cuerpo y persona de animal en celo... Monja salida, hembra sin corazón, Boticaria, intriganta, encomiéndate a Dios, si no me contestas al instante.

Diciendo esto, de entre los pliegues de un manto de talle que llevaba cruzado sobre el pecho, sacó un largo cuchillo de afilada y espantable punta. Vio Domiciana la hoja que brillaba como un rayo, vio la vigorosa mano que empuñaba el mango, y se tuvo por perdida. Encomendó a Dios su alma... Mas en aquel instante, el poderoso talento de la cerera y el grande esfuerzo de voluntad que hizo concurrieron a darle una fuerza resistente ante la agresiva fuerza de su rival, ciega, disparada, fácil de desarmar con una palabra y un gesto que la hirieran en lo vivo.

Con un inspirado grito en que puso toda su alma, detuvo Domiciana el impulso trágico, y fue así:

—Lucila, amiga y hermana, no mates a una inocente. Cálmate, y sabrás... lo que quieres saber del hombre que te adora.

La vacilación de Lucila en el momento de oír esto fue la primera ventaja de la cerera, débil ventaja, pero que habría de ser más considerable si aprovecharla sabía. Para ello necesitaba Domiciana condensar en un punto toda su voluntad, dirigiéndola con el soberano talento que le había dado

FRANCISCO JAVIER DE QUINTO.
Dibujo de Lozano. Biblioteca Nacional. Madrid.

DEL MOTÍN A LA ALCALDÍA

Político e historiador, Francisco Javier de Quinto, conde de Quinto, nació en 1810. Al finalizar los estudios de Derecho se introdujo en los ambientes culturales de la época. En 1835 ganó un concurso de la Real Academia Aragonesa de Amigos del País para elegir una obra que sirviera a los niños de primera lectura y que se tituló *El libro de los niños*. Encabezó, junto a Jaime Ortega, el motín contra Espartero en 1843 en Zaragoza. Entre ese año y 1847 dirigió la Administración General de Correos. Fue miembro de la Real Academia de la Historia, director del Museo de Pintura de Madrid, fue jefe de la casa de la reina María Cristina y alcalde de Madrid entre 1853 y 1854. Le fue concedida la Cruz de Isabel la Católica. Murió en Paris en 1860.

Dios. Por lo que hasta aquí se conoce de la vida de esta mujer singular, se habrá comprendido que eran extraordinarias su penetración y astucia. Poseía en alto grado el sentido de las circunstancias, el repentino idear y el rápido resolver ante un conflicto. Si estas cualidades bastaran para gobernar a los pueblos, habría sido Domiciana una gran mujer de Estado... Pues en aquel inminente peligro, la hoja desnuda en la mano de Cigüela, el alma de ésta embravecida, vio que entre la vida y la muerte había menos espacio que el grueso de un cabello, y menos tiempo que la duración de un relámpago. Relámpago fue este razonamiento: «Muerta soy si me achico... Sálveme mi entereza... Sálveme medio minuto de talento mío y de vacilación de ella». Prosiguió en alta voz:

—Déjame que hable, y mátame después si quieres. Yo no temo la muerte... Sé morir por la verdad... ¿Qué es eso de matar sin oír? Mis explicaciones han de ser largas.

—Pues abrévialas todo lo posible. ¿Dónde está Tomín?

Repitió la pregunta con menos fiereza que la primera vez. Otra ventaja pequeñísima de la cerera; pero ventaja... Rápidamente la aprovechó, como perfecto estratégico.

—¡Pobre Cigüela! veo que tu amor por Tomín no desmerece del que él te tiene a ti...

Lucila la miró perpleja sin mover la mano en que el arma tenía. Con genial inspiración, Domiciana hizo un quiebro repentino, caudillo que ordena un movimiento de sorpresa.

POSEÍA EN ALTO GRADO EL SENTIDO DE LAS CIRCUNSTANCIAS, EL REPENTINO IDEAR Y EL RÁPIDO RESOLVER ANTE UN CONFLICTO

—Oye una cosa, y espérate un poquito, si de veras es tu intención matar a tu amiga, que tanto te ama: ¿Verdad que todo tu furor es porque han pasado mucho días sin que yo te viera, sin que yo te llamara...? Dímelo, confiésalo... ¿Verdad que es por esto?

—Huías de mí porque yo era tu conciencia, porque me tenías miedo, porque el mirarte había de ser para ti como si Dios te mirara, porque tienes el alma negra, y los malos como tú no quieren que les vean los buenos, los engañados, los burlados. Habla pronto, respóndeme a lo que te pregunto... Mira que estoy frenética, mira que no te dejo hasta que me digas lo que sabes, o me entregues tu sangre, toda tu sangre.

Desventaja de Domiciana, y no floja. Vio el punto culminante del peligro, la muerte, y acudió con un recurso heroico y de extrema agudeza. Necesitaba para emplearlo de un valor casi sobrehumano y de un fingimiento de serenidad que era el supremo histrionismo. Pero no había más remedio. Se trataba de no perecer.

—Bestia —dijo abriendo los brazos y mostrando indefenso su pecho—, si quieres matarme, aquí estoy. Ni sé ni quiero defenderme... ¿Para qué sirve esta miserable vida humana? Para ver tanta infamia, tanta ingratitud... para que las personas que miramos como hermanos quieran asesinarnos...

—Hermana te fingiste, pero no lo eras —dijo Cigüela con pérdida de energía.

—Y ahora resulta que soy mala —prosiguió Domiciana con avidez de aumentar la pulgada de terreno que la otra le diera—. ¡Mala yo, que a ti y a Gracián favorecí; mala yo, que a él le he salvado la vida, no tanto por él como por ti, sabiendo que te ama; mala yo, que no miro más que a conseguir que se case contigo...!

Excediose un tanto en la maniobra lisonjera, y de este exceso tomó ventaja Lucila, que aunque muy crédula en situación normal, en aquella tiraba instintivamente a la desconfianza.

—Domiciana —dijo apretando el mango del cuchillo—, si crees que ahora jugarás también conmigo, te equivocas... No vengo por dedadas de miel, sino por verdades. Las verdades te las sacaré de la boca, o te dejaré seca... Soy mala ya... y no perdono.

—Lucila —replicó la otra con rápido pensamiento—, ¿cómo he de decirte verdades si no quieres oírme? Para decirte las verdades necesito hablar, referirte muchas cosas. Te juro por lo más sagrado que nunca dejé de quererte, ni de interesarme por ti... ¿No lo crees? Peor para ti y para tu alma. Yo tengo mi conciencia tranquila; no temo la muerte; pero por mucha que sea mi serenidad, ¿cómo quieres que hable y me explique, en cosas tan delicadas, viendo delante de mí un puñal, y oyendo decir «te mato, te mato»? Una cosa es no temer la muerte, y otra es el asco de ver una derramada su propia sangre, y la dentera que dan esos cuchillos, y el ver a una persona tan querida poniéndose al nivel bajo de los matachines y rufianes, de la última gentuza del Avapiés... Mujer, si eres realmente mala, no lo parezcas mientras estés delante de mí.

—Si quieres que yo te crea, explícate pronto —dijo Lucila perdiendo a escape terreno—. Te da miedo el cuchillo. ¿Pues no me dijiste «mátame»?

—Sí: yo acepto la muerte... Pero mi resignación al martirio no me quita la repugnancia de verte como una chulapona, como una maja torera de las más indecentes...

LUCILA Y DOMICIANA se enfrentaron por el amor del capitán. El papel de la mujer a mediados del siglo XIX continuaba siendo el de esposa o amante. El acceso a la cultura era casi una utopía. *(La Educación de la mujer*. Portada del libro editado por Seix Barral en Barcelona. Biblioteca Nacional. Madrid).

Comprendiendo con segura perspicacia el efecto que hacía, apretó de firme en esta forma:

—No me espanta el odio, no temo el extravío ni la locura de un enemigo; rechazo, sí, las malas formas, la grosería, la chabacanería, la estupidez bajuna. No puedo acostumbrarme a verte a ti, tan linda, tan señorita de tu natural, convertida en gitana asquerosa, en charrana mondonguera, tan diferente a ti misma... No puedes hacerte cargo, hija mía, de lo ridícula que estás, y de lo repulsiva y fea...

—No te cuides tanto de como estoy, y contéstame, Domiciana —dijo la guapa moza apoyando en la cama la mano en que tenía el cuchillo—. A mí no me importa estar fea o bonita, pues sólo quiero ser justiciera.

—¡Justiciera, y empiezas por amenazar antes de oír!

—Amenazo; pero eso no quiere decir que no escuche. Si para explicarte con claridad es estorbo el cuchillo, aquí lo dejo... ya ves...

—Está bien —dijo Domiciana, que sin mirar la mano vio el arma muy distante de ésta—. ¡Si para matarme tienes tiempo! Pero no lo harás, pobrecilla, porque con lo que voy a decirte quedarás convencida y te avergonzarás de haberme ofendido bárbaramente.

—Domiciana —dijo Lucila sin darse cuenta del progresivo enfriamiento de su furor homicida—, loca entré en tu casa, y tú vas a volverme más loca de lo que vine... Dices bien: tengo tiempo de matarte. Como yo vea que me burlas, de mí no escapas. Te lo juro, por Dios te lo juro, que si hay justicia en el cielo, también debe haberla en la tierra. Dejo el cuchillo y te escucho.

—No basta que lo dejes; es menester que arrojes lejos de ti lo que deshonra y mancha tu mano honrada —dijo Domiciana cogiendo el arma con rápido movimiento, y arrojándola por detrás de la cama, próxima a la pared. Solo de ésta la separaba el preciso espacio para que el cuchillo, lanzado con ojo certero, cayese al suelo en lugar donde Lucila no podía recobrarlo fácilmente, porque bajo el lecho hacían barricada infranqueable un cofre chato y dos cajas de ingredientes químicos.

XXII

Desarmada Lucila, Domiciana se vio salvada, y celebró mentalmente su triunfo sin dar a conocer su alegría. Menos cauta la otra y de escaso talento histriónico, dejó ver su desconsuelo por la distancia entre su mano y el arma. «Me ha cortado la acción: ya no me tiene miedo —dijo para sí clavando sus miradas en la cerera—. Pero no le vale... La mataré otro día si me engaña, para que no engañe a nadie más».

Recobró Domiciana el timbre neto de su voz, de la cual solía decir Centurión: «Es dulce y dura como el azúcar piedra». Con dureza dulce, dijo la exclaustrada:

—Amiga querida, debiera yo ser un poco severa contigo, pues lo que has hecho, en verdad que no te recomienda; pero te quiero tanto, que sin sentirlo me voy al perdón... Ahora sabrás, ahora te contaré... verás quién es y cómo se porta esta tu amiga, esta mala mujer, a quien querías matar... —dejó el sillón con ademán de vencer la pereza, y cogiendo del brazo a Lucila le dijo—: ¿No te aburres de esta oscuridad?... —La guapa moza, sacudiéndose el brazo, siguió detrás de Domiciana, que al pasar al gabinete ampliaba la frase—: La obscuridad me entristece, y tú más... con tus tonterías. Ven acá. Sentémonos aquí, y despéjense nuestras cabezas...

Los pocos pasos que había entre alcoba y gabinete llevaron a Domiciana desde el mundo del miedo al de la seguridad

Los pocos pasos que había entre alcoba y gabinete llevaron a Domiciana desde el mundo del miedo al de la seguridad. La luz benéfica, el ruido de la calle, la confortaron, como conforta la realidad después de oprimente pesadilla. La idea del tremendo peligro pasado aún estremecía sus carnes; el recuerdo de cómo lo conjuró con un prodigioso rasgo de inteligencia la colmaba de vanagloria. «¡Qué lista soy! —se dijo—. He sabido engañar a la misma muerte, que ya me tenía cogida. Con la argolla al cuello, he convencido al verdugo... para que se estuviera quieto y no apretara... Si esto no es talento, que venga Dios y lo vea».

Al pasar de la penumbra del dormitorio a la luz del gabinete, tuvo Lucila clara conciencia de que Domiciana, con heroica maña más potente que la fuerza heroica, se había hecho dueña del campo de combate. Mas no por esto se acobardó la moza, que firme en su plan justiciero espe-

EL PRIMER VUELO DE UN DIRIGIBLE

Fueron los hermanos Montgoifier quienes en 1783 construyeron el primer globo de papel, lo hincharon con aire caliente y lo hicieron volar. A partir de ese instante comenzó la carrera por conseguir un aparato volador eficaz, capaz de transportar personas y que se mantuviese largos periodos de tiempo en el aire. El mismo año 1783, el físico M. Charles sustituyó el aire caliente por hidrógeno y el papel por la seda barnizada. Lo siguiente fue conseguir que el globo fuera gobernable; para ello fue necesario incorporar un timón que venciera la resistencia del aire sin que el artefacto se deformara o deshinchase, para lo que se construyó un armazón rígido, se cerró la envoltura del gas y se consiguió que la presión interior fuera superior a la exterior. A los hermanos Robert se les ocurrió entonces introducir en la abertura del globo otro más pequeño, el *ballonet*. Gracias a estos avances, en 1852 el ingeniero francés Henri Giffard inventó el dirigible, una máquina más ligera que incorporaba un motor para la propulsión. Giffard realizó el primer vuelo en el monoplaza con un pequeño motor a vapor de tres caballos de potencia. El dirigible, que no disponía de armazón rígido, recorrió 27 km entre París y Trappes a una velocidad media de 8 km por hora.

UN DIRIGIBLE. Grabado del siglo XIX. Colección particular.

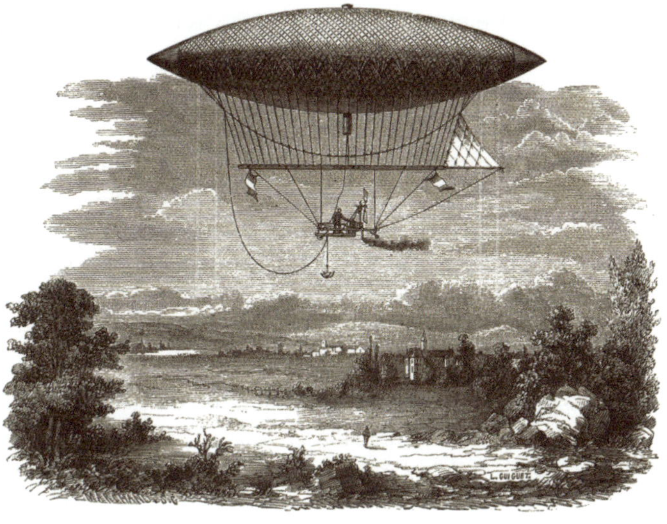

raba llevarlo adelante de una manera o de otra. ¿Y por qué había de ser la muerte el mejor instrumento de justicia? ¿No había instrumentos más eficaces que realizaran el fin de justicia sin manchar la mano del juez? Pensando en esto y antes que la exclaustrada rompiera el silencio, le dijo:

—Si has tenido arte para desarmarme, no creas que te libras de mí. Por lo ocurrido en tu alcoba se ve bien claro que no soy mala, que me doy a razones, y que si entré a matarte fue por arrebato y furia de venganza... cosa natural... Una es mujer, es una joven... tiene corazón, sangre... Bueno: pues te digo con toda franqueza que si motivos tengo muchos para odiarte, también te debo gratitud, no por los socorros de aquellos días, que eran traicioneros como el beso de Judas, sino por lo de hoy... Tú, por tu defensa, me has quitado de la cabeza el matarte, que habría sido grande atrocidad, un bien para ti porque te ibas al descanso, al purgatorio quizás, puede que al cielo, y mal para mí, que ya estaba perdida, y la cárcel, quizás el palo, no había quien me lo quitara...

Con lástima la miraba ya la cerera. «¡Cuitadilla! —dijo para sí—. Ya no tiene más arma que estas teologías que ni pinchan ni cortan. Se deja coger como una pobre pulga, y si quiero la estrujo entre mis dedos».

Lucila prosiguió así:

—Domiciana, más baja te veo despreciada que muerta.

—Y yo te digo que lo mismo te quiero alucinada que con sentido —dijo la otra trasteándola con suprema habilidad.

—Pues si me devuelves el sentido, si con razones y explicaciones que vas a darme me convences de que eres buena y de que yo no he sabido comprenderte, la que quiso matarte te pedirá perdón... será capaz... si fuese menester... de dar la vida por ti...

Y Domiciana, mirándola y moviendo la cabeza con acento de maternal tolerancia, se regaló a sí misma este mudo juicio acerca de su rival: «De esta simple haré yo lo que quiera. Alma de Dios, corazón inocente, toro que obedece al trapo... tú sola te amansas, tú sola te entregas... Consérveme Dios la inteligencia para con ella merendarme a estos corazones arrebatados...». Y luego, en alta voz:

—Lucila, hermana mía, yo no te ofendí; yo no soy responsable de que se desapareciera Tomín. Sobre el poder que yo tenía y tengo, se levantó cuando menos lo pensábamos, un poder superior... Siéntate, ten calma; no te impacientes. Yo, de algunos días acá, estoy mal del pecho... no sé qué me pasa... Tengo que tomar aliento a cada cuatro sílabas... y si hablo mucho rato sin parar, me quedo como ahogada...

Estas últimas indicaciones no tenían más objeto que ganar tiempo. Después del gran esfuerzo intelectual para esquivar el inmenso riesgo de morir asesinada, la cerera necesitaba de un colosal derroche de inteligencia para levantar el artificio de figurados hechos ante el cual se desplomaran los agravios de Lucila; érale preciso construir una historia y presentarla luego con tal riqueza de lógicos razonamientos y tal encanto narrativo, que a la misma verdad imitase y a la misma incredulidad convenciese. Esto, ni aun para tan hábil maestra del pensamiento y de la palabra era cosa fácil: necesitaba serenidad, algo de reflexión de filósofo, algo de inspiración de artista, y para estos algos hacían falta los del tiempo... Favorecida por el cielo aquel día, cuando acabó de decir que la fatigaba el mucho hablar llamaron a la puerta de abajo. Esto fue muy de su gusto; contaba ya con que alguien de la familia echase de ver que la puerta estaba cerrada por dentro, y llamara con alarma impaciente. Así fue: arreciaron los golpes. Domiciana dijo:

ESTAS ÚLTIMAS INDICACIONES NO TENÍAN MÁS OBJETO QUE GANAR TIEMPO

—Mira en qué ocasión vienen a interrumpirnos. Ahora caigo en que cerraste la puerta. Más vale que abras, pues si no, se asustarán, y con razón. Creerán lo que no es, y... hasta puede suceder que echen abajo la puerta.

Vaciló Cigüela. ¿Pero qué hacer podía la infeliz más que abrir? A merced estaba de su enemiga.

Entraron y subieron don Gabino y Ezequiel, inquietos, y anticipándose a sus manifestaciones, Domiciana les dijo:

—Mandé a ésta que cerrara porque teníamos que hablar, y me sabía muy mal que nos interrumpieran. ¿Quién ha venido?

—Ha estado el amigo Centurión —dijo el cerero recobrando su tranquilidad—, pero se ha cansado de esperar...

—Y ahí tienes el coche; viene a buscarte —anunció el mancebo, que dirigía las locuciones a su hermana y las miradas a la hija de Ansúrez.

—Tengo que vestirme. Lucila, ¿has visto que vida llevo? Apenas descanso un ratito, ¡hala otra vez!

EL MADRID DE BOTÍN Y DE LHARDY. Los dos locales tenían restaurante y tienda, con sabrosas comidas y repostería de calidad, sobre todo el huevo hilado. (*Vista general de Madrid con la ermita de la Virgen del Puerto y la aduana del puente de Segovia*. Grabado del siglo XIX. Museo Municipal. Madrid).

—Si comes tú en palacio —dijo don Gabino acaramelando la mirada—, Luci comerá con nosotros.

—Quería yo llevarla conmigo. Pero si ella prefiere quedarse... ¿Verdad que está Cigüela más guapa?

—En la guapeza de esta joven no cabe más ni menos. Es como la bondad de Dios —declaró don Gabino, reblandeciendo la expresión de sus ojos, que eran manantiales de ternura, y alargando la boca, húmeda como el hocico de un becerro—. Si Cigüela come con nosotros, traeremos dos platos de casa de Botín, y de la pastelería huevos moles o huevo hilado, lo que a ella más le guste.

Encandilado, moviendo los brazos en forma de un batir de alas de ángel, Ezequiel aprobaba con mudo entusiasmo.

—Mucho se lo agradezco, señor don Gabino —dijo Lucila—; pero... Otro día comeré con ustedes. Hoy no puede ser. ¿Verdad, Domiciana?

—Hija mía —dijo la cerera con admirable afectación de cariño—, tú dispones lo que gustes. Has reconocido hace poco que soy para ti como una hermana, como una madre... Después que hablemos otro ratito, quédate a comer. Estás en tu casa.

Oyendo esto, no sabía Cigüela si admirarla por su ingenio, o tronar indignada contra tan cruel ironía. Pensó que sería justicia y además un desahogo muy placentero, arrancarle el moño y chafarle los morros de una o más bofetadas. En un tris estuvo que lo intentara. Midió la acción y vio que cabía perfectamente dentro de sus facultades, pues le bastaban las manos para despachar a la cerera, reservando las extremidades inferiores para don Gabino, a quien tiraría al suelo de una patada. A Ezequiel le derribaría solo con el aire que hiciera en toda esta función. Mas para esto siempre había tiempo. Convenía esperar...

En aquel punto entró la asistenta que a la familia servía, mujer de gran talla, bigotuda, con todo el aire de un cabo de gastadores, y después de un breve saludo al ama, llevando consigo el cesto de la compra ya repleto, se fue a la cocina. Creyérase que Domiciana, viéndose asegurada por aquella guardia formidable, recobraba en absoluto su tranquilidad. Despidió a su padre y hermano, encargándoles que a nadie dejaran subir, y sintiéndose bien custodiada y defendida, pues el son del almirez le sonaba como los tambores de un ejército próximo, dedicose a su vestimenta con todo sosiego. Quedó la otra en el gabinete, mientras la cerera trasteaba en la alcoba, donde lo primero que hizo fue sacar el puñal del abismo en que había caído y esconderlo en lugar seguro. Lucila la vio salir risueña apretándose el corsé, y sin decir nada la ayudó en aquella operación. En este tiempo, pudo la exclaustrada levantar en su fecundo caletre el andamiaje de la soberbia historia que tenía que construir, y apenas encaró con su enemiga, echó en esta forma los que a su parecer eran sólidos cimientos:

LA REINA ISABEL CONTINUÓ CONFIANDO EN NARVÁEZ. El *Espadón de Loja* tenía demasiado poder como para provocar tensiones en un momento tan delicado. Los liberales presionaban a la corona y el general era el único capaz de controlar la situación. *(Isabel II.* Grabado de época. Museo Municipal. Madrid).

—Tomín fue apresado por la policía y encerrado en Santo Tomás. Yo lo supe un día después... ya puedes figurarte mi disgusto... Naturalmente, acudí al instante. No me permitieron verle.

—¡Domiciana, por la salvación de tu alma —exclamó Lucila con solemne acento—, por las promesas de Nuestro Señor Jesucristo, en quien tú y yo creemos y esperamos, aunque seamos pecadoras, dime la verdad! ¿De veras no has visto a Tomín? Júramelo, júrame que no le has visto...

—Aguárdate, tonta, y no precipites mi relación. He dicho que no le vi en aquel momento; luego sí... Ten paciencia. Decía yo que acudí a salvarle. No conté contigo porque estabas enferma. ¿A qué aumentar tu desazón, tu desconsuelo?... Habría sido matarte... Pasaron dos días en mortal ansiedad. Supimos que se trataba de aplicar al pobre capitán la pena terrible..., ¿sabes?, la sentencia del consejo de guerra. Tres señoras, tres, éramos a pedir misericordia por él. Doña Victorina y yo... y la de Socobio, que se nos agregó el segundo día... Eufrasia, hoy marquesa de Villares de Tajo: no la conocerás por este nombre.

—La Socobio —dijo prontamente Lucila—, conspiró hace dos años por los del Relámpago.

—Pues ahora conspira por Narváez; es el más firme apoyo del Espadón en la camarilla de la Reina... Sigo contándote. Al tercer día, después de haber hablado con O'Donnell, que nos dio seguridades de que no sería fusilado el capitán, fui a ver a éste... Doña Victorina no podía ir; fui yo sola.

—¡Y le viste...!

—Le vi... y entre paréntesis, como me habías ponderado tanto su hermosura, y creía yo encontrarme con un Adonis, o con el dios Apolo, la verdad, no vi en él nada de particular... un hombre como otro cualquiera. Entré... Con él estaba la Socobio, que sin darme tiempo a exponer lo que me había dicho O'Donnell, saltó y dijo: «Ya no tiene usted que ocuparse de nada. Yo lo arreglo todo... Es cosa mía...».

PUES AHORA CONSPIRA POR NARVÁEZ; ES EL MÁS FIRME APOYO DEL ESPADÓN EN LA CAMARILLA DE LA REINA...

—¿Y Tomín?

—En el corto rato que allí estuve, no habló más que de ti... En pocas palabras me dio las gracias por los favores que os hice, y luego: ¿qué es de Lucila, qué hace Lucila... está buena Lucila?... y vuelta con Lucila. Bien echaba por los ojos el amor que te tiene.

—¿Y después...?

—Volví al siguiente día... Dijéronme que el capitán estaba libre... Había ido por él la Socobio, y se le había llevado en su coche... ¿A dónde? Ésta es la hora que no he podido saberlo.

XXIII

La historia contada por Domiciana con acento tan firme que parecía el de la propia Clío, produjo en el cerebro de Lucila efectos muy extraños, pues si tales hechos encontraban en él como una nube de incredulidad sistemática que los empañaba y oscurecía, de los mismos hechos brotaban rayos de verosimilitud que esclarecían lentamente los espacios de aquella nube. ¿Era mentira que parecía verdad, o una de esas verdades que se adornan con las galas del arte de la mentira verosímil?

—¿Y por qué —preguntó Lucila con viveza ruda—, por qué al saber que Tomín estaba libre, no fuiste a decírmelo?

—Porque me aterraba el tener que darte una mala noticia —dijo Domiciana parando el golpe con gran destreza—. Lo era la de aquella libertad, que tuve por una nueva esclavitud. Decirte que Tomín estaba en poder de la Socobio era como decirte: «Despídete de él por mucho tiempo».

—Por algún tiempo, quieres decir.

—Claro: terminado el secuestro, Tomín volverá a ser tuyo.

—¿Has dicho que esa Eufrasia conspira por Narváez?

—Por Narváez y Sartorius. El Gobierno la teme; mas no puede nada con ella, porque se ha hecho uña y carne de la Reina, y es su confidente y amiga. Se trata de combatir y anular

EL NUEVO PALACIO DEL CONGRESO EN LA CARRERA DE SAN JERÓNIMO

La sede de las Cortes fue establecida en el antiguo convento del Espíritu Santo de Madrid el 24 de julio de 1834, pero las malas condiciones del emplazamiento obligaron a las autoridades a trasladar provisionalmente a los parlamentarios al Teatro Real de la Plaza de Oriente, hasta que el 10 de octubre de 1843 la reina Isabel II colocó la primera piedra del nuevo edificio en la Carrera de San Jerónimo. La sesión inaugural se llevó a cabo el 31 de octubre de 1850 y a ella acudieron senadores, diputados electos y la Reina, que pronunció un discurso de apertura.

Hasta la construcción del Palacio del Congreso, las Cortes españolas se reunían en el antiguo convento del Espíritu Santo de Madrid. El edificio fue seleccionado el 24 de julio de 1834 para acoger las reuniones del estamento de procuradores y posteriormente se habilitó en él el salón de sesiones de las Cortes. El edificio disponía de dos entradas, una por la Carrera de San Jerónimo y otra por la calle del Sordo, pero en mayo de 1841 fue declarado en ruinas y se hizo necesario buscar un emplazamiento alternativo para la Cámara. Se escogió el Teatro Real en la Plaza de Oriente porque era el único que cumplía los requisitos acústicos y de distribución necesarios para unas sesiones multitudinarias. De esta manera las Cortes se trasladaron al teatro de forma provisional, mientras que la Reina proponía la construcción de un nuevo edificio sobre el antiguo convento del Espíritu Santo. Fue la propia Isabel II la que, el 10 de octubre de 1843, colocó la primera piedra del nuevo edificio en la madrileña Carrera de San Jerónimo, proyectado por el arquitecto Narciso Pascual Colomer según los preceptos del neoclasicismo español. La obra finalizó en 1850 y el 31 de octubre de ese año se celebró la sesión inaugural de las Cortes. La fachada del edificio está dotada de gran armonía y equilibrio. Se estructura en tres cuerpos. El central está constituido por un gran pórtico que avanza sobre seis columnas estriadas cuyos capiteles corintios son obra de José Pagniucci y Francisco Pérez. El frontispicio alberga un bajorrelieve que representa a España abrazando la Constitución del Estado, rodeada por imágenes que simbolizan fortaleza, justicia, bellas artes, comercio, agricultura, ríos y canales de navegación, abundancia y paz. En este cuerpo central se abre la puerta principal de bronce, protegida por el pórtico, obra de José María Sánchez Pescador; es el acceso noble al edificio, únicamente utilizado en actos solemnes, como la apertura de sesiones de cada periodo. La planta baja del edificio alberga los espacios más significativos: el salón de sesiones, una sala de conferencias, la presidencia del Congreso, la sala de ministros y la biblioteca. A dicha sesión inaugural asistieron senadores y diputados electos y la reina Isabel II leyó un discurso en el que repasó los temas que afectaban a la política del momento. Comenzó por congratularse del restablecimiento de las relaciones con Gran Bretaña, que se habían interrumpido a raíz de las disputas entre Narváez y el embajador inglés, y anunció el regreso de la expedición enviada a los Estados Pontificios afirmando que volvía «dejando en Italia duraderos recuerdos de su brillante comportamiento y disciplina, y atrayendo sobre sí las bendiciones de la Iglesia y los más expresivos testimonios de gratitud de las provincias que ha ocupado». Después repasó la política interna, en la que «el orden público, primera necesidad de los pueblos, se ha conservado inalterable, y a su sombra brotan y crecen espontáneamente, bajo la vigilancia protectora de la Administración, los gérmenes de riqueza y de prosperidad que encierra nuestro suelo». Habló también de la situación de Cuba, Puerto Rico y las colonias asiáticas e hizo hincapié en el interés del gobierno por fomentar la Marina «por la urgente necesidad de guardar y defender nuestras costas y posesiones, y de proteger nuestra creciente marina mercante. Con este motivo se han mandado construir varios buques de vela y de vapor, y se han dictado otras disposiciones para continuar fomentando la marina hasta donde las necesidades del servicio lo exijan y el estado del Tesoro lo permita». Concluyó la Reina afirmando que la Hacienda se hallaba en un periodo de crecimiento y comprometiéndose a presentar las cuentas públicas a examen de los senadores y diputados. Cuando la Reina terminó su discurso, el presidente del Gobierno proclamó: «La Reina me ordena declarar que se hallan legalmente abiertas las Cortes de 1850, con arreglo a la Constitución de la Monarquía». Y terminó: «Tal es, señores senadores y diputados, el estado que presenta el país y su administración; estado relativamente próspero y favorable, pero que debe serlo aún mucho más, continuando, como espero que continuarán, la paz interior, el respeto al Trono y a la Constitución de la Monarquía, y la confianza y la armonía entre los poderes públicos».

APERTURA DE LAS CORTES POR ISABEL II el 31 de octubre de 1850. Grabado de M. G. Andrien. Y *Congreso de los Diputados.* Del libro *Historia de la Villa y Corte de Madrid.*

esta influencia, expulsando para siempre de la cámara real a la Socobio; en ello trabaja la persona que más influye en el ánimo de Isabel... ya puedes figurarte de quién hablo...

—¿Y qué importa que la Socobio sea o deje de ser amiga de la Reina?

—Esas amistades torcerán más el arbolito, que bastante torcido está ya.

—No será la Eufrasia peor que otras, peor que tú. Dijo la sartén al cazo... Palaciegas de este bando y del otro, damas santurronas, damas casquivanas, monjas aseñoradas, y señoras afrailadas, todas son unas, y todas tuercen el árbol, porque torciéndolo, se suben a él para coger fruta... ¡Valiente ganado estáis!... Pero en fin, dejando eso, que no me importa, ¿sostienes lo que has dicho?... ¿que la Socobio hizo escamoteo y se llevó a Tomín...? ¿No temes que yo hable con esa señora, y que ella me diga que la escamoteadora has sido tú?

—Si hablas con ella, no te dirá una palabra, y te mandará a paseo. Es gran diplomática. ¿Crees que una persona tan lista se franquea con el primero que llega? ¿Quieres probarlo? Nada más fácil: en Aranjuez la encontrarás. Ya sabes que allá se ha ido la corte hace tres días. Ahora tienes ferrocarril. Por catorce reales puedes ir en segunda... Dos horas menos minutos.

—¿Y cómo es que estando la corte de jornada, aquí se queda doña Victorina, y tú con ella?

—Porque doña Victorina sigue mal de salud, y no le convienen las humedades del real sitio... Y hay otra razón: mi amiga y yo somos un cuerpo de ejército destinado a ocupar esta plaza y a vigilar en ella los movimientos del enemigo. Tememos... para que veas si te confío cosas delicadas... tememos que los narvaístas nos ganen el corazón de la Madre... Lucila, ya sabes que estos secretos quedan entre nosotras.

—Si el poder de la Madre es tan grande, porque con su misticismo y sus llaguitas hace creer que es enviada del cielo, ¿qué teméis de una disoluta como la Socobio, que ni tiene llagas, ni habla con el Espíritu Santo?

—Se la teme porque es otra especie de santa, o por lo menos sacerdotisa de un santo que no está en el almanaque, de un santo que siempre tuvo, tiene y tendrá tantos devotos como personas hay en el mundo...

SI EL PODER DE LA MADRE ES TAN GRANDE, PORQUE CON SU MISTICISMO Y SUS LLAGUITAS HACE CREER QUE ES ENVIADA DEL CIELO

—El amor. ¡A quién se lo cuentas!

—Y dentro de ese culto infame, gentil, la Socobio es al modo de gran teóloga o Santo Padre, al modo de profetisa, definidora y taumaturga... y también tiene sus llagas o cosa parecida para imponer veneración... Se entiende con el dios de esta baja idolatría, y trae recados de él para las criaturas...

—Domiciana —dijo Lucila gozosa de ver a su amiga en aquel terreno—, confiésame la verdad y todo te lo perdono. Confiésame que tú también eres un poco, o un mucho, sacerdotisa de ese dios de los gentiles, que tú también a la calladita adoras al ídolo... porque eres mujer...

—Yo no. Ya sabes que no siento en mí esa devoción —dijo la exclaustrada metiéndose en su concha—. Yo abomino de tales dioses gentílicos... He hablado de ello por explicarte la influencia de la Socobio sobre una mujer joven, linda, y por poderosa caprichosa, y por buena fácil a la maldad... O hemos de poder poco, o apartaremos a Eufrasia del trono...

—Del trono y el altar: dilo como lo decís en los papeles públicos... Déjate de hipocresías, y ya que hablas de eso, habla con claridad. Tú y tu bando no miráis a que nuestra Reina sea buena, sino a que seáis vosotras las únicas que le suministren sus diversiones. Así la tenéis más cogida. Entre visiones celestiales por un lado y terrenales por otro, no se os puede escapar.

—Hija, no hables así de nosotras, que tiramos siempre a la virtud y la honradez... Pero equivocándote, lo que has dicho revela talento.

—Esto que llamas talento, no lo es, Domiciana. Lo que yo sé, el corazón me lo enseña... Pues te digo que me alegraré mucho de que con toda vuestra virtud seáis derrotadas por la Socobio, por esa gentil, por esa idólatra...

—¡Ah!, no creas que estamos tranquilas —dijo Domiciana, tirando siempre a ganarse la voluntad de Lucila y a desarmarla con las confidencias verdaderas o falsas—. Esa maldita manchega es de la piel del diablo. Hace meses, y cuando más descuidados estábamos, nos dio una paliza tremenda... Llamamos paliza a la derrota que sufrimos en un asunto que creímos de los de clavo pasado; tan fácil nos parecía resolverlo a gusto de la Madre. Pues verás: vacó la comisaría general de cruzada, que es plaza muy lucida, enorme golosina de clérigos; el Gobierno quería meter al poeta don Juan Nicasio; la Madre hipaba por el padre Batanero, que a sus muchos títulos unía el de haber sido carlistón. Los moderados presentaron a don Manuel López Santaella, arcediano de Cuenca. De nada nos valió el tocar con tiempo todas las teclas, porque esa perra se nos anticipó a mover los títeres de Roma, donde su marido tiene relaciones y gran amaño por el negocio de Prece; y nada... que nos ganó la partida, y quedaron satisfechos Narváez y Sartorius, y nosotras burladas... Para que la Madre no chillara, le dieron dedada de miel presentando al capuchino fray Fermín de Alcaraz, el diablo de marras, para la mitra de Cuenca... Ahí tienes un triunfo del sacerdocio gentil sobre este otro sacerdocio de ley. Eufrasia se quedó riendo, y Santaella pescó la comisaría. ¿Tienes noticia del famoso pasquín? Por cierto que cavilando en quién podría ser autor de aquella chuscada, di en sospechar de Centurión, y tanto hice y tanto le estreché que al fin me confesó que él puso al pie de la estatua de Isabel, en la plaza del mismo nombre, el letrerito de que tanto se habló en Madrid: «Ni Santo él, ni Santa ella».

A este punto, ya Domiciana estaba vestida. Pero no quería partir sin ver a su cara enemiga en completo desarme físico y moral

A este punto, ya Domiciana estaba vestida. Pero no quería partir sin ver a su cara enemiga en completo desarme físico y moral. Sus confidencias eran el plateado que a las píldoras ponía para que no amargasen, y en las píldoras se mezclaban substancia de verdad y la mentirosa substancia fina que usan los diplomáticos en las relaciones internacionales. Verídico era mucho de lo que dijo referente a Eufrasia, y sobre el sólido fundamento de estos hechos, asentó con gran maestría el artificio del rapto del capitán por la Socobio. Quedose Lucila meditabunda, arrastrando sus miradas por el suelo y por las rayas de la estera frente a la silla baja en que se sentaba. Interrogada por la cerera sobre la causa de tan hondo meditar, dijo la guapa moza:

—Me estoy devanando los sesos para recordar qué persona conozco yo, o debo conocer, que es muy íntima de esa señora doña Eufrasia. Fue mi padre, cuando andábamos locos en busca del empleo, quien me nombró a tal persona, y dijo: «No hay aldaba como ésa, si se acordara de nosotros y quisiera servirnos...».

—¿Persona de la intimidad de...? No puede ser otra que el marqués de Beramendi.

—Ese... ese mismo señor. Yo le conocí en Atienza, cuando todavía no era marqués... A mi padre encontró un día en la calle, en Madrid, no sé cuándo, meses ha, y le preguntó por mí. Yo... si le veo, no le conozco, no me acuerdo...

—Pues si has pensado que ese señor podría servirte para entrar en amistad con Eufrasia, no sabes lo que te pescas. No es hoy íntimo de ella: lo fue... Hace tiempo le atacaron unas melancolías que parecían principio de locura. Su mujer tomó la resolución de sacarle de Madrid,

31 de octubre de 1850

Isabel II inaugura el nuevo Congreso

El edificio había sido proyectado ocho años antes por Narciso Pascual Colomer

Necesidad de un nuevo edificio

En 1841, durante la regencia de Espartero, el gobierno progresista acuerda la necesidad de contar con un nuevo edificio para el desarrollo de la actividad parlamentaria. La experiencia había demostrado lo costoso que resultaba acondicionar otros edificios para este uso, por lo que se decidió que la Real Academia de Nobles Artes de San Fernando convocase un concurso público para la construcción del nuevo palacio, en el solar de la Carrera de San Jerónimo que antes ocupaba el convento del Espíritu Santo

Se presentan **14 proyectos,** resultando elegido el del arquitecto valenciano **Narciso Pascual Colomer**

Bajorrelieve del pórtico

Realizado por el escultor **Ponciano Ponzano**, representa a España abrazada a la Constitución y rodeada de la Fortaleza, la Justicia, las Bellas Artes, el Comercio, la Agricultura, los Ríos y Canales de navegación, la Abundancia y la Paz

La fachada principal

Cuenta con un pórtico clásico, compuesto por seis grandes columnas corintias, en el que está situada la gran puerta de bronce, reservada para la entrada de reyes y jefes de Estado

La escalinata se adornó en 1872 con dos grandes **leones de bronce**, también esculpidos por **Ponzano**, fundidos en la Fundición de Artillería de Sevilla a partir de los cañones tomados a los marroquíes durante la **Guerra de África**

El Congreso en cifras

Superficie	4.000 m²
Fachada principal	60 m
Laterales	62,5 m
Presupuesto inicial	14.800.000 reales
Colocación de la primera piedra	10 de octubre de 1843

FUENTE: "El Palacio del Congreso", Helena Iglesias

El edificio

Inicialmente, estaba organizado en cuatro plantas:

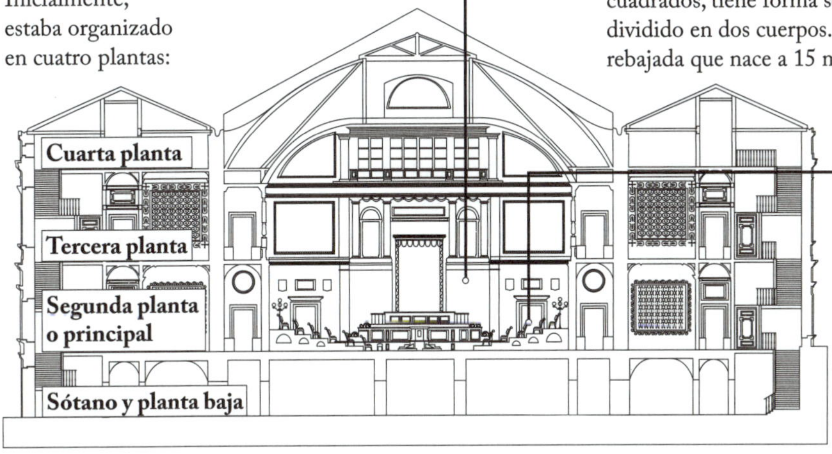

El Salón de Sesiones, que mide 510 metros cuadrados, tiene forma semicircular y está dividido en dos cuerpos. Lo cierra una bóveda rebajada que nace a 15 metros de altura

Los bancos del hemiciclo eran de caoba maciza forrados de terciopelo verde oscuro, a tono con el dosel que preside la cámara

Materiales

El edificio se fabricó en ladrillo sobre bóveda de rosca y piedra berroqueña gris, con complementos de piedra de Redueña (Madrid)

Sistema bicameral

El primer presidente del Congreso fue Luis Mayans, durante el gobierno moderado de Narváez. La Constitución vigente, del año 1845, establecía una organización bicameral en la que el Congreso estaba subordinado al Senado

La planta principal

En ella se encuentra el Salón de Sesiones, formado en sus inicios por 349 bancos, aunque tras sucesivas reformas ha pasado a contar con un aforo de 556 asientos

Documentación: Rubén González

CUTANDPASTE GRAPHICS

y a Italia se fueron él y ella con el niño que tienen. Sé todo esto por los suegros de Beramendi, los señores de Emparán, que a menudo visitan a doña Victorina... Pues en Italia se estuvieron todo el año pasado y largos meses de éste. No hace mucho que han vuelto, y no sé que el marquesito haya pegado otra vez la hebra con la Socobio... Dices que tu padre le encontró y habló con él... Fue sin duda antes del viaje a Italia, si no fue el mes pasado.

—No, no: debió de ser antes del viaje... Por lo que mi padre me dijo, el nombre de ese caballero se relaciona en mi cabeza con el de doña Eufrasia, que hoy es marquesa.

—De Villares de Tajo... Si dudas de mí, vete a ver a esa señora. Puede que se confiese contigo; yo lo dudo mucho... pero quién sabe. Esa lagarta no entrega sus secretos al primero que llega.

—Naturalmente —dijo Lucila, que en aquel instante recobró todo su candor—, si sabe que Tomín me quiere, y tiene que saberlo, porque él mismo se lo habrá dicho, me recibirá con una piedra en cada mano.

Aprovechando aquel estado de inocencia, soltó Domiciana la mentira final, la que había de ser cúspide y remate del gallardo artificio que había levantado. No creyó prudente emplear la última pieza de su grande obra hasta que llegase el oportuno momento. Este llegó. Dijo la señora:

RECORRIENDO LAS CALLES. Desde Puerta Cerrada hasta las Vistillas, Lucila siguió pensando en matar a Domiciana porque la consideraba culpable de la desaparición del capitán. (*Ambiente en la Puerta del Sol*. Grabado del siglo XIX. Museo Municipal. Madrid).

—Para concluir, Lucila, para que te convenzas de que debes dar por concluso ese negocio, sabrás que la Socobio no ha hecho lo que ha hecho por adorar al capitán en sus propios altares, sino que lo ha llevado como en holocausto, fíjate bien, a otro altar de más altura, donde oficia el supremo sacerdocio de esos dioses gentílicos... ¿No lo entiendes? ¿Quieres que te lo diga más claro?

—Sí lo entiendo. Mas para que yo crea eso, que parece cuento de brujas, dime dónde está Tomín, dónde le tienen guardado para esos holocaustos malditos...

—¡Vete a saber...! —rezongó la cerera un tanto desconcertada—. Guardado lo tendrán como lo tuviste tú.

—Según eso, sigue condenado a muerte.

—Claro. Boba, el indulto vendrá después, cuando ya la devoción gentil se acabe por cansancio, o por cualquier motivo, y entonces le verás restituido a su jerarquía, comandante, pronto coronel... y caminito de general. Hay casos, Lucila... ¿Pero aún dudas?

—Sí, siempre dudo... pero no te negaré que lo tengo por posible. Mi padre, hombre de pueblo, sin instrucción, que piensa muy al derecho y tiene un talento natural que ya lo quisieran más de cuatro, me ha dicho muchas veces: «No hay cosa, por desatinada que sea, que no pueda ser verdad en este país, mayormente si es cosa contra la justicia y contra la paz de los hombres... Aquí puede pasar todo, y la palabra "increíble" debe ser borrada del libro ese muy grande donde están todas las palabras, porque en España nada hay que sea mismamente increíble, nada que sea mismamente...», ¿cómo se dice?...

—Absurdo. Tu padre tiene razón. Los españoles, hija... de varones hablo... son la peor gente del mundo, y no hay cristiano que los entienda ni los baraje. Se les da lo bueno, y lo tiran; les hablas con juicio, y dicen que estás loca. «Progreso» aquí significa andar para atrás como los cangrejos, «libertad» correr tras de un trapo colorado, «orden» pegar sin ton ni son, y decir «Gobierno» es como decir: «No hay quien me tosa». Mucho ganaría esta nación si se dejara gobernar por mujeres listas, que las hay... A esos hombrachos que no sirven para nada y reniegan de que una monja se meta en cosas de Gobierno, les diría yo: «Callaos, imbéciles, y no echéis roncas contra la Madrecita, pues no merecéis otra cosa».

Si quieres venir conmigo, ven; si quieres quedarte, comerás con mi padre y con Ezequiel

Sumergida Cigüela en profunda abstracción, nada decía. Sentada, el codo en la rodilla, la frente sostenida en tres dedos de la mano derecha, los ojos fijos en el halda de su vestido, dejaba caer su pensamiento al sondaje de profundos abismos. Domiciana, que vio en su enemiga señales de confusión, de batalla tortuosa entre afectos, todo ello contrario a la derechura de las resoluciones violentas, acabó de recobrar su aplomo. Había vencido; con soberano talento, con pases y quiebros de extraordinaria sutileza, había logrado encadenar a la fiera... Ya podía pasarle sin ningún riesgo la mano por el lomo.

—Amiga querida —le dijo levantándose—, yo no puedo detenerme más. Si quieres venir conmigo, ven; si quieres quedarte, comerás con mi padre y con Ezequiel. Te repito que estás en tu casa.

Lucila, sin mirarla, sin cambiar de su postura más que la mano, que de la frente bajó a sostener la quijada, le dijo:

—Gracias, Domiciana. Yo me voy también.

—¿Y dudas aún que soy tu mejor amiga?

—Ya no dudo ni creo —dijo la guapa moza en pie, suspirando—: ya el dudar y el creer, como el temer y el desear, son para mí la misma cosa... En nadie ni en nada tengo fe... Estoy pensando que la vida y la muerte... todo es lo mismo... y que en este mundo y en el otro, hay la misma maldad, porque malo es todo lo que antes era nada y ahora es... lo que es... No me entiendo... Adiós, Domiciana...

Suelta la mantilla, salió; tomando carrera al llegar al pasillo, precipitose por las escaleras abajo. La cerera vio en aquella salida fugaz, como ciertos mutis de la escena, una reproducción del arrebato con que Lucila se había presentado en la alcoba; pero como iba en retirada, no fue grande su inquietud. Con todo, rodando después de coche por calles y plazuelas, camino de sus obligaciones, apartar no podía de su pensamiento los horrendos pesares de la que fue su amiga, ni la tenacidad con que a ellos se aferraba, rebelde al consuelo. «Me equivoqué —se decía— pensando que entre las heridas del alma y su reparación no ponía el tiempo tanto de sí... Cada día aprendemos algo... Me da lástima esta pobre, y me da miedo. Menester será curarla o amarrarla».

XXIV

Como animal derrotado y herido, a la fuga se lanzó la hija de Ansúrez, sin reparar en las frases melosas que a su paso veloz por la tienda se le dijeron, y en la calle corrió, tropezando con transeúntes y vendedores, ignorando hacia dónde caminaba, pobre bestia huida. Creyérase que alejarse quería de sí propia, o que en la rapidez de la marcha veía como una forma o procedimiento de olvidar... Sin darse cuenta de su itinerario, pasó por Puerta Cerrada, calle del Nuncio, hizo un breve descanso en el pretil de Santisteban, bajó a la calle de Segovia; metiose luego por la calle del Toro a la plazuela del Alamillo; tiró hacia la Morería vieja, y en las Vistillas tomó resuello... Apoyada en la jamba de una de las enormes puertas del caserón del Infantado, echó mano con furia a su propio pescuezo, diciéndose: «Me ahogaría; lo merezco por tonta, por estúpida y cobarde. Debí matarla, fue gran burrada compadecerla, y darle tiempo a que con sus despotriques me enfriara la voluntad de hacer justicia... ¡Y se ha reído de mí... se ha quedado riendo, y yo sin cuchillo...! No sé ya cómo me quitó el cuchillo... Pero si fui con la idea de matarla, con toda la justicia de Dios dentro de mí, ¿por qué no la maté?... ¡Perra traidora!... ¡Y aún está viva, y gozando de su robo!... ¡Sabe Dios a dónde habrá ido en el coche!... Merezco su desprecio, merezco todo lo que me pasa. Me caigo de boba... Entré águila y he salido abubilla... Me ha engañado con mil embustes dichos como ella sabe... Abogada como ella y ministrila como ella, no han nacido, no. Engañará al demonio, a Dios mismo engañará... Lucila, eres digna de que esa ladrona, después de robarte las guindas y de comérselas, te arroje los huesos al rostro. Aguanta y límpiate, triste pava... escóndete donde nadie te vea».

AQUELLA NOCHE, ANTOLÍN DE PABLO, RECIÉN LLEGADO DE SU EXCURSIÓN POR LOS PUEBLOS, LE CONFORTÓ EL ÁNIMO CON HIDALGAS OFERTAS DE HOSPITALIDAD

En su delirio, tuvo la feliz idea de esconderse en su casa. Aquella noche, Antolín de Pablo, recién llegado de su excursión por los pueblos, le confortó el ánimo con hidalgas ofertas de hospitalidad. Si no quería recibir ya los socorros de la cerera, y gustaba de mantenerse honrada, allí tenía su casa, allí no le faltaría lecho en que dormir y un panecillo con que matar el hambre. Donde comen dos comen tres, y alabado el Señor que a él y a su buena Eulogia les daba medios de mirar por el prójimo. Este generoso proceder fue gran consuelo para Cigüela, tan infeliz como hermosa. Por la noche, dormida con pesado sopor, soñó que se ocupaba en la sabrosa faena de matar a Domiciana. Sobre el cuerpo yacente de la cerera descargaba golpes y más golpes con el fiero cuchillo, clavándoselo hasta el mango; pero no conseguía dar fin de ella, ni aquella vida se dejaba rematar. La víctima recibía sonriente las puñaladas, cual si su cuerpo fuera un saco relleno de paja o serrín, y de él no salía sangre... ¿Dónde demonios estaba la sangre de aquella mujer? ¿Habíasela sacado para hacer con ella un elixir de amor, un bebedizo con que emborrachar a Gracián y filtrar en su ser el olvido y la degradación?... Lucila se cansó de acuchillar a su enemiga, y el cuerpo de ésta coleaba siempre, siempre...

Al día siguiente, recobrada del furor homicida, se apoderaron de su espíritu las historias contadas por Domiciana. Cierto que el odio a ésta no se extinguía; pero las historias tomaban en la mente de la guapa moza cuerpo y aires de cosa real. Nada de aquello era inverosímil. Bien podía resultar que fuese verdadero. El efecto buscado por la exclaustrada no se había hecho esperar, y su ingenioso artificio formaba un estado anímico ya indestructible. Dentro de sí llevaba Cigüela razones y aparatos lógicos, hechos bien tramados, que unas veces lucían como verdades, otras se apagaban en dudas dejando siempre algún destello. Momentos había en que reconstruidas las famosas historias con elementos de realidad, las vio Lucila como novela verosímil; horas hubo, en los días siguientes, en que fueron para ella como el Evangelio.

Si con delicada piedad Eulogia la socorría, no gustaba de que estuviera ociosa. Mañanas o tardes la tenía lavando ropa en la artesa, y luego tendiéndola en las cuerdas del corral. En costura y plancha invertían las dos no poco tiempo, y por la noche, cuando estaba en Madrid Antolín de Pablo, solían jugar a la brisca o al burro. Entre San Antonio y San Juan, tuvieron que ir Antolín y su mujer a la boda de una sobrina carnal de él, en la Villa del Prado, y llevaron consigo a la huéspeda, que se reparó de sus quebrantos en veinte días de vida campestre. Allí le salieron amadores sin cuento; de los pueblos vecinos acudían a verla los mozos y a celebrar su hermosura. Con buen fin le hablaron muchos, y otros con fines equívocos, que se habrían trocado en buenos, si ella pusiera de su parte algo de amoroso melindre; pero ninguno de aquellos requerimientos venció la frialdad y desvíos de la guapa moza, que era como linda estatua en quien faltaba el fuego de los deseos y el estímulo de la ambición. Para que ninguno de los inflamados pretendientes se quejase, Lucila rechazó también, no sin gratitud, los obsequios y finas proposiciones de un labrador muy rico de aquellas tierras, viudo y entrado en años, que de ella se prendó con amor incendiario, y en una misma frase expuso su petición de afecto y su oferta de inmediato matrimonio. Contestó Lucila negativamente, con razones que al pobre señor dejaron tan confuso como lastimado.

A poco de este memorable suceso, regresó la joven a Madrid con sus patronos, y a medio camino, en el alto que hizo la tartana a la entrada de Navalcarnero, oyó Lucila de boca de Antolín este substancioso sermón: «Pues, hija, si apuestas a boba no hay quien te gane. ¡Hacerle "fu" al amigo Halconero, riquísimo por su casa, y más bueno que rico!... No sabes tú lo que te pierdes. ¿Qué pero le pones, alma de cántaro? ¿Que peina canas y va para Villavieja? Pues no podías soñar proporción más al auto de tus circunstancias. Cásate, simple, con Vicente Halconero, que es hombre sano, y ya verás como no tardas en tener familia, con lo que has de distraerte y apagar todo el rescoldo que te queda de tus pesadumbres. Y aún tendrás tiempo, ¡cuerpo de San Casiano!, de ser una viuda joven, que tu marido, en ley natural no debe vivir mucho. Ea, tontaina, yo le diré al amigo que aunque le has dicho que no, por el punto, que se dice, luego soltarás el sí...». Reforzó Eulogia esta homilía con argumentos aún más especiosos, y ya en Madrid, volviendo a la carga, se admiraban de que Lucila estuviese tan rebelde, no teniendo más que el día y la noche. Tanto le dijeron, y memoriales tan llorones envió desde el pueblo el bendito señor, que al fin la moza, sin abrir camino a las esperanzas, propuso y suplicó que le dieran para pensarlo todos los días que restaban hasta fin del año corriente. «Pero, chica —le dijo Antolín—, considera que el hombre no es niño, y que la esperanza es un pájaro que no gusta de anidar en las cabezas canas». No hubo manera de apear a Lucila de la transacción propuesta; en ello quedaron, y notificado al buen señor el emplazamiento, se puso tan alegre, según decían, que le faltó poco para echarse a llorar del gusto.

MAÑANAS O TARDES LA TENÍA LAVANDO ROPA EN LA ARTESA, Y LUEGO TENDIÉNDOLA EN LAS CUERDAS DEL CORRAL

Al volver a la villa y corte, encontró Lucila en ella los ardores del verano, y mayor soledad y tristeza. Las aliviadas penas se recrudecieron en el paso del sosiego campestre al bullicio urbano. Agitada fue de nuevo por furores de venganza, y por el prurito loco de revolver el mundo en busca de la verdad. Con la verdad se contentaría, ya que el hombre no pareciese. Por la capitana, que algún día la visitaba, supo que la cerera se había ido con doña

SERAFÍN MARÍA DE SOTTO. Grabado de Valdivieso. Biblioteca Nacional. Madrid.

EFÍMERO PRESIDENTE

Político moderado, historiador y militar, Serafín María de Sutton, cuyo apellido fue castellanizado con la fórmula de «Sotto», conde de Cleonard y marqués de Granada, nació en Barcelona en 1793. Participó en la Guerra de Independencia y combatió a favor de la reina Isabel contra los carlistas. En 1836 fue ascendido a mariscal de campo y en 1840 ejerció durante un breve periodo de tiempo como ministro de Guerra, pero la abdicación de la regente le obligó a emigrar a Francia. Regresó en 1846 y fue nombrado teniente general. En 1849 fue designado presidente del Gobierno en sustitución de Narváez, puesto que ocupó durante 27 horas, y posteriormente presidió la Comisión Regia, germen de los servicios de inteligencia españoles. Falleció en Madrid en 1862.

Victorina a San Ildefonso, donde estaba la corte. La ausencia de su enemiga fue un motivo de sosiego para Lucila. ¡Qué descanso no verla más ni saber nada de ella! Así cayendo irían sobre su memoria esas capas de polvo que traen el lento olvidar, la renovación pausada de las ideas. De este modo se llega, por gradación suave, a ver y apreciar el reverso de las cosas.

En el curso de aquel verano, el estado de melancolía en que se fueron resolviendo las amarguras de Cigüela, llevaba su espíritu a las expansiones religiosas. No había consuelo más eficaz, ni mejor arrullo para dulcificar y adormecer los dolores del alma. Oía misa en la Orden Tercera o en San Andrés, y algunas mañanas corríase hasta San Justo, donde entraba con la confianza de no ver a la cerera. Confesó y comulgó más de una vez en San Pedro y en San Isidro. Su padre, el veterano Ansúrez, acompañarla solía en estas devociones elementales, de dulce encanto para las almas doloridas. Más de una vez se tropezó Lucila con Rosenda, que diferentes iglesias frecuentaba, y de su mal humor coligió que no había sido muy dichosa en sus cacerías, sin duda por el sacrilegio de intentarlas en lugar sagrado. En San Justo, ya muy avanzado agosto, se encontró una tarde a Ezequiel, vestido de monago: palideció el muchacho al verla, y después, en el blanco cera de su rostro aparecieron rosas... «¡Qué guapa estás, Luci! —le dijo—. Nos contaron que te casabas con un señor muy rico, de ese pueblo de donde vienen las buenas uvas. ¿Es cierto?». Negó Lucila, y el cererillo le dio noticias que no la interesaban: que don Gabino había tenido un ataque a la vista, quedándose medio ciego; que Domiciana seguía en La Granja, y que don Mariano estaba colocado en la comisaría de cruzada, con ocho mil reales. Luego se acercó a ella don Martín Merino, y la saludó secamente, recordando haberla visto con la cerera. «¿Es esta señora la amiga de doña Domiciana Paredes?... Por muchos años... yo bueno... ¿y en casa?... ¡Qué calor!...». Esto dijo, retirándose con la fórmula vulgar: «Vaya: conservarse». Díjole después Ezequiel que don Martín era un buen sacerdote que cumplía muy bien su obligación. Domiciana le prefería con mucho a los demás confesores que en San Justo había: últimamente, con don Martín se confesaba, y él también, por recomendación expresa de su hermana. Trabajillo le costó acostumbrarse, porque el señor Merino era muy rígido, no ayudaba, no hacía preguntas, y el penitente tenía que ir desembuchando pecado tras pecado por orden de mandamientos, pasando muchas vergüenzas, hasta que no quedara nada en el buche, pues de otro modo no había absolución. «Y ya es uno un poco hombre, Lucila —decía con inocente orgullo—, y cuesta, cuesta el rebañar bien la conciencia, sacando a pulso todo, todo, hasta los malos pensamientos, hasta las tentaciones que son y no son... Bueno. Pues hablando de otra cosa, te diré que mi padre, que ya no ve el pobre, pregunta por ti, y cuando le decimos que no sabemos nada, se le cae una lágrima... Vete a verle, mujer, que aunque él padezca un poquito por no poder verte el rostro, se consolará con oírte la voz...».

¡Fecunda creadora es la madre Fatalidad! La idea de que Domiciana tuvo por confesor a don Martín arrastró hacia el austero sacerdote toda la atención de Lucila. Pensaba mucho en él; fue a San Justo movida del afán de observar su fisonomía; y viendo, no sin cierto terror, al depositario de aquella negra conciencia, al que había sido como espejo en que el alma de la traidora se mirara, dio en cavilar si no habría medio de hacer salir de nuevo a la superficie del cristal las imágenes que en él se habían reproducido. Pero esto era imposible. No hay confesor que revele los pecados que se le confían. «Éste lo sabe todo —se decía la moza, oyéndole la misa—. Éste conoce la historia infame, y cuando se vuelve para decirnos *Dominus vobiscum,* paréceme que veo a Domiciana en sus ojos negros de pájaro de rapiña, penetrantes». Un día que don Martín, bajando del presbiterio, la miró de lejos con fijeza casi desvergonzada, Lucila, estremeciéndose, dijo esto dentro de su pensamiento: «Sí, don Martín: yo soy, yo soy la víctima de aquel crimen, soy la pobre mujer engañada, robada. Esa ladrona, esa farisea, esa Judas, me quitó lo que yo amaba más que mi propia vida, mi único bien, mi único amor, y quitándomelo me ha dejado tan sola como si toda la humanidad se hubiera concluido... ¿Verdad que fue gran felonía, y una maldad de esas que no tienen perdón? ¿Verdad que era justicia matarla?... ¿Verdad que no debí flaquear cuando llegué a ella con el cuchillo, y que fui muy necia en salir dejándola viva?». Y, en su delirio, creyó Cigüela que el clérigo, al retirar de ella su mirada, le decía: «Sí, mujer: Domiciana merecía la muerte. ¿Y tú, zanguanga, por qué no la aseguraste bien?».

VETE A VERLE, MUJER, QUE AUNQUE ÉL PADEZCA UN POQUITO POR NO PODER VERTE EL ROSTRO, SE CONSOLARÁ CON OÍRTE LA VOZ

XXV

Desde su campestre residencia en la Villa del Prado, escribía don Vicente Halconero cartas dulzonas a la que llamaba su prometida, y ésta puntualmente les daba respuesta, poniendo en ella lo menos posible de ortografía, lo más de sinceridad y una fría expresión de gratitud y afecto. No quería engañarle con fingidos entusiasmos, y en todas sus cartas le abría, como si dijéramos, la puerta de aquel compromiso para que se retirase cuando fuera de su gusto. Pero el buen labriego no pensaba en abandonar un campo tan florido, y en cada epístola que enjaretaba se ponía más tierno y dulzacho, como si mojara la pluma en el arrope de aquella tierra.

Avanzaba septiembre cuando el viejo Ansúrez manifestó a su hija que ya le aburría y descorazonaba el empleo en casa del señor Chico, no porque allí el trabajo le rindiera, ni por el adusto genio del amo, sino porque se veía mal mirado del pueblo y de toda la vecindad. El

ACTIVIDAD EN UN COMERCIO DE COMESTIBLES. Las tiendas de mayor negocio eran las de alimentación, con cientos de productos a la venta que fiaban a los clientes. (Grabado del siglo XIX. Colección particular. Madrid).

aborrecimiento de la gente de Madrid al cazador de ladrones y perdidos recaía en los servidores que de ello no tenían ninguna culpa; a tanto llegaba la inquina ciudadana, que de él, Jerónimo Ansúrez, huían más de cuatro, y le miraban con miedo y repugnancia como si fuera criado del verdugo. Quería, pues, presentar la dimisión de su cargo, y habiendo conocido ya la vanidad y poca pringue de todos estos empleíllos, era su anhelo buscarse la vida con independiente trabajo, en un comercio de cosa que él entendiera. Proporción de establecerse se le ofrecía, que ni cogida por los cabellos. Se traspasaba la tienda de granos para simiente y de huevos, calle de las Maldonadas, y él podría quedarse con aquel tráfico sin más que aprontar cuatro mil reales que pedían por el traspaso. Cierto que ni él tenía tal suma ni su hija tampoco; pero bien podían pedirla prestada, y no había de faltar quien abriera la mano, por la seguridad de un buen interés o la participación en el negocio. Aunque su padre no lo dijo claramente, Lucila le caló la intención, la cual no era otra que tratar del préstamo con Antolín de Pablo. Resueltamente se desentendió la moza de semejante embajada, y por aquel día no se habló más del asunto. Conviene advertir que Lucila había cuidado de no poner en autos a su padre de las intenciones y fines del rico don Vicente Halconero: temía que el celtíbero, de la fuerza del alegrón, se lanzase a explotar tempranamente la generosidad del opulento villano.

Continuaba Cigüela parroquiana de San Justo, prefiriendo a las demás esta iglesia por la singular atracción del clérigo, a quien suponía viviente archivo de aquella historia lamentable. «Aquí está quien sabe la verdad —se decía—. Me agrada el sentirme cerca de esta verdad, aun sabiendo que no ha de querer descubrirse. Siempre que me mira este maldito cura, feo y antipático, creo que le gustaría quitarse el velo. Es ilusión, locura mía». Una mañana la saludó al paso don Martín: «Yo bien, gracias... Mucho calor... ¿Qué se sabe de doña Domiciana? ¡Cuánto tiempo que no parece por aquí!... ¿Qué dice usted... que ya no son amigas? ¡Vaya por Dios! Las mujeres por cosa grande riñen, y por cualquier nadería hacen las paces... Hoy furiosas enemigas, mañana comiendo en un mismo plato... Ea, conservarse».

Otro día que se encontraba en San Justo, allí fue Ansúrez en su persecución, y viéndola saludada por don Martín, le dijo:

—Hija del alma, lo que menos sospechas tú es que estamos tan cerca de nuestro remedio. ¿Ves ese sacerdote tan áspero, y de tan mal cariz que a mí se me parece al verdugo que había en Zaragoza el año 43? ¿Lo ves? Pues es hombre de posibles, y coloca su dinero a interés, que no digo sea mismamente módico. Lo sé por quien le debe y no puede pagarle, de lo que resulta que está el buen cura furioso, y por eso tendrá esa cara de vinagre... Pues óyeme: al ver que te saludaba con aire de estimación, pensé y dije que si vas y le pides para tu señor padre, que quiere poner un comercio, cuatro, o aunque sean seis mil reales, con la formalidad de pagaré en regla, y réditos consecuentes y puntuales, cierto es que veo el dinero en tus manos, que es como decir en las mías... Conque atrévete, y verás a tu padre en su tienda de las Maldonadas... ¿Qué? ¿Sientes cortedad?... Entendí que te confiesas con él.

—No me confieso porque me da miedo... No es de los que la llaman a una por ese aquél de la bondad cristiana... Vamos, que no me gusta para confesor... Sabe historias que me tocan muy de cerca; las sabe por confesión de otras personas; me parece que si con él me confesara, se me trastornaría el sentido y le diría: «No vengo a entregar mis pecados, sino a que usted me entregue los de otros...». Esto es un disparate. Pero yo me conozco... y por eso no me acerco a su confesonario.

—Hija de mis entrañas, no seas simple. Arrímate a la reja, y haz una confesión neta y clara, que a él le maraville por tu tribulación, por tus ansias de enmienda y de no volver a pecar. Entre col y col, le dices que tienes un padre amantísimo que se ve en grandes aflicciones, sin explicar porque sí ni porque no... Te absuelve... Quedáis amigos; eres su hija de confesión... te considera, te tiene lástima por lo que le dijiste de lo atropellado que anda tu buen padre. Dejas pasar dos días, y luego le pedimos una entrevista en su casa, que es ahí en el pasadizo de la Plaza Mayor; nos vamos los dos allá, y verás como no salimos con las manos vacías.

VAMOS, QUE NO ME GUSTA PARA CONFESOR... SABE HISTORIAS QUE ME TOCAN MUY DE CERCA; LAS SABE POR CONFESIÓN DE OTRAS PERSONAS

Protestando de que es gran sacrilegio confesar con la idea de pedir dinero al confesor, Lucila opuso resistencia a los planes de su padre. Después dijo que se tomaría tiempo para pensarlo, y que, si se determinaba, había de ser sin previa confesión... Por nada del mundo mezclaría las cosas sagradas con las mundanas, ni la conciencia con los intereses.

—Bueno, hija muy adorada, perla de mi familia: te dije lo del confesonario, porque en todas las cosas nunca está de más abrir cualesquiera caminos para los fines que buscamos, y eso al alma no daña; ni el confesar que te propuse era con el fin único de los intereses, sino para que con la limpieza de tu conciencia prepararas al sacerdote a estimarte más. Total, que de un tiro matabas dos pájaros; con una sola acción sacabas dos provechos: tu alma purificada y mi bolsillo guarnecido. Ya ves...

Parte de aquella noche pasó Lucila en cavilaciones sobre lo propuesto por su padre, y de cuanto pensó resultaba el propósito de avistarse con Merino. ¿Qué perdía en ello? Podría suceder que hablando los dos se espontaneara el hombre, en una distracción de la conciencia, o que aun callando, con pausa brusca o con instintivo gesto diese a conocer la verdad. Quería, pues, aproximarse a la esfinge, y contemplar sus labios de bronce, por si de ellos alguna revelación al descuido caía... Hablaría con el clérigo, pero sola: la presencia de su padre la estorbaba. Ante todo, érale preciso prevenir a don Martín, pidiéndole hora para la audiencia, y este trámite quedó cumplido a los tres días de la expresada conversación con Ansúrez. Tal era la impasibilidad del viejo cura, que no manifestó sorpresa ni disgusto de la visita que se le anunciaba: sin duda penetró el objeto aparente de ella, que era solicitud de préstamo. Contestó a Lucila que fuese cualquier mañana, o cualquier tarde antes de las siete, hora en que infaliblemente cenaba y se recogía.

Llegaron día y hora: una tarde, cuando se aproximaba el ocaso, fue Lucila a la Plaza Mayor con su padre; éste se quedó dando vueltas alrededor del caballote de Felipe III, y la moza penetró en el siniestro pasadizo, que oficialmente se llamaba «Arco de Triunfo», y por mote popular «Callejón del Infierno». Entrando por la única puerta numerada que allí se veía, subió hasta el segundo piso poco menos que a tientas, pues ni había luz en la escalera, ni a ésta llegaba la claridad del día declinante. Tiró de un cordón mugriento... abrió la puerta una doméstica joven, fea y sucia... y apenas nombró la visitante al señor don Martín, vio que éste surgía de las sombras de la casa, y le oyó decir: «Pase, joven, pase. Dominga, traerás luz».

Tras don Martín entró Lucila en una estancia chica, con ventana que daba al callejón. Había en ella un derrengado sofá de paja, una mesa camilla con cubierta de hule negro y raído, y faldón de bayeta verde; en el rincón próximo una papelera con libros apilados en la parte superior; entre la mesa y la pared una silla, enfrente otra. El esterado era de empleita con rozaduras; en las paredes no había ninguna estampa ni cuadro; sobre la mesa, al lado izquierdo de don Martín, papeles manuscritos sujetos con un pedazo de mármol que debió de ser peana de una figura, tintero de loza con dos plumas clavadas en los agujeros laterales, polvorera de cobre y un pedazo de paño negro; el breviario, arrimado al lado derecho, encima de otro libro de cubierta roja; un almanaque con las hojas muy sobadas, un bote de hojalata con tabaco, librillo de papel de fumar. Todo allí revelaba pobreza y avaricia.

ENTRANDO POR LA ÚNICA PUERTA NUMERADA QUE ALLÍ SE VEÍA, SUBIÓ HASTA EL SEGUNDO PISO POCO MENOS QUE A TIENTAS

A una indicación de Merino se sentó Lucila en la silla del lado exterior de la mesa, y sentado él entre la mesa y la pared, quedaron frente a frente. La sotana verdinegra que el clérigo usaba dentro de casa era prenda antediluviana que le envejecía más. Lucila le vio más feo que en la iglesia, más sucio, abandonado y desapacible. Abrió el cura la conversación con estas palabras:

—Hoy me ha dicho el chico de la cerería que su hermana está para llegar.

Lucila no dijo nada: se alegraba de que don Martín relacionara siempre la persona de la criminal con la de la víctima, pues ni una sola vez, al hablar a ésta dejaba de nombrar a la cerera maldita. ¿No podría esperarse que de la tangencia de personas en el cerebro del cura resultara un abandono del secreto?...

—Y a propósito de doña Domiciana —prosiguió Merino—, voy a enseñarle a usted los tres regalitos que me hizo antes de irse a La Granja.

De un cajón de la papelera próxima fue sacando y mencionando los objetos que mostró a Lucila.

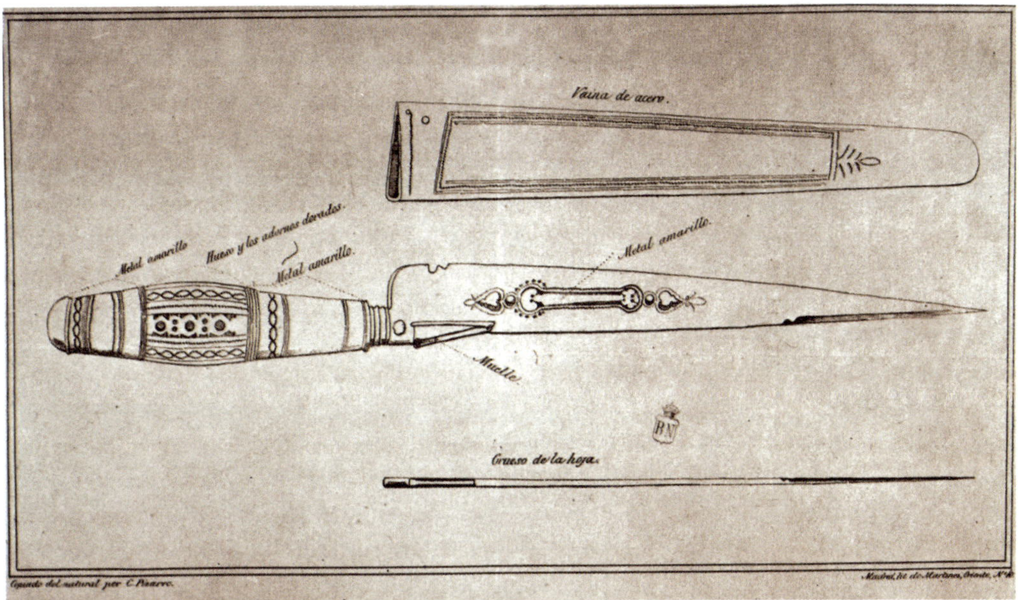

EL CUCHILLO DEL CURA MERINO. Galdós trama el contubernio entre Domiciana y Lucila. La primera regaló al cura Martín Merino el cuchillo con el que pretendió asesinar a Isabel II el 2 de febrero de 1852. *(Diseño del puñal del regicida Merino,* por Pizarro. Biblioteca Nacional. Madrid).

—Vea usted: una caja con bolitas de jabón, alumbre y trementina, para quitar manchas de la ropa negra, y remediar el lustre que llamamos «de ala de mosca»... Vea usted: un rollo de cerillo fino para alumbrarse en la escalera cuando uno entra de noche... Y por último, este cuchillo...

Lo desenvainó para mostrarlo a Lucila, que en todo su cuerpo sintió repentina frialdad al reconocerlo.

—Es precioso —dijo don Martín, satisfecho de poseer aquella joya—. Vea usted qué punta más afilada... Es fino de Albacete, con grabados árabes en las costeras; el mango muy bonito... Era una lástima que esta magnífica hoja no tuviese su vaina correspondiente. En busca de ella me fui al Rastro algunas tardes, y al fin, mirando en este puesto y en el otro, me encontré esta que le viene tan bien como si con ella hubiera nacido... Y no me costó más que dos reales... Vea usted... Lo he limpiado... Siempre es bueno tener uno alguna defensa, por lo que pudiera ocurrir.

La idea que a Lucila embargaba le sugirió con celeridad eléctrica esta pregunta:

—Don Martín, ¿no le dijo Domiciana de dónde sacó este puñal, o cómo fue a sus manos?

—Es un arma muy buena, la hoja de temple fino, el mango muy bien labrado —dijo el clérigo guardando el cuchillo y sin parar mientes en la pregunta de la joven. Ésta la repitió con más énfasis.

—Si me dijo algo, ya no me acuerdo —contestó Merino con indiferencia real o fingida—. Se lo encontró probablemente...

—Pero usted sabe que Domiciana es muy mala... Ese cuchillo, lo mismo pudo ser suyo para matar, que de alguien que quiso matarla.

En aquel momento entró la doméstica con un candil que apestaba. Iluminando de frente el rostro amarillo y huesudo del presbítero, sus ojuelos brillaron, fijos en la moza, y con su más bronco acento le dijo:

ALEJANDRO LLORENTE Y LANNAS.
Óleo de época.

DE MINISTRO A BANQUERO

Político moderado, Alejandro Llorente y Lannas nació en Cádiz en 1814. Diputado por esa ciudad desde 1843, fue nombrado ministro de la Gobernación en diciembre de 1852 durante el gabinete Roncali. La inestabilidad del gobierno provocó la salida del ministro de Hacienda, Benavides, y Roncali le sustituyó, aunque se vio obligado a dimitir poco después, el 14 de abril de 1853. En 1864 ocupó la cartera de Estado con Narváez y entre 1871 y 1876 fue senador electivo, vicepresidente del Senado desde ese año hasta 1878 y senador vitalicio desde abril de 1877. Desempeñó también el cargo de director del Banco Hipotecario y Banco Español de San Fernando y fue miembro de la Academia de la Historia desde 1874. Falleció el 30 de diciembre de 1901.

—Señora, ¿en qué puedo servirla?

Desconcertada por esta invitación a seguir la derecha vía, el pensamiento y la palabra de la guapa moza se lanzaron por un despeñadero.

—Pues verá usted, don Martín: como Domiciana es tan mala, yo... digo, mi padre... Es que quiere establecerse, tomar una tienda de granos y huevos... y... el cuento es que no tiene posibles... Si no fuera Domiciana lo que es, una mujer infame y traidora, yo estaría en buenas relaciones con ella... y siendo amigas ella y yo, no había por qué molestarle a usted...

—Acaba, hija, acaba —dijo Merino impaciente, tuteándola, con lo cual expresaba lo que la linda joven había desmerecido a sus ojos en el momento de declararse necesitada de dinero—. ¿Y cómo se te ha ocurrido venir a mí para esa necesidad? ¡Anda!, creen que tengo yo el oro y el moro... No, hija: si en algún día dispuse de fondos, entre tramposos y estafadores me han limpiado, creo que me han dejado como una patena. ¿Qué dinero ha de tener nadie en un país donde no hay justicia, donde no se castiga a los bribones, donde los más altos dan el ejemplo de la inmoralidad y el ladronicio?

—¡Oh!, sí, don Martín, los más altos son los peores —dijo Lucila con arranque—. ¡Quién había de creer que Domiciana... que todavía no ha dejado de ser esposa de Cristo... porque esos votos no los rompe nadie, ¿verdad?... quién había de creerla capaz de una tan villana acción!... No se queje usted de que le hayan robado algún dinero, porque eso, el vil metal, ¿qué supone?...

—¡Que no supone! —exclamó el clérigo con extraordinario brillo en su mirada—. Los ahorros de toda mi vida, los cinco mil duros que a la lotería gané, lo que me daba la capellanía de San Sebastián, todo me lo han ido quitando con engaños y malos procederes.

—Quiero decir que esas pérdidas, aunque sean muy grandes, no se pueden comparar con otras... con que le quiten a una el corazón... el corazón y el alma, señor don Martín... Por eso dije que el dinero no supone nada... El dinero no es más que una basura. Todo el que hay en el mundo, si fuera mío, lo daría yo por que me devolvieran lo que me ha quitado Domiciana... ¿Y a quién reclamo yo? ¿Quién me hará justicia?

—La justicia está en manos de los fuertes, y los fuertes no la usan más que en provecho propio, y en vituperio y perjuicio del humilde, del pobre, del limpio de corazón. Pero los fuertes caerán algún día... vaya si caerán... No hay ídolo de barro que resista a un buen empujón... Muchos que nos espantan por poderosos, nos harían reír si de un golpe los tiráramos al suelo y viéramos que son armadura de caña forrada de papeles; y más nos reiríamos si al hacerlos rodar de una patada, viéramos que ya por dentro, por dentro... se los van comiendo los ratones... ¿Usted me entiende?

Decía esto el maldito viejo iluminando con la luz siniestra de sus ojos el rostro impasible, amarillo, de una rigidez estatuaria de talla vieja despintada y cuarteada. Lucila le miró, observando el marcado resalte de los pómulos que a la luz brillaban, redondos, con un deslucido barniz de santo viejo; observó también las dos grandes arrugas que descendían de la nariz chata hasta unirse con las comisuras de los delgados labios, y la extensa curva que estos formaban cayendo por sus extremidades... No entendía bien Lucila el lenguaje gráfico de aquel rostro, en el cual algo había de momia con vida, y lo que más claramente pudo descifrar en él, a fuerza de deletrearlo, era un inmenso desdén de todo el universo.

XXVI

Y no fue poca sorpresa de Lucila el oírle pasar, casi sin transición, de las lúgubres consideraciones antedichas a esta vulgar pregunta:

—¿Y ese hombre, ese padre de usted, qué cantidad necesita?

Respondió la moza que de cuatro a seis mil reales... y añadió que el negocio de la tienda de huevos y semillas era de seguro rendimiento...

—Es mucho, mucho dinero —murmuró Merino sacando el labio inferior y arqueando más la boca—. ¡Seis mil realazos!... digo, digo... eche usted reales... y en estos tiempos en que el dinero anda escondido para que no lo cojan las uñas moderadas... El poquito que ha escapado de esas uñas, tiénelo la soldadesca. Entre abogados y militronches, están dejando en los huesos a esta nación... Pues no puedo, no puedo servirles...

—Mi padre cumplirá bien; por eso no lo haga —dijo Lucila creyendo que no aflojaba la mosca sin hacerse de rogar—. Y dispénseme que no empezara por hablarle de mi padre; pero desde que Domiciana me hizo aquella trastada, he perdido el tino, y hablo todo al revés. A usted le consta lo mala que es la cerera, ¿verdad, don Martín? ¿Quién lo sabe como usted?

NO ENTENDÍA BIEN LUCILA EL LENGUAJE GRÁFICO DE AQUEL ROSTRO, EN EL CUAL ALGO HABÍA DE MOMIA CON VIDA

—Me hablabas de tu padre...

—Decía que mi padre es hombre formal. Mi padre cumple.

—¿Y por qué no ha venido contigo, o no viene él solo? Si yo le hago el préstamo, él será quien me garantice, no tú; a él podré confiarle mi dinero, no a ti, que lo gastarás alegremente con tenientes o capitanes... ¡Ah!, vosotras las enamoradas trastornáis a los hombres y les apartáis de su obligación; por vosotras, por vuestros perifollos, y el lujo... asiático que gastáis, están ahora los hombres públicos tan corrompidos; vosotras tenéis la culpa de todo este ladronicio... y luego os quejáis cuando os quitan algo.

—Yo no he trastornado a nadie; yo no he gastado lujo; yo no quiero más que paz, y el amor de un hombre...

—No sueñes con amor de hombre, ni con paz, ni con ningún bien, mientras no haya justicia y se dé a cada cual lo suyo... Espérate a que el mundo se arregle como es debido, y a que

MARTÍN MERINO ERA UN CURA SOLITARIO y ultra conservador. En la iconografía, ya como reo, aparece con la mirada perdida y el gesto triste de la desesperanza. *(Retrato del cura Merino.* Museo Romántico. Madrid).

caigan todas las farsas y rueden los ídolos... Mientras eso no llegue, ¿qué hablas ahí de amor de hombre, si ahora, según estamos, nada es de nadie, y no se sabe a quién pertenece el hombre, ni la mujer tampoco? Donde no hay justicia, donde todo es iniquidad, ¿qué sacas de lamentarte? Escribes tus chillidos en el viento para que jueguen con ellos los pájaros... Todo es aquí tiranía, todo es dominio de los malos sobre los buenos, opresión del pobre por el rico, y del débil por el fuerte... ¿Dónde está el tuyo y el mío y el de cada cual? Los mandones le quitan a uno la camisa, y encima hay que darles las gracias porque no nos han quitado los calzones. Deja tú que todo se estremezca, y el día del derrumbamiento recobrarás lo tuyo, yo lo que me pertenece... eso es. —Sin transición, saltó con esto—: Vaya, joven, ¿no te parece que hemos hablado bastante? Dile a tu padre que venga cualquier día... ésta es buena hora: hablaremos, y... ya se verá...

Lucila, que ya sentía un si es no es de temor, viendo el acento rencoroso que ponía en sus divagaciones, se despidió con las fórmulas corrientes, sin meterse en más dimes y diretes con la esfinge. Salió Dominga con el candilón, pues la escalera era como boca de lobo, y al llegar al pasadizo del Infierno, Cigüela se dijo, resumiendo la visita: «Bien se ve que conoce toda la historia y los enredos de Domiciana... Puede que también sepa dónde y cómo le tienen escondido... Pero no lo dirá... Estas cosas de amores y de hombres robados le interesan poco, nada... y las mira como cosa de juego... No piensa más que en el aquél de lo malo que está todo, y en el latrocinio del Gobierno, y en que moderados y militares no son más que sanguijuelas que le chupan a España toda la sangre...».

Reunida con Ansúrez en la plaza, le refirió la visita y las impresiones que en ella recibiera, que no eran malas en lo tocante al préstamo. Pensaba Cigüela que el clerizonte soltaría los cuartos; mas era preciso regatearle, que el hombre, en su tacañería y desconfianza, se fingía escaso de recursos para obtener mayor ventaja en el negocio. El viejo celtíbero acompañó a Lucila hasta su casa, y al retirarse se las prometía muy felices. Pero en los días siguientes, resultó que de tan buenas esperanzas había que quitar la mitad de la mitad. Para efectuar el préstamo había que esperar a que pagara un cliente moroso, que ya tenía fuera de tino al señor don Martín, pues ni devolvía el principal, ni aflojaba los réditos de un año vencido. Todo se volvía prometer y dar largas, sin que le valieran al clérigo amenazas de demanda judicial. El deudor se reía. Por fin, hubo esperanzas fundadas de arreglo, pagando por el tal una señora, tía suya, y rebajando intereses. Si en efecto se cobraba, se realizaría el nuevo préstamo, obligándose Ansúrez a responder con todos sus bienes, y a más con la tienda que habían de traspasarle.

Entretanto que estas cosas del orden económico iban pasando, observaba Lucila que el grande afán suyo inextinguible por la pérdida de Tomín, ocupaba y desocupaba las regiones más grandes de su alma con cierto flujo y reflujo, como el del océano que llena y vacía con el lento ritmo de las mareas. Tan pronto la pena honda se aliviaba, y la dolorida mujer entreveía reparación probable; tan pronto la pena tomaba mayor fuerza, colmando el alma hasta rebosar; y cuando subía de este modo la hinchada marea de su aflicción, Lucila deseaba la muerte, y aun acariciaba la idea de procurársela por su propia mano. Solo la muerte era verdadero y eficaz descanso. Solo el sueño eterno le daría paz, ya que no le diera el ver a Tomín en la región de allá, donde dormidos vivimos de nuevo... Lo más extraño era que este recrudecimiento del dolor recaía sobre la hija de Ansúrez cuando la Providencia enviaba sobre ella sus bendiciones.

Los obsequios cada día más valiosos de don Vicente Halconero no llevaban ciertamente a Lucila por el camino del alivio. Eulogia no se cansaba de amonestarla con severidad o con burlas. «No sé qué más podrías desear. Viene Dios a verte y le pones cara de alcuza. ¡Vaya un orgullo! Te llueven tortas y torreznos, y en vez de ponerte a bailar, lloriqueas... Yo pienso en la vida que te esperaba con ese maldito capitán si no te lo quitan de en medio... Y aun con indulto y todo, valiente pelo habrías echado de militara...». Sin negar que Eulogia tuviera razón, Cigüela también la tenía, que razones hay siempre para todo... Claro que no desconocía la inmensa gratitud que al señor Halconero debía, y se declaraba indigna de tanta bondad. ¡Vaya con el rico albillo que mandó don Vicente en aquel agosto y en aquel septiembre, escogidos por él los racimos más hermosos, los más dorados, de uvas transparentes, finas, dulces! Al albillo acompañaba el arrope superior, hecho en casa del rico hacendado con todo esmero, y pollos y capones que en aquellos amplios corrales se criaban. Para el próximo noviembre anunciábase ya el esquilmo suculento de la matanza, y para diciembre irían los corderos lechales, amén de la muchedumbre de caza, y castañas y nueces.

Yo pienso en la vida que te esperaba con ese maldito capitán si no te lo quitan de en medio

Pero estas ricas ofrendas valían menos que otras del magnánimo señor. Había ordenado a Eulogia y Antolín que por cuenta de él fuera provista la guapa moza de todo lo correspondiente a una señorita de clase acomodada; que se encargasen a una buena costurera vestidos honestos y al gusto de Lucila, agregando cuanto de ropa interior decente necesitase para completar su atavío, todo esto sin lujo, mirando solo a la buena calidad y finura de las telas, y al esmero de las hechuras. Un día se encontró la joven en su cuarto un tocador de caoba modestito y elegante, con todos los accesorios de porcelana y adminículos para su arreglo y limpieza, y a la semana siguiente apareció como por magia un corpulento armario para ropa con un gran espejo en la puerta, mueble precioso que fue el pasmo de toda la vecindad. Dígase que todo esto agradó mucho a Lucila, y elevó hasta lo increíble su gratitud.

Pero aún faltaba lo más hermoso de la generosidad del don Vicente, la cual ya tocaba en los linderos de lo sublime, y fue que dispuso en carta muy extensa lo que se copia para mejor conocimiento: «Quiero que sin dilación se le ponga un maestro pendolista, que le enseñe el trazo de buena letra, y todo lo tocante a la ortografía y al uso de puntos y comas como es debido. No sea ese maestro un mequetrefe, sino hombre que sepa el oficio, maduro, y de bien probada honestidad, y la letra que le enseñe sea por Torío, no por Iturzaeta, y nada de esto que llaman bastardilla y rasgos a la inglesa. Póngasele también preceptor que le enseñe la Geografía, y la Aritmética hasta la regla de tres no más; y de Gramática nada, que eso es estudio baldío. Désele de añadidura algún conocimiento de Historia Sagrada y profana, pero no mucho, nada más lo preciso; y el Catecismo, por de contado, con las obligaciones del buen cristiano. Escójanse pasantes graves y circunspectos, sin reparar el coste... y que no sean del estado eclesiástico. De otra clase de enseñanza, tal como baile y música, nada; que todo este recreo de mozuelas se deja fuera de la puerta del santo matrimonio».

De cuanto regalaba y disponía el buen Halconero, estas órdenes, reveladoras de un interés profundo y de un cariño intenso, fueron las que más hondamente penetraron en el alma de Lucila. Eulogia le dijo:

LOS TEATROS SIEMPRE LLENOS. A comienzos de la década de 1850 se estrenaron en Madrid varias obras que fueron éxito de público como *La escuela de los maridos, García del Castañar* o *Jugar con fuego*. (*Telón de boca del teatro Santa Cruz*. Museo del Teatro. Barcelona).

—Dios viene a ti; Dios ha hecho de la más desamparada la más amparada; y a la más pobre la rodea de bienes, y a la más triste le pone corona de felicidades. Dale las gracias, y dile: Señor, hágase tu voluntad...

Voluntad de Dios era sin duda, y manifiesta con tales signos, no había medio de rebelarse contra ella. En la red de estos beneficios tan hermosos como delicados, se veía cogida, sin evasión posible. Ya su compromiso no podía ser condicional, ni estar sujeto a definitiva resolución en un marcado plazo; ya debía darse por prometida y aún más por otorgada... En todo enero del año siguiente, según se decretó en la Villa del Prado, sería Lucila la señora de Halconero.

Dos veces había estado en Madrid durante el verano, y Lucila le miraba como uno de tantos pretendientes

El cual anunció su viaje a Madrid para noviembre. Dos veces había estado en Madrid durante el verano, y Lucila le miraba como uno de tantos pretendientes, del cual más distante estaba cuando más cerca le tenía. Pero cuando vino Halconero en noviembre, ya era otra cosa. Aplicando al caso toda su buena voluntad, vio en el que ya era su presunto marido menos fealdad y desagrado que en otras ocasiones viera; vio en extraordinaria magnitud su bondad, reflejada no solo en sus nobles actos y dichos oportunos, sino hasta en su figura... Ésta no le pareció a Lucila tan rechoncha y maciza como cuando en el pueblo se ofreció por primera vez a su atención, y los cuajados ojos de don Vicente, redondos, claros y casi siempre húmedos, revelando parentesco con ojos de peces sacados de las aguas, ya tenían cierto brillo y aun vislumbres de gracia, efecto sin duda del amor, que en el alma escondida tras ellos había hecho su nido. En suma, que aunque el noble espíritu de don Vicente se hallaba prisionero dentro de una gordura que iba en camino de la obesidad, Lucila no le encontraba absolutamente despojado de gallardía. Cierto que era una gallardía muy relativa, y casi casi puramente convencional. Halconero tenía la cabeza blanca, el rostro encendido, redondo, afeitado, la dentadura sana, los labios sensuales, la nariz aguileña, la frente despejada, y el ánimo, en fin, pacífico, amoroso, propenso a los arrebatos de ternura, así como el entendimiento claro, aunque tirando a lo imaginativo. Lucila vio en él un marido del tipo paternal, y creyó firmemente que reinaría en su corazón por la bondad y el tutelar cariño.

XXVII

Halconero había venido a la corte de paso para tierras de Guadalajara, en donde pensaba arrendar pastos para la trashumación de sus merinas. Detúvose en Madrid solo cuatro días, con ánimo de permanecer más tiempo a la vuelta, y por estar más cerca de su presunta felicidad se aposentó en la posada de San Pedro, en la Cava Baja. Bien aprovechadas fueron las cuatro noches: en ninguna de ellas dejó de llevar al teatro a Eulogia y Lucila, armonizando el gusto de ellas con el suyo, pues los lances de la escena le divertían e impresionaban grandemente. Vieron y gozaron en El Drama (Basilios) *La escuela de los maridos*; en Variedades, *García del Castañar,* y en El Circo, la preciosísima zarzuela *Jugar con fuego*. Aunque por no contrariarle, Cigüela no decía nada, le causaba cierta inquietud el frecuentar sitios públicos, temerosa de encontrar en ellos personas que con sus dichos o solo con su presencia la trastornasen. Ya por aquellos días estaba la joven muy metida en el tráfago de sus estudios, los cuales, por el múltiple beneficio que le causaban, eran entretenimiento saludable y bálsamo instructivo.

Partió don Vicente para sus diligencias de ganadero y labrador, y quedó Lucila compartiendo su tiempo entre las lecciones y el corte y hechuras de su nueva provisión de ropa. Con Eulogia iba alguna vez de tiendas; acompañábala también Ansúrez, que, harto ya de verse mal señalado por servir al impopular Chico, se había despedido, y no tenía más ocupación que vagar por calles, visitando amigos, o arrimándose a los corrillos de este y el otro mentidero. Atendido por Lucila en su primera necesidad, que era el comer, no se apuraba gran cosa por la cesantía. Sabedor ya de que le tendría por suegro el rico labrador de la Villa del Prado, casi bailaba de contento por la feliz y casi milagrosa colocación de su querida hija; pero a él no le petaba el vivir a lo parásito, yedra pegada al tronco de un yerno; gustaba de la independencia, y no había de parar hasta establecerse. A ello le animaba el buen cariz de sus negociaciones con Merino, para el consabido préstamo. Si en la quincena que siguió a la visita de Cigüela, el adusto clérigo le había mareado y aburrido con largas y promesas, que hoy, que mañana, ya parecía que iban las cosas por mejor camino. No se descuidaba el buen celtíbero en tener siempre bajo la mano al sacerdote prestamista; y si no le divertía visitarle en su triste y lóbrega casa, gustaba de acompañarle algunas tardes en su paseo, que era infaliblemente por la Cuesta de la Vega, saliendo alguna vez por el Portillo, y metiéndose en el polvoroso plantío que llaman «La Tela». Hablaban del mal Gobierno y de lo perdido que está el país.

En un comercio de telas de la Concepción Jerónima se encontraron una mañana Lucila y Rosenda

—Es don Martín tan filosófico —decía Jerónimo— que se queda uno con la boca abierta oyéndole. Gran meollo tiene todo lo que dice... solo que cuando uno está en el punto de cogerle la idea, el hombre se arranca por latines, y... a oscuras me quedo.

En un comercio de telas de la Concepción Jerónima se encontraron una mañana Lucila y Rosenda, ésta trajeada tan a la moda, que solo con ello declaraba el reciente hallazgo de su remedio. A las preguntas de Lucila contestó que en efecto tenía el mejor arrimo que ambicionar pudiera, en circunstancias y condiciones inmejorables.

—¿Quién...? —preguntó Lucila.

—No puedo decirlo —replicó la Capitana—. Hice juramento de no revelarlo a nadie, ni a las personas más íntimas. Y antes reventará que faltar a lo jurado, porque en ello me va el ajuste, que es superior. Valiente necia sería yo, si por boquear más de la cuenta perdiera esta ganga.

Celebrando Lucila lo que su amiga le contaba, limitó su indiscreción a preguntar si la pesquería había sido en la iglesia, conforme a los planes de marras...

—En la novena del Rosario —contestó Rosenda— eché mis primeros anzuelos... Picó en la novena de Santa Teresa, y saqué el pez en las mismísimas Ánimas... y no me pregunte usted más.

Hablaron inmediatamente de trapos para la estación, y de las nuevas evoluciones de la moda.

—Esa tela marrón con rayas le irá muy bien para traje de señora rica de pueblo. Hágaselo usted con faldetas, el cuerpo muy abierto por delante, con camisolín bordado, alto, honestito. Aquí encontrará usted un organdí precioso, o si no, *barege.* La manteleta es de rigor.

Enterada ya Rosenda del proyectado casamiento de su amiga con un ricacho viejo, siempre que la veía se extremaba en felicitarla. Dios había trocado todas sus desgracias en beneficios, su pobreza en abundancia, y su esclavitud en la más preciosa de las libertades.

Dos días después de esta entrevista, volvieron a verse en el mismo comercio, no ciertamente de un modo casual, sino porque Rosenda, advertida de los tenderos que esperaban a Lucila para cambiar un retal por otro, allí la cogió descuidada, sorprendiéndola con este jicarazo:

—Despache usted a su padre con cualquier pretexto, para que podamos irnos solitas a dar una vuelta por la calle. Tengo que decirle cosas de remuchísima enjundia.

Tembló Cigüela como el pájaro herido; y atontada despidió al viejo y aceleró sus quehaceres en la tienda. En la calle las dos, Rosenda le dijo:

—No se encampane usted con lo que voy a notificarle, ni pierda su serenidad. Prométame por cien mil coros de serafines que ha de ser juiciosa. ¿Lo promete?... Pues allá va. Una persona, que no necesito nombrar, ha visto a Bartolomé Gracián.

La impresión de Lucila fue de intenso frío. Dando diente con diente, pudo balbucir estas cortadas expresiones:

—No me engañe... ¿Está segura? ¿Y esa persona le conoce bien?... ¿Sería él de verdad?... ¡Oh!, siento una pena horrible... una alegría loca... ¿Conque vive? ¿No le han matado?... Pero no es alegría lo que siento; es pena, y pienso que ha de matarme.

—No dudes que es él... La persona que le ha visto le conoce como nos conocemos tú y yo —dijo la capitana, que, para inspirar mayor confianza y explicarse con desahogo, inició el tratamiento de «tú», necesario ya entre dos amigas—. ¿Pero qué... te pones mala? No, borrica: tómalo con calma, y que este notición no te saque de tus casillas...

—Rosenda, no me mandes que tenga calma —dijo Lucila aceptando el tratamiento familiar sin darse cuenta de ello—. Me has removido toda el alma, sacando arriba lo que ya estaba debajo de todo, y parecía que se iba ahogando... ¿Le ha visto ese señor?... ¿dónde... dónde?

—Serénate. Si te pones muy nerviosa y empiezas a soltar chispas, me callo.

—No, no: háblame... di... Ya me veo corriendo por un precipicio, y aunque quiera volver atrás no puedo. Puede más la pendiente que yo. ¿Dónde?...

JOAQUÍN DE AGÜERO. Grabado del siglo XIX.

JOAQUÍN DE AGÜERO, LÍDER INDEPENDENTISTA

Rebelde cubano, Agüero nació en Camagüey en 1816. Estudió Derecho en la Universidad de La Habana, pero abandonó sus estudios para dedicarse a la administración de las propiedades familiares. En 1842 concedió la libertad a sus esclavos, lo que despertó el recelo de las autoridades y le obligó a exiliarse a Estados Unidos. Tras su regreso se declaró en rebelión contra la metrópoli y en julio de 1851 redactó un acta de independencia. Comenzó entonces la lucha armada, pero fracasó. Fue delatado, torturado y condenado a la pena de garrote vil. Rechazó un indulto, ofrecido a cambio de declarar su adhesión a España, y a pesar de que el pueblo envenenó al verdugo para evitar su ejecución, fue fusilado el 12 de agosto de 1851 en Puerto Príncipe.

—Por hoy punto en boca... Tu padre no puede tardar con los paquetes de horquillas y el tarro de pomada. Además, como te excitas tanto, estamos llamando la atención en medio de la calle. Arrimémonos a esta rinconada... Solo puedo decirte hoy que el pobre Gracián no debe de andar bien de salud. Parece que está enfermo, aburrido...

—¡Ay, qué dolor! ¿Y se sabe... esto sí podrás decírmelo... se sabe si sigue debajo del poder de la Boticaria?

—Eso no lo sé hoy, pero es seguro que lo sabré esta noche. Oye lo que te digo. Vete mañana a mi casa. Vivo en la calle del Factor, número 6, piso segundo. Apúntalo bien en tu memoria. Toda la mañana estoy solita... ¿No sabes dónde está mi calle? ¿Sabes la parroquia de San Nicolás?... Pues por allí. No tiene pérdida. Vas mañana... me encuentras sola, y hablamos... Verás qué casa tan linda tengo, y qué mueblaje... todo nuevecito, acabado de comprar... Y ahora, chitón, que aquí viene ya papá Jerónimo. Te espero. Con él irás, y allí nos le sacudiremos mandándole a casa de mi modista, que vive donde Cristo dio las tres voces...

Nada más hablaron. Lucila volvió a su casa sin saber por dónde iba, ni enterarse de lo que por el camino le contaba el buen Ansúrez, cosas políticas de interés, que la inatención de la guapa moza convirtió en insignificantes. Todo el alivio ganado perdíase súbitamente, y la honda enfermedad del ánimo, sentimientos despedazados, dignidad ofendida, ideas fuera de quicio, razón deshecha en locura, recobraba de golpe su aterrador imperio. Por la noche, el insomnio renovó en ella los suplicios de los días más tristes de su existencia, y el sueño la sumió en las tenebrosas cavidades de la idea trágica. Cuchillo en mano, daba muerte a la Boticaria una y cien veces, sin acabar nunca de matarla... Por la mañana, fatigada del insomnio y del sueño, que tan vivamente reproducían su amor como sus odios, trató Lucila de confortar su alma ideando alguna contingencia placentera, que bien podía resurgir en los acontecimientos que se avecinaban. «Si encuentro a Tomín —se dijo— y me propone que huyamos sin pérdida de un instante, me iré con lo puesto... a donde él quiera. Si fuese menester que volviéramos al mechinal indecente de la calle de Rodas, iría sin vacilar, apechugando con toda la miseria que Dios quisiera mandarnos... y si hubiéramos de ir lejos, a un monte cerrado, a una cueva separada de todo el mundo, también iría con él... como si me llevara a un desierto, de esos en que hay tigres y leones... No me importa que haya leones y panteras, con tal que no haya Domicianas».

Cuchillo en mano, daba muerte a la Boticaria una y cien veces, sin acabar nunca de matarla...

Arregló las cosas y dispuso sus diligencias de aquel día en forma que su salida y tardanza no inquietaran a Eulogia, y a hora conveniente, salió con su padre en dirección de la parroquia de San Nicolás, en cuyas cercanías vivía la endiablada Rosenda. Ávida de llegar pronto, aceleró su marcha, y como Ansúrez, sofocado, la incitase a moderar la andadura, díjole que urgía el arreglo de cierto vestido en el término de la mañana, y que se preparara a llevar recados a puntos distantes... Entre los innúmeros desatinos, engendro de su loca pasión, que pasaban vertiginosos por la mente de Lucila, prevalecía el que formuló de este modo: «¡Estaría bueno que ahora se me presentara Tomín en casa de Rosenda, que Rosenda le hubiera encontrado y allí le tuviera escondido para darme la gran sorpresa! Ello no será; pero bien podría ser... cosas más raras se han visto».

Entró en la casa con sobresalto semejante al de las personas muy nerviosas cuando saben que sonarán tiros, y por segundos esperan la detonación y fogonazo. Apenas se fijó en la limpia vivienda de su amiga, mujer arreglada y de gusto, que había tenido el arte de dar aspecto

EL BRASERO CALENTABA LAS CASAS. Alrededor de la lumbre, alimentada con carbón en cisco, se reunían las familias para combatir los fríos. (*El brasero*. Grabado de Castilla, 1846. Colección particular).

risueño a una casa viejísima. Los muebles eran flamantes, de clase barata con apariencia; las esteras de lo más fino, y la alfombra de la sala y gabinete, del tipo industrial, a la moda, colores vivos que durarían muy poco. Preparado había Rosenda la copa de aljófar con cisco bien pasado, y a ella se arrimó Lucila para calentar sus manos ateridas, con mitones. Aunque ya usaba manguito, no podía acostumbrarse a llevar las manos metidas siempre en él... Le costaba entrar por los hábitos del señorío. Despachado Ansúrez a los recados distantes, quedaron solas. Ponderaba Rosenda su casa y sus muebles, y aun quiso llevar a su amiga a que viera la cocina, despensa y otras piezas. Pero la guapa moza, impaciente y con su imaginación en esferas muy distantes, lo dio todo por visto y admirado, diciéndole:

—Luego lo veré. Ya supondrás que vengo muerta de curiosidad, que he pasado una noche terrible, que no viviré hasta saber...

—Pues aquí tienes a tu amiga —dijo Rosenda sentándose a su lado—, con ganas de traerte al buen entender, y de apartarte de los malos caminos. ¡Ay, hija!, ayer tarde, cuando vine a casa, me pesaba, créelo, haberte dicho lo que te dije... Mejor habría sido reservarlo para después, y echar por delante el consejo que ahora te doy tocante al orden de las cosas. Por cien mil coros de arcángeles te pido que te fijes, que me hagas caso, y te percates bien... Allá voy... Lo primero que tienes que hacer es acelerar tu casamiento por los medios que puedas... Todo el tiempo que ganes en rematar la suerte con Halconero es tiempo ganado en tu bienestar y en tu independencia... Y ahora viene la segunda parte: en cuanto te cases, y tengas a ese magnífico buey bien cuadrado, empiezas con él una brega superior, muleta por aquí, muleta por allá, para que el hombre abandone la vida del campo y venga a establecerse contigo en Madrid... Bien sé que por de pronto ha de cerdear. Es un viejo gañán, que no podrá vivir lejos de los montones de estiércol... pero una mujer... es una mujer... y en luna de miel lo puede todo... Te aburre el campo, te entristece; las aguas gordas de aquella tierra te revuelven los humores... te pones malísima, pierdes la salud, y hasta podría ser que se te malograra el fruto... Figúrate cuántas razones puedes emplear para convencer a tu marido, cuántos mimos echarle y cuántas banderillas ponerle...

Absolutamente contrarias a estas ideas eran las de Lucila. Le gustaba el campo, y en su soledad y augusto sosiego, esclavizando la atención con amenos quehaceres, pensaba llevar su alma mansamente a un bienestar tranquilo. Pero como Rosenda no quería satisfacer su curiosidad, si antes no prometía someterse y adaptarse a las sabias reglas de la filosofía del vivir, la guapa moza, como el sediento que entrega toda su voluntad por un vaso de agua, le dijo:

—Haré todo lo que me aconsejas, Rosenda... Y ahora, sepa yo pronto: ¿Han vuelto a verle? ¿Dónde le han visto?... ¿Qué ha pasado, qué más pasará?

XXVIII

Pues empiezo —dijo Rosenda poniéndose todo lo grave que podía— por darte una noticia que no sé si será buena o mala para ti... El amigo Bartolomé está en poder de la Socobio. Domiciana, que ha sufrido varias derrotas, saliendo como doña Victorina con las manos en la cabeza, se ha quedado compuesta y sin novio... No pudo dar al galán lo prometido, que era el indulto, la rehabilitación y un ascenso, dos con pase a Cuba...

—¿Pero dónde está... dónde? Quiero verle y que me vea.

—No pienses en eso... Yo miro por ti más de lo que tú crees. Te contaré una escena, mejor dicho una conversación que ayer hubo en palacio. La sé como si la hubiera oído yo misma. Eufrasia, que ahora no se separa de la Reina... ya sabes que su majestad ha entrado en meses mayores: se espera su alumbramiento para Navidad... Eufrasia, digo, en una sala que está junto a la galería, entre el despacho de su majestad y la oficina donde trabajan los de secretaría particular, se enchiqueró con un general joven, muy nombrado, don Juan Prim. ¿Le conoces? Da que hablar porque es de mucho sentido, y marrajo, de los que dejan el trapo y van al bulto... Hace días echó en las Cortes un discurso tan fuerte que tembló todo el ministerio, y a don Juan Bravo se le indigestaron los chorizos. Pues, entre otras cosas, dijo el hombre que hemos vuelto a los tiempos de Carlos II el embrujado, que nos están llenando la nación de frailes y monjas, que no hay libertad, y que este moderantismo es una farsa para que se redondeen cuatro mamalones... No lo dijo así... En fin... pidió mil gollerías, y declaró que él es partidario del naufragio universal, de la libertad disoluta de la imprenta, del ateísmo libre, y del ciudadano libre, o del respeto al individuo suelto del derecho particular... vamos, que no sé decirlo... Pues por este discurso y por lo mucho que se merece el señor de Prim, conde de Reus, se le tiene miedo, y se determinó mandarle a Puerto

DOMICIANA, QUE HA SUFRIDO VARIAS DERROTAS, SALIENDO COMO DOÑA VICTORINA CON LAS MANOS EN LA CABEZA, SE HA QUEDADO COMPUESTA Y SIN NOVIO

EL CASTIGO A LOS POLÍTICOS Y MILITARES SUBVERSIVOS ERAN LAS COLONIAS. Las manifestaciones públicas del general Juan Prim a favor del sufragio universal, del ateísmo y la libertad de imprenta estuvieron a punto de costarle el destierro. *(Prim en Puerto Rico.* Museo Romántico. Madrid).

Rico... Como te digo, trató de ver a la Reina; no pudo ser, por causa del estado... Hizo por Eufrasia, que le recibió en aquella salita, y allí le estuvo poniendo varas, y él tomándolas... que si ella es lista, él se hace el blando para pegar más fuerte. Estas varas de que te hablo no son cosa de amores, no vayas a creer, sino de política. Prim, asegurando que dará la vida por la Reina, amenazaba con tramar una revolución, si no se entra por el camino libre, y no se da carpetazo a ese proyecto... tú lo sabrás, eso que llaman golpe de Estado... que es dar un bajonazo a la Constitución, y arrastrarla con las mulillas... Eufrasia, diciéndole que eso del golpe de Estado no es más que conversación de puerta de tierra, trató de traerle al bando Narvaísta... Prim hacía «fu»... decía que esto de mandarle segunda vez a Puerto Rico es una partida serrana; pero que irá para que no se diga. Entonces la Socobio le echó mucho incienso al conde: le dijo que la Reina estima su valor y su lealtad, y que cuenta con él para una combinación progresista en cuanto tenga tiempo y ocasión de desentenderse del moderantismo, polaquería, o como se llame. Y luego de pasarle todas estas lindezas por los morros, le pidió al general un favor... y aquí entra lo que a ti te interesa... el favor consistió en que pidiese al ministro de la Guerra el pase a Puerto Rico del capitán Gracián, no sé si como ayudante o como agregado al cuartel general. Prim dijo que con mil amores lo haría, y despidiéndose, tomó soleta.

—¡A Puerto Rico! —exclamó Lucila levantándose de un brinco, y despidiendo lumbre de sus lindos ojos—. Yo con él... Me llevará... Quiero verle, Rosenda, quiero verle... Haremos las paces... se olvidará todo; le perdonaré...

—Eh... ¿qué es eso? Yo no he de permitir que hagas ningún disparate, ni que se te malogre el matrimonio, que ha de hacerte feliz, libre. ¡Cigüela, chiquilla mal criada y sin juicio!, si

PUERTO RICO Y EL CÓDIGO NEGRO

El siglo XIX fue testigo de un importante cambio de mentalidad en relación a la esclavitud. Si a principios de siglo esta era admitida como una forma válida para disponer de mano de obra barata en las plantaciones coloniales americanas, a medida que avanzaba la centuria fueron progresando las tesis abolicionistas que propiciaron, por ejemplo, que en 1834 Inglaterra proclamara su abolición y el comercio de esclavos en todos sus dominios. Esa conciencia abolicionista no se manifestó en España hasta 1842, cuando se adoptó una nueva reglamentación que pretendió humanizar el trato y las relaciones entre amos y esclavos, pero que apenas tuvo repercusión. Tres años después, España firmó con varios países europeos un acuerdo por el que se pretendía perseguir la trata de esclavos, pero que no se cuestionaba la esclavitud.

Las ideas abolicionistas se extendieron rápidamente por la América colonial y estallaron sublevaciones de esclavos como las de Martinica y Santa Cruz en las Antillas Menores o la de Puerto Rico, donde los esclavos de varias haciendas se levantaron, pero fueron duramente reprimidos y se fusiló a los cabecillas. A consecuencia de esta tensa relación el gobernador de la isla, el mariscal de campo Juan Prim y Prats, hizo público el 31 de mayo de 1848 el llamado «bando negro» o «código negro», que reflejaba un intenso espíritu racista: «La ferocidad estúpida de la raza africana, que no sabiendo ni pudiendo apreciar la gracia que su gobierno les ha concedido, muestra su reconocimiento entregándose a los sentimientos que les son naturales: el incendio, el asesinato y la destrucción». El código negro establecía que todo delito cometido por un negro contra un blanco sería juzgado de forma sumarísima por un consejo de guerra sin que los tribunales civiles pudieran intervenir, siendo la desproporción de los castigos que se aplicaban a negros y blancos por similares delitos abismal. Además, los dueños podían castigarlos severamente por faltas leves e incluso matarlos, como castigo ejemplarizante, si mostraban un espíritu rebelde. El código negro solo estuvo vigente seis meses, fue derogado por el gobernador que sustituyó a Prim, el teniente general Juan de la Pezuela Cevallos.

INDEMNIZACION Á POSEEDORES DE ESCLAVOS

PUERTO-RICO

BILLETE DEL TESORO DE PUERTO-RICO.

N.º 51281

CAPITAL 100 PESOS. INTERESES 6 PESOS.

El portador tiene derecho á SEIS POR CIENTO del capital por intereses y á la amortizacion por sorteos anuales, á contar desde 1.º de Julio de 18.., pagaderos los intereses por semestres, que vencen en 1.º de Enero y 1.º de Julio de cada año.

No será pagado cualquiera cupon que se presente al cobro sin su respectivo talon.

San Juan de Puerto-Rico 6 Abril 1875.

El Gobernador general,

100 PESOS

El Jefe económico. El Contador general

INDEMNIZACIÓN A DUEÑOS DE ESCLAVOS EN PUERTO RICO, 1876.

una amiga pérfida te metió en tantas amarguras, de ellas te sacará otra amiga que no es pérfida, sino leal, y sabe mucho... Siéntate, y no hables de irte a Puerto Rico, pues para ti no hay más Puerto Rico que la Villa del Prado...

—Déjame que disparate, y que me ciegue y me trastorne. ¿Quién te asegura que la vida feliz viene por el lado juicioso? —dijo Lucila, en pie, desconcertada—. Debemos obedecer al corazón... que nunca nos engaña.

—¿Y si te dijera yo que nos engaña casi siempre? Toma ejemplo de mí, que he sabido dar de lado a los loquinarios y cabezas de motín, haciendo por los hombres de peso... ¡Y tú que vas a casarte con un viejo rico, tú que te has sacado el premio gordo de la lotería, hablas ahora de tirarlo por la ventana, porque te lo manda el corazoncito!

—Pues si no me dejas hacer el disparate gordo, déjame que hable con esa señora de Socobio, y le diga...

—¿Qué has de decirle tú, bobalicona?... No te haría maldito caso... Para hablar con ella tendrías que ir a palacio, donde está casi siempre.

—A su casa iría yo... A palacio no voy por nada de este mundo.

—¿Ni por Tomín?

—Por Tomín quizás.

—¿Y por qué tienes ese horror a palacio si no lo conoces?

—¿Que no lo conozco? —dijo Lucila sentándose de nuevo junto a la copa—. Como tú tu propia casa... ¡Ay, Rosenda! tú no has vivido en la Casa Grande, yo sí. Con los ojos cerrados subo y bajo yo por todas sus escaleras, y me meto por todos sus pasillos, y voy de sala en sala, como no sean las que habitan los reyes. Conversaciones como esas que me has contado entre la Eufrasia y el general Prim, he oído yo muchas, porque también yo, aquí donde me ves, he sido un poco duende... a mí me han puesto escondidita entre cortinas para que oiga las conversaciones, y he llevado y traído recados con cifra... Y para que acabes de convencerte de que he sido algo duende, y de que lo soy todavía... ¿quieres que te adivine una cosa?

Conversaciones como esas que me has contado entre la Eufrasia y el general Prim, he oído yo muchas

—¿Qué...? —murmuró Rosenda entre risueña y asustada—. Adivina lo que quieras.

—Pues te digo que hoy, aquí, hablando contigo he descubierto quién es la persona que te favorece... Tú me has dicho que el nombre de esa persona es un secreto... Yo me lo guardaré; yo te aseguro que por mí no se sabrá. Te diré tan solo cómo lo he adivinado. He visto aquí una sombra de ese sujeto, una sombra no más.

—¡Qué dices, mujer! —exclamó asustada la capitana, mirando a las paredes, creyendo que había, por descuido, algún indicio personal, retrato tal vez.

—No te asustes, Rosenda —dijo Lucila risueña—: la sombra la he visto en ti, en tu voz... ¿Por qué empleas ahora una porción de términos de toros, que antes no te oí nunca?... Es que ahora tienes cerca de ti, oyéndola sin cesar, a persona que habla con esos terminachos, y a esa persona la conozco yo. Pero mi adivinanza no es completa... Son dos hermanos que se parecen en la figura, y más en el modo de hablar. Uno de los dos tiene que ser. Conque... ¿he acertado?

—Acabaras —dijo la capitana soltando también la risa—... Tienes razón... se me ha pegado... Vaya, pues sí... es uno de los dos hermanos. Aciértame ahora cuál.

—Ayúdame tú un poquito. Los dos son cazurros, beatos, rezadores, esquinados, y muy amigos de meterse en lo que no les importa. De cara ninguno de los dos es bonito; de cuerpo allá se van. Solo se diferencian en que el uno bizca un poco de los ojos y el otro un mucho de los pies... quiero decir, que anda como los loros...

Rompió a reír la maliciosa Rosenda con toda su alma, y entre las risas pudo decir a borbotones:

—Ese... ese... el que pisa como las cotorras... con los pies así... para dentro... ¡Ay qué gracia me ha hecho!

—Acerté: don Francisco Tajón. Luego te daré señas que... no son mortales, pero pudieron serlo.

—Cuidado, chica, que no quiere que se sepa...

—Descuida. Pues ese señor me conoce, lo mismo que su hermano. Háblale de mí, y te dirá si sé yo andar por palacio... si conozco los enredos y el laberinto de aquella casa. Déjame que te cuente: de esto hace tres años, y fue en una de las épocas de mi vida que recuerdo con más disgusto. Llegué a Madrid con mi padre y mis hermanos pequeños, muertos todos de miseria y en el mayor desamparo, sin más esperanza que una carta de recomendación para la monja sor Catalina de los Desposorios. La carta era de un caballero muy cumplido a quien conocimos en Atienza. Pues la monjita fue nuestra salvación: por ella colocaron a mi padre en la mayordomía de los lavaderos del Príncipe Pío.

—Sí, sí, que eran del señor infante don Francisco... Administrador, don Enrique Tajón, el hermano mayor: son tres hermanos.

—Tres. El don Enrique se parece poco a los otros dos... Pues sigo: mes y medio estuvimos allí. Luego llevaron a mi padre al servicio de los Escolapios de Getafe, y a mí a palacio, al servicio del señor don José Tajón.

—El que bizca de los ojos.

—Casado él, empleado en La Etiqueta. Con su esposa y dos hijos, de los que yo era niñera, vivía en el piso segundo, subiendo por la escalera de Cáceres, primer cuarto a mano derecha. Todo lo que diga de lo buena que era la señora es poco; todo lo que diga de lo falso, enredador y embustero que era él, sería no decir nada. ¿Te incomoda que hable de estos señores con tanta libertad?

LES ABORREZCO PORQUE NO TENÍAN MIRAMIENTO PARA UNA MUCHACHA SOLA Y SIN DEFENSA DE PADRE NI HERMANOS

—A mí no. Despáchate a tu gusto.

—Respetaré a tu don Francisco, que también es de encargo, loco por los toros, loquito por las hembras, en privado, que en público no hay mojigato que le gane en hacer zalemas delante de un altar...

—No me hagas reír, mujer —dijo Rosenda, más movida a regocijarse que a incomodarse—. Estoy en que exageras un poquito. Tu tirria contra los Tajones es señal de que te hicieron algún daño.

—Quisieron hacérmelo, sí... Les aborrezco porque no tenían miramiento para una muchacha sola y sin defensa de padre ni hermanos. Los dos quisieron abusar de mí: fácilmente podía yo defenderme de don José, amparándome de la señora y de los niños; pero el don Francisco, que, como sabes, está separado de su mujer, me dio más guerra y cuidado mayor, porque me llevaba con engaños a este o el otro lugar apartado, de los muchos que hay en aquella casona. Una tarde me vi tan a punto de perdición, que para salvarme no tuve más remedio que agarrar un candelero de bronce que a la mano encontré, y darle con él en semejante parte de la frente. Le pegué con tanta gana, que el hombre perdió el conocimiento, y marcado quedó para toda su vida...

EL LENGUAJE ESPECÍFICO DE LA TAUROMAQUIA. Las corridas de toros generaron un vocabulario especial que caló en el pueblo llano. (*Interior de la plaza de toros de Madrid*. Grabado de época. Museo Municipal. Madrid).

—¡Ay!, no me hagas reír... Sí, sí: la señal del candelero tiene en la frente, aquí... en el sitio del asta derecha... ¡Qué risa! Me dijo que aquel golpe fue de una caída que dio en la sacristía de la Encarnación, estando subido a una escalera para ponerle a San José vara con azucenas naturales... No es mala puya la que tú le pusiste...

—Yo también me río... Bueno es que una se divierta un poco después de tantas pesadumbres... El pobre señor quedó escarmentado, y luego decía: «¡Vaya unos derrotes que me gasta esta novilla!».

—Saladísimo... Adelante.

—Por haberme hecho Dios bien parecida, cuantos hombres había en palacio se propasaban, créelo. Todos me adoraban, todos me hacían mil embelecos, todos me largaban declaraciones, todos por de pronto querían fiesta... En fin, que yo era buena, y muchos me tenían por mala... Si supiera yo distinguir bien los uniformes, te diría todas las clases de hombres, desde señores a criados, que se emperraban en hablar conmigo. Pero nunca llegué a conocer por los cintajos y colorines los cargos de tanto farfantón. Jefes de oficio me escribieron cartitas, y también ujieres de cámara y de saleta; llaveros y porteros de banda me tiraban besos al aire; un tronquista me aseguró que se mataba si no le daba el «Sí»; un portero de vidrieras y un delantero de persona hicieron lo mismo, y de rodillas se me puso delante un día uno a quien yo creí carrerista vestido de paisano, y luego resultó que era sangrador de cámara.

—Pues, hija, no estarías poco orgullosa.

—Di que me tenían mareada y aburrida. Sigo mi cuento. Pues verás: mi amo el señor Tajón, don José, andaba en aquel estúpido enredo, que luego se llamó del Relámpago, y a mi padre y a mí nos traía de correveidiles, cursando las órdenes. Dentro de palacio fui yo cartero, espía, soplona; me mandaban a charlar con las azafatas, en sus ratos de descanso, para saber quién entraba en las habitaciones reales a las horas que no son de entrada, y quién salía cuando no se debe salir; me obligaban a esconderme detrás de un tapiz o entre roperos para escuchar conversaciones... Y luego encomiendas y recados en la calle, por ser yo quien con mayor disimulo podía llevarlos. ¡Hala!, a la Escuela Pía de San Antón, a San Ginés, con cartas para el coadjutor, a una casona de la calle de Fuencarral, a la zeca y a la meca, vestidita de moza de rumbo, y con dinero para alquilar una calesa si me cansaba... También iba al convento de Jesús, y de allí traía entre dulces alguna carta bien disimulada... Un día, fíjate en esto, que es lo más gordo, y la más fea acción que por mandato de aquella gente tengo sobre mi conciencia... habían enviado las monjas carne de membrillo dentro de una tarterita de plata. Al disponer la tartera para devolverla, me llamaron los hermanos Tajón y una camarista, nombrada, si no recuerdo mal, doña Candelaria, y llevándome a un cuarto que está en la galería principal, como se entra al comedor de ordinario, me dijeron que llevase al convento la tartera... Envuelta la vi en un paño de damasco, como solía venir. La descubrieron y destaparon para que yo viese que estaba vacía... Luego, el señor Tajón, don José, sacó del bolsillo un paquetito forrado en papel y cruzado con cintas verdes. Abultaba como un libro pequeño. Díjome que me guardara en el seno el paquetito. La camarista, que como mujer podía meter la mano donde meterla no pueden los hombres, me desabrochó y colocó el paquetito muy bien acomodado entre mis pechos, de tal modo, que luego de abrochada no se me conocía el contrabando. Hecho esto me leyeron bien la cartilla. Yo tenía que ir al convento a llevar la tartera, y al entregarla en el torno pediría ver a sor Catalina de los Desposorios. Se me abriría la puerta, y una vez en presencia de la Madre, en manos de ésta pondría lo que yo en mi sagrario llevaba. La Madre me daría otra vez la tartera con algo dentro, que era como señal o recibo de la llegada feliz del embuchado. Volví a palacio con la tartera llena de tocino del cielo, y los Tajones, que me aguardaban con el alma en un hilo, me felicitaron y diéronme cinco duros.

La camarista, que como mujer podía meter la mano donde meterla no pueden los hombres, me desabrochó y colocó el paquetito

XXIX

Duendecillo, ¿querrás hacerme creer que no supiste lo que llevabas?

—No lo supe. Verás: al caer de aquella tarde, cuando no hacía una hora que yo había vuelto con la tartera llena de tocino del cielo, el señor Tajón me mandó a Getafe para que allí estuviese con mi padre hasta que se me ordenara venir. Mucho me dio que cavilar tal determinación. ¿Será por esto? ¿será por lo otro? Yo sospechaba... algo veía yo; pero nada con claridad. Pues señor: viene de repente el gran tronicio de aquella mojiganga que llamaron del Relámpago... Empiezan a prender gente, y los primeritos que caen son mis señores y el tuyo, y me los mandan desterrados qué sé yo dónde. Mi padre y yo nos vimos perdidos, porque a los escolapios de Getafe no les llegaba la camisa al cuerpo, temiendo que allá podría llegar la quema... A Madrid nos vinimos. Mi padre se escondió en casa de unos boteros amigos suyos de la calle de Segovia; yo, no sabiendo qué hacerme, pues a palacio no había de volver ni atada, pensé que no hallaría refugio mejor que el convento, y allí me metí... Ya te contaré otro día mi vida en Jesús, donde la mayor desdicha fue hacer mi primer conocimiento con esa perra boticaria... Hoy, por completar esta historia mía palaciega, bien triste, te diré que en el convento, andando días, supe que la noche del tocino del cielo... así marco yo aquella fecha condenada... hubo en palacio rebullicio y mucho miedo, del cual nada me tocó, gracias a Dios, por estar yo en Getafe... Por orden del señor mayordomo mayor se registraron muchas viviendas del piso segundo... Porteros y azafatas, y hasta damas fueron registradas, obligándolas a enseñar el pecho y a levantarse las enaguas, mismamente como registran a las cigarreras al salir de la fábrica, por si se llevan tabaco escondido...

—Ya era tarde para esos registros... ¡ay qué risa! Hija, para contrabandista no tienes precio.

—Te lo aseguro, Rosenda: no supe lo que llevaba... pienso que no sería cosa buena. Déjame que suspire un poco. El recordar mi vida de palacio me pone aquí un peso, una opresión...! Nunca he sido más inútil que en aquel tiempo; nunca me he sentido más sola; nunca me han aburrido tanto las máscaras, pues máscaras me parecían cuantas personas traté en aquella casa... Tanto me amarga este recuerdo, que no he contado los lances de aquella mi vida boba más que a dos personas: a Tomín, a poco de conocerle, y hoy a ti. A la Boticaria, nada o muy poco de esto le conté, porque con esa maldita nunca tuve yo verdadera confianza... siempre la temía, siempre de ella desconfiaba... No sirvo yo para esa vida de los palacios grandes, grandes... Las personas me parecen figuras que han salido de los tapices, y que hablando y moviéndose siguen siendo de trapo... En todo no ves más que vanidad, mentira, y todo se te confunde y se te vuelve del revés; llegas a no saber si los criados parecen señorones o los señorones parecen criados.

—¡Quita allá, tonta...! —dijo la capitana con franco regocijo—. Cada una debe mirar por su adelanto... Pues a mí me gustaría meterme en esa vida. Para eso he nacido yo, para vivir con suposición entre personas encumbradas, para pasar el rato curioseando, viendo lo que se traen estos y los otros, y poniendo mis manos en cualquier enredillo... Verían en mí un capeo superior... Pronto me buscarían para las suertes de más cuidado.

JOSÉ REDONDO, CHICLANERO. Grabado del siglo XIX. Colección particular.

LA MUERTE DE CHICLANERO

El 28 de febrero de 1853 el espada José Redondo, *Chiclanero,* murió en Madrid. Fue uno de los más populares y cotizados diestros del momento y durante varios años sostuvo una enconada competencia con el diestro Curro Cúchares. Ambos toreros no disimulaban el encono profesional que se tenían, y en ocasiones el público les obligó a estrecharse la mano en el centro del ruedo. El día de su fallecimiento era tarde de corrida y cuando se encontraba en el lecho sintió la necesidad de salir a la calle para escuchar las voces del gentío, el cascabeleo de los coches y los comentarios de las cuadrillas. A su entierro acudió el pueblo madrileño y llevaron las cintas de la carroza varios diestros, entre ellos Cayetano Sanz, Lavi y El Salamanquino.

—No te compongas, Rosenda. Tu don Paco no te llevará a la Casa Grande, si antes no enviuda y se casa contigo.

—Es de la cofradía del Qué Dirán y de la santísima Opinión.

—¡Quién les había de decir a los Tajones, cuando los desterraron, que pronto habían de volver a sus puestos y a sus intrigas! —dijo Cigüela cavilosa—. Esto prueba que en esa casa no hay idea de justicia, ni formalidad para nada. Solo una persona sería justa si la dejaran, y es la Reina; pero no la dejan: la tienen metida en un fanal pintado de mentiras para que no vea la justicia ni la verdad. Así anda todo...

Cayó en tristes meditaciones, de las que con trabajo la sacó su amiga.

—Ya ves tú si soy desgraciada —dijo la pobre mujer suspirando—. Ni en palacio hay justicia, ni yo me veo con fuerza para entrar en busca de ella. ¡Valiente caso me harían!... No hay salvación para mí.

YO NO ME CASO... NO PUEDO, NO QUIERO ENGAÑAR A ESE BUEN HOMBRE...

—Todo es posible, querida mía —le dijo Rosenda—, si sigues por el caminito que yo te señalo. Lo primero, casarte, antes hoy que mañana... después estableceros en Madrid; después libertad...

—¡No, Rosenda, no hay libertad que valga, ni casorio, ni nada de eso! —exclamó Lucila en una erupción repentina de su pena latente—. Yo no me caso... No puedo, no quiero engañar a ese buen hombre... Prefiero la miseria, y todos los males que pudieran venir sobre mí. —Se levantó, y con las manos en la cabeza recorrió la estancia con incierto paso, diciendo—:Que no me caso, que no, que no... Pues Tomín está vivo, tengo que consagrarme a buscarle... Has de decirme pronto si es don Francisco Tajón quien le ha visto, y dónde, y has de decirme cuándo saldrá Tomín para Puerto Rico... Tú sabes más, más de lo que me has dicho, Rosenda; te lo conozco en la cara, te lo leo en los ojos...

—Si quieres que yo sea tu amiga —dijo la otra, que para sosegarla fue tras ella, y la enlazó del brazo—, no me pidas cosa ninguna contraria a lo que creo tu bien. Y no vuelvas a decir disparate como ese de «no me caso», porque... Ya sabes que gracias a Dios soy de caballería; y que las gasto pesadas... Conque... ándate con tiento.

—Dime dónde está Tomín; dímelo pronto —exclamó Lucila, con todo el brío de voluntad que su renovada pena le daba—. Mira, Rosenda, que yo, gracias a Dios, soy de artillería; mira que no veo, que no puedo ver nada por encima de lo que es mi pasión, mi ser, mi vida... Dímelo pronto.

—No quiero; no sé nada... A ver quién puede más.

—Rosenda, no eres amiga —gritó Lucila alzando la voz con tonos iracundos—, o lo eres también falsa y traidora, como la Boticaria... Si no me contestas a lo que te pregunto, hablaré con el señor Tajón.

—¿Sí...? Me parece bien —replicó Rosenda, que ideó desarmarla con un chiste—. Pero ven prevenida: tráete un candelero de bronce... para igualarle el testuz, marcándole el sitio del pitorro izquierdo...

No producía Rosenda con su humorismo todo el efecto que buscaba; pero algo se amansó Lucila oyendo aquellos disparates.

—No bromees —le dijo—, que esto es muy serio.

Insistió la moza, con la terquedad de los enamorados, tan parecida a la de los locos. No pudiendo la otra calmar su ansiedad con negativas, se formó rápidamente un plan de respuesta que al propio tiempo satisficiera los anhelos de su amiga, y la desviara de la torcida

EL PÉNDULO DE FOUCAULT

El físico francés Jean-Bernard Leon Foucault (1819-1868) realizó importantes investigaciones relacionadas con la medición de la velocidad de la luz, llegando incluso a determinar que dicha velocidad era menor en el agua que en el aire, fortaleciendo la teoría que manifestaba que la luz estaba formada por ondas, frente a las hipótesis que defendían su naturaleza corpuscular. En 1862, con la ayuda de un aparato que incorporaba un espejo rotatorio, logró medir por primera vez con precisión la velocidad de la luz. Foucault también fue el autor de las primeras fotografías del Sol y el inventor del giróscopo. Sin embargo, el experimento que le consagró como científico estaba relacionado con la rotación de la Tierra. Observó que un péndulo podía oscilar siempre en el mismo plano y enunció una ecuación en la que relacionaba el periodo de rotación de dicho plano con la latitud de la Tierra. Para comprenderlo es conveniente imaginar un péndulo situado en el polo Norte. Su plano de oscilación permanecerá fijo respecto a las estrellas mientras la Tierra girará por debajo del péndulo completando un giro en 24 horas. En todas las demás latitudes, excepto en el Ecuador, se producirá un efecto similar aunque la rotación sería más lenta, y en la latitud de París, ciudad en la que demostró su teoría, a 49° N, completaría un giro en 32 horas. El 26 de marzo de 1851, en una exhibición pública, Foucault demostró experimentalmente el efecto rotatorio terrestre. Suspendió una esfera de hierro, una bala de cañón de 25 kg recubierta con una lámina de oro, de un cable de acero de 67 metros anclado en la bóveda del Panteón en París. El péndulo tardaba 16 segundos en completar una oscilación. Foucault adhirió a la parte inferior de la bala un pequeño estilete y cubrió el suelo del Panteón con arena, de forma que a cada ida y vuelta dejaba una marca diferente en la arena, cada una de ellas a unos 2 milímetros a la izquierda de la anterior, lo que corroboraba la rotación de la Tierra. Por su descubrimiento se le concedió la medalla Copley de la Royal Society of London y fue nombrado físico asistente del Observatorio Imperial de París.

FOUCAULT EXPLICANDO EL FUNCIONAMIENTO DEL PÉNDULO. Grabado del siglo XIX.

DESPUÉS DE LA REVOLUCIÓN DE JUNIO LA MONARQUÍA RECUPERÓ EL PRESTIGIO. El acuerdo entre liberales y conservadores estabilizó la situación y la calle recuperó la normalidad. (*La reina Isabel ante el palacio de Buenavista de Madrid*. Grabado de época. Colección particular).

senda. Mujer de cabeza ligera, o si se quiere ligerísima, desmoralizada y sin otra mira ya que ir derivando su frivolidad hacia el positivismo y el vivir regalado, no era mala persona en el fondo, y su viciada naturaleza ocultaba un corazón bueno. Viendo cuán fácilmente se levantaban en el alma de su amiga las llamadas del mal extinguido incendio, sintió pesar de haber atizado el fuego con la noticia referente a Tomín. La mejor enmienda de su error no era desmentir o retirar lo dicho, sino agregarle alguna caritativa falsedad que a la buena moza le quitara el gusto y la intención de arriesgadas aventuras. Como Domiciana, levantó un artificio lógico, pero con idea benévola y mirando al bien de la infortunada mujer.

—Pues te empeñas en saberlo —dijo—, en palacio está el hombre, con destino, que ahora no recuerdo; pero me informaré... Ya ves que allí es mayor locura que en parte alguna pretender cogerle, como se coge un perrito extraviado, y llevártele contigo. Piensa en los estorbos que allí te saldrán, en el sinfín de personas odiosas y antipáticas que encontrarías.

Calló Cigüela, vencida de estas razones, y su dolor, imposibilitado de manifestarse en actos, se condensó en lo íntimo... A los sollozos siguió un llorar ardiente, sin tregua. Rosenda la consolaba, ya con nuevas razones, ya con cuchufletas...

EL SEGUNDO IMPERIO FRANCÉS

Carlos Luis Napoleón Bonaparte, sobrino de Napoleón I, se presentó a las primeras elecciones celebradas en Francia mediante sufragio universal, en 1848, donde obtuvo una notable victoria, y fue elegido primer presidente de la Segunda República Francesa. Sin embargo, al finalizar su mandato y no poder volver a ser reelegido, el 2 de diciembre de 1851 dio un golpe de Estado para disolver la Audiencia Nacional y tomó medidas dictatoriales. El Segundo Imperio Francés fue proclamado justo un año más tarde, el 2 de diciembre de 1852, aprobado por plebiscito. Napoleón III contó con el apoyo del ejército, la burguesía y la Iglesia, que vio favorecida una nueva alianza reflejada en el apoyo dado al presupuesto del clero y las escuelas religiosas.

Pudieron observarse dos etapas bien diferenciadas. La primera entre 1852 y 1860, denominada «Imperio Autoritario», donde Napoleón III tomó una serie de medidas represivas contra la oposición formada por orleanistas, legitimistas y republicanos, censuró la prensa y degradó la práctica del sufragio universal masculino al controlar las candidaturas oficiales. En la segunda, desde 1860 hasta 1870, la situación política cambió hacia un «Imperio Liberal», caracterizado por una política más moderada en la que se reformó la Constitución en 1869 y en materia de educación se permitió una enseñanza primaria pública, así como una secundaria estatal. Se facilitó que la Asamblea votase los presupuestos generales del Estado, y la mayor tolerancia con la prensa permitió la aparición de periódicos republicanos y orleanistas.

La caída del Segundo Imperio comenzó hacia 1860 debido a la política interna que, a pesar de contar con el apoyo de los republicanos y los obreros, chocaba con los católicos y la burguesía financiera. Además, la política exterior tuvo una serie de fracasos como la expedición de México. En 1870 estalló la guerra entre Francia y Prusia, motivada por la posibilidad de que un Hohenzollern ocupara el trono de España, vacante tras el destronamiento de Isabel II. Napoleón III logró que esta candidatura fuera desechada, y trató de que Guillermo I de Prusia se comprometiera a no presentar a ningún otro candidato alemán. La derrota significó la captura en Sedán del emperador, la caída del II Imperio Francés y la perdida de Alsacia y Lorena.

NAPOLEÓN III Y LA EMPERATRIZ EUGENIA DE MONTIJO. Litografía de época. Colección particular.

—Si quieres, cambiamos: dame a don Vicente con Tomín detrás de la cortina, y yo te doy a mi don Paco con su pisar de loro...

—¿Ves, ves lo desgraciada que soy? —decía Lucila cuando el llanto le permitió el uso de la palabra—. A donde quiera que voy, Dios me dice: «Alto; de aquí no se pasa...». Dos caminos tengo: o matarme o casarme... No sé cuál es peor.

—Yo no vacilaría... Me casaría primero... y después a pensar en matarme... pero sin prisa, que estas cosas deben hacerse después de bien maduradas...

—Pero antes de casarme ¿no te parece que debo dar algunos pasos, a la calladita, por ver de ponerme al habla con Tomín?... ¡Le escribiré una carta!

—¡Escribirle! —contestole Rosenda con buena sombra—. No es mala idea; pero debes aguardar a que tu maestro te enseñe la letra bien clara y la perfecta ortografía...

—No te burles... ¿Y no será fácil cogerle cuando salga para Puerto Rico?... Todo está en averiguar la hora de salida, y... Pero nada de esto puedo hacer sin que me ayude alguien...

Interrumpidas por Ansúrez, que bruscamente llegó, las dos mujeres callaron. Lucila limpió sus lágrimas, mientras Rosenda se enteraba de los recados que traía el buen celtíbero.

Despachó este en cuatro palabras, ávido de desembuchar las graves noticias que de la calle traía.

OYÓ LUCILA CON DESPRECIO LA NOTICIA, PUES MALDITO LO QUE LE IMPORTABA QUE CAYESEN REPÚBLICAS Y SE LEVANTARAN IMPERIOS

—Prepárense —les dijo en el tono solemne que usaba— para saber del grande suceso que a estas horas va retumbando por todo el mundo, de pueblo en pueblo. ¿Están preparadas? Pues oigan: el señor don Luis Napoleón, que era, como se dice, presidente de la república de los franceses, ha dado un puntapié a la Constitución de allá, y se quiere nombrar a sí mismo... aciértenlo... pues emperador de la Francia... que es como ser sucesor del otro Napoleón, que fue «primero»... y lo que yo no entiendo es que no habiendo tenido «segundo», tengan ahora «tercero».

Oyó Lucila con desprecio la noticia, pues maldito lo que le importaba que cayesen repúblicas y se levantaran imperios; pero Rosenda, a quien algo se le alcanzaba de tales cosas, dijo que si el señor Ansúrez no venía bebido, y era verdad la especie, ello era muy grave, y traería cola...

—¡Cola! —exclamó Ansúrez—. Tan grande será, que por mucho que arrastre, no le veremos el fin. En la Puerta del Sol, junto al Principal había tanta gente que aquello parecía el pregón de la bula, y en los corrillos leían un parte escrito que ha venido de París por los signos de las torres, el cual dice que emperador es ya el caballero, o lo será pronto, porque falta todavía el requisito de ser votado por toda la plebe de Francia... Según lo que por ahí corre, es ahora seguro que vuelve a mandarnos el de Loja, quiéranlo o no palacio y las monjitas, porque el Napoleón, don Luis, es gran amigote de Narváez... como que a comer y cenar le convidaba todos los días, y andaban siempre de bracete por los paseos y bolívares... Esto se dice, y si es verdad, yo me alegro, porque ya se va poniendo esto muy al son de la clerecía. Bueno es que se muden las tornas, y cambien las aguas, para que lo seco se moje y lo mojado se seque; bueno será que se limpien muchos comederos, y se llenen otros que ha tiempo están vacíos...

—¡Ay!, no, amigo Ansúrez —dijo Rosenda con cierta inquietud—: deje usted los comederos como están... ¿Pero se dice por ahí que tendremos trastornos?

—Y tales serán que lo alto se suba más, y lo bajo se precipite hasta los profundos abismos; pues sabido es que cuando Francia estornuda, España dice «Jesús», como que las dos

2 - 3 de diciembre de 1851

Luis Bonaparte instaura el Segundo Imperio

El sobrino de Napoleón provoca un golpe de Estado para legitimarse en el poder

Luis Bonaparte había asumido el Gobierno francés tras la revolución de 1848. Después de someterse a la Constitución durante tres años, comienza a preparar junto a sus partidarios y a la policía un golpe de Estado que permita restaurar la dinastía bonapartista

El golpe de Estado

2 de diciembre de 1851

Las tropas y gendarmes leales a Bonaparte toman el Ministerio del Interior y detienen a 16 miembros de la Asamblea Nacional y a 62 personas consideradas peligrosas. El ejército controla toda la ciuad e incluso ocupa el Palais Bourbon

3 de diciembre de 1851

Se organiza un Comité de Resistencia que fija carteles en las paredes declarando traidor a Bonaparte. Los diputados buscan el apoyo del pueblo y se levantan barricadas por toda la ciudad

4 de diciembre de 1851

Al amanecer, los principales puntos de París están tomados por los insurrectos. Las fuerzas del orden deciden actuar y comienza un feroz intercambio de disparos. Mueren 27 soldados y más de 400 revolucionarios.

Por la noche, la policía parisina detiene a unos 2.200 republicanos. En otros puntos del país se declara el estado de guerra. Unos 40.000 franceses son encarcelados y otros 10.000 son expulsados del país.

Una vez que la situación queda bajo control, Bonaparte celebra dos plebiscitos para legitimar el golpe

PLEBISCITOS

20/12/1851

LA PREGUNTA:
"¿Quiere el pueblo de Francia el mantenimiento de la autoridad de Luis Napoleón Bonaparte y le delega los poderes para reformar la Constitución?".

EL RESULTADO:
SÍ: 7.400.000
NO: 647.000

22/11/1852

LA PREGUNTA:
"¿Quiere el pueblo francés la restauración de la dignidad imperial en la persona de Luis Napoleón Bonaparte con derecho a herencia en su sucesión directa o adoptada?".

EL RESULTADO:
SÍ: 7.824.000
NO: 250.000

A partir de entonces, **Napoleón III** gobernará sin ninguna restricción

FUENTE: "Napoleón III", Georges Roux **Doc.:** Malva Rico **MARCELO REGALADO**

naciones están tan unidas por fuera y por dentro como la nariz y la boca... En fin, señora, ya sabe lo que ocurre, y mi hija y yo nos vamos, que es hora ya de tocar a retirada.

Despidiose Lucila de su amiga y partió con su padre, abatida, silenciosa, llevando en sí algo para ella de más peso y magnitud que el nuevo imperio que a punto estaba de levantarse. Recorrido habían ya largo trecho, cuando Lucila, parándose, dijo al celtíbero:

—Padre, cuando yo estaba en el convento, siempre que venían noticias de alguna trifulca en Francia, decían las madres: «Esos demonios de franceses nos van a traer acá un cataclismo». Usted, que con su talento natural ve tan claras todas las cosas, dígame: ¿cree que habrá en España cataclismo?

—Hijita, deja que pueda hacerme cargo de lo que resulte en Francia de ese voto que ha de dar la plebe. El echar a rodar Napoleón el trono de la república, para poner las gradas del imperio, quiere decir que no se quieren las pasteleras libertades... ¿Pues qué hará en vista de esto el progreso...? Sacará clavos con los dientes antes que humillarse... Veremos, y vengan días, de donde podamos sacar el juicio de las cosas.

—Porque yo quiero que haya cataclismo, padre, mucho cataclismo; que los injustos caigan y sean pisoteados por los sedientos de justicia; que los que cometieron tropelías sean hechos polvo, y que los buenos se alegren. Justicia quiero, y habiendo justicia, habrá paz. ¿Esto cómo se llama? ¿Se llama «república»; se llama «imperio»?

XXX

El efecto que causó en el alma de Lucila la noticia, dada por Antolín de Pablo, de que Halconero llegaba, lo más tarde, al cabo de dos días, fue de verdadera consternación. ¿Por qué volvía? ¿No era mejor que se quedase por allá?... La prometida esposa se conturbaba con la idea de verle, y metiendo su exploradora mano en el corazón, tocaba frialdad, aborrecimiento. Del anunciado regreso de don Vicente la consolaba la idea y presunción de que a su llegada hubiese un poco de cataclismo.

A su padre, que a verla iba diariamente, le dio un interesantísimo encargo:

LA NOTICIA DE QUE HALCONERO LLEGABA, LO MÁS TARDE, AL CABO DE DOS DÍAS, FUE DE VERDADERA CONSTERNACIÓN

—¿No tiene usted conocimientos en el Ministerio de la Guerra? ¿No conoce a un cabo que está en las oficinas?... ¿Sí? Pues averígüeme... ello es muy fácil, padre, y hasta los gatos del ministerio deben saberlo... averígüeme cuándo sale el general Prim para Puerto Rico.

—Va de capitán general; le embarcan porque se pasa de valiente... Es, según se dice, hombre de mucha idea...

—Y eso es lo que estorba.

—No sé por qué. Yo tengo mucha idea, y no me mandan a ninguna parte.

—Porque no temen a los humildes. El reino de los humildes está muy lejos.

—¡Y tan lejos...! Ni aunque uno se suba encima de los encumbrados puede alcanzar a ver dónde está ese reino.

Llegó Halconero: viéndole y tratándole, se calmó la fiebre de Lucila, y las aberraciones disparatadas de sus sentimientos. No le aborrecía, ¡pobre señor! ¿Cómo aborrecer a quien le

FRANCIA FUE EL EJEMPLO POLÍTICO PARA BRAVO MURILLO. La Constitución francesa del año XII (18 de mayo de 1804) sirvió de referente para el programa del político conservador. *(Cámara de Diputados de Francia.* Grabado de *La Ilustración*. Biblioteca Nacional. Madrid).

había hecho tantos beneficios, y aun mayores e inapreciables se los prometía? Gustoso de aprovechar el tiempo en la villa y corte, Halconero fue a visitar el nuevo Congreso, llevando por delante, naturalmente, a Lucila y Eulogia, bien apañaditas. Habíale dado las papeletas el señor don Matías Angulo, diputado por Navalcarnero, como él propietario rico y persona sencilla y de las mejores intenciones, así en política como en todo. En la admiración de aquel lujoso monumento elevado a la soberanía popular, pasaron los tres una mañana, y desde los salones de Sesiones y de Conferencias hasta la biblioteca, salas para secciones, taquígrafos, etcétera, nada se les quedó por examinar. Admiraba Eulogia con preferencia las ricas alfombras, Lucila los altos techos con pinturas, y don Vicente perdía el tino ante la profusión de terciopelo encarnado... Visitaron asimismo el Museo de Artillería y la Historia Natural, y no continuaron por otros barrios de Madrid su instructivo zarandeo, porque Lucila se resistió, sin dar de su negativa razones claras, a visitar las Reales Caballerizas y la Armería Real... Se fatigaba, se le iba la cabeza, según dijo... Pensando que el teatro la distraería más que los museos, propuso don Vicente ir a ver *La Adriana,* obra muy hermosa de la que se hacían lenguas cuantos la habían visto. Representábase en Los Basilios, y era el éxito mayor de la temporada corriente. En efecto: allá fueron una noche, y no puede describirse la emoción de los tres ante el interesante drama; con el río de lágrimas que derramaron las mujeres, competían los pucheros del hombre, queriendo echárselas de valiente. A Lucila le llegó al alma el caso de la pobre cómica, tan bien representada por la Teodora, a quien envenena una princesa su ene-

EL NUEVO MAPA POLÍTICO EUROPEO

El proceso de transformación de Europa no solo afectó al ámbito económico, sino que los nuevos movimientos sociales y revoluciones de 1848 modificaron el mapa político y geográfico de Europa estancado en la configuración de 1815. Las principales naciones implicadas fueron Prusia, Rusia, Inglaterra, Austria, Francia, Suecia, Países Bajos y Piamonte. Grecia se independizó de Rusia, Bélgica logró proclamar una Constitución liberal, Nápoles y Palermo depusieron a Fernando II y en el Imperio Austro-Húngaro se alzaron las proclamas nacionalistas.

La transformación de las fronteras políticas de Europa estuvo marcada principalmente por tres factores: la radicalización del nacionalismo, la consolidación de las teorías liberales y la propagación de las nuevas corrientes de pensamiento socialista. Utilizando como soporte estos tres pilares, la vieja Europa levantó su nueva cartografía ideológica. El proceso fue largo, no nació como una iniciativa propugnada por un mandatario o un país, como sucedió en 1815 tras el fracaso del Imperio napoleónico y el congreso de Viena, sino que fue el esfuerzo personalizado de cada nación el que movió las líneas que dibujaban el territorio europeo. La situación de partida tenía como grandes potencias a Prusia, Rusia, Inglaterra y Austria, la Cuádruple Alianza, refugiadas, a excepción de Gran Bretaña, en la Santa Alianza, el instrumento político-militar más potente hasta ese momento y cuyo principio doctrinal era el antinacionalismo de los Estados; a ella se unirían posteriormente Francia, Suecia, Países Bajos y Piamonte. La figura y estabilidad que fomentaba la Alianza propició que Europa permaneciese impertérrita hasta 1830, cuando los ecos del liberalismo comenzaron a resonar por todo el continente.

Las primeras manifestaciones de rebeldía se postularon en Italia, donde la fragmentación del país y el omnipresente control austriaco cercenaba cualquier disposición nacionalista. La misma impresión se generó entre la población polaca que veía cómo la Rusia zarista de Alejandro I amordazaba sus intentos de progreso e idéntica situación a la que vivían belgas y alemanes bajo el dominio holandés. En todas ellas se despertó el sentimiento nacional, la creencia de que estaban unidas por una misma lengua, cultura, tradiciones y etnias. El modelo a seguir fue el francés, en el que la voluntad del pueblo parisino logró derrocar a Carlos X y entronizar al duque de Orleáns, denominado por los conservadores europeos «el rey de las barricadas», iniciándose con su mandato una nueva política exterior. Le siguió el caso belga al estallar el 25 de agosto en Bruselas un movimiento insurgente que exigía la independencia y que se internacionalizó con la intervención de Francia e Inglaterra a favor de estos y de Rusia a Holanda. El antiguo orden se resquebrajaba. El zar tuvo que abandonar su posición y se dispuso a hacer frente al levantamiento polaco; en ese transcurso Grecia se independiza de esta y Bélgica hace lo propio a la vez que promulga la Constitución liberal en 1831. Pero no todos los movimientos triunfaron. Polonia no recibió la ayuda francesa a tiempo y la represión se cebó sobre su población. Lo mismo sucedió con Italia y Alemania; la primera se enfrentó al poder papal y austriaco, y a pesar de que logró liberar Parma y Módena temporalmente, no alcanzó su objetivo final. En Alemania los primeros logros en Brunswick, Sajonia, Hesse-Kassel y Hannover, donde se llegó a proclamar una Constitución liberal son igualmente suprimidos de raíz, pero se hace evidente la disposición independentista de los Estados del norte. En España alcanza el trono Isabel II y en Portugal María II, que junto a Francia e Inglaterra se erigen como la Cuádruple Alianza, defensora de los regímenes liberales, frente a Austria, Prusia y Rusia, que se asocian en la Triple Alianza para mantener el plano internacional con las disposiciones de 1815.

El proceso revolucionario se extendió hasta la década de 1840 y culminará entre 1848 y 1849. En este periodo las peticiones irán más allá que en la década anterior: sufragio universal, soberanía popular, aumento de las libertades de expresión, igualdad social y sustitución de las monarquías por repúblicas, además de las pertinentes transformaciones económicas, ya que la implantación del capitalismo había dejado de lado las verdaderas necesidades sociales. La «primavera de los pueblos», como se conoció al movimiento de 1848, triunfó en Francia el 24 de febrero cuando fue proclamada la II República por voluntad popular; el traidor Luis Felipe de Orleáns cayó derrocado por los mismos que unos años antes habían creído en sus discursos liberales. En Italia, Nápoles y Palermo expulsaron a Fernando II y aprobaron una nueva Constitución y en Roma fue proclamada la república tras la huida de Pío IX. En el caso del Imperio Austro-Húngaro, que aunaba entre sus fronteras a polacos, checos, eslovacos, rutenos, italianos de Trento y Trieste, eslovenos, croatas y rumanos, los logros no fueron tan radicales, pero se sentaron las bases de los condicionantes nacionalistas.

ISABEL II CON EL PAPA Y LOS MONARCAS DE LAS NACIONES EUROPEAS. Grabado de época. Biblioteca Nacional. Madrid.

miga (que también era un poco boticaria), con el simple olor de un ramillete. Le pareció la comedia cosa real, y la emoción duró en su alma muchos días.

Siguió a esto un período de compras, en las cuales nada se hacía sin que Lucila diera su *exequatur*, previo examen de las cosas. De tienda en tienda iban los tres; mirando y escogiendo lo que se diputaba mejor dentro de la modestia, adquirió Halconero cama de matrimonio, de bronce dorado, según los mejores modelos de una industria moderna, y colchón de muelles elásticos, que eran última novedad. Tras este tan necesario y útil mueble, se compró un espejo grandecito, un juego de reloj y floreros, un veladorcito maqueado, vajilla de porcelana, y juego de café, con maquinilla de reciente invención para hacerlo en la misma mesa. Con estos goces inocentes de preparativo nupcial estaba el buen señor en sus glorias. Antes de Navidad partió para su pueblo, dejando determinado que volvería después de Reyes, «ya para casarse». La boda sería entre San Antón y la Candelaria.

Ansiosa de sostenerse inexpugnable ante los arrebatos de su propio corazón enamorado, Cigüela no salía más que para oír misa, en San Andrés, y se propuso no volver a poner los pies en casa de Rosenda. No aviniéndose ésta con el desvío de su amiga, fue a verla, mostrándose en la visita como la misma discreción y la prudencia en persona. A pesar de no encontrarse presente Eulogia, la capitana no nombró a Tomín, ni dijo cosa alguna que con el perdido caballero tuviese relación. No se atrevió Lucila a preguntarle; pero leyendo en los ojos de Rosenda, entendió que algo sabía ésta, y no quería decírselo por no perturbar el ánimo de su amiga... Lo agradecía, y al propio tiempo lo deploraba. Temía saber, saber ansiaba. ¿Cómo armonizar deseos tan contrarios? Cuando partió la maliciosa capitana, la presunta esposa de Halconero se decía: «Me ha dado olor a sepulcros... En los ojos de Rosenda he visto una cosa que se parece al último renglón de un libro triste... Ya veo claro. Tomín ha salido para Puerto Rico... ¿Y dónde está ese condenado Puerto Rico? De aquí allá ¡cuántas llanuras y montañas de agua!».

Esta idea embargó su ánimo por muchos días, idea de duelo, seguida de efusiones dolorosas de un cariño inextinguible, que derivaba hacia las esferas de ultratumba; porque en verdad, ¿qué cosa más parecida a la muerte que un viaje a Puerto Rico? Y la cantidad de agua que entre Tomín y su amada se extendía, era la expresión más sensible del infinito de la ausencia. Lloraba Lucila sobre aquellas turbias aguas, que se movían con ritmo y balanceo semejantes al navegar de las almas de este mundo al otro... En tal situación de espíritu, consolándose con el desconsuelo, y meciéndose en lo infinito, sorprendieron a la infeliz mujer sucesos de interés general, y otros de su particular incumbencia. El feliz parto de la Reina, con público regocijo, fiestas, iluminaciones, no fijó tanto su atención como las cuatro palabras que le dijo el buen Ansúrez una tarde: «Querida hija, por fin te traigo despachado el encargo que me diste, y es que... tocante a la fecha de salir para Puerto Rico el señor general Prim, no hay fecha ninguna, porque el señor general ya no va a Puerto Rico».

ANTES DE NAVIDAD PARTIÓ PARA SU PUEBLO, DEJANDO DETERMINADO QUE VOLVERÍA DESPUÉS DE REYES, «YA PARA CASARSE»

Palideció Lucila. Por las inmensas aguas no iba Tomín. ¿Pero quién aseguraba que no fuera más tarde, con otro general, solo tal vez?... Examinando probabilidades, en sombría cavilación, vino a parar en que todo era posible y todo imposible. No prestó atención a las lamentaciones de su padre contra el clérigo Merino, que no acababa de arrancarse al ofrecido préstamo, bien porque no hubiera realizado la cobranza del crédito antiguo, bien por marrullería y ganas de fastidiar. Esta última versión le parecía razonable, pues de sus conversaciones con él, en

BAUTIZO DE LA INFANTA MARÍA ISABEL FRANCISCA DE ASÍS BORBÓN. El 20 de diciembre de 1851 tuvo lugar la ceremonia religiosa en la real capilla de palacio. (*El bautizo de la infanta*, por R. M. Benjumea. Palacio de Aranjuez. Madrid).

los solitarios paseos por La Tela, había sacado la presunción de que era don Martín hombre cerrado a la benevolencia y malo de por sí, amigo de martirizar: el único deleite de sus ojos era ver el ajeno sufrir, y ninguna música le gustaba como el rechinar de dientes del hombre desesperado... Sin llegar a la desesperación, Ansúrez deploraba que estando tan cerca el matrimonio de su hija, no pudiera él festejarlo con tienda abierta, para que se dijese que el padre de la novia era un comerciante establecido en la calle de las Maldonadas. ¡Y que no haría poco servicio al señor Halconero anunciando la venta en comisión, y al por mayor, del fruto de sus feraces tierras!... Encomiando el rico género, todo Madrid diría: «¡Cebada de Halconero, huevos de Halconero, uvas de Halconero!...».

En Navidad y en Reyes vio Lucila a Rosenda, y en los ojos de ella, así como en su acento y actitudes, observaba la misteriosa reserva que traducida con buena voluntad al lenguaje corriente, quería decir: «Sé muchas cosas, pero las callo; mi deber es callarlas». Por la delicadeza y corrección que le imponía la proximidad de su boda, no se determinó a preguntarle. Nada podía sacar del reservado escondrijo que llevaba en su mente la capitana, urraca codiciosa que escondía las ideas y noticias que a Tajón robaba... Pasó Cigüela en melancólicas dudas algunos días, y razonaba su estado anímico en esta forma: «No quiero más que saber, saber... ¿Se habrá muerto Min? ¡El silencio de Rosenda dice tantas cosas! Dice muerte, dice vida y nuevas traiciones... Ya doy en creer que el traidor es él, y para perdonarle, necesito saber la verdad... ¿Cómo he de perdonarle, si no sé...?». Hervían estas ideas en su mente, cuando se encontró de manos a boca con Ezequiel: ella salía de San Andrés, donde había oído misa, y él entraba con un gran manojo de velas... Requerida por el mancebo, retrocedió la moza, y sentada en un banco próximo a la puerta, esperó a que se desocupara de su carga para hablar con él.

POR LA DELICADEZA Y CORRECCIÓN QUE LE IMPONÍA LA PROXIMIDAD DE SU BODA, NO SE DETERMINÓ A PREGUNTARLE

—¿Qué querías decirme...? Cuéntame...

—¿No te has enterado de que Domiciana se ha ido a vivir a palacio?... Allí la tienes de camarista suplente, con un sueldazo... Le han dado una habitación muy grande, subiendo por la escalera de Cáceres, el primer cuarto a mano derecha...

—Lo conozco, conozco ese cuarto. He vivido en él... ¿Y qué más?... No me tengas en ascuas... acaba pronto.

—Pues mi padre está cada vez peor de la vista.

—¡Pobrecito! Eso no me importa. ¿Se ha llevado tu hermana los muebles de tu casa?

—Algunos... Parece que le dan el cuarto amueblado. Se llevó, eso sí, manojos de hierbas, y los morteros, los filtros...

—Ya... en palacio practicará la botiquería... ¿Y qué tal... tiene la casa bien puesta?

—No la he visto; lo primero que nos encargó fue que no pareciéramos por allá.

—¿Qué me dices, Ezequiel?

—¿Verdad que es una ingratitud...? Mi padre está muy triste, pero muy triste. Gracias que algunas tardes, en coche, viene Domiciana a verle, y con esto se consuela el pobre.

—¿Ha llevado tu hermana a su servicio la criada que teníais?

—¿La Patricia? Allá se la mandamos; pero la despidió más pronto que la vista... No quiere a nadie de nuestra casa. ¿Ves qué esquiva y qué testaruda? Ni que tuviéramos la peste...

—No conoces tú a tu hermana, Zequiel. Si os mantiene lejos de su nueva casa, y no quiere que vayáis a visitarla, será que allí esconde algo, algo que no debéis ver vosotros, ni nadie...

—Puede que tengas razón. De algún tiempo acá, todo lo que hace mi hermana es muy raro... Mi padre suele decir como rezongando: «Dios la perdone».

—No la perdonará —exclamó Lucila con acento de ira, olvidándose de que estaba en la iglesia—. Zequiel, si me averiguas lo que Domiciana oculta en su casa de palacio, te doy... no sé qué te daría. Pídeme lo que quieras...

—Lucila, sabes que te quiero mucho. ¿Qué no haría yo por ti? Sueño contigo, y pienso que mi mayor felicidad sería tenerte siempre a mi lado. El otro día, hablando de ti con mi padre, le dije que si ibas tú por allí, te dijese, como cosa suya, lo mucho que te quiero... Mi padre se echó a reír y me contestó con una frase que me lastimó mucho. Dijo, dice: «Tú eres poco hombre para Lucila». Eso es faltarle a uno. Yo no seré todavía bastante hombre; pero voy siéndolo cada día más... Pues dime ahora qué tengo que hacer para averiguarte lo que deseas.

—Ir a la casa que habita tu hermana, en palacio; entrar en ella atropellando por todo, registrar bien las habitaciones, ver, observar...

—Sí que lo haré, y a todo el que quiera estorbarme el paso, le daré un empujón... Pues déjame ahora que te diga lo que tienes que darme en pago de ese favor... El caso es que aquí

FIESTAS DE CELEBRACIÓN DEL NATALICIO DE LA INFANTA ISABEL FRANCISCA. Con motivo del nacimiento de la hija de Isabel II se organizaron en la plaza de toros de Madrid varios espectáculos populares. (*Justas y torneos en diciembre de 1851*. Grabado de época. Biblioteca Nacional. Madrid).

no puedo decírtelo, porque estamos en la iglesia, y me da reparo... Salgamos a la calle, vámonos por la Costanilla, y te lo diré... Aquí siento más vergüenza que en la calle.

Salieron. Lucila era una máquina que funcionaba inconsciente y con la mayor rapidez en todo lo que condujera a la satisfacción de su curiosidad. Al llegar al extremo de la Costanilla, entrando en la plazoleta de San Pedro, Ezequiel, que iba silencioso junto a su amiga, se paró, y más pálido que la cera de su taller le dijo:

—Luci, yo pensaba pedirte... y perdóname si es desacato... pensaba pedirte por este favor... que me dieras un beso; pero ahora veo que es muy poco, Luci, es muy poco un beso: debes darme lo menos tres... o cinco...

—Y más, muchos más —dijo Lucila ardiendo en curiosidad, y movida también a lástima intensa del pobre muchacho candoroso—. Si me traes la verdad que busco, te daré tantos besos como palabras necesites para contármelos, tantos como pasos has de dar de aquí a palacio y de palacio aquí.

SI ME TRAES LA VERDAD QUE BUSCO, TE DARÉ TANTOS BESOS COMO PALABRAS NECESITES PARA CONTÁRMELOS

—¡Ay, qué buena eres, y qué agradecido quedaré, Luci! —dijo el pobre chico casi llorando—. Iré corriendo. Pero... para que yo vaya con más ánimos, ¿por qué no me das uno a cuenta? Por ser el primero, ha de saberme... como el cuerpo de Nuestro Redentor, cuando uno comulga.

—Sí que te lo doy. Toma uno, toma dos, toma más... —dijo Lucila besándole, como besan las madres a los chicos para convencerles de que deben ir a la escuela.

—No más —dijo al fin Ezequiel embebecido y asustado—. Pasa gente... pueden fijarse, y si lo sabe el que va a ser tu marido... ¡Jesús!

—Pues ve pronto... yo te acompaño hasta la calle de Segovia... y en la subida de la Ventanilla, ¿sabes?... allí te espero... No, no... para que me encuentres más fácilmente, y no haya equivocación, te espero en las monjas del Sacramento.

—Allí... Vamos, Luci.

XXXI

Hízose todo conforme a programa. Media hora llevaba la moza de invocar al Santísimo, a la Virgen y a todos los santos, con fervoroso rezo, para que en aquella terrible incertidumbre le concedieran el consuelo de la verdad, cuando vio entrar a Ezequiel. Venía muy abatido, la consternación y el miedo pintados en su angelical rostro. Con ansioso mirar le devoró Lucila, y como notara en él cierta dificultad para la articulación de la palabra, le sacudió el brazo, diciéndole:

—Habla pronto, tontaina... ¿qué has visto?

—Nada —balbució el cererillo—. Siento no traerte... no poder decirte... Lucila, no me quieras mal porque no haya sabido... No pude, Lucila... Tú sabes qué genio gasta Domiciana... Llegué, llamé... Déjame que tome resuello. Del disgusto no puedo respirar... Pues...

—En fin —dijo Lucila a punto de estallar en cólera—, que no has hecho nada... que has sido un ganso, un idiota, un avefría...

—Déjame que te cuente... Abriéronme la puerta, y cuando yo estaba diciéndole a la criada que me abrió si podía ver a mi hermana, salió... ¿quién creerás que salió?

—¿Quién, quién, pavo del paraíso?... Acaba pronto.

—Domiciana; y apenas había yo abierto la boca para decirle... lo que tenía que decirle, me la tapó con estas palabras que me dejaron yerto: «¿No te he dicho que aquí no tienes que venir para nada? ¿Harás alguna vez lo que yo te mando? ¿No comprendes que si te digo: "Ezequiel, haz esto", tu deber es callar y obedecerme?». Y diciéndolo, me cogía por un brazo y me ponía de la puerta afuera... Yo no sabía lo que me pasaba.

—Vámonos de aquí —dijo Lucila, que se sintió leona, y temía que su furor estallara en el recinto sagrado. Agarró al mancebo por un brazo, y tirando de él, más bien arrastrado que cogido, le sacó a la calle. Torciendo hacia el Sacramento, Ezequiel proseguía:

—Me despidió con un tira y afloja de palabras tiernas y de amenazas. «Hermanito mío, ¿qué más quisiera yo que tenerte siempre a mi lado? Algún día será, y ese día no está lejos... Esta casa no es mía, y no siendo mía, menos puede ser tuya... Vete corriendo por donde has venido, y que no te vea yo por aquí, mientras no se te llame... Adiós, y a casa... Anda, hijo, anda». Esto me dijo, y yo... Lucila, perdóname por no haber podido hacer tu encargo... Yo no sirvo, yo no sirvo para esto... No he cumplido, y debo devolverte los besos que me diste.

Llegaban ya a la plazuela del Cordón. Despechada Lucila y fuera de sí, viendo que el cerillo aproximaba su rostro al de ella en ademán de besarla, le rechazó con vigoroso empujón, diciéndole:

—Sinvergüenza, vete de ahí... Déjame, pavo de agua... ¡Vaya que atreverse...! ¡Si te ve mi marido...!, ¡no era puntapié...!

El pobre chico permanecía frente a ella, suspenso, afligido... Mirándola con inmenso desconsuelo, sus labios se plegaron, se llevó los cerrados puños a los ojos.

—Echa a correr para tu casa, mostrenco —dijo la moza amenazándole con la mirada fulgorosa y con el gesto—. Vete, vete, si no quieres que te lleve yo por delante, sacudiéndote el polvo de las costillas...

Apenas dijo esto, y viendo la humildad y amargura del pobre muchacho, aquel noble corazón que fácilmente pasaba del arrebato fogoso a la piedad entrañable marcó un movimiento de compasiva aproximación al pobre cerero.

CIEGA Y DISPARADA, FUE AL TALLER DE BOTEROS DONDE TRABAJABA SU HERMANO Y VIVÍA SU PADRE

—Hijo mío, perdóname —le dijo—. Como estoy tan rabiosa, he descargado contigo, que no tienes culpa... Vaya, no llores... Ya me pagarás los besitos otro día... Aquí no puede ser... Ya ves que pasa gente. Mira: dos señores sacerdotes. ¡Qué dirían...! Ea, a tu casa, y yo a la mía.

Sin esperar a más razones ni cuidarse de si Ezequiel partía, se precipitó velozmente por la bajada del Cordón. Ciega y disparada, fue al taller de boteros donde trabajaba su hermano y vivía su padre, dejando a éste recado urgente de que se avistara con ella en su casa lo más pronto posible. Llamábale con premura sin saber claramente para qué. Su pensamiento desbocado saltaba de las resoluciones más lógicas a las más absurdas; y al propio tiempo, de su mente no se apartaban hechos y personas de grande valor en la vida de la infeliz mujer. La boda estaba próxima, pues corrían los últimos días de enero, y aquel dichoso acontecimiento se había fijado para el 3 de febrero, día de San Blas. Como el 3 caía en martes, y en ello no había reparado don Vicente ni Eulogia, seguramente trasladarían el casorio al miércoles 4. Todo esto pensaba Lucila camino de su casa, haciendo un tremendo revoltijo de las cosas positivas y las imaginarias. «Tengo que componer mi carátula

—se decía— para no entrar en casa tan sofocada. Debo de ir como un cangrejo; mis ojos serán lumbre... Subiré despacio esta cuesta, y luego, al llegar a Puerta Cerrada, compraré los clavitos dorados para colgar láminas que me encargó Vicente, y compraré la cinta de seda y la cinta de algodón... ¡Buena se pondrá Eulogia si no llevo todo eso!... ¡Sabe Dios, sabe Dios si llegaré a casarme! Lo que puede suceder, en la mente de Dios está. Dios me depara mi venganza...».

Al entrar en su casa, disimulando lo mejor que pudo su turbación, encontró a don Vicente con un sacerdote, su amigo y algo pariente, a quien había llevado con propósito de presentarle a su futura. Era don Francisco Pradel, párroco de San Justo, que se mostró con ella muy amable y le dio mil parabienes. Ya la conocía de verla en su parroquia. Al despedirse aseguró que sería para él muy satisfactorio imponerles el santo yugo... Poco después, de las hidalgas manos del novio recibió Cigüela un alfiler de pecho con cuatro brillantitos y en medio un buen rubí, una pulsera, pendientes con perlitas, y otras joyas lindas y modestas. La gratitud y un temor que de lo hondo le salía inundaron de lágrimas sus ojos. Halconero estuvo a punto de llorar también. Lo que espantaba a Lucila era el miedo de ser ingrata... «Voy creyendo que soy un monstruo —se decía—, y yo no quiero ser monstruo: Señor, justiciera sí, monstruo no».

Con pretexto, ciertamente bien motivado, de probar un cuerpo en casa de la modista, salió al siguiente día con su padre, a primera hora de la tarde del sábado 31 de enero. Llegando a la calle Mayor, junto a la Almudena, preguntó Ansúrez a su hija si no sería conveniente, ya que de pasear se trataba, bajar a La Tela, donde estaría de fijo tomando el sol el amigo don Martín. Entre los dos le darían el último tiento. Contestó Lucila que había salido con el propósito de ir a palacio. Subirían al segundo piso, donde habitaban personas a quienes ella tenía que visitar.

—¿Y tardaremos mucho? —preguntó Ansúrez un tanto receloso.

—Eso sí que no lo sé —replicó ella—. Podremos despachar en un santiamén, o tardar mucho, según...

Entraron en la plaza de Armas, por el gran arco de la Armería: con paso no muy vivo, porque Ansúrez iba sin gusto y como si le arrastraran, recorrieron la línea entre el arco y la puerta lateral de palacio. Vacilaba el celtíbero; su hija le cogió del brazo, y en esto, vieron a un señor que de la Casa Grande salía. Si ellos se quedaron como alelados mirándole, el señor plantado en la puerta, les echó la vista encima con esa curiosidad arrogante y descortés de quien tiene por oficio atisbar las caras para descubrir las intenciones. Era don Francisco Chico, que por la estatura no merecía tal nombre, viejo, seco y estirado, con patillas bordando la quijada dura, el pelo entrecano, la actitud como de perro que olfatea. Lo más característico de su rostro, lo que le hacía inolvidable para cuantos una sola vez le veían, era la chafadura de su nariz en el arranque de ella, señal indeleble de una tremenda pedrada que le dieron en Miguelturra, su pueblo, por querellas locales de pandilla. Perteneció don Francisco al bando de los llamados «Valerosos», y cumplía como campeón terrible: alguna vez, si a muchos pegó de firme, también hubo de tocarle la china. Del bandolerismo villanesco pasó a las gestas del contrabando, en tierra firme y mar salada, y ya mocetón le metieron en la policía de Madrid, donde llegó por su astucia y su valor indomable al puesto de jefe, que desempeñó más de cuarenta años. Era hombre terrible, de sagaz inteligencia para tan ingrato servicio, y a los poderosos inspiraba confianza, como a los débiles espanto. Llegó a ser al modo de institución,

AL ENTRAR EN SU CASA, DISIMULANDO LO MEJOR QUE PUDO SU TURBACIÓN, ENCONTRÓ A DON VICENTE CON UN SACERDOTE

LA GUARDIA REAL PROTEGIÓ EL PALACIO REAL. El jefe de policía, Francisco Chico, se encargó de la seguridad de los monarcas, disponiendo una fuerza especial. (*Plaza de la Armería en el palacio Real de Madrid.* Grabado de época. Colección particular).

personificando los arrestos insolentes de la seguridad pública, y el odio con que el pueblo pagaba las vejaciones justas o arbitrarias que sin cesar sufría.

Quedaron, como se ha dicho, suspensos Lucila y su padre, sin atreverse a dar un paso más, invadidos del terror que Chico infundía: avanzó éste hacia ellos con firme paso, y en la forma destemplada que era en él habitual interpeló al celtíbero:

—Hola, Jerónimo... ¿se puede saber qué buscas tú por aquí?

Volviole Cigüela la espalda, y se llevó las uñas a la boca para mordérselas. Trémulo, descubriéndose, Ansúrez contestó:

—Señor, veníamos paseando, y como uno está tan orgulloso de que nuestros queridos reyes se alberguen en palacio tan magnífico... nos llegamos a ver y admirar ese gran patio... Y como españoles que adoramos a nuestra Reina, veníamos a visitarla y a echarle nuestros homenajes. Triste pueblo somos, y nuestros homenajes y visitas no pueden ser otros que mirar desde la calle las ventanas del cuarto donde mora la perla de las reinas.

—Anda, que pareces la cabeza parlante —dijo Chico, requiriéndole, con el movimiento marcado por su bastón, a que siguiera su paseo por lugar distinto del patio—. Otro que mejor

2 de febrero de 1852

Un cura intenta asesinar a Isabel II

Martín Merino llega a apuñalar a la reina, hiriéndola en un costado

Merino, 'el cura apóstata'

- Martín Merino nada tenía que ver con Jerónimo Merino, sacerdote que había tomado las armas contra los franceses durante la Guerra de la Independencia y, posteriormente, en favor de Carlos María Isidro
- Muy al contrario, Martín Merino era conocido como 'el cura apóstata' por su defensa de las ideas liberales
- Con los años se fue radicalizando, tuvo que exiliarse varias veces a Francia y decidió colgar los hábitos

Tras regresar a casa, le pide a su criada una aguja e hilo negro para coserse en el interior de la sotana una funda de piel en cuyo interior escondería el arma

Esa tarde, la reina iba a acudir al Convento de Nuestra Señora de Atocha para dar gracias a la Virgen por el nacimiento de su hija Isabel

Un guardia sujetó al regicida frustrado, mientras el Rey y el duque de Riánsares desenvainaban sus espadas arrojándose sobre el sacerdote. Sin embargo, deciden no matarle al sospechar que se trataba de un complot en el que habría más gente implicada. Isabel II fue llevada en brazos hasta las habitaciones reales, donde se supo que la herida no revestía gravedad

El 4 de febrero, Merino es condenado a morir en el garrote tras ser despojado de sus derechos sacerdotales.

Desde la cárcel hasta el lugar de su ejecución, Merino no dejó de rezar ni un solo momento

FUENTE: "El reinado de Isabel II: La España liberal", Germán Rueda **Doc.:** Rubén González **ALBERTO J. SILVA**

hile las palabras no conozco... ¿Y esta joven es tu hija? —Volviose Lucila hasta darle de cara, pero sin mirarle—. ¡Pues no es la niña poco vergonzosa! Anda, ¿qué te han hecho las uñas para que así las maltrates y te las comas?... Bonita eres; pero no hagas mañas, que se te va toda la gracia. Paseen por La Tela, o por la Virgen del Puerto, que aquí no se les ha perdido nada... Jerónimo, mucho cuidado conmigo; y tú, pimpollo, no andes en malos pasos, que voy y se lo cuento al amigo Halconero... ¡Largo!

Con una mirada, que en Ansúrez infundía más ganas de correr que una carga de caballería, les echó hacia el arco grande. Al paso que tomó Jerónimo hubo de ajustarse Lucila. Miraron hacia atrás, y vieron al temido polizonte plantado en el propio sitio, atento al camino que seguían.

—Es mi don Francisco un águila para las intenciones —dijo Ansúrez medroso—. ¿Qué se habrá creído ese prepotente?... Pueblo somos, pero pueblo honrado, y nada de más haría la serenísima señora Reina en permitir que nos llegáramos a su trono para besarle la real mano.

Abrumada bajo la fatalidad, que cruel, o piadosamente, quién lo sabe, atajaba sus propósitos, Lucila no decía nada, y siguió a su padre hasta donde quiso llevarla; llegaron al Cubo de la Almudena, y andando, andando cuesta abajo, por un portillo derrengado pasaron a una especie de alameda, cuyos árboles raquíticos, enanos y sedientos parecían increpar al sol con el gesto rígido de sus ramas desnudas. El suelo blanqueaba de puro polvo. A un lado y otro, en trozos de sillería que hacían oficio de bancos, se veían parejas de soldado y criada, o solitarios y melancólicos paseantes. El sitio era desapacible, sin otros encantos que el espléndido sol, y el despejado horizonte que mirando hacia la parte del río, Casa de Campo y sierra, se veía. Un cielo claro, limpio, desesperante de extensión azul sin accidente de nubes, coronaba la tristeza luminosa de aquel gran paisaje, del más puro Madrid.

—Mira, mira —dijo Ansúrez a su hija señalándole un bulto negro que subía, figura tan escueta como los enfilados árboles—: aquí tenemos al don Martín de mis pecados.

A UN LADO Y OTRO, EN TROZOS DE SILLERÍA QUE HACÍAN OFICIO DE BANCOS, SE VEÍAN PAREJAS DE SOLDADO Y CRIADA

—¿Y me trae usted aquí para ver a ese viejo loco...? —dijo Lucila desolada, colérica—. Yo me voy, padre... ¿Por dónde salgo de este páramo indecente, de este infierno de polvo?

—Aguarda, hija... Ya el señor Merino nos ha visto. Viene hacia nosotros.

Acercábase el clérigo despacio, impasible, y su rostro adusto, pomuloso, no expresaba más que el desdén de toda criatura. Su enorme sombrero de teja, chafado y mugriento, obscurecía sus facciones, dándoles un tinte terroso, de adobes viejos caldeados por el sol de cien años. Iba levantando polvo, que le blanqueaba los zapatos y los bajos de la sotana. Recogía el manteo en el brazo izquierdo, y con el derecho hacía un pausado movimiento de sembrador.

—Buenas tardes —dijo al ponerse al habla—. Yo bien... ¿y en casa?... ¿Viene la moza de paseo?... Bueno. ¿Conque nos casamos, eh? Y con un hombre rico... No es mala suerte... Aprovecharse, que todo se acaba, y hombres ricos van quedando pocos.

Contestó la joven con las palabras precisas para no ser descortés, y se sentó en un pedazo de sillería. Había muchos por allí de forma curva, como pedazos del brocal o pilón de una destruida fuente.

No tenía Lucila gana de conversación, y hasta le enfadaba oír lo que los demás hablasen. No lejos de ella, en otro sillar, se sentó don Martín; Ansúrez permaneció en pie; y creyendo ver en el clérigo disposiciones a la benevolencia, le instó a que de una vez se clareara, tocante al préstamo, para saber a qué atenerse.

—A eso voy, a eso iba —replicó el cura extravagante—; pero antes os diré otra cosa. Ya sabéis... y con los dos hablo, hija y padre... ya sabéis que estamos abocados al cataclismo. Oiréis por ahí que vuelve Narváez. No lo creáis... Narváez no volverá más... El maldito moderantismo es cosa concluida. ¿Quién vendrá? Vendrán todos y no vendrá nadie. ¿Quién mandará, quién obedecerá? Nadie y todos...

XXXII

Si lo que anuncia don Martín —declaró Ansúrez— quiere decir que veremos el fin de las rapiñas, bendígale Dios la boca. Pero a mí me dice mi razón natural que la barredera de bolsillos no se acabará mientras vengan tantos inventos nuevos de comodidades y regalo del vivir, porque ellos traen las tentaciones, y los hombres de acá, que han visto cómo triunfan y gastan los extranjeros ricos, quieren ser como ellos. La tierra no lo da, que si la tierra lo diera, todos nadaríamos en la bienandanza; y estando secos los pechos de la gran madre, el hombre fino y agudo, que apetece buena vida porque el cuerpo y hasta la mesma ilustración se lo piden, por ley natural deja crecer sus uñas todo lo que se le merma la voluntad de trabajar. Loco es en España el que fíe del trabajo para vivir a gusto, que de su sudor no ha de sacar más que afanes, y ser el hazmerreír de los que manipulan con lo trabajado. Tres oficios no más hay en España que labren riqueza, y son estos: bandido, usurero y tratante en negros para las Indias. Yo de mí sé decir que habiéndome pasado la vida sobre la tierra, echando los bofes, sin fruto, ahora no miro más que a reunir comerciando un capitalejo de mil duros: me basta. Prestando dinero al interés de ciento por ciento, que hay quien lo tome y quien lo pague, hágome con una renta igual a mi principal, que será el mejor alivio de una vejez honrada.

Si lo que anuncia don Martín —declaró Ansúrez— quiere decir que veremos el fin de las rapiñas, bendígale Dios la boca

—Alto ahí —dijo don Martín, saliendo por un instante de su impasibilidad—, que a interés mucho más módico que el ciento he colocado yo mis ahorros, y todo me lo han quitado los malos pagadores, amparados por la curia maldita... El usurero se cae también a los profundos abismos, como caerán el militar insolente que oprime a la nación, el contratista que le chupa la sangre, el ministro que ampara tantas contumelias; caerán la hipocresía y la falsedad que han corrompido la honradez y buena fe de la nación española... y debajo de todos, porque caerá el primero, veréis a Narváez, con toda su infernal caterva de generales... ¿Habéis oído contar las comilonas y orgías de palacio, y las que el sátrapa daba en su casona de la calle de la Inquisición con el dinero que a manos llenas le regaló Isabel para sus lujos? Pues mientras los cortesanos se hartan en banquetes, el pueblo cena pan seco, y por no tener para carbón, que vale, como sabéis, a catorce reales, no puede ni calentar agua para hacer unas tristes sopas... Desde que tomó Narváez las riendas, España no es más que un laberinto de todos los males, y ahí tenéis al empleado que se merienda al contribuyente, al policía que nos encarcela al menor descuido, y al militar que por un triquitraque saca el chafarote y acuchilla a los ciudadanos. Habéis visto que somos víctimas de tantos vejámenes, atropellos y contumelias; que el robo es la suprema ley, pues no solo se roban riquezas, sino personas. Los hombres roban la mujer que les agrada, y las mujeres al hombre que les peta. Y la justicia para castigar estos crímenes ¿dónde está?

—No se ve la justicia, no se ve la ley —dijo Lucila, que gradualmente se interesaba en la conversación—. Pero la justicia ha de estar en alguna parte, señor don Martín.

—A eso iba, a eso voy... Coged todos los candiles que hay en el mundo, encendedlos, recorred con ellos el suelo de España buscando la justicia, y no la encontraréis. Ella y la Verdad se han escondido... y para encontrarlas, más que candiles hace falta otra cosa.

—La verdad y la justicia —dijo Ansúrez— están en el corazón de los poderosos; pero muy escondidas adentro, debajo de pasiones y de mil cosas malas...

—El corazón de los poderosos —agregó Merino agarrándose a la idea del celtíbero— tiene dentro la justicia y la verdad; pero como está tan empedernido, no hay modo de llegar a él para sacar las virtudes. Claro que tienen que salir, porque si no, se acabaría el mundo...

—Peor que acabarse, porque sería el infierno —dijo Lucila—, y siendo el mundo infierno, nos condenamos antes de morirnos.

—Condenados los que no delinquimos.

—Condenados malos y buenos: esto no puede ser.

—La justicia y la verdad tienen que salir —dijo Ansúrez—; pero ya verán ustedes cómo no salen. Cuando más, asomará una puntita de ellas... A menos que venga un hombre tan grande y tan sabio que sea como redentor que nos manden del otro mundo...

Sin perder su impasibilidad más que por segundos, don Martín expresó esta idea:

—El hombre que por la Providencia venga destinado a desatar este nudo, ha de reunir en sí solo el mérito que tuvieron Moisés, Numa y Augusto... y aún es poco. Hay que agregar el mérito de Ciro, Semíramis y Alejandro... No sabrán ustedes quién fue Numa, ni quién Ciro y la gran Semíramis; pero poco importa que no lo sepan...

Ansúrez y Lucila le oían con la boca abierta.

Pienso —dijo el celtíbero— que al hombre, remediador de los males de España, o sea médico de esta enferma nación, no podemos imaginarlo reuniendo en un sujeto a todos los talentos del mundo, pues aún sería poco material

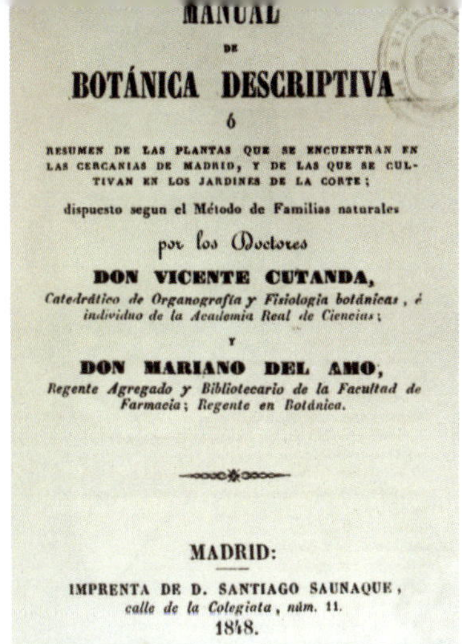
MANUAL
DE
BOTÁNICA DESCRIPTIVA
Ó
RESUMEN DE LAS PLANTAS QUE SE ENCUENTRAN EN LAS CERCANIAS DE MADRID, Y DE LAS QUE SE CULTIVAN EN LOS JARDINES DE LA CORTE;
dispuesto segun el Método de Familias naturales
por los Doctores
DON VICENTE CUTANDA,
Catedrático de Organografía y Fisiologia botánicas, é individuo de la Academia Real de Ciencias;
Y
DON MARIANO DEL AMO,
Regente Agregado y Bibliotecario de la Facultad de Farmacia; Regente en Botánica.
MADRID:
IMPRENTA DE D. SANTIAGO SAUNAQUE,
calle de la Colegiata, núm. 11.
1848.

***MANUAL DE BOTÁNICA DESCRIPTIVA*, DE VICENTE CUTANDA.** Madrid, 1848.

VICENTE CUTANDA

Naturalista nacido en 1806. Estudió Derecho y Ciencias. Ocupó la cátedra de organografía y fisiología vegetales en el Jardín Botánico de Madrid, cargo que desempeñó hasta 1857. En 1848 publicó *Manual de Botánica descriptiva*, libro de apoyo para los estudiantes de la materia. Fue miembro de la comisión nombrada para levantar el mapa geológico de la provincia de Madrid, realizó exploraciones botánicas cuyos frutos se publicaron en las *Memorias* de la comisión. Creó el *Catálogo de plantas* del Botánico en 1849 junto a Alonso, Quintanilla y Asensio. Fue fundador y miembro de la Academia de Ciencias desde 1847. Escribió *Flora compendiada de Madrid y su Provincia*. Murió en 1866.

ANTONIO RÍOS ROSAS. Grabado de época. Colección particular.

UNA VIDA MUY COMPROMETIDA

Antonio de los Ríos Rosas, prestigioso orador y político español, nació en Ronda (Málaga) el 16 de marzo de 1812. Accedió a las Cortes como diputado por la provincia de Málaga en 1836. Se mantuvo contrario a la política del general Espartero durante la regencia de María Cristina, lo que quedó patente en sus artículos publicados en *El Heraldo, El Sol, El Correo Nacional* o *La Abeja*. Con la llegada de Leopoldo O'Donnell le fue encargada la redacción del *Acta Adicional* el 15 de septiembre de 1856 para liberalizar la Constitución de 1845. Fue embajador de España en Roma y llevó el peso de las negociaciones para restablecer las relaciones diplomáticas con la Santa Sede en 1859. En 1863 fue elegido presidente del Congreso de los Diputados; posteriormente ingresó en la Real Academia Española, y fue presidente del Ateneo de Madrid. Falleció en Madrid el 3 de noviembre de 1873.

para formar el gran seso que aquí necesitamos. Imaginarlo debemos como dotado de santidad, de un fuego divino, que no puede encender más que el Espíritu Santo, según reza la sacra teología.

—La teología —dijo Merino con marcado desdén— será dentro de mil años no más que lo que es hoy la mitología para nosotros... ¿Sabéis lo que es la mitología? Dioses, semidioses y héroes, todos movidos de las pasiones del hombre. Pues en eso concluirá la teología... El que a España regenere necesitará, más que talento y más que el brillo de la llamada santidad, de un inmenso valor... desprecio de la vida propia así como de las ajenas... Ea, yo me voy... —Dio dos pasos y se paró para completar su pensamiento—: Ese valiente que necesitamos, bien merecerá el nombre de «Mesías». Él traerá la justicia y la paz. ¿Cómo? Dichoso el que lo vea, y puede que vosotros lo veáis... ¡Paz y justicia!, amigas siempre inseparables, porque donde no hay justicia no hay paz... y si lo dudáis, preguntádselo a Moisés, el cual, para hablar de estas cosas, empezaba por invocar a los cielos y la tierra: *Audite caeli quae loquor, audeat terra eloquia oris mei*... Si no sabéis latín, es lo mismo. Quiere decir: «Oiga el cielo, óigame la tierra».

—Oigamos lo que se le ha traspapelado en la memoria —díjole Ansúrez cogiéndole del manteo, cuando ya iba en retirada—. Se olvida del negocio de los dineros que ha de prestarme. ¿Es hecho o no es hecho?

Se embozó Merino en el manteo; y dando la media vuelta casi sin mirar al celtíbero, o mirándole de soslayo, le dijo:

—Anda y que te dé los cuartos tu yerno, que es bastante rico... —sin añadir palabra, mirada ni gesto, siguió su pausada marcha hacia el Portillo.

—¿Sabes lo que se me está pasando por la intención? —dijo Ansúrez a su hija, mirando los dos al clérigo que se alejaba—. Pues coger una piedra... recordar mis tiempos de muchacho... y ¡ran! darle en la misma corona... ahora que se quita el sombrero...

—Déjele, déjele... que bien se ve lo perverso que es —replicó Lucila—, y la poca o ninguna substancia que de él puede sacarse... Habla de traer la verdad, y él que la tiene en el cuerpo ¿por qué no la echa fuera?... Vámonos de aquí... Yo estoy mala... no sé lo que tengo... Miedo, repugnancia... ¿Por dónde vamos a casa? ¿Está muy lejos?

—Menos de lo que tú crees. Metámonos por el portillo de las Vistillas, que está a dos pasos de aquí, y en un periquete subiremos hasta San Francisco.

Así lo hicieron. Lucila respiró con desahogo del alma al entrar en su casa.

—En este rincón humilde —se decía— nunca, nunca, después que se fue Tomín, me ha pasado nada desagradable. Personas y cosas, todo aquí es bueno, y todo se sonríe al verme. Hasta los animales del corral, que en aquellos días tristes me enfadaban, ahora son mis amigos: los quiero.

Resultado de esta meditación fue el propósito de asentir a cuanto resolviesen los que llamaba «suyos», Eulogia y Antolín, y más suyo que nadie el bonísimo don Vicente... Por la noche, fue Jerónimo convidado por Antolín a cenar, y de sobremesa le dijo Halconero que abandonara todo proyecto de poner tienda; que llevara su vejez a un trabajo sosegado, mirando a la salud más que a las riquezas; y pues era hombre práctico en labranza, viniérase con su hija al pueblo, y allí se le daría plaza descansada de mayoral o mayordomo, según la ocupación que más le cuadrase. Conmovido Ansúrez, echó por aquella boca las retahílas de su gratitud, y Lucila una lagrimita, de las dulces, ¡ay!, que no habían de ser amargas todas las que derramaba... Tratando de la boda, se puso a discusión el punto de si, descartado el martes, como día nefasto, convenía retrasar al miércoles, o anticipar al lunes.

—Que lo decida la novia —propuso Halconero; y ella, prontamente, sin vacilar, decidió:

—Mejor antes que después.

Tal idea vista por dentro en su fatigada mente, era de este modo: «Si ello ha de ser, mientras más pronto, mejor. Tengo miedo a estar libre».

Pasaron el domingo en familia todos reunidos. Determinó Halconero que el casorio se celebraría tempranito en San Justo, eligiendo esta iglesia para complacer a su amigo, paisano y algo pariente, don Francisco Pradel; y aunque Lucila no veía con buenos ojos semejante elección de templo, porque el recinto de San Justo estaba para ella plagado de tristezas, y allí encontraría ideas suyas que deseaba perder de vista, no se atrevió a votar en contra por no serle posible explicar las razones de su repugnancia. Ampliando el programa, se acordó que después de la ceremonia religiosa, y de oír misa y asistir a la función de las Candelas, irían de gran almuerzo a casa de Botín, y de allí a palacio a ver la función de corte en la capilla real. Esta parte del programa sí fue rechazada por la novia en términos tan vivos que nadie se atrevió a insistir en ello. Por nada del mundo se metería en las apreturas de palacio. «Total, ¿para qué? Para no ver nada». Y pues la Reina con toda su corte habría de ir después a la iglesia de Atocha para la presentación de la princesita, mejor sería que desde la calle, en sitio seguro o en un balcón, vieran el paso de la comitiva. Aceptada fue por don Vicente esta sensata proposición: también a él, por causa de no estar nada flaco, le enfadaban las apreturas.

Determinó Halconero que el casorio se celebraría tempranito en San Justo, eligiendo esta iglesia para complacer a su amigo

Las primeras luces del 2 de febrero de 1852, día que había de ser memorable por diferentes motivos, encontraron a Lucila despierta, arreglándose; no le daba poca prisa Eulogia, que en madrugar dejaba por perezoso al mismo sol. Las siete y media serían cuando vestida estaba ya la novia; a las ocho le puso Eulogia la mantilla... Celebrada fue por cuantos en tal ocasión la vieron, la soberana hermosura de Lucihuela Ansúrez. Con su trajecito negro, y en

ATENTADO DEL CURA MERINO CONTRA LA REINA. Al salir de la capilla del Palacio Real, junto a la sala de columnas, Martín Merino asestó una puñalada a Isabel II. El regicida fue detenido y la Reina salvó la vida de milagro. *(Regicidio del cura Merino*. Grabado de época. Museo Romántico. Madrid).

derredor del rostro pálido las sombras del cabello fundiéndose con el nimbo obscuro de la mantilla, era realmente una diosa del Olimpo con disfraz de española y madrileña... A las ocho y diez salieron... A las ocho y media, ya estaban en la sacristía de San Justo, y a las nueve menos minutos, la diosa y mártir era ya, ante Dios y los hombres...

XXXIII

Esposa de Vicente Halconero, rico labrador de la Villa del Prado, ¡oh suerte, oh dicha, y admirable dictamen de la Providencia!

En la capilla de los Dolores oyeron los esposos misa rezada, que dijo don Martín Merino, y en verdad que necesitó Lucila de toda su voluntad para oírla con devoción, porque entre su pensamiento y el oficiante, que al mismo Cristo representaba, se interponían recuerdos, imágenes e ideas que ella quería expulsar de sí para el resto de sus días. Siempre que el adusto sacerdote al pueblo se volvía para decirnos que el Señor está con todos, con el pueblo en fin, la recién casada bajaba los ojos... En una de estas, no los bajó tan a tiempo que dejara de ver la brillante mirada del clérigo riojano que le decía: «Sé la historia... ¿Quieres que te la cuente?...». Cuando le vio partir para la sacristía, Lucila daba vueltas en su cerebro a esta idea: «¡Vaya con mis locuras! En todo pensará este pobre señor menos en mí y en Domiciana». Empezó luego la función de las Candelas, en la que vieron también a don Martín de asistente al culto, con sobrepelliz. Creyó Lucila que desde el presbiterio la miraba el maldito cura... mas no era para decirle que sabía la historia, sino para repetir la terrible frase de otro día: «Domiciana merecía la muerte. Zanguanga, ¿por qué no la aseguraste bien?».

Terminada la función, vieron salir a don Martín llevándose, como es costumbre en tal día, la vela que había ostentado en la función. Pasó junto al matrimonio sin saludar a Lucila ni a nadie, seco, ceñudo, con una cara y gesto propiamente aterradores. Ansúrez se fue a él y le dijo: «Don Martín, salude a los amigos, que por el maldito dinero no hemos de indisponernos los que bien nos estimamos». Y Merino: «¿Estáis de bodorrio? Ahora iréis de comistraje». Y Ansúrez: «Si quiere participar, tendrá la presidencia». Y Merino, en la cuerda más baja de la sequedad amarga y del satánico desdén: «Que les aproveche... Yo me voy a mi casa... Cada cual a lo suyo».

PASÓ JUNTO AL MATRIMONIO SIN SALUDAR A LUCILA NI A NADIE, SECO, CEÑUDO, CON UNA CARA Y GESTO PROPIAMENTE ATERRADORES

Superior almuerzo les dio el amigo Botín. Ansúrez, que en aquel caso venturoso veía la mejor ocasión y estímulo para su hablar bien hilado y nutrido de ideas graves, les divirtió con amenos discursos. Contenta estaba Lucila, viéndose rodeada de tanto cariño y respeto, y sintiéndose a tan considerable altura en la escala social, que desde allí volvía los ojos hacia su antiguo ser y apenas lo vislumbraba. Un trozo de su existencia se iba quedando atrás, como siglo que muere para dejar a otro siglo el puesto del tiempo. En la poquita Historia que le había enseñado su maestro (que también con buenas tragaderas al banquete asistía), los siglos eran diferentes unos de otros, y cada cual tenía su cariz, carácter y mote singulares. Se heredaban y se sucedían, como cuando muere el Rey y se corona Rey nuevo. Pues de este modo entendía Cigüela que se le iba un pasado triste, y se le entronizaba un porvenir risueño... Consta en las crónicas de estos acontecimientos que después de una larga sobremesa en que los plácemes en prosa y verso halagaron los oídos y el alma de la hija de Ansúrez, vieron todos que la ocasión llegaba de tomar sitio en la calle Mayor para ver el cortejo real; y abandonados los manteles, llenos de migas de pan, de huesos de aceitunas y de manchas de vino, el profesor de Lucila, hombre de luces y un poquito pedante, tomó la delantera diciendo: «Vamos a ver pasar la Historia de España».

Buscando sitio donde pudieran ver bien, con retirada segura, se fueron a la plazuela de San Miguel, y aunque allí había ya gran muchedumbre de mirones formando apretadas filas detrás del cordón de tropa, hicieron cuña, metiéndose entre la masa, hasta llegar a donde tocar podían las mochilas de los soldados... Pasó tiempo, más tiempo del que en el popular programa ponía límites a la paciencia, y la Historia de España no pasaba. La hoja del inmenso libro no quería volverse. El pueblo, no pudiendo ver la página nueva, se divertía inventándola... Por toda la masa corría un rumor de inquietud, de fastidio, rumor también de conjeturas...

EL PUEBLO ECHABA CHISPAS... LA MASA SE RESQUEBRAJABA, BUSCANDO ESPACIO PARA DISOLVERSE Y CORRER

Dadas y bien dadas las dos, y transcurridos después de la hora larga serie de fugaces minutos, la impaciencia llegó a su colmo, y las conjeturas tomaban giros disparatados. De improviso, a todo lo largo de la carrera pasó una ráfaga... Venía de la plaza de Oriente, doblaba la esquina de la Almudena y hacia la Puerta del Sol seguía, moviendo todos los ánimos... Las cabezas se volvían de un lado para otro, se agrietaba la masa, se descomponían grupos para formar grupos nuevos, y hasta la disciplinada fila de tropa osciló y se quebró en algunas partes. ¿Qué ocurría? La ráfaga pasó silbando, y en cada trinca de personas dejaba suposiciones absurdas. Se movió un gran oleaje, en preguntas: «¿Qué pasa?... ¿Qué ha pasado?... ¿Verdad que pasa algo?». Y con este oleaje chocaba otro de indecisas y turbadas respuestas: «Nada: que al Rey le ha dado un síncope... Nada: que la Reina se ha puesto mala... Nada: que ya no bajan a Atocha...».

Nueva ráfaga, más vibrante, con sordo ruido de tormentas, de estremecimientos del aire. El pueblo echaba chispas... La masa se resquebrajaba, buscando espacio para disolverse y correr; con su tremenda expansión rompía el enfilado rigor de la carrera, como el agua hinchada rompe sus cauces. En segundos corría la ráfaga enormes distancias, y a su paso los miles de almas se daban y quitaban su estupor, para transmitirlo con inaudita velocidad... La afirmación, la duda, la negación, el «dicen», el «¿qué?», el «no puede ser», corrían como el restallar de un temporal de granizo.

—¡Que han matado... a... la Reina! —exclamó Halconero volviéndose asmático del estupor, de la pena, de la indignación—... Imposible... No lo creo.

En aquel punto, un hombre, que parecía de policía, soltaba tembloroso una breve arenga en el círculo de gente que le rodeaba:

—Señores, calma... no ha sido nada. Matarla no; no han matado a su majestad... Ha sido intento, como decimos, conato... Herida leve de su majestad...

Y un teniente, no lejos de allí, también arengaba:

—Señores, orden... ha sido un sacerdote loco, un infame cura... Orden...

—Ha sido un cura, un cura... —dijo la voz de la Historia corriendo por toda la masa y encarnándose en ella—. Con un cuchillo... ha sido un cura, un cura...

—¡Don Martín! —exclamó Lucila horrorizada llevándose las manos a la cabeza; y el agudo celtíbero repitió con firme acento—: ¡Don Martín!

En medio de la llamarada de ardientes comentarios que la noticia levantó en el grupo de su familia y amigos, echó Lucila con satisfactorio convencimiento este combustible:

—Aún no se sabe la verdad... Esperemos... El cuchillo no iba contra la Reina, sino contra Domiciana... ¡A saber...! ¡Muerta Domiciana! ¡Justicia al fin!

Descuajada la muchedumbre, se desmenuzó en puñados de gente que querían correr hacia palacio. Era la gente mucha, estrechos los caminos. Al rugido del pueblo se mezclaba el son de tambores y cornetas de la tropa deshaciendo la formación. El «¡Viva la Reina!» era un bramido continuo, que prolongándose en las bocas, hacía vibrar el aire y retemblar el suelo... Y en tanto, el profesor de Lucila, hombre agudo y un poco zahorí, aplacaba la curiosidad de su discípula y del buen Halconero, asegurándoles que la narración del atentado y los pormenores del castigo del infame cura se verían en las *Memorias,* felizmente ahora continuadas, del simpático Fajardo-Beramendi.

FIN DE LOS DUENDES DE LA CAMARILLA

EPISODIO DE LA REVOLUCIÓN DE JULIO DE 1854 EN LA PUERTA DEL SOL. Óleo de Eugenio Lucas Velázquez. Museo Municipal. Madrid.

EPISODIO 34

LA REVOLUCIÓN DE JULIO

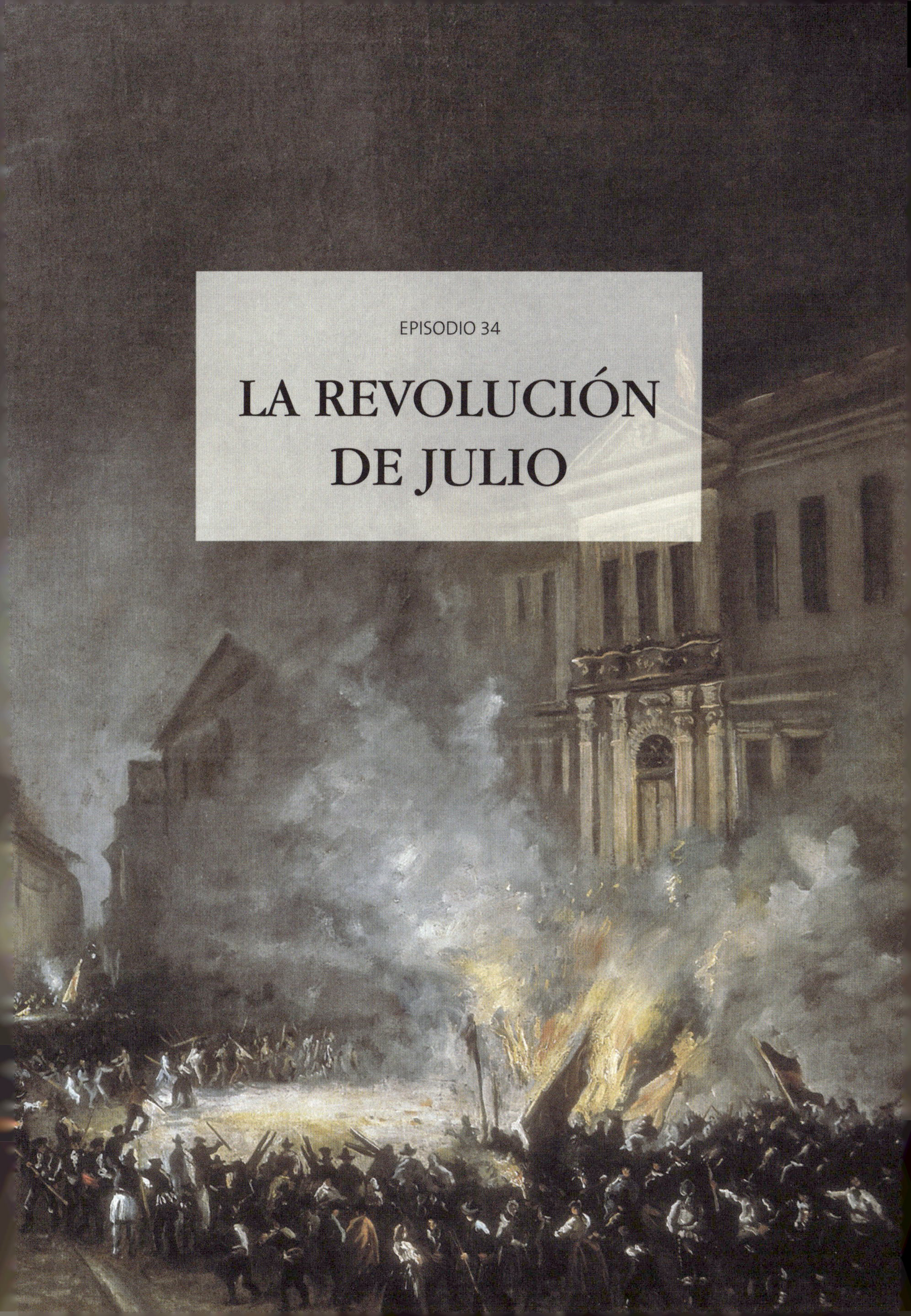

BALDOMERO ESPARTERO.
Grabado de época.
Colección particular.

I

Madrid, 3 de febrero de 1852.

En el momento de acometer Merino a nuestra querida Reina, cuchillo en mano, hallábame yo en la galería del norte, entre la capilla y la escalera de Damas, hablando con doña Victorina Sarmiento de un asunto que no es ni será nunca histórico... La vibración de la multitud cortesana, un bramido que vino corriendo de la galería del costado sur, y que al pronto nos pareció racha de impetuoso viento que agitaba los velos y mantos de las señoras, y precipitaba a los caballeros a una carrera loca tropezando en sus propios espadines, nos hizo comprender que algo grave ocurría por aquella parte... «Ha sido un clérigo», oí que decían; y en efecto, recordé yo haber visto entre el gentío, poco antes, a un sacerdote anciano, cuyas facciones reconocí sin poder traer su nombre a mi memoria... Hacia allá volé, adelantándome a los que iban presurosos, o tropezando con damas que aterradas volvían, y lo primero que vi fue un oficial de alabarderos que a la princesita llevaba en alto hacia las habitaciones reales. Luego vi a la Reina llevada en volandas... ¡Atentado, puñalada... un cura! ¿Había sido herida gravemente? Muerta no iba. Creí oírla pronunciar algunas palabras; vi que movía su hermoso brazo casi desnudo, y la mano ensangrentada. Rápida visión fue todo esto, atropellada procesión de carnes, terciopelos, gasas, mangas bordadas de oro, tricornios guarnecidos de plata, Montpensier lívido, el infante don Francisco casi llorando... Al Rey no le vi: iba por el lado de la pared, detrás del montón fugitivo... Vi a Tamames; creo que vi también a Balazote...

Mi fogosa curiosidad de lo anormal, de lo extraordinario, de lo que borra y destruye la vulgar semejanza de todas las cosas, me abrió paso, a codazo limpio, hacia el grupo donde esperaba ver al criminal. No sé cómo llegué: vi la cabeza cana de Merino, a la altura en que vemos la cabeza del que está de rodillas; la vi luego subir, y tras ella negras vestiduras nada pulcras... Apenas distinguí el rostro... Llevaban al reo hacia la sala de Alabarderos, por detrás empujado, por delante a rastras. Entre tantas manos que querían conducirle, y al son confuso de las imprecaciones y denuestos, se me perdió aquella figura que yo quería ver en los instantes que siguen al punto trágico, ya que en este punto mismo no logré verla. Quise entrar; no me dejaron. En aquel momento me sentí cogido por el brazo, y volviéndome encaré con mi suegro, el señor don Feliciano de Emparán, en quien reconocí la imagen del terror: su boca era como la de una máscara griega, de la guardarropía de Melpómene, y sus cabellos, si no los empobreciera la calvicie, habrían estado en punta como las crines de un escobillón...

—Figúrate —me dijo— que lo he visto tan de cerca, tan de cerca, que más no cabe... Pasó su majestad... la vi pararse, la vi sonreír mirando hacia atrás, como si llamara a una persona de la comitiva: esta persona era el nuncio... el nuncio de Su Santidad, que se adelantó pegándome un codazo por esta parte. Y cuando me volví, por esta otra parte me dieron otro codazo. Era el maldito clérigo, que se abalanzó, se arrodilló como para dar un memorial... le vi asestar la puñalada... Creí que la tierra se abría para tragarnos a todos... No sé si la Reina cayó o no cayó... Nos abalanzamos al criminal... Yo le oí decir... no sueño, no; yo le oí decir, no una vez, sino dos: «Ya tienes bastante».

Llegose a nosotros un gentilhombre regordete y chiquitín, a quien no conozco. Hoy me ha dicho mi suegro su nombre; pero ya se me ha ido de la memoria. Conservo en ella lo que aquel buen señor, tan corto de presencia como largo de alientos vengadores, nos dijo con caballeresca indignación:

—Yo no entiendo estas pamplinas de la ley... ¡Cuidado con los trámites! ¿Procedía, sí o no, que le descuartizáramos aquí mismo? ¿Pues no le vimos todos asestar el golpe, como una fiera? ¿Qué duda puede haber? ¿A qué vienen esos interrogatorios y esos dimes y diretes? ¡Si él no niega sus perversas intenciones! ¿Saben lo que dijo cuando le levantábamos del suelo? Pues dijo: «¡Oh, si hubiera en Europa doce hombres como yo!». Por lo visto, su idea es matar a todos los reyes y al mismo Papa... ¡Qué vergüenza, señores, para nuestra nación, donde jamás hubo regicidas!

NO PIERDO LA ESPERANZA DE QUE EL ASESINO HAYA TOMADO FIGURA ECLESIÁSTICA PARA PODER ENGAÑARNOS A TODOS

—Perdone usted —estuve por decirle—. Regicidas hemos tenido en nuestra Historia, y regicidas que han sido reyes, de lo cual resulta algo que parece como un suicidio del principio monárquico.

Digo que estuve a punto de expresar esta idea; pero me la guardé, observando que no era prudente apear al buen señor de su remontada fiereza. Y él siguió así:

—No sé qué daría por que ese hombre no resultara español. Un español puede ser todo lo depravado que se quiera; pero jamás atentará con mano aleve a la vida de sus queridos monarcas... Y al fin, contra un rey, pase; pero contra una reina, contra esta bondadosa Reina, toda candor... Lo que yo digo: es una furia del averno vestida de cura...

—¡Y qué deshonra para el sacerdocio! —exclamó entonces mi suegro echando toda su alma en un suspiro—. Daría yo... no sé qué, porque resultaran disfraz la sotana y hábitos de ese bandido; disfraz también la corona que lleva en su cabeza. No pierdo la esperanza de que el asesino haya tomado figura eclesiástica para poder engañarnos a todos, y asestar el golpe con la más sacrílega de las traiciones. Y si no es extranjero, téngolo por extranjerizado. Lo que yo vengo diciendo, señores; lo que a ti te he dicho mil veces, Pepe: he aquí el fruto de tanto folleto, de tanto virus demagógico; he aquí lo que nos traen esos malditos periódicos, donde meten la pluma pelafustanes cuya ciencia no es más que unas miajas de francés... eso... y vengan acá cuantos delirios corren por el mundo... todo ello sin censura, sin permiso del ordinario ni nada... Así está España medio loca ya, y así nos llega cada día una calamidad, primero enciclopedistas, luego la gaita esa de que «la propiedad es un robo»; y, por fin, estos monstruos... el Apocalipsis...

Cedió la palabra don Feliciano a un alabardero, que con noticias frescas del asesino, por haber oído sus primeras declaraciones, fue acometido por los curiosos insaciables. «Es español —nos dijo—, riojano por más señas, y cura. Se llama Martín Merino; dijo misa esta mañana. Al salir de su casa juró que no volvería sin matar a la Reina, o a la Reina Madre, o a Narváez...». Nada consternó tanto a mi señor suegro como que el asesino fuera real y efectivo sacerdote, con la agravante sacrílega de haber celebrado aquella mañana; y cuando el alabardero, y otro que vino detrás, dijeron que Merino era exclaustrado y había vivido en Francia muchos años, desempeñando un curato, rompió en estas o parecidas exclamaciones:

—¿No lo decía yo? ¡Enciclopedia, demagogia, con su poco de «espíritu del siglo», cosas que no existían en España cuando ésta era una nación de caballeros, que no mataban a sus reyes, sino que por ellos morían!

Nos dirigimos luego a la saleta, y en ella el mismo gentilhombre iracundo y enano, de cuyo nombre no puedo acordarme, vino a decirnos que la herida de la Reina no era de cuidado; que el puñal solo penetró «tanto así»... que habiendo sufrido su majestad un desvanecimiento, los médicos procedieron a sangrarla, y... en suma, que tendríamos Reina para un rato. Con esto nos volvió el alma al cuerpo a mi padre político y a los que con él estábamos. Frenéticos vivas a Isabel sonaron en la saleta y antecámara, y a la consternación sucedieron esperanza y regocijo, solo turbados por el anhelo que a muchos abrasaba de la inmediata matazón del malvado clérigo.

Vimos llegar jadeantes y ceñudos al presidente del Consejo, Bravo Murillo, y a González Romero, ministro de Gracia y Justicia, que estaban en Atocha esperando a su majestad; y recibido allí por veloces correos el jicarazo de tan descomunal crimen, corrieron a palacio en ansiedad mortal. Fue su primer cuidado visitar a la Reina en su cámara; y una vez informados de que mayor daño había recibido de la emoción del lance que del puñal de Merino, se encaminaron a donde éste aguardaba que le cayera encima la nube de jueces y escribanos para decirles:

—Caballeros, mátenme de una vez, pues yo no he venido a otra cosa, y cuanto menos conversación, mejor.

Poco después de ver entrar a los dos ministros en la sala de Alabarderos, corrió de boca en boca, por la galería, una opinión que pronto tuvo adeptos, inclinándose a ella los mismos partidarios de la venganza instantánea.

—No se le puede matar sin proceso, y el proceso no puede ser corto, porque ha de haber cómplices... Esto no es un hecho aislado...

—Yo abundo en esa idea —me dijo mi suegro—, y no dudo que en ella abundarás tú también. Aquí hay complot... y complot de ramificaciones muy obscuras.

VIMOS LLEGAR JADEANTES Y CEÑUDOS AL PRESIDENTE DEL CONSEJO, BRAVO MURILLO, Y A GONZÁLEZ ROMERO, MINISTRO DE GRACIA Y JUSTICIA

Con el honrado objeto de adquirir mayores luces sobre el particular, quise penetrar en la sala, pegado a los faldones de un alabardero amigo mío. Pero se me negó la entrada, y de aquí tomó pie don Feliciano para decirme:

—Ya nos lo contarán, hijo. Vámonos a casa, que a estas horas habrá corrido por todo Madrid, como reguero de pólvora, la noticia de esta «hecatombe», y Visita y tu mujer estarán con cuidado.

5 de febrero.

He creído siempre que el pueblo español ama verdaderamente a su Reina. Pero hasta hoy, ante el reciente suceso que mi suegro llama «hecatombe», no había yo visto clara la exaltación de ese cariño, que raya en idolatría. Hay que leer las manifestaciones de los pueblos, que nos trae la *Gaceta,* y el lenguaje que emplean algunos alcaldes en sus protestas contra el atentado. Uno empieza diciendo: «¡Qué horror! ¿Y aún vive el regicida?». Luego llama a éste «mons-

Martín Merino, natural de Logroño, pasó a la historia de España como el cura que intentó asesinar a la reina Isabel II el 2 de febrero de 1852. Inteligente y de gran vocación religiosa, desde muy joven dio muestras de su tendencia liberal, por lo que tuvo que huir a Francia durante el proceso de depuración llevado a cabo por Fernando VII en 1819. Su osadía el 2 de febrero le costó la cárcel y la vida, no aceptó defensa alguna y murió proclamando que ningún pueblo debe soportar la tiranía real.

EL CURA MERINO Y SU INTENTO DE ASESINATO DE ISABEL II

Lavar el oprobio de la humanidad, vengando la necia ignorancia de los que creen que es fidelidad aguantar la tiranía de los reyes». Estas fueron las palabras que Martín Merino, natural de Arrendó, Logroño, alegó en su defensa cuando fue detenido tras el intento de asesinato de la reina Isabel II el 2 de febrero de 1852. El erróneamente conocido como «regicida Merino», ya que no culminó su asesinato, nació en 1789. Desde muy joven dio muestras de su inteligencia y vocación religiosa, características que supo combinar con unas fuertes convicciones ideológicas de marcado sesgo liberal y un temperamental carácter que influyó en todos los hechos y decisiones que marcaron su vida. Ingresó en la orden franciscana siendo un adolescente y con diecinueve años de edad colgó los hábitos para participar en la lucha contra la invasión francesa. Corría el año 1808 cuando Merino se trasladó a Sevilla para formar parte de la guerrilla; allí se alistó a una partida conocida popularmente como «los cruzados». Destacó por su habilidad y sus dotes estratégicas en el campo de batalla, pero inesperadamente decidió retomar su carrera religiosa y dejó de lado la militar en 1813. Se ordenó sacerdote y juró de nuevo los votos en el convento franciscano de Santo Domingo de la Calzada. A pesar de tratarse de un sacerdote, su condición liberal no pasó desapercibida para las autoridades absolutistas del momento, por lo que en 1819, en pleno proceso de depuración decretado por Fernando VII, se vio obligado a refugiarse en Francia. Hechos como este influyeron en su posición antimonárquica, insuflándole un odio más personal que institucional. No se demoró en regresar tras el triunfo de los liberales del general Riego en enero de 1820. Un año después le fue aprobada la solicitud de secularización y liberado de sus obligaciones monásticas participó como miliciano en los sucesos acontecidos el 7 de julio de 1822 en los que la Guardia Real intentó derrocar el sistema liberal. Por su implicación en los hechos, inmediatamente después de retomar Fernando VII su condición de Rey absoluto, fue encarcelado por traición a la corona. No tardaría en fugarse y exiliarse de nuevo a Francia, donde permanecería hasta 1841, empleando los once últimos años de estancia gala en un curato cercano a la población de Burdeos. A su regreso a Madrid fue nombrado capellán de la Iglesia de San Sebastián. Las intrigas y violencia de periodos anteriores habían finalizado.

Muchas fueron las fechorías que le achacaron a lo largo de los años y ninguna le costó la vida, hasta que cometió el mayor de los pecados en un Estado monárquico, el intento de asesinato del soberano. El fallido regicidio tuvo lugar el 2 de febrero de 1852, cuando la reina Isabel II se disponía a partir hacia el templo de la Virgen de Atocha para cumplir la tradición borbónica por la que se ofrecía a la imagen el nacimiento de los herederos de la corona como muestra de compromiso y fe cristiana de la monarquía; en este caso se trataba de la infanta Isabel. Aprovechando el revuelo en palacio, el cura Merino se ocultó en una de las galerías y espero a que la Reina pasara por allí; cuando así sucedió, se acercó a ella sin evidenciar ningún tipo de mala intención, lo que hizo que la guardia no recelara de su propósito, y en el momento que la tenía lo suficientemente cerca le asestó una puñalada en el costado derecho. Inmediatamente fue prendido sin poner impedimento alguno. Todos los allí presentes hicieron posterior mención a la serenidad y agudeza con la que respondió al ulterior interrogatorio. Fue conducido a prisión y allí se negó a solicitar los servicios de un abogado; a pesar de ello se le asignó uno de oficio, Julián Urquiola. Declaró no haber contado con cómplice alguno y en todo momento reconoció los hechos que se le imputaban. Su mayor preocupación era que no le tacharan de loco, pues actuó en plenitud de sus facultades a sabiendas que su destino sería la condena a muerte. El juicio fue rápido y la pena resolutoria: Martín Merino sería ejecutado a garrote vil. Firmó la condena pero rehusó rubricar una declaración de arrepentimiento; solo accedió a estampar su firma cuando le fue permitido indicar al pie del documento que aquello «no era una petición de gracia sino de olvido». Cumpliendo con la rutina en estos casos, el preso confesó, comulgó y marchó a su destino final. Cumplida la sentencia el 7 de febrero de 1852 en Madrid, sus restos fueron incinerados y posteriormente trasladados al cementerio general.

ATENTADO DEL CURA MERINO CONTRA ISABEL II. Litografía. Biblioteca Nacional. Madrid. Y *Los alabarderos intentando vengar a la Reina*. Grabado de época.

EL PUEBLO ESPAÑOL, ENAMORADO DE LA REINA. La monarquía era una institución querida y respetada, y tras el atentado del cura Merino las muestras de cariño y adhesión aumentaron. La juventud de Isabel auguraba un largo reinado. (*Isabel II*, por J. Romeu. Museo de Bellas Artes. Valencia).

truo vomitado del infierno», y pide que le maten a escape. Domina en todas las protestas, al lado de las imprecaciones violentísimas, la implacable sentencia popular: «Matarle, descuartizarle, hacerle polvo». Y otro funcionario exclama, dejando caer sus lagrimones sobre el papel de oficio: «¡Querer quitarnos la mejor de las reinas, la joya, la prenda más querida de todos!». Y esto es sincero, esto sale de los corazones, y nos retrata al pueblo español como un enamorado de su Reina: Isabel es hija, hermana y madre en todos los hogares, y como a un ser querido y familiar se le rinde culto. Sábelo, Isabel; hazte cargo de que este sentimiento lo tienes por ti sola, no por tu padre, que se pasó la vida haciendo todo lo posible para que le aborreciéramos, ni por tu madre, más admirada que amada; acoge en tu corazón este sentimiento y devuélvelo, como un fiel espejo devuelve la imagen que recibe. Consagra tu vida y tus pensamientos todos a satisfacer a este sublime enamorado y a tenerle contento. Aprovecha este amor purísimo, el mejor de los innumerables dones que has recibido de la divinidad, y no lo menosprecies ni lo arrojes en pedazos, como la cabeza y las manos de las lujosas muñecas con que jugabas cuando eras niña. Esto no es cosa de juego. Eres muy joven, y tu juventud vigorosa te anuncia un largo reinado. Mira lo que tienes, mira lo que haces, y mira con lo que juegas.

Pues en Madrid no hay más tema de conversación que los partes de la facultad de palacio, anunciando que la Reina se restablece del sofoco y de la puñalada, y la sabrosa comidilla del proceso de Merino, sobre cuya criminal cabeza sigue la opinión arrojando los anatemas más horribles. Hasta los niños le llaman ya «monstruo abortado» y «oprobio de la Naturaleza». Todos sus dichos y actitudes en la cárcel son comentados como nuevos signos de perversión; a su serenidad se la llama «insolencia» procaz; a sus graves ratificaciones de responsabilidad, «brutal cinismo». Al juez instructor respondió, entre otras cosas abominables, «que había ido a palacio a lavar el oprobio de la Humanidad, y a demostrar la necia ignorancia de los que creen que es fidelidad aguantar la infidelidad y el perjurio de los reyes». A su abogado le dijo que no buscara motivos de defensa, porque no los había; que si se empeñaba en defenderle por loco, él se encargaría de demostrar lo contrario. No estaba arrepentido; no tenía cómplices, ni recibía inspiraciones más que de su propia inquina, del aborrecimiento de toda injusticia y del mal gobierno de la nación. Era una víctima de las leyes mentirosas que desamparan al débil; había sufrido ultrajes y reveses sin que nadie le amparase; detestaba toda autoridad; no tenía rencores contra Isabel; pero sí contra la Reina por serlo, y contra Narváez, que nos había traído innumerables ignominias y desventuras. No temía la muerte, y al notificársele la sentencia, decía: «Pues encarguen que el patíbulo sea muy alto». Al subir a él diría: «Imbéciles, os compadezco, porque os quedáis en este mundo de corrupción y de miseria».

Estos dichos y réplicas comenta la gente, dándoles un sentido de infernal depravación. Ya echan también su cuarto a espadas los poetas. Uno de éstos nos habla del Tártaro, el cual, no sabiendo qué hacer un día, se distrae «abortando al sacrílego», el cual sale de allí, «armada la mano impía», sin más objeto que arruinar a España... Otro ve venir a un tigre disfrazado —con el sacro vestido— del sacerdote del Señor Eterno; y sospechando por su actitud sus dañadas intenciones de matar a la tierna cordera, empieza a dar gritos llamando al León de España para que saque la garra y... etc. Al son de la poesía, aunque no con acentos tan roncos y desatinados, viene la política, que ante este grave suceso, que parece un aviso de la fatalidad, ha borrado la vana diferencia y mote de partidos, fundiéndose todos en la emoción unánime por la Reina en peligro, por Isabel amenazada de un puñal alevoso... Da gusto ver los periódicos clamando contra el delincuente, y ofreciendo al ídolo nacional los homenajes de respeto y amor más ardientes y sinceros. Sobre todo interés de bandos o grupos está la salud y la vida de la soberana. Por esto dice muy bien *El Heraldo* que «se ha suspendido la oposición».

CONSIDERA, ISABEL, A CUÁNTO TE OBLIGA ESE AMOR, Y CON QUÉ PULSO Y MEDIDA HAS DE EJERCER EL PODER

¿Ves, Isabel? Todos te quieren, así los que están de servilleta prendida en la mesa del presupuesto como los que ha largos años contemplan lejos del festín las ollas vacías. Todos te aman; en todo corazón español está erigido tu altar. Míralo bien y advierte lo que esto significa, lo que esto vale. Considera, Isabel, a cuánto te obliga ese amor, y con qué pulso y medida has de ejercer el poder, la autoridad y la justicia que tienes en tus bonitas manos. Aviva el seso, Reina, y no juegues.

II

7 de febrero.

A mi dulce amiga invisible, la indulgente Posteridad, doy anticipada explicación de los vacíos o faltas que notará en mis vagas *Memorias* cuando llegue a leerlas, si tal honra merezco al fin. Creerá que es mi correo el viento; que a él las confío en descosidas hojas, y que algunos puñados de éstas se le van cayendo en su carrera por los espacios. Pues no es así, que buen cuidado pongo en que todo vaya bien ordenadito, no por caminos del aire, sino por manos de depositarios y conductores diligentes. La causa de estos vacíos debe buscarse en la propia morada y época del autor, que ha visto perseguido y condenado a destrucción su trabajo, fruto de tantas observaciones y vigilias. Sepa la posteridad que ha dos años padecí alteraciones de mi salud, cuyo proceso y síntomas fueron gran confusión de los médicos de casa; y tan desconcertado me puse, que mi amada esposa y mi bendita suegra llegaron a creer que yo había perdido el juicio, o que mis tenaces melancolías y desgana de todo me llevarían pronto a perderlo. Inquietísimas las dos señoras, como el buen don Feliciano y las damas mayores, no sabían qué hacer para mi asistencia; todo su tiempo y su atención eran para vigilarme y no perder de vista la más insignificante acción mía, por donde pudieran descubrir mis alocados pensamientos. En aquellos trances me vino una crisis de flojedad de todo mi cuerpo y de fatigas intensas, que me tuvieron preso y encamado largos días; y en lo que duró mi quietud hubo tiempo sobrado para que María Ignacia y doña Visita, que veían en mis persistentes lecturas y en mis nocturnas encerronas para escribir la causa inmediata de mis achaques, discurrieran algo semejante a lo que el ama y sobrina de don Quijote imaginaron para cortar de raíz el morboso influjo de los libros de caballerías. Registraron mi cuarto, y una vez sustraídos bastantes libros de los que más me deleitaban, abrieron con traidora llave uno de los cajones en que guardaba yo mis papeles, y todo lo que allí encontraron perteneciente a mis *Memorias* fue reducido a cenizas. Me ha dicho después María Ignacia que no fue ella, sino su madre, la verdadera inquisidora de aquel auto; que había intentado salvar algunas piezas de mi escritura; pero que doña Visita y don Feliciano se las arrebataron al instante, pronunciando la terrible sentencia: «¡Al fuego, al fuego!».

Sin tratar de averiguar quién tuvo más culpa en aquel desaguisado, me limité a llorar la pérdida de todo lo que escribí en el 50 y en parte del 51, porque en ello puse, a mi parecer, pensamientos muy míos que no merecían fin tan desastrado. Lo restante del 51 lo pasamos en Italia, y allí nada escribí, porque mi mujer me quitaba de la mano la pluma siempre que yo intentaba contarle algún cuentecillo a mi amiga la posteridad. Permita Dios que esta nueva ristra de memorias sea más afortunada, y permanezca segura de incendios. Así lo espero, alentado por María Ignacia, que, oídas mis explicaciones, me ha prometido respetar mi trabajo siempre que observe yo dos reglas de conducta por ella impuestas. La primera es que no consagre a este recreo cerebral más que hora y media, a lo sumo dos horas en cada veinticuatro; la segunda, que no reserve de su curiosidad mis papelotes, reconociéndole el derecho de revisión, censura y aun de enmienda si fuere menester... Mi amada mujer, a quien he confiado mis pensamientos más íntimos, no me tiene por lunático, y a cuantos en la posteridad me leyeren les aseguro que no lo soy ni jamás lo he sido. Divago a mis anchas, eso sí, y digo todo lo que me sale de dentro, sin que me asuste la chillona inarmonía entre mis ideas y las de mis contemporáneos.

ME HA DICHO DESPUÉS MARÍA IGNACIA QUE NO FUE ELLA, SINO SU MADRE, LA VERDADERA INQUISIDORA DE AQUEL AUTO

Si con los más suelo estar en desacuerdo, con mi señor padre político desentono horrorosamente, pues jamás dice él cosa alguna que a mí no me parezca un disparate. Al propio tiempo, cuanto sale de mi boca es para él herejía, delirio, necedad garrafal. Vaya un ejemplo: ayer mismo, hallándonos de sobremesa del almuerzo, con dos convidados, mi hermano Agustín y don Clemente Mier, dignidad de capiscol de la catedral de Toledo, sacó mi suegro un papel y nos leyó la sentencia del cura Merino:

—Fallamos: que por fundamentos y artículos tal y tal... debemos condenar y condenamos... tal y tal... a la pena de muerte en garrote vil... que el reo «sea conducido al patíbulo con hopa amarilla y un birrete del mismo color, una y otro con manchas encarnadas...».

EL CUARTO PODER, LA INFLUENCIA DE LA PRENSA

La década de 1850 coincidió con un recrudecimiento de las medidas de libertad de prensa.
Paradójicamente, fue una etapa de gran vitalidad y abundancia de publicaciones, en buena medida debido a que el debate político, con unas Cortes amordazadas y unos Gobiernos que ejercían el poder por decreto, se trasladó a la calle.
Fue en este periodo cuando la prensa se convirtió en España en el cuarto poder con capacidad de influencia.
La prensa moderada era la más numerosa debido a la larga permanencia del partido al frente del Gobierno. Estaba encabezada por *El Heraldo*, *La Patria*, *El Español* y *La Época*, cada uno de los cuales reflejaba las distintas tendencias de los moderados. Entre la prensa progresista destacaban *El Clamor del Público* y *El Siglo*. El partido demócrata exponía sus postulados a través de *El Tribuno*. Pero frente a estos periódicos surgieron otros de carácter revolucionario vinculados con el movimiento obrero, que había experimentado un considerable auge desde las revoluciones de 1848. El principal fue *La Organización del Trabajo*, de Fernando Garrido y Sixto Cámara.
Tal era el poder de la prensa, que la Vicalvarada de 1854 se extendió gracias a la rápida difusión de las ideas revolucionarias en sus páginas. Las juntas locales y provinciales también aprovecharon las publicaciones para difundir su labor y los principios que las inspiraban. A consecuencia de esto la prensa revolucionaria fue duramente reprimida, pero a medida que avanzó el año todos los medios se fueron sumando a la revuelta, contribuyendo al descrédito del Gobierno y a la extensión del proceso. Madrid fue la ciudad en la que la prensa se mostró más fuerte, pero también donde la represión se dejó sentir con mayor intensidad, en especial sobre la prensa satírica como *La Murga* o *El Sueco*. Entre los colaboradores de este tipo de publicaciones destacaron Wenceslao Ayguals de Izco, republicano que escribía en *La Linterna*, o Juan Martínez Villergas, que publicaba en *El Burro*, *El moro Muza* y *El Tío Camorra*, diarios muy ácidos que se apoyaban especialmente en el uso de la caricatura satírica. El nuevo gobierno de Espartero restablecería la ley de imprenta progresista de 1837.

REDACCIÓN DEL PERIÓDICO *LAS NOVEDADES* EL 18 DE JULIO DE 1854. Grabado de *La Ilustración*. Biblioteca Nacional. Madrid.

Al oír esto, dije tales cosas que don Feliciano me quería comer, y salió con la tecla de que no sigo bien del caletre.

—¿Qué razón hay —añadí— para que se vista de máscara, con escarnio repugnante, a un pobre reo, que bastante castigo tiene ya con la muerte?

Y como el clérigo comensal y mi hermano afirmasen que ello eran formas y ritualismo de la ley, para inspirar más horror del crimen que se castigaba, y mi suegro triunfante nos leyese que lo de la hopa amarilla con llamas rojas lo disponía el Código en su artículo 91, sostuve que somos un país bárbaro, donde la justicia toma formas de inquisición, y los escarmientos de pena capital visos de fiesta de caníbales. Dentro de cada español, por mucho que presuma de cultura, hay un sayón o un fraile. La lengua que hablamos se presta como ninguna al escarnio, a la burla y a todo lo que no es caridad ni mansedumbre. Aún despotriqué más; pero ahogaron mis expresiones con risas, saliendo por un registro que iniciaba siempre mi mujer: «Cosas de Pepe». Yo tengo cosas, y con este comodín puedo dar suelta, sin gran escándalo, a cuantos absurdos bullen en mi mente. El canónigo Mier, hombre ilustrado y tolerante, fue de los que más celebraron mis ocurrencias, y a renglón seguido me dijo que, designado por el arzobispo Bonell y Orbe para asistir a la ceremonia de la degradación del cura Merino, la cual había de ser muy interesante y patética, me proponía llevarme consigo, si yo lo deseaba. Aunque ordena el Concilio de Trento que estos ejemplares actos sean públicos, en el caso presente no se abrirán las puertas de la cárcel más que a los que asistan por ministerio eclesiástico, y a contadas personas que quieran presenciar la ceremonia, no por curiosidad, sino por edificación. Me apresuré a contestarle afirmativamente, y quedamos de acuerdo en hora y punto de cita para el mismo día.

DENTRO DE CADA ESPAÑOL, POR MUCHO QUE PRESUMA DE CULTURA, HAY UN SAYÓN O UN FRAILE

Agustín, que a más de hermano mío lo es de la Paz y Caridad, contonos ayer que, habiendo visto en su calabozo «al monstruo del averno», salió de allí escandalizado y horrorizado de «un cinismo tan infernal». No se contenta Merino con repetir que quiso matar a la Reina por «vengar en ella las iniquidades de los que mandan, y por aversión al género humano», sino que ha declarado con el mayor descoco que desde su entrada en el convento, siendo aún niño, leyó cuantas obras prohibidas le vinieron a las manos, filosofismos y herejías de lo peor que «abortan» las prensas francesas. Luego se dejó decir que en su juventud estuvo «enamorado de la libertad»; que por huir de persecuciones se largó dos veces a Francia el 41, empleó en préstamos el dinero de sus ahorros y algo que ganó en la lotería, siendo tan desgraciado en sus negocios, que los acreedores, sobre no pagarle, le pegaban... Sufrió vejaciones, malos tratos, estafas y vituperios mil, con lo que se le fue corrompiendo la sangre, y se llenó de hiel.

En sus últimos años, no tenía trato de gentes; se pasaba el día echando amargos ayes de su boca; quejábase continuamente de enfermedades efectivas y de otras imaginarias. Su genio era tan agrio, que no había cristiano que le aguantase... Dormía tan poco que sus descansos salían a hora y media no más por noche, y entretenía los insomnios con lecturas continuas de cuanto papel en sus manos caía... En la cárcel afecta fría tranquilidad, desprecio de la vida, desdén de escribanos y jueces, de su propio defensor, y hasta del señor presidente del Tribunal Supremo, don Lorenzo Arrazola, lo que verdaderamente revela un «orgullo más que satánico»...

Mucho agradecí al buen amigo señor Mier que me facilitara ocasión de ver al preso en acto tan imponente y severo. Consistía la degradación en despojarle de la investidura carácter sacerdotal, para que pudiera ceñir sin mengua de la Iglesia la hopa amarilla que ordena la etiqueta del cadalso, según los artículos 160 y 91 de nuestro benigno Código Penal. A la hora designada para degradar entramos en el Saladero el señor Mier y yo, y nos encaminaron a una sala baja con rejas a la calle: en el testero principal vimos un altar, y sobre éste ropas litúrgicas, un cáliz, un crucifijo y dos velas. No tardó en llegar el señor Cascallana, obispo de Málaga, con media docena de graves sacerdotes, que habían de asistirle, y casi al mismo tiempo se personaron el juez señor Aurioles, los gobernadores civil y militar, el fiscal, escribanos y algunas personas que no llevaban más cargo que el de mirones, ni otro fin que el de saciar su curiosidad ardiente. En la calle, numeroso gentío ansiaba ver cosa tan extraordinaria. Pocos eran los que algo podían vislumbrar pegados a las rejas; muchos los que empujaban disputando sitio a los que habían madrugado para cogerlo; muchísimos los que renegaban de no ver más que la pared, detrás de la cual pasaba algo terrible. Juntándose al murmullo y risotadas de los menos el mugido displicente de los más, resultaba un coro de crueldad y grosería que nos daba la sensación de los autos de fe.

TRAÍA LAS MANOS ATADAS ATRÁS, Y DEL NUDO QUE LAS ENLAZABA PARTÍAN DOS CUERDAS, UNA PARA CADA PIE

El obispo se revistió de medio pontifical rojo, con báculo y mitra, y ocupó un sillón de espaldas al altar; los demás curas situáronse a izquierda y derecha; yo me agazapé en sitio donde pudiera ver quedándome casi invisible, y ya no faltaba más que el reo, parte o figura indispensable del edificante espectáculo que debíamos presenciar.

Tras una breve espera, vimos aparecer la figura escueta y pavorosa de don Martín, alto, rígido, el cuerpo todo negro de la sotana, amarillo el rostro de las hieles que le andaban por dentro, la mirada viva, la expresión desdeñosa. Traía las manos atadas atrás, y del nudo que las enlazaba partían dos cuerdas, una para cada pie. Con esta sujeción su paso era lento, como el de un gran buitre que, inutilizado de las alas, se viera en la penosa obligación de hacer su camino por el suelo. Cuando pude verle de perfil y de frente, reconocí la fisonomía del clérigo que en 1848 prestó los auxilios espirituales a la pobre Antoñita en la triste casa de la Plaza Mayor. Él no me vio a mí, y aunque me viera, no me habría reconocido. Diré con toda verdad que su presencia en la sala del Saladero levantó en mi espíritu el terror más que la compasión; casi casi encontré apropiadas a su persona las calificaciones de «monstruo abortado, tigre», y demás remoquetes que la prensa había hecho populares. El maestro de ceremonias, con su libro en una mano y el puntero en la otra, se adelantó hacia el reo y desabridamente le dijo: «Tiene usted que vestirse». Y el reo, más desabrido aún, contestó: «¿Y cómo?, ¿con las manos atadas?». Los alguaciles desliaron la cuerda de sus manos; y en cuanto éstas estuvieron libres, llegose el hombre al altar y empezó a vestirse con pausa y método, sin la menor alteración en los ademanes, lo mismo que si se vistiera para decir misa, pronunciando con voz segura la frase de ritual que el celebrante dice a cada prenda que se pone. El amito, el alba, el cíngulo, la estola, el manípulo, tienen simbólica significación, que el sacerdote va expresando al tomar la figura de Cristo en aquella oblación pura, que no se puede manchar por indignos y malvados que sean los que la hacen. Sereno estaba el hombre, repitiendo en tan lúgubre ocasión lo que hacía todas las mañanas en San Justo o en otras iglesias; y como el acólito se equivocara queriendo ponerle el manípulo en el brazo derecho, le dijo pronta y secamente: «Al brazo izquierdo».

Vestido, el reo parecía otro. Su rostro huraño y repulsivo recibía no sé qué vislumbre apacible de la casulla que cubría su cuerpo. Se le mandó que se arrodillara, y obedeció al instante,

CATEDRAL DE MÁLAGA. Grabado del siglo XVIII. Del *Viaje por España,* de Edmundo d'Amicis.

CASCALLANA, OBISPO DE MÁLAGA

Juan Nepomuceno Cascallana y Ordóñez nació en Sevilla en 1785, ciudad en la que se doctoró en Filosofía, Teología y Derecho Canónico en el Colegio Mayor de Santo Tomás. La reina Isabel II le nombró su capellán mayor, consejero de Estado, senador y caballero de la Real Orden de Isabel la Católica en 1852. El 12 de mayo de 1850 fue elegido obispo de Astorga y en 1851 de Málaga. En 1863 adquirió un edificio en la calle San Agustín, de Málaga, para trasladar a él el seminario menor. Ese mismo año creó un fondo de beneficencia para las víctimas del terremoto de Manila y en 1865 para los damnificados por las inundaciones del río Júcar en Valencia. Falleció el 26 de febrero de 1868 y fue enterrado en la catedral de Málaga.

hincándose frente al prelado. «Más cerca, más cerca», le ordenó el maestro de ceremonias. Obedeció tan vivamente Merino, andando de hinojos hacia Cascallana, que llegó hasta tocarle las rodillas. Asustado el obispo de aquel bulto que se le iba encima con salto parecido al del cigarrón de zancas aceradas, rebotó en su silla, se puso en pie, tuvo miedo. Pensó quizás que el asesino de Isabel sacaba de la casulla otro puñal de Albacete... El gobernador, don Melchor Ordóñez, se arrimó a su ilustrísima, que tranquilizado recobró su asiento. En esta parte de la escena advertí un ligero matiz cómico, que anoto aquí para que nada se me escape. Pasó como una fugaz mueca de Melpómene, si en el momento de su actitud más trágica la picara una pulga. Inmediatamente después de esto, Merino se fijó en las caras de chiquillos, de descocadas mujeres y pálidos hombres que aparecían en las rejas, y en el siniestro rumor del pueblo ansioso. «¿Hay alguna rúbrica —dijo— que disponga que estos actos se celebren a la luz del día y con los balcones abiertos?». Nadie le dio respuesta ni explicación. Un señor que a mi lado estaba, viendo que el reo se encogía de hombros y alargaba el labio inferior con un expresivo «¿a mí qué?», me dijo: «Pero ¿ha visto usted qué monstruo de frescura?».

Empezaron sus terribles funciones los que degradaban, y lo primero fue ponerle a don Martín en las manos un cáliz con vino y agua, que al punto le arrebató el obispo, dándole después el copón, que con la misma prontitud le fue quitado. El señor Cascallana pronunció la fórmula en latín, que traducida fielmente dice: «Te quitamos la potestad de ofrecer a Dios sacrificio, y de celebrar la misa tanto por los vivos como por los difuntos». Inmediatamente cogió su ilustrísima un cuchillito que le dieron los acólitos, mandó a don Martín que alargase los dedos y se los raspó suavemente, acompañando el acto de estas desconsoladoras palabras: «Por medio de esta rasura te arrancamos la potestad de sacrificar, consagrar y bendecir, que recibiste con la unción de las manos y los dedos». Luego se le quitó la casulla, y el obispo dijo: «Te despojamos justamente de la caridad, figurada en esta sacra vestidura, porque la perdiste, y al mismo tiempo toda inocencia». Y al arrancarle la estola: «Arrojaste la señal del Señor, figurada en esta estola: por esto te la quitamos...».

Como el ceremonial que describo es a la inversa de la imposición del sacramento del orden, deshaciendo y desbaratando todo lo que éste significa, hasta privar al condenado de la dignidad, carácter y oficio sacerdotales, para entregarlo abiertamente «al fuero de los legos», luego que se le quitó a Merino la calidad de presbítero la emprendieron con el diácono. Revestido con la dalmática, y puesto el libro de los Evangelios en las manos pecadoras, lo arrebató de ellas el obispo con estas aterradoras palabras: «Te quitamos la potestad de leer el Evangelio, porque esto no corresponde a los indignos». Y al despojarle de la dalmática: «Te arrancamos con justicia la cándida vestidura que recibiste para llevarla inmaculada en la presencia del Señor, porque no lo hiciste así conociendo el misterio, ni diste ejemplo a los fieles para que pudieran imitarte como consagrado a Dios». Al desnudar al subdiácono, la tremenda voz de la Iglesia dijo: «Te desnudamos de la túnica subdiaconal, porque el casto y santo temor de Dios no domina tu corazón y tu cuerpo». Arrebatado le fue el manípulo con esta cláusula: «Deja el manípulo, porque no combatiste las asechanzas del enemigo por medio de las buenas obras»; y el amito con ésta: «Porque no refrenaste tu voz, te quitamos el amito».

Aún no había concluido la terrible escena. Vi que por las mejillas del prelado resbalaban dos gruesos lagrimones. Las de Merino estaban secas: su cara, como una escultura tejida con esparto, imitaba la impasibilidad del cadáver que no chilla ni remuzga cuando le pinchan y le sajan en la sala de disección. El señor que a mi lado estaba me dijo: «Esto no es un hombre, ni siquiera una fiera: esto es un árbol. Fíjese usted: su ilustrísima llora; yo, que no soy aquí más que mero espectador, lloro también... no puedo contenerme, y él como si tal cosa... Vea usted, es un árbol...». Nada pude contestar a mi vecino: tales eran mi emoción y el ansia que yo sentía de que la desgarradora escena terminase.

III

Como dije, aún faltaban los últimos trámites para despojar al reo de las insignias de los grados menores y de la primera tonsura. El despiadado simbolismo era largo como toda la carrera eclesiástica... al revés. La Iglesia había de borrar hasta la última señal de unción divina en el réprobo que expulsaba de su seno. Cuando, puestas y quitadas las insignias de estos grados, quedó el reo con sobrepelliz, al despojarle de ésta se levantó el obispo, y entonando la voz todo lo que le permitía su emoción vivísima, pronunció este tremendo anatema: «Por la autoridad de Dios Omnipotente, Padre, Hijo y Espíritu Santo, y la muestra, te deponemos, te despojamos y te desnudamos de todo orden, beneficio y privilegio clerical; y por ser indigno de la profesión eclesiástica, te devolvemos con ignominia al estado y hábito seglar». Acto seguido, los acólitos le quitaron la sotana y el alzacuello, y el hombre quedó en chaquetón, figura lastimosa. Permaneció inmóvil, como esperando que le arrancaran también el pellejo. El señor Cascallana, armado de tijeras, le cortó un mechón de cabellos, y al punto uno de los alguaciles trasquiló la parte superior de la cabeza, hasta borrar en lo posible el redondel de la corona. El «chischas» de las tijeras me daba frío, como si me estuvieran trasquilando a mí. Aún no se aplacaba la terrible indignación de la Iglesia, que con iracundo estilo pronunció este anatema al compás de los tijeretazos: «Te arrojamos de la suerte del Señor, como hijo ingrato, y borramos de tu cabeza la corona, signo real del sacerdocio, a causa de la maldad de tu conducta».

AÚN NO HABÍA CONCLUIDO LA TERRIBLE ESCENA. VI QUE POR LAS MEJILLAS DEL PRELADO RESBALABAN DOS GRUESOS LAGRIMONES

EL CURA MERINO FUE EJECUTADO A GARROTE. El 7 de julio de 1852, ante una multitud enfebrecida y después de recibir los sacramentos, pasó a mejor vida. El morbo de la justicia llegó a tal extremo que le mantuvieron al pie del patíbulo para hacer coincidir la hora de su muerte con la del atentado. *(Ejecución del cura Merino.* Grabado de época. Colección particular. Madrid).

Ya parecía que todo terminaba. Oí suspiros y toses de los concurrentes, autoridades o curiosos; oí el mugido del pueblo que no veía nada desde la calle (salvo algunos privilegiados adheridos a las rejas) y que se conformaba con aspirar la trágica emoción rezumándola al través del espeso muro del Saladero. Merino, requiriendo las solapas de su chaquetón, dijo de mal talante: «Despachemos, que me voy quedando frío». El mísero reo no podía abrocharse, porque al ingresar en la prisión, los guardianes le habían arrancado los botones del chaquetón: parece que es costumbre carcelaria, para evitar el suicidio, que algunos reos han consumado tragándose los botones. Apenas dijo esto, resonó un estruendoso «¡viva la Reina!» en la plaza, y después otro en los patios del edificio. Don Martín permaneció impasible ante las exclamaciones: solo sentía frío... Cuando le vi salir, de nuevo maniatado, el horror que al entrar me había inspirado dio paso a la compasión más viva. En su impavidez no vi cinismo, ni en su frialdad insolencia, sino más bien una entereza estoica de que yo no he conocido hasta hoy ningún ejemplo. Ansiaba ya dar espacio refrigerante a mi espíritu lejos de aquel ambiente inquisitorial, patibulario. Los eclesiásticos degradadores, y los acólitos y alguaciles que desnudaban y trasquilaban al reo, traían a mi mente imágenes, no sé si soñadas o reales, de las más siniestras figuras de la Edad Media. Salí con un remolino de confusiones en mi cabeza, y tan pronto me parecía natural, justo y humano que a Merino se le indultase después de la feroz ejecución espiritual de aquel día, tan pronto anhelaba su muerte, viéndola como un holocausto grande y bello; pero no se le había de matar en garrote ni por los medios usuales, sino con hacha... La comparación con un árbol expresada por el caballero desconocido no se apartaba de mi mente. Yo quería ver si el estoico, como el tronco herido, crujía y soltaba un ¡ay! al recibir el hachazo.

Despedíme del señor Mier, a quien el obispo llevaba en su coche, y a mí me ofreció el suyo y su grata compañía don Melchor Ordóñez, que iba al Gobierno Civil. Acepté, y rodando por el pedernal de estas malditas calles me dijo el simpático gobernador: «Pero ¿ha visto usted qué tío? No creo que exista en el mundo otro con más agallas. El obispo se hacía cruces viendo la fibra de este hombre. Me ha contado que en tiempos antiguos hubo clérigos delincuentes que ante la espantosa sofoquina de la degradación perdieron el conocimiento, y uno hubo, en Italia o no sé dónde, que cayó patas arriba y le recogieron cadáver... Pero este tío, ya usted le vio: como si estuviera el sastre tomándole medida de un traje nuevo». Dije yo que, en efecto, es un caso estupendo de dominio sobre sí mismo. Y él a mí: «¡Ah! Pero ¿no sabe usted lo mejor? Esta peña, este tronco de acebuche, era un manojito de sensibilidad cuando estuvo enamorado del ama que le sirvió hace algunos años... ¡Oh!, había usted de ver las cartas, Aurioles las tiene. En algunas hay frases tan apasionadas que no las escribiera más sentidas el mejor poeta. Oiga usted: "Cuando en la misa me vuelvo a decir *Dominus vobiscum* y no te veo, como antes, ni la Virgen en su soledad pasaba la tristeza que yo". ¿Qué tal? ¡En qué estaría pensando el hombre cuando celebraba!... Pues otra: ¿no sabe usted que el año 22 estuvo al lado de los milicianos en la acción del 7 de julio? Sí, hombre, y en ese mismo mes quiso matar al Rey; al menos se abalanzó al coche con todas las de Caín, gritando: "¡Mueran los perjuros!". Sí, hombre: ahora lo hemos descubierto... Bragado es el tío, como hay Dios, y de un temple que ya no se estila... ¡Vaya, que si llega a darle de veras a Fernando VII, la que se arma! ¿Qué sería hoy de España? Acá para inter nos, creo que le habríamos quedado muy agradecidos... Pues verá usted lo que me contó anoche. El año pasado, solía ir al gabinete de lectura de San Felipe Neri, y allí se daba unas atraquinas de periódicos españoles y extranjeros que Dios temblaba... Dice que, a pesar de sus amarguras y de su odio al género humano, se mantenía tranquilo y sin idea de matar; pero que al enterarse del golpe de Estado de Napoleón, y ver la nube de despotismo que se venía encima en toda Europa, se fue del seguro y dijo: "Aquí hay un hombre...". Querido Beramendi, yo he visto locos en la política; pero como éste ninguno, ni creo que haya venido al mundo un alma más fanática».

NO CREO QUE EXISTA EN EL MUNDO OTRO CON MÁS AGALLAS. EL OBISPO SE HACÍA CRUCES VIENDO LA FIBRA DE ESTE HOMBRE

Terminó Ordóñez así: «Tengo que poner un bando en las esquinas; está el pueblo muy excitado contra el asesino, y tan condolido de nuestra Reina, que ni aun sabiendo que la herida es leve se da por satisfecho. Me dice la policía que entre la gente del bronce hay elementos decididos a dar un golpe el día de la ejecución, arrancando al reo de manos de la justicia para escabecharlo por manos de la plebe... Figúrese usted, ¡qué carnicería, qué barbarie! Esto no es propio de un pueblo culto... Conozco yo a esos elementos: son los que alborotan siempre, hoy en este sentido, mañana en otro, y al fin en el sentido de la poca ilustración... Pero ellos también conocen a Melchor Ordóñez. Pregunten al pueblo de Madrid quién es Melchor Or-

1851

Londres celebra la Gran Exposición

El Crystal Palace exhibe los avances industriales, militares y científicos de la época

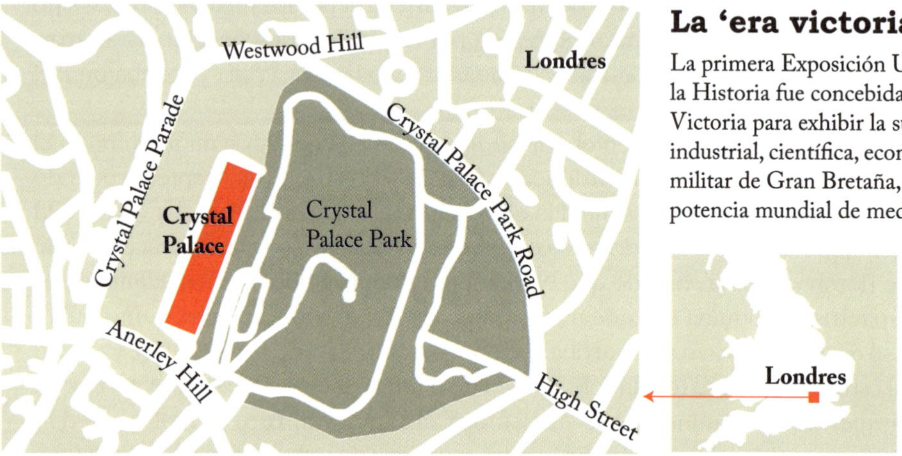

La 'era victoriana'

La primera Exposición Universal de la Historia fue concebida por la reina Victoria para exhibir la superioridad industrial, científica, económica y militar de Gran Bretaña, auténtica potencia mundial de mediados de siglo

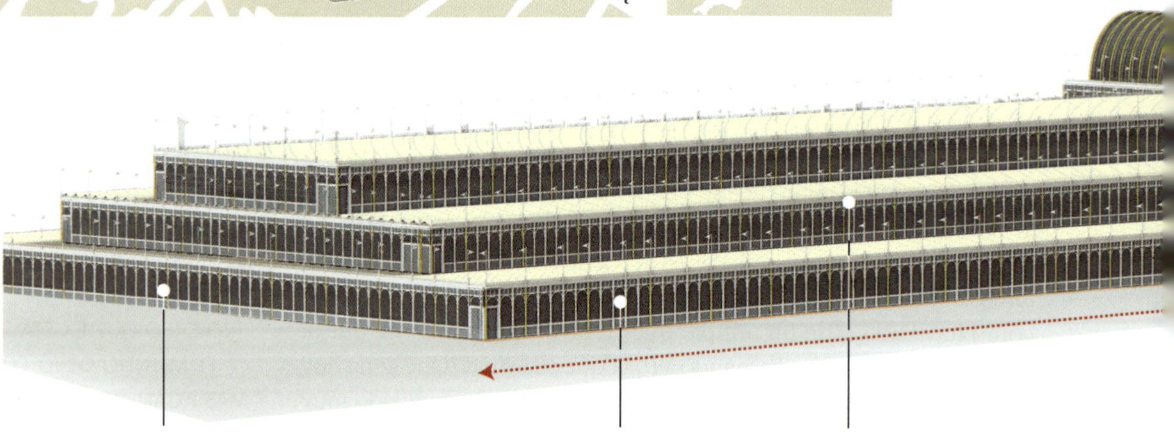

Los marcos de hierro fundido de la cortina de vidrio representaban una gran novedad tecnológica, ya que la presencia de tensores en cada panel prefabricado dieron al palacio una apariencia muy moderna

El complejo se construyó en un tiempo récord de 17 semanas

En total, el edificio contaba con más de 80.000 metros cuadrados de cristal

Joseph Paxton

- **3 de agosto de 1803 – 8 de junio de 1865**
  Arquitecto y paisajista inglés. A él se debe el proyecto del Crystal Palace, su obra más importante, construida expresamente para la Gran Exposición de Londres

- Había trabajado como jardinero a las órdenes de William George Cavendish en Chatsworth. Allí se especializó en la construcción de grandes invernaderos, en los que se basará para la elaboración del Crystal Palace

FUENTE: "Palais de Cristal à Sydenham, près de Londres", J. W. del Campo

El éxito de las exposiciones universales

1851	1852-1854	1855	1936
La Gran Exposición de Londres recibió la visita de 6.200.000 personas y acogió unas 13.000 exhibiciones. Algunos de los objetos expuestos procedían de las distintas colonias británicas	El éxito cosechado por la exposición londinense hará que se celebren otros eventos de carácter industrial en diversas ciudades centroeuropeas y estadounidenses	Se celebra en París la segunda Gran Exposición Universal, que será visitada por más de 5.000.000 de personas	El Crystal Palace queda totalmente destruido a causa de un espectacular incendio

Sala de exposiciones

El ala central del palacio acogió multitud de conciertos y exposiciones. También se instaló en su interior el órgano más grande del mundo, así como un circo en el que se celebraron actuaciones con fieras y equilibristas

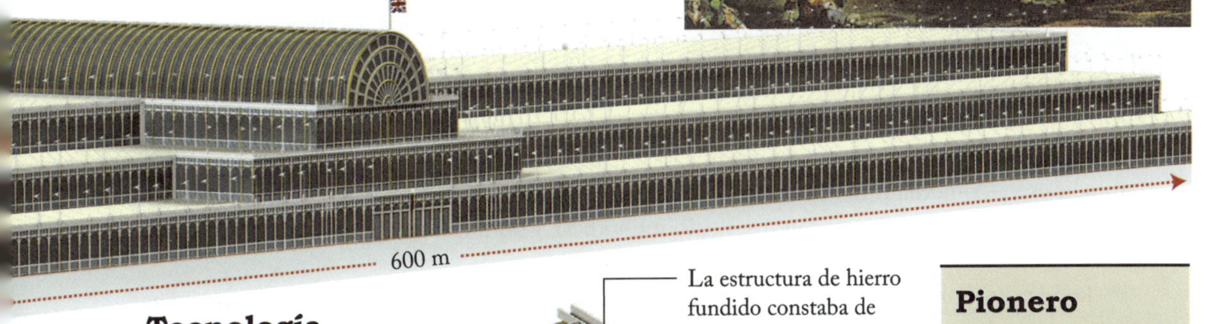

Tecnología prefabricada

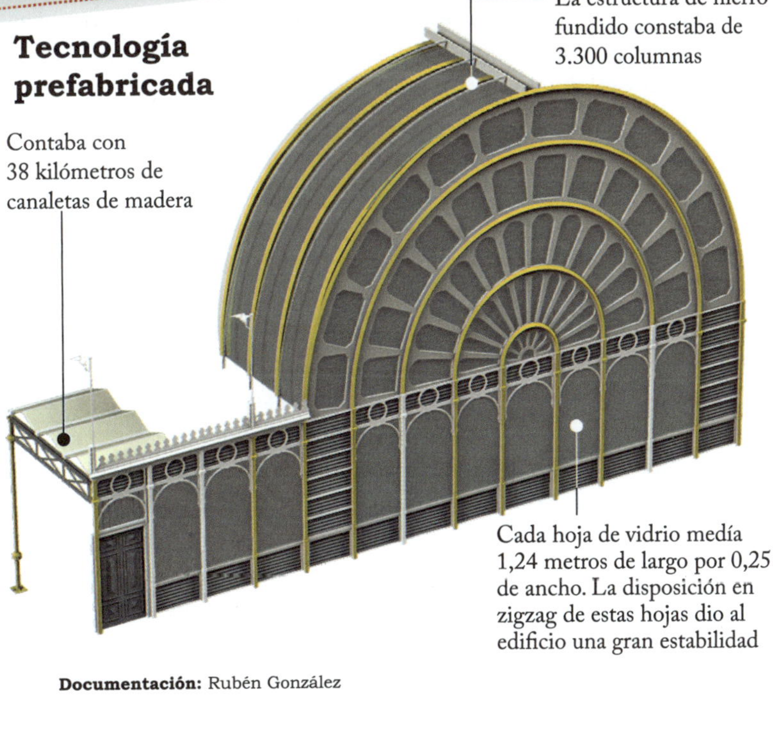

Pionero

- Fue la primera gran edificación transportable de hierro fundido
- Nunca hasta entonces se habían utilizado paredes de cortina de vidrio
- Su estructura era capaz de contrarrestar la deformación causada por vientos laterales
- Y, sobre todo, fue la primera edificación realizada con piezas prefabricadas

Documentación: Rubén González

GONZALO J. DÍEZ

dóñez, y dirá: "Un hombre que sabe respetar y hacer respetar". Y era verdad. Por la fama de su probidad y rigidez, acreditadas en otras provincias, le trajeron a este Gobierno Civil, en el cual ha emprendido con fortuna el escarmiento de pícaros, el acoso de vagabundos y la corrección de revolucionarios de oficio. Pero quien manda, manda. No obstante la rectitud y nobles alientos de Melchor Ordóñez, en algún caso, que he de contar si Dios me da salud, no le han dejado ser tan rígido como él quería».

Llegué a mi casa con dolor de cabeza, desconcertado de todo el cuerpo, amarga la boca y los espíritus muy caídos. El frío que cogí en la odiosa cárcel me molestaba menos que el recuerdo de lo que allí vi, la vileza y procederes bajunos del brazo secular, por una parte; por otra, el bárbaro formalismo del brazo eclesiástico. ¡Con tales brazos, valiente tronco social nos hemos echado!.. Prolijamente lo referí todo a María Ignacia, que, al verme arrumbado en un sofá, no se separó de mí en lo restante de la tarde. Horrorizada con mi relato, me autorizó para que lo escribiese, recomendándome que en lo sucesivo huya de impresiones patibularias, y consagré mis *Memorias* a cuadros y tipos placenteros, proscribiendo todo lo dramático. La misma sociedad me indica el camino que debo seguir, pues ella no quiere ya cuentas con el género trágico, y se ha hecho pura comedia, con sus puntas de sátira, y la exhibición de pasiones tibias, de caracteres excéntricos o graciosos. Esto vino a decirme mi cara esposa, aunque no con los términos que yo empleo, sino más a la pata la llana. La tragedia no existe ya más que en el pueblo bajo, y en los ladrones y bandidos. Debo, pues, concretarme a las clases superiores, que no quieren ver sangre más que en casos de recetar el médico sangría o sanguijuelas. Para mi salud es conveniente que yo ponga un freno a esta recóndita querencia mía de las cosas trágicas, volviendo mis ojos a la sociedad alta y media, y a la política, que también es ya comedia pura, de enredo muchas veces, otras de figurón. Prometí a María Ignacia seguir el camino que su buen sentido me indicó, y aquí me tenéis en plena vulgaridad social.

¿Recuerdas, ¡oh, Posteridad benigna!, a las dos lindas muchachas, Virginia y Valeria, hijas de mi amigo don Serafín del Socobio, con las cuales honestamente me divertía yo allá por los años 48 y 49, jugando con ellas a los novios, y tratándolas siempre como si fuesen una sola mujer con dos cuerpos distintos, aunque muy semejantes? Creo haberte dicho también que les salieron efectivos novios, uno para cada una, dos tenientes, que también a mí me parecieron duplicadas imágenes de un teniente solo. Pues se casan; uno de estos días serán llevadas al altar, no por aquellos pretendientes que las cortejaban el año 50, sino por otros, militar el de Valeria, civil el de Virginia. Ambas, según me cuenta mi mujer, están rabiando por cambiar de estado, ansiosas de pasar de señoritas a señoras, con casa propia, libertad, y hombre a quien poner las enaguas para hacer de él un monigote. Me figuro que estas dos bodas son algo precipitadas, y que los padres, aunque aparezcan satisfechos, han consentido en colocar a las niñas, por no poder aguantar ya sus vehementes ganas de emancipación. Valeria ha escogido por sí su hombre, el cual es un capitancito de buenas prendas, hijo del coronel don Felipe Navascués, que figuró en la guerra civil; entra Virginia en la coyunda, más que por designio propio y libre, por la persuasión amorosa y tenaz de sus padres, que han visto la felicidad de la niña en el orondo y fresco joven Ernesto de Rementería, hijo de un señor que pasa por millonario. Dios las haga felices, y a ellos también, pues, aunque apenas los conozco, merecen mi respeto y la sana compasión que debemos a todo cristiano que se embarca para cru-

LA TRAGEDIA NO EXISTE YA MÁS QUE EN EL PUEBLO BAJO, Y EN LOS LADRONES Y BANDIDOS

▶ EL CRYSTAL PALACE DE LONDRES

La construcción del Palacio de Cristal para la Exposición Universal de Londres en 1851 no fue más que la confirmación del esplendor capitalista e industrial del que gozaba Gran Bretaña a mediados de siglo. El edificio resultante tuvo dos ubicaciones, la primera en Hyde Park para acoger la exposición, y la segunda en la cercana villa de Sydenham, inaugurado en 1854. En ambos casos su diseño le fue encargado a Joseph Paxton y sus principales materiales arquitectónicos fueron hierro y cristal. La estructura era: una nave central, dos laterales y dos cruceros, grandes alturas, figura estilizada y luz natural perenne gracias a que todo el edificio estaba recubierto de vidrio. En su interior se combinaron grandes salas destinadas a la muestra de productos y maquinaria industrial en su primer emplazamiento, y a conciertos y óperas en el segundo, con espacios abiertos que cumplían funciones museológicas, exposiciones escultóricas de clásicos y monarcas ingleses, con fuentes y estanques imperiales que armonizaban el recinto. Rodeado de grandes extensiones de vegetación y parapetado por elevadas torres de agua, el palacio se convirtió en uno de los centros culturales y de reunión más concurridos por la alta sociedad victoriana.

CRYSTAL PALACE DE LONDRES.
Exposición de 1850.

zar el engañoso piélago del matrimonio. Así lo llamo, porque si a mí me ha salido este mar totalmente limpio de sumideros y escollos, otros que entraron en la nave con el corazón lleno de alegrías, navegan desesperados entre bravísimas olas, y no saben en qué peña irán a estrellarse.

La educación de mis amiguitas Virginia y Valeria no las eleva mucho, por más que otra cosa creyera yo, sobre el común nivel de nuestras señoritas de la clase media tirando a superior. Poseen, eso sí, su caudal de saber religioso, todo de carretilla, sin enterarse de nada; escriben muy mal, con una ortografía que parece el carnaval del alfabeto; en Aritmética no pasan de las cuatro reglas, practicadas con auxilio de los rosados dedos; en Historia, fuera de la de José vendido por sus hermanos, y de la de Moisés recogido en el Nilo, están rasas, y solo saben que hubo aquí godos muy brutos, y después moros que eran derrotados por Santiago. Todo lo que saben de Geografía no vale un comino: se reduce a nociones vagas de la superficie del planeta, y al conocimiento de que es forzoso embarcarse para ir a las Américas descubiertas por Colón. En Literatura moderna y clásica están a la altura de su cocinera; no les ha entrado en el entendimiento más que la comedia o el drama del día que han visto en el teatro, y algún novelón sentimental, tal vez empalagosa leyenda de caballeros tontos y sultanas redichas, que han leído en el *Semanario Pintoresco,* o en el folletín del periódico de la casa. Poseen unas cuantas fórmulas de francés para sociedad, y en el piano aporrean furiosamente valses y polcas. No conocen nada de la vida; no se ha permitido que en sus espíritus, amañados para la elegancia, penetre parte alguna del prosaísmo con que tenemos que luchar. No conocen ni el valor de la moneda, ni las pesas y medidas; no tienen idea de lo que es una legua, un celemín, un quintal; apenas se hacen cargo de cómo se convierte el trigo en pan, las uvas en vino, y de cómo salen del cascarón los polluelos. Su corta vida y sus ingenuos caracteres se han desarrollado entre las primarias labores domésticas, y entre novenas y funciones de teatro, perfilando la educación social en tertulias insustanciales, academias de toda humana tontería.

Hablando yo de esta pobreza educativa con las propias Virginia y Valeria delante de su señora madre, ésta, que es una idiota muy honrada y muy buena, dijo que para ser mujeres de su casa no necesitaban las niñas saber más Historia Natural que la precisa para distinguir un canario de un burro, y que los que llamados «Principios» quedáranse para los que habían de ganarse la vida como catedráticos. «Quizás aquella apreciable mula tiene razón», pensé yo al oírla, y traje a mi memoria el ejemplo de María Ignacia, que, si en estudios no estaba menos cerril que Virginia y Valeria, me salió excelente mujer, y ha sabido cultivar por sí, en la vida más que en los libros, sus nativas dotes, fundando fácilmente el nuevo saber sobre el raso de su ignorancia. Esto pienso que harán mis amiguitas, guiadas por su despejo natural y por la sana índole de sus corazones. Amén.

Anoche tuvimos a comer a don Mariano José de Rementería, padre del joven que pronto será feliz esposo de Virginia. Es hombre de posición, según dicen, y de una cultura más brillante que sólida, elaborada en los viajes y en el trato social más que en el estudio. Suelen ser los cultos mundanos menos enfadosos que los eruditos, mayormente si éstos descuellan en la especialidad de la sabiduría rancia y del atavismo histórico y arqueológico; pero don Mariano desmiente esta regla, porque es el señor más molesto, más prolijo y más pedante (en el ramo de cultismo europeo) que yo he podido echarme a la cara en esta vida triste, valle de lágrimas... no, no, valle, vivero más bien de imbéciles. Cuando se pone a contar sus odiseas y las maravillas de la civilización, se creería que él solo las ha visto y gozado, porque a nadie deja meter baza, ni permite que otras bocas alaben cosa distinta de lo que pondera hiperbólica y neciamente la suya. Pues sucedió que el pasado año tuvo este señor la ocurrencia, y nosotros la desgracia, de ir... vamos, de que fuera él, no a escardar cebollinos, sino a visitar la Exposición Universal de Londres. Los que le alentamos a ese viaje, y yo fui uno de ellos, con rabia lo confieso, bien lo hemos pagado, bien, porque ahora, con sus enfáticas descripciones del Crystal Palace y de los peregrinos adelantos que vio en él, nos trae a todos locos, a mí particularmente, que tengo la cabeza débil, y el humor fácilmente irritable contra los habladores. ¡Jesús me valga y santa Librada bendita, patrona de Sigüenza! Es un hombre que empieza a contar algo que le ha pasado en sus viajes, y desde los primeros conceptos pega un brinco y se mete en una digresión, de ésta en otra, y en otra, hasta que, viéndonos a todos mareados, se para y pregunta:

ANOCHE TUVIMOS A COMER A DON MARIANO JOSÉ DE REMENTERÍA, PADRE DEL JOVEN QUE PRONTO SERÁ FELIZ ESPOSO DE VIRGINIA

—¿En dónde estaba yo?

—Pues estaba usted —le contesté anoche— en Oxford Street, queriendo darnos una idea aproximada, nada más que aproximada, de lo grande que es esa calle.

LA EXPOSICIÓN UNIVERSAL DE LONDRES. Su atractivo estuvo en la presentación de nueva maquinaria y su objetivo fue conseguir el máximo progreso de la humanidad. Al frente de la organización estuvo el príncipe Alberto, esposo de la reina Victoria. (*Palacio de la Industria en la Exposición Universal.* Grabado de época).

—Justamente —prosiguió él—. Pues verán ustedes: salía yo de Hyde Park con el famoso Losada, ya saben ustedes, el primer relojero del mundo, y nos encontramos a Carreras, el primer tabaquero de Londres... Hablamos de España, de este país tan pobre y tan atrasado... Entre paréntesis, aquí no tienen idea de la penosa impresión que a los que venimos del extranjero nos causa el llegar a Madrid, y ver el sistema primitivo de recoger las basuras...

De esta digresión pasó a otra, y a mil, y fue a parar ¡a Egipto!, a los carneros de cuatro cuernos que ha presentado Egipto en la Exposición Universal... ¡Cuatro mil cuernos había puesto ya en nuestras cabezas aquel condenado narrador!... Sin el menor cargo de conciencia, digo que le detesto. Su palabra fácil, sus períodos gramaticales muy pulidos, inflados por las amplificaciones, me atacan los nervios. Se oye cuando habla, y se recrea en el efecto que hace. El vértigo de sus digresiones adormece a muchos, y a mí me pone en un grado de furor que difícilmente puedo disimular en su presencia. Y para mayor desgracia, mi suegro, que ahora se pirra por aprender todos los adelantos, con tal que no salgan de la esfera material, le trae a su mesa un día y otro para proveerse de ideas sueltas, y ponerse al tanto de las conquistas más notorias que debe la industria a la ciencia extranjera. Escúchale con devoción, y acaba siempre por desearle una larguísima existencia para que pueda viajar mucho y contarnos tantas maravillas. Lo que yo le deseo es que se muera, que le maten, que le salga un asesino y nos le quite de en medio... Mi mujer me riñe cuando me oye tan despiadados disparates.

—Es que me encocora este buen señor —respondo yo—, y me hace desgraciado siempre que viene a casa. Es un tonto, de la clase de los dorados, que son los peores. ¡Luego me dices tú que me consagre a los tipos cómicos de nuestra sociedad! ¡Ay, mujer mía!, me divierten mucho más los trágicos.

IV

8 de febrero.

Ya no existe Merino. Ayer por la mañana, según dicen, hizo protestación de fe, y dictó un escrito pidiendo perdón a la Reina. Las dos serían cuando le condujeron al suplicio, en burro, con su hopa amarilla llameada de rojo, para que la grosería de la cabalgadura y la horripilante fealdad del empaque, disfraz sustraído a las máscaras de la muerte, llevaran más fácilmente la ejemplaridad al pueblo. Luego, por la noche, le hicieron exequias a la romana: dieron fuego al cadáver, para que no quede hueso, ni momia, ni despojo alguno a que agarrarse pueda la memoria de los venideros. Así lo ha determinado el Gobierno de su majestad, sospechando que la corrupción de los corazones nos traiga una nueva demagogia, tan devota del regicidio que dé en la manía de adorar el zancarrón de este desgraciado sujeto. Ello ha sido un simulacro del Santo Oficio en la mitad del siglo XIX, para que puedan echar una canita al aire los muchos que aquí conservan el gusto de la quemazón de gentes, y se remocen viendo arder a un muerto, ya que no pueden asar a los vivos.

¡Por Cristo, que sin la prohibición terminante de mi mujer, a quien obedezco en todo, aunque me esté mal el decirlo, hubiera yo vuelto al maldito Saladero! Hubiera, sí, cedido a la tentación de acompañar al clériguito señor Puig y Esteve, que llevó a la prisión de Merino el encargo de examinar las profundidades del espíritu del criminal con la sonda del conocimiento de Humanidades y de los clásicos latinos. Brindome a esta visita don Serafín del Socobio, presentándome en su casa al propio Puig y Esteve, quien reiteró el ofrecimiento con exquisita urbanidad. «Pues está usted fuerte en latinidad clásica —me dijo—, vamos juntos, y entre los dos haremos lo que podamos». En un tris estuvo que yo aceptara; pero me acordé de mi costilla, y más pudo el temor de disgustarla que el estímulo de mi curiosidad. Al día siguiente, oyendo contar al curita el resultado de su misión, me maravillé del saber profundo y del buen gusto del asesino. Yo le tenía por buen latinista; pero no sospeché que lo fuera en grado eminente. Y a más de asombrarme, me desconcertó un poco la exacta concordancia de las preferencias de Merino con mis preferencias en el gusto de los clásicos. Como él, he tenido yo siempre marcada predilección por la sátira X de Juvenal. En mis tiempos de vida romana la recitaba de memoria, sin que se me escapara un solo verso; y cuando arreglaba la biblioteca de Antonelli en Albano, emprendí la traducción de la sátira en verso libre: no llegué a terminarla por culpa de Barberina, que se sobrepuso al gusto de Juvenal. Aún puedo recitar algunos trozos, y entre otros el que dice: *«Ad generum Cereris sine caede et vulnere, pauci — Descendunt reges, et sicca morte tyranni»*. Yo lo traducía de este modo:

DIERON FUEGO AL CADÁVER, PARA QUE NO QUEDE HUESO, NI MOMIA, NI DESPOJO ALGUNO A QUE AGARRARSE PUEDA LA MEMORIA DE LOS VENIDEROS

Pocos los reyes, pocos los tiranos
son a los reinos de Plutón descienden
sin ser heridos por puñal aleve.

Fácilmente adapto al alma y a los pensamientos de Merino, en los últimos años de su vida, lo que piensa y dice Juvenal en esta admirable sátira: la turbación de las ideas en Roma, tan se-

EL CADÁVER DEL CURA MERINO FUE QUEMADO EN LA PLAZA PÚBLICA. En la noche del 7 de febrero de 1852, después de las exequias a la romana, sus huesos fueron pasto de las llamas, tal como se promulgó en la sentencia. (*Cremación del cadáver del cura Merino*. Grabado de época. Museo Municipal. Madrid).

mejante a la turbación nuestra; la indiferencia del pueblo a las cosas públicas en cuanto se ha enterado de que la política es oficio de unos pocos; la degradante cobardía de los que pisotean el cadáver del favorito de Tiberio para que no les acusen de haber sido amigos suyos; la ingratitud de la opinión con los grandes hombres; el triunfo de los osados y perversos; la tristeza de la vida, y la vanidad de todas las cosas... Encuentro muy lógico que el elocuente pesimismo de Juvenal se infiltrara en el espíritu de Merino, dispuesto por sus melancolías y desgracias a ser el vaso más propio de tantas amarguras... La voz y el ritmo del poeta latino inspiró sin duda al enemigo de nuestra Reina su ansia de morir, y de morir públicamente, entre el escarnio de la plebe y las iras de los poderosos, ostentando ante todo el universo una gallarda postura de muerte.

En otras predilecciones literarias del humanista criminal, no difiere su gusto del mío. También prefiero entre los poemas bíblicos el de Job y de él conservo en mi memoria algunos pasajes, de sublime grandeza. Y cuando yo, estudiante en la Sapienza y en San Apolinar, me ejercitaba en el análisis exegético y retórico de los evangelistas, san Mateo me cautivaba más que los otros por su evidente cultura, y delicado arte. En todo lo clásico estábamos conformes el regicida y yo, y si el regicidio me parece una atrocidad, más que a perversión moral lo atribuyo al empuje de las ideas negativas en un cerebro donde han perdido las afirmativas toda su resistencia. Desprecio de la vida, querencia de la muerte: ésta es la clave. El morir es bueno, aun para los tiranos; el vivir es malo, aun para los oprimidos.

Lo que el joven Esteve y otros testigos presenciales contaban de la reconciliación de Merino con la Iglesia, horas antes de subir al cadalso, no altera mis ideas acerca de su estoicismo, sino más bien las confirma. Quiso ser entero hasta el fin, y afianzarse en la calidad y nombre de cristiano, como el que se sube a la mayor altura para despeñarse con más admiración y sorpresa de los que contemplan su caída. Una vez cumplido aquel deber elemental, pudo Merino permitirse desdeñosas burlas de los que le llevaban al suplicio en tren de mascarada de la muerte, con ropa de autos de fe y gemidos de una multitud enconada, aunque al fin compasiva. Parte de esta horrible procesión patibularia pude yo ver, valiéndome de cierto casuismo para quebrantar las saludables órdenes de mi buena María Ignacia. «Pepe mío, te suplico, te mando que no vayas a la ejecución». Así lo prometí.

Pero al renunciar al espectáculo de la ejecución, pensé que a la obediencia no faltaría observando si se confirmaban o no las inquietudes de Melchor Ordóñez. Con ánimo de ver si el pueblo nos daba una interpretación trágica de su decantada soberanía, me fui hacia Santa Bárbara, y cuando me escabullía entre la multitud, atento a las voces y pensamientos de hombres y mujeres, tropecé con un alguacil, José Risueño, que me tiene ley, porque yo le conseguí la plaza, siendo gobernador don José Zaragoza. Creyendo Risueño que la mejor prueba que de su gratitud podía darme en aquella ocasión era introducirme en la lúgubre casa, me dijo, asimilando su rostro a su apellido: «Venga, don José, y podrá ver con toda comodidad al cura cuando salga al patio». ¿Cómo resistir a esta tentación? Entré con mi protegido Risueño, y vi a Merino a punto que montaba en el burro. La hopa amarilla le daba un aspecto aterrador. Cuando le ataban los pies por debajo de la cincha, dijo en tono agresivo: «¡Eh, brutos, que me lastimáis! ¿Creéis que me voy a caer? Traedme un caballo y veréis si soy buen jinete». Cuando el asno daba los primeros pasos, miró don Martín al verdugo y al pregonero que iban a su lado, y con flemático gracejo les dijo: «Buen par de acólitos me he echado»; y volviendo el rostro, se despidió con este familiar laconismo: «Abur, señores, abur».

Vi la oscilación del pueblo, y oí su inmenso clamor de curiosidad satisfecha, el goce del horror gustado en visión teatral y objetiva. No advertí nada que indicase movimiento sedicioso para arrebatar a la justicia su presa. Más que pueblo, me pareció público aquel mar ondulante de cabezas espantadas, de ojos ávidos del menor detalle, de alientos contenidos, de bocas abiertas sin ninguna sonrisa. En miles y miles de pensamientos humanos brotaba en tal instante la idea de que el pescuezo de aquel hombre vivo, amortajado de amarillo, iba a ser muy pronto triturado dentro de un cepo de hierro, y esta idea ponía en todos los rostros una gravedad y palidez de rostros enfermizos. Decidido a no seguir la pavorosa procesión, me escabullí por la Ronda con ánimo de tomarle las vueltas al gentío, para observar su actitud. De lejos vi que el paso del reo iba levantando la exclamación trágica, y que ésta le seguía por una y otra banda, como siguen las nubes de polvo al torbellino de viento que las eleva.

CON ÁNIMO DE VER SI EL PUEBLO NOS DABA UNA INTERPRETACIÓN TRÁGICA DE SU DECANTADA SOBERANÍA, ME FUI HACIA SANTA BÁRBARA

No vi más al condenado: de lejos distinguí un punto amarillo que se perdía entre bayonetas y sobre la movible crestería de las muchedumbres. Contáronme aquella misma tarde que, en todo el camino, don Martín no dejó de guasearse de la justicia, del verdugo, de los clérigos asistentes y de los respetables hermanos de la Paz y Caridad. Todo este interesante personal se veía defraudado en el ejercicio de sus caritativas funciones; por los suelos estaba el programa patibulario, pues el reo faltaba descaradamente a sus obligaciones de tal, negándose a llorar, a besuquear la estampa, y a dejar caer su cabeza sobre el pecho con desmayo que anticipaba la inacción de la muerte. Al sacerdote que le exhortó a recitar salmos y a besar la estampita, le dijo: «Ya rezo, señor.

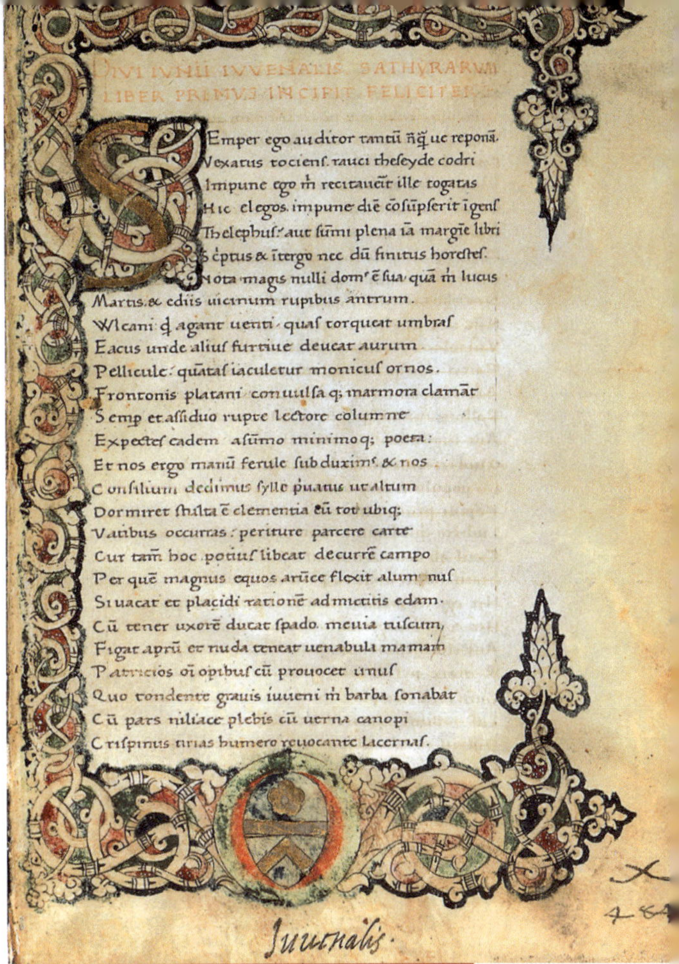

LA INFLUENCIA DE JUVENAL EN EL CURA MERINO. El poeta satírico Juvenal influyó en el espíritu de Martín Merino. Sus textos calaron en la conciencia del extraño personaje y le turbaron las ideas. (Página de *Las Sátiras* de Juvenal. Biblioteca Ambrosiana. Milán).

Quiero ver al pueblo y que él me vea a mí». Y como de nuevo le incitara el clérigo a mirar la estampa, sus palabras: «Ahora estoy mirando la nieve de la sierra. ¡Qué hermoso espectáculo!». Al conductor del asno reprendió en esta forma: «Torpe eres tú para criado mío, con mi genio... Creo que no vas a servir ni para ahorcar». Y luego siguió así: «¡Cuánto tiempo que no doy un paseo tan largo, y de balde! ¡Qué buena borrica es ésta!». Llegó al cadalso, subió con aplomo la escalera, y acercándose al banco, tocó y examinó los instrumentos de suplicio para ver si estaba todo en buen orden. Besó el crucifijo, sentose para que el verdugo le atara, y mientras lo hacía, le encargó que no apretase mucho, que él prometía moverse lo menos posible en el momento de morir. Se le probó la argolla, y como notara que le lastimaba un poquito de un lado, hizo un mohín de disgusto. Pero no era cosa mayor la molestia. Expresado el deseo de hablar, permitiéronle pronunciar solo algunas palabras, repitiendo que no tenía cómplices, y terminó con la fórmula: «He dicho». El verdugo volvió a colocarle la argolla; acomodó Merino su pescuezo... Sus últimas palabras fueron: «Ea, cuando usted quiera».

Cumplió el verdugo... En mi memoria reviven estos versos de la sátira de Juvenal, que toscamente traducidos dicen:

Pide un ánimo fuerte que no tema
morir, y que la corta vida mire
como precario don de la Natura.

9 de febrero.

Y voy con lo urbano y apacible, con lo que mi mujer llama comedia, y es la trama vulgar y descolorida de la existencia, mundo medianero entre la risa consoladora y el llanto dolorido, entre el sainete y el drama... Allá voy, allá voy. ¡Pues no se pondría poco enojada la posteridad si me descuidara yo en informarla de que hoy lunes se han casado mis amiguitas Virginia y Valeria! Ya lo saben las presentes y futuras generaciones; sepan también que hubo gran gentío, y después un copioso refresco en casa de Socobio, y que los recién casados se fueron por la tarde a ocultar su vergüenza, una pareja a San Fernando, orillas del manso Jarama, de regaladas truchas; la otra a Canillejas, donde parece que el señor Rementería tiene un *cottage,* así lo dice él, muy para el caso. Sepan cuantos las presentes vieren y entendieren que las dos chicas lloraron a moco libre cuando al término de la ceremonia las abrazó su madre; que esta voluminosa dama sufrió, de la emoción, un repentino desmayo, y que yo fui, por mi proximidad al sitio de la catástrofe, el desgraciado mortal a quien tocó la china de recogerla en sus brazos. Feo me vi para sostenerla, y con hábil maniobra, como quien no hace nada, pude arrojar toda aquella pesadumbre sobre mi vecino Rementería.

Sabrán asimismo que Rogelio Navascués, marido de Valeria, es un militar nada bonito, pero simpático y airoso. Creo que bastaría su hoja de servicios a darle crédito y fama de valor si ya no lo acreditara casándose. Es despierto, picado de viruelas, delgado y rígido. Del de Virginia, Ernesto Rementería, se hace lenguas la gente ponderando sus buenas cualidades y su finísima educación a la extranjera. Es gordito, sonrosado, de rostro pulido, limpio totalmente de bigote y barbas, la melena lustrosa y ahuecadita sobre las orejas. Vestido con traje talar podría pasar por una mujer metida en carnes, o por un lindo clérigo francés. Viste muy bien, y sus maneras no pueden ser más atildadas. Habla tres o cuatro idiomas, según dicen, que yo siempre le oigo expresarse en un castellano premioso, arrastrando las erres con sones de gargarismo. Educose en el Mediodía de Francia. Su padre, antes de traerle a España, le ha dado una pasada por diferentes naciones cultas, teniéndole seis meses en Francfort, otro tanto en Londres, y año y medio entre distintas poblaciones de Austria, Suiza y Holanda. Han procurado instruirle principalmente en el alto comercio y en la magna industria. Por su distinción, su gravedad y el aquél de tanto viajar con fin educativo, yo le llamo «El Joven Anacarsis». Él se ríe, enseñando unos dientes blancos como la leche, y poniéndose un tanto colorado.

ES GORDITO, SONROSADO, DE ROSTRO PULIDO, LIMPIO TOTALMENTE DE BIGOTE Y BARBAS, LA MELENA LUSTROSA Y AHUECADITA SOBRE LAS OREJAS

En fin, yo les deseo a todos mucha felicidad, e invoco a la diosa tutelar del matrimonio, la honrada Juno de brazos de alabastro, y a la prolífica Cibeles, para que les conceda...

V

Sigüenza, 20 de abril.

Al reanudar con tanta distancia de espacio y tiempo estas vagas *Memorias,* mi primer plumada será para explicar por qué quedó interrumpida y suspensa la última hoja de lo que emborroné con fecha 9 de febrero. A punto que me acercaba a la terminación de aquel escrito, fui sorprendido por una carta de Sigüenza que, con los emolientes de costumbre, me notificaba la muerte de mi buena madre. Días antes habíamos recibido carta de ella poco firme de pulso, en los conceptos vigorosa: solo nos hablaba de sus inveterados alifafes sin importancia, y se mostraba gozosa, muy esperanzada de vernos pronto por allá. Como

LAS AMAS DE CRÍA AMAMANTABAN A LOS NIÑOS DE LA CLASE ALTA. Aunque socialmente eran muy valoradas, se las culpaba también de los males que afectaban a los bebés por la calidad de la leche. *(Anuncio de amas de leche con manuscrito de Teresa Servós.* Museo de Historia de la Ciudad. Barcelona).

nada temía, la triste nueva fue para mí un escopetazo, y María Ignacia, que amaba a mi madre tanto como a la suya, se afectó en tal manera que la tuvimos ocho días en cama. Con el vivo dolor mío y la dolencia de mi mujer, imagínese qué gusto tendría yo para redactar memorias... El fallecimiento de mi adorada madre parece que desató sobre mi familia todos los infortunios, y desde aquel aciago día de febrero ya no hubo para nosotros tranquilidad. A poco de restablecida mi mujer, empezó nuestra niña a ponerse muy descaecida, y...

Aguárdense un poco: ahora caigo en la cuenta de que, por la quemazón de mis papeles del 51, no sabe la posteridad que el cielo me concedió una niña, la cual no nació tan robusta como su hermanito; que la pusimos por nombre Librada, como mi madre, y que desde los primeros meses de su existencia nos dio no poca guerra con el quita y pon de leches, pues atribuíamos el desmedro a las malditas amas. Ya la teníamos al parecer metidita en caja, cuando de improviso se nos echó de nuevo a perder, y luchando hemos estado, hasta que al fin, hartos de doctores y tratamientos, resolvimos venirnos con las dos criaturas a esta saludable tierra y a estos purísimos aires. Tanto a Ignacia como a mí nos probó muy bien el cambio de suelo, de ambiente, y de paisanaje sobre todo, pues en este sentido Madrid me iba pareciendo ya tierra clásica de majaderos. La niña también ha mejorado, y el primogénito está hecho una fiera de apetito y codicia vital. He llegado a creer que la sombra de mi madre, vagando entre nosotros, nos arregla la vida del modo más llevadero y fácil; misteriosa tutela de ultratumba, que uno cree y admite como se creen otras cosas sin someterlas al contraste de la razón. Doy en pensar que la santa señora nos trae, en forma de consuelos, proyecciones de la bienaventuranza con que Dios ha premiado sus virtudes... Y de *Memorias* nada, porque aquí no hay

Bravo Murillo, presidente del Consejo de Ministros desde enero de 1851, fue elegido por la reina Isabel II como el político más apropiado para sanear la imagen del Gobierno y la Administración. Su primera medida estuvo orientada a mejorar las relaciones con la Santa Sede y para ello firmó un acuerdo con el Papado el 11 de mayo de 1851, que no entró en vigor hasta el 17 de octubre de ese mismo año. Las medidas más relevantes estuvieron relacionadas con cuestiones económicas y tratados de fe.

LAS REFORMAS DE BRAVO MURILLO

La corrupción que se alcanzó durante el gobierno moderado afectó tanto a la Administración del Estado como al propio partido. El fenómeno no pasó desapercibido y el 30 de diciembre de 1850 Donoso Cortés pronunció un discurso sobre la situación del país en el Congreso de los Diputados en el que, con clara intención moralizante, denunció la corrupción que se extendía por todas las ramas de la Administración. La consecuencia directa del discurso fue la dimisión de Narváez. Para sustituirle, la reina Isabel II nombró presidente del Consejo de Ministros, en enero de 1851, a Bravo Murillo, hasta ese momento ministro de Hacienda.

Juan Bravo Murillo, de origen extremeño, nació en 1803 y era un fervoroso católico formado en el convento de Fregenal de la Sierra. Como jurista tuvo un papel relevante en la redacción de la Constitución de 1845 y ocupó varias carteras: ministro de Gracia y Justicia en 1847, ministro de Comercio, Industria e Instrucción Pública en el mismo año y ministro de Hacienda en agosto de 1849, cargos que le consagraron como un eficiente administrador.

Nada más alcanzar el poder Bravo Murillo se propuso restablecer las relaciones con la Santa Sede, rotas desde los procesos desamortizadores impulsados por Mendizábal en periodos anteriores y que concluyeron con la firma, el 11 de mayo de 1851, de un acuerdo que reglamentaba las relaciones entre el Papado y el Reino de España. El Concordato entró en vigor el 17 de octubre de ese año y estableció una política de protección de los bienes de la Iglesia católica frente a posibles procesos desamortizadores futuros. También se frenó la venta de los bienes que todavía estaban en poder del Estado y la Iglesia y obtuvo compensaciones económicas por las pérdidas ocasionadas. Desde el punto de vista religioso, en su artículo primero establecía el carácter único y exclusivo del catolicismo en España: «La religión católica, apostólica, romana, que con exclusión de cualquier otro culto continúa siendo la única de la nación española, se conservará siempre en los dominios de S. M. Católica con todos los derechos y prerrogativas de que debe gozar según la ley de Dios y lo dispuesto por los sagrados cánones». Además el tratado fijó el modelo de relación entre Iglesia y Estado y estableció la protección y subvención de la primera con cargo a los presupuestos de la nación.

Al margen del concordato, la labor política de Bravo Murillo se centró en la redacción de un nuevo texto constitucional que presentó el 1 de diciembre de 1852, y en el que propugnaba el fortalecimiento del poder de la corona y la reducción de las atribuciones del régimen parlamentario. Suponía, por tanto, un retorno a una política conservadora, más propia del Antiguo Régimen o del Estatuto Real de 1834 que de un régimen liberal. El texto constitucional de Bravo Murillo, en su artículo 20, buscaba ante todo garantizar la defensa del orden público, para lo que reforzó a la monarquía dotándola de un amplio poder ejecutivo y decisorio frente al Gobierno o las Cortes, además de favorecer la práctica de gobernar y legislar mediante reales decretos. En cuanto a la financiación del Estado, proponía la redacción de presupuestos permanentes que desvincularan al ejecutivo de la preceptiva votación anual en las Cortes, lo que reducía el poder de las Cámaras representativas a una función estrictamente legislativa y les negaba el control de la acción de gobierno. El proyecto constitucional suprimía además las garantías sobre la libertad de imprenta y la seguridad de las personas.

La hostilidad de las Cortes al proyecto fue tan intensa que Bravo Murillo se vio obligado a maniobrar para conseguir de la Reina la disolución de las Cámaras y la convocatoria de nuevas elecciones, que debían servir como referéndum de su proyecto constitucional. Las protestas no cesaron y unieron a todos los partidos políticos, incluido el moderado, en un bloque opositor inédito desde los tiempos de Espartero. El texto constitucional no prosperó y la Reina retiró su confianza a Bravo Murillo ante el temor a un golpe de Estado. Dimitió el 14 de diciembre de 1852.

JUAN BRAVO MURILLO. Grabado de época. Museo Municipal. Madrid. Y *Salón de sesiones del Congreso de los Diputados.* Grabado en *El Museo Universal.*

vida pública; ningún acontecimiento sonoro rompe el plácido runrún de la existencia. Ecos llegan acá del rebullicio político que anda en Madrid por la reforma constitucional; pero como nada me importa que nos quiten la vigente Constitución para ponernos la que más guste a la reina Cristina, a los señores eclesiásticos y a los realistas disfrazados de liberales; como pienso que con libertad y con despotismo siempre seremos los invariables ciudadanos de «Majaderópolis», dejo pasar la racha, y, venga lo que viniere, aquí me tienen, como el impávido varón de Horacio, mirando las ruinas de ayer... y las fáciles construcciones de hoy, añadiré que son las ruinas de mañana.

Madrid, 13 de enero de 1853.

¡Vaya una lagunita!... Para saltar de la orilla en que dejé mis *Memorias* a esta ribera en que ahora las reanudo, tengo que dar un brinco tan grande, que es fácil me caiga en medio del agua, o sea, en el cenagoso abismo de mis calamidades. ¿Saben que se nos murió la niña a fines de septiembre del año pasado? ¿Saben que mi padre está si cae o no cae, pues desde la muerte de su esposa no ha levantado cabeza el pobre? ¿Saben que a nuestra hija dimos tierra en el mismo sepulcro de mi madre, para que juntas esperen la resurrección de los muertos? Ignacia y yo nos hemos consolado con la idea de que la Librada grande y la chiquita gozan abrazadas la dicha eterna... ¿Saben que cayó Bravo Murillo, y que se llevó la trampa todo aquel tinglado de la reforma constitucional?; ¿Que María Cristina y los demás realistones que patrocinaban esta idea se echaron atrás asustados, dejando solo al extremeño don Juan con sus economías para fuera y sus chorizos para dentro de casa? ¿Saben que ha venido, como quien viene de Belén, un ministerio Roncali, con Federico Vahey, Alejandro Llorente y otros que no recuerdo? ¿Saben que me afecta tanto la emergencia de esta trinca de gobernantes como si vinieran a decirme que se han descubierto mosquitos en la luna? ¿Y saben, en fin, que he perdido en absoluto las ganas de continuar pergeñando estas deslavazadas *Memorias,* y que me cosquillea en la voluntad el prurito de quemar todo lo escrito desde febrero del año anterior, con lo que vendré a ser inquisidor de mí mismo? Pues saben todo lo que yo sé, y no necesito escribir más.

¿SABEN QUE MI PADRE ESTÁ SI CAE O NO CAE, PUES DESDE LA MUERTE DE SU ESPOSA NO HA LEVANTADO CABEZA EL POBRE?

Madrid, noviembre de 1853.

A instancias de mi mujer, intento reanimar mi espíritu con el enredo de contarle cositas a la posteridad; pero ello ha de serme difícil en grado sumo, pues ya parece que de mi mente se alejan esquivas las formas literarias, negándose a entrar en ella, como en venganza del largo desuso a que las he tenido condenadas. ¿Cómo empiezo? ¿Qué materia social o política cogeré del montón de la vida presente para probar en ella mis fuerzas mentales embotadas? Nada encuentro que me sirva; y sin materia rica en elementos psicológicos, ¿qué ha de hacer el pobre ingenio mío, que veo acortarse de hora en hora, como la piel de lija que sirvió a Balzac para su famoso simbolismo de la humana vida? ¿Hablaré de la muerte de mi padre? Esto a mis lectores poco interesa, y a mí, por dolerme tanto, me lastima traer asunto tan íntimo a estas páginas frívolas, amargas, que sin quererlo suelen salirme irónicas. Y lo malo es que, apartando la mente de mi desgracia para llevarla a la vida general, no encuentro más que muer-

16 de marzo de 1851

España y el Papa sellan un nuevo Concordato

Tras la desamortización, los moderados restablecen las relaciones con la Iglesia

Pío IX mantuvo una buena relación con la reina Isabel II

Sueldos anuales fijados en el Corcordato

Arzobispo de Toledo
160.000 reales
Arzobispos
90.000 reales
Obispos
70.000 reales
Racioneros
10.000 reales
Párrocos
3.300-10.000 reales
Coadjutores
2.000 reales
Exclaustrados
1.460 reales

Este acuerdo aumenta las diferencias entre el alto y el bajo clero. Por ejemplo, un arzobispo pasa a cobrar mucho más que un miembro del Tribunal Supremo (50.000 reales) o un coronel (25.000). Por su parte, el salario de coadjutores y exclaustrados queda al mismo nivel que el de un aguador

1833	1836	1845
Se aprueban leyes para reducir el censo eclesiástico	La desamortización de Mendizábal desmonta la base económica del clero	Los moderados aprueban una Constitución que establece la confesionalidad católica del Estado. El Gobierno asume el pago de 159 millones de reales anuales para la financiación de la Iglesia

Las leyes aprobadas por los moderados para restablecer las relaciones con la Iglesia culminan con la firma del Concordato, que declaraba al catolicismo como la única religión de la nación española y reconocía el derecho del clero a poseer bienes

Juan Bravo Murillo, presidente del Consejo de Ministros, se encargó de las negociaciones con el Papa Pío IX

La nueva división eclesiástica

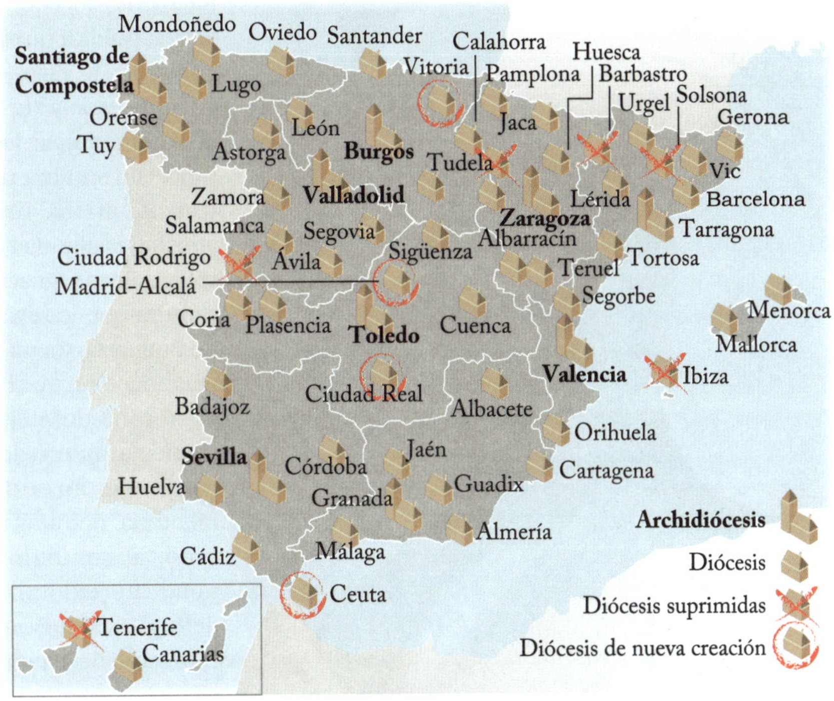

Consecuencias del Concordato

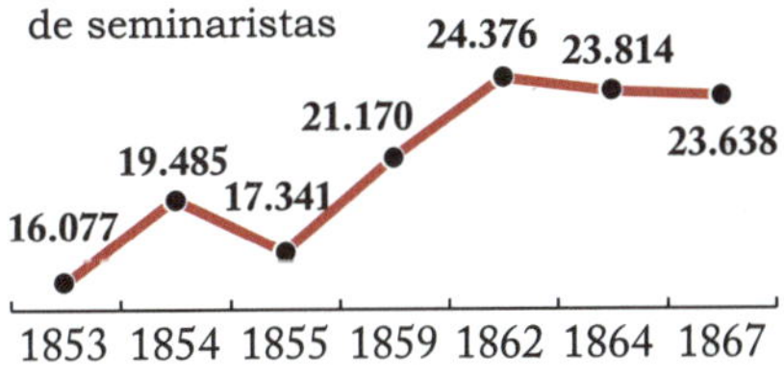

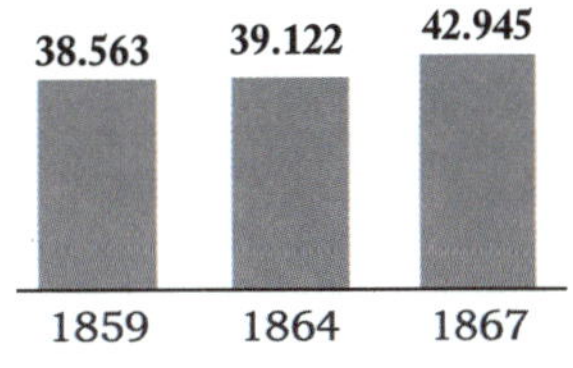

FUENTE: "Breve Historia de la Iglesia en España", Vicente Cárcel **Doc.:** Rubén González **TERESA F. DEL VADO**

tes, muertes célebres, como podríamos llamar a las que no circunscriben su duelo al término de una familia. Murió Mendizábal. Tres días ha le llevamos al cementerio con gran multitud de pueblo y señores, tributo tardío y menguado a un hombre que estimo como de los más altos de nuestro siglo por las ideas grandes y la voluntad poderosa. Últimamente, los políticos de tanda le hacían poco caso. Muerto, se ha visto su talla gigantesca, y hemos empezado a mirar y a medir su obra colosal, incompleta, porque aquí siempre ha de perderse en el tiempo el remate de las cosas: así lo dispone la envidia. Los envidiosos callaron al ver pasar su entierro; el pueblo, que, por ser tan poco envidiable, es quien menos envidia, le siguió con respeto y emoción, comprendiendo con seguro instinto todo el valor de la figura política que ya teníamos arrumbada, y que ahora revive, aunque solo en nuestra memoria.

Murió también Jenara, la viuda de Navarro, mujer de larga historia propia y de grandísimo ingenio para contar la de los demás. Era la dama más guapetona y más salada que nos legó el ominoso reinado; su trato cautivaba; su sinceridad era la mayor de sus virtudes, con haber tenido muchas, aunque no todas las que manda el decálogo. Desde el azaroso tiempo de José hasta las dos regencias inclusive, precursoras de Isabel II, y aun un poquito más acá, no había fragmento anecdótico relacionado con la vida pública que no existiera en sus archivos, y éstos solía mostrarlos, cuando estaba de vena jovial, a sus buenos amigos. Deja una memoria dulce sin sombra de rencores. En su testamento ha repartido entre las amistades algunas joyas y objetos de valor. A María Ignacia le ha dejado una pulsera que le regaló doña Francisca de Braganza, y a mí dos cartas de Chateaubriand en que habla del Congreso de Verona de Alejandro de Rusia, y particularmente de sí mismo. R. I. P.

El que no se ha muerto es Rementería, ni trazas tiene de óbito cercano; al contrario, disfruta de una salud aterradora, que, según dice, debe a las abluciones con agua fría... Este azote de la humanidad no ha concluido de contarnos todo lo que vio en la Exposición de Londres, y siempre acaba diciendo: «Estamos muy atrasados», o «vivimos en un grande atraso». Pasa por hombre de posibles, y así lo manifiesta su casa, que es también la de sus hijos, Ernesto y Virginia. Sus alfombras, sus cortinajes, su comedor *vieux chène,* sus dos salones con tapices, imitación de gobelinos el

EL MULTITUDINARIO ENTIERRO DE MENDIZÁBAL. El 3 de noviembre de 1853 falleció el presidente del gobierno que fue capaz de expropiar sus bienes a la Iglesia y quien puso fin a la primera guerra carlista con la creación de un ejército de más de cien mil hombres. El pueblo salió a la calle para despedirle en su camino hacia el cementerio (*Mendizábal.* Grabado de época).

uno, el otro de severo estilo inglés, son la admiración de Madrid... Y además de hombre adinerado, es muy entendido en negocios. España le debe, si no la implantación, el perfeccionamiento de las sociedades de seguros sobre la vida, pues la sociedad suya, la que fundó y dirige, nombrada «La Previsión», ha empezado sus operaciones con un éxito loco, según dicen. No pocas empresas de esta clase se han fundado en España de algunos años acá, y parece que todas prosperan... Los milagros de la asociación y del mutuo auxilio, en Inglaterra y en Francia, por diversas plumas han sido explicados aquí en periódicos y boletines. ¡Si llegaremos algún día, con la ayuda de Dios y el concurso de estos entendidos negociantes, a la categoría y significación de pueblo rico y civilizado!... Guizot dijo a los franceses: «Enriqueceos», y nuestros aseguradores de la vida contra la pobreza, de la propiedad urbana contra incendios, y de las naves contra los riesgos de la mar, dicen a los españoles: «Asociaos; traedme vuestras economías, y os haré poderosos». Los españoles, borregos *a nativitate,* llevan, sí, sus economías... «¡La previsión, el ahorro, el mutuo auxilio!... ¡ah! Estamos muy atrasados...».

ESPAÑA LE DEBE, SI NO LA IMPLANTACIÓN, EL PERFECCIONAMIENTO DE LAS SOCIEDADES DE SEGUROS SOBRE LA VIDA

A instancias de mi mujer, leo los párrafos antecedentes, y ella me dice:

—Parece que tomas a broma la sociedad de don Mariano José... y en eso no eres justo, Pepe. Rementería tiene mucho talento, ha visto medio mundo, aprendió en el extranjero estas cosas de juntar los ahorros de todos para hacerlos crecer y... Pero ¿qué gestos haces?

—Estamos muy atrasados...

—No te rías, ni tomes esto a broma. Aquí tengo el prospecto.

—Lo sé de memoria. Trae primero la retahíla del Consejo de Vigilancia, en el cual han metido a tu padre; después dice: «Director, don Mariano José», etc.... «caballero de la Legión de Honor»...

—Y por ser de la Legión de Honor, ¿crees que le llevarán más pronto el dinero?

—Naturalmente. Ya sabe el pie de que cojea todo español que tenga cuartos. El español con ahorros camina ciegamente hacia un hombre estirado, que se los pide mostrando un cintajo en el ojal de la levita.

—¡Qué exagerado eres, y qué disparates dices! Explícame esto de las imposiciones y del 3 por 100. Dime cómo se aumenta el capital o fondo; qué significa esto de la «amalgamación» de intereses, y cómo y por qué se enriquece el asegurado que conserva la vida...

Di a mi mujer explicación clara de las bases y mecanismos de la sociedad, que son excelentes, y añadí:

—La idea es en sí fecundísima: desconfío de las personas que la ejecutan.

Tronó María Ignacia contra mi pesimismo, y apuntando el propósito de asegurar a nuestro hijo, me leyó este incitativo párrafo del prospecto:

—La combinación de imposición de fondos en títulos del 3 por 100 y de la herencia mutua entre los asegurados, produce resultados sorprendentes, en términos que una imposición de 1.000 reales anuales que un padre hace en cabeza de un niño recién nacido, promete a este hijo un capital de 470.000 reales si alcanza su vida la edad de veinticinco años.

—¡Parece milagro! Aseguraremos al pequeño, si quieres. Somos ricos. Si en esta lotería no nos cae premio, poco perderemos... ¡Adelante las sociedades de seguros! Con desconfianza de sus manipuladores, yo las admito y enaltezco. El principio económico en que se fundan no puede ser mejor. La base del negocio es la muerte, infalible cosecha, y lo que en otros países ha dado buenas ganancias, aquí debe darlas triples, porque los españoles, en su gran mayoría, se mueren antes de tiempo, por la falta de higiene, por las guerras civiles, por la miseria. Yo te concedo que las tales sociedades son buenas y que debemos alentarlas hasta ver en qué paran; pero no me mandes incluir estas vulgaridades en mis *Memorias,* que o no serán nada, o deben transmitir desde mis días a los venideros los graves hechos políticos y militares...

—Ven acá, tonto de capirote —replicó mi mujer, poniendo en sus ojuelos claros toda la agudeza de su espíritu—: ¿quién te dice que esto no es un tema social, un tema político, el más político de cuantos pueden existir... histórico además, por ser cosa que va de un día para otro y de un año para otro año?... Ciego estás si no ves lo interesante que ha de ser este capítulo de las sociedades para los que te lean dentro de medio siglo. Piénsalo, Pepe, y hazme el favor, te lo suplico, de no romper lo que has escrito de don Mariano José y de la flamante Previsión, que es una mina, créelo, el grande hallazgo de todos los españoles que se tomen tiempo para morirse. Piénsalo, Pepe, y no rompas...

No rompí, pensé...

VI

Diciembre de 1853.

He comprendido que mi mujer, en quien cada día reconozco más claras dotes de profetisa y adivinadora, me señala la verdadera fuente de la histórica filosofía, y su talento admirable arroja mayor brillo cuando me dice: «En los actos más insignificantes encontrarás el filón de pensamientos que buscas». A los pocos días de la conversación relatada en mi anterior confidencia, salimos de compras. Algo necesitábamos para nuestra casa; pero íbamos acompañando a Valeria, que aún no había completado el ajuar de la suya, y nos llevaba de asesores inteligentes. En muebles importados de Francia vimos maravillas. De algún tiempo acá se han establecido en Madrid no pocos marchantes que nos traen las formas gallardas y cómodas de la ebanistería y tapicería francesas. ¿Qué sillones y qué sofás de blando asiento! Los huesos duros del español de raza, hechos a toda incomodidad y dureza, caen en ellos embelesados y no saben levantarse. Todavía tenemos espíritus ascéticos que se escandalizan de esta blandura y la llaman ¡sibaritismo!... Pues en muebles de puro adorno hay preciosidades que quitan el sentido a las señoras de buen gusto y de aficiones suntuarias. Los veladores maqueados, las sillas del mismo estilo, hacen el agosto de estos buenos mercaderes, en quienes advierto, con grande asombro, que se han asimilado la relamida finura francesa para enseñar el artículo, regatearlo, venderlo y cobrar su importe, si es que lo cobran. En juegos de habitaciones completas, comedores de nogal tallado, alcobas de palo santo, salas y gabinetes, vi gran variedad, a precios razonables, al alcance de los que tienen poco dinero y aun de los que no tienen ninguno...

SE HAN ESTABLECIDO EN MADRID NO POCOS MARCHANTES QUE NOS TRAEN LAS FORMAS GALLARDAS Y CÓMODAS DE LA EBANISTERÍA Y TAPICERÍA FRANCESAS

Pues mayor fue mi sorpresa cuando me llevaron (Valeria era la que guiaba) al 17 de la calle Mayor, La Exposición Extranjera, suntuoso almacén de objetos de laca, de bronces para regalos, y de mil bagatelas elegantes, graciosas, útiles, obra del inagotable ingenio parisiense. No

EL TRAZADO DEL FERROCARRIL ACTIVÓ LA INDUSTRIA Y LA AGRICULTURA. El transporte de materiales y hortalizas en mayores cantidades y a menor precio reactivó la economía gracias al ferrocarril. Juan Bravo Murillo propuso y apoyó las medidas necesarias para favorecer el progreso y la modernidad, como sucedió también en Europa. (*El tren de la fresa cruzando el río Manzanares, 1850.* Colección particular).

me había yo enterado de que nos traen acá toda esta superfluidad bonita, y menos de que se vende como pan, echando por tierra la leyenda de las austeras costumbres españolas. Vi gente innumerable que compraba, o al menos que veía y regateaba. Aquel género de pura distinción y lujo también se va poniendo al alcance de los que no tienen sobre qué caerse muertos. Compran los ricos, los que disfrutan un modesto pasar, y los empleados de catorce mil reales que dan reuniones en su casa, y se prometen mayor ostentación cuando logren el ascenso a dieciséis mil... ¡El mundo está perdido! Algunos cuartos dejamos en La Exposición Extranjera, y no volvimos a casa sin echar un vistazo a otros establecimientos: género blanco y mantelería, encajes, plata Ruolz, etcétera... Cuando María Ignacia y yo comentábamos a solas nuestra correría por las tiendas de tan grande novedad, me dijo ella: «¿Tú qué te creías, que Madrid no progresa? Pues déjate que pongan los ferrocarriles; verás cómo se cuelan aquí todos los adelantos». Y yo: «Ya veo, ya: nuestro pueblo se asimila los progresos del lujo y de la comodidad más pronto de lo que yo pensaba. Tenías razón en decirme que estas cosas insignificantes y comunes merecen que se les indague el busilis. Escribiendo yo de ellas, escribo Historia *sans m'en douter*». Y ella: «Yo no sé si escribes Historia o no: solo sé que esto es comedia y de las entretenidas, es sátira, es pintura de costumbres». «Relaciono estos hechos —dije— con la epidemia reinante, que llaman "pasión de riquezas, fiebre de lujo y comodidades". Así nos lo cuentan y así lo vemos con nuestros propios ojos. Un día y otro nos hablan de los "escandalosos agios", de los negocios y contratas con que el Gobierno premia a los que le ayudan. Ya viene de atrás este tole-tole; pero don Juan Bravo Murillo fue quien más abrió la mano en las concesiones de vías férreas, de explotación de minas, de obras para nuevos caminos y para puertos y canales. Esto es muy bueno, esto es vivir a la moderna, esto es progresar. No hemos de ser un eterno Marruecos petrificado en la barbarie y en la pobreza... Aunque sigo aborreciendo a nuestro amigo Rementería, por hablador insufrible, pienso que este hombre enfadoso y cargante es un mesías que viene a traernos vida nueva. Poco vale el mesías; pero sin duda no merecemos otro. Ahora falta ver qué regeneración nos trae, y cómo la recibimos». Y ella: «No hay duda de que los españoles quieren entrar por el camino de la ilustración, madre del bienestar». Y yo: «Pero no empiezan por el principio, que es instruirse y civilizarse, para después gozar. Dicen: "Gocemos, y luego nos civilizaremos". Ven todo ese material bonito y elegante que los extranjeros han inventado para su goce, para su descanso y recreo; y tomando el fin por el principio, piden que vengan acá esas maravillas, las compran, las usan, quieren gozar de ellas, creyendo que con adquirirlas y poseerlas son tan civilizados como los que las inventaron y luego las hicieron. Signo de cultura son las ricas alfombras, las tapicerías, los sillones de muelles en que se hunde el cuerpo perezoso. Pues tráiganmelo, dicen: decoraré con ello mi casa, me daré tono de hombre culto, y ya se verá luego de dónde saco los dineros para pagarlo. No ha de faltar un buen negocio, un repentino hallazgo de veta minera, un cambio político, un premio de lotería, una herencia de tíos de América».

Enero de 1854.

Mi simpatía por Sartorius, motivada quizás de su cumplida urbanidad y de las atenciones que de él merecí en otra época, no se amengua con el zarandeo en que le traen los innumerables cesantes de alta categoría, moderados inclusive; los que ministraron el pasado año con Roncali y con Lersundi, y toda la caterva progresista y democrática. Ni entiendo este remoquete de «polacos y polaquería» con que se designa toda corruptela, los verdaderos o imaginarios chanchullos de que nos habla la vocinglera opinión. Ello es que desde que entró San Luis a dirigir el cotarro, en septiembre del año anterior, se ha desatado un viento de huracán, que conmueve el cimiento del poder público. Las polvaredas que a todos nos ciegan, no nos dejan ver la mentira ni la verdad.

A la nariz me llegan olores de revolución sin que sepa precisar de dónde salen; pero ya puedo presumirlo, porque les acompaña tufo de cuarteles. Se nota en el vecindario madrileño esa especial alegría del pueblo español cuando hierve dentro de él el caldo de las conspiraciones, algo como preparativos de bodorrio plebeyo. Hasta me parece que noto en las personas de afición filarmónica el prurito de

MINISTERIO DE HACIENDA. Grabado de época. Colección particular.

JACINTO FÉLIX DOMÉNECH

Diputado catalán de adscripción moderada, Doménech fue elegido por Tarragona para las Cortes de 1841 durante la regencia de Espartero. Tras la caída del general, fue nombrado ministro de la Gobernación en el gabinete de Olózaga de noviembre de 1843, pero al ser sustituido el gobierno en pleno apenas un mes después de la toma de poder, Doménech también perdió su cargo. En la legislatura de 1848 a 1849 intervino en la reorganización del Banco Español de San Fernando y en 1853 se reintegró como ministro de Hacienda en el gobierno de Sartorius, cargo que ejerció desde el 19 de septiembre de 1853 hasta el 18 de agosto de 1854. Durante ese periodo asumió también el ministerio de Gracia y Justicia en calidad de interino.

componer himnos, y en las de armas tomar, ojeadas estratégicas para el emplazamiento de barricadas. Comparten con Sartorius el vilipendio de la impopularidad el ministro de Hacienda, don Jacinto Félix Domenech, ayer progresista, hoy «polaco», y Agustín Esteban Collantes, contra el cual los maliciosos no fulminan ningún cargo concreto: que fue redactor de *La Postdata,* secretario del Gobierno Civil de Madrid, director de Correos, ministro después; motivos suficientes para que le aborrezcan los que no han sabido ser nada. Me enfadan estos aspavientos de la ineptitud, que se disfraza de catonismo para que la oigamos. A los hombres que con vigorosa voluntad han sabido encumbrarse, les tengo siempre por mejores, en todo sentido, que los entecos que solo saben tirar de los pies al prójimo que sube. Hablo de Collantes con más extensión que de Domenech, porque a éste apenas le conozco, y aquél es amigo mío. Pienso que ambos están llamados a grandes amarguras, y por anticipado les compadezco...

Mi mujer, firme en la idea de que un constante y metódico empleo de mis facultades anímicas ha de ser muy provechoso para mi salud, me recomienda que ponga mi atención en la política, ahora que está cual nunca interesante, «preñada», como dice algún órgano de la prensa, de «formidables acontecimientos». Anhelo yo que esos acontecimientos vengan, y que me traigan aspectos y emociones dramáticas, con algún perfil cómico que dé humana realidad a mis historias. Anhelo también que, si los sucesos políticos toman vuelo y se hinchan con trágica grandeza revolucionaria, salga del seno agitado de los tiempos algún privado suceso de los que se miden y confunden con los públicos, formando una conglomeración sintética. Revolución quiero y necesito: revolución en los cerebros y en los corazones, revolución arriba y abajo, dentro y fuera...

17 de enero.

¡Vaya que esto parece brujería! Cuando con tanta fe y devoción pedía yo al destino, a las musas o al demonio coronado, una revolucioncita privada o pública para mi

LOS «POLACOS»

Se conoció con el nombre de «polacos» a un grupo de políticos moderados partidarios de Luis José Sartorius, conde de San Luis, fundador de *El Heraldo* en 1842, firme enemigo del general Baldomero Espartero y de los progresistas, diputado desde 1843 y presidente del Gobierno entre 1853 y 1854. Sartorius era de origen polaco, de ahí el apelativo con que tildaban a sus seguidores. Supo rodearse de una verdadera clientela política y tenía fama de corrupto, calificativo que se hizo extensivo a los suyos. Este fue el origen de la expresión «los polacos» que hacía referencia a políticos envueltos en escándalos financieros y acusados de inmoralidad. El propio Sartorius estuvo relacionado con ilegalidades sobre concesiones ferroviarias.

LUIS JOSÉ SARTORIUS. Grabado de época.

«LA POSTDATA»

Fue una de las muchas publicaciones de tendencia moderada que proliferaron en la década de 1840, como *El Heraldo, El Trueno* y *El Sol*. Heredero de *El Cangrejo*, diario clausurado en 1841 por el gobierno de Espartero acusado de connivencia con el golpe militar de 1841, resurgió gracias a la labor de su editor, el conde de Santafé, con el nombre de *La Postdata*. Formaron parte de su redacción destacadas figuras del periodismo como Esteban Collantes, Las Heras y Quintanilla. Era una publicación seria, de contenido político y alejado de las modas literarias del momento, en el que se debatían los temas de actualidad. En sus primeros números se consolidó como uno de los frentes más duros contra la presidencia de Espartero y su gobierno, motivo por el cual a punto estuvo de ser clausurado tras ser denunciado hasta en 31 ocasiones. Otros temas habituales en sus páginas eran el peligro que suponía para el Estado la proliferación de los movimientos sindicales, manipuladores de los que denominaba «masas inflamables al menor soplo», y el empleo, para lo que acuñó el término «empleomanía», haciendo alusión a la obsesión generalizada de la sociedad del momento por obtener un empleo público. Destacó también por sus grabados y litografías.

solaz y entretenimiento (con tal que no venga por mi casa), ¿quién me había de decir que tan pronto sería complacido por las ocultas divinidades celestiales o demoníacas que me protegen? Todo suceso, sin excluir los políticos de mayor monta, palidece ante el que me ha traído una carta que esta mañana recibí, sin que me haya sido posible averiguar qué mano la entregó a mi portero con encargo de que me la subiese pronto, pronto... ¡Vaya unas prisas!... Lo primero que hice al desdoblar el papel fue buscar la firma, y con estupor leí: «Virginia»... Pues veamos lo que Virginia cuenta. Corrigiendo su criminal ortografía, para que la posteridad no vitupere a esa criatura más de lo que merece, copio lo que ya he leído cien veces, sin que tantas lecturas me curen de mi asombro.

«Querido Pepe: a ti que eres tan bueno, y sabes apreciar las cosas como son, te digo lo que te digo, a ti solo antes que a nadie... Y te lo digo sin remilgos, de escopetazo, como deben decir las personas valientes lo que hacen con firme voluntad. Te asustarás, Pepe; pero ya se te irá pasando el susto.

»Sabrás, querido Pepe, que me he escapado de mi casa con el hombre que amo, con el que es primero y único amor mío. Dios sabe que nunca amé a otro, y que mi corazón estuvo muerto hasta que conocí al que ha de ser mi pasión y mi felicidad ahora y siempre. Con él me lanzo por el camino de la vida. De mi casa he salido tranquila y animosa, sin llevarme más que alguna ropa y las alhajitas que tuve de soltera.

»Querido Pepe: no te digo el nombre de él, porque no quiero que nos descubran ni nos persigan. Te diré que es joven, que es bueno, y que me ama con delirio, como yo a él.

»No siento dejar mi casa, que me era odiosa: en ella se queda Ernesto, de quien te diré que el mismo día de la boda, y al siguiente, ya vi bien claro que no le quería, ni podría quererle nunca. Ernesto no es un marido, ni sabe más que hacer cuentas. No te escribo para que vayas a consolarle. ¡Como que se habrá quedado tan fresco! Él, y el ladronazo de su padre, y su casa, y toda la sociedad me importan a mí un rábano.

»Te escribo porque mis padres y mi hermana sí que me importan, y pensando en el sentimiento que tendrán por mi fuga, se me amarga el júbilo de mi estado libre. De tu buena condición y de tu amistad espero el favor de que vayas a ver a mis padres y a Valeria, y les digas que aunque me escapé, rompiendo por todo, siempre les quiero, y soy su invariable hija y hermana... Querido Pepe: les dirás también que estoy buena, aunque con la zozobra natural de saber lo que ellos padecen, y que no me arrepiento de haber tomado el portante, porque soy feliz, y me importa un rábano la opinión pública... A ellos les deseo conformidad, y les pido que me perdonen el mal rato que les he dado, y que se vayan haciendo, porque ya digo... me importa menos que un rábano, por lo que toca a la sociedad y a los conocimientos de casa... Les dices también, como cosa tuya, que no me busquen ni den parte, ni nada, porque ni hecha pedacitos así, vuelvo yo con ese marmolillo de Ernesto... y tú, ya sabes, Pepe querido, que no has de hacer por averiguar dónde estamos... No lo sabrás aunque te vuelvas mico... Si te portas como caballero, yo te escribiré alguna vez que otra, para que por ti entiendan mis padres que estoy buena y que les quiere mucho su hija. Adiós, buen amigo. Este te saluda y te manda expresiones. Tú se las das mías a María Ignacia, y a tu niño dos besitos, uno de cada uno de nosotros dos... Pepe, mira bien lo que te encargo: que no nos busquen, que no den parte... Si así lo haces, tendrás la confianza de tu leal amiga, Virginia».

No pude yo contar las cruces que después de leída la carta trazó María Ignacia sobre su rostro y pecho, ni las exclamaciones de pena y asombro, que fueron su primer comentario a suceso tan inaudito. Al fin hizo estas observaciones rápidas: «Ya dije yo que esa chiquilla no era tan buena como parecía. Recordarás que era de las dos la más modosita, y, para mayor absurdo, la menos romántica. Pero yo he creído ver en ella, antes y después de casada, relámpagos de locura. Mira por dónde sale ahora. ¡Dios mío, qué desgracia, qué vergüenza! Pero ¿cuándo ha sido la fuga? ¿Ayer noche? No lo dice... Y el hombracho, ¿quién es, Pepe? ¿Será de estos mequetrefes sentimentales que engañan a las tontas cantándoles el "Suspiros hay, mujer, que ahoga el alma en flor", o será algún cotorrón maduro de estos que...? En fin, tú sospecharás, tú tendrás algún indicio».

Respondile que nada sé ni sospecho, y que, en vez de dar vanamente al viento nuestras lamentaciones y conjeturas, debíamos acudir a las dos familias heridas por aquel escándalo, para ofrecerles el consuelo de nuestra

EL ADULTERIO, TEMA TABÚ EN LA SOCIEDAD DE LA ÉPOCA. Galdós afronta el tema con naturalidad criticando los matrimonios de conveniencia que obligaban a las mujeres a llevar una vida oscura y de sumisión. Virginia, la protagonista, le comentó a Pepe que había dejado a su marido por el amor de siempre. *(Escena de sociedad.* Grabado de *La Ilustración.* Biblioteca Nacional. Madrid).

***UN ÁNGEL MÁS* (EN MEMORIA DEL MALOGRADO PRÍNCIPE DE ASTURIAS).** Grabado de época. Biblioteca Nacional. Madrid.

EL HEREDERO NO LLEGA

En febrero de 1850 se hizo público el embarazo de la reina Isabel II, tenía diecinueve años. El alumbramiento tuvo lugar el 20 de julio y duró veinte horas, pero el niño murió asfixiado. El cadáver fue presentado en bandeja de plata a la corte que aguardaba en palacio, como solía hacerse con los herederos reales. El ministro de Gracia y Justicia dejó por escrito su testimonio: «Habiendo yo alzado y retirado por mi mano el paño blanco que cubría el real cadáver, quedó al descubierto, y todos pudieron ver y vieron el cuerpo de un niño de perfectas y robustas formas, del todo desnudo, y con evidentes señales de acabar de ser desprendido del seno materno». El cuerpo fue expuesto durante setenta y dos horas en una capilla antes de ser enterrado.

amistad, como es costumbre, así en los duelos de muerte como en los de honra. Con perfecta unanimidad de pensamiento tomamos la resolución de proceder en sentido contrario a los deseos de la bribonzuela de Virginia, dando conocimiento de la carta a los padres, y ayudando a la busca, captura y castigo de los fugitivos. Media hora después de tomado este acuerdo, entrábamos mi mujer y yo en la casa que podríamos llamar mortuoria, y que encontramos toda revuelta. A don Serafín le habían sangrado, y doña Encarnación estaba en cama con furibundos ataques nerviosos. Eufrasia y Cristeta, que atendían a todo y recibían las visitas de duelo, nos informaron de la tribulación de los desdichados padres; y como yo pidiese noticias del estado de ánimo de los Rementería, contestome Eufrasia: «Pues esta mañana estuvo aquí don Mariano José a ver si sabíamos algo, y al responderle yo que seguíamos a obscuras, me dijo: "Lo más lamentable es que en España no tengamos divorcio. ¡Estamos muy atrasados!"».

De acuerdo con María Ignacia, determiné practicar por mi cuenta y riesgo las primeras diligencias para dar con la prófuga, y me fui derechito a Gobernación.

VII

13 de enero de 1854.

Mal día para negocios que no fueran de política. En la Puerta del Sol me encontré a dos amigos que salían del ministerio: eran Antonio Cánovas del Castillo y Ángel Fernández de los Ríos. Al primero le conocí el año pasado en casa de su tío, don Serafín Estébanez Calderón. Es malagueño, cecea un poco; su talento duro y poco flexible me cautiva precisamente por eso, por la dureza y rigidez. Ya está uno harto de los ingenios chispeantes, volubles, imaginativos, que fascinan, y no van ni nos llevan a ninguna parte. Éste no dice más que la mitad de lo que piensa, y hará, creo yo, el doble de lo que dice. Así me gustan a mí los hombres. A Fernández de los Ríos le trato desde que fundó *Las Novedades,* en diciembre del 50. Quiso que yo escribiera en su periódico; pero mi pereza y el deseo de conservar la libertad de mi juicio pudieron más que mis ganas de complacerle. Es buen periodista y gran plasmante de periódico; pero mi pereza y el deseo de conservar la libertad de mi juicio pudieron más que mis ganas de complacerle. Es buen periodista y gran plasmante de periódicos. Su idea dominante es la unión de España y Portugal... ¿Cuándo madurarán esas uvas?

Ambos amigos me dijeron que no intentara ver a Sartorius, porque a nadie quería recibir; estaba con las manos en alto sosteniendo la nube que se le viene encima, y lo mismo pesa sobre el Gobierno que sobre las instituciones. Un rato fui con ellos hacia la Carrera de San Jerónimo, donde se nos separó Cánovas para entrar en la librería de Monnier, y se nos juntó Nicolás Rivero, que de ésta salía. Andando, nuestro grupo llegó a tener ocho personas, entre las que recuerdo a Romero Ortiz y al poeta Gabriel Tassara. No necesito decir que todos hablaban horrores del Gobierno, de su arrogancia frente a la opinión, y de lo arisca y deslenguada que ésta se va poniendo. En las conversaciones particulares y en los papeles clandestinos, se prodigan a la situación «polaca» los siguientes piropos: «Tahúres políticos, cuadrilla de rateros, turba de lacayos y rufianes». La tormenta empezó a levantarse a la subida de San Luis, y sus primeros rayos cayeron en diciembre sobre el Senado, con motivo de los debates y votación famosa del proyecto de ferrocarriles. Derrotado Sartorius, limpió el comedero a todos los senadores que habían votado en contra, de lo que provino un mayor estallido de la tempestad, con los truenos y el furioso granizar de la prensa desmandada. Acudió el Gobierno a poner a cada periódico su correspondiente mordaza. Chillaron los periodistas por la boca de una protesta colectiva. Fue también ahogada la protesta, y de aquí vino una manifestación general, enérgicamente escrita, firmada por hombres de diversos colores y opuestos cotarros, comprendidas figuras tan grandes como Quintana y el duque de Rivas, otras de lucida talla, como González Bravo, Pastor Díaz y Olózaga, y toda la gente joven de más valía, Cánovas, Florentino Sanz, Vega Armijo, Ayala... En este punto de la tempestad estamos ahora. En tanto que descargan nuevos rayos y se ennegrecen las pavorosas nubes, los periódicos amordazados se vengan del Gobierno y de la Casa Real, callándose todo lo que habían de decir del parto de su majestad. El 5 nació una princesita, y el mismo 5 se volvió al cielo, dicen que para no ver las cosas tremebundas que aquí ocurrirán pronto. Sé que en palacio ha sentado muy mal el torvo silencio de la prensa: esperaban oír los ampulosos ditirambos que en loor de la institución se prodigan a cada triquitraque. Pero esta vez falló la costum-

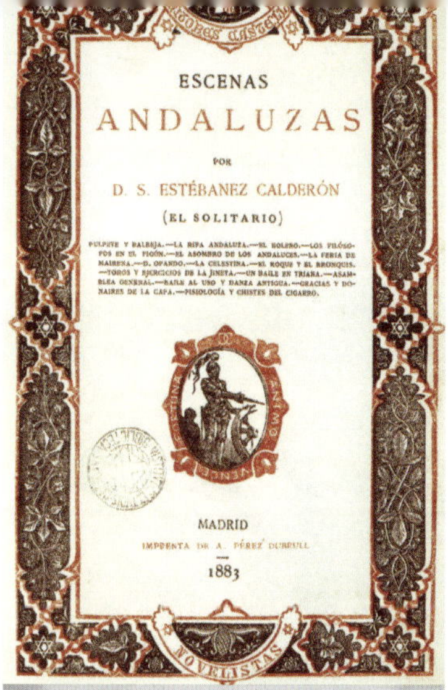
ESCENAS
ANDALUZAS
POR
D. S. ESTÉBANEZ CALDERÓN
(EL SOLITARIO)
PULPETE Y BALBEJA.—LA RIFA ANDALUZA.—EL BOLERO.—LOS FILÓSOFOS EN EL FIGÓN.—EL ASOMBRO DE LOS ANDALUCES.—LA FERIA DE MAIRENA.—D. OPANDO.—LA CELESTINA.—EL ROQUE Y EL BRONQUIS.—TOROS Y EJERCICIOS DE LA JINETA.—UN BAILE EN TRIANA.—ASAMBLEA GENERAL.—BAILE AL USO Y DANZA ANTIGUA.—GRACIAS Y DONAIRES DE LA CAPA.—FISIOLOGÍA Y CHISTES DEL CIGARRO.
MADRID
IMPRENTA DE A. PÉREZ DUBRULL
1883

PORTADA DE *ESCENAS ANDALUZAS*, de Estébanez Calderón. Madrid, 1883.

SERAFÍN ESTÉBANEZ CALDERÓN

Literato y político conocido por *El solitario*. Nació en Málaga en el año 1799 y a los diecinueve años de edad fue profesor de griego en su ciudad. Desde 1820 intervino en política y en 1824 tuvo que refugiarse en Gibraltar por sus ideas políticas. Compuso un romance patriótico con motivo de la sublevación de Riego y en 1825 escribió *El Mar*, poema que Cánovas del Castillo calificó de bellísimo. En 1830 llegó a la Corte y un año después fundó, junto a Mesonero Romanos, la revista *Cartas Españolas*. En 1838 creó en Sevilla el Museo de Pintura y Escultura y la Biblioteca Provincial. Fue notable la polémica que sostuvo con Bartalomé José Gallardo acerca de la obra *Buscapié*, que en principio se atribuyó a Cervantes. Desde 1849 a 1864 fue consejero de Estado. Murió en Madrid en 1867.

LAS SOSPECHAS DEL MARIDO. El rumor general de que Virginia había huido con un pintor partió de lo que había visto la hermana de la portera y por ello decidió pedir referencias a Madrazo, Villaamil y Carlos Rivera. *(Paisaje fantástico,* de Jenaro Pérez Villaamil. Museo Provincial. Pontevedra).

bre: los periodistas se han callado como cartujos; no han escrito una palabra de «regio vástago», ni de nada de eso... Lo que ellos dicen: «O estas trompetas suenan para todo, o no suenan para nada». Por ahí duele.

Proponiéndome yo que no pasase el día sin iniciar por lo menos mis diligencias en busca de la dislocada Virginia, abandoné a mis amigos y me fui al Gobierno Civil, que desempeñaba otra vez el buen Zaragoza; mas tampoco pude verle. ¡Desgracia como ella! Fue uno de esos días aciagos en que no hay puerta ni mampara que no se cierre adustamente sobre nuestras narices. Traté de ver a Chico en el Gobierno Civil; luego estuve dos veces en su casa, y todo inútil. Evidentemente, el cielo protegía con manifiesta parcialidad a los amantes prófugos. Ya me retiraba, reconociéndome con muy mala mano para la cacería de criminales de amor, cuando me deparó el cielo a don José María Mora, director de *El Heraldo,* hombre muy amable y de extraordinaria corpulencia. Recordando al punto la gran amistad de aquel cetáceo con los Rementerías, le paré en medio de la calle; hablamos... Poco más que yo sabía del suceso; pero algo me dijo que era la primera luz que debía esclarecernos el camino de la verdad. Sus palabras, entre resoplidos, fueron: «Pero ¿ha visto usted qué trasto de niña? ¡Qué borrón para las dos familias! Y ello no tiene remedio. ¡Si aquí hubiera divorcio, como dice don Mariano José...! Pero quia: no hay lañadura para este puchero roto. Estamos muy atrasados... Pormenores no sé, mi amigo. Naturalmente, no he querido preguntar... Me ha dicho el secretario de La Previsión que Ernesto se ha ido a Canillejas... Parece que tiene obra en la casa. Quiere aumentar la altura de todas las puertas y entradas del edificio, ja, ja... Y del gavilán que se ha llevado a la paloma, nada sé... Oí que es pintor».

Nada más pude sacarle, porque el buen señor, que temía exponer al frío su gordura sudorosa en tarde tan fría, dio por terminado el plantón, y se despidió, apretándome mis dos manos con una sola suya... «¿Conque pintor? —pensaba yo, encaminándome a la casa de Socobio para recoger a mi costilla—. Algo he descubierto; no dirá esa que he perdido el día». Visitas fastidiosas que iban sin duda a guluzmear, metiendo el hocico en el dolor de los padres de Virginia, me impidieron comunicar a Ignacia mi precioso descubrimiento. Llegó a la puerta nuestro coche, nos avisaron, partimos, y al bajar la escalera desembuché lo poco que sabía. En el trayecto de la calle de las Infantas a nuestra casa, Ignacia no hizo más que burlarse de mí con desenfado y gracejo. «Yo creí que esta tarde nos traerías a los dos fugitivos, cada uno por una oreja. ¿Y Sartorius, Zaragoza y Chico no te han dado más que esa luz: que el galán es pintor? ¿Y lo sabes por el gordo Mora?... ¡Pintor! Pues eso yo también lo supe, a poco de salir tú para el ministerio. Me lo dijo Ceferina, una de las criadas de la prófuga».

En casa, tratando del mismo asunto, mi mujer, con poca seriedad a mi parecer, me dijo:

—Averigua tú ahora qué es lo que pinta ese bandido, y quizás por el género de pintura saquemos el nombre.

—No creo que sea difícil sacar el nombre por el género, y el género por referencias que yo pediré a Federico Madrazo, a Carlos Rivera, o a Jenaro Villaamil...

—Pues no tardes, que ello corre prisa.

—¿Y no te dijo Ceferina si es pintor notable?

—Notabilísimo.

—Pues los chicos que en Madrid descuellan en la pintura se pueden contar. Verás qué pronto doy con ese pillo.

VISITAS FASTIDIOSAS QUE IBAN SIN DUDA A GULUZMEAR, METIENDO EL HOCICO EN EL DOLOR DE LOS PADRES DE VIRGINIA

—¿A ti qué te parece?, ¿será pintor de historia, pintor de paisaje, de asuntos religiosos, o de mitología?

—Me parece a mí —dije viendo asomos de chacota en la sonrisa de mi mujer— que es pintor de historia, y que la pinta al fresco.

—Sí, sí —exclamó ella, rompiendo a reír—, y voy a satisfacer tu curiosidad diciéndote el género... Es pintor... ¡de puertas!

—¡De puertas! ¡Mujer, tú te chanceas!

—No... Pero no vayas a creer que pinta solo puertas. Pinta también ventanas... En fin, Pepe: hablando seriamente: sabemos el oficio, el nombre no. Oye otro dato muy importante: es un chico guapísimo.

—¿Joven?

—No representa más de los veinte años. Decía la Ceferina... y puso los ojos en blanco diciéndolo... que nunca creyó que pudiera existir un mozo tan guapo. Por la descripción que hace del tal, debe de ser un perfecto modelo de la hermosura de hombre.

UN PAISAJISTA

PORTADA DE *RECUERDOS Y BELLEZAS DE ESPAÑA. CATALUÑA,* ilustrado por Parcerisa. Colección particular.

Francisco Javier Parcerisa, dibujante, pintor y litógrafo, nació en Barcelona el año 1803. Su formación fue autodidacta y desde muy joven concibió el proyecto de editar una obra que comprendiese las principales bellezas artísticas de España en litografías. Se asoció con varios autores que se encargaron de la parte literaria: Pablo Piferrer (Cataluña), Pedro Madrazo (Córdoba, Cádiz y Sevilla), y José María Quadrado (resto de la obra). Resultado del proyecto fue la obra en 11 volúmenes titulada *Recuerdos y bellezas de España*, cuyo primer volumen se editó en 1839 y que sumó 588 litografías. La obra fue premiada en 1855 en la Exposición de París y un año más tarde en la Exposición Nacional, y por su excelente trabajo fue nombrado académico en la Real de San Fernando de Madrid. Después se dedicaría a la pintura, especialmente al paisaje y a los interiores. En la Exposición Nacional de Bellas Artes celebrada en Madrid en 1860 obtuvo una medalla con la obra titulada *Vista exterior de la catedral de Burgos*, adquirida por el gobierno para el Museo del Prado. Fue miembro de la Comisión Real de Monumentos Históricos y Artísticos y de la Academia de Bellas Artes de San Jordi de Barcelona. Murió en su ciudad natal en 1875.

—Bueno: ¿y cómo entró en la casa? ¿Le llamaron para que diera una mano de pintura al armario de la cocina?...

—No: fue llamado para componer una cerradura, porque su verdadero oficio es mecánico.

—No compondría una cerradura sola.

—Fueron dos, tres o más. Eran cerraduras que no querían dejarse abrir. Parece que lo arregló tan a gusto de Ernestito, que éste le dio el encargo de nuevas composturas. En la casa había molinillos de café y aparatos de asador con mecanismo, que no funcionaban. Pues él lo dejó todo que no había más que pedir, muy a satisfacción de Ernestito y de la señora. Luego le dijeron que buscase un pintor; querían dar una mano de blanco a la galería grande. A esto replicó que no había por qué llamar pintor, pues él era amañado para todo, y también pintaba.

—Eso es verdad. Bien probada está su maña para todo. Bueno; y en eso empleó algunos días...

—Más de cuatro, y más de seis. Observó Ceferina que la señora iba a verle pintar, y con él pasaba ratos largos de parloteo. Cuando las criadas llegaban allí, se callaban como muertos, o solo hablaba la señora para decir: «Maestro, tiene usted que dar otra mano». En los últimos días, la señora le llevó a las habitaciones interiores para que le barnizara un entredós. No llegó a barnizarlo, y todo se quedó en la preparación, raspando y afinando el mueble con lija...

—¿Y no sabe más Ceferina?

—No sabe más. La fuga fue el lunes por la noche. Salió sola, con un lío de ropa, y dijo a Manuela, la criada vieja, que no volvería más. La hermana de la portera la vio por la calle del Baño andando presurosa con el pintor, cerrajero y alijador... Atravesaron la calle del Prado, y se perdieron de vista en la de León...

—Pues hay una pista segura. Cuando se necesitó en la casa un oficial mecánico para componer las cerraduras, ¿a quién se dio el encargo de buscarlo?

—A un albañil que fue al arreglo de las chimeneas. Este albañil se ha ido a La Mancha. No hay rastro de él.

—El caso es raro, extrañísimo por las circunstancias de tiempo y lugar; pero no nos asombremos de él como de un fenómeno estupendo, no visto jamás bajo el sol.

—Vamos, Pepe: ¿eres capaz de disculpar la frescura y la indecencia de esa mujer? Yo concedo a las flaquezas humanas todo lo que se quiera; comprendo las pasiones repentinas, la ceguera de un momento, de un día; ¡pero fugarse así... condenarse a la deshonra para toda la vida, a la miseria...! No creas: yo tengo en cuenta todo, y, entre otras circunstancias, lo guapísimo que es el muchacho. Pues figurándomelo como un perfecto Adonis, todavía no entiendo la pasión de Virginia: ¡Vaya, que enamoricarse de un bigardo semejante, que quizás no sepa leer ni escribir... apestando a aceite de linaza y todo manchado de pintura... con aquellas manazas!... Pero ¿no piensas tú lo mismo?

—Querida mujer, me permitirás que reserve mi opinión mientras no conozca el caso por el anverso y el reverso, por la cara que da a la sociedad y a las leyes, y por la otra cara, generalmente poco visible, que da a la Naturaleza y al reino de las almas.

19 de enero.

Concertado tenía yo mi plan de campaña con el gobernador don José de Zaragoza; pero este digno funcionario presentó inopinadamente su dimisión por escrúpulos políticos muy respetables, y como no conozco al nuevo Pilatos, don Javier de Quinto, me entiendo con Chico, jefe de la policía. Presumo que este inmenso gato, buen conocedor de todos los agujeros

EL CONDE DE SAN LUIS limpió el ejército de conspiradores. Los generales Concha, Infante y Armero fueron destinados a las islas o a puntos donde su influencia fuera nula. A Leopoldo O'Donnell le enviaron a Tenerife para alejarlo de los cuarteles de la capital. *(Estado Mayor General del Ejército Español*, por C. Múgica. Biblioteca Nacional. París).

donde se ocultan ratones y ratoncillos señalados por la ley, sabrá coger las vueltas a los ladrones de mujeres solteras o casadas. Hace tres días le vi en el Gobierno Civil: concertamos una entrevista en su casa; en ella estuve ayer y hablamos lo que voy a referir.

—Cuénteme, don Pepito, lo que le pasa —me dijo empleando las formas confianzudas a que cree tener derecho por sus años, por su autoridad policíaca, y aun por el miedo que inspira—, y yo veré en qué puedo servirle.

Expuesto el caso, resultó que ya tenía conocimiento de la evasión por referencias de don Pedro Egaña, íntimo amigo de los Socobios, y que había mandado buscar ese rastro, sin resultado alguno.

—Lo que contesté al don Pedro se lo repito a usted, señor don Pepito, a saber: que la política nos ocupa hoy todo el personal, y aun no basta, por lo que nos es muy difícil atender a los negocios de familia.

—Ya, ya comprendo —le dije— que con el cisco que se está armando no tiene usted ojos ni manos bastantes para perseguir y cazar conspiradores...

—Mi opinión es ésta: o suprimir la policía, dejando que haga cada quisque lo que le salga de los riñones, o aumentarla hasta que tengamos tantos agentes como españoles existen. Esto está perdido. Desde que cogió San Luis las riendas, se ha desatado el infierno: aquí conspiran progresistas y moderados, paisanos y militares, las señoras del gran mundo y los cesantes de todos los ramos, que se cuentan por miles; conspiran los agua-

EL LEVANTAMIENTO DE ZARAGOZA

El primer levantamiento revolucionario de 1854 tuvo lugar en Zaragoza el 20 de febrero. Estuvo protagonizado por miembros del partido demócrata y apoyado por militares a las órdenes del brigadier Hore y el catedrático Eduardo Ruiz Pons, que se hicieron fuertes en el castillo de la Aljafería. Pero el levantamiento no encontró apoyos fuera de la ciudad y terminó con la muerte de Hore el mismo día 20. El Gobierno, alertado por estas circunstancias, incrementó la represión policial en las principales ciudades del Estado. Cuando O'Donnell se sublevó a finales de junio y posteriormente hizo público el Manifiesto del Manzanares, la insurrección se extendió por todo el país, convirtiéndose la ciudad maña en el baluarte del partido progresista y la principal defensora del regreso de Espartero al poder.
En el mes de julio se formó en Zaragoza una junta de gobierno provincial compuesta por destacadas personalidades de la ciudad, empresarios y miembros de la burguesía vinculados al progresismo principalmente. Se produjeron manifestaciones callejeras reclamando una amnistía para los presos políticos. Sin embargo, el capitán general Rivero, seguidor de O'Donnell, se mostró dubitativo y tratando de tomar el control de la situación ordenó a un batallón de granaderos que ocupase la ciudad. La junta de gobierno provincial presionó al capitán general y forzó su dimisión. El brigadier Ignacio Gurrea, amigo personal de Espartero, defendió públicamente el regreso de este y consiguió que Zaragoza lo apoyara. En julio una delegación acudió a la residencia de Espartero en Logroño y le ofreció la presidencia de la junta provincial. Espartero se presentó en Zaragoza el 17 de julio y se sumó a las reclamaciones: una nueva constitución, la descentralización municipal, el restablecimiento de la Milicia Nacional y el fin de la corrupción administrativa. Calatayud, Daroca, Alcañiz y Belchite enviaron delegados a la capital para apoyar el levantamiento. Isabel II aceptó y llamó a Espartero, que llegó a Madrid

dores, los serenos y hasta las amas de cría. Yo digo a los señores: «A las cabezas, a las cabezas...».

—Y a las cabezas apuntan. Ya van saliendo deportados casi todos los generales...

—Que es avivar la hoguera en vez de apagarla. Créame usted a mí, don Pepito, que he visto mucho, y soy, aunque me esté mal el decirlo, el testigo presencial de la Historia de España, de la Historia que no se escribe ni se lee... Pues verá usted: las deportaciones no sirven más que para poner en fiebre de revolución toda la sangre de la Península.

—En fin, parece que han salido ya los Conchas, uno para Canarias y otro para Baleares. Infante y Armero también están de viaje. ¿Y O'Donnell, a dónde va?

—Debió salir para Tenerife; pero no hemos podido echarle la vista encima. Se ha escondido, y locos andamos buscándole. Ese irlandés es muy largo... tan largo de cuerpo como de vista. Échele usted galgos.

—Para esa cacería y otras, don Francisco, le sobran a usted agudeza y olfato. Y espero que podrá dedicar parte de su atención a este asuntillo que le recomiendo. Fíjese, en que es un caso grave de violación de la fe conyugal, en que esos loquinarios atentan a lo más sagrado, la familia, el santo matrimonio...

—¡Ay, mi don Pepito de mi alma! —exclamó moviendo la cabeza y golpeando los brazos del sillón—. ¡Dónde está ya en España la moral, la familia y todo ese tinglado! Mire para el cielo a ver si lo divisa por allá, que lo que es aquí, tiempo hace que volaron las virtudes. Llevo

LA CABALLERÍA DE O'DONNELL EN LA ZONA NORTE, pocas fechas antes de hacer público el Manifiesto del Manzanares. Grabado de Sierra en el periódico *La Ilustración*. Biblioteca Nacional. Madrid.

el 29 de julio para presidir el nuevo gobierno progresista. El 1 de agosto su gabinete determinó que las juntas pasasen a tener carácter consultivo. Zaragoza exigió una descentralización.

cuarenta años en esta faena, y cada día veo menos virtudes. A veces me digo: «Será que esas señoras no andan por los caminos míos». ¡Pero si yo vengo y voy por todos los caminos, hasta por las iglesias! Y de palacios no digamos... En fin, que más vale no hablar.

Decía esto el fiero polizonte desfigurando por un instante su rostro seco y amarillo con una sonrisa que adelgazó más sus delgados labios. Sentado estaba frente a mí en un dorado sillón, estilo Luis XV... mirábale yo con examen casi impertinente; en él veía una figura del pasado siglo, rígida, severa y no falta de elegancia. La chafadura que tiene en la nariz, efecto de la pedrada con que le obsequiaron en su juventud, le da la expresión de mal genio y de carácter torcido, atravesado. Pues luego que echó de su boca los amargos conceptos acerca de la dudosa moral de nuestros días, varió de tono para decirme:

—En ese asunto de la señora escapada con un silbante se hará lo que se pueda. Considere que si tuviera yo un millón de agentes, no me bastarían para perseguir los papeles clandestinos, y descubrir quién los escribe, quién los imprime y los reparte. Son una peste las tales hojas secretas. En los años que llevo en este oficio, no he visto desvergüenza mayor... Y, como usted sabe, ya no van las injurias solo contra el gabinete: van contra la misma Reina, de la que dicen horrores... ¿Cómo demonios se arreglan para que los papeles lleguen a todas las manos, para que su majestad misma se los encuentre en su tocador? Yo no lo sé... Digo, sí lo sé. Es que en palacio hay manos traidoras, blancas o sucias, que de todo habrá... y el Gobierno no tiene poder para cortarlas o siquiera echarles un cordel... Allí dentro no puede nada Francisco Chico... Yo se lo digo a Sartorius: «Señor don Luis, mire que en palacio hay mar de fondo y peces muy malos...». Él suspira... Tampoco puede nada.

CONSIDERE QUE SI TUVIERA YO UN MILLÓN DE AGENTES, NO ME BASTARÍAN PARA PERSEGUIR LOS PAPELES CLANDESTINOS

Dijo esto poniéndose en pie, forma cortés de señalar el término a la visita. Me despidió con esta útil advertencia, que no he de echar en saco roto:

—Y ya sabe, don Pepito: en cuanto adquiera usted alguna noticia por referencia, por soplo, por anónimo, véngase al instante acá. No desprecie usted ningún dato, aunque le parezca mentiroso, inverosímil...

VIII

24 de febrero.

La tempestad que tenemos encima ha lanzado en Zaragoza chispazos que ponen miedo en los corazones. ¿Qué ha sido? Continuación de la Historia de España, sublevación militar. Malo es que empiecen los soldados con estas bromas, porque serán la historia o el cuento de nunca acabar. Dice la *Gaceta* que la intentona fue sofocada al instante, y lo creo, porque en estos duelos puramente españoles entre la fuerza y la ley, el primer golpe suele ser en vago; el segundo ya se verá. Refieren lenguas, no sé si buenas o malas, que el brigadier Hore, impulsor y víctima del movimiento, contaba con más fuerzas de las que efectivamente arrastró a la sedición, y que los compañeros comprometidos le volvieron la espalda en el momento crítico. Es la eterna quiebra y la eterna inmoralidad de estos arriesgados y oscuros negocios, porque a los que desde el borde de la prevaricación se vuelven a la disciplina, les premia el Gobierno con ascensos y honores. En fin, que al pobre Hore le mataron en las calles de Zaragoza... La «polaquería» se pavonea con su victoria, sin ver el larguísimo rabo que falta por desollar.

Voy creyendo que este Gobierno toma por modelo al de la Sublime Puerta. No ha celebrado su triunfo de Zaragoza con actos de clemencia, sino a la manera turca, decretando nuevas proscripciones, y metiendo en las cárceles a cuantos infelices se han dejado coger. Previa declaración del estado de sitio, la policía echó su red para pescar a los periodistas de oposición, y a los directores de los diarios de más ruido. Cayeron Rancés y López Roberts, de *El Diario Español;* Galilea, de *El Tribuno,* y Bustamante, de *Las Novedades*. Los cuatro fueron inmediatamente empaquetados para Canarias. Eusebio Asquerino, que estaba enfermo, pasó de la cama al Saladero, y a Bermúdez de Castro no le valió la procedencia moderada, ni el haber sido ministro de Hacienda en el gabinete Lersundi: al romper el día le sacaron de su casa, y en silla de postas, acompañado de guardias civiles, fue a tomar aires al castillo de Santa Catalina de Cádiz... Más listos otros, supieron imitar la viveza escurridiza del sagaz O'Donnell, dándose buena maña para no estar en sus casas ni en las redacciones cuando se personó en ellas la policía para ofrecerles cortésmente sus respetos. No han sido habidos Fernández de los Ríos, ni Montemar, ni Romero Ortiz, ni Barrantes, de *Las Novedades;* volaron también Coello, de *La Época,* y Lorenzana, de *El Diario Español*. Pero ninguno de los pájaros perseguidos ha dado tanta y tan inútil guerra como Cánovas, contra quien se desplegó todo el ejército policíaco; ¿sabéis por qué?... Porque en sus conferencias del Ateneo sobre los políticos de la casa de Austria retrató el malagueño a nuestros ministriles en las figuradas personas de don Rodrigo Calderón y del Conde-Duque, describiendo tan al vivo y con tan fino matiz de actualidad sus mañas y picardías, que el público lo celebró como una sátira de las picardías y mañas presentes... Desapareció, como he dicho, Cánovas, burlando a los ojeadores y sabuesos. Pero no ha salido de Madrid: en Madrid está; lo sé, y sé también dónde.

LA REINA MADRE, Cristina de Borbón, culpada de la corrupción política. El pesimismo general se volvió contra el Gobierno, al que se consideraba responsable de los chanchullos en las obras del ferrocarril. (*María Cristina de Borbón*. Grabado de P. Barcala. Colección particular).

He leído a mi mujer estos párrafos, y le han parecido bien. Después nos hemos puesto a hablar mal del Gobierno, y no porque éste nos haya hecho ningún daño, sino por la imposibilidad de sustraernos al enconado pesimismo del medio ambiente. Repetimos todos los horrores que se dicen de Sartorius y de sus desgraciados compañeros, y luego, por fin de fiesta, dirigimos nuestros tiros a la calle de las Rejas, palacio de Cristina, que es, según la fraseo-

«EL DIARIO ESPAÑOL»

El partido Unión Liberal se creó en septiembre de 1854 a raíz de los pronunciamientos militares conocidos como la Vicalvarada y aglutinaba a los partidarios de O'Donnell, protagonista de la insurrección y nuevo hombre fuerte del Gobierno como ministro de la Guerra. *El Diario Español* nació en 1852 como órgano de expresión política y del poder gubernamental, por lo que al alcanzar la presidencia O'Donnell el diario adoptó los postulados de la Unión Liberal como propios, proclamando a este en sus páginas como el «verdadero partido moderado» y antipolaco, alusión directa al corrupto gobierno de Sartorius: apoyaba la monarquía, pero defendía un régimen constitucional, era partidario de las reformas centralizadoras de la Administración y a su vez promocionaba la inversión pública como método para lograr el desarrollo económico del país. En su intento de captar a un público formado e intelectual tomó como modelo al francés *Journal des Debats* y dedicó diferentes secciones a temas culturales como la literatura, las ciencias y uno especial para la economía. Tal fue el nivel que alcanzaron sus publicaciones que en la historia del periodismo han quedado como referencias ejemplares sus diatribas políticas en artículos como el de Lorenzana «Meditemos».

logía de los papeles clandestinos, el «antro de la corrupción, el inmundo taller de los chanchullos de ferrocarriles», y más, mucho más... es un «serrallo», es un «pandemónium» donde se fraguan todos los «planes maquiavélicos» contra la libertad. Observamos luego que el sinnúmero de términos estrambóticos, a troche y moche difundidos por periódicos y hojas volantes, traen harta confusión al pueblo, que los oye y los repite ignorando lo que significan. A este propósito me contó Ignacia que la servidumbre de nuestra casa estaba el otro día en gran controversia sobre el significado de la palabra «agio». Tanto la oyen, que sienten, ¡pobrecillos!, la necesidad de saber lo que es. Entró mi mujer en el comedor de criados cuando más acalorada era la disputa, y Bonifacia, la pincha, pidiole que sacase de dudas a la reunión. «Señorita, ¿quiere hacer el favor de decirnos qué son "agios"? Porque dice la Juana que debe ser algo así como ajos echados a perder...». Echose a reír Ignacia, y como Dios le dio a entender despachó la consulta. Pero vino la más gorda. Tiburcio, el mozo de cuadra, planteó a la señorita un problema mucho más grave: «Señorita, ¿quiere decirnos lo que es eso de que tanto hablan los papeles, el "pandemónium"? (y lo pronunció acentuando la última sílaba), porque, como no sea el pan de munición que se da a los soldados, no sé qué demonches podrá ser». Mi mujer se moría de risa, y no pudo explicarles lo que es «pandemónium», porque ella tampoco lo sabe.

—Bueno, querida mía —dije yo a mi cara mitad, cuando acabamos de reír—. Estas jocosidades de la plebe también tendrán un hueco en mis *Memorias*.

—Pues, hijo, mal historiador de tu tiempo serías si no lo hicieras. En nada de lo que ves y oyes hay tanta Historia como en eso que te he contado de los agios y del pandemónium. Ya ves: ¡un pueblo que pide las cabezas de sus gobernantes sin saber de qué se les acusa!

—¡Sí lo sabe, sí lo sabe! El pueblo, que no es solamente la clase inferior de la sociedad, sino el conjunto de todos los seres que se llaman españoles, la gran masa nacional, posee la percepción clara de la conducta de sus mandarines. ¿Cómo adquiere este conocimiento? Ello ha de ser por fenómenos morbosos que nota en sí misma, estados eruptivos, congestivos, qué sé yo... por algo que le duele y le pica... Este picor doloroso es la conciencia nacional... Este picor dice: «Los que me gobiernan, me engañan, me tiranizan y me roban». La gran masa todo lo sabe. Poco importa que los menos instruidos desconozcan el valor de algunas voces. El enfermo, cuando algo le duele, tampoco sabe designar su dolor con el terminacho científico que le dan los médicos.

—Está muy bien, gran Pepito. Y ahora, ¿por qué no empleas tu perspicacia en buscar a Virginia, para que sus infelices padres tengan algún consuelo?... Tanto hablar, tanto ir y venir los primeros días, y después nada.

—Yo no soy policía. Habrás visto que, en estos tiempos, Dios guarda las espaldas a los que huyen, y protege a los escondidos. Si hay una nube providencial para O'Donnell y Cánovas, haya también para Virginia y su pintor... «el pintor de su deshonra». Yo continúo estudiando el caso, que es singularísimo, y hoy mismo he descubierto un dato muy importante. Voy a decirlo: esta tarde he visto al Joven Anacarsis guiando un carricoche en la Castellana. En su rostro epíscopo-infantil vi pintada una tranquilidad seráfica y un evangélico menosprecio de los juicios de la opinión. Ya veo claro que Virginia, no aviniéndose a tener por marido a un marmolillo, lo ha tirado al arroyo.

YO NO SOY POLICÍA. HABRÁS VISTO QUE, EN ESTOS TIEMPOS, DIOS GUARDA LAS ESPALDAS A LOS QUE HUYEN, Y PROTEGE A LOS ESCONDIDOS

—Pepe, no desbarres... ¡Vaya una moral que sacas tú ahora! Cierto que los Rementerías, hijo y padre, están más frescos que una lechuga. Anoche dio don Mariano José una gran comida...

—A la que asistieron, lo sé, la flor y nata de la «polaquería»: el imponderable Domenech, ministro de Hacienda; Saturnino de la Parra, y Eduardo San Román... También se atracó allí, como de costumbre, el cetáceo Mora, y a los postres, al olor del riquísimo café y de los puros de a cuarta, acudió el brigadier Rotalde, que ahora pide la bicoca de ochenta mil duros por las obras del Teatro Real... Y me dice el corazón que se los van a dar. ¡Viva «Polonia»!... Volviendo a Virginia y al pinturero, te diré que me alegro de que no parezcan.

—¡Pepe, Pepito!... si no fuera por el aquél de que eres mi marido, te tiraba un arañazo... No me hagas reír.

Marzo de 1854.

¡Bomba, bomba!... ¡Gran novedad, estupenda noticia!... No, no es cosa de la revolución... Digo, revolución es; pero no la chica, no la de liberales, o sean «chorizos» contra «polacos», sino la grande, la de... Ha llegado otra carta de Virginia.

La trajo el correo interior... Aquí la copio, retocándole la ortografía:

«Pepillo, mala persona: ¿conque se pone en movimiento la policía para buscarnos? Fastídiate, que no nos encontrarán... Porque recibas ésta con franqueo del interior, no vayas a creer que estamos en Madrid. Buenos tontos seríamos, y tú más simple que las habas si lo creyeras. Vivimos muy lejos de esa Babilonia sucia; pero no tan lejos que no nos llegue el mal olor... Ya sabemos que se está armando una muy gorda. Yo le pido a Dios y a la Virgen que "haiga" revolución, que "haigan" tiros, y que escabechen a tantos "laírones"... Quiero que por mi manera de escribir comprendas que me estoy "golviendo" muy ordinaria. Es lo que deseo: "Jacerme" palurda, y olvidarme de que fui señorita del pan "pringao" y señora "de poco acá".

»Para que tú rabies, y hagas rabiar a otros contándolo, te diré que estoy contenta, fuera de la penita que me da el no saber de mis padres. Harás el favor de decirles que me acuerdo mucho de ellos, y les deseo paz y salud. La mía es buena. ¿Quieres que te cuente mi vida? Pues lee. Dos semanas llevamos albergados en un magnífico garitón, llámalo más bien pajar, donde no pagamos alquiler. Nos han dado esta espaciosa vivienda de teja vana y paredes de tablas,

ALEJADOS DE LA CIUDAD. Virginia y su amante se instalaron en una casa de campo. Vivían libres y tranquilos, en un lugar ideal donde nadie les molestaba, con un prado inmenso y un río donde se bañaban y lavaban la ropa. *(Primavera*, por Joaquín Vayreda. Museo Balaguer. Villanueva i la Geltrú).

con la condición de que trabajemos. ¿En qué? No te lo digo. Él y yo trabajamos, y sin gran apuro nos ganamos la casa y el sustento... Dormimos tranquilos, nos levantamos antes que el sol, y oímos los canticios de las aves del cielo, que nos regocijan el alma. Rendidos nos acostamos a la entrada de la noche; y como a nadie envidiamos ni nadie nos envidia ni tenemos cavilaciones, nos coge pronto el sueño... Hay aquí un prado verde por donde yo ando descalza, Pepe, riéndome mucho de los zapateros. ¡Vaya con el negocio que harán conmigo! El viento me despeina y me vuelve a peinar: es un peluquero *à la dernière,* que no pasa la cuenta como monsieur Pinaud, el de la calle de las Infantas... Más abajo del prado pasa un río, en el cual me meto yo hasta las rodillas y lavo mi ropa y la de Él. Luego la tiendo al sol, y con este aire bendito, pronto se me seca, y me la traigo a casa más blanca que la nieve... ¡Ay, Pepe!, ¡de qué buena gana te convidaría a las sopas que hago yo al anochecer en mi cazuela puesta sobre una trébede!... No has comido nunca cosa más rica. Le pongo de todo lo que encuentro, y encima nuestra alegría, que es la sal, y nuestro buen diente, que es el picante. Son unas sopas que "ajuman". Ya ves qué fina me estoy volviendo. Bueno; pues te lo diré en francés: cenamos "potage aux finis yerbis", y luego alabamos a Dios, acostándonos en nuestra cama grandísima, que también es de "yerbis"... Sabrás que no la cambio por la de la Reina.

»¡Qué gusto tan grande no tener que ocuparse de lo que dirá don Efe y don Jota, ni de lo que murmurarán las de Eme! Este vivir libre y sano no lo conoces tú, ni ninguno de los desgraciados que se pudren en ese presidio, condenados a pensar en el sastre, en la modista, en lo que traerá el cartero, en lo que dirá el periódico, en si cae el Gobierno, en las pisadas del aguador y en el precio de la carne... Solo de pensar que he vivido de ese modo, se me nublan las alegrías... ¡Ay, Pepe!, para que le puedas decir a Madrid todo mi desprecio, te pongo aquí una larga fila de emes...

»Con que, mi buen Pepín, haz el favor de poner a un lado la moral, o morral, que gastáis vosotros para disimular tantos crímenes, y dejarnos aquí en paz, o donde estuviéramos. ¡Cuidado con echarnos la policía! Nosotros no hemos hecho daño a "naide"; "semos" libres, y el único que podría perseguirme, que es ese Caranarsis, o Acanársilis, ya no me acuerdo, no dará ningún paso contra mí, por la cuenta que le tiene.

»Y ahora, señor morralizador, allá van memorias para los que por mí preguntaren. Al Ernesto, aunque no pregunte, le dirás que estoy muy contenta desde que le he perdido de vista, y como cosa tuya le das una palmadica en las mejillas sonrosadas. A mi suegro, director de La Previsora, por mal nombre "El Robo ilustrado", le darás expresiones. Paréceme que le tengo delante cuando, después de atracarse como un buitre en las comidas, se lleva la mano a la boca con finura para tapar un regüeldo. Con las expresiones le darás un papirotazo en las narices... como cosa tuya, se entiende. Y si quieres que después del papirotazo te dé don Marianico las gracias, asegúrate la vida aunque sea por dos cuartos al año... A todos los que suelen ir de comistraje a la maldita casa donde tanto pené, les das mis recuerdos, y con disimulo les metes pica-pica por el cuello de la camisa, para que se estén rascando tres días con sus noches. Eso pensé yo hacer con el ministro de Hacienda, señor Domenech; pero no me atreví. Me parece que le estoy viendo, tan pulcro, tan tiesecito, sin juego de la bisagra del pescuezo. Siempre que tiene que mirar a un lado, ladea todo el cuerpo... Al gordo don José Mora, memorias también, y que deseo que alguien le dé una patada y que vaya rodando, para que reviente y podamos ver lo que lleva dentro de aquel barrigón... A mi tía Cristeta, que es una enredadora, de ti para mí, y la que lleva los chismes a palacio, le dirás que le deseo una pulmonía. Ella es, para que lo sepas, la que mete en la cámara de la Reina los papeles clandestinos, y al mismo tiempo alcahuetea en otras cosas. Es mi tía y no digo más. En señal del amor que le tengo, te encargo que le levantes las enaguas y le des una buena solfa en semejante parte... Expresiones a la Puerta del Sol, que yo vea convertida en hoguera donde se achicharre tanto pillo; expresiones a la Cibeles, llevándole de mi parte un poco de cordilla para sus leones; memorias al "salooon" del Prado, y le pongo muchas oes para expresar lo que me he aburrido en él; y memorias a los teatros. Te vas a cualquiera, y echas una mirada al público, y le dices de mi parte que estoy contentísima de no verle. Doy gracias a Dios porque me ha concedido oír el ruido del viento en vez de oír palmadas, y el "jipío" de las actrices...

A TODOS LOS QUE SUELEN IR DE COMISTRAJE A LA MALDITA CASA DONDE TANTO PENÉ, LES DAS MIS RECUERDOS

»Pepito, siento que no conozcas una cosa que yo he descubierto y disfruto en algunos instantes, después que me tomé lo que era mío: mi preciosa libertad. ¿No sabes lo que es esto que yo disfruto y tú no? Pues es la alegría, una onda fresca que sale del fondo del alma y te embriaga, y te hace más enamorada de lo que amas, y más... en fin, no sé decirlo. Tú lo entenderás, porque, como buen entendedor, ya lo eres.

»Si yo supiera que tranquilizabas a mis padres y les convencías de que no deben llorarme, sería completamente dichosa, y te estaría muy agradecida. Hazlo, por Dios, Pepe; hazlo por tu niño y por tu mujer. A esos tus seres queridos, mando abrazos y besos. Y ya sabes que, sin saber dónde, tiene dos buenos amigos: te lo dice la que lo fue y lo es..., Virginia».

IX

Marzo.

Mi mujer y yo:

—Ese idilio... ¿no se dice «idilio»?, será interrumpido, cuando menos lo piensen, por la Guardia Civil.

—La Guardia Civil, mujer, está ahora muy ocupada con otros idilios.

—Según eso, ¿tú crees que les durará la libertad, y que esa alegría, de que habla la muy bribona, será eterna? ¿Crees que se pueda vivir en ese salvajismo, sin que les salgan mil calamidades, la miseria, la envidia y las malas voluntades de los pueblos, y acaben por hacerse aborrecibles el uno al otro, y maldecir la hora en que se juntaron violando...?

—Acaba, mujer; es frase que se dice sola: «Violando todas las leyes divinas y humanas»...

—Yo, qué quieres, dudo que tanta dicha sea verdad. ¿Sabes lo que es esa chica? Una gran embustera. ¡Sabe Dios, sabe Dios cómo estarán! Llenos de miseria, con más hambre que Dios paciencia, y deseando que la Guardia Civil les coja y les lleve bajo un techo de abrigo, aunque sea la cárcel.

—Yo creo lo contrario: que viven pobres y felices, sin ambición, sin cuidados. En la vida complicada, presa en mil artificios, a que nos ha traído la civilización, hemos perdido la idea de la verdadera felicidad.

PODRÁ EXISTIR LA FELICIDAD EN UN MUNDO EN QUE TODOS LOS SERES SEAN SALVAJES Y BUENOS; PERO ESE MUNDO, ¿DÓNDE ESTÁ?

—Podrá existir la felicidad en un mundo en que todos los seres sean salvajes y buenos; pero ese mundo, ¿dónde está? A las puertas de las ciudades, el salvajismo no puede existir, y si existe tiene que ser de corta duración.

—Quizás; no te digo que no. Nos falta saber en qué se ocupan ella y él, y con qué especie de trabajo se ganan la vida. ¿Son labradores, poseen algún ganado? Esto no lo dice la carta. Supongo que donde ellos viven no habrá puertas que pintar, ni cerraduras que componer.

—Habrá otras cosas y otros oficios; vete a saber... Ya sabes lo que él dijo: «Soy amañado para todo». Puede que sea leñador o carbonero; que recoja hierbas para los boticarios; que pesque anguilas o sanguijuelas. Di otra cosa: ¿en la carta no habla de viñas?...

—No nombra viñas, ni dice que beban vino.

—Lo pregunto por ver si los datos de ella casan con uno que hoy me han traído... dato importante, que puede dar mucha luz... Pues verás: ya te dije que las criadas de Virginia me hablaron de una lavandera que por aquellos días iba mucho a la casa, madre de la Casiana, que a nosotros nos sirvió el año anterior. La hemos buscado: dimos ayer con ella... Nos ha dicho que una tarde, entrando en la galería donde el pintor estaba dale que dale a la brocha,

DE TIENDA EN TIENDA. Así pasaba Valeria el tiempo. Cada mañana echaba de dos a tres horas en las perfumerías y los comercios de telas, comprando retales y piezas para delantales, camisas, pantalones y vestidos. (*Interior de una tienda*. Grabado de *La Ilustración*, 1851).

le oyó decir, como respondiendo a una pregunta que ella le hizo acerca de su familia... de él: «Tengo una hermana casada con un rico de la Villa del Prado». Y ella dijo: «Pues ya le mandará a usted buenas uvas». Por eso te pregunté si en la carta habla de viñas.

—A juzgar por la carta, el sitio en que están no revela la vecindad de una hermana rica, ni de nadie que verdaderamente les ampare. La vida salvaje y mísera de que habla Virginia debe de estar lejos de toda ciudad, villa o villorrio. Presumo yo que es en la falda de la sierra... en lugar medio despoblado.

—Por sí o por no, llévale pronto este dato al señor Chico, o al gobernador de la provincia, para que pidan informes al alcalde de allá, o a cualquier conocido... Todo es empezar, Pepe... Verás cómo de una referencia sale otra, y al fin la verdad y el escarmiento de esos pícaros. Valeria, en cuanto supo el dicho de la lavandera, se fue a ver a unas amigas, que son de un pueblo próximo a ese de las uvas: Cadalso... ¿Hay un pueblo que se llama Cadalso?... Pues las amigas han quedado en escribir... Y ya que hablo de Valeria, Pepe, tengo que contarte... Hoy me he cansado de reñirla. Figúrate: los padres están chochos con ella. Naturalmente, es la honrada, es además la única, porque a la otra la tienen por muerta. Y ella, la muy ladina, se aprovecha... Sabrás que le ha entrado el delirio de la casa elegante, de los muebles de última moda, cortinas a la «Gobelin», alfombras de moqueta, y reclinatorio y estantitos maqueados... sin contar otras elegancias y refinamientos. No hay mañana que no eche dos o tres horas a tiendas.

—Historia, hija, Historia de España. Sigue.

—Ya sabe que los padres no le niegan nada. Es la buena, es la honrada, es la única. Si les ve reacios, allá van cuatro carantoñas, y ya tienes catequizados a los pobres viejos. Con una mano se limpian la baba que se les cae, y con la otra sacan y acarician la bolsa, que solo se abre para la niña. Ésta les besuquea, y corre a las tiendas a pagar lo que debe y a traer más, más...

—Historia de España... ¡y qué Historia! Adelante.

—Ayer me la encontré en casa de los Hijos de Sobrino, en Majaderitos, donde fui a comprar tela para los delantales del niño, y en poco más de un cuarto de hora hizo Valeria compras de batista superior para camisas, y de adorno en blanco, por valor de mil y cuatrocientos reales... Después fue a la perfumería de Quiroga, y se dejó una buena porrada de duros.

—Historia nacional, retrato del pueblo español... Sigue... Entre paréntesis: a Valeria le ha sentado bien el matrimonio; se ha puesto muy linda.

A USTED LE HAN DADO ESA ESPADA Y LE HAN PUESTO ESE UNIFORME PARA QUE DEFIENDA LA LEY, NO PARA QUE SE META LOCAMENTE A CAMBIARLA

—Es una monada... Pues sigo. Como yo, cuando me intereso por una familia, no reparo en tomarme todas las libertades, también he reñido a Navascués... como lo oyes: ¡ayer le eché una andanada!... Al hombre, un color se le iba y otro se le venía. Pues ¿no es un dolor ver que esa pobre niña no halle distracciones y alegría más que en las tiendas?... Y todo porque al zángano del marido se le cae encima la casa, y no sabe vivir fuera del casino y los cafés, demente con la dichosa política. ¿Sabes, Pepe, que, a mi parecer, este joven va por mal camino? ¿Quién le mete a regenerador de la patria? ¡Lucida estaría esta pobre enferma si sus médicos fueran capitanes y tenientes! Navascués es de los que creen que, echando a los «polacos», ataremos aquí los perros con longaniza... Pues en los Dos Amigos le tienes mañana, tarde y noche... me lo ha dicho él mismo con una ingenuidad que le honra... allí le tienes «siguiendo paso a paso», son sus palabras, «el movimiento revolucionario», y sacando la cuenta de los comprometidos, de los que no quieren comprometerse... O mucho me engaño, o este joven nos dará el mejor día un disgusto.

—A mí no. Sigue, hija, sigue: tu capítulo de Historia no tiene desperdicio.

—Yo le he puesto de vuelta y media... «Usted es un simple, Rogelio, o un ambicioso vulgar; y si no es esto, seguramente será otra cosa peor. Todo militar que no se encierre en la esclavitud de la disciplina, es un perjuro... A usted le han dado esa espada y le han puesto ese uniforme para que defienda la ley, no para que se meta locamente a cambiarla. ¿Quién es usted para cambiar la ley? Eso es cuenta de otros. Usted no sabe una palabra de leyes, ni ha cogido jamás un libro, como no sea el de la táctica. ¿De dónde saca toda esa palabrería que ahora usa? Quisiera yo poder oír, por un agujerito, las gansadas que usted y sus amigos hablarán en el café... Ya puede andarse con cuidado. El mejor día le recetan los aires lejanos de Filipinas, o le encierran en una fortaleza, si no es que el niño se va del seguro, y entonces, ¡pobre Rogelio!, sus cuatro tiros no hay quien se los quite».

—Ese caso no llegará, porque triunfarán los sublevados... ahora toca triunfar; lo asegura el historiador... y Navascués tendrá el ascenso que busca. Si he de decirte lo que siento, Ignacia, los militares, siguiendo la rutina histórica, no van a cambiar la ley, sino a restablecerla, a levantarla del suelo en que arrojada fue por la «polaquería». Esto debe hacerlo el pueblo, la masa total; pero aquí nos hemos acostumbrado a que el pueblo delegue esa función en los militares, y ya no es fácil cambiar de sistema. Lo que te digo es un hecho, que arranco de las entrañas de la Historia efectiva, muy distinta de esa otra Historia que sale al mundo cubierta de artificios, como una vieja que se adoba el rostro, y todo lo lleva postizo, empezando por el lenguaje. Los militares se sublevan cuando la nación no puede aguantar ya más atropellos, inmoralidades y corrupciones, y en estos casos el brazo militar triunfa, sencillamente porque debe triunfar...

Y con esto dimos fin a nuestra charla sabrosa, porque llegó la hora de comer, que todo llega en este mundo.

Abril.

Apenas salgo del fastidioso ataque de reúma que me ha tenido cerca de un mes condenado a encierro, tristeza y emplastos de belladona, me decido a vaciar mis pensamientos sobre el papel de estas *Memorias,* donde me atormentarán menos que amontonados en el caletre. Allá voy con el material histórico que almacenado tengo aquí; y empiezo por afirmar que la conspiración continúa su labor profunda, pero no se la ve, porque se ha metido bajo tierra y...

Espérense un poco, que aquí llega, como llovido, un asunto al cual es forzoso dar la preferencia. ¿No lo dije? Cartita de esa loquinaria, de esa que ha hecho mangas y de los santos principios, de esa, en fin, que ahora la gaita de resucitar la edad de oro, funesta para los sastres y maestros de obra prima... Llevo la epístola a mi mujer, que la lee en voz alta. Dice así:

«Ay, Pepe, déjame que te cuente las amarguras que he pasado! Te horrorizarás cuando leas esta carta y me tendrás mucha compasión, ¿verdad que sí? Aplacado el sufrimiento mío, puedo contártelo, para que lo sepa María Ignacia, y lo sepan también mis padres y hermana. Tan desgraciada he sido, que creí que Dios me castigaba cruelmente; mas ahora veo que no ha sido castigo, sino prueba, y que de ella sale mi alma como de un crisol, con lo que ahora está más fuerte, más brillante; y si no lo crees, entérate de lo que te escribo... Pues sabrás, Pepillo, que hará hoy catorce días, a punto de anochecer, vino del trabajo mi Ley muy alicaído, con la cara arrebatada y quejándose de un horrible dolor de cabeza. (Pongo este paréntesis, querido Pepe, para decirte que le llamo "Ley", porque de algún

LAS VIVIENDAS DE LA CAPITAL ERAN REDUCIDAS, habitaciones de alquiler donde apenas entraba el aire. Eran como jaulas, con ventanucos para la ventilación y el espacio mínimo para el camastro, la mesa y alguna silla. (*María o la hija de un jornalero*, de Ayguals de Izco. Grabado de *El Fandango*, 1845).

modo he de llamarle, que ahora de él tengo que hablar, y me será preciso nombrarle a menudo; conque Ley, ya sabes.) Su piel abrasaba, y transido de frío daba diente con diente. Le hice acostar y le arropé lo mejor que pude. Todo se me volvía decirle: «Ley, ¿qué tienes?», y él no me respondía: estaba como aletargado, de la fuerza del dolor y de la calentura... Yo, como puedes suponer, angustiadísima; hazte cargo... Ley enfermo; Ley, que es mi vida, como si fuese a perder la suya. ¡Y yo sin tener a quién volverme, ni a quién pedir socorro; yo sola con él, y sin médico ni botica... con las estrellas encima por únicos testigos de lo que me pasaba!...

»En fin, para mis adentros dije: aquí yo con mucho valor, y sobre mí y sobre mi Ley, la voluntad de Dios. Lo primero fue calentar agua: afortunadamente tenía un poco de azúcar morena, como unas dos libras; tenía también algo de vino. Pues a darle agua templada con azúcar y unas gotas de vino; no había otra cosa: el corazón me decía que aquello era muy bueno... La noche, ya puedes figurarte cómo fue. Ley, abrasado de calor, a destaparse, apartando con sus manos la paja y la única manta que tenemos, agujeradita; yo a volverle a tapar, y a darle calor con mi cuerpo. Te advierto que nuestra habitación es como una jaula, y que por los costados y techo, las troneras y rendijas dejan entrada libre a los aires de Dios. Y la noche era ventosa; no quiero decirte más...

»En fin, Pepe, lo que te cuento fue principio de una larga y malísima enfermedad, que no sé cómo se llama, pero para mí que es algo como tabardillo; y si en los primeros días pareciome que no iba peor, de repente le entró una tan grande agravación, que llegué a creerme que me quedaba sin Ley... ¡Dios mío, lo que he penado! Ahora que pasó todo, pienso que Dios no está en contra mía, sino a favor: buena prueba me ha dado de ello. Yo no tenía recursos, ni a quién llamar en mi auxilio. Como a distancia de medio cuarto de legua están los vecinos más cercanos. Son dos viejos, marido y mujer, con un nieto enano, idiota y casi mudo, pues solo dice "mu", como los animales. Corrí a darles aviso; fueron a verme; lleváronme unas patatas, más vino, hierbas de malva para cocimiento, hierbas de sanguinaria y pan. Después no volvieron, y mandaban al mudo a que preguntara... ¡Pues fueron ocho días, Pepe, que me parecieron ocho siglos! Cada tarde creía yo que mi Ley anochecía y no amanecía, y por las mañanas pensaba que no vería la tarde. No puedes imaginar mi angustia. Siempre he querido a Ley: figúrate si le amé, que por unirme con él tiré al arroyo familia, sociedad, posición, todo. Luego de unirnos, le quise más, sin que mi amor flaqueara ni un punto en ninguna ocasión. Pues viéndole con aquella enfermedad terrible; viendo que se me moría por momentos, sin que yo pudiera evitarlo, le quería y le adoraba de una manera tan loca, que yo no sé, Pepe, no sé que haya palabras con que expresártelo. Y cansada ya de pedir inútilmente a Dios y a la Virgen que no me quitaran a Ley, les pedí con muchísimo fervor que me llevaran a mí también en el instante en que él muriese...

SON DOS VIEJOS, MARIDO Y MUJER, CON UN NIETO ENANO, IDIOTA Y CASI MUDO, PUES SOLO DICE «MU», COMO LOS ANIMALES

»El día y las dos noches en que llegó al extremo peligro, si muere o no muere, noches y día que no puedo señalar, porque para mí no hay almanaque, ni fechas, ni nada de eso, los pasé como puedes figurarte, abrazada a mi Ley, queriendo darle vida con mi aliento, fija la vista, fijo el oído en su respiración fatigosa, que a cada rato me parecía con un compás más lento, y yo no cesaba de pensar que una de aquellas respiraciones sería la última. Cuando no hacía esto, ponía yo en limpiarle toda mi atención: pensaba que limpiando su cuerpo de la miseria de la enfermedad había de salvarle... Y entre tanto, a lo que llamaré mi casa, por darle algún nombre, no llegaba más que el mudo, que desde la puerta decía "mu", y con él un perro que se colaba dentro y me revolvía todo. El mudo me veía llorar, y corría con la noticia de que

Ley se estaba muriendo. Yo decía: "¿Pero tan mala soy, Señor, que así me abandonas?". A la Virgen de los Dolores, a quien siempre he tenido devoción, le rezaba yo con todo el fervor de mi alma para que me amparase, y me la figuraba con la imaginación, por no tener delante efigie ni estampa en que fijar mis ojos... En la madrugada del último día, viendo a Ley que, después de una gran congoja, se quedó atontadito y como si durmiera, me puse de rodillas, y a grandes voces pedí a la Virgen que me socorriese, dejándome la vida de Ley, o llevándose la mía con la suya. Después de amanecer, le acometió otra congoja tan fuerte que pensé que de ella no volvía... Le di agua con azúcar, que era toda mi farmacia, y se le calmó la sofocación. Parecíome que respiraba mejor. Dijo algunas palabras, le di muchos besos, y me reí para ver si le hacía reír.

A LA VIRGEN DE LOS DOLORES, A QUIEN SIEMPRE HE TENIDO DEVOCIÓN, LE REZABA YO CON TODO EL FERVOR DE MI ALMA

»El resto de la mañana fue de mayor tranquilidad. A ratos me hablaba, diciéndome con mimo que no me separase de él; que no le hacía falta médico, ni medicinas, ni nada más que verme. Viéndome, creía el pobre que se iría curando... Por fin, a la tarde, observándole despejado y con más animación en los ojos, tuve alguna, muy poca esperanza; pero yo me empeñaba en aumentarla pidiéndole a la Virgen y al Señor Crucificado que, después de darme aquel poquito de esperanza, no me la quitasen. A la noche, Ley no tuvo recargo; se despejó mucho, se le animó el rostro, crecieron mis esperanzas... me andaba por toda el alma una luz divina. Me quedé dormida junto a Ley, tan rendida estaba de tantas noches, y él se durmió también. Yo desperté primero, y estuve un gran rato mirándole dormir, y escuchándole la respiración, que ya era sosegada... Despertó Ley, y echándome los brazos me dijo: "Mita, de ésta no muero...". ¡Ay, qué alegría se me metió por los oídos y por los ojos, viéndole y oyéndole! Desde aquella madrugada, ya las esperanzas fueron a más, a más, hasta que he visto a mi Ley salvado... y con mi Ley salvado, ya soy tan feliz, Pepe, que no cambio mi choza por todos los palacios del mundo. Y viendo que la Virgen y el Señor han librado de la muerte a Ley, por el afán y dolor grande con que yo se lo pedí, bendigo mi pobreza, bendigo mi soledad, y no quiero otra vida ni otro mundo.

»Ahora que Ley se va fortaleciendo, y sacudió aquel terrible mal, todo me parece bueno, todo muy bonito; y cuando el viento entra silbando en mi alcázar por los huecos y rehendijas, se me antoja que viene a felicitarme por haber arrancado a Ley de la muerte, con la ayuda de Dios, sin más medicina que mi cariño y las agüitas azucaradas; y presento mi cara a los vientos para que me la besen, y les digo: "Venid, aires del cielo, a ver a Mita contenta...».

X

Suspendió María Ignacia la lectura, y llevose la mano al pecho, como si el aliento le faltara. Un ratito estuvimos los dos silenciosos, mirándonos. Yo fui el primero en vencer la emoción.

—¿Qué piensas de esto? —le dije—. ¿Te parece que debemos apurar las averiguaciones del sitio en que están, para que pueda ir allá la Guardia Civil y traerles codo con codo?

—Eso no... ¡pobrecitos! Sepamos dónde están para mandarles un par de mantas, ropa, comida... Pero ¿no vivirían mejor en un pueblo, por miserable que fuera?

MISA DE DIARIO PARA CUMPLIR CON LOS PRECEPTOS. El pueblo español cumplía con la obligación y con la devoción. En las grandes ciudades se respetaban las fiestas de guardar; en las localidades pequeñas se acudía a misa casi a diario. (*Misa del alba en Aragón*, por Valeriano D. Bécquer, 1865).

—Ya ves que no les va tan mal en ese despoblado. Es muy probable que en un villorrio, asistido Ley por curanderos o veterinarios, y metido en un local fétido, no habría escapado de la muerte, mientras que, en la choza ventilada, el cariño de Mita y las agüitas con azúcar le han sacado adelante.

—¿Y por qué la llamará "Mita"? ¿Qué quiere decir "Mita"?

—Contracción será de algún nombre cariñoso, inventado por él. Estos amantes libres, por borrar la última relación con el mundo que abandonan, suprimen hasta sus nombres de pila.

—Sigue leyendo tú: aún faltan dos carillas... Yo no puedo más. ¡Siento una opresión... y unas ganas de llorar...!

Aquí va el resto de la carta, que yo leí:

«Desde que vi a Ley fuera de peligro de muerte, hasta que se recobró y fortaleció, volviendo a ser lo que era, han pasado otros ocho días, en los cuales he tenido que discurrir mucho para sacar adelante a mi amado convaleciente. Pero como ya estaba yo tranquila y contenta, por nada me afligía, y el afán de las dificultades lo compensaba el gusto de vencerlas. Era forzoso alimentar a Ley para que recobrara sus perdidas fuerzas y se le renovara la sangre. Pero carecíamos de todo recurso, y no había más remedio que buscarlo... Yo seguía pidiendo socorro a Dios y a la Virgen, y éstos, a mi parecer, me decían: "Busca y encontrarás". Porque no habían de traérmelo los ángeles... Acudí primero a los vecinos de que antes te hablé, y me dieron pan, cebollas y un poco de vino; esto no me bastaba. Algún alimento más delicado necesitaba mi enfermo.

»En esto, llegó un día que me sonó a domingo; en esta soledad conozco los días de fiesta por los sones de campanas que el viento me trae... de campanas llamando a misa en pueblecitos que están distantes. Pero el viento, unos días más que otros, trae los toques de campana tan al vivo, que parece que las tienes a un tiro de fusil. Yo le dije a mi Ley, después de arroparle bien y darle unas sopas en vino: "Hoy es domingo, Ley: si tú me prometes estarte aquí bien tapadito, sin que te entren tentaciones de echarte fuera, yo me voy a la iglesia que campanea, y en ella oiré misa y daré gracias a Dios por haberte curado. Y como en derredor de esa iglesia ha de haber un pueblo, después que oiga misa buscaré almas caritativas que me den algo para tu alimento". Y Ley me dijo: "Mita, ve a la iglesia que campanea y da gracias a Dios por haberme salvado. Después buscarás almas caritativas que nos socorran. Te prometo no moverme; pero no tardes más de lo preciso, que estaré muy triste sin ti...". Dejándole tan conforme me puse en camino. Era un día, Pepe, que... me río yo de lo que llamáis días buenos en ese Madrid pestilente... yo no sé decirte cómo aquel día era. Mucha luz, un sol que consolaba sin calentar demasiado, y un aire fresco que, sin alborotar, hacía ruiditos mansos en las encinas... Los pajarillos, las maricas y los cuervos, tan contentos todos, buscando cada cual su remedio... Pues, señor, anduve, anduve, siguiendo la dirección que me indicaban los toques de campanas, y llegué por fin a un cerro, desde donde divisé un campanario, y otro más allá... pero la torre más cercana distaba todavía como un cuarto de hora... No se me apartaba del pensamiento mi pobre Ley, allá tan solito, y los minutos que tardara en volver a su lado me parecían siglos. Calculé que si me llegaba hasta el primer campanario, se me iría toda la mañana; y estando en estos cálculos del tiempo y la distancia, tuve una inspiración, Pepe... tuve la idea de oír mi misa en el mismo cerro donde me hallaba. Me arrodillé, mirando al campanario, y rodeada del sol y el viento, con tanto mundo de campiñas y montes delante de mis ojos, le dije al Señor y a la Virgen todo lo que se me ocurría... que no fue poco... y cosas muy sentidas y de mucha religión se me vinieron al pensamiento, y del pensamiento a la boca, puedes creérmelo.

»Cuando yo estaba en lo mejor de mi misa, sonaron más las campanas próximas y otras lejanas, como si hubiera gran festejo y procesión... De rodillas estuve un largo rato, y al concluir mi misa, pensaba que por allí cerca encontraría el socorro que necesitaba para Ley. Yo había visto dos casitas; las volví a mirar: eran blancas, y sus chimeneas echaban humo... Bien podía ser que en ellas vivieran almas caritativas... No había dado yo cuatro pasos hacia las casitas, cuando sentí son de cencerros, y vi que por el cerro subían cabras; tras ellas venían dos hombres y un chiquillo. No creas que me dio reparo de pedirles limosna. Les conté lo que me pasaba, y que había dejado a Ley acostado, convaleciente de una terrible enfermedad. Les rogué que, por el amor de Dios, me dieran un poco de leche, que yo sé trabajar. "Ley también sabe —dije—, y en cuanto se ponga bueno trabajaremos y pagaremos la leche que nos den". El más viejo de los pastores, alto y huesudo, con unas barbas muy grandes, que parecían las del Padre Eterno, se encaró conmigo, y poniendo la cara como de enfadarse, y echando un vozarrón que atronaba, me dijo: "Alguna leche le diéremos, mujer; mas no trujo cuenco para llevarla. ¿Llevarla ha en el pañi-

EL MÁS VIEJO DE LOS PASTORES, ALTO Y HUESUDO, CON UNAS BARBAS MUY GRANDES, QUE PARECÍAN LAS DEL PADRE ETERNO, SE ENCARÓ CONMIGO zuelo?". Yo le contesté que no había traído cuenco porque no pensé encontrar rebaños; pero que pediría me prestasen un jarro en aquellas casas de abajo. Y él entonces, echando el vozarrón más fuerte, y enarbolando el palo como si quisiera pegarme, me dijo: "Arrea 'cacia ti', mujer, que allá te daré la leche".

»Hacia casa me vine, y conmigo el viejo parecido al Padre Eterno, y las cabritas, que eran cuatro, muy saltonas, con las ubres contoneándose entre las patas. Por el camino hablamos poco; el viejo echaba un cantorrio entre dientes. Me preguntó cómo me llamo, y le contesté que me llamo Ana. Nunca declaro mi verdadero nombre. Él dijo: "Arrea, moza, que tengo priesa... Voy a bajarme con mis cabras a..." (callo este lugar, que es un soto junto al río). Pues llegamos a casa; me adelanté corriendo para ver si Ley estaba bien arropadito, y le encontré lo mismo que le había dejado... y tan contento de verme. No necesité decirle lo que le traía, porque cuando el viejo y sus cabras entraron en mi guarida, ya tenía yo dispuesto un cazolón bien lavado para la leche que el buen pastor quisiera darme.

»Sin decirnos nada, se puso el hombre a ordeñar, y yo a tener el cazolón y a ver cómo salían de los pezones de las ubres los hilos de leche, alternando uno con otro y cayendo con fuerza dentro de la vasija. A medida que ésta se iba llenando, los chorritos levantaban espuma. ¡Ay, Pepe!, lo que entonces sentí, no puedo explicártelo... Viendo los chorritos de leche, y oyendo la musiquita que hacían, aquel rasgueo y aquel "chirrís-chirrís", se levantó en mi alma una alegría tan grande, tan grande, que no podía yo tenerla dentro, y me eché a llorar... Mis lágrimas corrían silenciosas. No había más ruido que el de los hilos de leche... Ordeñada una cabra, luego fue el hombre con otra... "Basta, señor", le dije yo con toda mi alegría y mi agradecimiento y mis lágrimas, que no acababan de correr... ¡Ay, Pepe, Pepillo loco!, esta alegría, ni tú ni María Ignacia la habéis sentido nunca, ni sabéis lo que es...».

Suspendí la lectura viendo que mi mujer, vencida de su grande sofocación, rompía en llanto, y con su gesto me decía que callase. Hicimos un descanso, sin cambiar observación alguna, hasta que al fin María Ignacia, recobrado su aliento, pudo decirme:

—¡Qué pena siento, Pepe, qué vacío tan grande aquí!... ¡Pobre Mita! Una duda tengo todavía: después la sabrás... También me extraña mucho que en la miseria de esa choza, donde se carece de todo, haya papel, tintero y pluma para escribir carta tan larga.

SUSPENDÍ LA LECTURA VIENDO QUE MI MUJER, VENCIDA DE SU GRANDE SOFOCACIÓN, ROMPÍA EN LLANTO, Y CON SU GESTO ME DECÍA QUE CALLASE

—Espérate un poco. Pasando la vista por el pliego último, me parece que he visto la palabra «tintero». Si te parece, acabaré. Ya falta poco.

Sigo leyendo:

«Puse a cocer la leche, y todo el día estuve dándole a Ley racioncitas cortas y frecuentes, marcando el tiempo con el reloj de mi cuidado. ¡Oh, cómo le gustaba la leche y cómo se relamía de gusto, pidiéndome más, más! Por horas, por minutos, le veía yo reponerse... Pues al siguiente día, a punto del amanecer, el viento me trajo son de esquilas. Salí a ver, y era el Padre Eterno que venía con sus cabras a darnos más leche. "No te apures, Anica —me dijo con su vozarrón, viéndome algo confusa ante tanta bondad—. Ya me la pagarás cuando puedas... y si no puedes, que pase a la cuenta de las ánimas...". Pues asómbrate, Pepe: volvió el pastor otro día y otro, y "un porción" de días... ya ves cómo me voy afinando de lenguaje... En fin, que Ley sale adelante: pronto volverá al trabajo. Ayer bajé yo a lavar al río... Tan alegre estoy, que a lo mejor me pongo a cantar... canciones mías, cosas que invento. Ni yo misma sé lo que canto, porque es como un gorjeo... Ayer subía yo gorjeando del río, y por el camino, con mi carga sobre la cabeza, decía yo: "Tengo que escribir esto a Pepe, para que él y María

EL PASTOR ORDEÑÓ LAS CABRAS para conseguir algo de leche. Gracias a su ayuda alimentaron varios días al enfermo y pudo recuperarse de los males que le aquejaban. Todo sucedió después de que terminara la misa, pidiendo para Ley. *(La vuelta al aprisco*, por Pedro Orrente. Museo del Prado. Madrid).

Ignacia, las personas que más estimo después de mis padres, sepan lo desgraciada que fui y lo dichosa que soy". En la puerta de mi palacio estaba Ley sentadito, esperándome. Yo me quité la carga y senteme a su lado. En aquel momento llegó Mu, el enano de nuestros vecinos: nos traía cebollas, pan y dos lechugas. Como el pobre chico no dice más que "mu", y no sé su nombre, "Mu" a secas le llamo yo. Pues le dije, digo: «Mu, te agradeceré que me traigas el tintero de cuerno y la pluma de tu 'güelo'. Papel tengo yo». En cuanto se fue Mu, le dije a Ley: "¿Te parece que escriba al buen amigo de Madrid todo esto que hemos pasado? Así verán allá que Dios mira por nosotros". Y Ley me dijo, dice: "Cuéntale todo al amigo de Madrid, y él verá, si quiere verlo, que Dios mira por nosotros".

»Ya he salido de la grandísima tarea de esta carta, y créete que no me ha costado poco trabajo concluirla, porque el tintero de cuerno venía muy escaso de tinta, y he tenido que bautizarla, por lo que notarás que esta letra se parece más al agua que a la tinta. Concluyo encargándote... No, no: espérate un poco, que se me olvidaba una cosa.

»Lo que te dije en mi anterior de echarle pica pica al gordo Mora, darle un papirotazo a don Mariano y unos buenos azotes a mi tía Cristeta, tenlo por no dicho. No hagas nada de eso, que a todos perdono y todo resentimiento se ha borrado de mi alma. Perdón general, perdón hasta para mi tía Cristeta, que fue la que me hizo más daño, porque ya tenía yo a mis padres convencidos de que no debía casarme con Ernestito, cuando metió ella sus narices en el negocio; tales cosas dijo a papá y mamá de las riquezas del niño y de lo feliz que iba yo a ser con tantos millones, que les embaucó, y ellos a mí, y al fin pasó lo que sabes. Gracias a que supe descasarme a tiempo, que si no... En fin, no más por hoy.

»Adiós, Pepe: a tu mujer, todos los cariños que se te ocurran; a tu nene, besos mil, y tú recibe, con los afectos de Ley, el de tu amiga, Mita-Virginia».

En silencio hicimos, cada cual a su modo, los primeros comentarios. Suspiraba mi mujer, limpiándose el rostro de lágrimas. Yo esperaba oír sus opiniones antes de manifestar las mías.

—Vas a saber —dijo María Ignacia— la duda que tengo... La carta de Virginia me ha conmovido, me ha levantado en el corazón una pena muy grande, y luego un... no sé cómo llamarlo... un tumulto de ideas... Veré si puedo explicarme... No te diré yo que estos cuentos de Virginia sean puro embuste... pero sí sospecho que nuestra pobre amiga se nos ha vuelto poetisa... que posee el arte de adornar los hechos, y de componerlos y retocarlos para que impresionen más a los que han de leerlos. Esto que ha escrito nos ha hecho llorar. ¿Habría producido el mismo efecto contado por ella o visto por nosotros? Ésta es mi duda. Tú me dirás lo que piensas.

SI LES DESCUBRIMOS, SERÁ FORZOSO SACARLES DE SU ESTADO SALVAJE Y DE SU CONDICIÓN LIBRE. ASÍ LO MANDA LA MORAL

—¿Crees tú que Virginia es artista y obra literaria su carta? Algo de arte hay siempre en todo lo que se escribe, y los hechos, aun referidos en forma descarnada, se revisten de un extraño resplandor más o menos vivo, según la sensibilidad de quien los refiere. En la carta de Virginia resplandece la narradora que no carece de habilidad: adorna un poquito. Pero bien se ve que es cierto lo que nos cuenta, y en el sello de verdad está todo el interés y todo el encanto de lo que hemos leído.

—Según eso, ¿no crees tú que esa desdichada nos haya salido poetisa, y quiera trastornarnos la cabeza... versificando en prosa, como quien dice?

—No, mujer... No hay en esta carta versificación. El olor de poesía que nos da en la nariz sale de los hechos, y éstos son tales, que ninguna de nuestras primeras poetisas o literatas sería capaz de inventarlos... Ateniéndome a la realidad, yo te pregunto: ¿Qué hacemos ahora? ¿Perseguimos a Mita y Ley?... Creo que no ha de ser difícil descubrir la guarida, poniéndose a ello con fe y perseverancia.

—Sí... ¿qué duda tiene? Basta de salvajismo. Mita y su hombre merecen mejor suerte y otros medios de vida... Pero espérate un poco, Pepe. ¡Vaya un torbellino que tengo en mi cabeza! Si les descubrimos, será forzoso sacarles de su estado salvaje y de su condición libre. Así lo manda la moral. Dejarles en esa independencia, favorecerles con recursos que les ayuden a campar por sus respetos, será dar una bofetada a todas las leyes divinas y humanas... No habría más remedio que poner a cada cual en su lugar, separarles... No, no: esto tampoco puede ser... Discurre tú por mí, que yo no puedo... ¡Separarles a viva fuerza! Eso nunca. Sería un atentado a la moral... ¿a qué moral? ¿Hay por ventura dos morales?

—Yo no sé cuántas hay, ni cuál es la mejor, en el caso de que haya más de una. Mientras esto se averigua, no atentemos a la libertad de nadie, y dejemos a cada pájaro en su nido. ¡La ley!... ¡la moral! Créeme a mí, mujer: si queremos dar con la moral y la ley, busquémoslas en nuestros corazones.

—¡Una moral por este lado, otra moral por el otro! —dijo María Ignacia vacilante y confusa—. Y nuestros corazones en medio... ¡Pobres corazones!, ¿acertaréis a elegir el mejor camino?... En este torbellino de dudas, ¿sabes lo que pienso ahora? Pienso que el soplado hablador don Mariano José no es tan tonto como tú crees. Me suenan en el oído las palabras del asegurador de vidas: «No tenemos divorcio... Estamos muy atrasados».

XI

Abril de 1854.

Recibo un pliego en sobre con filetes de luto. «¡Quién se habrá muerto!», digo al abrirlo, no sin ligero temblor, porque me asustan las defunciones de personas conocidas... Resultó que no era un muerto, sino un vivo que coleaba, un papel clandestino titulado *El Murciélago*... Leo en él furibundas diatribas contra los «polacos». Cada párrafo es emponzoñada flecha, o un canto muy duro disparado contra cabezas altas y medianas. Los anuncios son crueles epigramas. «El que desee conseguir un destino, diríjase a don Fulano de Tal. En el Ministerio de Fomento darán razón. La cantidad que se estipule, se ha de dar anticipadamente. No se admiten corredores». Versos no mal construidos ponen en la picota a los ministros, y en ella reciben una zurribanda de azotes. A San Luis se le llama el «condesillo»; «lacayos» a los ministros; a la corte, «centro de liviandades». En el pie de imprenta se lee: «Editor responsable, don José Salamanca. Imprenta del conde de Vilches».

Luego vi que todos mis amigos lo habían recibido. El maldito pájaro, metiéndose por ventanas y puertas, visitaba las moradas de próceres y magnates. ¿Lo habrán encontrado la Reina en su tocador, y el Rey en su reclinatorio? Ya se lo preguntaremos a Cristeta Socobio y a doña Victoria Sarmiento, que me parece a mí que están en el ajo, y se dejan caer del lado de la conspiración. Éstas dos naturalezas astutas, ratoniles, criadas en los escondrijos de palacio, olfatean ya el nuevo queso... No necesito decir que el periódico misterioso tiene en Madrid un éxito colosal. Su aparición ha sido como un rocío del cielo para las almas resecas del odio al «polaquismo». No hay idea de lo que a las muchedumbres regocija y entusiasma ver en letras de molde las opiniones subversivas, que ahogadas nacen en la conversación privada. Se ensancha el pecho viendo que el periódico dice lo que pensamos y aún más, con nuevas gracias, y sin pedir perdón por el modo de señalar. Todo el que posee el primer número de *El Murciélago* se cree dichoso mortal: lo enseña con precaución; hace constar que lo recibió directamente, con sobrescrito a su nombre, prueba de lo mucho que le estiman los incógnitos redactores; coge a los amigos por la solapa y les conduce al reservado de un café para leerles el papelito; niégase a transmitir a manos extrañas aquel tesoro; ofrece sacar copias, «para que corra», y las saca con extrañas adiciones. Todo el mundo quiere ser «Murciélago». He leído en las copias del primer número: «La Muñoza y consorte, esa familia rapaz...». Persignémonos.

EL MALDITO PÁJARO, METIÉNDOSE POR VENTANAS Y PUERTAS, VISITABA LAS MORADAS DE PRÓCERES Y MAGNATES

Mayo.

Ayer puse en conocimiento de don Francisco Chico el único dato que se ha podido adquirir acerca del gavilán que se llevó a la paloma de Rementería. «Se sabe que tiene una hermana casada en la Villa del Prado». Oída esta referencia por el astuto cazador de criminales, se rascó una oreja; después la punta de la nariz, estirando levemente los delgados labios en una sonrisa casi imperceptible.

EL AZOTE DEL GOBIERNO. El diario *El Murciélago* insultaba a los ministros, criticaba sus decisiones y lanzaba proclamas subversivas. El editor responsable era José de Salamanca y el impresor, el conde de Vilches. *(Gonzalo José Vilches,* por José Madrazo. Museo del Prado. Madrid).

—¿Sabe usted, don Pepito —me dijo—, que ese dato, con parecer tan poca cosa, podría ser el primer jalón de un camino seguro? No me pregunte qué pienso, porque no pienso nada. Me dijo usted hace días que el tal es buen tipo; vamos, un chicarrón guapo, despejado él...

—Oí que es guapo; de su despejo, nada sé... Debo advertirle ahora, mi buen don Francisco, que no tengo interés en que los fugitivos sean presos, ni menos que les traigan para que se cebe en ellos la justicia.

—Vamos, quiere usted que cacemos a la señora sola, para meterla en las Arrepentidas.

—No, no: nada de Arrepentidas, ni de coger a la señora. Mi deseo es tan solo saber quién es él, y dónde está la pareja. Quiero ponerme al habla con ese irregular matrimonio.

—Pero la justicia...

—De la justicia, nada. Dejémosla en sus altares, bien guardada entre papeles.

—¿Y la moral, don Pepito?

—Dejémosla también, dondequiera que esté metida.

—¡Oh, si aquí tuviéramos divorcio!... Pero estamos muy atrasados.

—Progresemos. En este asunto, el progreso consiste en dejar las cosas como están. ¿No piensa usted lo mismo?

—Por mí... figúrese usted... Adelante o atrás, todo me parece igual. Ya estoy curado de espanto... Dos caras tengo yo: una me sirve para mirar al pasado, otra para mirar al porvenir... Pero a veces, señor mío, me equivoco de cara, y cuando me pongo a mirar lo nuevo, veo lo viejo, y viceversa... De modo que ya no sé si empeorando mejoramos, o si mejorando vamos a peor, a peor... En las revoluciones no creo; en la tradición tampoco... He visto progresistas del 40 besándole el anillo a Bonell y Orbe; he visto realistas del 24 tirando del coche de Espartero... ¿Qué más me queda que ver? Pues eso, que descubra a un raptor de casada y a la casada, para dejarles en la libertad de su delito... Pero ¿a mí qué me importa? Se hará como usted quiera, siempre que no se me adelante alguno que le lleve a él a presidio y a ella a las magdalenas... Yo le aseguro a usted que trataré de averiguar quién es él, y dónde se esconde la parejita. Si yo tuviera personal disponible, pienso que en ocho días saldríamos de dudas. Pero ¿usted sabe cómo estamos con esto de *El Murciélago,* y la guerra que nos está dando el pájaro maldito? ¡Que quién lo escribe, que quién lo imprime, que quién pone los sobres, que quién lo reparte!... Averígüelo usted en un Madrid, que cada día es más grande, más poblado de pillos... y con un vecindario que es todo de encubridores...

—Trabajo le mando, don Francisco. Hoy, en Madrid, el que no conspira, tapa, y el que no tapa, está en acecho de la policía, para dar el aviso: «¡Qué vienen!... ¡a esconder!».

—Es verdad. ¿Y en un pueblo así, quién es el guapo que descubre a un Murciélago?

—Si no se me enfada, don Francisco, diré que no está ya descubierto y enjaulado porque usted no quiere. Las imprentas de Madrid no son tantas... El periódico tiene que pasar por multitud de manos, pues no ha de ser un solo hombre el que lo escriba, lo componga y lo tire... Yo policía, le aseguro a usted que el pájaro no se me escapaba.

—¡Ay, don Pepe, qué mal conoce usted el mundo, y este Madrid, este pozo Airón de los delincuentes!... No, no. A usted policía, le pasaría como a mí: no cazaría *El Murciélago*.

—Porque no querría cazarlo; porque no querría indisponerme con los conspiradores de hoy... a quienes seguramente tendré que obedecer mañana.

—No, no, don Pepito, no... Bien sé que esto está perdido... Pero no somos... no somos tan adulones del que ha de venir.

Al decir esto, su cara de pillo, en la cual no se cuidaba de poner la máscara del disimulo, contradecía sus medias palabras.

POR MÍ... FIGÚRESE USTED... ADELANTE O ATRÁS, TODO ME PARECE IGUAL. YA ESTOY CURADO DE ESPANTO...

—¿Cómo me hace creer a mí don Francisco Chico —proseguí— que no sabe dónde está el general O'Donnell? Pues qué, ¿se puede esconder un hombre tan alto, y estar cuatro meses oculto sin que asome un pie, una oreja... un codo?

—¡Vaya si puede... en un Madrid tan grande!

—Naturalmente, usted qué ha de decirme... Y, sin duda, soy yo algo impertinente al hablarle de este modo.

—Eso no: diga lo que quiera...

Y la picardía brillaba ya en su cara, eclipsando a la sagaz reserva del oficio.

—¿Cómo me hará creer el policía astuto que no sabe quién escribe *El Murciélago?*

—Como saberlo, no... como sospechar, sí... Todos los días me traen soplos: no hago caso. Los escritores del pajarraco son dos. El uno creo que no se me despinta. Me equivocaré mucho si no es ese malagueño... el Cánovas.

—Hombre, no.

—Déjeme acabar: el otro... estoy en que es uno de *Las Novedades,* ese Ríos.

—¿Pues si eso sabe por qué no les mete mano?

—¡Ah! Créame usted que al Cánovas le tengo ganas, muchas ganas; pero no puedo cogerlo.

Se pasaba la mano suavemente por la barbilla y quijada inferior, y sus ojos bajos afectaban un respeto hipócrita. A las expresiones de mi asombro, contestó al fin con este concepto que me dejó helado:

—Señor marqués de Beramendi, me aseguran que el Antonio Cánovas está escondido en su casa de usted.

«EL MURCIÉLAGO» PANFLETO REVOLUCIONARIO

Los últimos años de gobierno de los moderados se caracterizaron por la represión y el autoritarismo. El 2 de abril de 1852 Bravo Murillo dictó una ley de imprenta para frenar los ataques de la prensa a la monarquía y a su gabinete. Poco después los gobiernos de Roncali y Sartorius endurecieron aún más las medidas represivas, incluso contra la prensa moderada. En este contexto surgió *El Murciélago,* nombre popular de una publicación clandestina que en realidad se llamaba *El Diario Nocturno*. Se publicó por primera vez en 1853, en un momento en el que el malestar contra las autoridades era muy intenso. *El Murciélago*, que salía por las noches, era en teoría un periódico de tendencia moderada, editado entre otros por Bravo Murillo, ya fuera del Gobierno. Sin embargo, su adscripción política no impidió que en sus páginas se atacara con dureza al gobierno de Luis Sartorius, del que llegó a pedirse su destitución, y se ensañara con María Cristina de Borbón, a la que acusaba de obtener concesiones ferroviarias irregulares en su favor. El panfleto se publicó durante 1853 y desapareció en enero de 1854.

LECTORES DE PRENSA EN UNA ESQUINA DE MADRID. Grabado de *La Ilustración*. Biblioteca Nacional. Madrid.

El estupor no me impidió negar desde el primer momento con una energía que sobrecogió al fiero polizonte.

—Bueno, bueno: no es para incomodarse —dijo mirando al suelo—. Si no está con usted, estará en casa de alguno de sus hermanos, don Agustín o don Gregorio. Para el caso es lo mismo.

Negué también que Cánovas fuese huésped oculto de mis hermanos; pero Chico, en quien la suspicacia y la desconfianza eran una segunda naturaleza, pareció no darme entero crédito. Levantose del sillón Luis XV, y paseándose delante de mí, metidas las manos en los bolsillos del pantalón, me dijo:

—¡Qué venga Dios vivo a dirigir la policía, y veremos lo que hace en este Madrid, donde todo es un juego de compadres!... ¿Cómo hemos de cazar a los conspiradores, si ellos saben esconderse en lugar sagrado, o en burladeros donde no podemos entrar?... Corremos tras de Fulanito: ¿y dónde está Fulanito? Pues en su palacio le tiene, a mesa y mantel, el propio duque de Berwick. "¡Que cojan a Menganito; que nos le traigan vivo o muerto!". Pues nos echamos en busca del Menganito, y descubrimos que habita con el propio don José de Zaragoza... ¡guarda que es podenco!... Pues verá usted: hemos andado locos tras de un tal Bartolomé Gracián, militar él, condenado a muerte, indultado y luego vuelto a condenar... la cabeza más destornillada que echó Dios al mundo... Al fin mis agentes le descubren el rastro. Vamos a echarle mano. ¿En dónde creerá usted que se guarece ese pillo? Pues entre faldas. En las habitaciones altas de palacio le tienen escondido dos señoras que no quiero nombrar. Naturalmente, allí no podemos... Y no es ése solo el que ha hecho su burladero en lugares, como quien dice, sagrados. Óigame usted otra: ¿a que no me acierta dónde han ido a celebrar sus aquelarres los malditos masones, que yo desalojé de la logia de Tepa? Pues a la casa de una tal Rosenda, frescachona ella y desahogada, que hoy es querida del señor Toja, uno de los primeros sacaplatos y metesillas de la Casa Grande. Llamamos a la puerta de la Rosenda, una, dos veces, y entramos sin encontrar a nadie. Al día siguiente vino a verme el señor Toja, y aquí entró, andando como un lorito, y me dijo, dice: «Amigo Chico, no se meta en vedado si no quiere tener un disgusto». ¡Pues anda, y que se les lleve a todos el demonio!... Aquí, lo primero de que se cuidan los que revuelven a España es de buscarse un buen fiador... Detrás de cada revolucionario hay siempre un padrino gordo. ¿Qué hemos de hacer nosotros, tristes empleados sin liber-

IMPRENTA DE *LAS NOVEDADES* Y DE *LA ILUSTRACIÓN*. Grabado de época. Biblioteca Nacional. Madrid.

«LAS NOVEDADES»

Entre los diarios de mediados del siglo XIX destacó *Las Novedades*. Su objetivo fue la innovación, basada en la información popular. Fue un diario progresista e independiente fundado por Ángel Fernández de los Ríos en 1850. Se entregaba gratis a los suscriptores de las publicaciones *Biblioteca Universal, Semanario Pintoresco* y *La Ilustración*. Comenzó a publicarse en formato pequeño hasta 1852 cuando cambió de tamaño por decreto de Bravo Murillo. Fueron accionistas del mismo Prim y Olózaga, y colaboraron Modesto Lafuente, Antonio María Segovia, Juan Martínez Villergas y Luis Mariano de Larra. Salía a diario todas las tardes excepto los domingos; se situó en el primer puesto de tirada y circuló durante cuatro años hasta 1872.

tad, atenidos a un sueldo? ¿Hemos de ser los únicos que cumplan con su deber, cuando los de arriba no cumplen? Crea usted que en este tabernáculo ningún santo está en su puesto, ni tampoco en el suyo el Santísimo... Pues que venga el tronicio gordo, y a vivir todo el mundo como pueda. ¡Señores «polacos», el que tenga aldabones, que se agarre, y el que no, que se estrelle... porque lo que es el terremoto de la Martinica viene... vaya si viene!

Antes de que yo pudiese contestar a esta honda crítica del ser interno de nuestra patria, don Francisco, parándose ante mí, me sorprendió con esta peregrina proposición:

—Ea, don Pepito, ¿quiere que hagamos un trato? Si usted no tiene al Cánovas en su casa, de seguro sabe dónde está... Dígamelo... yo no he de prenderle, ¡cuidado! Puede estar tranquilo. Con saber el paradero me conformo... Y a cambio de que usted me diga dónde se esconde el malagueño, me comprometo yo, en el término de tres días, a descubrir los prados en que viven comiendo hierbas la hija del señor de Socobio y el pillastre que la robó.

NO ME CONVENÍA EL TRATO, PUES AUNQUE YO SUPIERA EL PARADERO DE CÁNOVAS DEL CASTILLO, NO HABÍA DE REVELÁRSELO POR NADA DE ESTE MUNDO

No me convenía el trato, pues aunque yo supiera el paradero de Cánovas del Castillo, no había de revelárselo por nada de este mundo. Cien veces le aseguré no tener la menor noticia del escondite de mi amigo; pero el muy tunante no me creía: tan metida tiene en el alma la desconfianza. Entiendo yo que constituyen su alma el escepticismo de todo lo bueno y la credulidad de cuanto malo hay en el mundo. La profesión de Chico, ejercida con un sentimiento parecido a la fe, no puede menos de crear grandes profesores de maldad, que nada ven donde la maldad no existe. Sin duda es un pájaro de mucha cuenta este don Francisco. Su vuelo rápido y bajuno se pierde de vista, sin que nadie pueda saber a dónde van a parar sus pensamientos. Y tanto desconfía, que jamás inspira confianza. La proyección de su malicia sobre el espíritu del que le escucha es tal, que, tratándole a menudo, llega uno a sentirse delincuente.

Sigue mayo del 54.

¡Pataplum! Otro número de *El Murciélago*. Lo primero que me echo a la cara, al desdoblar el papel, es esta piadosa frase: «Salamanca colgado del balcón principal de la Casa de Correos, sería una gran lección de moralidad». Temblemos, y sigamos leyendo: «A Salamanca se han unido cuantos ministros ladrones hubo en España, y, por último, se le agrega también el duque de Riánsares para los ruidosos negocios de ferrocarriles». En otro párrafo se burla del gobernador, conde de Quinto, y de sus inútiles esfuerzos en la persecución de la hoja clandestina; y dice con frescura: «Este *Murciélago* no podrá ser habido: está en parte más segura de lo que parece, y entra hasta donde S. E. no podrá entrar siempre que quiera». Razón tiene Chico. ¡Ah, los altos burladeros...! Leo esto, que es muy interesante: «Corren por Madrid, y parece que están próximos a imprimirse, algunos versos contra la Reina, en los que se habla hasta de su vida privada... Sabemos que estos versos están escritos y serán publicados por cuenta de "los polacos", con el objeto de hacer ver a su majestad que la oposición la trata de una manera violenta». ¡Hola, hola! Truena después contra los llamados «agios»: el regalo de 80.000 duros a Rotalde por las obras del Teatro de Oriente; la concesión a la casa Sangróniz de un servicio de vapores para La Habana, y el empréstito forzoso de 180 millones... Hablando de esta operación, *El Murciélago* toca el cielo con las negras alas. «¿Y van siquiera a emplearse con utilidad del país los 180 millones? Una parte, no pequeña, se invertirá en esos "agios", que con el nombre de giros, descuentos, etc., enriquecen a los que comercian con la fortuna pública... Después, 40 millones servirán para pagar el camino de hierro de Langreo...». Y sigue poniendo como chupa de dómine a la que llama «familia Muñoz», hasta declarar que es una familia que «vende su honra por dinero». Me parece que al pájaro se le va un poco la cabeza. Entre los sueltos cortos, leo: «Dícese que el conde de Quinto ha sido nombrado gentilhombre. De seguro hace de la llave una ganzúa». Pasa luego revista a los militares que defienden al «polaquismo», y no deja hueso sano a Blaser, Lara, San Román y Vistahermosa. Del ejército dice que «calla, avergonzado del inmundo cuadro de desmoralización que tiene delante»... Se atreve, por fin, con la Reina, contra quien va esta china: «Ya empieza a rodar por la cabeza de mucha gente la idea de un destronamiento...». ¡Qué nos coja confesados!

EL MOVIMIENTO POPULAR contra el Gobierno y la Reina, recogido por la prensa. Los periódicos satíricos realizaron una fuerte campaña contra los poderes establecidos, especialmente contra los militares y la corona. *(Isabel II pasando revista a las tropas.* Grabado de época. Museo Municipal. Madrid).

XII

Junio de 1854.

Sorprendido fui hace pocas noches, a deshora, por la visita de Rogelio Navascués, esposo de Valeria, al que acompañaba otro sujeto desconocido, que por el aire me pareció militar. Ambos vestían de paisano, con afectada traza de señoretes pobres de provincias, de los que años ha llegaban sin más objeto que ver *La Pata de Cabra,* y hogaño vienen a ponerse en contacto con la novísima civilización, llevándose, como señal o muestra de ella, baratijas de corto precio adquiridas en las tiendas más a la moda. Encarar con ellos en mi despacho, y ver sus fachas, y darme en la nariz olor de conspiradores buscando un escondite, fue todo uno. Lo primero que hizo Navascués fue presentarme a su compañero: «Bartolomé Gracián, comandante con grado de teniente coronel, uno de los más fervientes enamorados de la libertad... etc. ...». Luego se rieron los dos del pergenio que traían, alabándose de su agudeza para burlar a los corchetes, y acabaron por poner sus apreciables personas bajo mi amparo, para que yo las guardase en el sagrario de mi domicilio. La verdad, no me inspiraban interés ni lástima, y a ello contribuyó la cínica ligereza con que hablaban de sus trabajos, el menosprecio de sus superiores, y la confianza en salir victoriosos siempre que lograsen una libertad relativa con el escondrijo y la engañosa vestimenta. Además, mi suegro, don Feliciano, con egoísta previsión de hombre acomodado que aborrece toda molestia, me había dicho que nuestra casa no facilitaría el tapujo a patriotas militares o civiles acosados por la autoridad.

De esto hablábamos, cuando entró Valeria compungida, y con temblorosa frase y estilo de teatro imploró la hospitalidad, asegurando que sería por poco tiempo, pues la revolución había de triunfar, y los perseguidos serían prontito los perseguidores. Mi mujer, que desde la pieza inmediata oyó la voz de su amiga, no tuvo más remedio que intervenir tomando su parte en las demostraciones de piedad que el sexo le impone, y no necesitó más Valeria para romper en llanto y hacernos una escena dramática, hiposa y sofocante, de esas que en la escena nos encocoran y en nuestra casa mucho más. Sin que se nos ocultara que en la tribulación de la señora de Navascués había no poco de artificio, Ignacia y yo nos rendimos al formulismo de la amistad, y los perseguidos fueron amparados. Mas, no siendo posible tenerles en casa por el rigor cívico de mi suegro, discurrimos darles asilo seguro en otra casa de mi familia. Desechada la hospitalidad de mi hermano Agustín, por miedo de comprometer gravemente su furioso ministerialismo, con Gregorio me entendí aquella misma noche para traspasarle el embuchado; y tan bien dispuesta encontré a mi cuñada Segismunda, que no necesité gastar saliva para que consintiera en ser patrona de conspiradores. Oscuros y sutiles negocios, de que hablaré en otra ocasión, han enriquecido a Gregorio en poco tiempo. Segismunda se lanza con ambicioso vuelo a más altas esferas; quiere brillar y meter ruido, poner en su persona relumbrones aristocráticos recogidos en medio de la calle, o traídos del invisible Rastro en que van a parar las efectivas grandezas; y aunque las ideas de Gregorio y Segismunda son moderadas, como es ley de gentes que improvisan su posición, ambos ven con gusto que se alberguen en su casa dos caballeros revolucionarios de la clase militar. En estos revueltos tiempos, el conspirar ha llegado a ser de buen tono. A mi hermano, y particularmente a mi cuñada, les halaga que, cuando triunfe la revolución, se les señale como generosos encubridores de los que hoy son facciosos y mañana serán héroes. ¡Qué no darían por esconder a un O'Donnell, a un Messina, o al avisado malagueño Cánovas del Castillo!

MAS, NO SIENDO POSIBLE TENERLES EN CASA POR EL RIGOR CÍVICO DE MI SUEGRO, DISCURRIMOS DARLES ASILO SEGURO EN OTRA CASA DE MI FAMILIA

Todo quedó arreglado a media noche, y antes de amanecer, los paladines de la libertad dieron fondo en el cómodo asilo que con maternal solicitud les preparó la esposa de mi hermano. Y ya muy entrado el día, pidiome audiencia en mi casa un sujeto que se anunció como funcionario de la Seguridad Pública, sin decir su nombre. Picada mi curiosidad, no tardé en recibirle; y si de la persona no puedo decir que fuera interesante, lo que el tal echó de su boca en la visita merece cabida preferente en estas *Memorias* de mi tiempo. En el hombre vi, como rasgos culminantes del tipo, un bigote negro cerdoso cortado en forma de cepillo, cabellera abundante cortada como escobillón, nariz pequeña y atomatada, bastón de cachiporra, gabán claro de largo uso, y sombrero, que en toda la visita permaneció en la mano de su dueño. Ostentaba la pelambre de esta prenda innumerables cicatrices, testimonios de una vida azarosa, estrujones, apabullos, palos ganados en escaramuzas callejeras. Quizás, en alguna reunión tumultuosa, sirvió de asiento a persona de extremada gordura; quizás, antes de cubrir la cabeza de su actual propietario, fue remate del figurado guardián que se arma en medio de las huertas para espantar a los gorriones. Pero si mucho el sombrero decía, más dijo el hombre, y sus manifestaciones encerraron tanta enseñanza, que aquí las copio, sin más enmienda que la supresión de mis observaciones y preguntas en el curso del diálogo. Así parece más clara y compendiosa esta página viva de la Historia Nacional.

«Vuecencia no me conoce, señor don José. Yo soy Sebo... quiero decir que así me llaman, y por "Sebo" me conoce todo el mundo en Madrid, aunque mi nombre es Telesforo del Portillo. El mote proviene de que nací y me criaron en un taller de extracción de sebo, calle del Peñón, donde mi padre y toda mi familia tenían la industria de velas, que allá por el 48 vino a parar en ruina, por causa de la introducción de la maldita esperma y otras porquerías, sacadas, según dicen, de las ballenas de mar... Desde que yo empecé a discurrir, más que los oficios de mano me gustaban los de cabeza, todo lo que fuera cosa de ilustración, o por mejor decir, de literatura. Con otros chicos representaba comedias, y de noche, en mi casa, copiaba versos de algún periódico para aprendérmelos de memoria. Llevado de mis aficiones, el primer pan que gané me lo dieron en la escuela de párvulos de la calle de Rodas, donde serví la plaza de auxiliar dos años cumplidos. Aunque me esté mal el alabarme, yo aseguro que no me faltaban disposiciones para desasnar criaturas. Con la paciencia que Dios me ha dado y cierto don natural para dominar las almas infantiles, hice verdaderos milagros en aquel desbravadero de las inteligencias. A muchos borricos domé, y más de un idiota me debe el dejar de serlo. El maestro, mi jefe, me tenía en grande estimación; era yo su brazo derecho, y en los últimos meses llevaba el peso de la escuela. Pero como nadie me agradecía los servicios que yo prestaba a la nación, cogiendo de mi cuenta a los españoles chicos para convertirlos de animales en ciudadanos, y como mi estipendio era tan corto que apenas pasaba de dos reales y medio al día, insuficiente para pan y arenque o molleja, me vi precisado a cambiar de oficio. Por aquel tiempo empezó a salirme familia... pues, aunque yo no estaba casado todavía, la que hoy es mi mujer me había dado ya el primer hijo, principio de la cáfila de nueve que ya lleva paridos, de los cuales me viven seis para servir a Dios y a vuecencia.

»Para no cansarle, señor don José, después de mil contradanzas molestando a medio Madrid en busca de colocación, el señor Beltrán de Lis me metió en este "pandeldemonio" de la policía, que es, hablando pronto y mal, el oficio más perro del mundo... y el más deshonrado, el más comprometido, si no se pone uno al igual de los criminales, y come de ellos y con ellos, para ayuda del gasto de casa... que es muy grande, señor. Los ricos no tienen idea de las fatigas de un padre de fa-

LAS EXPERIENCIAS DE SEBO EN LA ESCUELA. Había ejercido de maestro de párvulos en un colegio de la calle Rodas y presumía de haber «domado a muchos borricos». (*Escucha, en estos exámenes has sacado el número 58*. Grabado de *La Ilustración*. Biblioteca Nacional. Madrid).

milia con seis criaturas, mujer, hermana mayor, y otros parientes que acuden al olor de un triste puchero. Esto no lo sabe el rico, que nos paga míseramente para que le cuidemos su vida y hacienda, y sobre pagarnos tan mal, tan mal, que todo mi haber, pongo el caso, no pasa de nueve reales y medio al día, nos exige que tengamos virtudes... ¡virtudes, señor, virtudes! maniobrando uno entre todos los vicios, y cuando en su casa no le entran a uno por los oídos más que clamores de la mujer: ¡que si los chicos están descalzos, y ella sin camisa, y todos con hambre por la cortedad del alimento! Yo tendré todas las virtudes conocidas, y algunas más, el día en que me las avaloren por moneda corriente, que de otro modo no puede ser. Si quieren virtudes baratas o de gorra, formen un Cuerpo de Policía de anacoretas, clérigos u otra calaña de gente sin familia ni necesidades. Suprímase la familia, seamos todos sueltos, tengamos refectorios públicos para matar el hambre, y habrá virtudes. De otro modo no puede haberlas y aquí estoy yo para decir con el corazón en la mano que no soy virtuoso. Gazmoñerías hipócritas no entran en mí. Y frente a un caballero que sabe apreciar las cosas como son, abro primero mi conciencia, después mi boca, y alargo mi mano para que los pudientes me den el pedazo de pan que el Gobierno, mi amo, no quiere darme por mi servicio. Yo huelo donde guisan y allá me voy. Hablo con un caballero, y humildemente le digo: "Señor, Sebo se pone a sus órdenes para todo lo tocante a dejar tranquilos a esos beneméritos Navascués y Gracián, que...".

...

»Gracias, señor, por su ofrecimiento de socorro, que debe hacer efectivo a tocateja, porque en mi casa se carece de lo más preciso... Y paso a informarle de lo que desea saber. Anoche, cuando entraron en su casa el Navascués y el Gracián, vestidos de paisano, di conocimiento al señor Chico, que me ordenó suspender la vigilancia de estos sujetos. Naturalmente, ¿qué vamos ganando nosotros con extremar las cosas? ¿Apurar la ley para que el día de mañana los perseguidos de hoy nos limpien el comedero? Españoles somos todos, con derecho a vivir, y el grano que para nuestro alimento nos tira la Providencia desde el cielo, lo hemos de coger donde caiga... Digo, señor, que si el granito cae en campo revolucionario, allá nos tiramos a comerlo. Revolución quiere decir: "Caballeros, apártense un poco, que ahora vamos los de acá". En fin, que Juanes y Pedros todos son unos... y si el señor no se incomoda, le diré que mis chicos andan descalzos...

SI QUIEREN VIRTUDES BARATAS O DE GORRA, FORMEN UN CUERPO DE POLICÍA DE ANACORETAS, CLÉRIGOS U OTRA CALAÑA DE GENTE

...

»Gracias, señor, por su nuevo ofrecimiento. ¿Quiere saber los antecedentes criminales de esos dos peines? Pues allá van: al Navascués le conozco poco, pues no ha sido de mi parroquia. Le tenía un compañero mío, por quien sé que se pasa la noche comprometiendo a la oficialidad de Constitución y de Extremadura. Al otro, al Gracián, sí le conozco, y más cuenta me tendría lo contrario, porque los porrazos que de él y por él he recibido no se pueden contar. Créame, señor: entre todos los españoles locos, el más rematado es ese Gracián. Si el conspirar no existiese, él lo hubiera inventado. Desde que estrenó el uniforme anduvo en líos de pronunciamiento. Por poco pierde la pelleja en Madrid, el 48, y después en las Peñas de San Pedro. Vive de milagro: le matan y resucita. Es valiente; pero de esos que no pueden vivir sin faltar a la ley. A mujeriego no hay quien le gane. Cuando no engaña a dos, a tres engaña. Las mujeres quieren salvarle, y él no se deja. No hay en la policía quien no tenga en alguna parte del cuerpo señal de sus manos. Yo, sin ir más lejos, estuve dos semanas con la cara hinchada, porque... verá vuecencia: quise cogerle una noche, a su salida de palacio, ¡de palacio, señor!, que allí tenía su albergue. Me dio tan fuerte golpe que perdí el sentido, y creí que escupía todas las muelas de este lado. A dos compañeros míos, otra noche, junto a Caballerizas, les descerrajó un pistoletazo, pasándole a uno el sombrero y quitándole a otro un pedazo de oreja. Intentaron echarle mano; pero él sacó un cuchillo de este tamaño, con perdón, y les acometió con tanto coraje, que si no echan a correr, allí se dejan el mondongo. Asómbrese vuecencia: hasta hace poco vivía en los altos de palacio; parece que es sobrino carnal de una señora que vistió el hábito de monja en el convento de Jesús. Don Francisco Chico, cuando le llevamos esta referencia, nos dijo: "Cepos quedos, muchachos. Tres sitios hay donde no debéis meteros nunca: río, rey y religión"...».

...

«Razón tiene mi señor don José: dentro de palacio hay ideas y personas para todos los gustos... Bien dice don Francisco Chico que el piso segundo es una república... Al tercero suelo subir yo, porque allí vive un primo mío, que me debe ochenta y dos reales de unos colchones que mi mujer vendió a la suya, y por cobrárselos a pijotadas, apechugo, en los primeros de mes, con el sinfín de peldaños de aquellas malditas escaleras. Por el primo sé muchas cosas, de esas que se le dicen a uno para que las calle, y así hago yo... oír y callar. Los magnates se encargan de pregonarlas: ellos, que de presente adulan, por detrás despellejan. El pobre es el que habla siempre bien de las personas altas, pues como está mal comido, no tiene aliento más que para honrar y aclamar. El pobre mal comido dice a todo que sí, porque para el "sí" no necesitamos tanto aliento como para el "no"... Por esto, yo sostengo, y no se ría don José, yo sostengo que si el pueblo estuviera bien comido, bien bebido, y asistido en total de sus necesidades, diría que no, viniendo a ser enteramente revolucionario. Lo que oíamos cuando éramos niños, seguimos repitiéndolo de grandes. "¡Viva Isabel!" fue el son con que nos arrullaban en nuestras cunas, y "¡Viva Isabel!" gritamos hasta la muerte. Es un estribillo que tiene por causa la mala alimentación. Los hambrientos cogen

SERVIR EN UNA CASA DE BIEN era el sueño de las jóvenes de clase baja. Las mujeres se formaban para el servicio y se valoraba especialmente su habilidad en costura y plancha. (*La criada*. Grabado de Toro. De la obra *Los españoles pintados por sí mismos*, de Mesonero Romanos).

El día 1 de mayo de 1851 la familia real británica inauguró en Londres la primera Exposición Universal de la historia. La iniciativa empresarial nació de la Sociedad de Arte y de su presidente Alberto de Sajonia, marido de la reina Victoria. El edificio que lo acogió, conocido como el *Crystal Palace*, fue construido principalmente con hierro y cristal y su diseño le fue encomendado a Joseph Paxton. Acudieron 17.062 expositores de todo el mundo, pero los que mayor éxito obtuvieron por su inusual atractivo fueron los procedentes de las colonias británicas.

LA PRIMERA EXPOSICIÓN UNIVERSAL

El proceso histórico e industrial en el que estaba inmersa Europa y en especial Inglaterra a mediados de siglo impulsaron la puesta en marcha de una iniciativa insólita hasta ese momento, la primera exposición universal de la historia. Inaugurada en Londres por la familia real británica el 1 de mayo de 1851, en ella tomaron parte la mayoría de los países europeos, algunos de América Latina, norte de África, Estados Unidos y China, un total de 17.062 expositores. El principal objetivo del evento fue hacer de la muestra una puesta en común con todos los productos industriales y maquinaria más avanzada del momento.

El certamen contó con el apoyo del príncipe Alberto de Sajonia, marido de la reina Victoria I de Inglaterra y presidente de la Sociedad de Arte, principal entidad organizadora del encuentro. El diseño del edificio que albergó el evento se puso en manos de Joseph Paxton, un arquitecto autodidacta especializado en la construcción de invernaderos que no se había formado en ninguna universidad y cuya verdadera profesión era la de jardinero, pero que logró alzarse con el primer premio del concurso convocado para la elección del proyecto arquitectónico que acogería el certamen universal, superando incluso al ingeniero francés Hector Horeau y su propuesta de un mercado gigante. Su trabajo planteaba un edificio construido con materiales económicos y manipulables como hierro y cristal y de tales dimensiones que podría albergar en un solo espacio toda la muestra; así fue como en apenas unos meses y con todas las garantías de seguridad se construyó el emblemático *Crystal Palace* en el Hyde Park de Londres. La relevancia del edificio recaía no solo en su tarea de centro de exposiciones, sino en que concentraba en su diseño dos posiciones arquitectónicas antagónicas hasta ese momento, la que propugnaba el sacrificio de la funcionalidad en aras de la belleza y la que optaba por espacios cómodos, sencillos y prácticos dejando a un lado el espectáculo visual, un hito del modelo moderno de arquitectura solo concebible gracias al enorme desarrollo de la industria del hierro en Gran Bretaña.

Los productos que colapsaron el recinto no solo tenían el sello industrial, sino que en muchos casos los expositores se llenaron de elementos artesanales llegados de las colonias británicas, sobre todo de sus últimas adquisiciones: Singapur, Islas Maldivas, Adén, Hong-Kong, El Cabo, Nueva Zelanda y Australia occidental, lo que supuso para estas no solo una oportunidad para darse a conocer en Europa, sino para tomar contacto con otras realidades más avanzadas en materia tecnológica. Un choque de culturas y de conceptos que ponía en tela de juicio la necesidad de la evolución industrial frente al mantenimiento de los talleres tradicionales, en un periodo histórico en el que los movimientos obreros se propagaban por todo el continente y reclamaban la primacía del derecho al trabajo frente a la reducción de los puestos laborales por la implantación de las máquina y la cadena industrial. Uno de los grandes valores de este evento no fue la puesta en común del poderío material de las principales potencias mundiales, sino el intercambio intelectual que entre sus estilizadas vigas de hierro y flamantes vidrios se llevaron a cabo, ya que los físicos, ingenieros, sociólogos e incluso antropólogos más relevantes del panorama internacional del momento se dieron cita en aquellos días en el Crystal Palace de Londres. Hasta esa fecha los congresos y simpósium científicos solían regirse por una política de exclusividad elitista y una independencia casi absoluta respecto a otras disciplinas, condiciones que fueron suavizándose a raíz de esta exposición universal y que propiciaron la colaboración no solo entre ciencias, sino entre países. Inglaterra, la capital financiera de Europa, el taller del mundo, intentó muy hábilmente acallar la otra realidad que crecía al pie de las opulentas residencias aristocráticas y del *Crystal Palace*, los barrios marginales de East End. Un lugar donde la población más miserable se hacinaba y moría de hambre mientras que la hipócrita sociedad londinense justificaba con teorías bíblicas sus diferentes posiciones sociales, considerando que su poder y riqueza era el fruto de su «inteligencia y trabajo» y la miseria de las clases populares el resultado de su «incapacidad y pereza». Las luces y las sombras de la Exposición Universal de 1851.

PABELLÓN ESPAÑOL EN LA EXPOSICIÓN UNIVERSAL DE LONDRES DE 1851. Grabado de época. Biblioteca Nacional. Madrid. E *Inauguración de la Exposición en Londres*, por Louis Haghe. Victoria and Albert Museum. Londres.

un decir y no lo sueltan en toda la vida. Los señores bien cebados son los que pueden discurrir y hacerse cargo de las cosas públicas, mientras que el pobre sin sustancia es perezoso del cerebro, y no le entran más ideas que las que ya entraron, o sea las que recibió como herencia al mismo tiempo de recibir el patrimonio de su pobreza. Tomando pie de esto, excelentísimo señor, le suplico que mire por Telesforo del Portillo, alias Sebo, que es buen hombre, aunque en este oficio condenado no lo parezca; y puesto vuecencia a proteger, eche una mano a toda la familia. Verbigracia, el chiquillo mayor de los míos, a su padre sale en lo agudo y a su madre en lo hacendoso. Sabe leer y escribe con buena letra. En esta gran casa podría tener colocación, aunque solo fuera para llevar y traer recados. Si quiere ponerle librea, mejor, que así se acostumbrará el niño al empaque tieso y a las posturas nobles, como quien dice. La niña mayor, aunque me ha salido un poco jorobadita, es muy dispuesta para todo, y un águila para la costura... quiero decir, que cose con primor y que sus dedos vuelan... Bien podría la señora marquesa traerla acá, y tenérmela empleada de sol a sol en la costura de casa tan grande... De mi esposa, solo digo que tiene manos de ángel para el planchado en fino, y que en la compostura de encajes da quince y raya a la más pintada... Vea el señor marqués qué fácilmente puede ayudar y socorrer a este pobre Sebo, a este honrado Sebo, que por las callejuelas de su oficio camina en persecución de las virtudes sin poder encontrarlas, y...».

CON UN SOCORRO PECUNIARIO CORRESPONDÍ AL OFRECIMIENTO DE SUS SERVICIOS, Y PUSE PRECIO RAZONABLE A SU FILOSOFÍA POLICÍACA

XIII

No le dejé concluir: ya el sonsonete de su voz, que había empezado festiva, volviéndose gradualmente cavernosa y lúgubre, retumbaba en mi cerebro como el insufrible aleteo del moscardón. Con un socorro pecuniario correspondí al ofrecimiento de sus servicios, y puse precio razonable a su filosofía policíaca, forma vaga de humanismo no disconforme con mis ideas... Para él sería yo el verdadero Gobierno, el Estado efectivo; y pues mi bolsa suplía las escaseces de la nómina oficial, a mí debía darme Sebo el fruto informativo de su trabajo, entendiéndose que jamás haría yo uso inconveniente de tan extraña subrogación. Retirose el hombre muy contento, y aquel mismo día por la tarde me dio pruebas del entusiasmo y diligencia con que a mí se acogía, llevándome nuevos informes del Bartolomé Gracián, los cuales avivaron hasta lo indecible la curiosidad que aquel extraño conspirador había despertado en mí. Y el gran Sebo, como si su memoria fuese un canasto repleto de inútiles cosas cuya pesadumbre le estorbaba, vació en mis oídos estos fragmentos de Historia privada.

Es Gracián el más atrevido y el más afortunado mujeriego de España y sus dominios. Su extraordinaria guapeza de figura y rostro le dan las primeras armas; las completa y afina con su increíble atrevimiento y con su exquisita labia para trastornar el seso a las hembras. Desde que fue hombre, declaró guerra sin cuartel a dos principios fundamentales: la moral doméstica y la disciplina militar. Es éste en él un doble apetito, una doble pasión que le coge toda el alma, sin dejar espacio para más. No hay situación política que él no intente destruir con las armas, ni mujer bonita, casada, soltera o viuda, que no quiera conquistar por el amor. Aseguró

Sebo que todas absolutamente se le rinden, y extendiéndose en este sabroso asunto, alargaba el hocico, erizando las cerdas de su bigote, y entornaba con picardía sus ojos vivarachos.

—Cuidado, Sebo —le dije—, que eso del rendimiento de todas no puede constarle a usted ni a nadie.

Y él, afectando imparcialidad y moderación:

—Pongamos casi todas, señor don José. Hay en la vida de este hombre un caso que sé por referencia, pues en aquel año, que era el 51, no estaba yo encargado de él, ni le había echado la vista encima. Andaba escondido; sobre él pesaba sentencia de muerte; vivía con una moza muy guapa, que le quería y le cuidaba como si fuera su esposo por la Iglesia, y de la noche a la mañana... No, no es que la abandonara, señor; no es eso... El abandono de la moza bella no tendría nada de particular. Fue un caso más raro y nunca visto. Otra mujer, a quien él no conocía más que de oídas, le robó... robó al capitán, llevándosele a sitios escondidos para tenerle por suyo... No se ría, señor: es como se lo cuento. Se ven raptos de mujeres en el mundo muchas veces; en el teatro a cada momento. Pero raptos de hombres, así, cogiéndole en un camino, por manos de policías y cargando con él, como se carga a una doncella, no se ha visto, creo yo, más que en el caso del capitán Gracián.

—¿Y la otra, amigo Sebo, la que vivía con él?

—Buscándole estará todavía, pienso yo...

—¿Y él?...

—Un compañero mío que estuvo en el ajo me ha contado que el muy tunante hizo poca o ninguna resistencia... Vamos, que se dejó robar. O algún antecedente tenía ya de esa señora ladrona de hombres guapos, o por ser tan listo, le dio en la nariz olor de una barraganía de provecho.

—¡Vaya, que la mujer que tal hizo era de veras arriscada y jaquetona! ¿Y anduvieron policías en ese gatuperio? En él veo yo la mano experta de don Francisco Chico.

—El señor coge las cosas al vuelo, y así no tengo yo que decir nada malo de mi jefe.

—Es un travieso de marca mayor, y sin ningún escrúpulo. Pero la dama ladrona, solo por idear el robo de un hombre y afrontar las consecuencias, tiene sus puntas de heroína. ¿Quién es, Sebo?

—Pues una solterona que por lunática fue arrojada del convento de Jesús; mujer de cuidado, que, según dicen, es un poco boticaria y un poco droguista. Compone aguas de olor para refrescar el cutis o para pintar el pelo, y bebedizos para echar del cuerpo los demonios, o meterlos en él si a mano viene. Entiendo yo que es bruja, señor, y de aquellas que, por criarse en conventos, saben más que Merlín y su hijo. ¿Me pregunta vuecencia que qué cargo tiene en palacio? Pues el de centinela, para ver quién entra y sale, quien priva y quién no priva, y contarle todo a la Madre. La Madre de las Llagas es su verdadera reina y el amo a quien sirve... Vea el señor si tendrá poder la Boticaria, maniobrando entre dos Reinas, la de acá y la de Jesús...

COMPONE AGUAS DE OLOR PARA REFRESCAR EL CUTIS O PARA PINTAR EL PELO, Y BEBEDIZOS PARA ECHAR DEL CUERPO LOS DEMONIOS

Al llegar a este punto, se apareció en mi mente la figura que yo creí desconocida, y de pronto resultaba persona de mi particular conocimiento. ¡Acabáramos...! En la compleja vida social, sucede a menudo que oímos referir peregrinos hechos, y dudando de su certeza, los atribuimos a individuos fantásticos. Nuestro asombro se asemeja al infantil interés que despiertan los maravillosos cuentos de hadas. Mas por cualquier circunstancia descubrimos que el héroe, o la heroína, de tan singular historia es un ser vivo, le conocemos, le tratamos, y en-

La burguesía, un colectivo en alza

Esta poderosa clase social intenta aumentar su influencia sobre el poder político

La nueva elite burguesa

La industrialización y la expansión del sector financiero harán florecer, hacia mediados de siglo, una nueva clase social: la burguesía

1. En Madrid, sus miembros estaban relacionados con asuntos de ámbito estatal y, por tanto, tenían intereses de carácter nacional

2. Los burgueses del resto de regiones basaban su riqueza en la creación de nuevas empresas

Su expansión coincide con el nacimiento, en los años 40, de las primeras sociedades capitalistas: Compañía Minero-Cántabra, España Industrial o Peninsular Minera

La burguesía catalana

Cataluña era la región española más industrializada de la época. Sin embargo, la burguesía catalana no era tan influyente en el ámbito político como la madrileña. Sus miembros se relacionaban de forma endogámica, en función de intereses económicos y empresariales

Uno de los máximos representantes de la burguesía catalana era **Antonio López y López**, primer marqués de Comillas. Disfrutaba de una gran influencia en el entramado financiero y ferroviario catalán

LA MENTALIDAD BURGUESA

- **Alta valoración del modo de vida urbano:** Para ellos, la ciudad simbolizaba movilidad social, creatividad y liberalismo. Por ello, muchos burgueses españoles emigraban a Madrid, como lugar donde se hacía carrera y se podían alcanzar las metas más altas.
- **Afición por la calidad de vida y la cultura:** Los burgueses intentaban aumentar su bienestar a base de dinero y, por otra parte, amaban la alta cultura, la ciencia o el teatro.
- **Valores morales comunes:** Sus miembros eran católicos practicantes, ya que la religión suponía un freno a la práctica revolucionaria. Por otra parte, la burguesía compartía valores como la visión de la riqueza basada en el trabajo, el ansia de ascenso social, la prosperidad material y el afán por aparentar.

La burguesía periférica

La burguesía también se extenderá por las principales ciudades portuarias e industriales, casos de Cádiz, Valencia, Vascongadas y Asturias

La burguesía ultramarina

Los emigrantes españoles instalados en las colonias también se enriquecerán mediante el comercio, la trata de esclavos y los transportes

FUENTE: "Historia social de España, siglo XIX", José L. Aranguren **Doc.:** Rubén González **MARCELO REGALADO**

tonces nuestro asombro se concreta, se refuerza con la credulidad, y es clara percepción de la realidad humana. Lo que juzgábamos absurdo, solo por ser impersonal, nos parece verídico en cuanto el caso se cristaliza en el rostro de una persona conocida.

—Señor Sebo —dije yo interrumpiéndole, no sin alegría—, ya estoy al cabo de la calle. La que usted llama «Boticaria», no puede ser otra que doña Domiciana Paredes, hija de un cerero de la calle de Toledo, y amiga íntima de la que lo es de mi familia, doña Victorina Sarmiento. Mi mujer y yo la tratamos, la hemos recibido en nuestra casa, la hemos obsequiado con chocolate, no una sola tarde, sino dos y tres, y por venir en compañía de doña Victorina la hemos mirado como a persona de respeto. Ya sabía yo que en palacio era embajadora o «cónsula» de la Madre. La gracia y amenidad de su conversación nos revelan a una mujer de talento. Ahora, oído el informe del rapto de Gracián, vemos en ella un entendimiento y un brío de voluntad que la igualan al mismo Napoleón.

—Eso he dicho yo, señor don José... doña Domiciana es un Napoleón... no éste que ahora gobierna en Francia, sino el otro, el que llamaban «Primero» y acabó sus días en una ínsula. Porque ha de saber vuecencia que la Boticaria engañó a doña Victorina, haciéndole creer que el capitán robado era su sobrino, y demostrándoselo con documentos que sacó no sabemos de dónde. Sabe imitar el papel de barbas antiguo, la tinta vieja, y las obleas y lacres del siglo anterior... Pues arrebatado el galán, le escondió en una casa de campo, radicante en el camino real de Aragón, un poco más acá del sitio donde arranca el senderillo de la Fuente del Berro... A poco del secuestro, se ocupó la ladrona de conseguir el indulto de su sobrino, pues ya he dicho que estaba dos veces condenado a muerte por consejo de guerra... Ello no fue difícil, con las buenas agarraderas de doña Victorina...

LA QUE USTED LLAMA «BOTICARIA», NO PUEDE SER OTRA QUE DOÑA DOMICIANA PAREDES, HIJA DE UN CERERO DE LA CALLE DE TOLEDO

—En las gestiones para ese indulto anduve yo también, amigo Sebo.

—Anduvieron muchos. O'Donnell se resistía. Una cartita de su majestad amansó los rigores del general. Indultado el capitán, sus primeras salidas fueron para las conquistas de amor. En tres días hizo estragos en las afueras de la Puerta de Alcalá, cortejando y enloqueciendo a varias mujeres: una en el parador de Muñoz, otra en la huerta de Retena, dos en las casas de Piernas y en el portazgo del Espíritu Santo... Doña Domiciana tocaba con sus manos el santo cielo. Para evitar escándalos, discurrió mandar al galán a Puerto Rico con el general Prim. Ya estaba todo concertado para este viaje; pero la noche en que Bartolomé debía marchar a Cádiz en silla de postas, desapareció como un duende, sin que por ninguna parte le pudiéramos encontrar... Por fin, a los tres días se delató él mismo, en casa del señor Toja... calle del Factor. ¿Y cómo se descubrió ese pillo? Pues rompiéndole la cabeza a un amigo suyo, Nicasio Pulpis... Allí se reunían... dicen que a jugar al tresillo: yo entiendo que a verlas venir. Para mí, Gracián cameló a la Rosenda, que antes fue querida de un tal Castillejo, también de la cáscara amarga, y conspirador de afición, como esos que matan por dar gusto al dedo... Las heridas del Pulpis desbarataron el tapujo del Gracián. Pero el señor Toja, más ciego que un topo, seguía defendiéndole, y entre él y la Rosenda nos le quitaron de las manos. Volvió a parar el hombre a las de la Boticaria, que esta vez en el mismo real palacio le aposentó, sin que doña Victorina se llamase a engaño: con tanta sutileza tramó el enredo aquella sabia Napoleona, o Napoleón de las mujeres...

»¿Qué más quiere Vuecencia que le cuente, ilustre señor? Si no se cansa, le diré que por Gracián enloquecieron y se trastornaron una tal Eduvigis, esposa de cierto carrerista, y la

SOR PATROCINIO, LA MONJA DE LAS LLAGAS, era la centinela de la Reina. Era uno de los personajes más temidos de la Corte por su influencia sobre Isabel II, y los misterios sobre los estigmas que la brotaban en las manos la hacían aún más temida. (*Patrocinio en la Corte de la Luna*. Grabado de Branculi. Biblioteca Nacional. Madrid).

hija mayor de un gentilhombre, llamada Inés... Fue tal el desatino de ésta, que se propinó una toma de fósforos en aguardiente, porque el galán había faltado a una cita que le dio en la iglesia de la Encarnación... Pasaron días, muchos días, en los que perdí el hilo de estas cosas. Gracián desapareció de palacio. No hace dos meses que doña Domiciana volvió un día a su casa con el cuerpo lleno de contusiones, un ojo hinchado y el morro enteramente torcido. ¿Qué le había pasado?... Por decir extravagancias, hasta se dijo que en el convento de Jesús anduvieron las monjas a trastazo limpio con una caterva de diablos rabudos y cornudos que entraron por las chimeneas. Y tan estúpida es la gente, y tan desleída en la sangre tenemos los españoles la superstición maldita, que no faltaron personas que creyeran estos disparates... Otras vieron en el rostro de la Boticaria la mano del Gracián. Pero ella se aguantó, y con sus alquimias se puso a la curación de las mataduras, quedándose en un santiamén como nueva. Digo que es bruja, señor, porque como santa no lo es... Gracián vivió algún tiempo en Caballerizas, durmiendo allí de día, y largándose por las noches a la vida de tertulias secretas, en la redacción de algún periódico, o en zahúrdas donde conspiran hasta los gatos... En estas idas y venidas, ya teníamos armada una trampa para cogerle, juntamente con el señor de Navascués, cuando se guarecieron los dos en esta casa... Yo pregunto: ¿por seducir mujeres se debe perseguir a un hombre? ¿Y por pronunciarse, qué? ¿De estas dichosas pronunciaciones no han salido todos los generales que nos mandan? Pues los pronunciados de ayer ya llenaron bien el buche, dejen comer a otros, señor. Yo digo que debe haber turno en las mesas de los ricos, o que alternen, para que podamos alternar también los pobres. Bien nos dice la experiencia que cuando los gobiernos duran mucho, todo el tráfico se paraliza, la clase menestrala no tiene qué comer, aumentan los robos, las patronas y pupileras están a la cuarta pregunta, la mendicidad crece, disminuye la caridad pública, el abasto de la plaza es malo y carísimo, la carretería se estanca, los taberneros echan más agua al vino, el pueblo se entristece, bajan las rentas de tabacos y de loterías, nacen más chiquillos, las calles se desaniman, los sastres perecen, y toda la nación está como una novia desconsolada, a quien nadie le dice "por ahí te pudras"».

—Muy bien, muy bien, amigo Sebo. Estamos conformes. Los gobiernos duraderos originan enormes calamidades. ¿No condenamos la pereza en las personas? Pues peor es en los pueblos. Progresar quiere decir moverse, renovarse, mudar de estado, de postura, de ideales, de ensueños, de vestido, de modas. Hasta los enfermos crónicos y aprensivos abominan del reposo, cambian de enfermedades, y cada día inventan una nueva. No basta variar de médico; hay que variar de dolores. «Ya no me duele aquí, sino aquí». Progresar es cambiar de amigos, de novias, de afeites, de juegos, de aires. España es un mendigo que se aburre de estar siempre pidiendo en la misma esquina. «Vámonos a la de enfrente, que por ésta no pasa nadie». España no necesita de la acción consolidadora del tiempo, porque no tiene nada que consolidar; necesita de la acción destructora, porque sus grandes necesidades son destructivas. Las revoluciones, que en otras partes desequilibran la existencia, aquí la entonan. ¿Por qué? Porque nuestra existencia es en cierto modo transitoria, algo que no puede definirse bien. Yo la veo como si el ser nacional estuviera muriendo y naciendo al mismo tiempo. Ni acaba de morirse ni acaba de nacer. Por eso apetece el movimiento, la variación de ambiente, de personal, el cambio de hombres públicos, a ver si éstos son menos sepultureros y más comadrones. ¿Me entiende usted, amigo Sebo?

—La verdad, señor: no lo entiendo muy bien.

FERNÁN CABALLERO

La escritora Cecilia Böhl de Faber, cuyo seudónimo fue Fernán Caballero, nació en el año 1796 en la localidad suiza de Morges. Se casó primero con un joven capitán y en segundas nupcias con el marqués de Arcohermoso en 1822. Vivió en Sevilla, ciudad que le inspiró sus escritos, novelas y cuadros de costumbres. Se casó por tercera vez con Antonio Arrom de Ayala, del que enviudaría en 1863. En el año 1849 comenzó a publicar por entregas en el diario *El Heraldo* su novela más famosa: *La Gaviota*. Después editaría: *Clemencia* (1850), *Cuadros de costumbres populares andaluzas* (1852), *La Farisea* (1853), *Un servilón y un liberalito, o tres almas de Dios* (1857), y el cuadro de costumbres breve titulado *Deudas pagadas* (1860).

Escribió para varios periódicos sevillanos con otro seudónimo, León de Lara, obtuvo el favor de Isabel II y trabó amistad con los duques de Montpensier. Vivió en el Alcázar de Sevilla hasta el año 1868 en que estalló la revolución que acabó temporalmente con la monarquía. Galdós la consideró impulsora de la renovación literaria española. Sus novelas tuvieron gran difusión popular e influencia en autores españoles como Antonio Trueba o Luis Coloma. Murió en Sevilla en el año 1877.

FERNÁN CABALLERO, por Eduardo Cano de la Peña. Museo de Bellas Artes. Sevilla.

—Digo que el ser nacional está en todo este siglo muriendo y naciendo. Los hombres públicos y cuantos de política se ocupan, incluso los militares, sepultan y al propio tiempo vivifican... La nación quiere mudanzas y revoluciones, para que el nacer sea fijo y se acabe el morir.

—Ahora lo entiendo menos, excelentísimo señor.

—Pues sí: húndanse los gobiernos, vengan revoluciones, para que el país se despabile y aprenda a vivir a la moderna, y salgan hombres de gran poder, y tengamos más medios de ganar la vida, y se acabe el morir lento de un pueblo.

—Ahora entiendo, porque... como dijo el otro: los pueblos no mueren.

—Se modifican, se refunden. España no ha encontrado el molde nuevo. Para dar con él tiene que pasar todavía por difíciles probaturas, y sufrir mil quebrantos que la harán renegar de sí misma y de los demás... Pero si el señor Sebo no tiene interés en que lleguemos a desentrañar este punto hondísimo de histórica filosofía, pasemos el rato en el examen de los hechos, alegres o tristes, patéticos o graciosos, más interesantes que esas peregrinas imitaciones de la realidad que llamamos novelas. Celebramos ver ensanchado el campo de la verosimilitud. Nada es mentira, amigo Sebo: la verdad se viste con los arreos de lo fabuloso para cautivarnos más, y cuando ve que la contemplamos embobados, suelta la risa, se quita el disfraz y nos dice: «Mentecatos, no soy arte: soy... yo».

LA REALIDAD SUPERA LA FICCIÓN. Escribe Galdós: «La verdad se viste con los arreos de lo fabuloso». La realidad de la vida cotidiana superaba la ficción de los escritos populares. (*La ambición en la mujer,* de la serie Novelas Populares Ilustradas. Biblioteca Nacional. Madrid).

—Quiere decir que estas cosas parecen cosas de poetas, y aquí el poeta no es otro que el mundo de Dios... Aún no he contado al señor todos los enredos del Gracián, ni los apuros de doña Domiciana para tenerle sujeto.

—No es conveniente, buen Sebo, que ahora prosiga usted relatando estas verdades que parecen mentirosas... Con lo referido basta por hoy, que la acumulación de pasajes interesantes en cualquier historia produce en el oyente un efecto congestivo... Economicemos el asombro, y sujetemos a medida el examen recreativo de los hechos humanos... Necesito comunicar a mi mujer estos descubrimientos, y que ella y yo, en íntima conversación, nos solacemos comentándolos. Los ricos que no tienen nada que hacer, se morirían de tedio si no alegraran su vida, en que todo está hecho, pasando revista a la vida de los demás... Vea usted en qué consiste la única felicidad de los ricos, precisamente por ricos, ociosos: son felices mirando y midiendo la infelicidad ajena... Mi mujer ha salido a visitas. Ya se me hacen largos los minutos que dure su ausencia más del término regular... Paréceme que siento abrir la puerta... Es ella... Haga el favor de ver...

—Es la señora marquesa...

—Retírese, amigo Sebo, y venga pronto, que tengo que encomendarle un asunto...

—¿De mujeres, excelentísimo señor? —dijo Telesforo en voz baja, dulzona, después de aguardar a que los pasos de María Ignacia se perdieran en el pasillo.

—De mujer... pero no sola... que donde hay mujer hay hombre.

XIV

Estupor, miedo, risa causó en María Ignacia la revelación de las inauditas aventuras donjuanescas de nuestra venerable amiga Domiciana. ¡Cuán verdadero es que en visita toda persona nos parece juiciosa y de intachable moral! Conocíamos a la monja boticaria por haberla recibido en nuestra casa más de una tarde, en compañía de Victorina Sarmiento, antigua relación de los Emparanes. Nos había cautivado la conversación amena, el delicado gracejo de la buena señora, y sus felices ocurrencias expresadas con la dicción más pura, dentro de los términos más decorosos. Encantados la oíamos todos los de casa, y ausente, consagrábamos a su recuerdo alabanzas salidas del corazón. Referíanos episodios del claustro, ridiculeces ingenuas de algunas monjas, poniendo en sus relatos toda la sal compatible con la piedad y el respeto de la religión; y si nos hablaba de tipos y escenas palaciegas, hacíalo con exquisito comedimiento, sin que el menor roce de su lengua, siempre muy pulcra, empañara nombres ni manchara reputaciones, aun las más equívocas. ¡Quién nos había de decir que aquella simpática jamona, todavía fresca, más graciosa de palabra que de hocico, divierte sus ocios de exclaustrada en cacerías y robos de hombres guapos! ¡Qué cosas se ven, y cuán caprichosas, en su inmenso reino, son la flora y la fauna del vivir humano! ¡Qué infinita variedad de formas, qué extravagancia en algunas, qué sencillez elemental en otras! Llamamos original a lo que vemos por primera vez, y nuevo a lo viejo que no conocíamos. Todos los casos morales tienen la misma edad, como los tipos vegetales. La Naturaleza lo inventó todo de una vez, y ya no inventa; no hace más que combinar las ocasiones y escenarios en que nos descubre sus secretos: así llamamos a lo que, después de visto por millones de ojos en cien generaciones, pasa ante los ojos nuestros...

¡CUÁN VERDADERO ES QUE EN VISITA TODA PERSONA NOS PARECE JUICIOSA Y DE INTACHABLE MORAL!

Tan pronto risueña como asustada, mi cara esposa expresaba de este modo sus turbadas ideas:

—Me da miedo el descubrimiento de acciones tan contrarias a lo que hemos visto y creído. Con tales sorpresas acabaremos por dudar de todo. ¡Vaya con doña Domiciana! Necesito que pase algún tiempo para formar un juicio claro de esa mujer. Lo que es ahora, no puedo decirte con verdad si se empequeñece o se engrandece a mis ojos. Es que... veamos si acierto... es que las debilidades achican, y los grandes actos de voluntad agigantan. Domiciana es débil, Domiciana es fuerte. ¿Con cuál de las dos mujeres nos quedamos?

—Yo me quedaría siempre con la fuerte. En Napoleón Bonaparte, la acción enérgica eclipsa todo lo demás: los errores, las vanidades, las infamias menudas...

—¿Y qué me dices del don Juan ese? ¡Valiente sinvergüenza! Pero ¿el tipo del seductor de oficio existe todavía? ¿No me dijiste que había pasado, como los poetas pastoriles y los bandidos generosos?

—Pasan, sí... pero vuelven.

—No sé qué me repugna más: si el hombre degradado que hace del amor criminal una profesión, o las bribonas que se dejan burlar por un tunante de esa ralea. La que cae en semejante trampa es tonta, o está moralmente perdida antes de que la pierdan... Ahora, Pepe mío, ya lo estoy viendo, la primera idiota a quien pondrá las paralelas ese canalla, será su patrona, tu cuñada Segismunda.

—Esa improvisada señorona no es vulnerable en su imaginación, sino en su vanidad y en su interés. No siente otra poesía que la de los diamantes, joyas y objetos de valor... Gracián, según entiendo, es pobre, y su arsenal se compone de palabras y artificios amorosos. Más que por Segismunda, que no tiene un pelo de tonta, temo yo por Valeria, ligerita de cascos y sin consistencia en nada... digo, es consistente en la pasión por los muebles bonitos y los trajes elegantes.

—¿Qué diferencia ves entre las dos hermanas?

—La diferencia que hay entre una muñeca y una mujer. Valeria es un juguete; Virginia, una fuerza.

LOS CUENTOS QUE UN DÍA Y OTRO ME TRAE, Y QUE ENREDÁNDOSE COMO LAS CEREZAS SALEN DE SU BOCA DE CANÍBAL

—Ese burlador de profesión, con ser ridículo, y sus víctimas unas pobres ilusas, me causa miedo. ¿Y has dicho que conspira contra la autoridad, contra todos los gobiernos? En buenas manos está la salvación de la patria... No le deseo la muerte; pero sí una encerrona larga en cualquier castillo donde no entren mujeres...

—Es un soñador, que no se conforma con la realidad, y busca siempre lo que está detrás de lo visible...

—Y detrás de lo visible, ¿qué se encuentra?...

—Se encuentra... lo que se busca... una imagen que al encarar con ella nos dice: «No soy lo que quieres... Lo que quieres viene detrás...». Y así sucesivamente hasta lo infinito...

—Pues el que persiste en buscar lo que no encuentra, o es un loco, o necio de solemnidad.

—Es un descontento, un ambicioso, un investigador de almas. Puedes creerlo: el tal Gracián me interesa y deseo tratarle...

—¡Ay, Pepe, Pepito, ya te me estás echando a perder!... ¿Volveremos a las andadas... a la persecución de lo invisible?

Sigue junio.

Tan a pechos ha tomado sus obligaciones de soplón el diligente Sebo, que ya me fatiga. Los cuentos que un día y otro me trae, y que enredándose como las cerezas salen de su boca de caníbal, enriquecen mi conocimiento con preciosos datos de la vida real, los cuales vienen a mí mezclados con salpicaduras poco gratas de la saliva del comunicante... Creyera yo que sus bigotes cerdosos son un hisopo automático, que rocía bendiciones mientras su palabra les da realidad fonética. En fin, el hombre me dice tantas cosas, que ya no tiene mi memoria cabida para conservarlas: unas se me olvidan; a otras no doy crédito; las hay que me causan enojo porque aclaran demasiado los senos recónditos de la vida, y destruyen el sabroso misterio.

Mi mujer ha tomado entre ojos al policía revelador: cree que sus continuas, minuciosas confidencias alteran mi ecuanimidad; ha llegado a ver en él como un diablo que viene a posesionarse de mí trayendo la forma propia de nuestra época, no ya cuernos, rabo y escamas, sino el cortado bigote de rígidas hebras, como un cepillo, y el bastón de agente de la Seguridad Pública. Debo, según mi mujer, ponerle bonitamente en la calle. No soy de esta opinión, porque entre infinitas referencias menudas, que son como los dichos del vulgo recogidos a espuertas en medio del arroyo, me ha traído algunas de un valor inapreciable.

UN POLICÍA INFORMÓ puntualmente a Pepe sobre la desaparición de Virginia. Le ayudaba en su búsqueda, aunque no era un tipo de fiar. *(Oficial del ejército.* Grabado de época. Biblioteca Nacional).

—Por este diablo de Sebo —dije a María Ignacia— sé que O'Donnell está escondido en la travesía de la Ballesta, número 3. Tres jóvenes que yo conozco, Vega Armijo, Cánovas y Fernández de los Ríos, le ponen en comunicación con tres generales, que aparentan servir al Gobierno. ¿Quiénes son? Aún no me lo ha dicho mi diablo. Lo que sí sabe es que el regimiento de Extremadura y el segundo batallón de Constitución han picado el anzuelo. Tendremos guerra en las calles. Ya puedes ir haciendo provisiones para la encerrona que nos espera... ¡Ah!, también está en el ajo nuestro amigo Echagüe, que manda el Príncipe. Cuidado, no te olvides de almacenar vituallas, como para un largo asedio... Pues sí: el general O'Donnell, hoy perseguido, mañana triunfante, se aloja en un piso segundo: escalera empinada... portal oscuro y mingitorio. En tan vulgar mansión reside la cabeza de la España política y militar de mañana. ¿No lo crees?

—Cuéntaselo a papá. Según él, lo que se dice de Mesina y de Dulce es invención de desocupados. Ni esos caballeros, ni otros que andan en bocas de la gente, han pensado en volverse contra el Gobierno. El ministro de la Guerra, señor Blaser, llamó a Dulce y le metió los dedos en la boca. Pero Dulce, poniéndose la mano en el pecho, juró que él es leal, y tal y qué sé yo...

—Haz provisiones, mujer mía, y tu papá, que es un inocente, lo agradecerá mucho. Madrid será, el día menos pensado, mañana quizás, una plaza sitiada. Se me ocurre que debemos comprar dos buenas cabras, y habilitar para establo una de las habitaciones más ventiladas... Figúrate que la tremolina dura tres días, cuatro... ¿De dónde sacaremos la leche?...

ÁNGEL FERNÁNDEZ DE LOS RÍOS

Político liberal antimonárquico y escritor, nació en Madrid el 27 de julio de 1821. Educado en el convento de Santo Tomás, con veintiún años de edad ingresó en la Milicia Nacional. En coalición con Antonio Cánovas del Castillo, Ríos Rosas y Vega de Armijo, participó en los alzamientos del 13 de junio y el 17 de julio de 1854. Inmerso en la vida política, formó, junto a Sagasta, Montemar y Calvo Asensio, el centro progresista de oposición parlamentaria. Tres veces senador por Santander, diputado en Cortes, afín a la República y miembro del gabinete de Salmerón, falleció en París el 18 de junio de 1880. Fundó el diario *Las Novedades*, dirigió *La Ilustración, Semanario Pintoresco Español* y *Soberanía Nacional* y creó el sello editorial Biblioteca Universal.

ÁNGEL FERNÁNDEZ DE LOS RÍOS. Grabado de época.

Asegurada la subsistencia para toda la familia, nada me importa que Madrid sea un campo de batalla: vengan tiros, lucha, sacudimientos; sean allanadas las moradas de los soberbios; las viejas rutinas caigan; ábrase paso la vida nueva...

—¡Jesús, Jesús, ya te veo trastornado!... Pero ¿no deliras? ¿Será menester que compremos las cabritas?

—Sí... Para que den leche a nuestro hijo prisionero... Al propio tiempo le proporcionamos un juguete vivo.

14 de junio.

—¿Sabes, mujer mía, lo que ocurre? Encerrémonos aquí, y hablemos. No se entere nadie de lo que voy a contarte, que es reservadísimo. Llevaría el cuento a don Félix Jacinto Domenech, y éste a San Luis, y San Luis a Blaser... No, no: esto queda entre nosotros. ¡Y luego pensarás mal del pobre Sebo, que es para mí el susurro de la Historia: hoy habla bajito, y mañana lo dirá todo a gritos!... Pues ayer, ayer estalló la revolución... No, digo... quiso estallar; pero tuvo que dejar el estallido para mejor ocasión. Verás: Cánovas... No, no fue Cánovas; déjame que ponga orden en mis recuerdos... Vega Armijo, tan joven y ya revolucionario, sacó de su escondrijo al general don Leopoldo O'Donnell... Eran las cinco de la mañana cuando el coche arrancó de la travesía de la Ballesta... ¿A dónde iban? A Canillejas, mujer, un pueblo agreste, más allá de las Ventas del Espíritu Santo. En esto, Cánovas... No, no: Dulce... Debí empezar por decirte que Dulce sacó muy temprano la caballería... con el fin laudable de maniobrar... y que Echagüe maniobraba también en las afueras de la Puerta de Alcalá... Todos maniobraban, y maniobrando se les fue la mañana, mientras esperaba O'Donnell en un mesón de Canillejas... el caballo a la puerta, ensillado con montura de teniente general. Todo el que pasaba por allí pudo verlo; lo vio la policía... Esperó Leopoldo más tiempo del regular. ¿Y Dulce qué hacía? Y los regimientos de Extremadura y Constitución, ¿dónde estaban? En el cuartel de San Francisco... Habían prometido salir... pero no se determinaron...

Querida mujer, ya no necesitas traer provisiones ni comprar las cabritas. Todo ha fracasado... A la fuerza expansiva de las ideas ha vencido una fuerza mayor, la inercia, la formidable pesadumbre de las almas que no vuelan ni corren... ¿Y O'Donnell? Pues mohíno volvió de Canillejas a su lugar, o sea la mísera casa de la travesía. Me le figuro arrastrando por el suelo su mirada, el largo cuerpo en curva, Quijote irlandés, lúgubre y desaborido, sin la cómica elegancia del manchego.

A mis noticias contestó María Ignacia felicitándose del fracaso del movimiento. Mala es, según ella, la «polaquería»; pero los conjurados no traen otro fin que quitar de las manos «polacas» el ronzal con que sujetan a esta pobre bestia de la nación... El ronzal cambiará de mano; pero en estas o las otras manos, continuarán las mismas mataduras en el pescuezo nacional. No lo dijo así mi mujer. Expresó la idea, que yo adorno a mi gusto al vaciarla en estas *Memorias*.

EL GENERAL DULCE se sublevó durante el levantamiento de 1854. El 28 de junio reunió la caballería en el Campo de Guardias y se puso a las órdenes de O'Donnell. *(El general Dulce jurando fidelidad al Gobierno y a la corona horas antes de la sublevación.* Grabado de época).

—Ven acá, esposa mía —le dije, movido del prurito español de las discusiones—, ven acá: ¿qué hablas ahí de ronzales? ¿No hallas diferencia entre la «polaquería», que es la política mohosa, rutinaria, y esta revolución juvenil, que trae espíritu y modos nuevos?... Fíjate en lo que llamamos «pléyade»... en esta trinca de muchachos leídos, como que todos ellos saben francés, y nos sacan a cada momento ejemplos mil de los pueblos extranjeros. Conoces a Ríos Rosas, le has visto y hablado en casa de Bravo Murillo. Es aquel rondeño, de áspera fisonomía, de palabra premiosa que revela su austeridad... Conoces a Cánovas, el chico de Málaga que discurre con juicio sereno, y sabe esclarecer las cuestiones que nos parecen más obscuras... Conoces a Gabriel Tassara, poeta y orador, que viene a ser lo mismo... Los tres hacen versitos, o los hicieron cuando iban a la escuela. La poesía es el germen de la sabiduría política. De Cánovas y de Ríos Rosas espero yo que sean humanas alquitaras: sus privilegiadas cabezas destilarán la sensibilidad andaluza, para obtener el puro espíritu lógico... La lógica no es más que el zumo y la esencia de la poesía... No te rías, mujer... Pues en esta brillante cáfila de jóvenes salidos del estado llano, ponme también a Fernández de los Ríos, Ortiz de Pinedo, Nicolás Rivero, Martos... A todos les conozco. Abogados son los más, y están bien enterados de cómo se hacen y se deshacen las leyes. Veo que te ríes de mí, y no sigo... Si he de decirte la verdad, yo tampoco tengo en estas cosas más que una fe relativa. Los pueblos desgraciados se enamoran de lo nuevo... Y si en esos seres desgraciados están en mayoría los hambrientos, el entusiasmo por las revoluciones es delirio. Analizando y desmenuzando la llamada opinión, encontramos este voto atomístico: «Comemos poco y mal; queremos comer más y mejor». Por esto los ricos bien comidos no labramos más que una opinión artificial, de resonancia hueca. La verdadera opinión, el verdadero sentimiento público, es el hambre.

—Divagas, Pepe, y lo que temo es que recaigas en los trastornos que llamabas «efusiones», y que tanto nos dieron que sentir...

—La sociedad divaga, yo no... Yo estoy quieto en mi casa, y ella es la que da vueltas en derredor mío... Yo estoy harto y quieto, viendo venir la siniestra procesión de los estómagos vacíos, viendo pasar las revoluciones.

XV

Con tanta prevención me habla mi mujer del oficioso Sebo, y tal ojeriza le manifiesta, que acabo yo por asustarme de las corrupciones que el tal me cuenta. Dudo de la veracidad del soplón, y siento que va infiltrando en mí dosis graduales de espíritu maligno. Y anoche, cuando se retiraba después de contarme nuevas atrocidades amorosas y políticas del Gracián, me faltó poco para padecer la más vulgar alucinación de las comedias de magia. Sebo desaparecía por la ventana, o al través de la pared, despidiendo chispas de su bigote cerdoso... Tras sí dejaba olorcillo de azufre.

Volvió al siguiente día con una carta, que me entregó diciendo estas palabras infernales, acompañadas de un destello sulfúreo:

PUSO EL APRENDIZ LA CARTA EN MANOS DEL PORTERO, Y DE LAS MANOS DEL PORTERO LA COGÍ YO PARA SUBIRLA AL SEÑOR DON JOSÉ

—Por este papel, excelentísimo señor, el general O'Donnell le llama a vuecencia para conferenciar sobre el movimiento que se prepara.

—¿Qué me cuenta el amigo Sebo? ¿Le ha dado a usted la carta el general, en propia mano?

—No, señor. Entraba yo en el portal al mismo tiempo que el portador de la carta, el cual es un chico aprendiz de hojalatero. Y como yo conozco a ese rapaz, y sé que ha llevado papelitos al general Messina, a don Antonio Cánovas y a otros, deduzco que la carta es de O'Donnell, a quien ya llaman por ahí el «general libertador». Puso el aprendiz la carta en manos del portero, y de las manos del portero la cogí yo para subirla al señor don José.

Mientras esto decía Sebo, reconocí en el sobre la escritura de Virginia. Mi estupor fue grande, más que por la letra del sobrescrito, por la relación que el endemoniado cuentero estableció entre la pobre Mita y el buen don Leopoldo. ¿Qué podía ser esto?... A mis dudas y confusión acudió el policía con nuevas referencias que no esclarecían el asunto:

—Ya dije al señor don José que el número 3 de la travesía de la Ballesta es por la calle del Desengaño el número 22. Son dos casas que se comunican por dentro. En la del Desengaño, tienda, tiene su habitación y taller un maestro hojalatero llamado José María Albear.

—Basta, Sebo. ¿Y usted me asegura que esta carta la trajo el aprendiz de la hojalatería?

—Entre su mano y mi mano, señor marqués, solo estuvo un momento la del portero... Puedo averiguar el nombre del chico; puedo cogerle, traerle acá...

—Dejemos por ahora ese dato... De la carta, puedo decir antes de leerla que tiene miga, ¡vaya si la tiene!...

—Para mí, señor marqués, le ofrecen a vuecencia una cartera en el primer gabinete que formen los revolucionarios.

—Puede que eso sea... —dije yo abriendo la carta y pasando rápidamente la vista por ella—. En efecto, algo de eso es... Retírese por hoy el buen Sebo, que esto es para leído y tratado despacito por mi mujer y yo. Vuélvase mañana...

De mala gana se fue el diablo, y yo corrí en busca de María Ignacia, que estaba lavando al pequeño:

—Mira, mira: carta de Mita... ¿Y no sabes quién la ha traído? Asómbrate, la ha traído Sebo. ¡Para que hables mal del pobre Sebo!... Ya tenemos a Mita y Ley bajo nuestra mano. Ya son nuestros, gracias a O'Donnell, a Sebo, al hojalatero...

—¿Qué dices, hombre?

—Digo que acabes. Quiero que la leamos juntos.

Momentos después leía María Ignacia:

«Pepillo, ya no estamos donde estábamos. Días ha, pensamos que debíamos mejorar de vida, tener madriguera más cómoda y comer algo de más sustancia. Como nuestro ajuar nos permite mudarnos tan fácilmente, levantamos el campo, y nos pusimos en camino. ¿Hacia dónde? No te lo diré. Sabrás, sí, que tenemos amigos, y que almas generosas hay dispuestas a protegernos... Pues llevando sobre nosotros lo que poseemos, carga muy llevadera para los dos, rompimos marcha una mañanita por los campos y laderas de Dios. Donde nos parecía bien, descansábamos; comíamos de lo nuestro, sin pedir nada a nadie. ¿Qué nombre daban antiguamente a los pueblos, familias o personas que andaban de un lado para otro? Es una palabra que ya no se usa en sociedad: "mónadas" o "nómanas". Pues bueno: somos caminantes, no vagabundos, puesto que sabemos a dónde vamos. Nos dirigimos a una tierra que a mi parecer no es muy bonita, pero sí de más avío para el trabajo. Seguiremos de salvajes; pero no tan metidos en el reino de la soledad. No siento más sino que lleguemos cerca de Madrid... tan cerca que me dé en la nariz la tufarada de vuestra civilización... olor de cuadra, olor de pucheros recalentados, olor de boticas... ¡qué asco!

»Hemos pasado por caseríos y pueblos. No te digo sus nombres; ni estoy tampoco muy segura de saberlos. La geografía escrita me interesa poco; la que voy yo estudiando con

GABRIEL GARCÍA DE TASSARA.
Óleo de autor desconocido.

EMBAJADOR Y POETA

Escritor, político y poeta romántico, Gabriel García Tassara nació en Sevilla en 1817. Se estableció en Madrid en 1839 y entabló amistad con Juan Donoso Cortés, el marqués de Pidal, Pacheco y Pastor Díaz. Trabajó de periodista político en *El Heraldo*, *El Conservador* y el *Semanario Pintoresco*. Más tarde fue cofundador y escribió en el diario *El Sol*. Obtuvo acta de diputado moderado en 1846, y con la Unión Liberal, en 1856, fue nombrado embajador plenipotenciario de España en Washington. En 1869 pasó a Londres como embajador y en 1875 murió en Madrid. Fue un poeta grandilocuente en la línea más retórica del romanticismo. Sus temas solían ser religiosos: *Dios*, *Meditación religiosa*, *Las cruzadas*, y políticos: *Napoleón en Santa Helena* y *Al convenio de Vergara*.

mis ojos y mis pisadas... o patadas, como quieras... me interesa más. Te escribo en la sacristía de la parroquia de un pueblo, que no es de los más chicos ni de los más feos. Vele ahí que el sacristán es amigo nuestro, y nos cree marido y mujer. En verdad que lo somos ante Dios y ante nuestras conciencias, y con eso nos basta. Pero tememos que se nos descubra el engaño, y venga la maldita ley con su cara de vieja legañosa y nos suelte una sentencia bárbara. Por esto te escribo, querido Pepe, te escribo para que tú y tu mujer, la simpática María Ignacia, se interesen por nosotros, y corten el paso a esa ley entrometida y sin entrañas. Vosotros sois personas influyentes, y en este país las personas de influjo lo pueden todo. Por amistad y recomendaciones, en España se hace picadillo de las leyes. Los ricos, si a más de ricos están un poco arrimados a la política, son los amos de vidas y haciendas; y ya que su egoísmo hace tantas iniquidades, haga su caridad alguna vez una obra buena... Esto lo aprendí cuando vivía con mis padres, y aún más en el suplicio de aquel matrimonio; después lo he visto mejor en los campos, donde a cada triquitraque se ve una víctima de esos que ahí llamáis "altos funcionarios, prohombres, eminencias de la banca, de la política", etc., los cuales vienen a ser o celebridades de figurón, o bandidos, verdaderos truhanes con traje y ringorrangos de caballeros. Bandidos hay de la política, que explotan al pueblo; bandidos eclesiásticos, que echan bendiciones, y otras clases de bandolerismo ilustrado, como don Mariano, mi ex suegro, del cual no puedo decir que "santa gloria haiga", porque desgraciadamente no ha reventado todavía. ¡Ay, Pepe, lo que aprende una cuando se hace salvaje, cuando se mete tierra adentro por el verdadero país, y ve de cerca sus miserias, y siente el latido de la sangre de la nación!

»Verás en esto que te escribo "un porción" de disparates, Pepe; pero yo te digo: "Hazte salvaje como yo; bájate a lo más hondo de lo que mi ex suegro llama 'capas sociales', a esta capa de la pobreza que vive sobre el terruño, y verás las verdades netas. Por 'desageraciones' las tenéis los de allá. Pero yo me río de ti y de tus sabidurías, sacadas de libros y discursos. Yo soy una ignorante que ha leído en el libro grande de las cosas tales como son, y ha visto de cerca la España en cueros, musculosa, cargada de cadenas. Viviendo en ella y con ella es como nos instruimos. Yo sé más que tú, porque sé lo que cuesta el pedazo de pan negro que se llevan a la boca, para no morirse de hambre, cientos de miles de españoles...". En fin, no te digo más de esto, porque no siendo salvaje como yo, nunca llegarías a comprender mis barbarismos. Vamos al por qué de esta carta.

TEMEMOS, QUERIDO PEPE, QUE ENTRE CURAS, POLIZONTES, O ALGÚN ALCALDILLO DE LOS QUE SON CRIADOS DE LOS PODEROSOS, NOS HAGAN UNA MALA PARTIDA

»Nos fijaremos en un pueblo que no está lejos de Madrid, y en él trabajaremos honradamente para ganarnos la vida. Como el aquel de nuestro trabajo nos ha de poner en comunicación con la maldita corte, me temo que no nos valga el recurso de los falsos nombres con que nos hemos rebautizado... Tememos, querido Pepe, que entre curas, polizontes, o algún alcaldillo de los que son criados de los poderosos, nos hagan una mala partida. ¡Vaya, que si nos cogen y nos llevan a Madrid atados codo con codo! No sé por qué, tanto Ley como yo confiamos en que tú evitarías nuestra persecución. Y ahora pregunto: ¿estás dispuesto a protegernos, Pepe, asegurándonos contra las asechanzas de esa condenada justicia? Hemos roto la ley, hemos hecho mangas y capirotes de los que nos parecían falsos respetos o mentirosas idolatrías. Para que nos separemos Ley y yo, será menester que antes nos descuarticen... Conque ¿nos proteges?, ¿sí o no?

»Y ahora viene la gran dificultad. Para que tú puedas contestar a mi pregunta, buen Pepillo, he de romper el secreto de nuestra residencia, o valerme de una tercera persona, y ambas

LA VIDA DE LOS DESFAVORECIDOS. En las ciudades gran parte de la población vivía en la pobreza. Aristócratas y burgueses de la época ignoraban la realidad social de la capa mas deprimida. (*Las buhardillas de Madrid.* Grabado de *La Ilustración*, 1852).

cosas son de mucho peligro, porque no me fío de nadie, y aun a ti mismo te tengo un poquitín de miedo. Cavilando en esta dificultad estuve toda la noche, y hoy toda la mañana, sin que haya podido resolver nada a la hora en que te escribo... Llega el momento de seguir nuestra viajata, y me dan prisa, mucha prisa para que concluya ésta, y pueda salir para Madrid llevada por los geniecillos del aire. Rabia, rabia, que no sabes ni sabrás cómo va mi carta, ni quién la lleva... Pues no tengo más remedio que poner punto aquí. La cuestión batallona de tu respuesta se queda sin resolver; pero de aquí a mañana espero que se cuaje la idea, que anda por mi caletre como una papilla. Perdona que materialice estas cosas del pensamiento. Desde que soy salvaje, tengo más sal en la mollera, más pesquis. Antes, en mi vida de señorita, no se me cuajaba ninguna idea. Todas se quedaban en estado parecido a la clara de huevo, como una baba, como un moco, y en mi vida de señora casada solo cuajó una idea, la de descasarme, como lo hice, y de ello no me arrepentiré nunca. Pues verás cómo ahora el talentazo que me ha dado mi escapatoria encontrará un bonito ardid para que sepamos si estás decidido o no a protegernos contra curas y curiales, y contra guindillas, que son la peor gente del mundo... No puedo seguir por hoy. Un día o dos tardaré en volver a escribirte. Prepárate. ¡Ay, Pepe, ten compasión de este matrimonio montaraz que con nadie se mete, y se contenta con que le dejen vivir!... Yo le digo a Ley que nos vayamos a Marruecos, donde él tiene un hermano que se ha hecho moro y está en grande; pero Ley no se determina: no desespera de encontrar aquí un buen acomodo para ganar el pan, y comerlo juntos... De ti depende, Pepillo... Hasta mañana... A Ignacia y a tu niño, mil besos de vuestra amiga, Mita».

Impacientes quedamos mi mujer y yo, aguardando la anunciada clave para comunicar con la pareja silvestre, aunque en rigor no la necesitábamos, porque Sebo nos ofreció traer a nuestra presencia al aprendiz de hojalatero, y someterlo a un interrogatorio, del cual habíamos de sacar la verdad. Dispuestos estábamos ya a la cacería del chico, cuando llegó la carta. Mita me proponía un medio de los más inocentes para mostrarle mis buenos propósitos en su favor. ¿Qué tenía yo que hacer? Pues un papel semejante al de los novios de la categoría más angelical, que se pasan el día tomando las medidas de la calle en que su amor reside, y regocijando a los vecinos y transeúntes con los signos de una telegrafía candorosa. No me imponía Mita más que tres paseos de ida y vuelta en la calle del Desengaño, entre San Basilio y Portaceli, en día y hora fijos, y había de llevar un pañuelo blanco en la mano derecha, no enteramente desplegado, sino en forma que fuese bien visible a distancia. Podía, sí, hacer que me sonaba, como si padeciese un fuerte romadizo; mas no guardarme el pañuelo en el bolsillo. Esta deambulación de hombre constipado era la fórmula muda con que yo me comprometía solemnemente a ser depositario leal del secreto de su residencia.

NO ME IMPONÍA MITA MÁS QUE TRES PASEOS DE IDA Y VUELTA EN LA CALLE DEL DESENGAÑO, ENTRE SAN BASILIO Y PORTACELI

A mi mujer y a mí nos pareció ridícula esta telegrafía de galán sensible, trotacalles, y además innecesaria, pues, decididos a proteger a la pareja volante, teníamos medio más seguro y serio para ponernos al habla con ella. Mejor que los paseos, pañuelo al aire, para que me viese el hojalaterillo de la calle del Desengaño, era que nos desengañásemos pronto y bien, cogiendo al tal chico y trayéndolo a nuestra presencia. El astuto Sebo, a quien di conocimiento, por la tarde, a solas, de la carta de Mita, opinó que eran puras pamplinas los telégrafos propuestos por la señora libre, y me prometió detener al chiquillo y traerle a casa.

—Es su hermano, señor. Me consta que es hermano no precisamente de ella, sino de él, vulgo cuñado, y se llama Rodrigo Ansúrez.

—Ansúrez, Ansúrez... Le conozco... conozco a toda la familia... Familia trashumante... castillo de Atienza...

XVI

Mi mujer y yo señalamos para la mañana del siguiente día la captura y examen del hojalatero; pero el oficioso polizonte, desviviéndose por servirme, nos trajo el chico aquella misma noche. Le cazó en la calle del Desengaño cuando salía con un recado de arandelas de latón para la cofradía de la Leche y Buen Parto, y después de acompañarle hasta dejar las piezas en San Luis, le condujo a nuestra casa, en calidad de preso, sin darle más explicaciones que la oferta de una paliza si alborotaba por el camino. Llegó a nuestra presencia consternado el pobre rapaz, y lo menos que pensaba y temía era que le íbamos a condenar a cadena perpetua. A mi mujer y a mí nos dio lástima de verle tan compungido y lloroso, como un reo que se dispone a confesar sus tremendos crímenes, entregándose a la compasión y a la indulgencia de sus jueces. Trabajo nos costó apartarle de los ojos los puños, y hacerle comprender que no le haríamos ningún daño.

—Ya sé que te llamas Rodrigo Ansúrez —le dije—, y que eres buen aprendiz de hojalatería. Tu padre se llama Jerónimo... Mírame bien, y di si recuerdas haberme visto en alguna parte.

EL CANTERO LEONCIO ANSÚREZ ENAMORÓ A VIRGINIA. Trabajaba en las minas de piedra de Bustarviejo y se encargaba de espantar y eliminar las alimañas que bajaban de esta zona agreste madrileña al pueblo en busca de comida. (*Cantero.* Grabado del siglo XIX. Colección particular).

Sus ojos empañados del llanto se fijaron en mí; mas no revelaron que me conociera. Cuando en el castillo de Atienza vi a la familia celtíbera, la rama más pequeña de aquel frondoso árbol humano era el niño a quien Miedes llamaba «Ruy», buscando el son arcaico de los nombres. Hoy representa unos catorce años, y en su persona resplandece la hermosura y gallardía de aquella selecta casta de españoles. Yo no me cansaba de mirar en el rostro de él la impresión del de su hermana; impresión borrosa y triste, como la del rostro de Jesús que los cristianos vemos en el paño de la Verónica. Solo que aquí era semblante de mujer, no impreso en una tela, sino en otro semblante; y por cierto que no era afeminada la cara de Rodrigo, sino muy varonil, en su adolescencia vigorosa.

Las primeras declaraciones del hojalatero fueron de cerrada negativa a cuanto le preguntamos; mas, al fin, Ignacia con dulzura, Sebo con rudeza policíaca, y yo con un tira y afloja entre ambos resortes de convicción, le trajimos a la verdad. Con decirle y asegurarle que no queremos descubrir a los salvajes para perseguirles, sino para socorrerles, acabé de traerle a nuestra confianza, y obtuvimos los secretos que embuchados tenía. Aquí pongo lo esencial de la revelación: Leoncio Ansúrez, hermano del declarante, es el «robado», palabra textual, de la señora Virginia. Leoncio ha cumplido ya los veintidós años, y es muy hábil en cerrajería, en composturas de toda clase de máquinas, y conoce y maneja con admirable pericia las armas de fuego. De la arrancada inicial, se fueron los amantes a San Sebastián de los Reyes, donde estuvieron pocos días, y allí, tirando siempre hacia el norte por la Mala de Francia, llegaron a la falda de la sierra. Allí se establecieron, cambiándose los nombres y figurándose matrimonio por la religión. En diferentes parajes habitaron, acomodando su vivir errante a las necesidades de cada día, y a las ofertas de trabajo para satisfacerlas. En un pueblo que llaman Bustarviejo, Virginia lavaba, y Leoncio se contrató con el Ayuntamiento para matar los animales dañinos que en invierno bajan de la sierra, cobrando tantos o cuantos reales por cada cabeza de alimaña que presentase. Por una loba, treinta y cinco reales, y veinticinco por el macho; por cada zorra, ocho reales; por cada gato montés, seis; por un tejón, doce; por un patialbillo, lo mismo. El turón, la garduña y la jineta se pagaban a siete reales, y el águila, el milano, el alcotán y el búho valían dos reales. De todo esto dio relación minuciosa el pobre chico, declarando con cierto orgullo que había él andado con su hermano en aquellas arriesgadas monterías, y terminó esta parte del relato diciéndonos que por una culebra que no tuviera menos de tres cuartas de largo, daban un real.

DISENTIMIENTOS DE LEONCIO CON EL SEÑOR ALCALDE POR LA INFORMALIDAD EN EL PAGO DE ALIMAÑAS MUERTAS

Disentimientos de Leoncio con el señor alcalde por la informalidad en el pago de alimañas muertas, moviéronle a largarse de Bustarviejo, corriéndose hacia los altos de la sierra. El declarante, obligado a volverse a Madrid para seguir en el oficio, no les siguió en esta nueva etapa de azarosos trabajos. Sabe que Leoncio llevaba una vida muy aperreada, sacando piedra de las canteras, y que estuvo muy malo, en gravísimo peligro de muerte. Ignora por qué los salvajes abandonaron la sierra viniéndose a tierra llana. Seguramente, alguien les ofreció por acá mejores medios de vida. El pueblo donde ahora se encuentran es Coslada, a mano derecha del camino real, más allá de Canillejas. De Coslada escribió Virginia su última carta con las instrucciones para que yo le diese en la forma que he referido las seguridades de mi protección, y Rodrigo tenía órdenes de transmitir al mismo pueblo lo que resultara de mi paseo telegráfico, si en efecto yo respondía por tan ridículo lenguaje. Con esto concluyó la declaración del hojalatero, y dimos por bien empleada su captura.

Alegres por este feliz resultado, tranquilizamos al hojalatero, añadiendo a nuestras palabras cariñosas una gratificación en metálico, que no quería tomar ni a tiros. Para que consintiese en aceptarla, fue preciso que mi mujer le repitiera una y otra vez que no haríamos ningún daño a Virginia y Leoncio; antes bien, ellos y toda la familia tendrían de nosotros cuanto pudieran necesitar. No quise dejarle partir sin que me diese informes de su parentela. Díjome que su padre vivía tranquilo y satisfecho en la Villa del Prado, al frente de la labor de su yerno el señor Halconero. De su hermana Lucila diome la estupenda noticia de que ha engrosado considerablemente, y tiene ya dos chicos. Oí estas referencias como el estallido de una bomba de poesía que se deshace en cascos de prosa. Hízome el efecto de una esfera de cristal, lumínica, que se rompe, se apaga, disolviéndose en un vapor rastrero... ¡Gorda y campesina, con principios de numerosa prole!... Guiada por el tiempo, la Naturaleza nos baja desde las cumbres de la vida soñadora al llano de la vida ordinaria.

31 de junio.

Indulgente Posterioridad: antes que yo te lo diga, comprenderás que, sabido el paradero de Mita y Ley, determiné correr hacia ellos. Menos vehemente que yo, mi mujer quiso que lo tomase con calma, pues tiempo había de sobra para ejercer la caridad con el libre matrimonio. Mas no me convenció, y aquella misma noche mandé preparar un coche de colleras con buenas mulas, para salir a la siguiente mañana con la fresca. Viéndome tan decidido, María Ignacia no insistió, pues harto conoce cuán pernicioso es para mi salud el continuo encierro dentro de la esfera de un vivir acompasado y sin accidentes. Bien sabe mi esposa que contenerme en estas expansiones de generosidad es reducirme a tristeza y desaliento. Convinimos, al fin, en que llevaría conmigo al criado de más confianza, un hombrachón atenzano, llamado Zafrilla; y para ir reforzado de un poquitín de autoridad gubernativa, que bien podía ser necesaria, acordé llevarme también al gran Sebo. Figúrate, ¡oh, Posteridad!, el júbilo con que esta idea fue acogida por el interesado. Pero como tiene, según dijo, servicio en el barrio de la plaza de Toros, desde media noche hasta el amanecer, me rogó que pues yo había de salir por la Puerta de Alcalá, mandase parar el coche en el parador de Muñoz, donde se uniría conmigo para custodiarme hasta Coslada.

Salí, pues, tempranito con Zafrilla. Guiaba un excelente cochero, y el ganado era de lo mejor: tres mulas capaces de llevarme a Pekín, si necesario fuese. Para que nada faltara, llevábamos provisiones para sustentarnos durante todo el día, y aun para dejar surtidas las flacas despensas de la desamparada Mita. Nada digno de contarse nos ocurrió a la salida de Madrid. Pero al llegar al parador de Muñoz, serían las seis y media de la mañana, me vi sorprendido por la súbita emergencia de un interesante capítulo de la Historia de España. Entró Sebo en el coche con risueño semblante, el bigote más cerdoso y erizado que de costumbre, y entre salivas, me roció estas palabras:

—Señor, ya se armó la trifulca. Ya está O'Donnell en campaña con sin fin de tropas de caballería y mucha infantería.

—O usted sueña, o al tomar la mañana, ha empinado más de lo regular.

—Yo no empino sino cuando tengo disgustos en casa. Pero en todo lo que es del procomún, guardo la serenidad para hacerme cargo bien de las cosas, y ver qué postura me conviene... Por aquí han pasado, serían las dos y media, tropas que no sé si son de Extremadura. Iban algo desmandadas. La caballería, según me han dicho, salió por la Mala de Francia, y con ella los del Príncipe, mandados por Echagüe, y en el campo de guardias hicieron alto. Al frente de la caballería iba el director del arma, general Dulce.

—Eso no puede ser, Sebo. Don Domingo Dulce dio al Gobierno «polaco» seguridades de lealtad.

—Lealtad es palabra de dos caras: con una mira al Gobierno de la Reina; con otra, a la reina del mundo, que es la libertad sacratísima.

LAS REVOLUCIONES NO SIRVEN PARA NADA, O SIRVEN PARA QUE EL ESPAÑOL UN POCO LISTO PONGA UNOS GARBANZOS MÁS EN EL PUCHERO

—Revolucionario estáis, amigo Sebo.

—Es que no como; es que once reales y medio al día dan poco de sí, excelentísimo señor, y una de dos: o las revoluciones no sirven para nada, o sirven para que el español un poco listo ponga unos garbanzos más en el puchero, y si a mano viene, una pata de gallina... Digo y repito que el general Dulce ha sacado la caballería, que es como sacar el Cristo. Vuecencia no podrá negarme que este Dulce no lo es más que por su apellido, pues tiene un genio más agrio que las uvas verdes, y la mano, como las de almirez, muy dura. Esto va de veras, señor; esto no es ya jugar a los soldaditos. Hoy temblará Madrid.

—Pero, a todas éstas, dc O'Donnell nada se sabe.

—Se sabe que a las tres de la mañana salió por la Puerta de Bilbao, en coche que guiaba el propio marquesito de la Vega de Armijo... No sé si se agregó a la caballería en el campo de guardias. Los sublevados a pie y a caballo, otros que iban en coche, y muchos paisanos, baja-

SUCESOS REVOLUCIONARIOS DE 1854. Milicianos y paisanos asaltaron carros que se dedicaban a transportar municiones para conseguir armamento, y la ciudad fue tomada por los sublevados. *(Revolucionarios junto a la Puerta de Fuencarral de Madrid,* 7 de agosto de 1854. Grabado de *La Ilustración).*

ron, antes de amanecer, del campo de guardias a la Fuente Castellana, siguiendo por los tejares hasta la venta y portazgo del Espíritu Santo.

—Llevan, como nosotros, la dirección de Canillejas o de Alcalá de Henares.

—Para mí que no pasan de Canillejas, donde aguardarán a las tropas del Gobierno para darles la batalla.

Cuánto me alegré de este inopinado brote de sucesos graves, no hay para qué decirlo. Frente a mí tenía una revolución, no de éstas que se manifiestan en las declamaciones teóricas de libros y discursos, sino viva, con choque formidable de hombres y caballos, caídas de cuerpos y de ideas, alzamiento de nuevos principios. El asunto que motivaba mi viaje por el camino real de Aragón quedaba ya en segundo término, y lo más interesante para mí era la página histórica que de improviso ante mis ojos se abría. Mi alma necesita hoy, más que nunca, un poco de drama. La comedia me aburre ya, y sus blandas emociones no satisfacen el hambre de mi espíritu. Hasta la política, desde las guerras últimas, ha venido a ser casera, cominera y familiar, como las comedias del amigo Bretón. Ya llevamos largos años de una paz tediosa, empapada en la insulsez administrativa. Por ley física, han de venir ahora estremecimientos que despierten la vitalidad de la nación, que hagan circular su sangre y sacudan sus nervios. Tendremos, pues, enfermedad saludable, de esas que hacen crisis en el individuo, y promueven el crecimiento, la adquisición de fuerza nueva.

Pensando esto, deseaba yo que las mulitas de mi coche se convirtieran en hipogrifos, para que velozmente me transportasen al lugar en que la página histórica había de ser escrita con empujones, gritos, choque de armas, sangre, y todo lo demás que es del caso, hasta que caen unos hombres y otros suben, y las utopías derriban del pedestal a las verdades para ponerse ellas... De estas meditaciones me distraía el gran Sebo, haciéndome notar los grupos de paisanos armados que por el mismo camino que nosotros iban. Unos llevaban trabucos, otros escopetas; reían y bromeaban como si fueran a una feria. Vi caras conocidas; otras que anualmente se ven en la función patriótica del dos de mayo, en las algaradas callejeras, en las ejecuciones de pena de muerte, en las vueltas del día de San Antón, y en el entierro de la sardina. A muchos designó Telesforo como gente alborotada y maleante, patriotas de oficio que acuden a donde hay tumulto y bullanga por la libertad o la Constitución, aunque ninguno sepa cuál de las que tenemos está vigente... Y también iban entre ellos algunos de quien Sebo se recató, agachándose para no ser visto.

—Estos que ahí van, señor —me dijo—, son los de más cuidado entre la familia patriotera. Si llegan a verme, no escapamos sin que nos tiren una piedra, a mí, que no a vuecencia... y a uno de los dos nos podían machacar un ojo. Me tienen tirria porque les he metido mano más de cuatro veces cuando andaban en el trajín de acariciar lo ajeno. Ahora van tras de O'Donnell, como irían tras de José María o del moro Muza. Éstos confunden a la diosa libertad con el dios... ¿No hay un dios que se llama Caco?

—No era dios, según creo. Para mí era de la policía.

XVII

Estaba yo en mis glorias, y me recreaba previamente en las emociones de aquel día, como un chiquillo contemplando los zapatos nuevos que van a ponerle. El polvo que mi coche levantaba rodando por el camino real, parecíame polvo de batalla, y en los cambiantes que hacían sus ondas traspasadas por el sol, veía yo las terribles falanges en lucha. El paisaje que a los dos lados del camino se extiende, no podía ser más apropiado a guerras y trapisondas. Todo es allí aridez, tierras desoladas y libres, donde los hombres no tienen nada que hacer, como no sea lanzarse a desesperados combates, por el gusto de pelear, no por la conquista de un suelo que tan poco vale.

UNOS LLEVABAN TRABUCOS, OTROS ESCOPETAS; REÍAN Y BROMEABAN COMO SI FUERAN A UNA FERIA

A la vista de Canillejas, vimos obstruido el camino por un grupo de gente que vitoreaba a la libertad y a los generales sublevados. Mandé parar, y antes que yo pudiese ordenar al cochero y a mis acompañantes que secundaran los clamores patrióticos, saltó Sebo al camino, y echó al aire su sombrero de copa, gritando hasta desgañitarse. Pasó el sombrero de mano en mano hasta volver a las de su dueño en estado de ruina lastimosa, y sin ponérselo, para no desairar su figura, pronunció Sebo un ronco panegírico de la revolución, terminándolo con frenéticos vivas a mi humilde persona. Entendió la multitud que iba yo en seguimiento de la columna de O'Donnell, y no fue preciso más para que me aclamasen como a libertador de la clase civil. Los más próximos al coche me contaron que las tropas habían hecho un alto en Canillejas para reconocer y proclamar la autoridad suprema de O'Donnell, el cual se presentó vestido de paisano, a caballo. Vulgar y breve fue su arenga, limitándose a las frases de ritual en la literatura de pronunciamientos... «que él no daba aquel paso por vengar agravios personales, sino por sacar a la patria de su envilecimiento... que para esto era menester el esfuerzo de todos sus hijos...», y pitos y flautas... Eran los tópicos de siempre, y las inveteradas fórmulas de requiebro que gastan los políticos delante de la nación, cuando encaran con ella para declararle un amor honesto, apasionado y con buen fin.

Disparado por O'Donnell el ruidoso cohete de la proclama, siguieron las tropas su camino. Quién decía que llegarían hasta Alcalá, quién que no pasarían de Torrejón. Entré yo en Canillejas, y al arrimarnos a un parador para dar pienso a las mulas, y a nuestros cuerpos alguna reparación, me vi rodeado de multitud de gente de aquel pueblo de Madrid, que ávidamente me pedía noticias del plan de campaña, y de lo que hacía o dejaba de hacer el Gobierno. ¿Continuaba la corte en El Escorial? ¿Era cierto que Sartorius había salido de Madrid disfrazado de carbonero, y que se formaba un ministerio Blaser-Custodia-Domenech? ¿Disponía el Gobierno de tropas leales para batir a los revolucionarios? ¿Se confirmaba que la «polaquería» no contaba con un solo soldado? Contesté que nada sabía yo de planes de campaña; y a responder a las otras preguntas me disponía, cuando Sebo me quitó la palabra de la boca para trazar una relación sucinta de los acontecimientos futuros, como si ya fuesen pasados y él los hubiese visto. De las fogosas expansiones de mi acompañante, declarando que había sido de la policía, pero que ya renegaba de su ominoso empleo, y ponía su voluntad y la porra de su bastón al servicio de los caudillos libertadores; de esto y de mi buen humor resultó que hube de convidar a todos los presentes a tomar cuantas copas quisieran. En medio del barullo patriótico y tabernario que allí se armó, yo, silencioso, batallaba en mi espíritu entre un deber y un deseo. ¿Qué haría yo? ¿Seguir mi camino hacia Coslada en cumplimiento del plan humanitario, móvil primero de mi viaje, o abandonar este plan para correr tras el suceso histórico que la suerte me deparaba? Por fin, pudo más que la obligación la curiosidad, y

LA ARTILLERÍA APOYÓ EL LEVANTAMIENTO DE O'DONNELL. En los pueblos de los alrededores se desató el ruido de sables y la tropa fue armada para salir a la calle. *(Brigadas y regimientos a caballo y montados.* Grabado de época).

a ello contribuyó mi diablo con estas sugestivas razones: «Señor, lo primero es la patria, que hoy está en el filo de perderse o salvarse. Vuecencia es, ante todo, un buen español. ¿Cuándo se le presentará ocasión como ésta de ver salvar a España, y aun de contribuir, si a mano viene, al salvamento? Y considere que para visitar a los bárbaros de Coslada, lo mismo da un día que otro».

No necesité más para convencerme: mandé enganchar, y salimos hacia Torrejón. Al mediodía pasábamos el puente llamado de Viveros; poco después entrábamos en el pueblo a que ha dado fama un hecho militar del amigo Narváez. Rindiendo culto a la verdad histórica, debo decir que nuestra entrada fue triunfal, entre aplausos, vocerío y disparos al aire. Creían que llevábamos la dimisión y caída del Gobierno, la subida de O'Donnell, quizás la cabeza de Sartorius. No me valió decir que nada de esto llevábamos, porque el maldito Sebo, con sus gárrulos discursos, hacía entender a la gente que no íbamos a Torrejón por pura curiosidad. También allí vi defraudada mi esperanza de alcanzar la columna de O'Donnell. Poco antes de mi llegada había salido el caudillo para Alcalá con el grueso de la tropa sublevada, dejando en Torrejón el regimiento del Príncipe con Echagüe y una sección de Caballería. Tuve intención de verle: quería yo charlar con mi amigo de aquel aparatoso alzamiento; mas, antes de llegar al caserón donde se alojaba, me vi envuelto por una nube, que de otro modo no puedo llamar a la turbamulta de personas que me rodearon, caras de Madrid, conocidas, algunas de amigos.

A mi paso avanzaban también las mujeres, alzados los brazos, y soltaban con chillona voz el grito de «¡Viva España!

La primera intimación fue que nos reuniéramos todos a comer. Díjeles que yo les convidaba, pues, a más del repuesto de provisiones de boca, traía exquisitos vinos: comeríamos y beberíamos a la salud de los libertadores. Interpretando con agudeza y prontitud mis deseos, corrió Sebo al parador y mandó disponer comistraje abundante, de lo que hubiese, que con lo llevado por nosotros formaría un banquete espléndido. Y mientras bajo la dirección de Telesforo funcionaban las cocinas, recorría yo el pueblo de un lado para otro, viéndome abrazado por cuantas personas encontraba. En estas expansiones populares, el abrazo entre desconocidos es el signo externo del cordial regocijo, de la esperanza que toda insurrección despierta en el sufrido pueblo español, mal gobernado siempre. Las revoluciones tienen entre nosotros el carácter de salutación al nuevo tiempo, y establecen entre los ciudadanos la confianza, la fraternidad y el generoso cambio de demostraciones cariñosas. Yo me vi en Torrejón festejado por la multitud. No solo me abrazaban los de Madrid, sino los del pueblo, éstos con mayor efusión. A mi paso avanzaban también las mujeres, alzados los brazos, y soltaban con chillona voz el grito de «¡Viva España!». Algunas viejas me besuquearon, y los chicos gritaban: «¡Viva Madrid! ¡Vivan los hombres de corazón!». Se les había metido en la cabeza que yo llevaba una misión política, y no siéndome fácil sacarles de aquel error, pues no había razón que les convenciera, dejeme llevar de la ola popular. Cerca del caseretón que me pareció Ayuntamiento, se vino hacia mí un señor que con cierta solemnidad se presentó a sí mismo, diciendo:

—Simón Carriedo, alcalde de Torrejón de Ardoz.

—Por muchos años —contesté yo dejándome abrazar, y él prosiguió.

—Está vuecencia en uno de los pueblos más liberales de España. Aquí aborrecemos la tiranía, y queremos un Gobierno que mire por la libertad y por la ilustración. ¡Viva Isabel II! ¡Mueran los «polacos»!...

—Bien, señor, muy bien. Pero yo...

—No se nos achique vuecencia, ni crea que aquí no conocemos a los hombres de valer. Torrejón sabe que tiene en su recinto al que es cabeza civil de la revolución bendita... Señores: ¡Viva el marqués de Beramendi!

—¡Vivaaa...!

—Pero, señores —dije balbuciente, de pura modestia—, yo les aseguro que no toco pito...

—Adelante... Aquí no valen tapujos. Torrejón es un pueblo muy liberal, un pueblo ilustrado... El Ayuntamiento, señor marqués, se reúne esta noche para proclamar con la debida solemnidad el pronunciamiento. Torrejón se pronuncia, Torrejón destituye a Sartorius, y no reconoce más autoridad que la de los libertadores. ¡Viva Isabel II!

Pues adelante. Ya no me opuse a ninguna demostración; ya me creí obligado a tomar la iniciativa en los abrazos, y estrechaba efusivamente contra mi pecho a todo el que cogía por delante. Y mientras esto ocurría, noté que en todas las ventanas y ventanuchos aparecían trapos de colores, colchas y pañuelos; sábanas, donde no había otra cosa, y hasta bayetas amarillas, en representación del tono gualda de nuestra bandera. El pueblo se engalanaba para festejar el cambio venturoso, la nueva dirección hacia los vagos horizontes del progreso y el bienestar. Todas las mujeres estaban en la calle: algunas alzaban en brazos sus chiquillos mamones, como alzarían un estandarte, o cualquier signo para guiar a las multitudes, y los muchachos sacaban cuantos objetos pudieran servir de instrumentos de ruido para imitar el de tambores, remedando con boca y narices el piafar de caballos y el estridor de cornetas. En medio de esta algazara, vino Sebo a decir que la comida estaba pronta. Convidé al alcalde, que aceptó, con la recíproca de prometerle yo cenar en su casa.

EL AYUNTAMIENTO, SEÑOR MARQUÉS, SE REÚNE ESTA NOCHE PARA PROCLAMAR CON LA DEBIDA SOLEMNIDAD EL PRONUNCIAMIENTO

Arrastrado por aquel vértigo y metido en él, llegué a creerme que soy, en efecto, la cabeza civil de la revolución; y en el bullicio del parador, rodeado de diversa gente, tan dispuesta al buen comer y mejor beber como al derroche de palabrería patriótica, mi alucinación casi llegó al pleno convencimiento. Los discursos que en el curso de la comilona pronunció Sebo, arranques oratorios con toques de esa sinceridad bufonesca que tanto agrada en los días de exaltación popular, me contagiaron, lanzándome a improvisaciones locas. Ni recuerdo bien lo que dije, ni hago traer aquellos disparates desde las neblinas de mi memoria a la claridad de estas páginas.

Entre los comensales había dos cadetes de Caballería que desde el primer instante de nuestro conocimiento me encantaron por su juvenil desenfado, por su ingenio vivísimo, que así se manifestaba en la charla voluble como en los desahogos de la maledicencia política. No he olvidado sus nombres: Pastorfido se llamaba el uno; el otro Narciso Serra, y ambos hablaban por los codos, empezando en prosa y acabando en verso. Serra, principalmente, se disparaba en redondillas sin darse cuenta de ello. Cuando salíamos del parador para ir al alojamiento del brigadier Echagüe, me dijo con la naturalidad de la prosa corriente:

¿Dormir yo? No tengo gana.
Sueño pensando en mi suerte.
El descanso de la muerte
quédese para mañana.

REVISTA DE LA MILICIA NACIONAL POR LOS REYES. La disciplina y el honor militares evitaron que muchos oficiales, entre ellos el coronel Miláns del Bosch, no secundaran la revolución. La mayoría de las tropas se mantuvieron leales al Gobierno. *(Revista en el Paseo del Prado de Madrid.* Colección particular).

Antes de visitar a Echagüe, acordeme de mi casa, de mi mujer y mi niño, y sentí ardientes deseos de volverme a Madrid. Mas ya era tarde para emprender el regreso, y además la página histórica, ofreciéndose a mi mente con extraordinaria luz, debilitó mi querencia del hogar y de la familia. Resolví quedarme, y para que María Ignacia no estuviese con cuidado, mandé a mi criado Zafrilla que alquilase un buen caballo y a Madrid partiera sin demora. Hecho esto, fue sosegada mi permanencia en Torrejón toda la noche, que hube de pasar de claro en claro, por los obsequios del alcalde, por el patriotismo bullanguero del vecindario y el continuo movimiento de tropas, y por los divertidos coloquios con Serra y Pastorfido, que ni dormían ni dejaban dormir a nadie.

A Echagüe le encontré caviloso, inquieto, como hombre que sabe pesar la grave responsabilidad contraída. La importancia militar y política de los personajes sublevados era garantía de un éxito feliz; pero siempre quedaba el temor de inesperadas contingencias, de esa no vista piedra que hace volcar el carro, del olvidado detalle que destruye en un momento la lenta obra de la previsión. Díjome que los generales contaban con el concurso de todas las fuerzas que tenemos en Alcalá, y con los medios que ofrece aquel depósito para poder armar buen número de paisanos. Nada sabía de los planes del Gobierno, que de fijo habría dispuesto

▶ EL SATÍRICO «EL PADRE COBOS»

La elección de Espartero como presidente del Gobierno por presión popular y el comienzo de un periodo marcado por las posiciones progresistas dieron paso a una reestructuración de las condiciones legales del país. En el sector periodístico las antiguas restricciones que recaían sobre la imprenta y edición y que favorecían a las tiradas conservadoras y moderadas fueron sustituidas por normativas que protegían la libertad de expresión por encima de las concepciones ideológicas.

Aprovechando estas circunstancias nació entre los diarios moderados un tipo de prensa que utilizaba la ironía, el sarcasmo y la burla inteligente como principales instrumentos de ataque y que estuvo encabezada por el satírico *El Padre Cobos*.

Su primer número salió a la calle el 24 de septiembre de 1854 con el subtítulo «Periódico de literatura y arte». No se trataba de una tirada politizada, sino que, por el contrario, cargaba las tintas exclusivamente sobre los espectáculos teatrales y las obras literarias del momento. El giro editorial lo llevó a cabo a partir del número 10; modificó su sobrenombre por el de «Periódico de política, literatura y artes» y comenzó a publicarse, desde el 3 de diciembre, solo los días múltiplos de cinco. Haciendo uso de la libertad de prensa que propugnaba el Gobierno, tuvo entre sus principales objetivos a Espartero y su ministro, el general O'Donnell, el liderazgo de la Unión Liberal y su fracaso como formación política, los proyectos de desamortización civil de Madoz, la expulsión de los jesuitas, los levantamientos populares y los focos de insurrección carlista, el conflicto de poderes con la Santa Sede y la crisis económica que se manifestó con la carestía de productos básicos como el pan, todos ellos tratados con indudable elocuencia e intencionalidad política. La sutil pero dañina pluma de sus colaboradores le valieron innumerables denuncias, condenas económicas, suspensiones temporales y hasta penas de cárcel para sus autores. Las cifras exactas de las tiradas del diario se desconocen, pero él mismo hace alusión en sus páginas al boicot que desde el Gobierno se le hacía para que no llegasen sus números a otros centros fuera de Madrid.

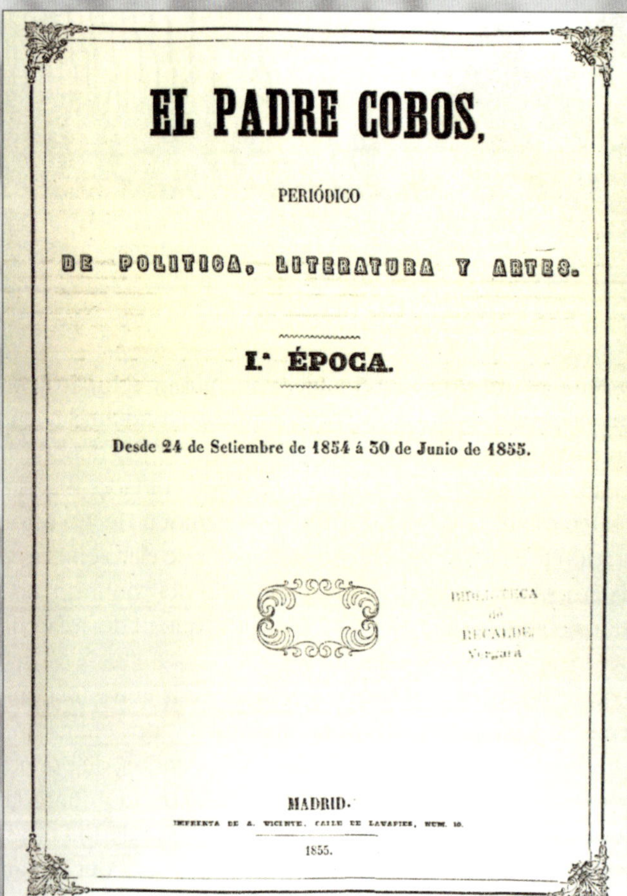

EL PADRE COBOS,

PERIÓDICO

DE POLITICA, LITERATURA Y ARTES.

I.ª ÉPOCA.

Desde 24 de Setiembre de 1854 á 30 de Junio de 1855.

MADRID.

IMPRENTA DE A. VICENTE, CALLE DE LAVAPIES, NUM. 10.

1855.

PORTADA DE *EL PADRE COBOS*, 1855.
Colección particular.

que la corte regresase a Madrid, para disponer de las tropas de guarnición en el real sitio. Con poca o ninguna Caballería contaba el Gobierno; en cambio, no le faltaba la suficiente artillería para dar un mal rato a los rebeldes. ¿El plan de O'Donnell era caer sobre Madrid en son de ataque, o esperar a pie firme al ejército llamado «leal»? No lo sabía, o quizás sabiéndolo no estimaba prudente decírmelo. Ya de madrugada, supe por mis amigos Serra y Pastorfido que Echagüe tenía orden de ponerse en camino a la mañana siguiente, tomando la dirección de Coslada. A Coslada iría yo también, haciendo de la página histórica y de la novelesca una sola página.

Dormí un par de horas, y más habría dormido si no me despertara con grandes voces mi amigo el coronel Miláns del Bosch, que acababa de llegar de Madrid, de paso para Alcalá, con una misión del Gobierno. Hombre expansivo, de corazón fácilmente inflamable por toda idea generosa, pródigo de palabra, en las resoluciones más impetuoso que tenaz, ha ilustrado su nombre en las armas, junto a Prim, y en sociedad es de los que saben ganar numerosos amigos. Mientras yo me vestía, tomaba el desayuno que le subió Sebo. Hablamos de la revolución, que él miraba con simpatía como liberal y patriota, y lamentaba que la disciplina no le permitiera secundarla. Tal fuerza expansiva tenía en su alma la sinceridad, que no me fue difícil obtener alguna indiscreción referente al mensaje que llevaba. Oyéndole charlar con espontaneidad impropia de un diplomático, vine a sacar en limpio que la Reina concedería su perdón a O'Donnell y a los demás generales, reconociéndoles sus grados y honores, siempre que volviesen a Madrid y entregaran a Dulce para someterle a un consejo de guerra. Me pareció que era gran tontería proponer a un sublevado español vilipendio semejante, y que la misión del parlamentario había de ser inútil. También Miláns así lo creía. En él advertí desconfianza de su papel diplomático, y ganitas de ponerse al lado de los libertadores y en el puesto de mayor peligro. Es de los que no quieren lucha sin gloria, ni ven la gloria donde no hay mil probabilidades de perder la vida.

ES DE LOS QUE NO QUIEREN LUCHA SIN GLORIA, NI VEN LA GLORIA DONDE NO HAY MIL PROBABILIDADES DE PERDER LA VIDA

Bajamos a la plaza, y cuando le despedía junto a la portezuela del coche, me veo venir a Andrés Borrego rodeado de un grupo de patriotas y periodistas. Habían llegado por la noche, y después de un descanso breve continuaban camino de Alcalá. Poco pude hablar con aquel buen amigo tan experto en cosas políticas y revolucionarias. Díjome que el Gobierno había perdido la chaveta, y con sus desatinos daría el triunfo a la insurrección. No se le ocurría más que ordenar prisiones de gente de viso, entre ellas los banqueros Collado y Sevillano; suspender toda la prensa independiente, y amenazar con comerse los niños crudos.

—Pero lo más ridículo que estos pobres «polacos» han podido idear —me dijo Borrego en los últimos apretones de manos—, es la revista militar que han dispuesto para hoy en el Prado, con asistencia de su majestad, para que las tropas la vitoreen y le digan que por ella derramarán su sangre. Ya sabe usted, mi querido Beramendi, que estas paradas son un recurso teatral que nada resuelve. En ninguna revolución ha faltado este prologuito de las grandes catástrofes, ceremonia militar, desfile de soldados melancólicos. Los vivas de ordenanza, el estruendo de clarines y tambores, suenan a melopea desmayada y quejumbrosa, a marcha fúnebre.

XVIII

Sueltos, en parejas o en alegres bandadas, pasaron también por Torrejón, el día de San Pedro, multitud de pájaros, la inquieta juventud de estos tiempos, revolucionaria y masónica, vanguardia del pensamiento y zapadora de la acción. El «polaquismo», con sus increíbles desafueros, ha fomentado el entusiasmo, la impaciencia temeraria y generosa de la juventud militante. Mal haya el Gobierno que desprecia estas manifestaciones de la vida nacional en que andan poetas y escritores sin juicio. Resultará que lo tienen de sobra cuando son olvidados o perseguidos. Y por fin, de los que hacen coplas o chistes es el reino de la opinión... A muchos de los que en Torrejón aparecieron conocía yo de trato, a otros de nombre y fisonomía. Hablé con Cristino Martos, que en todas las funciones de la palabra es orador, como es poeta Serra siempre que abre la boca. El sentimiento revolucionario se desborda en él con las formas gramaticales más graves y rítmicas. Lleva en sí el espíritu girondino: su verbosidad sentenciosa resulta noble y clásica, y por esto mismo no es de los que conmueven a la plebe. Yo le digo que, hablando siempre en nombre del pueblo, resulta el más aristocrático de los tribunos. Ortiz de Pinedo, Cisneros, Somoza, Abascal, y otros que vi pasar aquel día, me contaron que de Madrid venían contra los sublevados los generales Blaser y Lara con la infantería que había quedado en Madrid y la que regresó de El Escorial, con la caballería de Villaviciosa, algunos tercios de Guardia Civil y no pocas piezas de artillería...

De mi casa me trajo Zafrilla noticias que me permitieron aguardar con tranquilidad los acontecimientos que Clío nos preparaba. Esta bondadosa divinidad cuida siempre de evitar el aburrimiento a los pueblos que se envanecen de tenerla por relatora de sus grandezas. Y apenas entró en funciones la buena musa en aquellos campos, tuve que tomar nota de un hecho singular: la transformación del gran Sebo. No viéndole por parte alguna en toda la mañana, mandé a Zafrilla que le buscase, y al fin me le trajo en tal manera cambiado, que al pronto no le conocí. Habíase afeitado el cerdoso bigote, operación que debió de inutilizar las navajas barberiles. Se había cortado el pelo al rape, haciéndose un tipo de

DIVISIÓN EN EL EJÉRCITO. Los generales Blaser y Lara se enfrentaron a los sublevados con el apoyo de la infantería, las tropas asentadas en El Escorial, la caballería de Villaviciosa y parte de la Guardia Civil. (*Caballería de la Milicia*. Grabado de época. Biblioteca Nacional. Madrid).

cura montaraz, que se completaba con ropas negras y raídas, faja mugrienta, obscura, y gorra de pelo de conejo.

—Señor marqués —me dijo con voz que revelaba más miedo que vergüenza—, he tenido que disfrazarme porque... desde anoche andan por aquí más de cuatro y más de cinco policías, algunos de mi propia sección y de mi propio barrio... Traen proclamas leales para repartirlas a los soldados, y con las proclamas, sin fin de mentiras que van echando en todos los oídos para que la gente se desanime... Me han visto, me han preguntado si ando con la revolución, y les he respondido que estoy donde estoy. No debe uno comprometerse antes de tiempo... No debe uno dar su brazo a torcer... A la revolución pertenezco yo en cuerpo y alma, y de ella espero la recompensa de mis buenos servicios. Pero mientras se decide si la revolución vive o muere, ¿qué necesidad tengo de dar la cara? Póngome esta postiza para que mis compañeros no puedan decir que han visto a Sebo entre los sublevados. Si vienen mal dadas, serán capaces de fusilarme o de meterme en un presidio... Y sería lástima, excelentísimo señor, porque, aquí donde vuecencia me ve... no creo haber nacido para el oficio vil de corchete... Modestia a un lado, señor, Telesforo se siente jefe político...

Asentí a cuanto decía, regocijándome de su infantil ambición, no enteramente injustificada, pues gobernadores he visto salidos del más bajo montón burocrático, o de oscuros aprendizajes políticos... Sigo contando. En la tarde del 29, gran número de paisanos mal armados o por armar entraron en Torrejón, presentándose al brigadier Echagüe. Al anochecer supimos que en la madrugada próxima saldría de Alcalá la división libertadora, engrosada con las fuerzas de Infantería y Caballería que guarnecían aquella ciudad, con el contingente de la Escuela Militar, con los setecientos quintos armados de tercerolas, y el núcleo de paisanos, que iba aumentando por el camino. Dieron a la hueste adventicia el nombre de «Voluntarios de Madrid». Madrugamos para salir al encuentro de esta variada y pintoresca tropa. Salió todo el vecindario: la carretera parecía un campo ferial en movimiento. Nunca vi gente más

MANUEL ORTIZ DE PINEDO

Literato y político nacido en Madrid en el año 1831. Estudió Derecho en la Universidad Central, fue diputado y senador afiliado al partido democrático y, tras la revolución de 1869, desempeñó el cargo de director de patrimonio. Colaboró en los periódicos *La Ilustración Española y Americana*, *El Mosaico* y *La Víbora*. Fue redactor de *El Tribuno* entre 1853 y 1855, *La Discusión* entre 1856 y 1859, *El Eco de Alhama* y *La Política*. Escribió *Los pobres de Madrid* y *El Camino de presidio*, inspirados en melodramas franceses que se mantuvieron más de cuarenta años en los carteles. Otras obras de interés fueron: *Frutos amargos*, *Los molinos de viento*, *Intrigas de tocador*, *Los amigos* y *La victoria por Castigo*. Murió en Madrid en 1901.

MANUEL ORTIZ DE PINEDO. Grabado del siglo XIX.

alegre: creyérase que esperaban lluvia de monedas de oro y plata, o presenciar gloriosos combates caballerescos, con intervención del apóstol Santiago. ¡Desgraciado pueblo, que no esperando nada de la paz, porque en este escepticismo lo mantienen sus gobernantes, lo espera todo de la guerra civil!

Cuando las avanzadas del ejército libertador aparecieron, destacándose del horizonte obscuro en las primeras claridades del alba, rompió la multitud en exclamaciones de júbilo. El toque de clarines de Caballería y el grave paso de ésta encendían en todos los corazones un sentimiento de admiración, de piedad y ternura, que no es fácil definir. En los sentimientos que despierta tan sublime música, se confunden y hermanan la grandeza heroica y el fervor religioso. Las pausas en el toque, aquel silencio del metal sonoro que deja oír las patadas rítmicas de los caballos, es de una solemnidad que induce a la efusión, al llanto mismo... Entró la caballería en Torrejón, después la infantería y voluntarios, luego el Estado Mayor General escoltado por una sección de coraceros... Por falta de viento, la nube de polvo rastreaba, no subiendo más arriba de las barrigas de los caballos y de los pies de los jinetes. La mañana entró alegre, luminosa, esparciendo su luz rosada por los campos estériles y por las abigarradas multitudes de militares y campesinos. Dijérase que traía la fecundidad al suelo, y a todos los corazones la esperanza.

En el ejército encontré multitud de amigos. Pero apenas pude hablar con algunos, pues el descanso en Torrejón fue brevísimo. Salieron las tropas en dos divisiones; la una, mandaba por Dulce, siguió por el camino real con órdenes de llegar hasta Canillejas para hacer un reconocimiento; la otra, con O'Donnell al frente, tomó la dirección de Vicálvaro. A la impedimenta de ésta me agregué yo, gozoso con la idea de pasar por Coslada. En esto me equivoqué, porque el paso fue por un sitio distante media legua del pueblo en que los salvajes residían. Salieron a vernos hombres, chiquillos, mujeres. Miré las caras de éstas, buscando entre ellas la de Virginia; pero no la vi. O no estaba, o desfigurada totalmente por la barbarie, no pude reconocerla.

EN EL EJÉRCITO ENCONTRÉ MULTITUD DE AMIGOS. PERO APENAS PUDE HABLAR CON ALGUNOS, PUES EL DESCANSO EN TORREJÓN FUE BREVÍSIMO

En la parada que allí hicimos, se adelantó Sebo para refrescar con el aguardiente que vendían unos cantineros, y al volver me dijo: «Vea, señor, a los dos oficiales que desde aquellas tapias le están mirando... Ahora le saludan con la mano. Son Navascués y Gracián». Fui hacia ellos y ellos vinieron hacia mí, partiendo el camino, y afectuosamente nos saludamos. El general les había encargado de la instrucción y mando de las compañías de voluntarios, tarea no floja, pues eran gente revoltosa, temeraria, más fácil al heroísmo que a la disciplina. Volviéndose de improviso hacia Sebo, Gracián le agarró de una oreja, diciéndole:

—Ahora me vas a pagar todas las que me has hecho, perillán. Pensabas que yo no te conocería con esa facha de saltatumbas... Ya no te suelto; te doy la filiación, quieras o no quieras; te pongo en las manos una carabina, y como no seas valiente, te fusilo por la espalda...

—Señor —contestó Sebo con mal disimulado pánico—, no se empeñe en hacerme héroe, porque no lo soy. No he nacido para eso... Si quiere emplearme en el ejército libertador, como es mi gusto, deme un cargo administrativo, sanitario o, si a mano viene, de municiones de boca, que algo entiendo de esto...

Y Gracián:

—Si no tienes ánimos para cargar el chopo, te haré mi capellán castrense.

—Señor, no soy cura.

LAS TROPAS SUBLEVADAS SE REUNIERON EN VICÁLVARO. El enfrentamiento con el ejército real comenzó a las tres de la tarde y la batalla duró hasta entrada la noche. *(La Vicalvarada.* Grabado de 1854. Colección particular).

—Lo pareces, y es lo mismo... No te me escapas ya. De los malos ratos que me has hecho pasar dándome caza, voy a vengarme ahora, tunante.

Y sin esperar a más razones de Sebo ni mías, llamó a un sargento y le entregó el nuevo voluntario, con esta suave recomendación:

—Ea, cogedme a este gandul, que es un cura mal disfrazado... Ponédmele en el servicio de cartuchos, hasta que llegue la ocasión de auxiliar a los moribundos... Cuidado con él; y si quiere escaparse, dadle veinticinco palos como primera providencia.

Desapareció Sebo dolorido y rezongando, y siguió su marcha la división por el camino polvoroso. Picaba el sol; los ánimos ardían.

Apenas entraron en Vicálvaro las tropas sublevadas, corrió la voz de que estaban a la vista las del Gobierno. Expectación, toques de mando, movimiento. Era una falsa alarma, que se repitió media hora más tarde, cuando los soldados requerían sus alojamientos y olfateaban las humeantes cocinas. Por fin, cerca de las tres, ya fue indudable que venía el ministro de la Guerra, general Blaser, con Lara, capitán general, y casi toda la guarnición de Madrid. Antes de que viéramos las avanzadas, una bala de cañón, que casi tocó a las tapias del pueblo, fue como el primer grito de guerra. Nube de polvo lejana anunció la caballería del Ejército que el convencionalismo histórico llamaba «leal». Pronto vimos que la artillería enemiga escogía posición excelente en lo alto de un cerro, detrás de un arroyo. Entendiendo poco de estrategia, pareciome que Blaser no pecaba de tonto. Lo mismo pensaron los de acá, según después supe. Pero ya no podían rehuir el combate en el terreno escogido por los de Madrid. Vi que avanzó el batallón de la Escuela Militar, como en reconocimiento, y sobre ellos vinieron con furia los caballos de Villaviciosa. La batalla estaba empeñada. Híceme cargo del plan de ambos caudillos. El de allá ganaría si desalojaba de la posición de Vicálvaro a los que bien puedo llamar «nuestros». Ganarían los sublevados si conseguían tomar de frente los cañones de Blaser.

Reconozco mi falta absoluta de espíritu bélico, y no me avergüenzo de confesar que me siento incapaz de todo heroísmo en el terreno de las armas. Como además no gusto de acudir a donde sé que mi persona no hace ninguna falta, determiné situarme en lugar seguro, aunque en él no pudiese ver en todo su desarrollo el que ha de ser histórico suceso. Me interesan, sí, en grado sumo las consecuencias políticas o sociales de este duelo marcial; pero las peripecias y lances del mismo no despertaban en mí ninguna emoción, como no fuera la de piedad y lástima por los que habían de morir. Desde las tapias más lejanas del pueblo, por el este, procuraba yo ver y enterarme, recorriendo con ávidos ojos el campo de batalla. Entre nubes de polvo y humo vi las filas de caballos, las filas de hombres, grupos contra grupos, y... ¿lo diré como lo siento? Yo no deseaba sino que acabaran pronto. ¿Diré también que toda aquella porfía me pareció estúpida? Pues lo digo. Y al fin, entre mis confusiones y mi hastío de tanta barbarie, surgía la pregunta no contestada: «¿Y todo esto, para qué?». No sé qué habría yo pensado si me viera ante un San Quintín; pero ante aquel combate, en cierto modo casero, entre «cuatro gatos», como suele decirse, lucha por el gobierno de un país siempre desgobernado, mi pensamiento no podía elevarse a las alturas de la Historia trágica. Nada, nada: que acabaran pronto, y se fueran a sus casas.

Dos horas corrieron, y no se veía ventaja en ninguna de las dos partes. Se tiroteaban, se acuchillaban, y las ondulaciones de las masas combatientes no determinaban ganancia ni pérdida de los trozos de suelo en que reñían. En la salida del pueblo, por el camino de San Fernando, donde busqué mi refugio, había multitud de viejas, que allí se guarecían de las balas. Alguna de ellas me dijo que a la villa le venía bien aquella guerra, porque la tropa siempre deja dinero, y otra se lamentó de las muertes que «habería», no sin atenuar su pena con esta consideración filosófica: «También hay que ver que es güena la guerra cevil, porque en ella fenece toda la granujería de los pueblos. Perdidos, vagos, ladrones: en tiempo de paz no hay quien vos mate. Salta la guerra, y a la guerra os vais como las moscas a la miel. Sois valientes, metéis el pecho de veras. Ahí morís todos, pestilencia». Y un vejete medio alelado y paralítico tomó así la palabra: «Esto que vedéis no es guerra mesmamente y de por sí, sino rigolución... Y quien diz rigolución, diz dinero en Vicálvaro: la rigolución trai derribo de casas viejas, de conventos y santularios; rompición de calles, de lo que viene obra mucha de casas nuevas, y vender acá más yeso del que ora vendemos. Ya vedéis la paradez del yeso. Pus como ganen los libres, tendréis en Madril obra de casas, y aquí el quintal de yeso por las nubes». No podía yo enterarme bien de otras cosas que el vejete decía, porque en el sitio donde estábamos se habían refugiado todos los perros del pueblo, asustados de la batalla, y allí coreaban con sus ladridos el militar estruendo.

RECONOZCO MI FALTA ABSOLUTA DE ESPÍRITU BÉLICO, Y NO ME AVERGÜENZO DE CONFESAR QUE ME SIENTO INCAPAZ DE TODO HEROÍSMO

También los mendigos de ambos sexos tenían allí su resguardo, y entre éstos un ciego que, según contó, estuvo en los famosos sitios de Zaragoza. «Aquellas eran guerras por honra, señor —dijo revolviendo sus ojos muertos—, y no estas comedias con tiros, por el mangoneo, y por ver quién pone o quién no pone un par de principios después de los garbanzos. Bien claro está que no hay cosa de por medio. España se va volviendo muy comelona; los ricos traen cocineros de Francia... ¡Comer bien, vivir bien! ¿Lujo grande, "monises" pocos? Pues revolución, para que el dinero que hoy está en tus manos venga a las mías... Yo he sido en Madrid cocinero de fondas y de alguna casa. ¡Veinticinco años cocinero, señor! Me arruiné por poner un establecimiento en que daba de comer a lo que llaman "precios reducidos". La maldita baratura y el no entender el negocio me dejaron por puertas, y para acabar de arreglarlo, mis pobres ojos, del calor de las hornillas día y noche, se quemaron, se quedaron ciegos... No veo las cosas, y veo las causas de estas marimorenas... Todo es cuestión de principios... de poner dos principios... Yo ponía tres por dos pesetas, y ya se sabe lo que me pasó. Las clases no pueden comer dos principios sin hacer una revolución cada pocos años para que los buenos sueldos pasen de unas manos a otras manos... Tenemos en Madrid el furor del buen vivir, que viene de Francia, como las modas de sombreros... tenemos el furor de los dos principios, de los chalecos de felpa y de cachemir, de los pantalones "patencur", de las butacas con muelles, de las alfombras de moqueta, de los jabones de Benjuí o de terciopelo, y de los féretros metálicos, que también en esto hay furor... Muchos furores y poco dinero, señor. ¿Poco dinero? Pues ya se sabe: revolución al canto... estas revoluciones de dentro de casa... el fogón, la despensa, el guardarropa, los principios...».

LAS CLASES NO PUEDEN COMER DOS PRINCIPIOS SIN HACER UNA REVOLUCIÓN CADA POCOS AÑOS

XIX

Con estas conversaciones, me distraía de la acción campal y no paraba mientes en sus peripecias. Al recogido lugar donde yo estaba venían noticias de que iban ganando los libertadores. Los zambombazos de la artillería eran menos frecuentes; hasta me parecieron más lejanos. No fue menester, como en los tiempos de Josué, que se detuviera el sol en su carrera para dar lugar a que los combatientes decidieran cuál se llevaba la victoria... El día, como de junio, era largo, tan largo, que no acababa nunca, y la victoria no parecía. Liberticidas y libertadores se peleaban, sin darse ni quitarse posiciones, ni extremar sus ataques. Creyérase que todo era una comedia marcial, representada entre compadres con menos saña que ruido... La página histórica me resultaba poco interesante. Sin duda, su interés estaba en otro lugar y ocasión. La verdadera página histórica con gravedad y trascendencia vendría después, larga secuela de un hecho militar pequeño y de poca sangre. Antes que empezase a declinar el día, cansado de su propia largura, sentimos que menguaban los tiros. Al extremo del pueblo donde yo estaba llegaron grupos de paisanos y soldados, sedientos, el polvo pegado al sudor. Nos decían que llevaban ventaja; pero no traían en sus rostros ni en sus palabras el júbilo de la victoria. Entraban en las casas atropelladamente, buscando agua con que aplacar la sed. Al paso de los hombres por los corrales, huían despavoridas las gallinas, que ya requerían los palos de sus albergues. Con más agua que vino se refrescaban los combatientes; algunos hablaban con poco miramiento de los generales libertadores, que no les habían mandado tomar a pecho descubierto las piezas de artillería. Éstas se retiraban, según dijeron. Blaser y su ejército leal se volvían a Madrid, donde seguramente darían un parte proclamándose vencedores.

LA VICALVARADA

La situación del Gobierno español a partir de la subida al poder de Luis Sartorius, conde de San Luis, fue en declive. Corrupción, manipulación electoral, censura de la prensa y falta de libertad política, que culminaron con la sublevación del general O'Donnell el 28 de junio de 1854 en la villa madrileña de Vicálvaro. Sartorius intentó apagar la llama revolucionaria enviando a la batalla al ministro de la Guerra, el general Blaser. Ambas fuerzas se enfrentaron el día 30, pero la lucha no puso fin al conflicto. El 7 de julio O'Donnell hizo público el Manifiesto de Manzanares y al alzamiento se unieron numerosas provincias y población civil. El 29 del mismo mes se proclamó en Madrid el triunfo de la progresista Vicalvarada y se nombraba un nuevo Gobierno.

Los últimos años de la década moderada supusieron un aumento de las tendencias autoritarias del Gobierno, en menoscabo de la labor de las Cámaras y fomentando la limitación de las libertades civiles. El 18 de septiembre de 1853 fue nombrado presidente del Consejo de Ministros Luis Sartorius, conde de San Luis, ministro de la Gobernación con Narváez y célebre por sus prácticas de falseamiento sistemático de las consultas electorales. Sartorius gobernó de forma arbitraria y se ganó muy pronto la oposición de las Cortes, tanto de los progresistas como de los moderados. La tensión fue en aumento. El conde amordazó a la prensa, se ensañó con sus adversarios políticos y desterró a los generales más influyentes. Apenas dos meses después de haber llegado al poder, en diciembre de 1853, decidió disolver las Cortes como consecuencia de los enfrentamientos producidos durante un debate sobre las concesiones ferroviarias. A partir de ese momento, el malestar se generalizó entre políticos y militares, y en febrero de 1854, algunos miembros del partido demócrata intentaron un levantamiento en Zaragoza, pero no prosperó. En junio el general O'Donnell consideró que había llegado el momento, y el día 28 se sublevó contra el Gobierno al frente de un batallón de infantería en la localidad madrileña de Vicálvaro. Exigió la destitución de Sartorius y logró atraerse al general de caballería Domingo Dulce. El Gobierno envió al general Blaser, ministro de la Guerra, para aplastar la rebelión. Ambas fuerzas se encontraron el día 30 en Vicálvaro, pero la batalla no produjo efecto alguno, ni un solo muerto y ningún vencedor. La situación entró en un periodo de tensa espera. Blaser se retiró a Madrid y O'Donnell avanzó hacia Andalucía buscando la frontera con Portugal por si debía exiliarse. El 7 de julio O'Donnell hizo público el

Manifiesto de Manzanares; en él pedía la continuidad del trono real pero atacaba a la camarilla, exigía la reforma de la ley electoral y la de imprenta, una rebaja de impuestos, la supresión de la Constitución de 1845, la descentralización municipal, la reinstauración de la Milicia Nacional y una amplia amnistía para los presos políticos. El manifiesto era claramente progresista y le proporcionó el apoyo de buena parte del ejército, muy descontento con el gabinete Sartorius. Tras enumerar sus exigencias, concluía: «Las juntas de gobierno que deben irse constituyendo en las provincias libres, las Cortes generales que luego se reúnan, la misma nación, en fin, fijará las bases definitivas de la regeneración liberal a que aspiramos. Nosotros tenemos consagradas a la voluntad nacional nuestras espadas, y no las envainaremos hasta que ella esté cumplida». No se hicieron esperar los levantamientos populares en Madrid, Zaragoza, Barcelona, San Sebastián y Logroño, adquiriendo un claro matiz social debido a que los pronunciamientos habían coincidido con un periodo de elevado desempleo y bajos salarios. En Madrid asaltaron los palacios del ministro de Fomento, en la calle del Prado, y el de José de Salamanca, en la calle Cedaceros, además de casas de ministros y nobles. Las barricadas ocuparon las calles próximas a la Puerta del Sol, y el jefe de policía, símbolo de la represión autoritaria, fue sacado de su casa, paseado entre insultos de la multitud y fusilado en la plaza de la Cebada.

Las rebeliones populares se unieron a las militares y convirtieron el levantamiento en una verdadera revolución. En las ciudades alzadas se crearon juntas que asumieron el gobierno. La reina Isabel se vio obligada a intervenir. Hizo dimitir al gabinete moderado de Sartorius y llamó a los progresistas para que formaran un gobierno provisional, que estuvo presidido por Evaristo de San Miguel e integrado por miembros de la Junta de Madrid. El nuevo Gobierno quiso entregarle el poder a O'Donnell, pero la Reina se opuso considerando que era el responsable del levantamiento militar. Se acordó entonces solicitar a Espartero que volviera al poder. El general se entrevistó con O'Donnell y pactaron que Espartero presidiera el gabinete y O'Donnell el ministerio de Guerra. El 29 de julio entraron en Madrid ambos generales en medio de manifestaciones públicas de alegría y el 1 de agosto se formó un nuevo gobierno progresista. Era el triunfo de la Vicalvarada y el comienzo del bienio progresista.

BATALLA DE VICÁLVARO. Grabado de 1854. Colección particular. Y *Desarme de la fuerza del Cuartel de la Puerta del Sol por el pueblo en la noche del 17 de julio de 1854*. Grabado de *La Ilustración*. Biblioteca Nacional. Madrid.

LA CABALLERÍA ISABELINA fue decisiva en la Vicalvarada. El capitán general de Madrid, general Lara, movió las tropas con inteligencia, pero los sublevados tomaron una colina para emplazar la artillería. (*Caballería de Isabel II*. Grabado de época. Colección particular).

Mi criado y el cochero, a quienes di permiso para que se corrieran un poco hacia las eras del pueblo, donde podrían ver algo de la función, amparándose de las casas más próximas, volvieron a contarme lo que habían visto, y de ello no copio más que esta referencia histórica: «¿No sabe, señor? A don Telesforo Sebo le han traído entre cuatro, digo, entre dos, cogido por los brazos. Viene todo magullado de la carrera de baqueta que le dieron antes de empezar la acción, y de los pisotones de tropa y patadas de caballos que luego sufrió el pobre en lo más recio de un ataque. Heridas de arma no tiene, sino cardenales y mataduras que dan compasión. En nuestro alojamiento le han metido: allí le están curando unas mujeres, y él echando de su boca maldiciones contra los Blases de allá y los Dulces de acá». Quise ver y consolar al desdichado Sebo; mas no pude hacerlo tan pronto como quería, pues desde el punto en que recibí la noticia hasta mi alojamiento era dificultoso el tránsito, por la muchedumbre de tropa y paisanos que invadían las calles. En medio del tumulto tuve una grata sorpresa: vi un rostro conocido, de persona que como yo trataba de abrirse paso. Era Rodrigo Ansúrez, el aprendiz de hojalatero, que había sido como el anunciador de las disposiciones del destino, determinantes de mi viaje a Vicálvaro... Le cogí por un brazo. Díjome que su maestro, el señor Albear, le había dado permiso para seguir los pasos del general O'Donnell, el cual salió de la travesía de la Ballesta en la madrugada del 28. Con otro chico y el oficial de la hojalatería, ambos de ideas muy liberales, se había ido Rodriguín a Torrejón y a Alcalá, después a Vicálvaro. Había visto todo y podía contarlo. No disparó tiros porque no le dieron carabina ni escopeta; pero ayudó lo que pudo, llevando cartuchos para el fuego y agua para la sed. Agua y pólvora eran lo más preciso.

—Oye una cosa, Rodrigo. Sin noticia ni dato alguno en que fundarme, solo por corazonadas, pienso que tu hermano Leoncio está en Vicálvaro. ¿Acierto? ¿Le has visto tú?

—Sí, señor... le vi un momento y hablamos. Estaba con otros paisanos que iban en el batallón de la Escuela Militar. Mi hermano, que es gran tirador, llevaba una carabina muy maja, que no sé de dónde pudo sacarla... Le perdí de vista... Como hay Dios, que Leoncio ha matado a muchos Blases.

—Haz por encontrarle, Rodriguillo. Deseo conocerle, preguntarle por su mujer. ¿Tú qué crees? ¿Leoncio se habrá vuelto a Coslada?... Si estuvo en Alcalá, y de Alcalá se vino aquí con las tropas, ¿le habrá seguido en esos trotes su mujer?

—Para mí que le ha seguido, señor, pues ella es también muy trotona. No se cansa de correr, y como se quieren tanto, juntos están siempre. Adonde va él va ella, y al revés, que es lo que se dice viceversa.

—Siempre juntos. Y si Leoncio ha estado en medio del fuego, ¿ella también...?

—Como en el fuego mismo no estaría Mita; pero cerca sí, señor, que valiente lo es hasta dejárselo de sobra... Se habrá puesto donde pudiera verle con su carabina maja tirando tiros y acertando siempre, porque, créame el señor, no hay puntería como la de Leoncio.

—Pues si están en Vicálvaro, hemos de revolver el pueblo hasta encontrarles, lo que no es fácil con tanto barullo de tropa y de paisanos forasteros. Rodriguillo, cuenta con una recompensa magnífica, un traje nuevo, o su importe si prefieres el dinero a la ropa; un reloj si te gusta más que el traje; en fin, lo que quieras, si encuentras a Mita y Ley. Ponte en movimiento ahora mismo; no descanses, chiquillo. Mejor que ropa o reloj querrás... no sé qué... algún antojo tuyo... Dímelo.

—¿Para qué quiero yo reloj, si no me importa nada saber la hora? Y de trajes, con lo que tengo me basta... Más me gustaría otra cosa, señor...

—Pide por esa boca, hijo, y no seas corto de genio.

—Pues, señor, lo que quiero es un violín.

—¿Eres músico?

—Tengo afición. Cuando estuve en la fábrica de cuerdas, mi principal, que es de la orquesta del circo, me dio lecciones. Aprendí pronto. Yo me habría pasado toda la noche rasca que te rasca; pero los vecinos se quejaban del ruido que hacía, porque el violín que tengo canta como un grillo, y en los graves parece un rabel de los que tocan los chicos en Navidad.

—Pues nada, cuenta con un violín bueno, de aprendizaje. No será un Stradivarius: ése lo tendrás cuando sepas, cuando seas un gran concertista... Pero no nos entretengamos. Ya estás echando a correr. Queda hecho el trato... Tráeme a Mita y Ley o dime dónde están, y tú rascarás.

SUS MUECAS DE DOLOR Y SUS PLAÑIDERAS VOCES SONABAN A BROMAS LÚGUBRES DE CARNAVAL

Salió el chico presuroso a su encargo, y yo entré en mi alojamiento, la casa de un yesero, con almacén, dos corrales, y arriba estancias vivideras; mas era tal el cúmulo de gente militar y civil en todos los patios y aposentos, que allí no podía uno revolverse, ni aun pensar en comida y descanso. Lo mejor que hacer podía el que tuviera libertad, era huir de Vicálvaro; pero la obligación que me impuse de buscar a los salvajes me retenía en el pueblo, esperando el resultado de las investigaciones del hojalatero violinista. Mientras éste llegaba, bajé a consolar a Sebo, que asistido de dos viejas piadosas, curanderas, yacía sobre un montón de sacos de yeso, vacíos, entre sacos llenos. El polvillo blanco, flotante en la cavidad del almacén, se fijaba en el rostro y manos del magullado policía, dándole aspecto de cadáver o de figurón con jalbegue. Sus muecas de dolor y sus plañideras voces sonaban a bromas lúgubres de carnaval. ¡Pobre Sebo! Más que de los dolores de sus mataduras, quejábase de la crueldad de Bartolomé Gracián, que había dado permiso a sus tropas para zarandearle y jugar con él a la pelota, dejando correr la fábula de que era cura disfrazado. Y no sentía tanto el molimiento y los cardenales como el grave daño inferido a su dignidad. Menos le dolerían sus huesos si se los hubieran roto, y sus carnes si se las hubieran hecho picadillo,

28 de junio de 1854

La 'Vicalvarada' sitúa a Espartero en el poder

El pronunciamiento de militares moderados acabó beneficiando a los progresistas

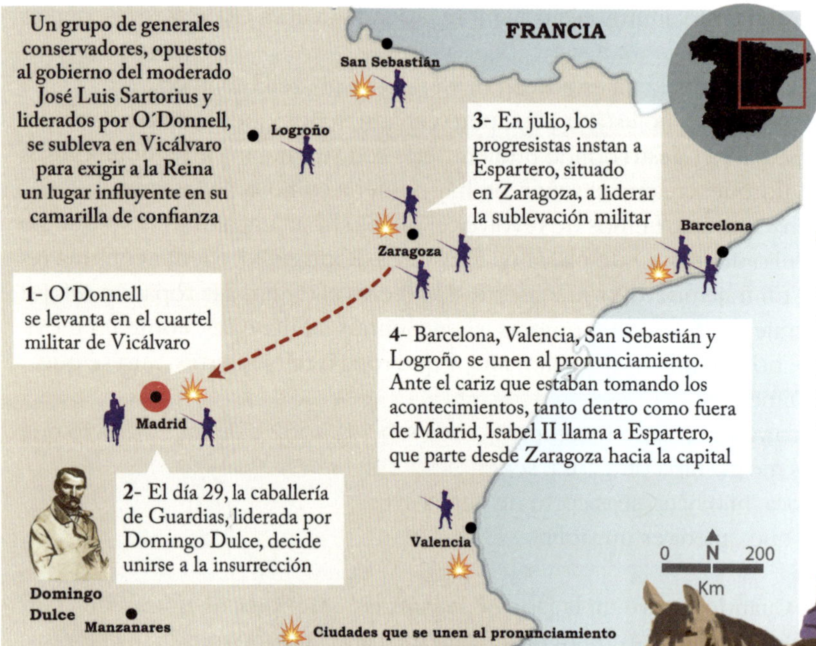

Baldomero Espartero

Leopoldo O'Donnell

Espartero pasó a dirigir el Consejo de Ministros y O´Donnell el Ministerio de Guerra, pero su frágil coalición apenas duró dos años

Antonio Cánovas del Castillo

MANIFIESTO

Cánovas redacta en julio el Manifiesto de Manzanares, que exigía un cambio de gobierno y una nueva Constitución. Este folleto, que sirvió para extender la insurrección, se arrojó en Madrid desde los balcones de los diarios progresistas

A excepción de la caballería de Domingo Dulce, la Guardia Real permaneció leal al Gobierno. En julio tuvo que emplearse a fondo para sofocar la revolución madrileña

Jinete de la Guardia Real

28/6/1854

Pronunciamiento en Vicálvaro de los moderados 'puritanos' contra el gobierno de Sartorius, conde de San Luis

José Luis Sartorius

6/7/1854

O´Donnell firma el Manifiesto de Manzanares, lo que significa la aceptación de varias demandas progresistas

19/7/1854

Hasta la llegada de Espartero a Madrid, San Miguel asume el poder

General San MIguel

1/8/1854

Isabel II castiga a O´Donnell por el pronunciamiento de Vicálvaro nombrando a Espartero nuevo jefe de Gobierno

FUENTE: "La Vicalvarada", Luis Perdices de Blas

Doc.: Cintia Blanco

ANDREA HAUER

que le dolía el alma, del escarnio sufrido y de la vergüenza de haberse visto en tan ruin vapuleo. Y era lo peor que por ningún camino podría llegar a vengarse del don Bartolomé, quien, al parecer, estaba en gran predicamento con Dulce y con Ros de Olano. En mí confiaba para su delicada traslación a Madrid manteniendo el disfraz, y ocultándose en mi casa hasta que se decidiera si los perros se ponían el collar revolucionario o el absolutista. Y yo tendría la caridad de sustentar a la familia mientras durase la encerrona y llegara el nuevo destino. Éste correría de mi cuenta si triunfaba O'Donnell, lo mismo que si ganaba Sartorius, que para uno y otro perro tengo yo buenas aldabas. «Después de servir a vuecencia con tanta lealtad —me dijo haciendo pucheros y besuqueándome la mano—, no tendrá vuecencia entrañas si abandona a su fiel servidor».

Mientras hablaba yo con Sebo y miraba por su asistencia, metieron en el almacén unos ocho heridos, algunos graves, y aquella atmósfera de hospital en que respirábamos yeso se me hizo insufrible. Salí al portalón, donde había corros de militares, y hablando con ellos adquirí la certeza de que la batallita no les había satisfecho, por su equívoco resultado. Ni en ellos cabía vanagloria, ni en Blaser tampoco. Verdad que los de acá, como sublevados, podían contentarse con medio triunfo, o con la modesta gloria de un combate a la defensiva, sin perder terreno, mientras que los otros, como Gobierno constituido, quedaban muy desairados con la media victoria. Su retirada hacia Madrid, sin desorganizar y dispersar a los generales sediciosos, era un verdadero desastre.

Así me lo dijo Borrego, hombre de gran pesquis, añadiendo que la situación está moralmente derrotada. Borrego, Martos, Ortiz de Pinedo, y otros madrileños que habían venido de mirones, andaban a la busca de comestibles, a cada hora más escasos. Los estómagos empezaban a renegar del patriotismo; llevaban muy a mal que las cabezas, antes de prevenir lo tocante al sostén de los cuerpos, se lanzaran a trastornar la política y la sociedad. Compartí con los buenos amigos lo poco que a mí me quedaba; allegamos algo más, todo ello fiambre, reseco y con sabor a yeso, no sé si real o imaginario, y luego nos fuimos a la casa próxima, donde moraban Ros de Olano y Echagüe. A éste no le vimos: había sido llamado por O'Donnell. Ros comía tranquilamente con Buceta, el teniente coronel Zalamero y el paisano don Ceferino España, sentados los cuatro en derredor de una silla, por no haber mesa disponible. ¿Qué comían? Lonjas de carne de cabra rebozadas con yeso, y almendras de Alcalá, que parecían pedazos de escayola. Con su habitual gracejo, Ros nos dijo:

ANTONIO ROS DE OLANO se unió a las fuerzas del ejército libertador. Junto a los generales Dulce y Echagüe se puso a las órdenes de O'Donnell. *(Ros de Olano.* Grabado del siglo XIX. Biblioteca Nacional. Madrid).

EL GENERAL O'DONNELL, FIEL A LA REINA MARÍA CRISTINA. La enemistad de la reina madre con Espartero provocó que Leopoldo O'Donnell conspirara contra el general que había acabado con el movimiento carlista. (*Leopoldo O'Donnell*. Museo del Ejército. Toledo).

—El primer acto no ha sido malo. Como primero, no podía tener efectos grandes, ¿verdad? Es una exposición hecha con arte sobrio. Sería necedad acalorarse demasiado pronto.

—¿Y dónde pasará el segundo acto, mi general?

—¡Ah!, no lo sé... yo no hago la Historia... La que ven ustedes de mi letra la escribo al dictado. Me dictan; yo escribo...

—¿Se puede saber a dónde va mañana el ejército libertador?

—Si dejáramos los caballos de Dulce entregados a su instinto, creo yo que nos llevarían a la querencia de sus cuarteles.

—¡A Madrid, al bulto!

—Puede que sea más práctico esperar a que el bulto se mueva para saber lo que tiene dentro.

De las medias palabras del general Ros, colegimos que se esperaba un movimiento en Madrid. El Gobierno, con toda su tropa disponible, tendría que atender a sofocarlo: ésta era la ocasión de caer sobre la villa y corte. Entre tanto que el formidable tumulto estallaba, los libertadores pasearían militarmente por la zona circundante, pronunciando a los pueblos y reclutando patriotas. El fogoso Martos, que todo lo veía conforme a los anhelos de su impaciente corazón de sectario, dijo, con la solemnidad que ponía siempre en su limpia palabra, que las piedras de Madrid se levantarían para contestar con barricadas a las insolencias del «polaquismo». Las lenguas habían sido ya bastante elocuentes. Lo que aún restaba por decir, lo dirían los guijarros... y la pólvora.

La idea y la esperanza de un alzamiento general en los Madriles eran unánimes. Oficiales y paisanos que se acercaron a la mesa del general, las expresaron ruidosamente, unos como chispazos de su inflamado patriotismo, otros como consuelo de la deslucida función bélica de aquella tarde. Pasando de corrillo en corrillo y de casa en casa, oí, entre mil comentarios del suceso y de sus consecuencias, una versión que me pareció la más discreta y juiciosa, como salida del entendimiento de Andrés Borrego, uno de nuestros más expertos catadores de acontecimientos, y de los móviles y personas que los determinan. La jornada de esta tarde —nos dijo a Pinedo y a mí—, desairada como acción de guerra, es una obra maestra de sagacidad política y de cuquería revolucionaria. Lanzar a las tropas al ataque con todo el brío que ellas saben desplegar, habría sido dar a este movimiento, desde sus primeros vagidos, un carácter rencoroso, sanguinario, como el de las luchas por principios irreconciliables. Y aquí no hay ni puede haber a la postre lucha de esa naturaleza. No hay cosas más conciliables que dos porciones de nuestro ejército regular, la una frente a la otra. ¡Cómo que en el fondo de estos movimientos y de estos choques entre pronunciados y leales, hay siempre un compadrazgo disimulado con las apariencias de antagonismo! Compadres son todos; no se tiran a destruirse, y ninguno de ellos quiere echar sobre su contrario la tristeza de una grave derrota. Con perfecta *bonhommie* atacó Blaser a Dulce, y éste y O'Donnell le devolvieron su cortés tiroteo. ¡Oh!, este irlandés sabe mucho, y no solo es un buen guerrero, sino un excelente estratega del corazón humano. En el curso de la acción he visto yo los efectos de su malicia sajona, y de su admirable delicadeza para efectuar el tacto de codos sin que nadie lo advierta, ni dejen de enterarse los codos del contrario. Viendo la acción sin ver al caudillo, yo le oía decir: «Compadre Blaser, no nos comprometamos derramando más sangre de la que manda la etiqueta. El "polaquismo" es cosa perdida. En el reloj del destino ha sonado mi hora, y yo y los que

PASANDO DE CORRILLO EN CORRILLO Y DE CASA EN CASA, OÍ, ENTRE MIL COMENTARIOS DEL SUCESO Y DE SUS CONSECUENCIAS están conmigo hemos de coger la sartén por el mango... Amigos seremos todos, aunque ahora el buen parecer pida que nos figuremos rivales. No tardaremos en abrazarnos... Nadie tema venganzas. Yo miraré por unos y otros... Somos el ejército de un país sin fuerza de opinión, de un país que un día nos pide orden, otro día libertad... y lo que nos pide... tenemos que dárselo».

XX

Hastiado al fin de las prolijas versiones de un mismo asunto, salí con Zafrilla en busca de Rodrigo Ansúrez, que aún no había parecido por nuestro alojamiento. Recorrimos varias calles, la plaza, parte del camino real. En la plaza vi largas filas de caballos comiendo el pienso que con solicitud fraternal les servían sus jinetes. Los nobles animales, que habían trabajado todo el día pisando terrones y cardos borriqueros, o algún cuerpo herido, muerto quizás, respirando tufo de pólvora y enardeciéndose al incitante toque de clarines, mascaban tranquilos su cebada, ajenos a la gloria militar. Observé que todos los perros del pueblo, que durante la batalla se habían alejado del campo de guerra expresando su terror con aullidos, se congregaban en derredor de los bridones, mirándolos con respeto y envidia. Algunos, después de mostrar su afecto a los generosos brutos de la guerra, salían a ladrar por las calles próximas, como queriendo espantar a otros animales enemigos que veían en forma vaporosa, o avisar la llegada de escuadrones fantásticos, solo vistos por ellos. Luego volvían junto a los caballos nuestros, efectivos, y les hacían la tertulia, sentándose en postura de esfinge en medio de los grupos de soldados y corceles, o escarbando graciosamente la paja que a éstos se les caía.

HASTIADO AL FIN DE LAS PROLIJAS VERSIONES DE UN MISMO ASUNTO, SALÍ CON ZAFRILLA EN BUSCA DE RODRIGO ANSÚREZ

Divagué por entre estos renglones de la página histórica, más interesantes, a mi ver, que los renglones belicosos, y al volver de una esquina me encontré al hojalatero, que corrió hacia mí gozoso, diciéndome:

—Señor, dos horas hace ya que le busco. Estuve en la yesería tres veces...

—¿Y qué hay, chiquillo? ¿Dónde está mi gente?

—¡Ay, me parece que me quedo sin violín!... No por culpa mía, pues he revuelto todo este poblacho... y...

—¿No parecen?

—Se me ha secado la boca de tanto preguntar... Por fin, señor, en la puerta de la iglesia me encontré a un yesero de Coslada: vivía pared por medio de la casa donde se albergaban Leoncio y Mita; le llaman el «tío Meas»... Me dijo que con mi hermano había venido su mujer, la cual, todo el tiempo que duró el tiroteo, estuvo en casa de unas viejas que apodan las «Cangrejas», porque tienen en San Fernando el negocio de mandar cangrejos a Madrid.

—Bueno, y te dijo...

—Que, en cuanto se acabaron los tiros, Mita fue en busca de Leoncio y se le llevó... Él no quería; pero ella... ¡vaya, que gasta un genio!... Es la que manda.

—Se fueron, pues... ¿a dónde?

—A San Fernando... con las tías ésas, que, como le digo, allí tienen gran casa... Algunos días está toda llena de cangrejitos del Jarama...

—¡Todo por Dios...! Pues no es cosa de que ahora vayamos a San Fernando. Yo tengo que volverme a casa: hace tres días que no veo a mi mujer y a mi hijo.

—Y no es lo peor que se hayan ido tan lejos, señor... Van más allá. Mañana, según me dijo el tío Meas, pasan a Mejorada, donde se establecerán, porque el negocio de Coslada parece ser que se les torció.

—A mí sí que se me han torcido todos mis planes. Pero ya volveré a ponerme en camino: iremos a Mejorada...

—Yo también... Si ahora no me gano el violín, ¿lo ganaré después?

—Tú rascarás... Tendrás un buen instrumento para estudio... Aplícate, y si eres realmente artista, yo te protegeré...

Desde aquel momento prevaleció en mi espíritu con poderosa fijeza la idea de partir inmediatamente para Madrid. Di a Zafrilla las órdenes necesarias para emprender la marcha. ¿Llevaríamos a Sebo? ¿Llevaríamos a Rodriguillo Ansúrez? Este compañero de viaje no nos traería ninguna dificultad; el otro tal vez sí. Resolvimos disfrazarle de cura, y al efecto encargué a Zafrilla que buscara, o comprase si era menester, las ropas necesarias para la mutación del travieso policía en venerable sacerdote. Andando en estos preparativos, encontramos a Navascués, el cual nos dijo que a la corte se volvía con su inseparable Gracián. Comprendí que la misión de estos pájaros en Madrid no era otra que levantar al paisanaje y encender la lucha de barricadas. No se necesitaba mucho para esto, y oyendo hablar al impetuoso Martos, se adquiría el convencimiento de que Madrid sería un volcán en todo el día próximo. Las dificultades que tuvimos para conseguir la ropa clerical de Sebo las resolvió fácilmente Bartolomé Gracián, que estaba en buenas relaciones con el ama de un cura, frescachona, la cual facilitó sotana y balandrán viejos, y un sombrero de teja, raído, tan largo como un ataúd. No tenía Sebo magulladuras en el rostro; los chichones de la cabeza se tapaban con el sombrero, y el cuerpo, bien bizmado, quedaba bajo la sotana holgadísima, pues el difunto era mayor.

LAS DIFICULTADES QUE TUVIMOS PARA CONSEGUIR LA ROPA CLERICAL DE SEBO LAS RESOLVIÓ FÁCILMENTE BARTOLOMÉ GRACIÁN

Sobre las once nos dispusimos a salir. Gracián y Navascués, vestidos de paisano, confiaban en su audacia para entrar en la corte sin infundir sospechas. Pensaban detenerse en Vallecas, donde tenía Gracián una amiga diligente que a él y a Navascués proporcionaría, en caso de necesidad, traje, burros y mercancía de panaderos para colarse sin ningún riesgo en la capital. Martos, Pinedo, Borrego y otros se las arreglarían fácilmente para el regreso. Llegada la hora de partir, y abreviadas las despedidas, metí en el coche al maltrecho Telesforo, convertido en clérigo campestre; subieron al pescante Zafrilla y el hojalatero, y deseando yo disfrutar a pie de la plácida noche y de la conversación grata de Navascués y Gracián, me fui andando con ellos detrás del vehículo, a regular distancia, por el camino de Vallecas. Innumerables perros salieron a decirnos adiós, ladrando, y enseñándonos los dientes; se retiraban rezongando; volvían con más furiosos ladridos; acudían otros de casas lejanas. Navascués, que se preciaba de entender el léxico perruno, les dirigió la palabra amenazándoles con su garrote: «Caballeros, que no somos gitanos ni frailes mendicantes. Retírense en buen orden, y váyanse a cuidar las casas del lugar». Gracián, también entendido en el lenguaje canino, dijo que todo el alboroto que hacen los perros al ver pasar coches y trajinantes, significa que desean saber el punto a que éstos se dirigen. Créense investidos de facultades para el recono-

GUERRA DE CRIMEA: FRENO AL EXPANSIONISMO RUSO

La Guerra de Crimea tuvo su origen en el expansionismo ruso. La potencia buscaba una salida al Mediterráneo a través de los Balcanes que le permitiera acceder a mares navegables todo el año. La manifiesta debilidad del Imperio Otomano animó a Rusia a intentar arrebatarle el control de los pasos marítimos que comunican el mar Negro con el Mediterráneo. El conflicto se inició en 1854 y tuvo gran repercusión internacional. La excusa fue un enfrentamiento surgido entre la Iglesia católica y la ortodoxa por el dominio de los lugares sagrados de Palestina, que en esta época se hallaban bajo el dominio del Imperio Otomano. El sultán Abdülmecid I, presionado por Francia, decidió favorecer a la Iglesia católica en diciembre de 1852. El zar Nicolás I envió una delegación a Constantinopla para negociar un tratado que garantizase los derechos de los ortodoxos y al mismo tiempo ofreció a los británicos ocupar el Imperio Otomano y repartirse zonas de influencia en los Balcanes. El 1 de julio de 1853 Rusia ocupó los principados turcos de Moldavia y Valaquia y los turcos respondieron declarándole la guerra a Rusia el 4 de octubre de 1853. Francia y el Reino Unido, que consideraban a los rusos una amenaza para sus intereses en Oriente, acudieron en apoyo de Turquía, y en marzo de 1854 declararon la guerra al Imperio Ruso. Poco después se les unió el reino de Cerdeña, que pretendía ganarse el apoyo franco-británico contra Austria en sus reclamaciones territoriales. Pero Austria, tradicional aliado de Rusia, presentó al zar un ultimátum en agosto conminándole a evacuar Moldavia y Valaquia. Los rusos cedieron y las tropas austriacas ocuparon los principados. La flota anglo-francesa aprovechó la ocasión para atacar Sebastopol, principal puerto ruso en el mar Negro, y en septiembre los derrotaron y sitiaron. El asedio se prolongó un año, hasta que el 8 de septiembre de 1855 la ciudad fue ocupada. La derrota rusa culminó con la firma del Tratado de París de 1856 y significó la desaparición de la influencia zarista en la zona.

La Guerra de Crimea fue un acontecimiento de gran repercusión en Europa: Francia alcanzó una posición hegemónica, Turquía quedó bajo el protectorado inglés y se rompió la alianza entre Austria y Rusia, lo que favoreció los movimientos de unificación de Alemania e Italia.

SITIO DE SEBASTOPOL DURANTE LA GUERRA DE CRIMEA. Museo del Risorgimento. Génova.

cimiento de pasaportes y para la vigilancia de caminos, y sus ladridos, que no son más que el cumplimiento de un deber, cesan cuando se responde a la interrogación que expresan. «Señores perros —les dijo Bartolomé mostrándoles el palo, después una pistola—, sepan que vamos a Vallecas... ¡a Vallecas! No sé decirlo de otro modo: ya tenían ustedes tiempo de aprender castellano... Conque ya saben... a Vallecas vamos. Si no se dan por satisfechos, lo diré con la estaca; y si la estaca no hablara con bastante claridad, les pegaré un tiro». Oído esto, los perros se fueron retirando por escalones. De hocico al pueblo, todavía rezongaban con mugido displicente.

Diré que el tal Gracián me encantaba por su donosura, por la fatuidad de buen gusto con que se había atribuido un papel constantemente activo en la comedia o drama de la vida. No fue menester estímulo de mi parte para que su confianza se abriera y su verbosidad se desbordara. Es de estos que entregan todo su interior, sin reservar ninguna porción de lo malo ni de lo bueno, tan ineptos para la hipocresía como para la modestia. La conversación que yo entablé sobre el tema de la guerra y de la política, fue derivando, por los giros que le daba el sensualismo de Gracián, hasta llegar al tema de mujeres. La vida de aquel libertino era manantial inagotable de asuntos para tal conversación. Oyéndole contar alguna de sus aventuras, acometida con harta impavidez y cierta convicción profesional, vi reproducida en él la figura del burlador de antaño, a un tiempo heroico y cínico. La degeneración del tipo es evidente, como lo es la de las víctimas, más fáciles hoy a la seducción. Sobre este punto me permití opinar que en la moral no tenemos progreso. Hay, sí, más pudor de lenguaje, y escrúpulos de palabra que antes no se conocían; pero, con todo esto, los baluartes que hoy guardan la virtud femenina son de estructura más endeble.

Consiste la presente relajación, según indicó Gracián, en que apenas hay ya quien crea en el infierno, y las mujeres que aún profesan este dogma terrible, lo han reformado en su pensamiento, estableciendo un infierno sin infinito y con salidas al mundo de los vivos. Mi parecer es que la sociedad actual, con la facilidad de relaciones entre los sexos y la mayor licencia en las costumbres, permite a los galanes triunfos baratos, que no exigen ni grande agudeza, ni arranques de valor temerario. De aquí resulta que el ejemplar, el tipo de burlador más común en estos tiempos, es de un prosaísmo evidente, agravado por los toques de sensiblería fúnebre y de languidez mocosa. Hay también tipos de varonil desvergüenza que sostienen la tradición mejor que los galanes lánguidos, y en los pueblos tenemos el tenorio cerril, que no deja mal puesto el pabellón de la galantería ilegal. A propósito de esto, hizo Gracián una observación que sintetiza su gracioso cinismo. Dijo que los tenorios rústicos prestan un gran servicio a la sociedad contemporánea, porque ellos contribuyen en gran parte a la producción de amas de cría y al fomento de niños de madres pudientes. El mal y el bien andan enlazados en el mundo, y a cada instante vemos que algún trozo del edificio de las virtudes sociales se caería si no estuviera apuntalado por un vicio. ¡Qué sería de la infancia rica sin tanto menoscabo y deshonor de muchachas pobres! Y si las criaturas ganan al cambiar el esquilmado pecho de sus madres por el exuberante de las nodrizas, también éstas salen gananciosas, porque se desasnan, se civilizan, y al concluir llevan al pueblo sus ahorros, y encuentran un labrador honrado que se casa con ellas...

NO FUE MENESTER ESTÍMULO DE MI PARTE PARA QUE SU CONFIANZA SE ABRIERA Y SU VERBOSIDAD SE DESBORDARA

Apurando el tema con sofistería inagotable, llegó a sostener Gracián que las aventuras ilegales de amor son manantial de poesía. El mundo se volverá enteramente prosaico y la vida humana totalmente estúpida, si no le prestan su encanto la turbación de matrimonios y el desconcierto de los hogares, donde toda monotonía y toda insulsez tienen su asiento. Y a tales ventajas deben agregarse las de preparar a la sociedad para las revoluciones, que vienen a ser como una limpia general y mudanza de aires, ambas cosas muy necesarias en la vida de los pueblos. Los amores ilegítimos desatan lazos, aflojan vínculos. La volubilidad y el capricho de la mujer extiende por toda la sociedad un cierto espíritu de rebeldía que es el principal elemento de las alteraciones políticas. Sin darse cuenta de ello, los hombres, sean burlados o por burlar, se ven arrastrados a este remolino, que acaba por conmover los cimientos del Estado. Las mujeres sienten, los hombres ejecutan. El pecado turba las conciencias, y éstas tratan de aplacarse buscando la alteración de la ley, por la cual es pecado lo que no debiera serlo. El deseo de alterar la ley trae las agitaciones públicas, que son tentativas, ensayos, cambios de postura; y aunque pasado el trastorno vuelven las cosas a su estado natural, y la ley sigue imperando y jorobándonos a todos, ello es que se quebranta con tantas sacudidas, como se resquebraja el terreno en que se suceden los terremotos.

LA MAYORÍA DE LAS NODRIZAS ERAN MADRES SOLTERAS. Cuando daban a luz amamantaban a su hijo y a los de las damas a quienes servían, un trabajo miserable con el que encubrir el deshonor de la mujer. *(Nodriza pasiega*, por Bécquer. Museo Romántico. Madrid).

Esta singular teoría de que los pecados mujeriles abren camino a las revoluciones, y de que éstas resultan siempre fecundas, no podía ser admitida sino como una forma de humorismo para pasar el rato, como quien dice. Pero él a sus paradojas se aferraba; con ellas se metió en el terreno político, y explicome su fervor revolucionario como un estado fisiológico contra el cual su voluntad nada puede. La regularidad y permanencia de las instituciones se representa en su ánimo como una enfermedad. La paz pública es como una parálisis. Él se subleva por instinto de conservación o de salud, sintiendo en sí una parte de la dolencia que a toda la nación afecta. Es un miembro, un pedazo de carne y nervios, partícipe del general dolor. Romper la disciplina es lo mismo que medicinarse, o por lo menos hacer ejercicio, con el fin de buscar la salud en la actividad muscular y en la fluidez sanguínea. La ordenanza, la Constitución vigente y sus predecesoras, son síntomas terribles de una lesión honda que ha de traer la muerte. En todas las leyes establecidas hemos de ver formas del dolor, de la congestión, de la fiebre. Sus efectos en la vida equivalen a tumores, úlceras, sarna, postemas, calambres y demás lacerias, contra las cuales hay que aplicar, no solo el movimiento, sino el fuego y las sangrías.

Todo esto, y lo que omito, lo decía Gracián dando suelta a la caudalosa vena de su ingenio. Sus acompañantes reíamos a veces, o dábamos nuestro asentimiento por el regocijo que nos causaba. Es, en verdad, un admirable hablador. Posee la elocuencia de los disparates, y el arte de entretener al oyente con graciosos absurdos, expresados en el tono de una profunda convicción... El camino se nos hizo corto con estas charlas, y por mi parte no sentía cansancio cuando divisamos las primeras casas de Vallecas. Los perros de esta villa salieron a recibirnos en cuanto nos olfatearon, y con ladridos regañones nos preguntaban de dónde veníamos y qué demonios íbamos a buscar allí. «De Vicálvaro —dijo Gracián—, y no seáis impertinentes. De Vicálvaro, y no alborotar: llevo cargadas las pistolas». Tras de los perros vinieron hombres, preguntándonos por la acción de aquella tarde, y si O'Donnell iba ya sobre Madrid. Respondió Gracián con informes totalmente opuestos a la verdad, sacados de su cabeza, y anunció que en Vallecas se había de librar el próximo día la más tremenda de las batallas. En esto, nos llevó a una de las casas que están a la entrada del pueblo, un poco apartadas del camino, y antes de que llegáramos a ella vimos luz en las habitaciones y oímos musiquilla de murga, violines mal rascados, clarinete y un trombón. Pronto supe que se habían celebrado los días de la dueña de la casa, y que llegábamos a los últimos pataleos y ronquidos de la bulliciosa fiesta. Entramos, y lo primero que me eché a la cara fue una mujerona de buen ver, alta de pechos, la tez morena, los ojos fulgurantes, de una categoría mixta, pues si por el continente y la finura del rostro parecía señora noble, su habla y modales denunciaban la mujer del pueblo. Era una transición o producto híbrido de esta sociedad infiel al principio de castas. Recibionos afablemente, y a Gracián con mayor ca-

LA VIDA EN EL BARRIO. Fiesta familiar en la villa de Vallecas. Mientras las tropas de O'Donnell se acercaban a Madrid por el este, los vallecanos continuaban con la vida cotidiana en tabernas y tugurios. (*Fiesta popular en Vallecas*. Grabado de época. Colección particular).

riño y confianza. Luego me invitó a descansar, ofreciéndome un dormitorio para esperar el día. No accedí, pues deseaba continuar mi viaje sin demora. La señora puso término a la fiesta; despidió a los pocos convidados que allí quedaban; dio licencia a los músicos, y a mí las buenas noches, agarrando por un brazo a Gracián, el cual es dueño del corazón de aquella tarasca, según me dijeron los músicos momentos después, añadiendo que a la señora se la conoce por «La Panadera» y que es viuda y rica. Para más pormenores, Gracián la engaña con una sobrina de ella, pobre, habitante en el mismo pueblo, y a las dos con una casada residente en Canillas. En la casa de la Panadera se quedó Navascués, inseparable amigo del otro peine, y su mono de imitación, con tan mala sombra, que cuantas aventuras intenta son bajas parodias de las del maestro.

En la calle ya (más propio será decir en el campo), dispuesto a proseguir el viaje, se me acercaron los pobres murguistas suplicándome que les trajese a Madrid en mi coche, pues se hallaban rendidos de tantas tocatas y caminatas: habían tenido boda en Mejorada, bautizo en Loeches, y en Perales festividad del patrono San Pedro Apóstol. Ya no podían con sus almas, ni con sus instrumentos. Accedí gustoso a transportarles, y corrieron al parador, donde tenían sus livianos bultos de ropa, y paquetes o envoltorios pesados, pues casi todo su trabajo musical lo cobraban en especie. Mi protegido el hojalatero pidió a uno de ellos que le dejase su violín, mientras iban a recoger la impedimenta. Accedió el murguista. Cogió el chico la carraca, se la echó al pescuezo, tendió el arco sobre las tripas vibrantes, y allí fue el sacar sonidos largos, dulces, elocuentes, que rasgaban el silencio en la noche plácida...

XXI

Estábamos en un terreno polvoroso que no sé si era camino, plaza, o ejido. Sentado yo en un trozo de construcción de adobes, que lo mismo podía ser resto de un edificio que principio de él, a mi espalda veía las chozas que se arman en las eras para guardar la mies en gavillas; frente a mí, casas mezquinas agrupadas, como si quisieran formar calles; a mi derecha, la de la Panadera, grande y con letreros, en que se distinguían las palabras «Salvados, Harinas»... Ningún árbol vivo alcanzaban a ver mis ojos; había, sí, frente a mí uno muerto, tronco y ramas en completa desnudez esquelética. Los tejados y el árbol se destacaban con trazo vigoroso sobre un cielo limpio, sin ninguna nube en su concavidad majestuosa, alumbrado por una luna menguante, tuerta, con un solo carrillo y un ojo solo, bastante luminosa para que palidecieran las estrellas, quedando las de primera magnitud muy rebajadas de categoría. Frente a mí, de espaldas a mí, sentado en una piedra, estaba el hojalatero encorvado sobre su violín, pasándole el arco, ahora con suavidad, ahora con brío... Cuando rozaba en la prima, el arco apuntaba al cielo con su contera, y a la tierra cuando rozaba en la cuarta. Tocó Rodrigo aires del *Pirata,* de *Beatrice di Tenda,* de *Maria di Rudenz,* de otras óperas en boga. Sin duda por el estado de mi espíritu, más que por la destreza del violinista, la emoción que sentí fue muy honda, de esas que remueven lo más quieto y despiertan lo más dormido del alma. Y alguna parte tendría en esta emoción el mérito del artista: cuanto

ACCEDÍ GUSTOSO A TRANSPORTARLES, Y CORRIERON AL PARADOR, DONDE TENÍAN SUS LIVIANOS BULTOS DE ROPA más yo le oía, más me admiraba la perfecta afinación, el juego elocuente del arco, su fuerza, su delicadeza, según los pasajes y diseños que atacaba. Llegué a sentirme encantado de aquella música, deseando que durase todo el resto de la noche, y que ésta fuese muy larga. Tocaba el muchacho con devoción y fe, poniendo la mitad de su alma en los dedos de su mano izquierda, y en la derecha la otra mitad. Quería serme grato, y mostrarme su afecto en el lenguaje que mejor conocía... Con la palabra no habría podido expresar ni aún mínima parte de lo que sentía, gratitud, esperanza. De mí esperaba medios para ser un artista eminente, de universal renombre.

En lo más solemne de la serenata, cuando yo me hallaba en pleno éxtasis, oí que las mulas del coche, situado como a veinte pasos de distancia, detrás de mí, redoblaban las manifestaciones de su inquietud, pateando con más fuerza y sacudiendo las colleras, que arrojaban al aire la tintinabulación de sus cascabeles, como un espolvoreo de notas metálicas. Este ruidillo no turbaba la dulce melopea del violín, sino, antes bien, la exornaba con un comentario gracioso, de cómica elegancia... Volví mis ojos hacia el coche, y vi que por la portezuela asomaba la cabeza de Sebo, como un mascarón lívido, que lo mismo podía ser de clerizonte que de rufián. La bella música le atraía, le embelesaba, como a mí. Aprobaba con un movimiento expresivo de la cabeza, y luego lanzó esta frase, rasgo de poeta y de crítico: «Anda, hijo, no sabía yo que fueras tan buen profesor... Toca, toca: las estrellas te oyen».

Cortaron bruscamente los músicos la bella serenata, presentándose con ruidosa premura cargados de sus paquetes. Calló el violín maravilloso, y los viajeros se ocuparon de colocar sus bultos en el pescante o dentro del coche. Subimos: Ansúrez pidió al dueño del instrumento nuevo permiso para seguir tocando por el camino, y obtenido lo que deseaba, se encaramó en el pescante. Entramos los demás, acomodándonos en aquella estrechez como pudimos, y las impacientes mulas no aguardaron la intimación del cochero para emprender la marcha. Por el camino, el hojalatero, sentado al borde del pescante junto a Zafrilla, con una pierna colgando, tocaba todo lo que sabía, himnos patrióticos, mazurcas y valses, tiernas melodías de Bellini y Donizetti. En el curso del viaje hasta las inmediaciones de Madrid, no dejé de sentirme embelesado con la música, adormeciéndome en un vago ensueño. Las notas patéticas del violín flotaban sobre el pesado ruido del coche, como una cabellera dorada y vagarosa que el viento agita sin desprenderla del cráneo en que se arraiga. La cabellera se daba al viento como una idealidad que vuela, sin abandonar la realidad que la sustenta y la produce. Las propias mulas parecían adaptar su paso al ritmo de las tocatas... Yo me adormecí... Todo era música... música también el son continuo de los cascabeles y los ronquidos de Sebo.

CALLÓ EL VIOLÍN MARAVILLOSO, Y LOS VIAJEROS SE OCUPARON DE COLOCAR SUS BULTOS EN EL PESCANTE O DENTRO DEL COCHE

6 de julio.

Dos días con parte de sus noches tardé en contar a María Ignacia lo que había visto en mi excursión, desviada de su primordial objeto por el acaso, más poderoso que mi voluntad. No estaba conforme mi costilla con el quiebro que di a mis planes, y sentía que no hubiese persistido en la busca y captura de Mita y Ley. Propuse nueva salida; pero Ignacia no aprobaba la repetición del viaje, sin duda por notar que del primero había vuelto yo muy melancólico, con tendencias a dormirme o amodorrarme encima de una sola idea. ¿Se reproducían en mí las tristezas o *saudades* que años atrás alteraron gravemente mi salud? ¿Volveré a sentir mi pensamiento balanceándose sobre aquella línea, sobre aquel lindero que separa la razón de la sinrazón?... Mi mujer me interroga con cierta prolijidad, al modo facultativo, que me pone en cuidado. Yo, sondeando cuidadosamente mi interior, le respondo que lo que ahora siento es... ganas de vomitar toda la historia contemporánea que tengo en el cuerpo, y que se me ha indigestado formando un bolo: necesito expulsar este bolo. María Ignacia se ríe; yo me explico mejor diciéndole que mis ilusiones de ver a España en camino de su grandeza y bienestar han caído y son llevadas del viento. No espero nada; no creo en nada... Me hastía el recuerdo de la batalleja que vi en Vicálvaro. Me figuro a los niños de Clío jugando con soldaditos de plomo... En cuanto a las ambiciones que han movido esta trifulca las considero semejantes por su altura moral a las ambiciones de mi amigo Sebo... La página histórica tras la cual corrí, resúltame ahora como pliego de aleluyas o romance de ciego. ¿Será que mi mente ha caído en la dolencia de remontarse y picar muy alto, o que los hechos y los hombres son por sí sobradamente rastreros y miserables?

A cuantas noticias vienen a mí de sucesos ocurridos en Madrid, o en el camino que llevan los que se llamaron libertadores, les doy carpetazo. ¡Quién pudiera disponer del olvido, como de un pozo en el cual se arrojara todo lo que no se quiere saber! Olvidar las cosas ingratas en el mismo punto en que suceden, sería la mejor reparación de las sofoquinas a que diariamente está sujeta nuestra alma. Pero el maldito tiempo no permite al olvido andar solo, y hemos de conformarnos con la insufrible lentitud del presente, y su resistencia a convertirse en pasado...

POR LAS NOCHES, CON EL ADITAMENTO DE ANTEOJOS VERDES Y DE UN RAÍDO TRAJE, SALE Y VISITA SIN RECELO A SU FAMILIA

¿Me pide la Posteridad referencias históricas? Pues allá va una que juzgo en extremo interesante. Sabed que el gran Sebo se aposenta en mi casa, confundido con mi servidumbre, conservando su figurada estampa de clérigo. Por las noches, con el aditamento de anteojos verdes y de un raído traje, sale y visita sin recelo a su familia. El sostenimiento de ésta corre ahora de mi cuenta, y ello ha de ser hasta que Clío nos depare la total ruina del «polaquismo» y el triunfo de los de Vicálvaro. Yo le rezo devotamente a santa Clío, pidiéndole que apresure este negocio, porque pesa sobre mí como un mundo el hambriento familión de mi huésped.

10 de julio.

Sabed, ¡oh generaciones venideras!, que los sublevados, ni victoriosos ni vencidos en Vicálvaro, tomaron el camino de Aranjuez. Tratan de despertar a su paso a la nación dormida. Diríase que la nación abre los ojos, se despereza, vuélvese del otro lado y recobra la plácida quietud del sueño. En Madrid, el Gobierno echa furibundas roncas subido a la *Gaceta,* y continúa alimentándose con niños crudos, que le dan malas digestiones. A los sublevados da el nombre de «traidores» y otros no menos infamantes, y en sendos decretos exonera y pone en la picota a Dulce, O'Donnell, Messina, Ros de Olano, y a los ilusos que van con ellos... Noto en el pueblo de Madrid cierta depresión de la fiebre revolucionaria. En los cafés sigue la gente despotricando contra Sartorius, y denominando simplemente «ladrones, turba de lacayos y rufianes», a los personajes más empingorotados de la situación. Todo esto ha venido a representárseme como vocinglería de gitanos. La flojedad del acto militar que lleva el nombre de Vicálvaro ha producido el enfriamiento de la temperatura política. Las revoluciones, como las tiranías, acaban en ociosas algaradas cuando no son robustecidas por la fuerza.

EL HOJALATERO DABA CONCIERTOS DE VIOLÍN. Tocaba con gusto, y aprendió muy rápido porque recibiría clases de un maestro particular. (*Concierto en el parque del Retiro de Madrid*. Grabado del siglo XIX).

Más importancia que estas manifestaciones de la vida pública tenía en mi ánimo lo que a contar voy, con permiso de la señora Posteridad. Pues sepan que compré al hojalatero un violín excelente para estudio, y que el pobre chico no halló mejor manera de mostrarme su gratitud que ofrecerse a darnos en casa cuantos conciertos quisiéramos oír. A mi mujer le encantaba la música, y le hacía gracia el fervoroso entusiasmo con que Rodrigo tocaba en nuestra presencia. Afectado yo de tristezas grises, me sentía en situación semejante a la de Felipe V, buscando su consuelo en el arte de Farinelli. Para distraerme con más eficacia, el buen chico estudiaba cada noche nuevas piezas, y de esta variedad resultaba para Ignacia y para mí mayor deleite. Tanto ha llegado a interesarnos este incipiente artista, que hemos decidido ponerle un buen maestro, el mejor que hoy tenemos en Madrid. Bajo la férula del anciano don Juan Díez, adquirirá seguramente la perfección de estilo que ha de ser el mejor adorno de sus prodigiosas facultades...

Y a todas estas, ni por el hojalatero violinista, ni por otro conducto, nos llegan noticias de Mita y Ley. ¿Cómo no escribe la salvaje? ¿Será menester que salgamos por segunda vez en su busca? A repetir la suerte me inclino yo; pero mi mujer no me deja: quiere retenerme; confía en que el reposo y las emociones dulces han de serme más provechosas que el traqueteo de un viaje y las caminatas en pos de lo desconocido.

15 de julio.

Despierto una mañana con la idea de que... Vamos, creo haber descubierto el verdadero sentido y fundamento de estas mis nuevas murrias, parecidas, si no iguales, a las de antaño. Fue muy consoladora para mí la convicción de que mi dolencia no es más que ansia de belleza. Parece que no, y ello es que todo enfermo siente algo parecido al alivio cuando escucha de boca de su médico el nombre del dolor o molestia que sufre. En las alteraciones nerviosas principalmente, cualquier denominación técnica suele hacer veces de calmante. ¡Ansia de belleza, que por el reverso es el desdén y hastío de las vulgares cosas que me rodean! Anhelo lo grande y hermoso, la poesía de los hechos humanos, así del orden privado como del público. El recuerdo de una batalla de aficionados en campo casero, me lleva al ardiente afán de presenciar un Austerlitz, o algo semejante; y para que se me quite el mal gusto de boca que me dejan estas peleas por un puñado de garbanzos, miro hacia las ambiciones de un César, de un Cromwell, de un Bonaparte.

Desdeño las tintas medias, la clase media, el justo medio y hasta la moral media, ese punto de transacción o componenda entre lo bueno y lo malo. No me gusta nada que sea medio; me seduce más lo entero. Váyase mucho con Dios el buen sentido, y tráiganme la sinrazón, el desenfreno de la inteligencia y de la voluntad. ¡Bonito se va poniendo el mundo desde que nos ha entrado esta bárbara invasión de lo práctico, desde que los hombres de pro se consagraron a desterrar la exageración, y a recortar y reducir a estrechas medidas los alientos humanos! Hemos vuelto del revés la fabulilla del asno vestido con piel de león, y ponemos todo nuestro empeño en que los leones se vistan de borricos... Hablo de esto con mi mujer, y ella me exhorta blandamente a tomar las cosas como son, a combatir el ansia de belleza, aspiración insana, y a conformarme con la única realidad accesible a nuestros deseos, el gracioso engaño de la fealdad pintadita y retocada, que nos dice: «Soy bella». Creámosla y admirémosla sin discutirla.

VÁYASE MUCHO CON DIOS EL BUEN SENTIDO, Y TRÁIGANME LA SINRAZÓN, EL DESENFRENO DE LA INTELIGENCIA Y DE LA VOLUNTAD

16 de julio.

¿Qué pasa en Madrid? Oigo ruido, pisadas de un pueblo que ha roto la silenciosa quietud en que vivía, y se agita buscando armas y posiciones para combatir. Perdóneme mi dulce amiga la Posteridad: con esto de mis murrias, que a nadie interesan, he olvidado contar las pequeñeces del vivir público, que usurpan un puesto en las filas históricas. Allá voy. Los generales que a sí propios se denominan «libertadores», y que el Gobierno llama «facciosos», se fueron al real sitio de Aranjuez, y de allí enfilaron las planicies manchegas, adelante siempre, reclutando mozos, requisando caballerías, y requiriendo amorosamente cuantos fondos guardaban las administraciones subalternas de los pueblos... Tras ellos han ido Blaser y Vistahermosa, despacito, persiguiéndoles sin querer alcanzarles, a la distancia que marca el compadrazgo fraternal, norma constante de toda esta gente.

Me cuenta el gran Sebo que en Madrid quedó un comité revolucionario, del cual son alma Cánovas del Castillo, Fernández de los Ríos, y no sé si Tassara o Vega Armijo. Ello es que los dos primeros cogieron muy calladitos el camino de La Mancha hasta dar con O'Donnell, y charlaron con él largo y tendido, diciendo que Madrid no se levanta y los «polacos» no se rinden, porque las promesas de los libertadores, harto vagas, hablan poco a la inteligencia del país, nada a su corazón. No se hacen las revoluciones por las ideas puras, sino por los sentimientos, revestidos del ropaje de las ideas. Los libertadores ofrecen cosas muy buenas, de esas que forman el tejido artificioso de todo programa político y revolucionario. Veámoslas: «Pureza del régimen representativo, mejora de la legislación electoral y de imprenta, rebaja de los impuestos». ¿Te parece poco, infeliz nación?; ¿te parece vano, retórica de quincalla, de la de a dos cuartos la pieza? Pues allá va otra cosa: «¡Moralidad!». Esto sí que es bonito. «¡Moralidad!». Vamos a tener en el Gobierno esa preciosa virtud. Y por si es poco, ahí va también otra joya incomparable: «¡Descentralización!». ¿Qué tal? Descentralización y todo, y para completar tanta ventura, también os damos economías. No queremos pecar de cortos en el ofrecer. Economizaremos, moralizaremos y descentralizaremos... ¿Qué?, ¿no nos creen?

En efecto: el pueblo no da valor ninguno a tales pamplinas, y alza los hombros viendo a unos pasar hacia La Mancha, viendo al Gobierno inmóvil en su inmoralidad, en su despilfarro y en su centralismo. Cánovas y Fernández de los Ríos, bien pulsada la opinión en Madrid, ven clara la vacuidad de ese programa; corren a La Mancha, y en los polvorosos caminos encuentran a O'Donnell. Paréceme que les oigo: «Mi general, dé por abortada su revolucioncita si no cambia esas monsergas por otras, o no les añade un tópico resonante, de esos que hablan, más que al entendimiento, a la fantasía, o si se quiere, a la vanidad del pueblo español; algo

ASALTO A LA CASA DEL CONDE DE SAN LUIS. El pueblo salió a la calle y en nombre de la revolución quemó cuanto encontró a su paso. Tomaron la casa del primer ministro, hicieron una hoguera y quemaron los muebles. Toda la ciudad se vio salpicada por sucesos como estos. (Grabado de *La Ilustración*).

que sea o que parezca ser garantía de las libertades públicas, y aparato político de pura figuración externa, y de ruido y colorines...». Paréceme que veo al irlandés rebelde al convencimiento. No cede; se aferra con terquedad al plan primero de su revolución, exenta de toda concomitancia con las muchedumbres; revolución cómoda, casera, cambio de nombres y de personas nada más... Es como un calzado viejo, holgadito, con el cual andará el hombre por casa sin ninguna molestia. Nada de calzado nuevo, que aprieta y chilla... Pero tanto le dicen sus amigos, y tanto machacan, que al fin llevan a su ánimo la convicción. No concede que sea bueno lo que le proponen; pero reconoce que, de no admitirlo, él y sus compañeros y su ejército corren a una triste desbandada y al amargo destierro... No había más remedio que ceder. O'Donnell cede; los de Madrid redactan un nuevo programa, en el cual, después de estampar las consabidas monsergas de «moralidad, descentralización», etc., añaden otras sugestivas monsergas. En el programa debieron poner esta frase: «Caballeros, se nos había olvidado lo principal, lo más importante. Perdonad el error, que en este pueblo de Manzanares subsanamos, escribiendo en nuestra bandera el mágico lema de "Milicia Nacional"».

XXII

17 de julio.

Volvieron a Madrid los mensajeros con el reformado papelito, y apenas lo dieron a conocer, se sintió en esta villa como una trepidación del suelo, y lo mismo fue publicarlo que volverse loco todo el vecindario... Las dos palabras añadidas tuvieron el efecto explosivo que hacía falta, y que en vano se pidió a los otros términos del programa. «Milicia Nacional» es una bomba cargada de pólvora. Hablar de «moralidad», de «descentralización» y «economías» era cargar la bomba con miga de pan. Para mayor fascinación del público, el manifiesto declara que la popular institución se planteará «sobre sólidas bases». ¿Qué tal? «Milicia» ya es mucho; «sólidas bases», ¡ah!, ya son miel sobre hojuelas...

¿Pero qué escucho? Ahí es nada. ¡Qué se sublevan o pronuncian Barcelona y Valladolid!

¿Pero qué escucho? Ahí es nada. ¡Qué se sublevan o pronuncian Barcelona y Valladolid! Y en esta corte de las Españas parece que todos se vuelven epilépticos. Salgo a dar una vuelta, y noto en las caras de los transeúntes un júbilo extraño; en los cuerpos, síntomas claros del mal de San Vito. La gente se agrupa sin darse cuenta de ello. En cuanto dos secretean, agréganse cuantos van pasando. Donde hay tres personas, antes que pasen cinco minutos hay treinta. En la Puerta del Sol se estacionan los grupos, mirando al Principal. Es la expectación, la ansiedad pública ante el rostro ceñudo del destino. ¿Qué pasará, qué resoluciones expresan o anuncian los ojos inmóviles y la torva seriedad de la esfinge? De tanto mirar al Principal, llegamos a ver en las ventanas y rejas facciones que algo dicen... que algo callan.

Sigo mi paseo; entro en la librería de Monier, encuentro amigos que me llevan a divagar por la Carrera de San Jerónimo y calle del Príncipe, de grupo en grupo. El tránsito es difícil... ¿Qué pasa? Ahí es nada lo del ojo... que ha caído Sartorius. Estatua de barro, se ha deshecho en pedazos mil al estrellarse contra el suelo. Refiere el batacazo un exaltado progresista, que acumula sobre la cabeza del conde los epítetos más infamantes. No puedo contenerme: salgo a la defensa del favorito que ha dejado de serlo. Mi defensa es tomada a chacota, y da margen a mayor impiedad y a burlas más crueles. El que con más dulzura le trata llámale «Monipodio». Entre unos y otros, verbalmente, le escarnecen y le escupen. Luego le arrastran por las calles, y no encuentran muladar bastante inmundo en que arrojarle.

En otro grupo contaban que a Sartorius se le ha despedido como a un criado. Llegó a palacio y no le dejaron pasar a las habitaciones reales. Esto no me parece verosímil. Sea como fuere, ello es que no hay Gobierno, que la infame pandilla polaca tiene ya su merecido. No falta un furibundo sectario que, al oír lo que se cuenta de la desgracia del conde, exclama en dramático tono: «Esto no es cuestión de política, sino de vergüenza. Ya podemos sacar a nuestras mujeres a la calle. ¡Viva España decente!».

Hablando con gente diversa, pude advertir el radiante júbilo de los corazones ante este hecho negativo: «No hay Gobierno». El no haber Gobierno viene a ser como un descanso, como la sedación de un largo suplicio doloroso; parece como la vuelta a la normalidad de la existencia, o el renacer a la edad de oro cantada por los poetas. En la Puerta del Sol, los grupos estacionados frente al Principal esperan ver salir de él algo extraordinario y magnífico: un genio pródigo que salude al pueblo arrojándole puñados de centenes, o panecillos, o credenciales. Veo miles de caras de cesantes que con ninguna clase de rostros pueden confundirse. Sus trajes de buen corte y muy ajados ya, sus sombreros sin lustre, proclaman la penuria de innumerables familias decentes. Al fin ha sonreído la esperanza para muchos que desde el 48 viven condenados al estudio de las matemáticas, a calcular las probabilidades de cambio de situación, y en tanto mantienen a la familia con el olor de las ollas ministeriales.

Camino de mi casa, me encontré a Sebo en la calle del Arenal. Díjome con sigilo que se armaría el tumulto grande a la salida de los toros. «No olvide vuecencia que hoy es lunes. La plaza está llena de gente; allí están todos los aficionados a la tauromaquia y a la "politicomaquia"... Otra cosa, señor: sepa que formará ministerio el general

CABALLERÍA DE LA MILICIA NACIONAL. Biblioteca Nacional. Madrid.

LA MILICIA NACIONAL VUELVE

Una de las reivindicaciones progresistas habituales durante el gobierno moderado fue la reinstauración de la Milicia Nacional, y en la revolución de 1854 volvió a surgir la cuestión, ya que la Milicia era considerada como garante de las libertades. Así se solicitó expresamente en el Manifiesto de Manzanares del 7 de julio de 1854. Cuando la revolución se extendió a las calles de Madrid y el pueblo pidió armas y uniformes, se decidió su restablecimiento legal para que garantizase el orden y el respeto a la ley y al trono constitucional. Miles de personas se inscribieron en la Milicia: empleados y profesionales para la tropa y medianos propietarios y militares en los puestos de dirección.

Córdova... Dejando aparte la amistad de vuecencia con don Fernando, yo diré que éste no es hombre para el remedio de la tremenda enfermedad de España... Caerá, caerá también, y si hoy decimos "¡pobre Sartorius!", mañana diremos "¡pobre Córdova!...". Parece que anda en tratos con algunos señores del Progreso para ver de ponerles el collar de ministro; pero ellos no quieren ponerse más collar que el de su dogma. ¿Me entiende, señor? Dicen que su dogma o nada... Pues yo, con permiso de vuecencia, digo que no me conviene ser colocado hasta que vengan los que han de ser estables, O'Donnell y Dulce, un Gobierno tranquilo. Es ése mi dogma, señor. Entiendo yo que esta palabra significa la cosa más necesaria del mundo, verbigracia, "comer con tranquilidad"».

Sigue julio.

El 17 por la noche, cenando, supimos que la salida de los toros había sido tumultuosa. El *Himno de Riego* resonó en las puertas de la plaza, y creciendo, creciendo en intensidad, al llegar el coro a la Puerta del Sol era como si todo Madrid cantase. Supimos también que Córdova ha catequizado a Ríos Rosas para que le acompañe en el ministerio. Ante la insurrección popular, que me parece ha de ser de cuidado, ¿quién podrá vaticinar si estos nuevos gobernantes lograrán la reconciliación del pueblo y el trono? Mal avenidos los deja el «polaquismo». De sobremesa, llegan algunos amigos que sostienen la tertulia normal de casa, los perdurables reaccionarios señor Sureda y don Roa, y otros, que en noche de acontecimientos vienen a traer y a recibir impresiones: mi hermano Agustín, «polaco»; don Nicolás Hurtado, «bravomurillista»; San Román, «narvaísta»; Bruno Carrasco, progresista, y Aransis, indefinido, con cierta inclinación a los partidos bullangueros. No se entablaron las disputas agrias que amenizan nuestra tertulia las más de las noches. Fue aquélla, noche de expectación, de conjeturas, de profecías, de apuestas. Vaticinó mi suegro la «disolución social», y Carrasco apostó a que antes de ocho días tendremos a Espartero en Madrid. La repentina emergencia de sucesos históricos graves no podía menos de traer igual aglomeración congestiva de acontecimientos privados. Llegó Sebo a decirme que había visto a Gracián en la calle de Rodas, con la Panadera de Vallecas y un tal Ramos, que es el gran reclutador de populacho para motines; presentose después Valeria, lloriqueando, con el cuento de que su maridito, el angelical Navascués, no había parecido por el domicilio conyugal en cuatro días con sus noches, y por fin se coló en casa el hojalatero, trayendo la novedad interesantísima de que Mita y Ley están en Madrid. Sentí en mi cabeza el torbellino de la brusca entrada de tantos huéspedes mentales en la cavidad del cerebro. Aunque algunos me interesaban poco, la súbita irrupción de tantas ideas me hizo estremecer. Se introducían todas a un tiempo, montando unas sobre otras.

¿QUIÉN PODRÁ VATICINAR SI ESTOS NUEVOS GOBERNANTES LOGRARÁN LA RECONCILIACIÓN DEL PUEBLO Y EL TRONO?

No era posible que yo me privase de salir a la calle, para contemplar una página histórica, que sin duda habría de ser más bella que la de Vicálvaro. Los temores de mi mujer se acallaron viéndome acompañado de Aransis y Bruno, de otros amigos de la casa, y de Sebo y Rodrigo. Formábamos una caravana bastante fuerte para despreciar el peligro. Además, dimos formal palabra de no intentar ver de cerca ninguna barricada, caso que las hubiere, y de ponernos a discreta distancia de las aglomeraciones de gente... Con ver un poquito bastaría: quizás, y sin quizás, ciertas páginas históricas, como las obras de pintura, pierden bastante mira-

UN ANIMADO LUGAR DE ENCUENTRO. Los patios de diligencias de la capital eran el lugar de reunión de los viajeros. En la calle de San Bernardo se encontraba el punto en el que hacían alto las tartanas, los carruajes y las diligencias de Loeches y Mejorada. *(Patio de diligencias en la calle de Alcalá.* Museo Municipal. Madrid).

das desde un punto de vista cercano... Mi primer pensamiento, bajando la escalera, fue para preguntar al violinista la residencia de su hermano y de Mita. «Ayer, señor, se aposentaban en el mesón de la calle Angosta de San Bernardo, donde paran las tartanas de Loeches y Mejorada; pero fui a verles hoy, y me dijeron que se han ido a otra parte, no saben a donde. Yo lo averiguaré esta noche, pues de seguro lo sabe mi cuñado Halconero, que también está en Madrid con su familia».

Nada respondí al buen Ansúrez. Sentía yo que el Destino se mostraba propicio a mis deseos: no era menester que mi voluntad solicitara sus favores... Entre tanto, embargaba mi atención el espectáculo de público regocijo que ofrecía Madrid, con luces en todas sus ventanas y balcones, y hasta en los últimos agujeros de los más altos desvanes. Ningún vecino había dejado de sacar al exterior el farol o candil, las elegantes bujías o el velón lujoso, que era como sacar al rostro las esperanzas y los gozos del alma. En ninguna festividad oficial, ni en coronación de rey, ni en parto de reina o bautizo de príncipe, vi más espontánea y sincera manifestación del júbilo de un pueblo. Iban por la calle en grupos bulliciosos los vecinos, hombres y mujeres, niños y ancianos, y con ingenuo fervor gritaban: «¡Viva la libertad, muera Cristina, abajo los ladrones!», poniendo en sus acentos, más que la idea política, un sentimiento familiar con ecos de exaltación religiosa. Dábanse unos a otros parabienes expresivos, y personas que no se conocían se abrazaban; otros que jamás se vieron se preguntaban recíprocamente por la familia y se deseaban mil bienandanzas. Nunca vi cosa igual.

Para poder llegar a la Puerta del Sol, tuvimos que dar un largo rodeo desde mi casa, subiendo a la plazuela de Santo Domingo y bajando por Preciados. Esta calle no estaba tan obstruida por el gentío como la del Arenal, donde las multitudes se obstinaban en que repicara San Ginés, una de las pocas iglesias que a celebrar se resistían con el volteo de sus campanas la felicidad popular. Al fin repicó San Ginés, repicaron las Descalzas Reales, y no hubo campana ni esquila que no uniera su voz al cántico de tantas alegrías. Hacia el Postigo de San Martín vimos a un hombre gordo que, plantado en medio de la calle, convidaba a los transeúntes a tomar café o copas en el café de la Estrella. Él lo pagaría todo. Más abajo, un tabernero invitaba bizarramente al público a entrar en el establecimiento, y hacer todo el consumo de vino que requerían las venturosas circunstancias. Penetrando a fuerza de empujones y codazos en la Puerta del Sol, vimos que las turbas se arremolinaban. En el inmenso oleaje se marcó una corriente que marchaba hacia la calle de la Montera. Sobre las cabezas movibles se destacaba un hombre a caballo; el hombre enarbolaba un trapo a guisa de bandera; otras banderas de colorines le seguían, y al compás de la marcha cantaban las voces el *Himno de Riego,* y pedían que vivieran los buenos y que murieran los malos. Pronto pudimos enterarnos de que aquel enorme destacamento de la masa plebeya se encaminaba al Saladero, con el noble fin de poner en libertad a los presos políticos que en aquella inmunda cárcel penaban por sus ideas o sus escritos.

Lo más curioso, o si se quiere lo más instructivo, de aquella noche memorable, fue que todos los policías y corchetes desaparecieron, como si se los tragara la tierra. No se veía en las calles ninguna autoridad. Dentro de la Casa de Correos había, sin duda, alguna representación de ella, que no se manifestaba al exterior más que por la claridad de las habitaciones bajas, y por las figuras quietas que al través de las rejas se vislumbraban. El pueblo miraba sin cesar a las rejas, y después de mucho mirar, se entablaron diálogos familiares entre los de fuera y los de dentro. Ved la muestra:

ESTA CALLE NO ESTABA TAN OBSTRUIDA POR EL GENTÍO COMO LA DEL ARENAL, DONDE LAS MULTITUDES SE OBSTINABAN EN QUE REPICARA SAN GINÉS

—Abrid la puerta. Entraremos y nos daréis armas.

—No puede ser. No somos enemigos de la libertad. Ya veis que no os hacemos fuego.

—Abrid, y seamos hermanos.

—Ni vosotros entraréis, ni nosotros saldremos. Todo seguirá como ahora está.

—¿Hasta cuándo? Nosotros estaremos aquí hasta que nos den armas.

—No necesitáis armas. Nosotros no haremos fuego contra el pueblo... Abriremos un instante las puertas para recoger a nuestros centinelas... Pero habéis de prometernos y jurarnos que, al ver abrir la puerta, no empujaréis para colaros.

—Lo prometemos. Abrid, y que entren vuestros centinelas.

Se hizo como aquí lo digo. Abrieron los de dentro; entraron los dos centinelas, el que hacía la guardia en la esquina de la calle de Carretas, y el de la puerta principal. El pueblo, que aún permanecía en los rosados nimbos de su entusiasmo inicial, todavía generoso, cumplió su palabra, y no aprovechó la fugaz abertura para empujar y colarse adentro. Después se acentuaron en la inquieta masa las ganas de proveerse de armas, cuya posesión conceptuaba como un derecho, y se entabló nuevo diálogo más vivo y apremiante que el anterior. Nada podía resultar de estos dimes y diretes al través de una puerta: el pueblo no podía pasar más tiempo sin armas, y las armas estaban dentro de la Casa de Correos. Para cogerlas era menester franquear la entrada del edificio, y esto se haría batiéndola con ariete a estilo romano: el ariete fue una viga que los más decididos sacaron del derribo de la Casa de Beneficencia. Puesto el madero en hombros de una docena de bigardos en fila, lo movían horizontalmente a compás, descargando furibundos golpes en la puerta. Ésta respondía con hondo gemido; pero no se abría. A los golpes agregaron el fuego, prendido con maderas de la casilla del retén de policía que al anochecer destruyó el pueblo en los Caños de Peral. Combinados el incendio y los porrazos, cedió al fin la dura puerta de Gobernación y entró el paisanaje, encontrando a la Guardia Civil y soldados en correcta formación descansando sobre las armas. Sin violencia alguna pasaron los fusiles y espadas de las manos militares a las plebeyas. Trámite más sencillo de revolución no se ha visto nunca.

NO ERA MENOS INOCENTE EL GUSTAZO QUE SE DIERON TODOS DE SENTARSE EN LA POLTRONA QUE HABÍA OCUPADO SAN LUIS

Según me contó el gran Sebo, que anduvo en este lance, los paisanos invadieron las habitaciones altas de Gobernación, respetando los objetos de valor, escribanías de plata, fajos de papeles, y legajos atados con balduque, cuidándose tan solo de encender cuantas bujías y velones en las dependencias había para arrimar luces a las ventanas. Se buscaba el efecto decorativo de iluminar la Casa de Correos, único edificio que hasta entonces había permanecido a oscuras. La muchedumbre que llenaba la Puerta del Sol, recibía con aplausos y gritos de júbilo las sucesivas apariciones de luminarias en los altos huecos... Pueril era esta forma de venganza popular. No era menos inocente el gustazo que se dieron todos de sentarse en la poltrona que había ocupado San Luis. A bofetadas se disputaban los paisanos el honor de sentarse en ella, forma de vindicación que a muchos les pareció bastante. ¿Qué más quería el pueblo que convertir la silla del tirano en mueble nacional para uso de todos los españoles?

Era media noche. El pueblo armado, libre, dueño de Madrid, evolucionaba lentamente desde el período de las alegrías ingenuas hacia el de las vindicaciones terribles. En días, en horas, pasa este soberano de niño a hombre, y sus derechos, que empiezan siendo juguetes, se convierten en armas.

XXIII

Cuando Sebo volvió a reunirse a mí en la calle de Cofreros (número 6, paragüería de Larrea), donde teníamos nuestro cuartel general, ya nos faltaban algunas figuras del grupo: unos por cansancio, otros arrebatados por el oleaje, desaparecieron de nuestra vista. Solo quedábamos Aransis, el hojalatero y yo. Sin movernos de aquel rincón, en el cual teníamos retirada segura por la calle de Peregrinos, supimos que en el Ayuntamiento y Gobierno Civil había penetrado también el pueblo, y que en uno y otro local se habían constituido juntas, de esas que nacen con espontánea fecundidad de los días y más aún en las noches calurosas de revolución. Que alguna de estas juntas intentó parlamentar con palacio, se dijo por allí; que en palacio no quisieron recibirla, me lo imaginé yo; que en palacio estaban a la sazón los nuevos ministros por no poder estar en ninguna de las dependencias del Estado, lo suponíamos. Luego, al saber la verdad, vimos que habíamos acertado, y que componemos la Historia sin saberlo... Lo extraño es que antes de oír el rumor de que la plebe invadía y quemaba la vivienda de Cristina, tuve yo adivinación o presciencia de aquel suceso. No es difícil hoy que el pensamiento de cualquier ciudadano se anticipe a los hechos históricos, porque éstos se anuncian por inequívocos efluvios en el ambiente que respiramos. Los odios más frenéticos del pueblo español en estos días recaen sobre dos cabezas: la de San Luis y la de María Cristina. Uno y otra han desatado sobre España todos los males. San Luis es el insolente capitán de esta cuadrilla de ladrones públicos; Cristina, la mujer «rapaz, avarienta, insaciable», que con diestra mano escamotea los tesoros de la nación. Así lo cree la gente.

Apenas se vieron las multitudes dueñas de la capital, sin autoridad que las contuviera, corrió la noticia de que ardía el palacio de la esposa de Muñoz. Se dijo antes de que fuera cierto, y todo el mundo lo creyó antes de oírlo decir. Cuando llegó a nosotros el primer rumor, ya íbamos hacia allá, seguros de encontrar incendio. Nada sabíamos aún, y nos daba en la nariz olor de madera quemada. En la plazuela de las Descalzas, un amigo de Sebo con quien tropezamos, nos dijo que, atacado por las turbas el palacio de la calle de las Rejas, la Reina Madre

LA REINA MADRE, EXPULSADA

María Cristina de Borbón, la antigua reina gobernadora, había regresado a España tras la caída de Espartero y vivía con su segundo marido, el duque de Riansares, en un palacete en Madrid. La mayoría de edad de su hija le había apartado del control directo del poder, aunque se mantenía en un segundo plano como consejera de la Reina mientras ella y su esposo emprendían diversos negocios relacionados con la sal y los ferrocarriles. Debido a su avidez empresarial y a su matrimonio morganático, su impopularidad despertó un intenso rechazo en amplios sectores de la población y el duque de Riansares fue acusado abiertamente de aprovechar sus contactos en la Corte para enriquecerse, lo que ahondaba en la sensación de que la corrupción dominaba la vida política española. En las jornadas revolucionarias de julio de 1854, el palacio de la pareja fue saqueado y el nuevo gobierno decidió acabar con la corruptela. Se alzaron muchas voces exigiendo el procesamiento de María Cristina, pero la reina Isabel se opuso frontalmente a la medida. Espartero intervino y posibilitó su huida a Portugal; de allí marcharía a Francia, donde le sería retirada la pensión vitalicia que le habían concedido las Cortes.

EL PALACIO DE MARÍA CRISTINA DE BORBÓN LA NOCHE DEL 17 DE JULIO DE 1854. Grabado de *La Ilustración*. Biblioteca Nacional. Madrid.

escapó por las caballerizas, vestida de hombre. No lo creí: ya sabe un ciudadano listo distinguir las mentiras absurdas de las verosímiles. Sin que nadie me lo asegurara, pensé que doña Cristina, desde los primeros síntomas de alboroto, se había trasladado al palacio real, llevándose por delante cuantos papeles pudieran comprometerla.

He perdido la memoria de las vueltas que tuvimos que dar para poder asomarnos a la plazuela de Ministerios por la calle de Torija. Desde lejos vimos el resplandor del incendio. Frente a doña María de Molina habían hecho una hoguera, en la cual hombres y mujeres de mala facha arrojaban lo que iban sacando del palacio: muebles, cuadros, cortinas. No sé qué habría sido de la Reina Madre si hubieran podido cogerla como cogían un sillón. Oí decir que fue respetada la servidumbre; oí también que hicieron pedazos todo lo que por su pesadez no podían transportar a la hoguera. ¡Benigna es ciertamente la barbarie de un pueblo que venga sus agravios en muebles, porcelanas y objetos insensibles!

Los de Baza mataban sin piedad a cuantos andaban todavía en el trajín de acarrear muebles para la hoguera

La curiosidad pudo en mí más que el sentimiento del peligro, y descendí a la plazuela con mis acompañantes, abriendo paso a empujones. La hoguera desplegaba al viento sus llamas rojizas. En lo más animado de la quemazón se hallaba el pueblo, pasando ya casi de lo siniestro a lo divertido, cuando vino a cortar bruscamente la gresca un destacamento de cazadores mandado por un paisano. A la luz vivísima del incendio le conocí: era Gándara, el conspirador de 1848, el militar valiente que adora la libertad, y sabe capitanear igualmente soldados y pueblo. Yo le supuse afecto a O'Donnell y comprometido en la revolución. Me sorprendió verle mandando tropas. ¿Por qué las mandaba? Según la versión corriente aquella noche, habiendo sabido Gándara que el pueblo trataba de incendiar la casa de su entrañable amigo don José Salamanca, corrió a palacio en busca del general Córdova, flamante presidente del Consejo, y allá tuvieron los dos unas palabritas harto vivas, por si el nuevo Gobierno se cruzaba o no de brazos delante de las turbas de bandidos. Acabó Córdova por decirle que a sus órdenes ponía dos o tres compañías de cazadores de Baza; que con ellas fuese al instante a contener los brutales atentados, empezando por lo más próximo, que era el asalto y destrucción del domicilio de la Reina Madre. No necesitó más Gándara para ponerse al frente de los cazadores. Como insignias llevaba la faja y sombrero que le dio un caballerizo. Sus bromas, en casos de esta naturaleza, solían ser pesadas, y testigo fui de ello, pues en cuantito que embocó por la calle de Bailén a la plazuela de Ministerios, gritó con estentórea voz: «¡Cazadores, por mitades! ¡Preparen, apunten...!».

¡Fuego! A la primera descarga cayeron muchos. La dispersión fue instantánea y rapidísima. Corrí de los primeros, pues maldita la gracia que me hacía ser fusilado estúpidamente... Encontreme solo junto a la escalerilla de la calle del Reloj, donde se me reunió Rodriguillo Ansúrez... Preguntele por Aransis y Sebo, y no supo contestarme. Díjome que en derredor de la hoguera había más de una docena de muertos. En la puerta del Senado, vi a un pobre que allí quedó seco, y a pocos pasos de él una mujer, que yacía boca abajo... La segunda descarga ya nos cogió en salvo; pero poco faltó para que nos arrollara la multitud que por la calle del Reloj emprendía la retirada. La ardiente curiosidad me picó de nuevo y asomé las narices a la plazuela. Vi a los cazadores acometiendo a bayonetazos a los infelices que buscaron refugio en el mismo palacio asaltado. Dentro de éste sonaron tiros. Los de Baza mataban sin piedad a cuantos andaban todavía en el trajín de acarrear muebles para la hoguera. Los atizadores de ésta, o habían desaparecido o pataleaban en el suelo. Clamaban los heridos entre tizones: aquí

LAS CALLES DE MADRID, OCUPADAS POR LOS SUBLEVADOS. En la cuesta de Santo Domingo tuvo lugar uno de los enfrentamientos más duros entre el ejército y el pueblo. *(Defensa de la Cuesta de Santo Domingo en la madrugada del 18 de julio de 1854*. Grabado de época. Biblioteca Nacional. Madrid).

y allí zapatos, ropas, gorras y sombreros abandonados; algún trabuco, charcos de sangre, despojos del palacio y de sus asaltadores...

No quise ver más ni exponerme a nuevos peligros, y por la travesía del Reloj y la calle de Fomento tratamos de ganar la Cuesta de Santo Domingo. Fuimos a parar a la rinconada próxima al pórtico del venerable convento de monjas, y allí, por extraño encadenamiento de ideas, me acordé de un poema burlesco, graciosísimo, que Narciso Serra nos había recitado con prodigiosa memoria en el banquete de Torrejón. Era una historia disparatada, parodia de las leyendas en boga: un galán hambriento que rondaba el convento de dominicas buscando la manera de escalarlo para verse con la sor de sus pensamientos; un jorobado sacristán que le llevaba bartolillos y empanadas, y dentro de una de éstas la esperada cartita... La misteriosa volubilidad del pensamiento humano se me patentizó entonces, pues, hallándome frente a una situación trágica, mi memoria dio un salto hacia las cosas de burlas, reconstruyendo sin perder sílaba la primera quintilla del chistoso poema, y, en voz alta la repetí:

En un obscuro lugar
que junto a Santo Domingo
húmedo se suele hallar,
porque en él a conjugar
van todos el verbo MINGO...

Nada tenía que ver esto con lo que a la sazón me rodeaba; pero los caprichos de nuestra mente no están sujetos a ninguna ley conocida. Mi memoria continuó jugando con la quintilla, y dándosela y quitándosela a la palabra... Luego vi que venían tropas por la calle de Fomento. Era un retén que debía cerrar el paso a la plazuela de Ministerios. Los soldados ocuparon la bocacalle, y el oficial que los mandaba pasó a la rinconada con objeto, al parecer, de conjugar el verbo mencionado en la quintilla. Le vi de vuelta y, reconociéndole, le salí al paso. Era Navascués. Hablamos rápidamente, encareciendo él la rabia que sentía de verse obligado a hacer fuego contra el pueblo, preguntándole yo dónde estaba Gracián, y qué papel hacía en la diabólica función de aquella noche. Con desconsolado acento me dijo que su amigo había logrado evadirse del servicio de tropa regular, y andaba organizando los grupos más levantiscos de la plebe allá por la calle de Toledo y Plaza Mayor. Y yo: «Mucho me temo que Bartolomé perezca de mala manera en este torbellino de las venganzas populares». Y él: «Gracián no muere. Está donde le llaman su destino y su vocación. Algo terrible y grande hará si le ayudan... Como no hay Gobierno, el pueblo es el amo esta noche». Y yo: «Si no hay Gobierno a media noche, a la madrugada lo habrá... El héroe de esta noche y de mañana no será Gracián, sino Joaquín de la Gándara». Y él: «Gándara es héroe popular, por más que ahora nos haya traído a castigar a los incendiarios. Por caudillo del pueblo le tuve yo siempre. Con él me batí el 48».

—Pues si es héroe popular, ¿por qué ha mandado fusilar al pueblo?... Gándara es hoy el héroe del orden, no de la libertad.

—No, señor: de la libertad. El orden que él defiende es el orden del desorden.

—Es decir, la autoridad de la revolución. ¿Cree usted, Rogelio, que el rebaño puede ser pastor?

—Si es rebaño de ovejas, no; si lo es de hombres, sí.

—Siempre hay un hombre que pastoree. Ya no es Sartorius el pastor: ¿lo será Gracián?

—Lo es, lo será... Retírese, querido Pepe... Abur.

¡Pobrecillo!, era un eco de la fraseología de Gracián; su pensamiento volaba con las ideas del otro pájaro... Seguimos Rodriguillo y yo, no re-

BARRICADAS EN LA PLAZA MAYOR. Las entradas a la plaza principal de la Villa y Corte fueron cortadas y se levantaron barricadas defendidas con las armas. (*La revolución en la Plaza Mayor*. Grabado de época. Colección particular. Madrid).

cuerdo por qué calles, en busca de emociones nuevas, viendo y admirando el aspecto de Madrid a tales horas, en noche de plena emancipación del pueblo. ¡Infeliz pueblo! Por una noche, por algunas horas no más, le permiten los dioses el uso práctico de su soberanía, de esa realeza ideal que solo existe en las vanas retóricas de algún tratadista vesánico. Y en su candidez, en la inexperiencia de su soberanía, es el pueblo como un niño al que entregan un juguete de mecanismo delicado y sutil. No sabe de qué suerte lo ha de poner en movimiento, ni con qué frenos pararlo, ni con qué llaves darle cuerda... acaba por romper el juguete y abominar de él...

Pues bien: aunque por ninguna parte se notaban indicios de autoridad, no vimos desafueros más graves que los que ordinariamente turban la paz del vecindario; no advertimos más que una alegría desatinada, burlas ruidosas de las autoridades ausentes, desvanecidas como el humo de los incendios. En la Red de San Luis vimos en el cielo el resplandor de las hogueras, y a nosotros llegaba un alarido sordo de embriaguez revolucionaria, mezcla de vivas y mueras... A lo largo de la calle de Caballero de Gracia oímos tiros, y mayor escándalo de voces airadas o triunfales. Hermoso me pareció el tinte rojo del cielo; solemne el ruido lejano de combatientes, incendiarios o lo que fueren. Descartando el juicio de los hechos, y ateniéndome solo a la estética, la noche ruidosa, iluminada por las hogueras, me arrebataba de admiración, de un júbilo de artista. Veía, por fin, una página histórica, interesante, dramática, producida en el tiempo, sin estudio, por espontáneo brote en el cerebro y en la voluntad de millares de hombres, que el día anterior ignoraban que iban a ser histriones de una teatralidad tan bella. No tenían más inspiración que sus odios, verdadera razón de Estado para los ciudadanos que no habían gobernado nunca, y entonces con actos bárbaros gobernaban a su modo, realizando algo parecido a la justicia, si no era la justicia misma en todo su esplendor.

NADIE SE FIJARÁ EN EL CRIMEN LENTO, HIPÓCRITA, METODIZADO, DE LA ACCIÓN GOBERNANTE, MIENTRAS QUE SALTA A LA VISTA EL CRIMEN DESNUDO

Mañana, pensaba yo, se juzgarán estos hechos como atentados a la propiedad, como profanación de la ley o arrebatos de salvaje cólera. ¡Y las culpas de esta brutal plebe, nadie las atenuará con el recuerdo de las horribles violaciones de toda ley moral y cristiana que se contienen en el gobierno regular de las sociedades; nadie verá la inmensa barbarie que encierra el régimen burocrático, expoliador del ciudadano y martirizador de pobres y ricos; nadie se acordará del sinnúmero de verdugos que constituyen la familia oficial, y cuya única misión es oprimir, vejar, expoliar y apurar la paciencia, la sangre y el bolsillo de tantos miles de españoles que sufren y callan!... Nadie se fijará en el crimen lento, hipócrita, metodizado, de la acción gobernante, mientras que salta a la vista el crimen desnudo, instantáneo, de unas gavillas de insensatos que asaltan, queman, matan, sin respetar haciendas ni vidas. Nadie ve las víctimas obscuras que inmoló la ambición de los poderosos, ni los atropellos que se suceden en el seno recatado de una paz artificiosa, sostenida por la fuerza bruta dominante, y todos se horrorizan de que la fuerza oprimida y dominada se sacuda un día y, aprovechando un descuido del domador, tome venganza en horas breves de los ultrajes y castigos de siglos largos... Y bien mirado esto, delante del sacro altar de Clío, ante el cual no cabe falsear la verdad; bien miradas estas vindicaciones instantáneas frente a las demasías que las motivaron, todo se reduce a una bella variedad de formas de justicia dentro del canon de Naturaleza. Tenemos la justicia espiritual, que nos habla, nos oprime y nos mata con el lenguaje del derecho. Tenemos la justicia animal, que nos aterra con manotazos y rugidos. De la intercadencia histórica de una y otra justicia resulta una armonía mágica, que es de grande enseñanza para los pueblos.

Puestos todos a violar, no creo que deban cargarse a la cuenta de la plebe las más escandalosas violaciones. El favoritismo en altas esferas no hace menos estragos que la desatada barbarie en las bajas. No es el pueblo quien da forma de embudo a las leyes, ni quien envenena las aguas del poder en su propio manantial. Su ignorancia no es el único mal; otros males hay, de que son responsables los que leen de corrido, los que escriben con buena sintaxis, y los que hablan con sonora elocuencia. Así están las leyes, arrinconadas como trastos viejos cuando perjudican a los que las han hecho. Así huele tan mal el libro de la Constitución...

porque en él a conjugar
van todos el verbo MINGO.

XXIV

Vi las hogueras en que ardían los muebles de Salamanca, calle de Cedaceros; vi las quemazones en la casa de San Luis, calle del Prado, esquina al León; vi otros juegos de pirotecnia en diferentes calles donde vivían hombres aborrecidos. De dos a tres de la madrugada, la tropa mandada por Gándara iba calmando el furor de quemas. En Cedaceros y Carrera de San Jerónimo cayeron ciudadanos que andaban por allí de mirones, mientras que los incendiarios escapaban con veloz carrera. En otros puntos de Madrid hubo tiroteo y lucha cuerpo a cuerpo entre paisanos y tropa, y por todas partes se iba revelando la autoridad, como si saliera de un eclipse o despertara de un pesado sueño. Hasta en el paso de la gente que iba en retirada, se conocía que no estábamos ya huérfanos de gobernantes: aún no se veía la mano dura; pero su acción la sentíamos todos.

El carnaval revolucionario con chafarrinones de sangre y fuego se acababa pronto. Los dioses, envidiosos del hombre, lo reducían a breves horas. En éstas, los bromazos no llegaron al trágico desenfreno de las revoluciones más señaladas en la Historia. Casi todos los muertos eran de la clase humilde. El carnaval de la turba emancipada ofreció la tremenda ironía de que, vistiéndose de jueces, las máscaras resultaron víctimas. Todo el furor que al pueblo enardecía en las primeras horas de la noche, quedó reducido a un soez pataleo delante de las casas en que habían vivido los tiranuelos, a gritar con aullidos patrióticos, y a quemar sillas y mesas inocentes, cuadros y cortinajes. No arrastraron a nadie, no quitaron de en medio a los que con voces roncas llamaban «rateros y truhanes». Pagaron el pato los objetos de carpintería y tapicería, venganza popular harto benigna... Pensaba yo que la destrucción de muebles de lujo es un hecho favorable a los progresos de la industria y a la renovación de formas suntuarias. Los ebanistas y decoradores de casas ricas estaban de enhorabuena, así como los que inventan nuevos estilos de sillas y sofás. El fuego perjudicaba poco a los Salamancas y Sartorius, y beneficiaba providencialmente a los fabricantes.

PENSABA YO QUE LA DESTRUCCIÓN DE MUEBLES DE LUJO ES UN HECHO FAVORABLE A LOS PROGRESOS DE LA INDUSTRIA Y A LA RENOVACIÓN DE FORMAS SUNTUARIAS

Retireme a casa cuando amanecía. Triste era el aspecto de las calles donde hubo fogatas. Por ellas desfilaban presurosos los transeúntes como gato escaldado. Ceniza y tizones quedaban, restos humeantes, en los cuales revolvían merodeadores rapaces. Cadáveres vi en la

LA IRA DEL PUEBLO CONTRA LA REINA MADRE MARÍA CRISTINA DE BORBÓN. Las casas de los políticos conservadores sufrieron las consecuencias del odio contenido. La vivienda del marqués de Salamanca y las de varios políticos fueron asaltadas, incendiando en la calle muchos de sus enseres. *(Quema de muebles de la casa del marqués de Salamanca*. Grabado de *La Ilustración*. Biblioteca Nacional. Madrid).

calle de Cedaceros y en la del Baño; los heridos se retiraban por su pie si podían, o eran auxiliados por gentes caritativas, que nunca faltan. En la Puerta del Sol vi bastante tropa y Guardia Civil; las puertas del Principal, cerradas a piedra y barro. De lejanas calles venía rumor de algarada. Ya teníamos otra vez Gobierno, ya teníamos autoridad. Entre los grupos se deslizaban, todavía medrosos, algunos policías vergonzantes.

En casa me esperaba Sebo, que, al disgregarse de nuestro grupo en la calle de Torija, creyó que yo me había retirado a descansar. Intranquilo estaba, y mucho más mi mujer, que me abrazó como si yo volviese de un largo y peligroso viaje. «No me ha pasado nada. No verás en mí ni un rasguño. Todo lo he presenciado, y me he divertido muchísimo... No te rías, mujer. El espectáculo ha sido de incomparable belleza, y de esos que rara vez podemos disfrutar. ¡El pueblo ejerciendo de soberano por unas cuantas horas, y entreteniéndose en jugar con los flecos y garambainas de su manto!... Luego, al andar, se pisa el manto, se cae de bruces... En fin, que estos carnavales son forzosamente muy breves, y el pueblo, que por divina licencia los celebra, se divierte poco, como no entienda por diversión el ser fusilado en lo más entretenido de la fiesta».

Me acosté, pero no dormí. Ardía mi mente del recuerdo de los espectáculos de la noche pasada. Era una visión que no quería borrarse, y que me atormentaba, engrandeciendo el interés de sus incidentes, y revistiéndose a cada instante de mayor hermosura. No me canso de decirlo: una de las cosas más bellas que yo había contemplado en mi vida era la acción libre del pueblo durante algunas horas, el albedrío nacional desenfrenado y en pelo, manifestándose como es; paréntesis de realidad abierto en el tedioso sistema de ficciones que constituyen nuestra vida social y política. Buen alivio daba el tal espectáculo al ansia de belleza que me afligía, dolencia del alma; pero no acababa de satisfacerme: yo quería más, más pataleos y manotazos de la plebe restituida a su libertad; quería gozar más de las ideas elementales, como fueron antes de toda organización, y ver el gobierno y la justicia reproducidos en la desnudez y simplicidad de su estado primitivo...

Desde mi lecho, cerrados los ojos figurando que dormía, creía yo sentir lejanos alaridos de la multitud. Llegué a pensar que habían levantado barricadas en la vecina calle del Arenal o en la plaza de Santo Domingo. Mi mujer me desengañó, incitándome al descanso, y diciéndome que no había tales barricadas, y que Madrid tomaba su chocolate tranquilo debajo del poder de Fernando Córdova y de Ríos Rosas. Yo aparenté creerlo; pero seguían mis oídos dándome la sensación de bullicio popular cercano. Órdenes severas había dado mi señor suegro para que ni a Sebo ni a Rodrigo se les permitiese llegar a mi presencia. Querían encerrarme, aislarme de la vía pública, que era mi encanto, como escenario de la más bella función teatral... Fui bastante astuto para disimular mi deseo de echarme a la calle... me levanté... supe asentir a las insustanciales opiniones de don Feliciano, maldiciendo los excesos demagógicos... Las once serían cuando aproveché un descuido de mi mujer para escabullirme de la casa lindamente. Nadie me vio salir. En el portal me esperaba el hojalatero, y juntos, sin hablarle yo más que por señas, dimos la vuelta a la esquina... y desaparecimos por la calle de la Sartén.

—¿Sabe el señor dónde están Leoncio y su mujer? —me dijo Ansúrez en cuanto nos vimos en paraje seguro—. Pues en una tienda de la plazuela de San Miguel, donde se vende al por mayor toda la cangrejería que viene a Madrid.

—¿Y tu hermana Lucila?

—En la calle de Toledo... no sé el número... Entrando por la Plaza Mayor, a mano derecha, pasadas dos o tres casas.

—Bien, bien. Vamos hacia allá. ¿Hay guerra en las calles?

—Muchísima guerra y tiros muchos, lo que los músicos llamamos *à piacere,* disparando cada cual como se le antoja, y en *allegro vivace* que quiere decir: vivo, vivo...

DESDE MI LECHO, CERRADOS LOS OJOS FIGURANDO QUE DORMÍA, CREÍA YO SENTIR LEJANOS ALARIDOS DE LA MULTITUD

—¿Esta mañana, después que me dejaste en casa, ocurrió algo? Yo he sentido tiros.

—¡Anda! Un fuego tremendo en la plaza de Santo Domingo, mucho pueblo contra la tropa que guarda palacio y el Teatro Real, donde dicen que están escondidos los ministros ladrones, y el jefe de los rateros y guindillas, don Francisco Chico...

—Bien decía yo que había trifulca... ¡Y mi mujer queriendo convencerme de que Madrid es la antesala del limbo!

—Pues hoy hemos tenido función bonita... Mucho pueblo... ¡qué bulla, qué entusiasmo!, y en medio del paisanaje un militar a caballo, con su ordenanza, también a caballo. Era el coronel de Farnesio... En fin, señor, que el coronel y el pueblo hablaron a gritos: primero en la Plaza Mayor, después en el Principal de la Puerta del Sol; pero yo no entendí lo que decían,

DE TIENDAS POR MADRID

Las principales tiendas de Madrid se encontraban en torno a la Puerta del Sol, donde, según el barón de Davillier, viajero ilustre, las pensiones tenían mala fama y estaban a precios exorbitantes. Las tiendas más populares eran las de quincallas, novedades y ultramarinos, junto a las que explotaban los artesanos (cesteros, albarderos, ebanistas, jauleros, cordeleros, cereros, fosforeros, etc.), las de vestidos (telas, sastrerías y sombrererías) y las de los plateros y joyeros. En las de quincalla se vendían todo tipo de objetos y mercancías, especialmente los denominados «artículos de París», llegados desde el otro lado de los Pirineos para deleite de los burgueses.

Había dos modelos de tiendas o comercios: los elegantes y los puestos ambulantes. Los primeros estaban reservados a la burguesía y en ella compraban las damas sus vestidos de fiesta, las telas para confeccionar trajes y los objetos para adornar los salones. Bajo los edificios y en los rincones de las calles céntricas se encontraban los ambulantes, en los que se vendía de todo: desde abalorios hasta gallinejas, desde frutos secos hasta pistolas. La oferta se completaba con los callejeros que desde el amanecer gritaban sus productos: mieleros, cerilleros, alpargateros, verduleros, lecheros o aguadores. Las tiendas de comestibles y las pastelerías eran de las más visitadas, entre ellas Lhardy en la Carrera de San Jerónimo, fundada en 1839 como restaurante, y el Horno del Pozo, donde desde 1830 se preparaban buñuelos y huesos de santo, hojaldre, chantilly, monas de Pascua, empanadas de pescado o carne, torrijas y bartolillos. Otro de los comercios interesantes era el herbolario de la Fuente, creado en 1856, donde se vendían todo tipo de hierbas curativas y al que acudían no solo los madrileños sino los visitantes llegados de otros puntos del país en busca de los ungüentos maravillosos con los que recuperar la juventud perdida. Galdós menciona entre las tiendas más populares a mediados del siglo XIX la del maestro hojalatero José María Albear, situada en el número 22 de la calle del Desengaño; la cangrejería de la plazuela de San Miguel, donde se vendía al por mayor; la zapatería de Arnáiz; la del choricero Tío Rico, y La Perla o El Jazmín, dedicadas a la ropa de niños, camisería y géneros de punto.

TIENDA DE ABANICOS EN LA CALLE DE TOLEDO. Grabado de época. Museo Municipal. Madrid.

porque no pude acercarme. Ni sé cómo se llamaba el coronel... ni qué le pedían, ni qué contestaba... Solo sé que después fueron todos a la plaza de Santo Domingo, donde andaban a tiros tropas y paisanos... Yo fui también... Por el camino, cadáveres, sangre... las casas cerradas todas, mucho miedo... ¿Qué pasó? No lo sé... El coronel mandó cesar el fuego, y después, por la vuelta que llevaba, me pareció que iba a palacio, y gritaba la gente: «¡Viva... "tal"!». No me acuerdo del nombre.

—Por algo que hoy ha dicho mi suegro en casa, entiendo ahora que ese que viste es el coronel Garrigó... Con O'Donnell estaba en Vicálvaro. Se portó como un héroe. Fue herido, cayó prisionero frente a los cañones de Blaser... Al volver a Madrid las tropas del Gobierno, procedía fusilar a Garrigó... Pero ¿qué había de hacer la Reina más que indultarle? En estas guerras mansas entre dos partes del ejército, no puede haber ensañamiento. Al fin han de entenderse y ser todos amigos. Ni han fusilado al coronel de Farnesio, ni habrían fusilado a O'Donnell, ni a Messina, ni a Dulce, ni a Ros de Olano si les hubieran cogido... ¿Te vas enterando? Garrigó es liberal, y además muy valiente, tan buen patriota como buen soldado. El pueblo le quiere; la tropa también. De lo que me cuentas y de lo que oí a mi señor suegro, saco esta conjetura, mejor dicho, dos conjeturas: o Garrigó ha sido mandado por Córdova a parlamentar con los insurrectos para ver de encontrar un término de avenencia y paces, o ha dado este paso por su propio impulso generoso, deseando facilitar a la Reina lo que la Reina estará deseando a estas horas: reconciliarse con la nación... A ver si recuerdas, hijo. ¿A lo que Garrigó decía contestaba la multitud con aclamaciones?

POR ALGO QUE HOY HA DICHO MI SUEGRO EN CASA, ENTIENDO AHORA QUE ESE QUE VISTE ES EL CORONEL GARRIGÓ...

—A veces, sí; a veces, no... Cuando entró ese señor en el Principal, el pueblo pidió que saliese al balcón... pero no salía.

—No salía, y las turbas impacientes...

—Gritaban: «¡Qué desarmen a la Guardia Civil». Esto sí lo entendí bien... Y yo también lo grité, sin más razón que oírlo a los demás.

—Perfectamente. Y al fin salió Garrigó al balcón.

—Sí, señor... y parecía que queriendo decir una cosa, no podía decirla... o que no sabía cómo contestar a los de fuera y a los de dentro.

—¿Los de fuera pedían el desarme de la Guardia Civil?

—Y gritábamos: «¡Mueran los asesinos!». Al coronel no le entendí más que unas pocas palabras hablando de la Reina.

—Del bondadoso corazón de la Reina... Y el pueblo, que es un buenazo, se ablandaba con esto.

—Se ablandaba un poquito, y después, otra vez con que se desarmara a la Guardia Civil...

—Naturalmente... Puesto que la Reina es tan bondadosa, que mande a la Guardia Civil parar el fuego... En fin, que Garrigó fue a la plaza de Santo Domingo a ordenar que cesaran las hostilidades. Y las masas tras él... ¿no es eso?

—Tras él yo también, gritando, hasta quedarme ronco, todo lo que oía gritar a los demás... Y como digo, pararon los tiros, y el señor Garrigó siguió luego hacia palacio... Puede que haya llevado a la Reina unas palabritas del paisanaje...

—De seguro habrá dicho a su majestad algo del bondadoso corazón del pueblo, y corazones frente a corazones, tendremos sensiblería, pucheros, abrazos, y *tutti contenti*. Esto podrá ser; pero no será; ni quiero yo estas blanduras ni estos abrazos, que son la pérfida componenda, el engaño recíproco, para vivir siempre en un régimen de mentiras. Nada de paces ni arreglitos, sino lucha, y que veamos practicadas las ideas elementales de Justicia y de Gobierno. ¿Me entiendes tú? A las sociedades les conviene volver de vez en cuando al salvajismo... como ventilación, como saneamiento... Vivimos una vida de artificios, que a la larga nos van cubriendo de polvo y telarañas... Conviene barrer, ventilar, fumigar...

Recordando ahora, un poco lejos ya de aquel día y de aquellos sucesos, lo que entonces pensaba yo y decía, obligado me veo a reconocer que no me encontraba, el 18 de julio, en la completa serenidad de juicio que normalmente disfruto. Las escenas trágicas de la noche del 17, el fulgor de las hogueras, mis ansias de belleza, el desarreglo estético, digámoslo así, que se inició en mí desde el regreso de Vicálvaro, habían turbado mi espíritu. Al escaparme de mi casa, escabulléndome con Rodrigo Ansúrez por calles poco frecuentadas, me sentí romántico: la leyenda, la poesía política, si así puede llamarse, me seducía y me rondaba. Érame grato no llevar la compañía de Sebo, cuyo prosaísmo me apestaba, y sí la del hojalatero artista, de ingenua sencillez en su trato. Pensaba yo que el muchacho podría extasiarme tocando en el violín la *Tabla de los Derechos del hombre,* o el *Contrato social*... Camino de la plaza de Oriente, rodeando calles y travesías, díjele que le nombraba mi escudero, y que, no gustando yo de cosas comunes ni de términos trillados, le llamaba «Ruy», nombre conciso y de sabor arcaico.

No nos fue posible llegarnos a la plaza de Oriente, defendida por todos sus *approches* como campamento atrincherado. Rodeando seguimos, y por la calle de la Escalinata y de Mesón

ISABEL II, PROTEGIDA POR LA GUARDIA REAL. En la noche del 17 de julio la Reina salió de palacio escoltada por su guardia personal. Las calles de los alrededores habían sido tomadas por el pueblo y se levantaron barricadas en las plazas cercanas. (*El carruaje de la Reina*. Grabado de época. Colección particular).

LA GUARDIA CIVIL DEFENDIÓ EL ORDEN Y LA LEGALIDAD. En los primeros momentos de la revolución, la Guardia Civil se enfrentó al pueblo, pero finalmente hubo de rendirse ante el acoso popular. *(Rendición de la Guardia Civil en la Plaza Mayor de Madrid.* Grabado de Urrabieta. Biblioteca Nacional. Madrid).

de Paños nos subimos a la calle Mayor, donde la enorme aglomeración de gente dificultaba el tránsito; quisimos pasar a la plaza de San Miguel, y la ola humana que tratamos de atravesar nos arrastró hacia Platerías. No sé las veces que fui y vine a lo largo de la calle, no por mi voluntad, sino por traslación de la masa viviente a la cual pertenecíamos mi escudero y yo. Tan pronto me veía en la embocadura de la Puerta del Sol como en el arco de Boteros. En la Plaza Mayor sonaba horroroso fuego. La Guardia Civil trataba de arrojar de ella a los amotinados.

La confianza se establece pronto entre las moléculas que componen la muchedumbre, por más que estas moléculas cambien de sitio a cada instante. Caras que yo veía próximas me sonreían, y bocas de aquellas desconocidas caras me dijeron: «En palacio no se dan a partido... No nos entendemos... Dicen que pitos, y luego son flautas...». En la onda fluctuábamos cuando aparecieron tropas por la Puerta del Sol, con un general al frente. Oí que era Mata y Alós. Con dificultad se abría camino. Antes de que llegase a la calle de Coloreros, apareció por ésta el popular Garrigó con escolta de infantería y caballería. Se encararon uno y otro caudillo; hablaron... Yo estaba lejos, nada pude oír. Mata siguió hacia los Consejos: sin duda iba a palacio; el otro entró en la plaza. Observamos que cesaba el fuego. ¿Se entenderían al fin? ¿Traía Garrigó instrucciones de palacio y nuevos arranques del bondadoso corazón de la Reina? Sin duda no traía nada decisivo, porque el fuego se reanudó... Fue que la Guardia Civil, por orden del valiente coronel de Farnesio, puso culatas arriba. El pueblo entonces se arrojó obre los guardias para quitarles las armas. Pero los guardias no son gente que a dos tirones se deja desarmar... Otra vez el fuego, y algunos paisanos mandados al otro mundo.

Yo no presencié estos incidentes. Oí los tiros, y vi los heridos y muertos un rato después. Terminó la reyerta retirándose Garrigó con la Guardia Civil, y penetrando impetuosamente en la plaza por sus diferentes boquetes, el mar, el pueblo... En aquel mar iba yo con mi leal escudero, cuya vista de lince descubrió al instante rostros conocidos, y me dijo: «Vea, señor: allí, entre aquellos que manotean, está el valiente... mírelo... Don Bartolomé Gracián, en mangas de camisa, sin sombrero... Arma no lleva, si no es que la esconde».

XXV

Corrí tras del hombre que en aquella ocasión a mis ojos tomaba proporciones de figura heroica, tribuno y caudillo de la plebe; pero las oscilaciones del gentío le alejaban de mí cuando ya creía tenerle al alcance de mi mano. Yo gritaba: «¡Gracián, Gracián!». Se perdía mi voz en el bramido estentóreo del viento y la mar, que esto era el pueblo, océano revuelto y aires desencadenados... Por fin, pude cogerle en el arco de la calle de Atocha, y hablamos brevemente, pues no había lugar de largas conversaciones.

—¿Quiere usted armas? —me dijo—. ¿Se batirá usted con nosotros y por nosotros?

—Los hombres que se lanzan con tanto valor y entereza a una lucha desigual contra la burocracia y el militarismo, tienen todas mis simpatías. Pero yo no soy de armas tomar; no sirvo para esto... Vengo de curioso...

—De cronista quizás.

—Algo también de cronista. Quiero ver el atleta desnudo, inerme, luchando con su hermano, el otro atleta, vestido de todas armas, pueblo contra ejército, que es dos formas de pueblo la una frente a la otra. Entiendo, querido Gracián, que no hay ni puede haber en el siglo que corremos espectáculo más hermoso que este pugilato entre dos hijos de una misma madre: el hijo soldado, el hijo paisano... Dos gladiadores y una sola espada.

—Me parece que el gladiador desnudo llevará la ventaja. Ahora tenemos que ajustarle las cuentas a este asesino de Gándara, que sube de Atocha con artillería de montaña, ingenieros, Guardia Civil de a caballo, y la bendición del patriarca de las Indias... Allá vamos. En la plaza de Antón Martín se verá quién es más guapo, si él o yo... Tengo antojo de merendarme a ese Gándara con toda su fachenda... Ya sabe él que estoy aquí; ya sabe que a estos pobres borregos los hago yo leones, y que con ellos y conmigo no se juega... No digo que no sea valiente... le conozco; nos conocemos: juntos peleamos el 48... Viniendo contra mí, crea usted que no viene tranquilo... En fin, ya nos veremos luego, y le contaré a usted nuestras hazañas para que las escriba.

SIGUIÓ POR LA CALLE DE ATOCHA, PRECEDIDO Y SEGUIDO DE UNA TURBA DE ASPECTO FEROZ, ARMADA CON VARIEDAD DE INSTRUMENTOS MORTÍFEROS

Siguió por la calle de Atocha, precedido y seguido de una turba de aspecto feroz, armada con variedad de instrumentos mortíferos, obediente al jefe, a él sujeta por una disciplina improvisada, mezcla de respeto, de entusiasmo a estilo militar, y de terror a usanza de bandidos. Pareciome el valor de Gracián como un producto de la arrogancia histriónica y farandulera. Era valiente por el aplauso, y acometía y realizaba sus hazañas para que le viera el público. Su heroísmo era orgullo con guirindolas y cascabeles; se había imaginado el tipo del héroe popular, y como gran artista, encarnaba admirablemente el papel que para sí mismo había compuesto.

Volvimos mi escudero y yo a la plaza, donde tuvimos poco tiempo de tranquilidad. Por la calle Mayor aparecieron tropas con intento de ocupar la plaza, y el paisanaje corrió a cortarles el paso por los portales de Bringas y por los tres ingresos que dan a Platerías. El tiroteo arreció en pocos minutos. Adquirieron ventaja los paisanos por la ocupación previa de las casas. Mientras unos, parapetados en los porches, abrasaban a los soldados, otros, desde los altos pisos y desvanes, les dañaban horrorosamente con auxilio del vecindario: mujeres y chicos arrojaban sobre la cabeza del gladiador armado, tiestos, tejas, agua caliente y otras materias. El gladiador desnudo se defendía con todos los proyectiles que pudieran suplir la corta eficacia de su armamento. No creyéndonos seguros de un balazo en ninguna de las galerías de la plaza, emprendimos nuestra retirada por la calle de Botoneras. Vimos un portal que se abría para dar paso a un hombre; descubrí en éste a un antiguo conocimiento mío, Sotero Trujillo, el esposo de la pobre Antoñita, que acabó sus tristes días el 48, en un segundo piso de la cercana plaza: agraciome el tal con un fino saludo; invitome a guarecerme en su domicilio, desde donde podía ver la función sin riesgo; acepté, subimos.

YO, QUE NO DESEABA OTRA COSA, ACEPTÉ LA INVITACIÓN DE SOTERO, SIN HACER CASO DE LOS ARRUMACOS

Escalones arriba, me contó Sotero que había contraído segundas nupcias con una viuda, la cual con suave dominación le había curado de su vagancia y borracheras; que su mujer era sastra de curas y ganaba buen dinero, y él, por influencias de ella, había conseguido un empleíto en la expendeduría de las bulas... Tiempo hubo de que me contara esto y algo más, por ser la escalera larguísima... Llegamos por fin al término de la ascensión... Sotero me presentó a su cara mitad, que es fea, gorda, tuerta; no tiene pescuezo, el seno casi se toca con la barbilla, y los hombros se dejan acariciar por los pendientes de filigrana que cuelgan de sus orejas. La sala en que nos recibieron, y que estaba llena de viejas de la vecindad espantadas de los tiros, era taller de sastrería eclesiástica, y no se veían allí más que sotanas y manteos en corte o en hilván, roquetes y sobrepellices, y algún modelo de bonete colocado sobre una cabeza de sacerdote de cartón. En la pared vi retratos de diferentes papas, Vírgenes del Sagrario, de la Cinta, de la O, de la Fuencisla, de la Valvanera, y el escudo de la Santa Cruzada junto a un cuadro de mesa revuelta, que fue la especialidad de Sotero en sus floridos tiempos de dibujante.

Con remilgos de finura me hizo los honores de su casa la esposa de Trujillo, no sin decirme que ella es de la familia de los Samaniegos, oriundos de Mena, muy señores míos, y hablamos de aquella cruel guerra en las calles, que no había de traer más que desolación, hambre, irreligiosidad y, por fin, ateísmo... No pudimos extendernos en este coloquio, porque Sotero nos invitó a salir al tejado por un buhardillón, para ver desde lo alto la tremenda lucha entre los dos hermanos, según Gracián: el gladiador vestido y el gladiador desnudo. Yo, que no deseaba otra cosa, acepté la invitación de Sotero, sin hacer caso de los arrumacos de susto con que quiso retenernos la señora; subimos por empinadas escaleras, salimos a un ventanón de donde se veía toda la plaza... El espectáculo era desde arriba muy interesante, no exento de peligro, pues bien podían algunas balas subir más alto que la intención de los que disparaban. Los paisanos defendían las entradas de Boteros y Amargura, el callejón del Infierno y los portales de Bringas; desde los techos de la Casa-Panadería y casas próximas hacían fuego contra la calle Mayor...

17 - 29 de julio de 1854

El pueblo estalla contra los moderados

La revolución madrileña deja el poder en manos de los generales Espartero y O´Donnell

Madrid estalla en julio contra el gobierno moderado, cuya política económica había provocado un considerable aumento de los precios. El poder pasa a manos de la coalición encabezada por Espartero y O´Donnell; una alianza contranatura que durará sólo dos años

Causas

- Los partidarios de O´Donnell y del resto de militares sublevados en Vicálvaro animan al pueblo a levantarse contra el Gobierno
- La subida de los precios, provocada por las exportaciones de trigo a Inglaterra, eleva el malestar entre gran parte de la población
- Progresistas y demócratas se sitúan al frente del pueblo en sus reivindicaciones

17/7/1854

En la Plaza de Toros, los espectadores empiezan a lanzar gritos contra el Gobierno y hacen que la banda toque el himno de Riego. A la salida, se dirigen sin oposición a la Puerta del Sol. Por la noche, liberan a los demócratas presos en la cárcel del Saladero y toman el Ministerio de la Gobernación

Un grupo de amotinados entra en la Casa de la Villa y establece una Junta Central que redacta un comunicado en el que se avisa a Isabel II de que el país sólo aceptará un gobierno realmente popular

18/7/1854

Comienza la lucha armada entre los rebeldes y las fuerzas del orden. La multitud saquea las viviendas de María Cristina de Borbón, el conde de San Luis y el marqués de Salamanca. Aparecen los primeros muertos

FUENTE: "La Revolución de 1854 en Madrid", José Ramón de Urquijo y Goitia

Lucha de barricadas

Durante la revuelta, los madrileños levantaron múltiples barricadas por toda la ciudad, como ya había sucedido en las principales ciudades europeas durante las revoluciones de 1848. Cualquier material era útil para construir una barricada que impidiese el paso de las tropas: ladrillos, adoquines, tablas, sacos de arena, barriles o colchones

Defensivas: Estas barricadas cerraban completamente el paso. Se dejaba un hueco en la parte superior para poder disparar a las tropas. Este tipo de barricadas se situaron en las principales vías

De entretenimiento: Eran menos sólidas que las anteriores. Tenían entradas y salidas por ambas aceras y su misión consistía en entorpecer y ralentizar los movimientos de los soldados

De retirada:
Se construían con materiales resistentes, a prueba de bala. Envolvían a las tropas, dejándolas desprotegidas ante el fuego de francotiradores y alborotadores

Los protagonistas

Manuel BECERRA

Baldomero ESPARTERO

Líderes rebeldes:
·**Generales:** Baldomero Espartero, Leopoldo O´Donnell y Evaristo San Miguel
·**Periodistas:** Fernando Corradi, Ángel Fernández de los Ríos y Eduardo Chao
·**Toreros:** José Muñoz Pucheta
·**Políticos demócratas**: José Ordax, Sixto Cámara y Antonio Cervera
·**Intelectuales:** Manuel Becerra y Nicolás Salmerón

Fuerzas revolucionarias:
·**500 combatientes,** apoyados por múltiples vecinos apostados en tejados y balcones
·**Composición:** obreros, artesanos, miembros de la clase media, extranjeros refugiados

Fuerzas gubernamentales:
5.700 soldados

Los sublevados consiguieron que se restableciese la **Milicia Nacional**, todo un símbolo del liberalismo

Las bajas

Revolucionarios
74 muertos / **279** heridos

Ejército gubernamental:
23 muertos / **92** heridos

19/7/1854	20/7/1854	23/7/1854	23/7/1854
Continúan formándose juntas locales en diversos puntos de la capital. Empiezan a escucharse con fuerza los gritos a favor de Espartero y de los progresistas. Ejército y Guardia Real planean una ofensiva para sofocar definitivamente la insurreción	El pronunciamiento militar de Vicálvaro se extiende por toda la Península. Asustada, Isabel II planea abandonar Madrid, pero termina cediendo el poder a Espartero. Los moderados se ven obligados a salir del país	La multitud captura al jefe de la Policía, Francisco Chico, que morirá en la Plaza de la Cebada fusilado	O´Donnell y Espartero llegan a Madrid entre vítores. Su coalición progresista se romperá en 1856

Documentación: Juan Miguel Revilla

XAVI ISERN

Como el estado singular de mi espíritu ante la revolución visible solía distraer mi atención, apartándola de los objetos de mayor importancia para fijarla en los accesorios e insignificantes, me entretuve un momento, y aun dos momentos, en mirar los gatos que en aquellos irregulares y viejísimos tejados tienen su habitual residencia. Andaban los animales de un lado para otro, paseando su turbación, y excitados por el fuego... Contagiados por el ejemplo de los hombres, unos a otros se desafiaban con furiosos mayidos, y no lejos de mí, en un tejadillo que vierte a la calle Imperial, dos de atigrada piel vinieron a las uñas, y se sacudían y arañaban de firme como encarnizados enemigos. Probablemente se peleaban por dar gusto a la garra, y desconocían el motivo y fin de sus querellas. Observé asimismo que no se veían gorriones ni palomas por aquellos aires. Los tiros ahuyentaban a todos los pájaros que merodean en la zona urbana. Las golondrinas, menos asustadizas de la pólvora, no se habían perdido de vista, y volaban, trazando grandes círculos, en torno a la mole de San Isidro o sobre el copete de San Justo.

De estas observaciones me apartó Ruy, llamándome a que mirara lo que en la plaza ocurría:

—Señor, mire hacia abajo. ¿Ve aquellos dos hombres que cargan un herido, uno le coge por los pies, otro por los sobacos?

—Sí les veo... y paréceme que no es herido, sino muerto el que traen... Lo tiran en el suelo, como si fuera un saco, al pie del caballo de bronce...

—Muerto parece. De los dos que lo han traído y que ahora vuelven hacia los portales, fíjese en el que va delante, que lleva un gorro colorado... Es mi hermano Leoncio.

Desde las alturas no pude ver del hombre que yo había conocido por Ley, y ahora es Leoncio, más que la gallarda estatura, el andar resuelto, y el encarnado turbante o pañuelo que ceñía su cabeza.

—Si esto se acaba y podemos andar por el suelo sin peligro —dije a mi escudero—, hemos de buscarle y echar un párrafo con él.

El tiroteo era ya menos vivo. Los defensores de Boteros se retiraron al centro de la plaza. Vimos uniformes que avanzaban. Parapetados tras el pedestal de Felipe III, aún defendían la plaza los más tenaces. Heridos había muchos; muertos, no pocos. Un hombre de aspecto agitanado yacía junto a un farol, el cráneo deshecho, el calañés a media vara de distancia, y arrimados a la Casa-Panadería, tres hombres tumbados, que más parecían borrachos que muertos: eran cadáveres de héroes bebidos, que habían peleado enardeciendo su patriotismo con el aguardiente. Mujeres vimos recogiendo heridos y metiéndoles en una tienda de vaciador y en la zapatería de Arnáiz... La ventaja de la tropa se manifestaba bien a las claras y crecía por momentos. Al fin el pueblo se retiró a la calle de Toledo, y los soldados ocuparon la plaza.

ANDABAN LOS ANIMALES DE UN LADO PARA OTRO, PASEANDO SU TURBACIÓN, Y EXCITADOS POR EL FUEGO...

Admirable punto de defensa era para el gladiador desnudo el arranque estrecho de la calle de Toledo, entre gruesos porches que le servían de amparo. Allí y en la calle de Botoneras se entabló de nuevo el combate, que no fue de larga duración, porque al gladiador armado le llegó refuerzo por la Concepción Jerónima. El paisanaje se dispersó, filtrándose por los edificios. En tanto, la tropa no podía estacionarse, por no ser suficiente para guarnecer y fortificar todos los lugares estratégicos. Su misión era despejar la extensa línea entre palacio y Atocha para impedir que en los puntos principales de ella se fortificase la insurrección, y contener a ésta en los barrios del sur, impidiéndole la comunicación fácil con las zonas del Barquillo y Maravillas, donde también había, por lo que después me contaron, tiroteo gordo. Despejada la Plaza Mayor, la tropa siguió hacia la de San Miguel y calles de Milaneses y Santiago. Otras secciones recorrían la línea desde la plaza del Progreso hasta San Francisco.

En tanto, la más tremenda lucha de aquel día se empeñaba en la plazuela de Antón Martín, primero; después, en la del Ángel, entre el bravo Gándara y el paisanaje dirigido por el temerario Gracián y otros tales, no menos arriscados y feroces. Desde la atalaya en que nos habíamos subido, oíamos el estruendo de fusilería y cañones, y veíamos la humareda que el viento empujaba hacia el oeste, arremolinándola en torno a la torre de Santa Cruz. Observando esto, dijimos que la torre se ponía mantilla. Si el humo nos daba idea de un terrible combate, no era menos pavoroso el efecto de los tiros. Creyérase que todo aquel núcleo de casas, entre la Trinidad y la Imprenta Nacional, entre Santa Cruz y las Niñas de Loreto, se resquebrajaba, y que a pedazos caían paredes y techumbres. La pelea se iba corriendo hacia el este. Ya el humo no parecía tan amigo de la torre de Santa Cruz, y acariciaba la de San Sebastián. La artillería tronaba por la calle de Atocha...

EL EJÉRCITO RECUPERÓ LA CIUDAD POCO A POCO. En la madrugada del 18 de junio de 1854 los militares fueron avanzando hacia el centro y calle a calle alcanzaron la Plaza Mayor. El pueblo se retiró hacia las afueras por la calle de Toledo. *(Barricada en la calle Barquillo.* Grabado de *La Ilustración*. Biblioteca Nacional. Madrid).

A todas estas, el reloj de la Casa-Panadería, que, por encima de la rabia y el delirio de los hombres, seguía fiel a su obligación, nos dijo que eran las cuatro; nos recordó que no habíamos almorzado ni comido, y el hambre nos advirtió que debíamos dar algún lastre a nuestros pobres cuerpos suspendidos en el aire. Discurriendo estábamos el modo y ocasión de comer algo, cuando el amigo Sotero subió a invitarnos en nombre de su señora. Aceptamos con gratitud, y la propia sastra nos sirvió unas malas sopas que sabían a sebo; una fritanga de mollejas, queso, vino y pan de picos, duro de cuatro días. Con ser tan malo el comistraje, nos supo a gloria, y reparamos las fuerzas del gran sofoco de estar todo el día sobre tejas, mirando a los hombres matarse de tejas abajo. Muy agradecidos a las amabilidades de Sotero y su esposa, abandonamos nuestra torre-atalaya; descendimos, y en la calle Imperial nos echamos a la cara un montón de muertos que había arrimado a la pared, en la rinconada del Fiel Contraste. No se llevó flojo susto mi buen Ruy, porque, viendo entre los cadáveres uno con trapos rojos en la cabeza, liados al modo de turbante, creyó por un momento que era Leoncio; mas, examinado de cerca el pobre difunto, nos tranquilizamos, y para mayor seguridad los miramos todos, pues en lo más bajo del montón vi asomar unos pies que me parecieron los del gran Sebo. Tampoco estaba Sebo entre aquellos mártires políticos, cosa natural en quien siempre tuvo por vocación lo contrario del sacrificio por una bandería pequeña o por una idea grande.

—Ya parecerá —dije a mi escudero—, debajo de alguna mesa, o embutido dentro de un armario donde los masones guarden los trastos y chirimbolos de sus ritos... Y entre tanto, Ruysillo, hazme el favor de guiarme hacia donde yo pueda ver y saludar a los queridísimos salvajes Mita y Ley.

TAMPOCO ESTABA SEBO ENTRE AQUELLOS MÁRTIRES POLÍTICOS, COSA NATURAL EN QUIEN SIEMPRE TUVO POR VOCACIÓN LO CONTRARIO DEL SACRIFICIO POR UNA BANDERÍA PEQUEÑA

Aprovechando el despejo de las calles de Toledo y Latoneros, Ruy me llevó a la de Cuchilleros, diciéndome:

—Antes de llegarnos a la cangrejería, donde me parece que no encontraremos a nadie, entremos en el establecimiento del señor Erasmo...

Siguiéndole, miraba yo los rótulos de las estrechas tiendas y pobrísimas industrias de aquel rincón de Madrid. Vi taller de «estañero», con muestrario de jeringas; vi tienda de «albayalde» y «ocre»; vi «albardero» y «jalmero», «cestero», «jaulero»... Por fin, dijo Ruy: «Aquí es»; y por la entornada puerta nos colamos en el local angosto de una tienda que tiene por muestra: «Obleas, lacre y fósforos».

XXVI

Vi un taller parecido a los laboratorios de nigromantes o brujos que aparecen en las comedias de magia, calderos y vasos de extraña forma, hornillas, telarañas, y una pátina de polvo y mugre sobre paredes y techo; el suelo de tierra, apelmazado y endurecido por las pisadas. Suspenso el trabajo, sin fuego los hornos, volcados los calderos, todo revelaba pobreza y el mísero rendimiento de las industrias que viven un día sí y otro no, conforme a la desigual demanda de consumidores. Verdad que aquellas modestísimas artes se relacionan con otras artes o granjerías de alguna importancia: las obleas son hermanas de las hostias; el lacre tiene algo que ver con los barnices, y los fósforos con la pirotecnia. Por esto había surtido de carretillas de pólvora para jugar los chicos; pasta para pegar cristalería y porcelanas rotas, y diversas materias malolientes, en frascos y pucheros, solidificadas al enfriarse; cola, pez, trementina, ingredientes tintóreos y mixturas de todos los diablos... Me detuve a contemplar aquella miseria, y a considerar los esfuerzos que representa, titánicos, pero ineficaces para obtener un pedazo de pan. ¡Lo que luchan y se afanan estas clases inferiores de la industria para sostener una existencia mezquina sin esperanzas de mejora! Y los infelices que en aquel taller echan diariamente el quilo, estarían seguramente en las calles haciendo fuego contra el poder establecido, y presentando su pecho a las balas y a las bayonetas del ejército.

A mis preguntas sobre este particular, contestó Ruy que era dueño del titulado establecimiento un pobre hombre, que había gastado su vida en aquellos trajines. Un hijo le quedaba, de los tres que tuvo, y ambos eran tan furibundos patriotas como cuitados menestrales, que empleaban toda su fuerza física y moral en la conquista de unas sopas, y éstas, ¡ay!, no se lograban todos los días. Representaban allí el patriotismo dos estampas: una, de Espartero a caballo; de Martín Zurbano la otra, en el acto de ponerle la venda para fusilarle. Yo no las había visto: estaban adheridas con engrudo a la pared, y del humo y la mugre apenas se conocían las figuras. Díjome Ruy que ambos, hijo y padre, tienen la monomanía de las revueltas, y son los primeros en echarse a la calle en días de motín, y que apetecen los puestos de mayor peligro. ¿Y por qué lucha esta gente? Por ésta o la otra Constitución que no conocen, por derechos vagos que no entienden, o por idolatría fetichista de hombres y principios, cuyas ventajas en la práctica no han de disfrutar jamás. De fijo que si esta revolución triunfa y tenemos milicia nacional «sobre sólidas bases», como dice el programa de Manzanares, estos dos hombres, Erasmo Gamoneda y su hijo Tiburcio, serán los primeros que se gasten cuanto tienen para endilgarse el uniforme y salir a pintarla militarmente en procesiones y paradas. Y con esto se quedarán muy satisfechos, sin reparar que siguen y seguirán tan pobres como antes, y que irán al sepulcro sin que conozcan ni aun parte mínima del bienestar posible dentro de los humanos. ¡Inocentes y generosos hombres! De veras les admiro.

—Señor —me dijo Ruy—, espérese aquí un poquito, mientras yo subo a ver si está Virginia... Ella no bajará, ni le mandará subir a usted sin saber quién la visita, porque no se le pasa el miedo de la policía ni aun con estas trifulcas. Siempre está con cuidado. Se viene acá, porque los Gamonedas, primos de mi padre, son gente de toda confianza que en ningún caso la venderían.

Desapareció Ruy por una escalera empinadísima, angosta como de dos tercias, con los peldaños de fábrica, gastados. Empezaba en un pasillo, al fondo del taller, y no se le veía el fin... Yo no quitaba mis ojos de los peldaños más altos, últimos para el que subiera, primeros para el que bajase, y no tardé en ver unos pies de mujer, una falda azul... Pies y falda se pararon cuando solo estaba visible menos de la mitad inferior del cuerpo. Yo me agaché para ver algo más... La media figura seguía inmóvil. «¿Será Mita?», me decía yo. Salí de dudas cuando ella, doblándose por la cintura, me mostró su cabeza ladeada al nivel del techo del taller... Con una exclamación de júbilo avancé hacia la escalera, y ella gritó: «Pepe, Pepillo, pero ¿eres tú de veras?». Bajó dos escalones y me alargó su mano para darme apoyo y guía en aquella subida gimnástica... Sin soltarme de la mano, me llevó a un aposento de bajo techo, pobrísimo, lleno de estrafalarios objetos, herramientas y cacharros. En el fondo obscuro, una mujer de mediana edad, sentada cerca de un anafre, cuidaba de los pucheros puestos a la lumbre. Era la dueña de la casa... Después de presentarme, Virginia me acercó una silla de paja desfondada, y en otra se sentó ella. «Me parece mentira que nos vemos, que me ves tú —fue lo primero que ella dijo en cuanto nos sentamos—. ¿Sabes, Pepe, que por primera vez, en mi vida de salvajismo, siento... no sé cómo lo diga... vamos, que me da vergüenza de que me veas en esta facha?».

Yo no quitaba mis ojos de los peldaños más altos, últimos para el que subiera, primeros para el que bajase

La tranquilicé, mirándola bien y apreciando con rápido examen toda su persona, de pies a cabeza. Entiendo que está más bella de salvaje que lo estuvo de señorita y señora, y que los efectos del sol y el aire superan a cuantos cosméticos inventa la industria del tocador. No obstante, se advierte en su rostro la fatiga del trabajo duro, que acabará por deteriorar su belleza si no le depara Dios un vivir reposado. Entre la Virginia de Madrid y la Mita de los bosques, entre la damisela frívola y la dríada correntona, ha puesto la Naturaleza sus mayores distancias elementales. Es ya otra mujer: figura, modales, expresión, y hasta la voz, han cambiado; conserva la gracia y el ingenio. Hablando con ella largo rato, pude advertir que sobre sus facultades brilla hoy un sol nuevo que todo lo ilumina, la razón, antes apenas perceptible, como un resplandor de aurora entre brumas. Noto que se han desmejorado extraordinariamente las manos, antes blancas, finísimas, de perfecta forma, hoy ásperas, coloradotas; los dedos, que fueron los más bellos instrumentos de la holgazanería, son hoy duros, acerados, con lóbulos que marcan la deformación de los huesos, por causa de la ruda faena de lavar ropa en agua muy fría... En su vida silvestre ha sabido Mita conservar la limpieza y corrección de su dentadura; su peinado no es del estilo de pueblo, con moñitos y picaporte, ni tampoco el que en Madrid se usa, sino más bien un estilo propio suyo, sencillo y airoso; el calzado muy tosco, y bastante usadito, disimula la pequeñez y buena forma de sus pies. En su ropa, de todo hay: remiendos, agregados, telas que lucieron en Madrid, y otras que proceden del mercado de Bustarviejo, así como el corte del cuerpo denuncia los figurines de Miraflores de la Sierra.

Las primeras expresiones de Mita fueron para sus padres, dulce recuerdo acompañado de la indispensable ofrenda de lágrimas. Como yo hablase de posible reconciliación, con el solo objeto de sondar su ánimo, me dijo:

LAS PRIMERAS EXPRESIONES DE MITA FUERON PARA SUS PADRES, DULCE RECUERDO ACOMPAÑADO DE LA INDISPENSABLE OFRENDA DE LÁGRIMAS

—Pensar en eso es locura, Pepe. Para volver a llamarme «hija», mis padres me pedirán que deshaga yo todo lo hecho desde mi fuga, y que me ponga el capisayo de un arrepentimiento que me parece tan absurdo como si el sol saliera por Poniente. ¡Arrepentirme yo de lo único bueno que he sabido hacer en mi vida! Esto no lo verá mi familia... Por encima de mi familia está Ley y el amor que le tengo. Los padres son padres, y una les quiere porque a ellos debe la vida; pero sobre todos los amores está el del hombre que será padre de los hijos que una tenga... ¿No lo ha establecido así el mismo Dios?... El amor entre hombre y mujer ha de mirar más a lo que ha de venir que a lo que pasó. ¿Me das en esto la razón?

—Te la doy, hija... Pero es lástima que por algún medio no puedas consolar a tus padres de la tristeza en que viven.

—Pues busca tú ese medio, Pepe; búscalo con ayuda de los cuatro evangelistas, de los siete sabios de Grecia y de las nueve musas; porque yo he pensado mucho en ello, y no veo de dónde puede venir ese consuelo, que deseo más que nadie. Que maten al que se llamó mi marido por la Iglesia, o que reformen todo ese catafalco de la religión y la sociedad... A ver, a ver... vengan esos guapos reformadores y consoladores. Yo, dispuesta estoy a todo... a todo lo que quieran, de Ley para abajo... porque lo que es sin Ley, siendo Ley menos que el mundo entero, que no me hablen a mí de arreglitos...

Por giro natural, la conversación fue a parar a su hermana.

—Sácame de dudas, hombre —me dijo—. ¿Es dichosa Valeria? ¿Está contenta de su marido? En Valeria pienso cuando me sobra algún rato del tiempo que tengo que consagrar a mis cosas... y no sé por qué se me figura que mi hermana no es feliz... Siempre tuve a Rogelio por un tarambana; sería milagro que, por la sola virtud de las bendiciones de un cura, se volviera listo y bueno el que de soltero no inventó la pólvora, ni supo hacer nada con sentido... No, no me digas que mi hermana es dichosa, porque no lo creeré... Sospecho que se aburre, que se distrae recibiendo y pagando visitas, y asistiendo a todos los teatros... A no ser que le dé por matar el fastidio en las iglesias, comiéndose los santos... Si es así, de veras la compadezco.

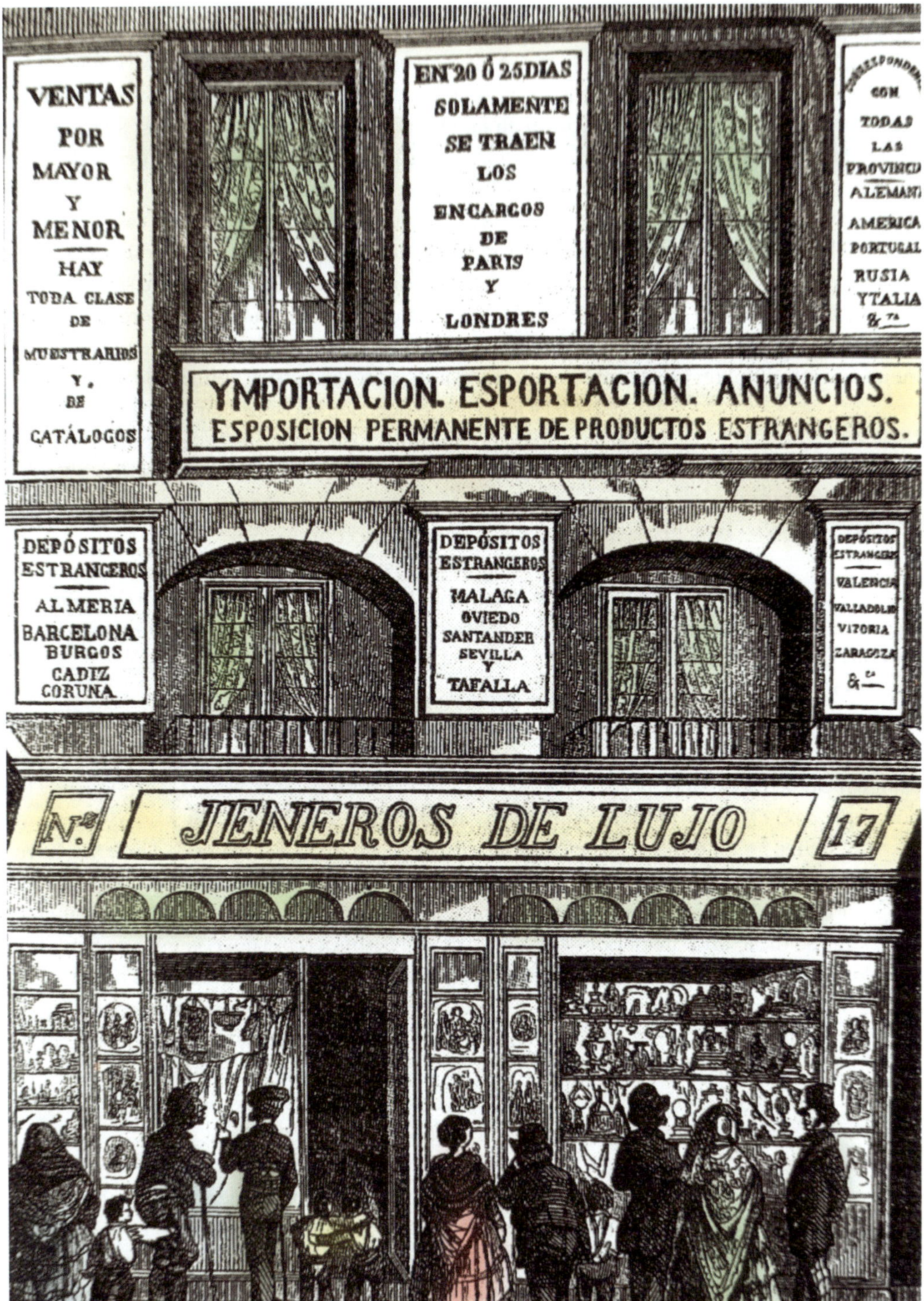

LOS COMERCIOS DE TELAS Y TEJIDOS ABUNDABAN EN LAS CALLES DE ATOCHA. La importación de tapices y de géneros de punto, vendidos al por mayor y menor, era uno de los negocios más prósperos de la capital. *(Tienda de «géneros de lujo»*. Grabado de *La Ilustración*, 1851).

Respondile que yo también dudo de la felicidad matrimonial de Valeria, y que ésta no tiene el mal gusto de distraer sus ocios en devociones insustanciales, entre clérigos y beatas. La señora de Navascués, desatendida por su esposo, busca en los trapos elegantes y en los muebles de lujo y novedad el regocijo de su alma. Mimada por sus padres, Valeria es protectora de los que se dedican a la importación de telas suntuarias y de tapicería y ornamento de casas nobles. No hace muchos días me dijo: «¿Cuándo volverá Rogelio? No quiero estar sola: le aguardo y le tiemblo... todo me lo estropea. ¡Es tan bruto!... En cuanto entra en casa, se tumba en los sillones de la sala, forrados de terciopelo, y allí echa sus siestas... como si mis sillones fueran camastros de campaña. Por más que le riño, no hace caso. Las colchas de seda, que cubren las camas durante el día, y otras cosas que son de puro adorno, no le merecen ningún respeto. A lo mejor se quita las espuelas y las pone en el platillo de ágata que tengo en la chimenea de mi gabinete; las alfombras las trata como si fuesen esteras; entra con las botas llenas de barro y todo me lo deja perdido... La mantelería fina la he retirado del uso diario, porque... parece que lo hace adrede... siempre que come en casa, derrama el vino y hace mil porquerías... En fin, que es muy bestia... no se hace cargo de mis afanes para tener la casa tan bien adornada y tan decentita».

MIMADA POR SUS PADRES, VALERIA ES PROTECTORA DE LOS QUE SE DEDICAN A LA IMPORTACIÓN DE TELAS SUNTUARIAS

Todo esto le conté a Virginia para que se enterara del estado psicológico de su hermana. Me oyó con interés, mostrando sorpresa, disgusto... después se distrajo, haciendo menos caso de mí que de su propia inquietud y sobresalto por la tardanza de Ley.

—¿Qué te pasa, hija?... ¿Esperas a tu hombre?... ¿Temes por él?

—Siempre temo, Pepe, y no puedo estar tranquila —dijo Mita mirando a la calle por un ventanucho no mayor que su cabeza—. Tengo una fe ciega en que Dios ha de guardar a Ley y librármele de todo daño; pero la fe es una cosa y el temor es otra. No estoy tranquila, y las horas que pasa en esas calles, disparando sus armas, se me han hecho siglos...

—Si tienes fe, no temas... Yo le he visto, serían las cuatro... Estaba en la Plaza Mayor recogiendo heridos...

Rodrigo corroboró este informe; pero Mita, sin acabar de tranquilizarse, mandó al hojalatero que se diese una vuelta por la Plaza Mayor y calle Imperial. Luego seguimos hablando de Valeria y de Navascués, y contesté como pude al sin fin de preguntas que me hizo acerca de ellos y de los Rementerías, hijo y padre, sin ocultar el desprecio que éstos le merecen. De los míos también hablamos. Tanto se interesó Virginia por María Ignacia y por mi niño, que hube de referirle las gracias de éste, y hacer cuenta de los dientes que le han salido.

—Sácanos de una duda, Virginia. Ni mi mujer ni yo hemos podido desentrañar el significado de tu nombre salvaje. ¿Qué quiere decir «Mita»?

—Tonto, el amor tiene lengua de niño para abreviar los nombres. Al declaramos libres, quisimos olvidamos hasta de cómo nos llamábamos... Él me decía «Mujercita»... y quitando letras y letras, vino a parar en «Mita»... Yo, sin saber cómo, convertí el «Leoncio» en «Ley»... Los salvajes, ya lo sabes, cuando no tienen otra cosa que comer, se comen las sílabas...

En esto llegó Rodrigo diciendo que detrás de él venían su tío Gamoneda y su primo Tiburcio... A Leoncio nada le pasaba. Entró un momento en casa de su hermana Lucila... Pronto llegaría. Tranquilizadas Virginia y la otra mujer, activaron la comida que hacían en el anafre, y pusieron la mesa. Entraron el Erasmo y su hijo, satisfechos, alabándose de su ardimiento, y de haber causado a la tropa el mayor daño posible. Por la noche tendríamos barricadas. Hijo y padre eran hombres de talla menos que mediana, desmedrados, paliduchos. El tizne de sus rostros y el desgaire de su ropa derrotada amedrentaría a cualquiera que se les encontrase de noche en un camino solitario. Arrimaron sus escopetas a la pared y vinieron a saludarme, a punto que Mita les decía mi nombre y mi antiguo conocimiento con su familia. Hablamos de la revolución, y de lo que vendría o debía venir.

—Para mí —dijo el fabricante de obleas y lacre—, la partida está ganada. La Reina no tendrá más remedio que llamar a la gobernación a los hombres del Progreso, y lo primero que pongan será la milicia nacional... Con milicia no puede haber «polaquismo», ni pillería, ni chanchullos. Ya estaremos al tanto para llevar al gobierno por buen camino... y todo marchará como Dios manda, y habrá pan para las clases... ¡Abajo el monopolio!

De estas y otras frases que luego echó de su boca tiznada, colegí su inocente optimismo. Pensaba que con el establecimiento de la milicia nacional se venderían más obleas, más lacre y más fósforos.

Alguien subía la escalera silbando, canturriando. Con decir que desalada corrió Mita a su encuentro, se dice que era Leoncio el que subía.

XXVII

No sé cuántos de julio.

Leoncio era: su alegre rostro, su gallarda soltura me cautivaron desde que entrar le vi, reconociendo en él un hermoso ejemplar de la raza de Ansúrez. Su varonil belleza respiraba salud, fuerza, y un perfecto equilibrio de los dos elementos que nos componen, el animal y el hombre.

—Éste es Ley —dijo Mita haciendo las presentaciones con una sencillez encantadora, su mano en la mano de él—. Ley, aquí tienes a nuestro amigo Pepe, que, aunque nada me ha dicho todavía, nos protegerá, ¡vaya si nos protegerá!... en la cara se lo conozco. Es un buenazo, y como nosotros, tiene ideas libres.

Con cierto embarazo me saludó Leoncio. Yo le animé con mi afabilidad sincera, y él se arrancó a decirme:

—Don José, puede creerme que, antes de conocerle, yo le quería, por lo que mi Mita me contaba de usted... Muchas tardes, muchas noches hemos hablado de usted largamente, calculando lo que el señor haría por nosotros si nos viéramos entre las garras de la curia, por el aquel de casarnos por nosotros mismos.

—Sí haré, sí haré —dije yo con efusión de simpatía.

Y él prosiguió repitiendo el último concepto:

—Casarnos por nosotros mismos, y echarnos las bendiciones... Perdone el señor don José que hable tan a lo bruto, y que no sepa decir los verdaderos nombres de cada cosa... Poca instrucción tuvo un servidor... y luego, como hemos vivido Mita y un servidor tan a lo salvaje, se nos iba marchando de la memoria todo el vocablo fino... No gastábamos más que las palabras precisas para entendernos... y cada día... nos entendíamos con menos palabras.

YA ESTAREMOS AL TANTO PARA LLEVAR AL GOBIERNO POR BUEN CAMINO... Y TODO MARCHARÁ COMO DIOS MANDA

Le hice sentar a mi lado. Mita no se sentó, porque la reclamaba el trajín de la próxima comida. Iba y venía, moviéndose graciosamente, desde la mesilla en que ponían los platos, sin mantel, y el rincón en que Leoncio y yo estábamos. Sintiéndome poseído de inmensa piedad hacia los que ya miraba como amigos de mi predilección, casados a contrafuero, burladores de toda ley, les aseguré que yo les protegería contra viento y marea. Prometí yo lo que quizás no podría cumplir, sin desconocer las dificultades del asunto. Pero en España todo se puede, aquí donde lo provisional es eterno, donde lo ilegal se legaliza, y no hay montes que no se muevan con el influjo personal y las recomendaciones... Hablando luego de las enconadas luchas de aquel día, Leoncio me contó que tenía muchas ganas de andar a tiros con los «del gobierno», y solo para desahogar su apetito y «dar gusto al dedo» había venido a Madrid con Mita. Se alabó de ser un buen tirador, y de conocer a la perfección el mecanismo de las armas de fuego.

—Vea usted esta pistola —me dijo mostrando la que con la escopeta había dejado al entrar—. Es un arma de nuevo sistema, y casi desconocida en Madrid. La inventó un norteamericano, un Mister Colt... se llama «pistola giratoria»... también la llaman «revólver»... El armero ese del 10 de la calle Mayor la tiene de venta. Pero aquí, como no saben manejarla, los pocos que la han comprado, la descomponen a los primeros tiros. Ésta me la dio un amigo como cosa que no servía para nada. Yo la examiné, y en el taller de Rosendo, en esta misma calle, la puse como nueva... Vea usted, se carga de una vez para seis tiros...

—Cuidado, Leoncio, no se escape una bala y me deje en el sitio...

—Está descargada: no tema usted. Pues hoy la estrené en los portales de Bringas con un resultado magnífico. Arrimado a un pilarote de aquéllos, me harté de apuntar a mi gusto: no perdía ni un tiro... Crea usted que con la rabia que les tengo a los que mangonean en la nación, se me afinaba la puntería. Yo me hacía cuenta de que por cada bala que yo mandaba, había en la otra banda un enemigo nuestro que caía patas arriba. «"Pim"... ésta para el suegro de Mita... "Pim": ésta para el cura que casó a Mita... ésta para su tía Cristeta... "Pim, pim": éstas para los padrinos de su boda... ésta para los que duden que Mita es mi mujer...».

LE HICE SENTAR A MI LADO. MITA NO SE SENTÓ, PORQUE LA RECLAMABA EL TRAJÍN DE LA PRÓXIMA COMIDA

—Y con todo ese furor, amigo mío, y eso de mandar las balas con sobrescrito como si fueran cartas, lo que ha hecho usted es matar a unos cuantos soldados inocentes...

—No sé, no sé a quién he matado: también pudieron ellos matarme a mí... Yo tiro contra los del Gobierno, y caiga el que caiga. Esto son las guerras... Y si por matar yo a muchos de allá, viene un gobierno que ponga las cosas en su punto, permitiendo que los mal casados se descasen, y que todo se ordene como es debido, y los pobres puedan respirar, unas cuantas vidas nada significan.

Pusiéronse a comer, no sin invitarme cada uno por sí, y en coro. Por causa de las porquerías que metí en el buche en la casa de Sotero, no tenía yo ni asomos de apetito. Si lo tuviera, seguramente habría participado de la pitanza de aquella pobre gente. No cabían ellos en la mesa angosta, y Rodrigo y su hermano comían de pie, cogiendo los dos del plato de Mita lo que llevaban a las bocas con la cuchara o el tenedor de peltre.

—Aunque tuvieras ganas —me dijo Mita—, no podrías comer en tanta pobreza. Este guisado que nos sabe tan rico, a ti te repugnará, como las herramientas con que comemos.

Y al decir esto, volviéndose en la silla, y mostrándome la feísima cuchara, el movimiento de sus hombros y de la cabeza desdecía del salvajismo pobre, pues fue movimiento de gran

LA PLAZA MAYOR DE MADRID FUE ESCENARIO DE SANGRIENTOS COMBATES. Con la estatua de Felipe III como testigo de los hechos, los enfrentamientos llegaron al cuerpo a cuerpo, igual que en otros lugares de la ciudad. (*Revolución del 17 de julio en la Plaza Mayor*. Grabado de época. Colección particular).

señora. Yo me excusé. Bebí el vino con sabor a pez que me ofreció Leoncio, y comí unas almendras con que graciosamente me obsequió Mita. Esto y pasta de higos era el único postre. Comiendo con voracidad, Erasmo Gamoneda explanaba teorías de gobierno, y profetizaba los próximos acontecimientos políticos.

—Si ganamos, vendrá un gobierno de hombres del pueblo, pudientes, y lo primero que hagan será decirnos a todos que nos armemos. Milicia nacional al canto, y ¡ay del gobernante que no ande derecho! Ladrocinio y agios no consentimos. Mucho ojo, caballeros, que aquí está el pueblo armado para vigilar, para deciros si vais mal o vais bien. Y que tendremos de todo: Infantería, Caballería, Artillería... Yo seré de Artillería, como la otra vez, por lo que sé de polvorista y de bombista... pues de todo habrá. Ingenieros también, y Ambulancias, y hasta nuestro poquito de clero castrense... Conque, mucho ojo, caballeros.

Tiburcio Gamoneda, que se había fogueado en diferentes puntos de Madrid, nos contó que si terribles fueron los combates de las plazas del Ángel y Antón Martín, donde Bartolomé Gracián con sus valientes «le quitó los moños al fantasioso» de Gándara, también se habían «machacado las liendres» paisanaje y tropa, allá en el «tras» de la Universidad, plazuela de los Mostenses y calle del Álamo... Pues en la parroquia de Santiago y en toda la «caída de calles» que bajan a la plaza de Oriente, la tremolina fue superior, con una de tiros que daba gloria oírlo, más de cuatro muertos en las calles, y uno en un balcón, con medio cuerpo fuera... Entraron dos vecinos, el estañero del número inmediato, fabricante de jeringas y otros objetos, y un cacharrero de Puerta Cerrada, tratante y expendedor de sanguijuelas. Venían ya preparados para las faenas de la noche, con escopeta en mano y pistola en cinto. Dijeron que las tropas «liberticidas» no se atrevían a salir de sus posiciones. Por la noche, Madrid se cubriría de barricadas. Un día más de constancia y valor, y la «masa patriótica», dueña del campo ya, podrá escoger gobernantes a su gusto. Ya se decía que la Reina quería entenderse con el pueblo, y formar un ministerio de plebeyos ilustrados; pero que no la dejaban. Los «verdugos de la libertad» y «los secuaces de la reacción» tenían a su majestad con las manos atadas, como quien dice, y armaban mil enredos para quitarle la buena voluntad.

Sentí lástima de aquella pobre gente, y también admiración muy viva, pues desde la hondura de su vida miserable se lanzaban impávidos a la conquista de una España nueva. Cuanto tenían, las vidas inclusive, lo sacrificaban por aquel ideal de pura soñación, y por un programa de gobierno que no habrían podido puntualizar, si fueran llamados a realizarlo. Y después de pasarse largos días y noches en tan peligrosas andanzas, volvería cada cual a sus obligaciones. El uno seguiría fabricando obleas y lacre; el otro, jeringas, y el tercero vendiendo sanguijuelas, para ganar un triste cocido y vivir estrechamente entre afanes y miserias. Todo lo soñaban, menos llegar a ser ricos, o al menos, vivir con desahogo. ¡A luchar y a pelearse por un principio fantástico, vagaroso, como las formas de hombres y animales que se dibujan en las nubes! ¡Y luego volver al trabajo, a las privaciones, a la insignificancia! ¿Cómo no admirarles si, en medio de su ruda ignorancia, advierto en ellos una elevación moral que en mí propio y en los de mi clase no veo, no puedo ver, por más que la busco?

Esto, con más concisa palabra, dije a Mita, mientras los hombres, en grupo aparte, hablaban de su plan defensivo.

—Yo no entiendo de esas cosas —respondió la salvaje—; pero quiero que peleen... y no importa que muera alguno, con tal que no sea Ley; que haya mucha trapisonda y se estremezca todo eso que llaman «el trono y el altar», para que resulte vencedora la libertad. Sí, Pepe: que me traigan libertad... y gobiernos muy libres... ¿No vendrá también, entre las libertades nuevas, el libre matrimonio, y el descasarse, que es, como quien dice, divorcio?

Con una sonrisa le contesté, por no atreverme a manifestarle de palabra mi escepticismo acerca de los progresos de nuestro país en la legislación matrimoñesca. Luego, viéndola descorazonada, le dije:

—Sí, que peleen y se destrocen, a ver si la sangre nos trae mucha libertad, pero mucha; ideas nuevas, prácticas de otros países. Quién sabe, Mita: no pierdas la esperanza. Esta revolución será tan tremenda, que el altar y el trono quedarán necesitados de una mano de carpintería que los componga y los deje como nuevos. Confiemos en la Providencia; esperemos que después de estas guerras no se diga, como otras veces, que todo queda lo mismo que estaba.

YA SE DECÍA QUE LA REINA QUERÍA ENTENDERSE CON EL PUEBLO, Y FORMAR UN MINISTERIO DE PLEBEYOS ILUSTRADOS

—¡Ay, Pepillo!, en la manera de decirlo te conozco que no tienes fe... ¿Tú piensas que todo quedará lo mismo?

—No, hija, esperemos... Vendrá libertad, libertad a chorros, a torrentes...

No quise seguir tratando este punto, por no empañar con mi escepticismo las ilusiones de aquella libertad áurea con que Mita soñaba, y que, según ella, debía organizar en forma nueva el mundo de los enamorados. Leoncio, llegándose a nosotros, dijo que si la caída del «polaquismo» y el triunfo de los patriotas traía mucha libertad, vivirían ellos tranquilamente en un pueblo; pero que si la tal libertad no venía, grande y con alma, poniendo patas arriba todo lo existente, se irían a Marruecos, y tomarían trazas y habla de moros, para vivir tranquilos. En Marruecos tiene él un hermano que se ha hecho al vivir berberisco, y ya no le conocería por español ni la madre que le parió... Esto y algo más que dijo del hermano marroquí, me movió a preguntarle por su hermana Lucila, que a dos pasos de donde estábamos vivía. Sin dar reposo a la lengua, Leoncio limpiaba sus armas y se proveía de pistones para una larga función de guerra, ayudándole solícita la que me atrevo a llamar su mujer, y su hermanillo, aunque más entendido en violines que en pistolas. Lo primero que contaron de Lucila fue que es dichosa en su matrimonio con el señor Halconero: ha sabido adaptarse a la vida campesina, y no se halla bien fuera de su casa y tierras. Vino a Madrid acompañando a su marido, por diligencias de éste, y esperan que amaine la revolución para meterse en la tartana y volverse al pueblo.

—Es tan guapa mi cuñada —dijo Mita con extremos de admiración—, que cuando la veo me quedo embobada, y no sé quitar de ella mis ojos. Pienso que escultores y pintores debieran tenerla siempre delante para sacar del rostro de ella toda la belleza de sus cuadros y estatuas, porque de seguro no ha criado Dios modelo más perfecto de hermosura de mujer... modelo de que se podrían sacar los retratos de diosas y vírgenes para los museos y las iglesias.

LA LUCHA POR LA LIBERTAD Y LA JUSTICIA. En el llamado Manifiesto de Manzanares, los generales sublevados explicaron el motivo del levantamiento: la lucha por la libertad. *(Milicia ataviado para la defensa de una barricada.* Grabado de *La Ilustración*. Biblioteca Nacional. Madrid).

Como hablara yo de su gordura, recordando lo que Rodrigo aseguró, los dos salvajes se echaron a reír, de lo que no se abroncó poco el pequeño.

—Está en el punto preciso de las buenas formas de mujer —dijo Mita—: ni un punto más ni un punto menos que la medida y peso justos.

—Su cuerpo —indicó Leoncio— es como su cara: la perfección, señor don José. Cuantos la ven lo dicen. ¿Sabe por qué ha dicho este tontaina que Lucila está de libras? Porque él tiene en su cabeza un tipo de mujer enteramente espiritado, y a toda la que no sea un palo vestido, la llama gorda.

—Ya ves, Pepe —dijo Mita riendo—: él es como una espátula, y tiene una novia que allá se va en corpulencia con el arco del violín. Perdidamente enamorado está de semejante lom-

24 de septiembre de 1852

Henry Giffard inventa el globo a vapor

El ingeniero francés protagoniza el primer vuelo en un aparato de este tipo

Henry Giffard
Ingeniero francés
(1825-1882)

El viaje de Giffard entre París y Trappes

Distancia: 17 km
Velocidad: 10 km/h

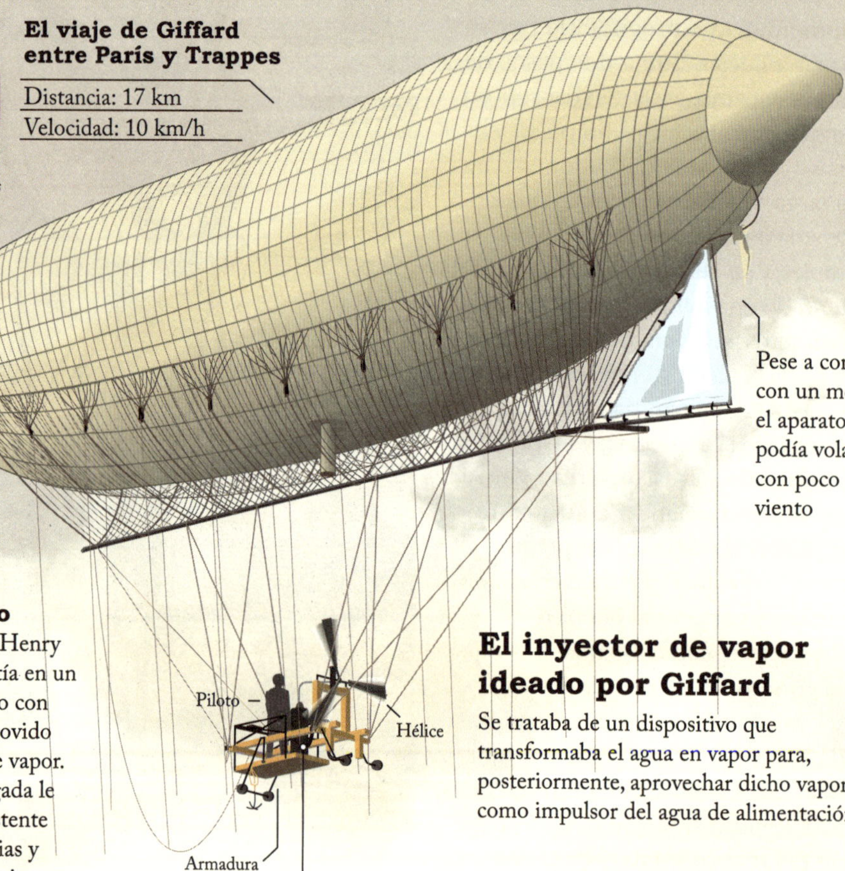

Pese a contar con un motor, el aparato sólo podía volar con poco viento

El aerostato inventado por Henry Giffard consistía en un globo hinchado con hidrógeno y movido por calderas de vapor. Su forma alargada le hacía más resistente a las turbulencias y a la acción del viento

El inyector de vapor ideado por Giffard

Se trataba de un dispositivo que transformaba el agua en vapor para, posteriormente, aprovechar dicho vapor como impulsor del agua de alimentación

Funcionamiento

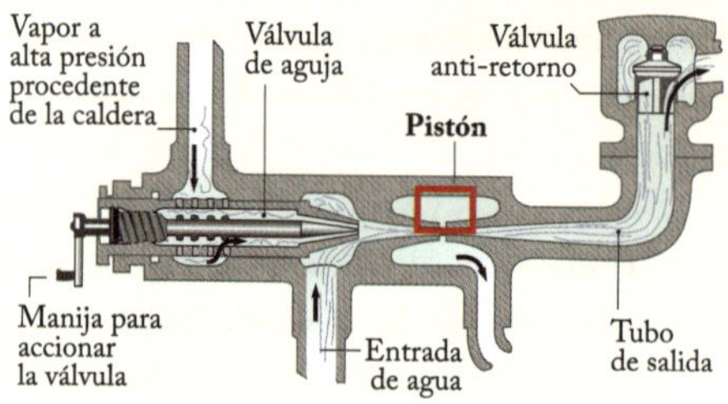

Dimensiones

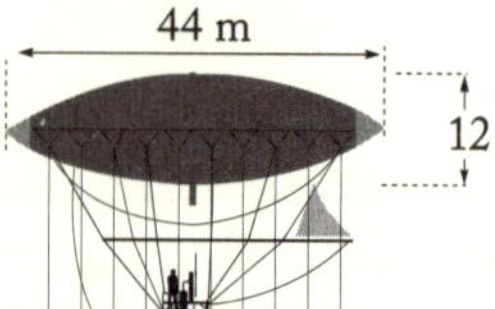

La hélice giraba a 110 rotaciones por minuto

Motor
El motor de Giffard estaba pensado para elevar un globo de aire caliente de 2.300 metros cúbicos. Era capaz de alcanzar entre 8 y 10 km/h

Potencia:	2,2 kw 4 cv
Peso:	150 kg

Pistón
El vapor empuja al pistón y lo mueve hasta el extremo del cilindro

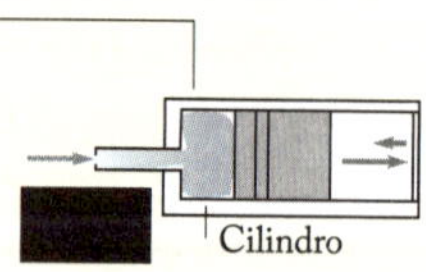

FUENTE: "Argos o vuelo de aerostato", Andreas Embirikos

Doc.: Elena Durán

SERGIO BRAGA/I+G

briz... Mira, mira qué colorado se pone cuando hablamos de sus amores. La verdad, Pepe, no es fea la muchacha.

—Sería bonita si echara unas pocas de carnes... Pero a Rodrigo así le gusta, porque está enamorado de lo magro. Magro es lo que toca en el violín; magro todo lo que piensa.

—Su «bello ideal», como se dice, es un alambre, y cuando ve comer a su novia pierde la ilusión. ¿Verdad, Rodrigo? Quieres que todo sea música; que las vidas sean, como las notas musicales, almas sin cuerpo.

Los tres nos reíamos de mi escudero, que ruboroso se defendía torpemente con monosílabos. Reconoció al fin que se había equivocado al decir que su hermana está gorda. Fue aberración de sus sentidos, incapaces de apreciar la verdad material y la verdad numérica, por natural desvarío de gran artista. Y no solo había desvariado en lo de la gordura, sino en lo de la fecundidad, pues hablando los cuatro aquella tarde, se deshizo el engaño de que Lucila era madre de numerosa prole. No tiene más que un niño, precioso como un ángel, y no hay indicios hasta hoy de que aumente la descendencia de Halconero.

QUIERES QUE TODO SEA MÚSICA; QUE LAS VIDAS SEAN, COMO LAS NOTAS MUSICALES, ALMAS SIN CUERPO

—Estos benditos músicos —dijo Mita con agudeza y donaire— no aprecian el número, y de una cosa hacen siempre dos. No hay aria que no tenga su *ritornello*. Así este tonto vio un niño; luego vio otro... y aun creyó que iba a venir un tercer niño.

—Es verdad que me equivoco en el número, y que duplico los objetos, y que, por gustarme lo flaco, paréceme gordo lo que no lo es —dijo el violinista burlándose de sí mismo—. Esto será porque mi maestro don Juan Díaz me dice a cada instante: «Afina, hijo, afina... no rasgues el sonido. Hay que ahilar, ahilar... busca el hilo del sonido... el hilo delgado, delgadísimo». Y cuando me vuelvo yo tarumba para que el sonido me salga delgado y puro, el maestro me dice: «Repite, hijo: otra vez... otra».

XXVIII

Detonación cercana nos hizo estremecer. Recogió Leoncio todos sus bártulos de guerra para lanzarse a la calle. Mita quiso detenerle un rato más, y no lográndolo, dijo que ella también saldría... Salimos todos. ¿Qué habíamos de hacer allí? En la calle vimos sin fin de paisanos que subían a la plaza por la Escalerilla. No tomó Leoncio aquella dirección, sino la de Latoneros, donde le aguardaban los amigos a cuyo lado combatía siempre. Entramos en una tienda de cedazos, ratoneras, cucharas de palo y molinillos para el chocolate. Celebrose allí una especie de consejo de guerra o conferencia entre caudillos. No me enteré bien de lo que discutían; solo al fin pude comprender que todos los patriotas allí presentes, que eran más de siete y más de ocho, declaraban que no se batirían a las órdenes de Gracián, a quien tacharon de orgulloso y déspota, execrando su vanidad y su afán de lucirse él solo y de tomar para sí las glorias de los demás. No llegaron a mi oído razonamientos más detallados ni pormenores precisos de la conducta del héroe popular, porque Mita y el hojalatero me hablaban de cosas diferentes a las cuales no podía negar mi atención. Cuando de la tienda salimos, anochecía ya. En la calle obscura veíanse, como sombras fugaces, los «patriotas» que acudían a sus puestos. Despidiose Leoncio de su mujer, con la orden de que se fuese a la casa de Lucila y le esperase allí a media noche, o cuando tuvieran fin las refriegas que se preparaban. Le vi partir sereno, y acompañé a Mita hasta los soportales de la calle de Toledo, frente a la Imperial, notando que a pesar de su fe ciega en la invulnerabilidad de Ley, la salvaje no gozaba de tranquilidad. Es difícil que la fe y las balas se pongan de acuerdo, y a lo mejor la divinidad que protege a ciertos hombres escogidos sufre lamentables distracciones. Sobre esto me dijo algo la pobre Mita cuando íbamos hacia los porches, añadiendo que si Dios se volviese atrás de lo dicho y dejase morir a Ley, ella se iría para el otro mundo sin perder momento.

Ni Mita me invitó a subir a la habitación del señor Halconero, ni habría yo subido aunque me invitara. El síntoma más penoso de mi ansia de belleza era que la atracción y el miedo del ideal se juntaban en un punto. Después me dijo Ruy que el señor Halconero es muy celoso, y aunque Lucila no le da motivo de escama, no gusta de que en su casa entren hombres, ni menos señoritos. Yo no entraría, ni tenía para qué. Entendía que mi dolencia, más punzante y angustiosa en aquel triste anochecer, requería como eficaz remedio el largo pasear y el tender mi espíritu por diferentes calles. Así lo hicimos, metiéndonos por la calle del Grafal y la Cava Baja hasta Puerta de Moros, regresando luego por la Costanilla de San Pedro y calle del Nuncio. Animación y bulla vimos por todas partes; ventanas y balcones con luminarias en todos los sitios dominados por el pueblo; obscuridad siniestra en los parajes ocupados por tropa. El acaso nos trajo de nuevo al punto de partida. Desde Puerta Cerrada habíamos querido salir a Platerías por la plazuela de San Miguel, para irnos a casa por las Hileras y Santa Catalina de los Donados; pero no hallamos camino franco. Tenebrosas estaban aquellas barriadas, y a cada momento daban los soldados el «quién vive».

Cuando llegamos a los portales de la calle de Toledo, ya habían echado los insurrectos el fundamento de la barricada, la cual avanzaba en ángulo para hacer frente con una de sus caras a la calle Imperial, y con otra a la de Toledo. Mi admiración de aquellos inocentes vecinos subió de punto viéndoles trabajar como hormigas en el parapeto que había de protegerles contra las iras del poder público, y no solo sacrificaban su vida y su tiempo por un ideal político que entendían como la escritura chinesca, sino que también ponían en ello el ajuar pobre de sus casas. Era de ver la diligencia con que hombres y mujeres, y también chiquillos, acarreaban de las casas trastos y trebejos para echarlos en el montón, y luego ponían encima los colchones, privándose de dormir en blando con tal de ofrecer cómodo abrigo a los defensores del pueblo. ¿En dónde y cuándo se ha visto mayor abnegación, ni entusiasmo más candoroso? El señor Erasmo Gamoneda, que como artillero con pujos de ingeniero dirigía la barricada, me dijo que los españoles sacrifican colchones, esteras, y aun sofás de paja de Vitoria, en aras del patriotismo. Cuando les pareció que la barricada tenía bastante altura y que la escarpa de ella ofrecía resistencia eficaz a las balas enemigas, se ocuparon en decorar la fortificación. Eran pueblo, que es como decir niños, y el poder imaginativo les arrastraba a la juguetería. En el extremo de la derecha, tocando al portal último, pusieron un retrato de Espartero clavado en la pared; al otro extremo, unas banderas en pabellón, donadas por un vecino ebanista, y que habían hecho su papel en el adorno de la calle cuando entró doña María Cristina para casarse con Fernando VII, y en el vértice del ángulo, un lienzo con el retrato de la Virgen de la Paloma, desclavado del bastidor y muy estropeadito. Después de servir de ima-

NI MITA ME INVITÓ A SUBIR A LA HABITACIÓN DEL SEÑOR HALCONERO, NI HABRÍA YO SUBIDO AUNQUE ME INVITARA

LEVANTAMIENTO EN EL BARRIO DE LOS LITERATOS. Junto a la plaza de Platerías, en el barrio conocido como de las musas o los literatos, tuvo lugar durante varios días otra de las escaramuzas entre el pueblo y el ejército leal a la Corona y al Gobierno. (*La artillería repeliendo el ataque de los sublevados en Platerías*. Grabado de *La Ilustración*. Biblioteca Nacional. Madrid).

gen titular en una tienda de la calle de Latoneros en el pasado siglo, estuvo largos años en un portal, con ofrenda de velas y aceite, parando al fin Nuestra Señora en patrona y capitana de la plebe amotinada. Desde el palo en que pusieron la Virgen hasta los dos extremos de la barricada, tendieron cuerdas con banderolas y pingajos de diferentes colorines; moñas de toros, y el indispensable cartel de «Pena de muerte al ladrón».

Dentro de la barricada, en las dos bandas de soportales, tenía la calle aspecto de feria. Paseamos por un lado y otro, viendo las hileras de tiendas, que de día me parecían cavernas forradas de bayetas y paños. En noche de revolución estaban cerradas, o a media puerta, para entrar y salir la gente armada. Las mujeres y los niños se refugiaban en los entresuelos, tan lóbregos de noche como de día. Cerradas las tiendas, se destacan los rótulos: aquí nombres muy acreditados en el comercio, como el famoso Tío Rico, celebridad choricera; allí denominaciones simbólicas al uso, como «La Perla», «El Jazmín», que anuncian ropa de niños, camisería y género de punto. De todo hay en aquellas grutas, donde guarda su hacienda un pueblo de afanosas hormigas. Desde la puerta de una de estas tiendas señaló mi escudero al piso segundo de la casa de enfrente, dirigiendo mi atención a una ventana más iluminada que las demás de la calle, y me dijo: «Vea, señor: aquella ventana de tanta luz que parece un retablo, es de las habitaciones donde viven mi hermana Lucila y su marido don José Halconero». «Liberal de veras será tu cuñado —observé yo—, cuando tan espléndida luminaria pone en su casa». Y él: «Liberal y patriota fue, según dicen, en tiempo de aquel que llamaron "Héroe de las Cabezas", verbigracia, Riego; y él mismo cuenta que en una batalla que dieron los milicianos en el Arco de Triunfo, el día tantos del mes de julio de un año de aquel tiempo, se batió como un león, y sacó dos heridas en la cabeza que por poco le cuestan la vida. Hoy sigue liberal y partidario del Progreso; pero ya no le queda más que el compás, y todo lo que dice es: "¡Ah, en mi tiempo!... ¡Oh, aquéllos eran hombres!...". También mi hermana Lucila es patriota, al modo de mujer, clamando por que triunfe el adelanto; pero dice que no vendrá civilización grande si no tenemos antes diluvio... el diluvio, señor». «Tiene razón Lucila. En este inmenso secano, no puede haber buena cosecha sin lluvias abundantes».

Sin hablar más de esto, pasamos al otro lado: nos llamaba Erasmo Gamoneda con fuertes voces, y en cuanto nos tuvo al habla díjonos que habíamos de tomar las armas o largarnos de la plaza; éramos un estorbo y un cuidado, y no estaban allí los valientes para custodiar a los petimetres que venían de mirones. Antes de que yo le manifestara mi ineptitud para el heroísmo, y aun para el manejo de las armas de fuego, salió Ruy diciendo que bien podía yo permanecer en la plaza sin necesidad de cargar el chopo, pues venía como historiador, y a los historiadores se les respeta en los campamentos por el bien que traen narrando las hazañas. Al oír esto Gamoneda, cambió de tono, y con gesto y expresiones corteses demostró la admiración que siente por los que consagran su ingenio a reproducir y encomiar las glorias de la patria.

LOS GOBERNANTES NUEVOS HAN DE MIRAR MUCHO POR EL TRABAJO Y POR LA INDUSTRIA. HAY QUE PROTEGER AL TRABAJADOR, Y ECHAR LEYES

—Bien, muy bien, señor mío —me dijo estrechándome la mano—. Ya leeremos todo lo que vuecencia escriba de este sufrido pueblo... y si sale esa Historia por entregas, a cuartillo de real, los pobres podremos comprarla...

—Yo —declaró un ciudadano, que a nuestro grupo se acercó, fusil al hombro— me quitaré el pan de la boca para tener en casa esa Historia y leérmela de corrido... Pero tenga cuidado de que no se le olvide nada.

—¡Ah! —indiqué yo—, de eso trato, de no perder el menor detalle de estas grandezas.

—Nos dará luego la segunda parte —dijo Gamoneda—, que traerá todo el relato del establecimiento de la milicia nacional... Yo, como dije al señor don José, seré de Artillería, por lo que entiendo de materias para disparos y explosiones...

Invitáronme a visitar el local que allí tenían, en la cabecera de la barricada, un almacén que fue de paños, ya desalquilado y vacío. Ocupáronlo por ley de guerra los patriotas, y en él pusieron su almacén de provisiones de guerra y boca, con botijos de agua fresca, dos catres para los heridos, depósito de armas, y líos de esteras viejas para refuerzo de la barricada. Entramos y nos ofrecieron como asiento unas cubas vacías. Mientras Gamoneda daba órdenes a unos tipos con morriones de miliciano del año 22, y que debían de ser ayudantes o cosa parecida, el otro ciudadano me hacía los honores del cuartel general, y de paso daba unos toques políticos y sociales:

—Para mí, señor, la revolución no debe cuidarse solo de traer más libertad. Venga, sí, toda la libertad del mundo; pero venga también la mejora de las clases... porque, lo que yo digo, ¿qué adelanta el pueblo con ser muy libre, si no come? Los gobernantes nuevos han de mirar mucho por el trabajo y por la industria. Hay que proteger al trabajador, y echar leyes que abaraten el comestible y den mayor precio a las cosas de fabricación. Yo, señor, soy fabricante de zorros para quitar el polvo a los muebles. Mi establecimiento está en la rinconada del Almendro, donde el señor tiene su casa, y puede visitar los talleres cuando guste. La muestra dice: «Hermosilla. Zorros y plumeros». Hermosilla es un servidor, para lo que guste mandar... Mis zorros son especiales... Castiga usted con ellos los muebles de tapicería sin deteriorarlos, porque empleo material escogido de orillo. Ahora me dedico también al plumero, que fabrico para los muebles finos de Francia, que están de moda. Es un plumero tan suave, que se come todo el polvo y hasta el polvillo, y es de larga duración si cae en manos de criadas que lo manejen con suavidad, acariciando, señor, acariciando, sin dar golpes...

Con todo lo que dijo estaba yo conforme, y así se lo manifesté al bueno de Hermosilla con franca urbanidad, añadiendo que la revolución no sería eficaz si no nos traía un gran desarrollo de las artes industriales. Luego me quedé solo con Ruy, el cual me llevó por los espacios interiores de aquel local vacío, que iba a parar a la calle de Cuchilleros.

—Esta puerta —me dijo mostrándome una claveteada y con fuertes cerrojos— da a la escalera por donde se sube al piso en que vive mi hermana Lucila, y por la misma se puede salir a Cuchilleros; pero está cerrada y por aquí no podemos salir. Vámonos por donde entramos, señor, y veamos de procurarnos un sitio de descanso, ya que no pueda el señor ir a su casa y yo acompañarle, como es mi deber.

La idea de volverme al seguro de mi casa me halagó un instante; pero me sentía perezoso, o más bien, una fuerza de adhesión casi irresistible, pegajosa, en aquellos lugares me retuvo. Cierto que mi mujer estaría sin sosiego; pero ya se tranquilizaría viéndome entrar a media noche o a la madrugada... Con esta idea fuimos a la plaza, y después de vagar por ella nos refugiamos en el quicio de una cerrada puerta, junto a la calle de la Sal... Fatigado yo y anhelando la quietud, me senté en el suelo; Ruy se puso a mi lado. Parecíamos dos mendigos: no nos faltaba más que alargar una mano y soltar la quejumbrosa plegaria para solicitar la caridad del transeúnte. El vivo resplandor de mi espíritu en aquella hora triste de la noche, que no

LA CLASE OBRERA, EXPLOTADA POR LOS PATRONOS Y DESATENDIDA POR EL GOBIERNO. La principal reivindicación de los revolucionarios era la libertad, pero también la mejora de clases, el fomento de la industria y la protección de los trabajadores. *(Mujer y niño trabajando en el carbón.* Grabado de época).

parecía sino que cien hogueras ardían en él, es de tal importancia en estas memorias, que necesito tomarme tiempo y descanso para referirlo como Dios manda. Mañana, amiguita Posteridad, seré otra vez contigo.

XXIX

¿Julio todavía?... No sé en qué día vivo.

Sigo contando, y describiré brevemente las batallas que andaban dentro de mí. Mi alma era toda tristeza, considerando cuán poco soy y cuán poco valgo. ¡Entre aquellos hombres inocentes y rudos que perciben un ideal y corren ciegos tras él menospreciando sus propias vidas, y yo, existencia infecunda, inmóvil pieza de un mecanismo que anda solo a medias y a tropezones, qué colosal diferencia! Ellos me parecían materia viva, aunque tosca; yo, materia inerte, ociosamente refinada. Ellos marchan; yo permanezco apegado al suelo como un vegetal. Ellos son elemento activo; yo, formación petrificada del egoísmo y de la pereza. Para consolarme de la envidia que me punza el corazón, pienso en la barbarie de ellos; comparo su grosería con mi finura, y su ignorancia con las varias erudiciones de segunda mano que me adornan. Pero esto no me vale, y en lo mejor de mis comparaciones, les veo agigantarse, mientras yo, de tanto empequeñecer, llego a ser del tamaño de un cañamón. Ellos trabajan rudamente todo el año para vivir con estrechez, y yo vivo de riquezas que no he labrado, y de rentas que no sé cómo han venido a mí. Y viviendo en la inactividad, amenizando mis ocios con el recreo de ver pasar hombres y cosas, ellos se lanzan a la hechura de los acontecimientos, a impulsar la vida general, y a desenmohecer los ejes del carro de la Historia. Ellos dan su hacienda corta y su vida, no por el beneficio y mejora de sí mismos, y de la clase a que pertenecen, sino por la mejora de toda la sociedad. Si algo bueno resultare de esta revolución, no será para ellos, que seguirán tan pobres, oscurecidos y bárbaros como antes, mientras recogen el fruto de la mudanza política los camastrones que han cultivado y adquirido la agilidad oratoria, o los áureos gandules como yo.

SIGO CONTANDO, Y DESCRIBIRÉ BREVEMENTE LAS BATALLAS QUE ANDABAN DENTRO DE MÍ

No me conformo con esta inferioridad a que me condena mi propio juicio, y evoco toda mi voluntad para ver si en ella encuentro fuerza bastante con que acometer algo que a tales hombres me iguale. ¿Qué puedo hacer? ¿Coger un arma y lanzarme a la pelea junto a esos admirables ciudadanos? No, porque ya sé lo que ha de pasarme si me meto a revolucionario de acción. Me faltará ardimiento, la fiera impavidez ante el peligro. Me figuro que intento ponerme a disparar tiros en una barricada, y antes de empezar me sentiré invadido de un sentimiento humanitario, incompatible con el heroísmo bélico. Vamos, que si suelto el tiro con buena o mala puntería, y tengo la desgracia de matar a un pobre soldado, he de afligirme como si a mi propio hermano matara. No, no: he de buscar un heroísmo que no sea el militar. Pues ¿qué, entonces? ¿Recoger y asistir a los heridos, exponiendo mi cuerpo a las balas, como si éstas fueran motitas de algodón? ¿Predicar de casa en casa y de pueblo en pueblo las doctrinas salvadoras, y no cejar en ello, desafiando persecuciones, cárceles, presidios y la muerte misma? Estos y otros medios de elevación moral iban pasando por mi mente, sin que me decidiera por ninguno, pues aunque todos me parecieran buenos, yo ambicionaba el mejor, el insuperable. Había de ser algo que yo fuese a buscar a los más eminentes espacios de la bondad humana...

No sé a dónde fue a parar mi desconcertada mente. Sí sé que mis nervios cayeron en una sedación honda. ¿Yo dormía o velaba? Cualquiera lo averigua... ¿Sentí los ronquidos de Ruy, o es que éste tocaba el violín?

—Ruy —le dije sobresaltado—, eso que tocas ¿es el aria del *Rapto en el Serrallo,* del amigo Mozart, o un motivo de tu invención?

—¿Qué motivo ni qué carneros?... Despierte, señor, y vea que no tengo violín, que estamos pasando la noche arrimados a una puerta, en la Plaza Mayor.

—¿Crees tú que yo he dormido?

—¡Anda! Pues no ha soñado poco...

—¿Sabes una cosa? Es muy agradable dormir al raso en estas noches de verano. En la calle, sueña uno cosas más bellas que en casa... Y dime, ¿has oído tú al reloj dar las horas?

—Le oí, señor; pero todas las horas las daba equivocadas. Dio dos veces la una; dio las once después de las doce, y repitió las dos para que parecieran las cuatro.

TU PADRE ES EL PERFECTO TIPO DE LA NOBLEZA ESPAÑOLA, Y TU HERMANA, EL IDEAL SÍMBOLO DE NUESTRA QUERIDA PATRIA

—¿De modo que con ese reloj no sabemos a qué hora vivimos? Así es mejor. No hay cosa más cargante que saber la hora, y sentir el tiempo marchar siempre hacia adelante. Yo he pensado que estábamos a prima noche, y que cuando Mita subió a casa del señor Halconero, subíamos con ella.

—Me parece, señor, que no es verdad que subiéramos... Lo que hay es que usted y yo deseábamos subir; pero no fue más que deseo... quiero decir, que el deseo subió, y nosotros nos quedamos en la calle viendo hacer la barricada...

—Más bonita es Lucila que la barricada, pienso yo... y también te digo que en los ojos de tu hermana están todas las revoluciones.

—Mi hermana es tan bella, que yo mismo, al mirarla, me quedo pasmado. Creo a veces que Lucila no es mujer, sino diosa, una diosa con disfraz, que tiene el capricho de pasar temporadas entre nosotros los humanos...

—Ciertamente: Lucila no es de este mundo, sino criatura celestial... Dios la encarnó en una raza escogida... porque has de saber, Ruy, que vosotros, los Ansúrez, sois celtíberos, la raza primaria. Tu padre es el perfecto tipo de la nobleza española, y tu hermana, el ideal símbolo de nuestra querida patria... Y el hijo de Lucila es como un príncipe que lleva en sí todos los caracteres de la realeza: cuando crezca, verás en él la más bella persona, y la más gallarda, la más generosa. No digo yo que reine; pero sí que debe reinar y que idealmente reinará... A propósito, ¿qué nombre le han puesto a ese niño?

—José... el nombre de su padre.

—Y mío... Has de notar que todos los españoles nos llamamos José. Casi, casi, llamarse José es como no llamarse nada, y tu sobrinito ha de tener otro nombre, que no conocemos; un nombre que le ha puesto Lucila, y que solo ella sabe... Porque no dudes que ese niño ha sido engendrado por el Dios celtíbero, o por el mismísimo genio de la patria.

—Poco a poco, señor marqués... Mire lo que dice. No está bien que una persona como usted vitupere a mi hermana, señora honrada, más honrada que el sol, y aunque esposa de un viejo, es tan fiel, tan fiel y tan pura, que ninguna otra mujer la puede superar.

—¡Si lo sé, hijo: si la tengo por dechado y compendio de todas las virtudes! Pero lo uno no quita lo otro, querido Ruy.

—Todos cuantos conocen a mi hermana se hacen lenguas de su recato y honestidad, y mi cuñado Halconero es la persona más envidiada que hay en el mundo. La gente dice en coro: «Vaya una mujer que se ha llevado este tío». Su buen comportamiento, digo yo, es lección que debieran aprenderse de memoria las demás mujeres.

—Lo sé, lo sé. Pero eso no quita... Pudo ser con ella el Dios celtíbero o el genio de la raza española, conservando sin menoscabo su virtud y, si me apuran, su virginidad...

—Señor, señor, tanto como eso no se puede decir... Cállese, por Dios, o creeré que delira... Si no estuviéramos a oscuras, vería usted que, oyéndole esos despropósitos, me he puesto muy colorado.

—Tú podrás ponerte como un cangrejo, si ése es tu gusto. Yo, sin cambiar de color, expreso una idea elevada, teológica... y en el terreno de la fe la sostengo. Claro que no podrá demostrarse; pero la demostración contraria, ¿quién será el guapo que hacerla pueda?...

SI NO ESTUVIÉRAMOS A OSCURAS, VERÍA USTED QUE, OYÉNDOLE ESOS DESPROPÓSITOS, ME HE PUESTO MUY COLORADO

—El señor conoce a Lucila: no es necesario que sea teológica para ser hermosa y buena como los ángeles.

—Cierto: esto lo sé por espontáneo conocimiento, inspiración si así quieres llamarlo, porque he tratado poco a tu hermana. Solo dos veces la he visto, y en ninguna de esas ocasiones he tenido el honor de hablar con ella.

—Pues si es así, no conoce el señor lo más bello de mi hermana Lucila, que es el acento, el metal de voz.

—Sin oírlo, lo conozco, Ruy, por percepción intuitiva. En la voz de esa mujer cantan todos los ángeles y serafines.

—Así es... No han oído los hombres música que a la voz de mi hermana pueda compararse... No puedo hacer comprender al señor cómo es aquella voz... Si hubiera traído mi violín, algo podría decirle acerca de esto.

—Pues que no se te olvide traerlo, siempre que salgamos a divagar de noche por las calles solitarias... ¿Sabes, Ruy, lo que estoy reparando? Que alumbra la luna con luz tan clara como si tuviéramos en el cielo tres o cuatro lunas.

—No es claridad de luna lo que vemos, sino del mismo sol. Señor, es de día.

XXX

Julio..., todavía julio.

La primera embestida de esta dolencia tan vaga como cruel, a la que he dado diferentes nombres sin acertar, creo yo, con el verdadero, empezó a fines del 49 y no terminó hasta mi viaje a Roma el 51. Sufrí entonces desórdenes extraños de la inteligencia y aberraciones sensorias muy peregrinas; pero nunca llegué, como en este segundo ataque, a confundir la luna con el sol, y la noche con el día. Tampoco di entonces en la extravagancia de desayunarme con buñuelos y aguardiente, como hice en la ocasión que refiero. Fue Ruy quien me incitó a tomar tales porquerías, que en mi estómago, la verdad sea dicha, cayeron como veneno, poniéndome de cabeza y voluntad más perdido y desatinado de lo que estaba. En lo que sí coincidían mi primero y mi segundo ataque era en el olvido de mi cara familia, en el amor ardiente al pueblo y en la insana ambición de realizar yo una o más acciones heroicas, siempre dentro de lo popular; es decir, que mi quijotismo tenía el carácter de amparo de los humildes por estado y nacimiento...

Hoy, mejorado de tan raras turbaciones, no puedo traer fácilmente a mi memoria mis acciones de aquel día... el día de los buñuelos y el aguardiente... porque desde que embuché aquella ponzoña se me inició la inconsciencia, y ésta fue aumentando, según me dijo Ruy, hasta que llegué a ser como autómata que iba y venía, y maquinalmente funcionaba moviendo los muelles y resortes de mi organismo, sin apreciar la causa impulsora ni darme cuenta de sus efectos. En mi cerebro ha quedado el estruendo de los tiros que oí, tiros próximos, lejanos lejanísimos, y después he sabido por Ruy que eran el lenguaje de la batalla empeñada en las calles, y me ha informado de las defensas que hubo en estas o las otras posiciones: barricada en la calle de la Montera, en Antón Martín, en Santo Domingo, en los Mostenses... qué sé yo... Todo Madrid debió de ser barricada... Mas si el estampido de la fusilería y cañonazos era recogido por mi cerebro, nada del lenguaje humano que en aquella mañana oí persiste en mi memoria. Los que hablaron conmigo, háganse cuenta de que hablaron con una estatua.

Pero lo más peregrino, entre los muchos fenómenos de inconsciencia de aquel indefinido lapso de tiempo que duró mi turbación, fue que yo me encontré armado sin saber quién había puesto en mi mano un fusil. Y nada me ha causado tanto pasmo y terror como el decirme Ruy con ingenua convicción que yo había hecho fuego... Veinte veces me lo aseguró y aún no le

MADRID SE LLENÓ DE BARRICADAS PARA LA LUCHA POR LOS DERECHOS DE LOS CIUDADANOS. Todos los barrios se alzaron en armas, se cortaron las calles con barricadas y se formaron batallones de defensa. *(La fuerza de las barricadas ante Palacio*. Grabado de *La Ilustración*. Biblioteca Nacional. Madrid).

JOAQUÍN AGUIRRE. Óleo en el Ateneo de Madrid.

JOAQUÍN AGUIRRE

Político y jurisconsulto nacido en Ágreda, Soria, en 1807. Fue catedrático en la Universidad Central y diputado tras la revolución de 1854. Perteneció a la Milicia Nacional y fue ministro de Gracia y Justicia. Colaboró en pro de la revolución de 1868, fue vicepresidente de la Junta Revolucionaria de Madrid y presidente del Tribunal Supremo de Justicia, cargo que desempeñó hasta su muerte. Fue miembro de la Academia Matritense de Jurisprudencia y Legislación y socio de otras corporaciones. Escribió *Procedimientos en negocios eclesiásticos*, sobre disciplina eclesiástica, y *El Febrer o Librería de Jueces, Abogados y Escribanos*, sobre la reforma llevada a cabo por García Goyena. Murió en Madrid en 1869.

daba yo crédito. Yo disparé mis armas; alguien me las cargaba, y vuelta otra vez a disparar... Añadió mi escudero que durante una hora o más me batí en la barricada, y que por mi arrojo y mi desprecio de la muerte parecía un insensato. ¡Válgame Dios con mi heroísmo sin saberlo! ¿Por desgracia mía, algún cristiano fue víctima de mi despiadado, inconsciente furor? Las referencias de Ruy y las de Tiburcio Gamoneda convienen en que fue Leoncio quien me dio las armas y quien las cargaba. ¡Y mis locas acciones, trabajo de un maniquí de perfeccionado mecanismo, hiciéronme pasar por valiente a los ojos de los tiradores de verdad!...

Si nada quedó en mi memoria de los disparos que hice, según cuentan, con marcial coraje, nada recuerdo tampoco de haber comido. Ruy me asegura que sí. ¡Vaya por Dios! Comí pan, aceitunas negras, un pedazo de cecina, medio arenque, y apuré un vaso de vino... Lo más singular y maravilloso es que mi escudero jura por la salvación de su alma que lo comí con apetito... Mi memoria no recobró su poder hasta después de anochecido, y la primera prueba del renacer de la preciosa facultad fue verdaderamente muy desagradable. Hallábame yo en la calle de Botoneras: me complacía en observar cómo iba recobrando el sentido del lugar y el tiempo, y para comprobarlo reconocía la casa de Sotero, y apreciaba la entrante noche... En esto vi que un hombre a mí se llegaba: era Gracián. Su presencia me hizo temblar. Aunque ni su rostro ni su actitud indicaban hostilidad, despertó en mí un horrible miedo. Con palabra balbuciente contesté a sus preguntas, que no sé si se referían a mi salud o a mi valentía. Dudé si eran manifestaciones de amistad o de burlas; y deseando perderle de vista, porque su mirada me causaba pavor, antipatía, consternación, antes que él se apartase me escabullí yo rozando con la pared de las casas... Intenté dar el pretexto de que alguien me llamaba; pero no sé si lo di...

Entrada la noche, y sosegado ya del miedo que me causó Gracián, tuve mayor prueba del restablecimiento de mi memoria. Fue para mí sorpresa y confusión grandes verme cómo estaba vestido. Hasta entonces no había caído yo en la cuenta de que llevaba un chaquetón holgado y vetusto, en vez de la levita que saqué de mi casa, y de que en lugar de mi sombrero llevaba una gorra de cuartel. Pantalones y chaleco eran los mismos de mi anterior vestimenta, y conservaba el reloj y dinero; pero mis botas de caña, por arte de magia, se habían convertido en zapatos de orillo, blandos y feos. Lo peor de todo fue que mi escudero no supo darme razón de aquel cambio de ropa. ¿Me había mudado en mis horas de máquina inconsciente, o me transformaron los demonios? Ruy no lo sabía, lo que me probaba que él también había tenido eclipses de la memoria y del conocimiento. La mejor prueba de que mi cerebro recobraba su normalidad, la tuve oyendo cuanto se decía de los acontecimientos de carácter público, y asimilándome aquellas referencias, apuntes que pronto habían de ser páginas históricas. La lucha en las calles se había suspendido. En la tregua fraternizaban pueblo y tropa. ¿Qué Gobierno había? Lo ignorábamos. Sabíamos que una junta magna tomaba sobre sí la obra de pacificación... Entre los nombres que oí, se estamparon en mi mente con vigor y claridad los de Sevillano, Vega Armijo, don Joaquín Aguirre, Fernández de los Ríos y el general San Miguel. Ya estaban en negociaciones la junta y palacio... ya se vislumbraba la paz; el triunfo del pueblo era evidente. Se contaban maravillas del arrojo y constancia de los patriotas en las barricadas de la calle de la Montera, en la confluencia de las calles de San Miguel y Caballero de Gracia, en las Cuatro Calles, plaza de las Cortes... Las tropas que Córdova tenía en la zona de palacio no habían podido comunicarse con las que ocupaban el Prado y Recoletos... Entre todas las barricadas, la más ineficaz había sido la nuestra, calle de Toledo, y conceptuándola disparate estratégico, Gracián había mandado abandonarla. Esta noticia me llenó de confusión. ¿Dónde me había batido yo? ¿Dónde tuvieron su teatro mis estupendas hazañas?... Mas ¿cómo habíamos de dilucidar este oscuro punto, si Clío, que todo lo sabe, ignoraba en qué lugar se habían separado de mi cuerpo mis botas y mi levita?

Muertos vi en gran número en la calle Imperial, Atocha y entrada de la de Carretas. Heridos transportamos al Fiel Contraste; y hallándome en esta operación, tuve el sentimiento de

LA REVOLUCIÓN SE ADUEÑÓ DE LA CALLE. Con la libertad y el progreso por bandera, los revolucionarios se parapetaron tras las barricadas en diversos barrios y calles de la capital. (*Barricada de la Calle Montera de Madrid*. Grabado de *La Ilustración*. Biblioteca Nacional. Madrid).

OTRA VEZ LAS JUNTAS POPULARES

La Vicalvarada de 1854 acabó con diez años de predominio moderado en el poder. El levantamiento de junio se articuló en tres frentes con un mismo objetivo: expulsar a los moderados y provocar un cambio político. Por una parte se produjo una sublevación militar y por otra un movimiento de oposición política que culminó con un alzamiento popular en muchas localidades del país.

La sublevación de las ciudades provocó la aparición de numerosas juntas locales y provinciales, un modelo de rebelión que se popularizó durante la Guerra de Independencia. En esta ocasión las juntas aglutinaron a destacadas personalidades, miembros de la burguesía comercial e industrial, intelectuales, políticos y representantes de las clases populares. Se sumaron a ellas tanto demócratas, progresistas como miembros del partido moderado, que atravesaba un proceso de descomposición interna. Las juntas representaban una forma de organización política independiente del Gobierno. Asumieron el control de sus territorios y exigieron del poder central una mayor descentralización que se compensaría con un mayor grado de autoridad municipal. Con estas medidas las juntas contribuyeron de forma decisiva al éxito de los pronunciamientos militares. La de Zaragoza nombró como presidente a Espartero y reclamó su regreso al Gobierno. El general declaró en Logroño: «Riojanos: me separo de Logroño, mi pueblo adoptivo, porque la patria y su libertad reclaman mi presencia en la invicta Zaragoza. Me llevo el grato recuerdo de siete años en que he sido vuestro conciudadano. Un solo encargo os dejo: obedeced a la patriótica junta que ha sido instalada en este día, respetad sus disposiciones y conservad el orden, garantía segura del triunfo». Sin embargo, la actitud de Espartero cambió cuando volvió a asumir el gobierno del país. La primera tarea que acometió fue la de desmontar las juntas que le habían alzado y que seguían asumiendo el control local y celebrando reuniones, y las sustituyó por juntas provisionales vigiladas por sus partidarios, que acabaron relegando a los revolucionarios a puestos consultivos. Se produjeron manifestaciones en contra, pero igualmente fueron acalladas.

DESFILE DE LOS DEFENSORES DE BARRICADAS ANTE EL EDIFICIO DE LA JUNTA DE DEFENSA. Grabado de *La Ilustración*. Biblioteca Nacional. Madrid.

acompañar en sus últimas al bueno de Erasmo Gamoneda. El pobrecito me pidió agua: se la di de un botijo que pasaba de mano en mano y de boca en boca; bebió con ansia. Parecía sentir alivio del escozor de sus heridas, que eran tremendas: un agujero en la clavícula derecha; en el vacío del mismo lado, otro que le pasaba de parte a parte; la cabeza rota, una mano casi deshecha. Mirándome agradecido, me dijo con sencillez y satisfacción tranquila, como si se alabara de terminar felizmente una partida de obleas: «Hemos ganado. Bien, bien... Milicia nacional: bien... Yo artillero...». Y repitiendo el «bien, bien, yo artillero», estiró piernas y brazos, y abriendo la boca en todo su grandor, entregó el alma.

XXXI

Este y otros espectáculos tristes deprimieron horrorosamente mi ánimo. Iniciado el despejo de mi entendimiento, ganaba terreno por instantes la querencia de mi familia y el gusto de la vida normal. Pero no volvería yo a mi casa sin resolver dos problemas de importancia: recobrar mi ropa, y saber la suerte y paradero de Mita y Ley. Más fácil era, según Ruy, lo segundo que lo primero, pues solo Dios podía encontrar una levita y un sombrero en aquel maremágnum de pobreza y confusión. En el Rastro quizás parecerían, y quién sabe si veríamos ambas piezas, dos días después, en la hinchada persona de algún funcionario de la flamante situación popular. No hallando a Mita y Ley en la casa de los Gamonedas, desierta y abandonada, fuimos a la cangrejería de la plazuela de San Miguel, donde nos dijeron que cansada Mita de esperar a Leoncio, y medio muerta de ansiedad, andaba en busca de él, de barricada en barricada. ¡Vaya por Dios! Afanosos nos lanzamos mi escudero y yo a la misma caminata, y en ella se nos pasó gran parte de la noche, sin encontrar a los salvajes. Lo peor fue que con tanto ajetreo me sentí nuevamente amagado de mis desórdenes cerebrales y nerviosos: yo estaba fatigadísimo. Para contener el mal que me rondaba, y dar algún descanso a mis pobres huesos, me metí en el desalojado almacén de paños de la calle de Toledo, ahora convertido en cuartel general de la plebe, depósito de armas y algo que con optimismo burlón llamábamos víveres... Entramos. Vimos diversa gente; hombres fatigados que no podían moverse; otros que perezosos recogían objetos diversos para devolverlos a los hogares: botijos, sillas, colchones. En un rincón había heridos graves, rodeados de sus familias, que no sabían si dejarles morir allí o llevárselos a casa. Mujeres vi en actitud estoica, mujeres desesperadas... Mi cansancio físico no me permitía ya ni aun ser piadoso... Me interné por aquellas oscuras y destartaladas estancias, y fui a parar a la más interior, que cae sobre Cuchilleros. No podía yo con mi cuerpo ni con mi alma; en un montón de esteras que me brindaba las blanduras de un diván, me dejé caer, y estirándome todo lo que daban de sí brazos y piernas, sin llegar a las medidas del camastro, me dormí profundamente.

ESTE Y OTROS ESPECTÁCULOS TRISTES DEPRIMIERON HORROROSAMENTE MI ÁNIMO

El tiempo que duró mi sueño no puedo precisarlo... Desperté con una idea triste, una desfavorable opinión de mí mismo: yo era inferior, muy inferior a toda la caterva popular entre la cual había vivido tantas horas; yo no podía compararme a ellos, pues mis hazañas eran fantásticas, quizás burlescas, y ellos sabían luchar y morir por un ideal tanto más grande cuanto más nebuloso. Volvería yo a mi clase o jerarquía social, materializada y egoísta, sin haber hecho nada fuera de lo común, sin encontrar medio de ennoblecer mi alma con un acto hermoso de piedad, o de justicia, o de moral grandeza... Esta idea me mortificaba, y también la sed: revolví mis ojos por la estancia, que alumbraban candiles moribundos; vi a Ruy, dormido a mi lado como un tronco; en el opuesto rincón, un hombracho, envuelto en manta gris, era también tronco durmiente. Creyendo ver junto a éste un cántaro de agua, me levanté para cogerlo, y no había dado dos pasos cuando entró en la estancia un hombre, que al punto reconocí... ¡Ay, qué miedo!: era Bartolomé Gracián. No esperó a que yo le hablase, y reconociéndome al punto, y llegándose a mí jovial, me dijo:

—Hola, Beramendi: no creí encontrarle aquí... ¿Salía usted?...

—No —le respondí temblando—; iba en busca de aquel cántaro: tengo sed —por disimular mi miedo, me dirigí a donde estaba el cántaro, y volviendo junto al héroe de la plebe, con un gesto le ofrecí agua... Me sentía mudo.

En el piso segundo está una mujer a quien yo amé tres años ha; me quiso ella con locura... El destino nos separó

—Gracias, que aproveche. Pero ¿qué, se asusta de mí?... Al contrario, diviértase con lo que voy a decirle, amigo Beramendi. Es usted de los míos... Ha terminado la partida militar, y ahora empiezan las amorosas partidas... Yo soy así: salgo de una locura, y emprendo locura mayor... De ésta saldré tan bien como de la otra... ¿Qué le pasa a usted, que no dice nada? Beba si tiene sed... Y si quiere presenciar un grande atrevimiento de amor, más interesante y más dramático que todos los que le conté caminando de Vicálvaro a Vallecas, espéreme aquí un momento.

Al decir esto, ponía la mano en los hierros de una puerta. Siguiendo con mis ojos su mano, reconocí la puerta de la escalera que por arriba conduce a las habitaciones donde moraba Lucila con su marido, por abajo a la calle de Cuchilleros. Interrogado por mis ojos, que debieron de echar lumbre, Gracián me dijo:

—En el piso segundo está una mujer a quien yo amé tres años ha; me quiso ella con locura... El destino nos separó. No he vuelto a verla desde entonces. Casó Lucila con un viejo campesino... Ayer supe que está en Madrid y en esta casa... No soy quien soy si no la saco esta noche del domicilio conyugal para llevármela al mío. Después de estos terribles combates, ¿qué puede apetecer el soldado más que descansar en un éxtasis de amor? Marte nos irrita; Venus nos consuela... Parece que usted no me cree, y aun que se burla de mí. ¿Quiere que hagamos una apuesta? Lucila no me ha visto desde aquella separación de comedia; Lucila, esta tarde, no sabía que yo existo... A media noche le escribí una carta, de las que yo pongo, con el alma, toda la fascinación del mundo en pocas letras... Con Servanda se la mandé. ¿Sabe usted quién es Servanda? Una mujer muy sutil que «celestinea» maravillosamente... Sé que la carta está en su poder. Lucila no me contestó, ni hace falta su respuesta... ¿Qué creerá usted que puse yo en mi carta?... Cuatro palabras de fascinación, y pocas más diciéndole que... Todo ello es sencillísimo, mi querido marqués... diciéndole que en cuanto deje a su marido bien dormido, pero bien dormido, salga al pasillo de su casa... Allí me espera... Entro yo...

—Pero usted no entrará —le dije poniendo mi mano sobre la suya, que tocaba la puerta.

—Tengo la llave de aquí... y la de arriba también... véalas. Servanda me las ha dado.

—Pero Lucila no se prestará, no, a ese ardid impropio de un caballero... Lucila es honrada.

—Yo subo; yo entro...

—Y a encontrarle saldrá don José Halconero, armado hasta los dientes.

—Ríase usted de Halconeros y de dientes armados. Es usted un candidote que no conoce el mundo misterioso de la infidelidad conyugal, ni los impulsos de una mujer que, enamorada ciegamente una vez, no deja en ningún caso de acudir al reclamo de su ilusión.

—No acudirá, no acudirá, Gracián —afirmé yo, libre ya mi alma de todo miedo.

—Hagamos la grande apuesta. Usted aquí se queda en expectación de mi aventura. Si al cuarto de hora no me ve pasar por aquí con Lucila, pierdo... Estipulemos lo que se ha de perder o ganar, según falle o no la empresa.

—Yo no apuesto, señor Gracián —respondí sintiéndome todo entereza— Yo no hago más que decir a usted que no subirá... porque no debe subir, porque yo no debo permitirlo; más claro, porque yo le prohíbo que suba.

—No contaba yo con este guardián caballeresco —dijo Gracián echándose atrás—; pero va usted a ver cómo me sacudo yo a los caballeros de la Guarda y Vela.

El Ministro de la Gobernacion del Reino

Por cuanto D

ha acreditado debidamente haberse hecho digno de la cond
coracion que S. M tuvo á bien crear por Real decreto de
de Agosto de 1854, en honor de los que combatieron por la l
bertad en las calles de Madrid los **dias 17, 18 y 19 de Juli**
del mismo año;

S. M. ha tenido á bien mandar se le espida el presente diploma
ra que pueda usar la mencionada condecoracion, arreglada al di
ño aprobado en el citado Real decreto

Dado en Madrid, á ___ de ___ de 18

LOS COMBATIENTES POR LA LIBERTAD fueron condecorados. Por Real Decreto de 14 de agosto de 1854, se concedió a quienes lucharon en la calles de Madrid una medalla conmemorativa. (Diploma oficial del Ministerio de la Gobernación. Museo Romántico. Madrid).

Al movimiento que hizo para echarme sus crispadas manos al pescuezo, me anticipé yo levantando con poderoso impulso y coraje el cántaro mediado de agua; y ello fue tan rápido, que al tiempo que sus dedos me tocaban, se estrelló el cántaro en su cabeza, y los cascos y el agua envolvieron su rostro, le cegaron... En el mismo instante oí una voz que gritaba: «¡Mátele, señor, mátele!». Y el hombracho aquel que dormía se llegó a mí y puso en mi mano una pistola... Antes que Gracián, rehecho del golpe y mojadura, volviera sobre mí con furiosa exclamación de cólera, la bala se le metió en el cráneo, y de golpe toda su arrogancia y toda su maldad cayeron en los profundos abismos.

Segundos duró lo que cuento. El hombre que me había dado el arma, me cogió del brazo, y sin dejarme ni tan siquiera mirar a la víctima, me llevó fuera diciéndome:

—Señor, no le tenga lástima... Vámonos de aquí. ¿No me conoce? Soy Hermosilla, el fabricante de zorros y plumeros... Almendro, 14... Ha quitado el señor de en medio la mayor calamidad del mundo. ¡Vive Dios que ha sido grande hazaña!... Ese tunante me perdió a mi hija mayor, la Rafaelita; después a mi segunda, la Generosa. ¡Qué dolor! Las dos andan por esas calles...

¿Dónde estaba yo en la mañanita del 20, con Hermosilla? En una sombrerería de la Concepción Jerónima, buscando una prenda decente, cobertera de mi cráneo, para poder entrar en mi casa con el decoro propio de la clase a que pertenezco. Mi diligente escudero, a quien había mandado por cigarros, vino desolado a decirme:

—Ahí están, señor... Míreles... Mita y mi hermano Leoncio... Se van, se van de Madrid.

Salí, y en la misma puerta de la tienda me vi cogido de las manos por Mita, que, con premioso acento de despedida, me dijo:

—Nos vamos, Pepe... adiós. Ya hay Gobierno; otra vez hay leyes: ya no podemos seguir en este pueblo maldito.

—¿Y Ley?

—Mírale allí, metiendo nuestros baulitos en la tartana... Nos vamos al campo, al sol... ¡Salvajes otra vez, hasta que Dios quiera!...

El coche partió. ¡Cuándo volveríamos a vernos! Díjome Ruy que se iban a la Villa del Prado, donde vivirían al amparo de Lucila

Corrí a donde estaba el coche, y apenas tuve tiempo de despedir a mis buenos amigos con toda la efusión de mi cariñosa amistad y sinceros ofrecimientos de protección. El coche partió. ¡Cuándo volveríamos a vernos! Díjome Ruy que se iban a la Villa del Prado, donde vivirían al amparo de Lucila.

—¿Y tu hermana, y el bendito señor de Halconero, a quien estimo mucho sin tener el honor de conocerle?

—Pues han salido hace un cuarto de hora en otra tartana que va delante.

Se iban a la paz y a las alegrías del campo, y aquí quedaba Madrid con su corte, su política y el eterno rodar de los artificios, que se suceden mudándose, y se mudan para ser siempre los mismos... Y yo a mi casa: ya era irresistible mi deseo de ver a mi mujer y a mi hijo... No me faltaba más que buscar una levita semejante, si no igual, a la que perdí, pues no me resignaba, no, al deplorable efecto de mi aparición con la facha de «jamancio crúo». Y me faltaba también discurrir la ingeniosa mentira con que debía justificar mi ausencia de casa en las turbulentas noches y días de la revolución. Pensando en ello estaba, y ocupado además en la diligencia de buscar la levosa, cuando vi pasar por la calle de Toledo abajo al general San Miguel, a caballo, con abigarrado séquito de patriotas y militares, también a caballo. Vestía don Evaristo de paisano, con fajín, y a su paso le saludaba la multitud con aclamaciones de respeto y júbilo. Era el pacificador, la personificación del feliz consorcio de pueblo y ejército. A poco de verle pasar, una ideíta que yo buscaba entró gozosa en mi mente.

—A casa mandaré a Ruy —me dije— para que prepare la vuelta del prófugo con un lindo embuste. Dirá que me cogió el general San Miguel el día 18 para que le ayudara en sus trabajos de pacificación... que no pude zafarme del compromiso, ni de la encerrona en patrióticas asambleas... No, no: esto no lo creerán... Tengo que inventar otra cosa, fabricar mi novela en históricos moldes... Diré que Córdova me llamó a palacio; que luego se me encargó una misión muy delicada cerca de la junta que se reunía en casa del señor Sevillano; que fui detenido por un grupo de revolucionarios ardientes; que me encerraron en la posada del Peine... en el palacio del Nuncio... en las casas de Porras... averígüelo Vargas... guardándome prisionero con exquisitas consideraciones y esmerado trato de aposento y boca...

Esto contaría yo *mutatis mutandis,* y una vez salvado el decoro de mi presentación, a mi mujer le contaría la verdad escueta, sin omisión ni aditamento, historiador sincero y leal de una de las páginas más interesantes y dolorosas de mi pobre existencia... Así lo hice. No se

ESPARTERO REGRESA AL PODER

Tras cuatro años de exilio en Londres, el 3 de septiembre de 1847 la reina Isabel II nombró al general Espartero senador vitalicio, lo que suponía su rehabilitación política. Posteriormente, el 1 de octubre, por real decreto fue designado embajador plenipotenciario en Gran Bretaña, pero declinó el ofrecimiento porque deseaba regresar a España y a principios de 1848 viajó a Madrid para tomar posesión de su escaño de senador. Fue recibido con alborozo por la población, pero su estancia duró poco tiempo, ya que quedó desencantado con la política del momento. Decidió retirarse al campo, cerca de Logroño, de donde era originaria su mujer. Se entrevistó con la Reina para comunicarle su decisión y le dijo con galantería: «Suplico a vuestra majestad me llame siempre que necesite una espada para defenderla o un corazón para amarla».

Espartero permaneció en su finca de La Fombera durante varios años, manteniéndose aparentemente al margen de la política. Desde su retiro observó la situación del país y fue consciente del progresivo deterioro de las fuerzas moderadas. También comprobó que muchos progresistas confiaban en él para recuperar el poder. Los años de exilio en Londres y su retiro voluntario en Logroño le convirtieron nuevamente en un héroe popular. En 1854, con sesenta y un años de edad, su ambición política se había atemperado considerablemente, pero seguía preocupándose por el futuro del país. Cuando estalló la revolución en junio y los zaragozanos le pidieron que asumiese la presidencia de su junta provincial, decidió aceptar. Apenas un mes después, Isabel II le llamó para formar gobierno y el general acudió a Madrid el 28 de julio. Aceptó el cargo de presidente del Consejo de Ministros y nombró a O'Donnell, que había sido vetado por la Reina para presidir el Gobierno, ministro de la Guerra, aunque el verdadero hombre fuerte del gabinete sería el propio O'Donnell. Años después, Espartero confesó al respecto: «Yo no me sentí ni por un minuto verdadero jefe del Gobierno». Comenzaba así el bienio progresista con el apoyo parlamentario de tres grupos políticos: Unión Liberal, nacida en septiembre de 1854, Partido Progresista y Partido Demócrata.

EL GENERAL ESPARTERO ENTRANDO EN MADRID EL 29 DE JULIO DE 1854. Grabado de época.

EL ESCENARIO DE LA REVOLUCIÓN EN MADRID FUE LA PLAZA MAYOR. En julio de 1854 la sangre volvió a teñir de espanto los rincones de la Patria. (Grabado de época. Museo Municipal. Madrid).

cuidaba mi mujer más que de llevarme al reposo y a la franca sedación de mi mal, y lo consiguió con su dulzura. A los trágicos y cómicos lances que le referí, y a mis variados cuentos y descripciones, puse un juicio sintético que aquí reproduzco como término de esta parte de mis *Memorias*. Ved aquí el juicio y la fría opinión, una vez pasado el hervor revolucionario y entibiadas las pasiones que del corazón de los demás pasaban al mío: Todo es pequeño, en conjunto. Relativa grandeza o mediana talla veo en la obra del pueblo sacrificándose por renovar el ambiente político de los señoretes y caciques que vivimos en alta esfera. Menguados son los políticos, y no muy grandes los militares que han movido este zipizape. Pobre y casera es esta revolución, que no mudará más que los externos chirimbolos de la existencia, y solo pondrá la mano en el figurón nacional, en el cartón de su rostro, en sus afeites y postizos, sin atreverse a tocar ni con un dedo la figura real que el maniquí representa y suple a los ojos de la ciega muchedumbre. De mezquina talla es asimismo mi hazaña, la rápida muerte que di a Gracián, en defensa de la paz oscura de una mujer... única paz que en lo humano existe... Todo es pequeño, todo; solo son grandes Mita y Ley.

Mi mujer no me deja continuar mis *Memorias,* y por culpa de su cariñosa prohibición, en el tintero se queda la trágica muerte de Chico, y la entrada de Espartero, explosión grande del entusiasmo inocente y de la candidez revolucionaria. Otros contarán estos hechos, que yo no presencié, porque mi esposa me aísla de lo que llamaremos «emoción pública»... Desde mi doméstico retiro, atendiendo a mi salud, que lentamente recobro, y privado de la compañía de Ruy y de Sebo (que ahora goza un lucido empleo en el Gobierno Civil), sigo con la imaginación los varios acontecimientos, y ya sean dramáticos, ya de risa, les pongo por comentario un grito que me sale del corazón. Siempre que mi mujer me da cuenta de algo que merece lugar en la Historia, yo digo: «¡Viva Mita!... ¡Viva Ley!».

FIN DE LA REVOLUCIÓN DE JULIO